Ge Fei
Yanjiu Ziliao

吴义勤

主编

格 非
研究资料

李 莉 选编

百花洲文艺出版社
BAIHUAZHOU LITERATURE AND ART PRESS

图书在版编目（CIP）数据

格非研究资料 / 吴义勤主编. –– 南昌：百花洲文艺出版社, 2018.9
ISBN 978-7-5500-2896-8

Ⅰ.①格… Ⅱ.①吴… Ⅲ.①格非 – 文学研究 – 文集 Ⅳ.①I206.7-53

中国版本图书馆CIP数据核字（2018）第139549号

格非研究资料

吴义勤 主编　　李 莉 选编

出 版 人	姚雪雪
责任编辑	胡青松
书籍设计	方　方
制　　作	何　丹
出版发行	百花洲文艺出版社
社　　址	南昌市红谷滩世贸路898号博能中心一期A座20楼
邮　　编	330038
经　　销	全国新华书店
印　　刷	江西千叶彩印有限公司
开　　本	720mm×1000mm　1/16　　印张　29
版　　次	2019年1月第1版第1次印刷
字　　数	350千字
书　　号	ISBN 978-7-5500-2896-8
定　　价	59.00元

赣版权登字　05-2018-400

邮购联系　0791-86895108
网　　址　http://www.bhzwy.com
图书若有印装错误，影响阅读，可向承印厂联系调换。

目 录

诉诸沉思的文学

——格非小说论

吴洪森

　　按叙述人称区分，格非的小说显示可分为第一人称的小说与第三人称的小说。

　　格非第一人称的小说没有完整的、首尾相贯的故事情节，主角在不同时空中的转移与活动，是联结故事片断的中介。在这些小说中，故事的情节线索是隐晦的，朦胧不清的。突出呈现的是主人公的矛盾心态——对性的矛盾与疑惑。以此也可把第一人称的小说称作表现心理冲突的小说。

　　与这类小说中的荒诞笔法及超验场景相应，小说的语言也极为书卷气，雅致的情调仿佛在读古籍，既柔和又迟缓。这就导致了梦幻般的恍恍惚惚，并且也像梦一样充满了暗喻。显而易见，作者非但不去制造作品的逼真，反而刻意暴露着小说的虚构。他明白无误地让你意识到：你是在读小说，读纯粹人工编造出来的小说。这与以往文学的传统方法是截然不同的。传统的方法是竭力掩盖作品的虚构性，千方百计制造逼真的效果，让读者相信作品中的事件都是真实发生过的，里面的人物都是尚健在的或至少曾经健在的。格非却反其道而行之，唯恐读者误以为真，努力扩大着小说与现实之间的鸿沟——而不是以伪饰的方法去遮盖它。这样，小说就成了与具体生活无干的纯心灵纯意识活动，是心灵与意识的幻想性构造。但正是通过这构造本身，使我们感受到小说之外的现实世界正在或已经对心灵产生了怎样的影响。不过这种感受是极为抽象而又混沌一团的，仿佛睡梦中来自遥远的呼唤，你辨别不清这呼唤来自梦本身还是来自梦之外的现实，从而你也不知自己是睡着还是醒了，但由这呼唤引起的感受却是实实在在的，而这些感受又是理智一下子难以把握的，它是下意识受了触动的结果。因而一涉及具体的事物，就变得捉摸不定了。由于理智在阅读过程中，丧失了直接把握的可能性，要解读它们，须像猜谜般的费劲。可以说，这类小说本身就是一句放大的谜语，创作过程就是制谜的过程。它的魅力取决于你有否猜这种小说之谜的兴趣。把小说作为消遣，寻找轻松的读者恐怕无法卒读这类作品。这类作品是对读者的高纯度选择，正是有着选择读者的前提条件（选择的功能隐含在作品的语言与结构之中），该类作品才维持了它的纯文学性——目前还带有实验性质的纯文学性。

相比之下，格非的第二类小说，即以第三人称为叙述者的小说的可读性就强多了。这类小说故事完整，情节连贯，发展线索简洁明快。悬念的诱惑力不是引向结局——结局早已提前告诉了读者，而是引向致使该结局产生的过程，而过程与结局之间的联系，是你做梦也想不到的。并且这种联系是以暗示的方式呈现的。这就使小说具有了神秘感——一种参与了重大密谋的神秘感，一种命运被他人操纵与控制，而又不知这他人是谁的神秘感。在这里，过程即情节即结构，三者是同一的，占据着作品最醒目最重要的位置。而硬朗明快，刚性而具质感的语言为情节结构的醒目与魅力的焕发起到了恰如其分的作用。"时间"在这里是揭露一切秘密的上帝，他让"时间"来证明被"空间"所隐藏的东西。

格非的三篇故事化小说，与写作的时间顺序相对应，是一个从抽象到具体，从天空向地面下降，从浪迹海外到游子回归的过程。《追忆乌攸先生》①是格非首次变成铅字的作品。这篇小说的招式可让人看出师从马尔克斯《一件事先张扬的谋杀案》，但尚缺内功，处于花拳绣腿的阶段，一心着迷于悬念结

---

① 《中国杂志》1986年第2期。

构的营造，追求表面上的花哨迷惑而气喘吁吁地顾不上其他。人物像影子在纸糊的村庄中晃动，抽象意识像可口可乐广告贴在村庄的墙上。但若不存心挑剔（批评的职业病），这篇小说还是饶有趣味的，虽然经不起再三阅读，但只读一遍的话，你绝不会感到吃亏。从这篇小说可以看出格非具有迅速而又准确地领悟艺术大师匠心所在的天赋，并且能把这种领悟转化为自己的血肉。发表在八七年第六期《收获》上的《迷舟》，虽然可以从中看到博尔赫斯的影子，但情节的展开，结构的安排和命运的哲理意识已经不可分割地融贯在一起，使小说既有可喜的艺术魅力又有深刻的意味。其缺点还是过于抽象，使得较为深刻的哲理丧失了丰厚胴体的包蕴。顺便说一句，正是由于小说的这一弱点，使得原先兴致勃勃，打算把它改编为电影的张艺谋，在着手改编时，发现这种抽象性已成了他难以逾越的障碍，只好束之高阁（暂时？）。过于抽象的缺陷，终于在新近写就的《大年》①中得到了较大程度的改进。对于生命的抽象意识在这篇小说中获得了具体的历史内涵。其中不仅事件颇有意味，发人深省，人物也具有一定的个性，而透过个性呈示潜在的内心活动则占据了小说的主要地位。由此可见，格非已开始把结构故事与表现心理这两方面有机地结合起来。《大年》肯定属于当代文学的好作品之列。关于这一作品我将在后文单独进行分析。

格非的两类小说贯穿着一个共同的主题：性与死亡。在他的作品中导致死亡事件的第一因素是性。但他并没有简单地在两者之间进行线性的因果串联，他的高明之处在于揭示了性与死亡之间由于其他因素的偶然介入才发生的关联。就如同行驶中的列车，半途跳上一伙打劫的蒙面强盗，对抗之下，使原指望通向幸福的列车坠下了深渊。

性与死亡相关联的缘由是多种多样的：或者由于命运的捉弄、荒谬的误解（《迷舟》中萧去榆关偷看情人，却被奉命监视的警卫员误为通敌将其枪杀）；或者由于欲望的冲突（《大年》中豹子不知道唐继尧也看上了玫，从而

研究资料

---

① 《上海文学》1988年第8期

走向了死路）；或者由于无意间挡了道，在别人眼中是个他者，莫名其妙地成为别人欲望的牺牲品（《褐色鸟群》中，"我"骑车跟踪一女人时，把另一骑车人——他者，撞入路旁的水沟中淹死）；或者由于在欲望驱动下的越轨行为（《大年》中豹子为了占有玫，以杀富济贫的名义枪决了开明绅士丁伯高。《褐色鸟群》中并未死亡的酒鬼丈夫被妻子埋葬），如此等等。

性与死亡这一主题在格非的两类小说中，各有所侧重。在第一人称小说中，死亡只是作为阴影，隐隐约约地笼罩在性诱惑之上，成为主人公一方面被性诱惑牵着鼻子走，另一方面当两性进入实质性接触时又恐惧不安的根源。而这种矛盾的产生归根到底是因丧失了对自我生命价值的判断造成的。他不知道对爱的追求是生命的实现，还是生命的丧失。当拥有内在的心理时间时，那无情而冷漠的客观时间悄悄地流逝了（象征季节的候鸟飞走了）。在客观时间与主观时间之间，该遵从哪种时间呢？时间的焦虑毁掉了性爱中轻松自由的心态。没有爱的时候渴望着爱期待着爱，有了爱之后却发现：恋人伸展着双臂互嵌的阴影当中有一块空白——那块空白是一具骷髅[①]。传统的性与道德之间纠葛矛盾的主题已从格非的视野中消灭，他思索的是新问题，在开放时代失去性选择标准之后的困惑，性与爱相分离的苦闷。在《没有人看见草生长》中，他曾以荒诞的笔法写道，一对新婚旅行的夫妇与另一对夫妇在途中相遇，宿营野地，早上醒来后发现睡在身旁的竟是别人的妻子。多年之后，当主人公为年轻时的冲动后悔时，那女人梅却告诉他，那天晚上她看见他的妻子先和她丈夫睡在一起。作品以"爱情象流水"作为结束句，是意味深长的，你既可当作正话来理解也可当反话来读。与看待性爱的矛盾态度相应的是，爱情究竟取决于对象，还是取决于自己的想象与体验。在《陷阱》[②]中，主人公跟随一个女人走了很久之后，发现她的历史经不起查考，她的过去纯属虚构。其潜台词是所爱的对象经不起了解，而揭露了表象的虚假。该小说的最末一句话，同样可从两

---

① 《没有人看见草生长》，《关东文学》1988年第2期
② 《关东文学》1987年第8期

个对立面来阅读的："关键在于你如何记忆少女。"

在第三人称的作品中，性的毁灭力量只是作为潜在因素起着作用，作者着重的是对命运的关注。如果说在第一人称小说中人对于生命还有一点主动性，那么在第三人称小说中就揭露了生命被身外之力所控制所操纵的性质。这里面的死亡事件几乎都是由一个小小的微不足道的插曲引起的，这就更加体现了生命的无常与偶然。格非看见了欲望的二重性：它既是生命的体现又是生命的毁坏。而当欲望毁去的价值大于它的生命本身后，我们在感受到欲望的荒诞性同时也不能不感受到生存的荒诞。

如果说格非对生命持悲观主义态度，那是不够正确的。他的小说毫无感情色彩，根本谈不上悲观或乐观。传统作家中也有不少人强调创作时要克制情感，要冷静，描述要不动声色。如契诃夫就说过：我只有使自己冷得像冰块一般，才能进行创作。但他们的冷静是为了使读者激动，他们的不动声色，是为了使读者涕泪汪汪。但格非的小说，不仅文字本身滤尽了感情，读者读后也冷静得可怕，与作者一样地不动声色。这种"无情"的文学意味着什么呢？

现在来谈《大年》。

作品中的主角应该说是两个，一个在明处，一个在暗处。在明处的豹子自以为领导着村庄的"革命事业"，希图借助这一"事业"结束由于惯偷而被遗弃于群体之外的历史。但他的所作所为到头来不过是为他人作嫁衣裳，为唐继尧达到个人目的铺平了道路，自己却成为承担一切罪责的替死鬼。豹子并不是值得同情的人物，他也是罪有应得。然而，问题在于：他内心的罪恶欲望是经唐继尧以革命的名义启发后，才得以肆无忌惮地释放出来的。

从豹子的"革命行动"，我们可以发现所谓革命与传统之间有着奇妙的联系。他成为小偷后，就被村庄的每一个人所蔑视，连自己的母亲在打算自杀前都会雇人来杀他，以免活在世上辱没家门。他是一个无人理睬的孤独者。他承受不了这种孤独的滋味，多次发誓再也不偷了，想回归到所属的群体中去。但惯偷的恶名使他不可能再被群体接受。要让群体重新接受，只有采取过激的行动，以杀富济贫的英雄面貌出现，从而一举洗刷自己的名声。这是一条立时见效的捷径。因此，"革命"对于豹子，不仅是胃的需要与生殖器的需要，也是寻找精神的归宿。从他对群体的依赖上，可以看出，他虽然表面上敢造反敢杀人，霸气得很，实际上极为虚弱。他不是个真有胆识有魄力的强盗，而是个"顽童式的强盗"。他敢闯祸，敢流浪，最后还是要回家找"妈妈"。

可见，对于豹子来说，"革命"还具有赎罪的意味——赎回他背叛道德，辱没家门之罪。一顶杀富济贫的英雄桂冠就是他赎罪的资本。所以豹子式的革命并不是对传统的破坏，而仅仅是凭借暴力强制性地来次财富再分配，以此收买民心，改变自己的社会地位。

唐继尧的职业是郎中，一个乡村知识分子。此人极善于搞谋术，上上下下里里外外都有朋友：既是绅士丁伯高的座上宾，与新四军的交情又非同寻常。此人是个出色的外交家，即使对待贫苦农民也同样和蔼可亲，乐善好施，连惯偷豹子没衣穿，他都会毫不迟疑地把自己的羊毛袄扔给他。丁伯高也施善行，是个开明绅士，但因与穷人之间的财富差距，仍免不了招人忌恨。他除了德行之外又无暴力的支撑，一俟天下大乱，只好惶惶不安。可是唐继尧，无人会对他有半点非议，他没有惹人眼红的财富，而作为道德的财富早已众口成碑。

在一个没有法治的社会，一个人若善结人缘，与各种势力集团都有交情，且自己的社会声誉又极好，那就无疑将立于不败之地。如果他还拥有自己的实力集团，那简直所向无敌了。退可保身，进可成"事"。天下太平时，他可作为著名贤士受人尊敬；天下大乱时，摇身一变就是英雄伟人。这种人深谙"国情"，他不但头脑冷静清晰，知道传统道德的巨大作用，还善于巧妙地借助这种力量为自己的目的服务。因此，这种人永远把维护自己的道德形象当作头等大事，在名誉不受损害的前提下，悄悄地实现着自己的欲望，这种人的真正欲望是深藏不露的，别人无法操纵他，而他却可以利用别人的欲望来进行操纵。

唐继尧就是这样一个人物，他看上了丁伯高的二姨太，却照样不动声色地帮丁伯高的忙，而另一面却将要杀丁伯高的豹子介绍进新四军，轻轻松松地连排两场借刀杀人戏，借豹子之刀杀丁伯高，又借新四军之名除掉豹子。这是一个播弄历史的知识分子，一个有道德美名，实际上极端自私，为了个人欲望不惜置人于死地的知识分子。

当代文学中的知识分子形象始终是个可怜虫。格非写出了这样一种知识分子形象，是具有新意和深意的。

马尔克斯说过，作家的职责在于提醒公众牢记容易被遗忘的历史。除了写作方法外，马尔克斯的文学观不知是否也对格非产生了影响。记得格非有一阵极为热衷"冒险的叙述"，认为"叙述冒险的时代"已经过去，但他很快坐下来沉思历史了。

我们中国人特别容易遗忘灾难的历史，更不去追究导致灾难的原因。就拿眼下来说，"文革"刚过去不久，却几乎被彻底遗忘了。而遗忘了历史，只能"摸着石头过河"，在浮躁狂热与麻木痴呆两个极端上摆动不停。桑塔耶那说："凡不研究过去者注定要重复过去"。为了不再重复过去，我们特别需要能冷静沉思的品格，可我们又恰恰最缺少这种品格。

写到这里，我突然领悟了格非的"无情文学"，这正是一种诉诸于沉思的文学。

原载《上海文学》1988年第12期

"格非迷宫"与形式追求

——《迷舟》的文体批评

钟本康

与那些故事弱化、故事破碎的现代小说不同，格非的小说有着很强的故事性，这似乎有着对传统小说的复归趋向，但谁都承认，格非的小说是很现代的，这里指的不仅是观念、意识，而且是形式、文体。格非那娓娓动听的故事，总是浸透着扑朔迷离、神秘莫测的东西，它在引人入胜的同时，也引人进入迷阵。一位评论家说："格非迷宫"可能是目前小说界最奇特的现象之一。①

在格非为数不多的作品中，有两部中篇比较有代表性。《褐色鸟群》（《钟山》1988年2期）写的是，一个叫棋的陌生女子夹着画夹来到"我"（格非）的小白楼，听格非讲自己亲身经历的故事。他与穿栗树色靴子的女人街头邂逅，雪夜追踪，而她却不知去向。不久，他又与那女人在郊外相遇，相近，直至结婚，她果然有双栗树色的靴子，但她说十年未去城市，也未雪夜回村。她在结婚的当天（正是她的生日）突然死去。后来，棋又夹着画夹来到小白楼，但她说自己不叫棋，手上夹着的却是镜子。在这里，一切都似真非

---

① 雷达《动荡的低谷》，《小说选刊》1989年2期。

真，似梦非梦，谜团接踵而至，搞得你如坠五里雾中。与《褐色鸟群》的假定性、荒诞性的形式表现相反，《迷舟》（《收获》1987年6期）的故事真实而清晰。孙传芳部队32旅旅长萧回家奔丧时与杏重温旧情，杏的丈夫三顺发觉后把杏阉了送回娘家，萧连夜去榆关看望废掉的女人，而占领榆关的北伐军首领正是萧的哥哥，于是萧的行动被暗中监视他的警卫员解释为通敌，萧就被枪决了。这部小说对背景、时间、地理环境、人物身份、故事进程等都交代得很清楚，给人一种逼真的感觉，但其中所包含的一切又都"沉浸在暮霭似的神秘朦胧之中。寂静、无言、凶兆、性爱、死亡……布满了迷阵"[①]。从小说文体意味上看，也许《迷舟》更值得注意。

当前理论界正在把文体革命的研究提到显豁的位置上，《文学评论》《上海文论》等刊物以南北呼应之势发表了文章。新时期是一个新的文体革命的时代，其核心体现在从"为革命立言""为政策立言"到张扬个性的衍化过程。到格非手里，则把个性的张扬更自觉地倾注于形式的追求之中。他的小说有一种无与伦比的形式美，称格非为形式主义小说家，并不是贬词，在文体革命中，他是独树一帜的。而《迷舟》无论是语言的选择、结构的布置还是表达的方式，都达到了珠润玉圆天衣无缝的境界，从而将它的迷宫构建得曲折回环、璀璨夺目。这里，仅就与"格非迷宫"有关的形式因素作一些分析。

《迷舟》一开始提出萧的"下落不明"，它像一个谜，小说实际上是在解这个谜，然而正是在这里它设下了引君入彀的"圈套"。随着故事一天又一天地展开，萧与杏的旧情新爱越来越成为读者关注的中心。待到他们私媾事发，三顺扬言要杀死萧，读者满以为解开谜底之势已定。果然，萧去榆关路上，被三顺们所截获。这里细写了萧必死的条件：萧处涟水河边无路可退，萧匆忙间未带手枪，萧的警卫员不在身边，萧默认确是去看杏等，但却是一场虚惊。至此，读者也许会猜测起萧"下落不明"的各种原因，但恐怕绝对不会想到杀死萧的竟是他的警卫员。在整个故事叙述中，每个环节都扣得很紧，使你无法逃遁。问题在于，作品怎样把读者引入歧途。

---

① 雷达《动荡的低谷》，《小说选刊》1989年2期。

原来这部小说布置了明暗两条叙述线，明线是萧与杏的关系，暗线萧与警卫员的关系。在叙述方式上，始终让明线处在压倒一切的地位，使读者将看似无关紧要的警卫员置之脑后。也就是说，用不断扩大刺激强度来转移读者的注意力。格非是明智的，这种手法在侦破小说、情节小说中是司空见惯的，很难骗过现代读者的眼睛，因而在描述暗线的语言选择上颇费了心机。作者对警卫员不是没有暗示，但都是模棱两可的，如：萧走出指挥所解马缰绳时，"警卫员不安地跟了出来"；萧遇见老道人以后，"又从警卫员的眼睛里看到了道人诡谲双目的光芒"；萧在安葬父亲的归途上，"听不到警卫员跟随着的熟悉的脚步声，有点不习惯"；萧在杏家竹林中见到警卫员闪过的身影等等。联系到当时的情景和警卫员的身份，谁会怀疑其中有什么奥妙呢？事实上，警卫员即使在监视萧，也并不非要杀死萧不可，在第六天，他还及时地提醒萧："是不是该回棋山了"。而且作者还反复强调萧对警卫员的印象是"像个姑娘一样"，是个"未谙世事的孩子"，"反应迟钝"，经常"熟睡"，甚至"发现自己和这位沉默寡言的下属的关系日见亲密"。于是种种暗示被萧的印象所覆盖所磨损，变得毫不足道了。值得注意的是，萧对警卫员的感觉，也不完全是"主观的偏斜"或错觉，正因为警卫员对萧的六天经历不甚了了，譬如说，萧为了观察杏的联系暗号，强词夺理地坚持在急水处钓鱼，接着又莫名其妙地不钓了，警卫员"像是对旅长的反复无常感到茫然不解，又像是丝毫没有猜透旅长的心思"；萧也很有把握地认为，警卫员对自己与杏的经历"似乎毫无察觉"，因此警卫员才得出萧去榆关通敌的结论。这也可见到格非对"迷宫"设计是何等的周密。

萧实在死得冤枉，但作为当事人警卫员却认为死得应该，在这里，格非已偷偷地把背景提升为故事的主体。《迷舟》在题记和"引子"中交代了军事态势和地理环境，大致可概括出两个要点：（1）北伐军势头很猛，使孙传芳守军不战而降，迅速控制了重镇榆关，其首领是萧的哥哥；（2）孙传芳抽调精锐师驻守棋山要塞对抗，萧的家乡就在棋山对岸的小河村，而萧曾在榆关表舅家学过医。这些看起来与正文所叙述的萧与杏的故事无关，但却巧妙地布下了"迷宫"的阵脚。背景被轻描淡写地一笔带过后就销声匿迹了，直到篇末警卫员那段晴天霹雳似的话才又骤然再露尊容:"引师弃城投降后,我就一直奉命监视你。……在离开棋山来小河的前夕,我接到师长的秘密指令:如果你去榆关,我就必须把你打死。"这几句话把篇首的背景交代全都促活了,立即上升为故事的本体部分和迷宫的有机部分。本来,萧的死应归结于他自己行为的后果,但却转移到与萧行为无关的背景上。换句话说,萧在应该死的地方不死,在不该死的地方却死了,这就产生了一种神秘感和荒诞感。

由此可见,格非在对《迷舟》进行形式思考时,有一个奇特的特点:故事的发展不断改变着预定的方向,先从奔丧转到偷情,继而从偷情转到情杀的威胁,最后突然转到政治性的误杀,走着一条弯曲迷离的路。正如克莱夫·贝尔在评述普鲁斯特的小说时说:"只要我们想看到他们的故事向前发展,我们就得保持耐心:向前发展并不是它的预定方向……"①。在这里,他还充分运用时间的因素使读者畅通无阻地毋庸置疑地引进"迷宫"。《迷舟》对时间的写作是极其严密一丝不苟的,不仅充斥着"午后""傍晚""黄昏""拂晓""晚上""午夜""黎明""中午前后""昨天"等词语,不仅明确地写出日期,"1928年3月21日""七天后突然下落不明"等,而且整部小说就是按"第一天""第二天"等来安排章节的。在这里,故事和人物关系的发生发展,场面和情景的出现展开,都存在于时间里,都打上时间的印记,倘使抽掉了时间感,小说的骨架连同血肉也就化为乌有。时间,使《迷舟》具有了确定性,同时使《迷舟》具有了神秘性。警卫员在枪决萧时说,"大战即将开始,——已经没有时间了"。这句话不妨理解为萧的气数已尽。萧与杏的幽会和事发,三顺对萧的截获和释放,都在晚上,而萧随带警卫员来村时,警卫员打死萧时,都在早上,这种巧合诚然有其内在的合理性,但把明线的关节点放在黑夜,把暗线的关节点放在黎明,也不得不承认其中包含着神秘色彩的形式追求。对《迷舟》来说,时间不仅是一个精美的阿拉伯图案,而且是一种"迷宫"的三维结构。

在萧"下落不明"的谜解开以后,为何"下落不明"的谜似乎并未完全

研究资料

格非

---

① 转引自苏珊·朗格《情感与形式》第347页。

解开，读者并没有因萧的死而得以驱散迷雾，走出迷宫。这是因为《迷舟》在形象外观上有这样一些特点：（1）突出预兆。"引子"中有一句点睛的话："在这几乎和以前一样寂静的午后，对即将开始的大战的某种不祥的预感紧紧地困扰着他。"这种预感是属于神秘主义的东西，也反映了人在复杂的现实生活面前对自身命运失控的恐惧感。如：在剑拔弩张的战争态势中，小河村出奇的宁静，构成了反常的潜伏着危机的氛围；母亲见到萧时，发现他的眼神和丈夫临终前的眼神一模一样；老道人诡谲地说萧"当心你的酒盅"等，不祥的凶兆一直弥漫于整部小说之中。（2）突出本能冲动。意识总要压抑本能的冲动，而本能冲动一旦成为难以压抑的驱动力时，往往会出现无法理喻的行动。面对父亲的死讯、家乡的景物、灵堂的肃默、母亲的啜泣，萧的心情始终是平静的，但心灵深处却有一种莫名的力量在驱动着他，因此萧对杏的举止身影有着神奇的敏感，萧的一系列行动也很难用明确的心理依据去解释。如萧潜入杏家，萧在急水处钓鱼，萧去榆关等，作品几乎都没有写他的心理活动过程，于是就有一种神秘感。（3）突出非过程性。事情的过程就是事情的一切，不交代过程，事情就变得无根无由神秘朦胧了。如：马三大婶突然出现在棋山指挥所，她怎么会知道萧在这个鲜为人知的地方呢？她后来暗中向萧通报三顺外出捕鱼的信息，她怎么会猜出萧对杏的心思呢？也许其中掩盖了复杂的故事过程，也许事情就那么蹊跷。（4）突出偶然性。偶然性的集中是对逻辑的背叛，往往会趋向宿命。如三顺恰恰提早回家并立即发现杏的异常，萧已决定回棋山却一瞬间改变了主意，三顺举手间可杀死萧却莫名其妙地放过了萧，警卫员因酒醉未盯梢去棋山而产生了错误的判断，再联系到"当心你的酒盅"的话，似乎萧死于警卫员之手是命中注定的。假如说，萧是一条"迷舟"，那么究竟是什么东西引他入迷途的。是性爱？是预感？是凶兆？是宿命？……总之，觉得冥冥之中有一种不可知的力量在操纵。"迷宫"实际上是"谜宫"。

长期以来，在"内容第一"的观念影响下，较普遍地缺乏形式的自觉意识，这可能是造成作品公式化、模式化、一律化的根源之一。新时期的文学新潮冲垮了僵化模式，促进了形式的多样化，但有的形式虽新不美，因而像《迷舟》这样精巧别致的作品，是格外引人注目的。问题在于"格非迷宫"及其形式有什么真正的意味和内涵？倘使它们只是一种智慧的游戏和精美的图案，那真是太可悲了。现在有的评论家对格非小说的责难正在这个问题上，如说它们"除了含有一点青春毁灭的哀伤，究竟还有多少真正的意味和内涵可言呢？"因此有必要提出来讨论。《迷舟》是围绕性爱和生死两个基点展开的。萧在戎马生涯中已对自己的亲属（父母兄长）和故乡看得淡漠了，但始终被一种果香所缠绕，一踏上故土，"他觉得像是一种更深远而浩瀚的力量在驱使他"，在此揭示的是人性之源，实际上肯定和强调了人的生命力及其不可抗拒性。萧不死于必败的战役和三顺的报复性情杀，说明人的命运并不完全制约于阶级和阶级斗争，也不完全控制于每个人自己的手中，这种命运观恰恰反映了一种现代意识。当然，对必然性的否定很容易导致神秘的不可知性，但不回避神秘的不可知性，正是清醒地承认了世界的复杂性和认识的局限性。值得指出的是，《迷舟》的要害是萧死于警卫员之手，而警卫员之所以打死萧，并不出于个人的恩怨或道德的善恶，唯一的根据是服从军事——政治的目的。孙传芳部队由于前车之鉴，最担心萧不战而降，然而作品在"第一天"中就不无周到地写道："午后，萧和警卫员查遍了村子的每一角落，没有发现一个异乡人，他暗自庆幸北伐军还没有注意到这个涟水之北偏僻的村落"；"萧觉得老道不像是北伐军的密探"，这些话明白无误地表明萧对自己部队的忠诚不贰。后来的事实也正是如此，萧从未出现过通敌的意向，但萧恰恰被自己的首领所怀疑，怀疑的根据只是萧的哥哥的北伐军占领了榆关，结果造成了萧的冤案。倘使把这个冤案作为这类冤案来看，其中包含的历史教训不是很值得深思吗？可见《迷舟》的主旨实际上已由性爱暗渡到政治，说它是一部政治小说绝不是无端的强加和任意的拔高。至于说格非小说含有"青春毁灭的哀伤"，似乎也不准确。诚然，《迷舟》写了杏的被阉，萧的被杀，但前者不过做了后者的跳板和导线，并无多少实质性的意义，而萧的死亡所显示的意义，也不在他自身而在严峻的军事政治，如果对他产生同情和哀伤，也不在他"青春的毁灭"，而在他死得太冤枉了。

原载《当代作家评论》1989年第6期

中国"后现代主义"小说的艺术标本

——格非长篇小说《敌人》读解

小 米

14

　　1985年小说观念发生重大突变以后，中国开始出现了现代主义小说艺术。一批年轻的新潮小说家开始以现代意识观照中国的现实和历史，并不断寻求新的语言方式和叙事方式。小说主题不再局限于只具有社会政治及历史化的审美特征，而更致力于追求一种具有现代哲学化的审美特征，即注重揭示和表现人与社会、人与人、人与自我、人与自然等本体哲学范畴上的矛盾性和异化主题。刘索拉、徐星的作品可以说是中国现代派小说的代表。在他们的小说中不再把对象分成具体的代表着善与恶的社会集团，也不再以传统的美学标准把对象分成美和丑的代表式以历史化的价值、尺度来区分成进步势力和落后势力等，而是从哲学的本体论出发把对象分成人和环境、主休和客体，并以现代化的审美方式表现出它们之间的本体的哲学关系，回答"我是什么？""人是什么？""白然和环境是什么？"等现代本体哲学所回答的主题，充分体现出现代主义文学的特质。

　　到80年代末期，中国文坛又出现了格非、余华、苏童等人的"新小说"，以其更神秘化、抽象化、非人格化、形式主义化的反艺术精神将文艺创作带向了一个新的境地。这些小说不再以弗洛伊德主义和存在主义等哲学思想为世界观和艺术观，而是以神秘主义，尤其是语言哲学、现象哲学为其思想基础，用绝对反艺术（反传统艺术）的形式来表现既不同于现实主义文学又与前期现代主义文学相异的主题，如"非人格"主题，博尔赫斯的"迷宫"主题，"黑色幽默"的"自我反讽"主题等等，一时成为中国"后现代主义"小说的代表。格非的作品就极有代表性地体现了这一倾向。从《迷舟》（《收获》1987年第6期）到《褐色鸟群》（《钟山》1988年第2期），格非均以奇特的机智，成功地把一个个经验世界从隐蔽的模糊状态推向清晰可感。最近，格非又推出一部新的力作——长篇小说《敌人》。读这一部小说，常常在强烈的故事性中，为一种神秘与恐怖的情绪所笼罩，以至欲读不忍，欲罢不能。然而，这部小说的感染力之深，决不仅仅是恐怖与神秘。除此之外，故事深层的意义，犹如天庭疾驰而过的闪电，将人类精神边缘闪烁不定的情感认识世界照亮了一条缝。

　　《敌人》在主题性质表现的是有关现代人对于生存困境与生命状态的困厄与无知。格非以12万字的篇幅营构了一个扑朔迷离、迫魂夺魄的故事网。故事以几十年前发生在赵氏家族的一场大火为开端，牵出了贯穿小说始终的一个谜：究竟是天意还是有人故意放火要灭了这个家族？小说实际上一直试图找到那个人，以解开谜底；赵氏家族的每一个成员都为这种神秘的不可知的力量所威胁和扼制，由此引出了"敌人"这一概念。在这个故事网络中，每一个人物都在有意无意地寻找和躲避敌人，并在寻找与躲避的过程中各以种种行为方式存在，构成故事的一个点、一条线。那么究竟谁是敌人，抑或说敌人是什么呢？"敌人"原本是一个外在于"自我"的客体概念，即对于个人来说，"敌人"是自身以外的所指。然而，格非在设置"敌人"这一意念并引导读者开掘"敌人"这一意念的过程中，层层深入地揭示出：敌人不仅仅是外在的异己的力量，同时又是自己内在的，是自身无所不在无时不在的隐形人；人类永远无法逃避"异化"与精神危机，时时、事事、处处都被一种神秘的不可知的力量所控制，人想摆脱它常常显得盲目和无用。显然，这和某些前现代主义作家的荒诞感不同，后者虽然也描写和批评现代社会对个性的压抑和践踏，表现为人的异化和精神危机，然而，它仍保留着对主体的信仰，流露出对主体和个性失落的叹息、悲哀和留恋。而在像《敌人》一类的作品中，表现出来的是：人根本无主体性可言，人的一切都是被规定的，被一种无形的、无所不在的力量统治着，被它所摧毁。具体表现为人的本能冲动和欲望与秩序、理性和社会规范的冲突，以及对这种控制束缚的自发的反抗，而这种冲突与反抗又常常为社会力量所吞噬。

格非突出描写了人的本能冲动与理性、规范的冲突。意识总要压抑本能的冲动，而本能冲动一旦成为难以压抑的驱动力时，往往会出现无法理喻的行为。赵少忠在"敌人"世界里是一个非常理性的人物形象，他作为赵氏家族几十年前那场大火的仅存的目击者，无法摆脱记忆的镣铐，那场大火连同人们对大火起因的推想都一股脑儿地烙入他的心中，成为骚扰他的经验。他是赵氏家族中最清醒也最自觉寻找敌人并逃避敌人的，在他身上我们可以感受到一种心灵的焦灼与灵魂的痛苦、恐怖。恐怖的根由来自于敌人的不可知，而痛苦、压抑与焦灼又来自自小熔进血脉的恐怖，这恐怖已经成为他生命的一个组成部分，不可能轻易地转移或消失。赵少忠作为理性的代表，一直在逃避敌人，逃避不祥的命运安排，因而在赵少忠身上表现出性格中的一种极大的顺应性——顺应环境。他极少与外界接触，避免与外界发生争执，他为一念之差没有让出翠婶给王胡子，而在许多年后仍深悔不已；他放弃了跟翠婶结婚的机会而委曲求全；他终于退让，将毁于那场大火的宅基地卖给了一直在打它主意的三老倌……种种努力都试图以理性化解外敌，而敌人的影子却无声无息地渗透到赵家生活的角角落落，像鬼魂不散。赵少忠身上集中体现了理性意识对本能冲动的压抑、扭曲。在这种强烈的理性意识驱使下，赵少忠一直做着一些与自己意愿截然相反的事，而本能冲动却如章鱼的触须，紧紧缠绕着他、窒息着他，以至它最终丧心病狂地杀了亲生儿子。至此，自小植入他心灵的恐怖感像一颗毒瘤终于爆发，他在自我封闭的寻找敌人、逃避敌人的过程中，自身不自觉地成了赵家败落的帮凶。

与之相反的一个人物是赵少忠的小女儿柳柳，她是一个非理性型的人物形象。她对于自身之外的不可知力量的恐怖，即对秩序的恐怖，不像赵少忠是来自于幼时的经验，而是来自于现在时的非经验的直觉。她凭直觉嗅出空气中的不安全因素；她完全依据直觉行事，而想摆脱经验、理智的束缚。比如跟陌生的外乡人出走，靠种种感应寻找到哥哥赵虎等，她直觉到危险的来临而竭力想逃避危险感的追逐，在她身上更为集中地体现出了本能的对控制与束缚的反抗和这种反抗的无力。格非由此形象地表现出一种人生体验，即人无论是理性的还是非理性的，都难以逃脱某种力量的控制，而这种力量就是秩序，它一面来自于人与外界的敌对，一面来自于人类自身，即本身潜在的自我毁灭的力量。通过这两个人物形象，格非不仅揭示了理性对人的异化与扭曲，而且进一步表明：在充分秩序化的世界里人根本无主体性可言。

如此抽象的经验、思想，格非是如何拨开迷雾，使之具现光芒的呢？《敌人》表现这些现代主题的艺术方式也具有典型的后现代主义的艺术特征。叙述人的视点是我们跟随作者进入文本的隧道。格非以简单过去时引出了"敌人"意念，"村中上了年纪的人都还记得几十年前的那场大火。那是清明节的一天"，这种过去时疏远了事实，但表达时间关系已不再是它的任务。它是一个回忆，而且是一个有用的回忆，由此将现实带到一个点上，使接下来的现在时成为对过去时的玄念的深入解答，于是，事实变得真实而模糊不全。这里，无论是过去时还是现在时的叙述都没有具体的历史地理背景可以参照，是不确定的。格非是随意抽取了人生宇宙的一隅一瞬来作为其审视对象的，这种时空的不确定性，就使他所要传达的思想经验获得了某种普遍性意义。

格非的小说不同于那些切割破碎、故事弱化的前现代小说，相反，它有着很强的故事性。《敌人》非常注重于故事过程的营造。格非在观念上是现代的，但又不拒绝一切传统写实的手法，不拒绝故事意义的生成。《敌人》布置了明暗两条叙事线来导向意义的生成，故事完整。明线是赵氏家族与外界的关系，即与神秘的敌人之间的关系；暗线是赵氏家族里的复杂的性爱关系。在叙述方式上，格非始终让明线处在压倒一切的地位，使读者将人物之间纠葛极深的性爱关系置之一边。也就是说，格非始终不断地扩大刺激强度来吸引读者，使之专注于赵氏家族与外界冲突的一面，寻找与"敌人"意念相对应的具象。格非为扩大刺激强度所做的第一个努力是突出预兆，然而正是在这里他设下引君入彀的"圈套"：确系有人要灭了这个家族，即几十年前所推测的那个敌人确实存在，在《敌人》中每个人物的死都伴随着种种不祥的预感。猴子死前赵少忠莫名地又想起那场大火，"他重新被一种不祥的阴影覆盖住了"。而在那以前，麻子女婿送来的装满寿礼的筛子，跌翻在地，像轮子一样地滚出好远，也给寿宴笼上了一层阴影。赵虎死前，柳柳强烈地被恐怖所追逐，家里楼梯上天天出现死老鼠的尸体。而柳柳自己临死前则"噩梦一个连着一个向她昭示了未来发生的一切"，赵龙的死期与瞎子的推算不谋而合，就像敌人预先告知过瞎子一样。凡此种种都使得故事的艺术氛围充满着浓厚的神秘、诡谲和恐怖意味。而这一切又与几十年前的那场大火一起，成为赵氏家族终将为敌人所灭亡的预兆，暗示着敌人的存在——那是一种外在的异己的力量。格非通过这一方式，环环紧扣，把读者引向寻找外敌的死巷：它可能是花圈店钱老板、村里的三老倌、梅梅的外乡丈夫或者小酒店里的任何一员。他们和赵氏家族有着不同程度的利害冲突，在过去时的世界里，子午镇人都是赵家的雇工，街上的每店铺都是赵家的，因此难免会有宿敌，或是因为妒忌，或是因为主仆关系处置不善导致的怨毒。在现在时的故事世界里，尽管赵家已不是几十年前显赫的模样了，家长赵少忠也一直否认和规避着这一可能的存在，但赵家与外界的无形神力之间的对抗并没有消失。邻里之间不时有人提起那场大火，令人难以逃遁"敌人究竟是谁，她（他）在哪里"的玄念的追击。这里，没有谁真正明白事情的真相，格非没有让自己像上帝一样地凌驾于人物身上而无所不知无所不能。他运用旁知视角，追溯出一种逼真的境地，一方面使小说的虚构显得正常合理可信，另一方面又使故事本身处于扑朔迷离、峰峦叠嶂之中。其间，敌人的表层意义强烈可感地凸现出来：敌人来自于人与外界的不可克服的矛盾冲突。

尽管明线以压倒一切的地位向前发展，但暗线也以顽强的力量推进，并不知不觉潜入读者的心灵，使之寻找敌人的过程变得更为艰难、复杂。明线叙述的种种预兆将读者引入玄念解答的开阔地，似乎曙光就在前头；而暗线的发展却常常将读者抛入一个又一个新的迷途，玄念仍然玄而不明。《敌人》故事的发展不断改变着预定的方向，性爱关系引出了敌人的另一层含义：冥冥之中操纵着人的某种不可知的力量来自于人的本能冲动与欲望，人类本身潜在着自我毁灭的力量，它一旦为外因所诱发，就必然导致悲剧的产生。赵氏家族人员之间的关系极为复杂，赵少忠与翠婶之间，赵龙与酒店老板娘，哑巴与赵少忠的女人，柳柳与陌生人之间等等，都带有极为隐秘的性爱纠葛。其中，赵少忠与佣人翠婶之间若有若无、似隐似现的感情起伏贯穿始终。首先是翠婶的到来，使赵氏家族潜伏了一种新的危机，导致了一系列事件的发生：赵少忠毫不动情地辞退了老年男仆；他终因不肯出让翠婶而得罪了王胡子；由于他和翠婶的私情事发，致使他的女人吞吃有毒的木杨花自杀。而赵少忠在他的女人死后，却也并没有同翠婶结婚，"即使天仙下凡，我也不会娶了"，他试图借宣言式的方式来遏止自己内心真实的欲念。而颇令人深思的是，故事结尾当赵氏家族只剩下赵少忠与翠婶还活着时，他们衰老的躯体却终于爆发出了令人难以置信的欲火，在阳光底下冲破几十年的压抑结合在一起并走向高潮。这使人将赵龙的死因与之紧紧相联，并豁然醒悟地重新回头去探究猴子、柳柳甚至是赵虎等人的真正死因。或许，正是赵少忠压抑至深的情欲与传统观念的冲突导致他杀人以清除障碍。他杀死亲生儿子赵龙很可能是基于这一点，另外也可能是不堪忍受等待外敌的焦虑与恐怖，想阻止外敌仇杀计划的完成。柳柳的被杀也与性爱有关，她怀了孕。临死前她闻到了熟识的气味，看到了熟识的身影，这同样可能正是她的父亲为遮掩家丑而杀她，也可能是子午镇人或者外乡人王麻子之流因觊觎她丰美的肉体而杀她。赵虎的死似乎与性爱无关，但外乡找上门来的三个抬着花圈的大肚子少女却表明症结可能就在于此。猴子的死似乎与王麻子涉嫌，但猴子的神秘的身世使得这一可能极不可靠而旁生疑窦——或者是赵家内部有人杀了他，因为他是赵少忠和大儿媳妇所生。通过这一暗线叙述，表明敌人的存在与出现跟赵家乱伦的性爱有关，敌人也来自于人类自身的欲念和行为。这里，格非始终站在不同人物的角度来叙述，以人物的视点为视点，因而除了叙述人可供信任的叙述部分外，谁也不可能全知，于是，敌人既可能是外在的，又可能是人自身内在的。

显然，格非始终没有明确地昭示出究竟谁是敌人，或者敌人是什么，而是在竭力保持生活的原生状态的情况下，引导、启示、暗示读者去认识、去理解、去揣摩"敌人"的意蕴。明线与暗线交叠推进，使外部与自身整个儿融合在一起，成为一个非常严谨的整体，寓意丰富、复杂、深远，故事至此结束，

"敌人是谁"的谜似乎已经解释出来，但似乎又没有解开，读者仍然走不出格非精心设置的迷宫；敌人究竟是什么？这里集中体现了格非的后现代主义者的世界观；这个世界不再是以往被理性所认识所把握的现实社会，而是一个难以认识难以找到其规律的迷宫、梦和"现象世界"。

为此格非还采用了"现象叙述"的方式，来为他的后现代主义的审美观服务。在"敌人"中，人物的一系列行动很难用明确的心理依据去解释，格非并不直接描写人物的心理活动过程，而着力于人物外在化的行为，于是这些行为都有一种很强烈的神秘感。柳柳的种种骚动不安的行为没有明确的心理铺垫，一切均显得神秘，不可知。"敌人"世界的描述还充满了非过程性和偶然性。事情的过程就是事情的一切，不交代过程，事情就变得无根无由神秘朦胧了。哑巴是怎么来的，他究竟是什么人？瞎子两次来到子午镇，如同亲身经历过一样算出赵家的一系列惊变，他是如何得知的，真的能掐会算吗？也许其中掩盖了复杂的故事过程，人与人之间存在着某种隐秘的关系；也许事情本身就那么蹊跷。如果没有那场大火，如果赵少忠不去嫖那一夜，如果赵虎能检点自己的行为……偶然性事件的集中，是对逻辑常理的背叛，似乎还有宿命的意味，而格非在此揭示的，恰恰是人性之源，种种非过程性和偶然性事件表明：人并不完全控制在个人手里，也不完全受控于外界。外界的因素与个人的因素之间往往存在着某种契机，一旦两相碰撞、遇合，偶然性就成为必然性。在此，格非并不回避神秘的不可知性，这恰恰反映了像他这样的后现代主义者的现代意识，作品所表现的人在复杂的现实面前对自身命运的恐怖感、宿命感，正是清醒地承认了世界的复杂性和认识的局限性。格非在《敌人》中所昭示的神秘、不可知是生命的终极意义上的因厄与无知，它实际上肯定和强调了人的生命力和不可抗拒性，是积极的。

总之，格非的小说是很现代的，这里指的不仅是观念、意识，而且是形式、文体。通过《敌人》，我们对后现代主义倾向的新小说特色约略可见一斑。他们更加注重于故事本身的营造，惯于在扑朔迷离、神秘莫测中引人入胜，也引人进入迷阵，艺术倾向更神秘化、抽象化、非人格化和形式主义化。而后现代主义倾向的作家们的娴熟的语言和技巧更增加了小说情绪力的深广度和小说的形式感，从而使阅读产生了巨大的审美张力。他们的作品在主题性质上明显地带有后现代主义哲学思潮的影响，在表达方式上也不乏后现代主义倾向的艺术特征。尽管存在着种种模仿法国新小说派、拉丁美洲的魔幻小说的痕迹，但对于中国当代小说艺术的发展来说，却是具有不可或缺的历史意义的。格非的《敌人》，明显地昭示出一个后现代派作家的文艺创作倾向与特色。

原载《浙江师大学报（社会科学版）》1991年第4期

"敌人"：一个被消解的概念

赵小鸣　王　斌

我们是自己的魔鬼，我们将自己逐出我们的天堂。

——歌德

一

　　一部作品的标题究竟在多大程度上能够首先吸引读者，这似乎是取决于某种命名的技巧。许多刻意渲染，具有刺激性和媚俗意味的标题常常反映出一种商业文化的特点，同时也多少代表着作者的品位。相反，有些作品的标题看上去具有很大的随意性，仿佛是信笔拈来且无足轻重，然而掩卷之后，却使人感到这标题的耐人寻味。这也许就是初读格非的长篇小说《敌人》时所给予我们的印象。甚至我们会不由自主地去追究，究竟是什么原因使这个带有一丝冰冷寒意却又最为寻常的字眼儿，会在我们心里激起一种复杂的情感。

　　在汉语中，像其他许多常用语一样，"敌人"这个带有某种军事性、攻击性和对抗性色彩的术语，一直被广泛和普遍地使用于我们的社会生活中。它不只是用来指称战争状态中两军营垒对峙的双方，而且是更多地被用于指称不同的社会阶层或集团或国家之间的对立（譬如，称"黑五类"为阶级敌人，称

"帝国主义是我们的死敌"等等）。它的如此广泛的使用，也使它成为我们日常语汇中的一个最为平常的词，一个永远和我们纠缠不清的概念。它成为一个巨大的阴影，一个永远解不开的死结。然而当我们环顾四周，想要指认出某个具体的敌人时，竟会突然发现，"他"并不在场。正像我们所说的，"他"不过是个影子。所以，我们只能用"它"作为敌人的代称。它如此抽象，笼统，没有一副清晰的面孔，不仅难以辨认，而且引人困惑和为难，以至人们有时不得不用数额指标去硬性分派这个角色。而由此演绎出的一幕幕历史中的荒诞的闹剧，已成为我们甚至几代人心灵中的惨痛记忆。

那么，是因为创伤平复之后的健忘，还是为了保持缄默以免触动旧日的疤痕，那些不断被纠正了的历史中的旧案仿佛已向我们证明，在我们"附近"，至少在日常的环境中，敌人并不在场。对于人性的更深刻的认识，使大多数人已不再简单地以"好人"或"坏人"作为判断一个人的标签，而"敌人"这个词也距我们更加遥远和陌生。在我们的意识中，它是一个被拒绝和受到抑制的旧梦，是一个禁忌。而潜意识抑制的结果，使我们把"谁（或什么）是敌人"这个并未加以深究的问题，也同时搁置一边了，好像我们根本无须弄清，为什么彼此漠不相干的人甚至亲朋挚友转瞬之间即可彼此仇视和厮杀。其实，这正是格非通过他的小说，以文学性的叙述方式所提出的疑问，即为什么当儿子"一次次地想象着他的父亲在将来的一天被装进松木棺材，在花圈的簇拥下走向墓地的情景"时，会感到"一股股巨大的恐惧与快乐"？为什么父亲在亲手杀死那个与自己素无怨恨的儿子后，才能从压抑了几十年的欲望中解脱出来，并终于找回自己的生命之源，使我们看到了"他枯皱的脸上泛出早已消失的红润的光泽"？而人物的这种看似悖于常理的行为在什么意义上我们又认为它是合乎逻辑的呢？否则，这篇小说也就不能成立，它不过是一篇疯人的呓语，或者是作者给我们开的一个玩笑，它不能向我们证明任何东西。

悬置已久的问题，不等于噩梦已经解除，因而我们也就更难以保证历史的悲剧已成终结，难以保证我们不再故态复萌，重新扮演荒诞剧中的荒诞角色。所以，当格非赫然地以"敌人"作为他的长篇小说的标题时，仿佛是为了唤醒沉睡中的记忆，为了彻底摆脱梦魇的缠扰，他把"谁是敌人"这个巨大的疑问再次提到我们面前，而这部小说本身也不再仅仅是一篇文学性的叙述，它甚至更像是一份有关变态心理研究的病理学报告，是有关"敌人"这一题目所作的一篇哲学意义上的阐释。

二

"谁是敌人？"

这是作品一开始就提出的悬念，并且它贯穿作品始终。但它并不是以这样直截了当的方式提出这个疑问的，而是通过标题"敌人"和"引子"部分关于那场使人触目惊心的大火的生动描述，构成了这个疑问，并以一个年老的家佣的身份道出了某种猜测："如果不是上天有意要灭掉这一族，一定是有人故意放火。另外，好好的水龙怎么也压不出水来，也许有人用木塞将水龙头的喷水管堵住了。"这样，作品似乎很轻易地便将一个可以作为论证的题目变成了一部小说中的悬念，或者反过来说，它是以艺术的方式——小说的陈述，提出了与一个家庭命运和兴衰有关的问题。谁是这场大火的肇事者，纵火人或罪犯？是"上天"的旨意，还是有人故意放火？不论是哪一种结论，这个敌人似乎都是来自外部的力量。"上天"——代表着一种自然之力。它是命定的劫数，因而是不可违逆和逃避的。通常，它反而更容易使人平静地接受这种命定的安排，因为，自然性的毁灭或打击固然也会使人恐惧和痛苦，但它毕竟是暂时的。当灾难尚未到来之时或灾难过去之后，随着环境的改变和新生命的诞生，恐惧和痛苦也早已被埋进了坟墓。如果说赵氏家族所遭遇的那场大火不过是一次偶然的事故，真是上天的旨意，那么它的后代依然可以在火灾之后，重建一种新的宁静平和、殷实富足的生活，凭着他们的"勤劳和智慧"，这应当是没有疑问的。然而真正的疑问在于，当家族的族长赵伯衡——这个瘦弱、高大、刚毅、有着整肃而宁静的外表且受人尊敬的老人，站在"苍凉的废墟"面前时，他是否真的是在"估算需要多长时间才能使那些被烧毁的作坊，店铺和阁楼在废墟中重新生长起来"？至少在我们看来，重建家业的希望并没有使这位老练、庄重且精于世故的老人"积攒起残存生命的最后一丝光亮",相反,"那丝光亮仿佛是耗尽了油的灯芯草尖上的火星,在风中扑闪了几下,旋即熄灭了",以致他终于卧床不起。看来这不那么符合这一人物的性格逻辑,因为从作者简略的速描中我们得知,他并不是一个脆弱的老人。在火灾后的最初几天,他依旧在白果树下打拳,也就是说,在遭到如此巨大的打击时,他依旧未失长者的风度,依旧保持着一副庄严肃穆的外表。但最终他还是被打败了。然而真正能够打败他的,并不是这场大火,而是另一种来自外部的力量,一个他所独自面对的外在于他的敌对世界,一个人为的世界。

当村庄的每一个角落都在流传着有关火灾的各种传说时,其中至少有两个简单的细节已成为对火灾起因的第一种猜测的否定性答复。在这里,偶然性便可解释一切。意外的事故本身并不带有任何感情色彩。它只有起因,而没有动机,只有所谓的肇事者,却没有罪犯。但是当大火是从铁匠铺、木器铺、鞋店里同时窜出来时,当好好的水龙怎么也压不出水来时,这种意外的巧合本身是对偶然性的一种否定,使人们很难相信这只是上天的旨意和安排。因此,悬念、恐惧、仇恨和阴云般的疑虑均由此而生。在赵伯衡弥留之际,他所做的和唯一能做的事情就是在一张张宣纸上"写着什么";"老人脸上吓人的表情"仿佛表明宣纸上的文字是一种符咒的记录,这些恐怖的符号背后隐含着一个巨大的秘密;而在他命归黄泉之后,是"一名跟随他多年的家佣替他阖上了眼帘",终于,这个不失威严的老人带着他未了的宿怨和遗恨走进了坟墓,同时也把"谁是敌人"这个悬念留给了他的后人,留给了读者。

三

情节小说的一个十分重要的技巧就是提出悬念,使读者在阅读中保持着"期待";而悬念的解决也就是小说的结束,并使阅读期待得到充分的满足。情节跌宕的小说总是悬念丛生的。就这一点而论,格非的确是说故事的行家。不同于一般的通俗作品,格非的小说向来很精致。除了文学本身的魅力而外,他的小说格外注重造出一种出人意料的戏剧性效果，虚虚实实，善埋伏笔。《迷舟》《大年》及《褐色鸟群》写得都很扑朔迷离，具有一种博尔赫斯式的机智。他对传统小说的最大贡献在于他发展了传统小说中的"情节"概念，赋予情节一种直达本意的功能。所以，他的小说只作陈述而不作判断。这就使阅读过程成为读者参与创作的过程，成为一种智力游戏。《敌人》可以说是格非更为娴熟地运用这一技巧的范本，但它既不是严格意义上的情节小说，也不是传统意义上的心理分析小说。作家本人始终固守着只作陈述的原则，一切都只是过程的叙述。整部长篇中唯一的一段可以看作是主人公心理描写的段落，是第五章（第13小节）中的那一大段未加标点的内心"独白"，它是支离破碎的意识流动的碎片所连缀而成的大段回忆，但它也还是以陈述事件的方式来表现的。至于人物的心理活动及性格逻辑的发展究竟怎样，似乎作者本人并不比读者知道更多。他的唯一兴趣似乎仅仅在于如何巧妙地使事件发生的时间与本文的叙述时间错位，从而不断地制造悬念，使读者始终在"是谁"，"为什么"，"后来怎样"，这一连串的追问中保持着一种阅读期待。

所不同的是，传统意义上的情节小说，固然也能使疑窦丛生的读者在不断的追问及解答中得到满足，但相对来说，这是一种比较轻松的智力游戏。当错位的情节在阅读过程中得以重新组合或缺失的情节链最终被恰如其分地连接起来时，"游戏"也便终止了。它与故事的结束几乎是同步的。真相大白后的恍然大悟使阅读期待得到实现。然而格非的小说则对读者的智力提出了更大的挑战。它虽然也采用惯常的手法以调动读者的阅读兴趣，然而当故事结束时，游戏才真正开始。因为它不仅拒绝对最初的悬案提供答案，而且在小说结束时，反而给读者留下更多的疑问。在这里，情节链的补充已变得无足轻重甚至连那最初的那场大火的悬案是否解决也变得毫无意义。因为小说中正式出场的人物以及所发生的事件与那场火灾几乎没有任何关联。那次大火对于他们来说不过是个"遥远的印象"。它是作者在引子部分为小说中的人物设置的一个阴影，一个"红色的影子"。重要的是这个影子对人物究竟施予了什么影响；而对读者来说，它是智力游戏中的一个陷阱，诱使读者过分专注于破译手稿中的秘密，而把真正的悬念保持到最后，从而使作者在这场智力角逐的游戏中始终占据领先的位置，同时也避免了读者由于提前破译或者说阅读期待的提前满足，而使故事变得索然无味。

四

破译有关家族命运的手稿——这其实是马尔克斯的《百年孤独》中的一个典型情节。它支撑着整部作品的结构。这样一种相同的结构方式使我们很自然地相信，格非小说中的许多灵感是来自《百年孤独》。《百年孤独》中的马孔多和《敌人》中的子午镇同样都是一个与世隔绝的小镇，都是凭着浪游的戏班子维系着它们与外界的联系。布恩迪亚家族和赵氏家族的命运也都被某种阴影所笼罩，只不过笼罩着布恩迪亚家族的阴影是有关这个家族生出猪尾巴的"神话"；而赵氏家族的后代则是始终不能摆脱那场遥远的大火所带来的恐惧。此外，发黄的羊皮纸手稿，灵验的预言，乱伦，众多的私生子及为儿子寻找生父的女人，在被打开的尘封已久的小屋与早已故去的长者的"对话"，跟随戏班子的浪子，等等，《百年孤独》中的这些被化解了的碎片就像幽灵一样在格非的小说中游荡；这使我们很难漠视这两部小说中的相似之处。从许多方面看，《敌人》都更像是《百年孤独》的一个摹本，尽管它绝非是一个粗劣的仿制品，甚至可以说它完全是一个全新的东西，但格非确实是给自己的小说《敌人》也设置了一个敌人，一个时刻笼罩着它的阴影。当然，梅尔加德斯的羊皮纸手稿和赵伯衡的那些发黄的宣纸毕竟讲述的是两个完全不同的"故事"。

五

赵伯衡在发黄宣纸上究竟写了些什么？

这是作品众多悬念中的第一个疑问。在赵伯衡去世不久，便由他的儿子赵景轩和长孙赵少忠（赵氏家族未来的族长，也是小说中的真正主角）揭示了这个秘密。"纸上密密麻麻写满了人名。他不知道父亲在临终前为何要将村里每一个人的名字写一遍"。"赵景轩小心翼翼地翻看那些宣纸，他的脸上渐渐呈现出和父亲垂暮之年一样的神色。"作者没有直接解释赵伯衡抄录这些人名的用心，而是通过描绘儿子脸上呈现出"和父亲垂暮之年一样的神色"，作了一种肯定性的答复。毫无疑问，这是一份作为怀疑对象的仇人的名单。我们可以设想，子午镇上凡是具有纵火行为能力的人都在这份名单上。"那些歪歪扭扭的文字仿佛刻下了赵伯衡临终前孤独深邃的内心。"这句话不仅道出了人物对于孤独的深刻体验，同时也道出了那个"刚毅的老人"之所以被打败的真正原因。宣纸上的名单喻示着这位老人独自面对着一个过于庞大的完全敌对的世界。但这种对立未必完全是外界强加于他的，并不是村中每一个人都存心与赵家为敌。赵家是子午镇上的首富，这固然可能会招来什么人的嫉恨，但也会有人从赵家那里得到恩惠。然而巨大的恐惧和怀疑使他无法摆脱火灾的噩梦的纠缠，即便他确实有能力在废墟上重建家业，他也无法真正战胜他内心的敌人，这个敌人不再仅仅只是一种外在的力量，它蛰伏于意识深处，成为他内在言语中的一个最为重要的词汇，成为他身体内部一个深入骨髓的毒瘤，并且不断扩散弥漫于他的血液中，吞噬着他的生命。怀有巨大恐惧的孤独症就像一种难以治愈的顽疾遗传给了他的后代。"赵景轩把他一生中剩余的几年光阴完全耗费在父亲遗留下来的宣纸上"，用来破译这些名单中潜藏的真正罪犯——家族的敌人，并把不相干的人名"一个个划掉"。也许，只有"划掉"这一动作可以减轻他内心中的巨大恐惧；十年之后，长大成人的赵少忠也未能摆脱这一噩梦的纠缠，即使在他结婚的时候，"他的脑中一旦掠过那些宣纸上的人名，就感到浑身无力"。他最后一次看到那几张发黄的宣纸，是在父亲葬礼的当天。宣纸上只剩下三个人名没有划去。"他看着走远的送葬人群，顺手将它揉皱，丢进了燃烧的火盆。"

　　将名单丢进火盆——这既可以看作是一种暗示，也可以看作是一种隐喻。它可以表示人物试图忘却一切噩梦的努力，因而成为一种告别的仪式；但也可能表达了一种完全相反的意思。三个未被划去的人名尽管已化成灰烬被丢进火盆，但这恰恰注定了这些人名永远和火的意象连接在一起。它像三个巨大的问号连同那只燃烧的火盆成为主人公记忆深处的巨大纽结。这三个人名也许就是最后的答案，但对读者来说仍是未解之谜，因为它从未被展示给读者；也许对主人公来说，他也同样是尚未破译的不祥的咒语，是即将破译完的手稿中残留的最后一章，并成为主人公难以治愈的一块心病。正因为如此，我们才可以理解为什么外表上不失长者威严的赵少忠，不但在家族中而且在镇上也显然扮演着权威角色并受到尊重，而他的胆子竟会"像菜籽一样大小"。一个黑影在楼梯的拐角处划亮一根火柴就足以使他魂飞魄散，"骨骨碌碌顺着楼梯滚了下去"；散落的豆子"像水珠一般溅落的声音"，竟然也会把他从梦中惊醒。这种神经质般的多疑症和对外界的过分敏感也同时传染给他的儿女们。翠婶不止一次提到这家人的"疑神疑鬼"。多疑症甚至已成为女儿柳柳对于外界环境的超常感觉方式，成为一种被应验的不祥的预兆，"噩梦一个接着一个向她昭示了未来发生的一切"。至于哑巴和翠婶——最初作为外乡人并不具有赵氏家族所共有的孤独多疑的特征（就像布恩迪亚家族连私生子们都带有这种孤独的"标记"一样）。哑巴是随着戏班子来到镇上的。他对戏班子的迷恋使人很难把他看作是性格孤僻的人，因为戏班子总是和嘈杂热闹的场合联系在一起的。而一旦他被赵家正式收留之后，当他真的仿佛已成为赵家中的一员时，哑巴也变得让人难以捉摸了。"他躲躲闪闪的目光像是包含着某种不为人知的秘密"。他的"沉默寡言"就更使柳柳担心，以为他的聋哑是装出来的。"她害怕有一天他会突然说出一、两句什么话来"。翠婶是在经过了官塘镇上那个触发情焰的夜晚之后来到赵家的。她对赵少忠难以明说的恋情使她无法抗拒赵少忠躲躲闪闪的目光对她的诱惑。（而"赵少忠的女人"正是因为不能忍受他们之间的偷情吞了花瓣。）最初我们还能听到翠婶爽朗的大笑，但当她渐渐与赵家融为一体时，在她脸上也蒙上了"沉重的阴影"，尽管她曾"试图使自己成为一个外来人，一个旁观者"，但她最终也被大火的阴影所笼罩，甚至她有时觉得自己亲眼看到了四五十年前的那场大火。当瞎子预言了长子赵龙的死期不过辰日时，她夜复一夜地在赵龙的门上上锁。但她无论如何也没有料到，恰恰是她所依恋的男人会亲手杀掉自己的儿子而应验了瞎子的预言，赵龙尽管已看到了凶手，他还尚且能在慌乱中划亮一块火石，然而一旦他看清了父亲那张脸时，他却没有丝毫勇气反抗已经过于苍老的父亲。"他感到一种令人难以置信的恐惧正把他的躯体一片片撕碎"。也许真正的凶手并不是他的父亲，因为内心的巨大恐惧已经事先杀了他，所以这间小屋里发生的事才会"像拂过旷野的轻风一样没有留下一丝痕迹"。这实在是出人意料的结局。作者没有直截了当地描写凶杀场面，读者也只能根据父亲的出现和儿子的死这种时间上的前因后果，来判定父亲是凶手。然而，"没有留下一丝痕迹"又使这一切多少带有一种虚幻色彩。

六

通常，在阅读作品的过程中，我们并不过分在意作者究竟是在讲述一件真实的故事，还是在虚构一个神话中的非现实的世界。然而在这里，作者显然是在有意识地抹去现实与非现实的界限。瞎子的预言和柳柳的梦兆及其准确的应验，使最为平常的事件也罩上了一层神秘的色彩。它在我们心里引起一种捉摸不定朦朦胧胧的情感。这种神秘而又不能确定的情感使我们不但不能够肯定在这个世界中，真实与幻象之间是否真有一条明确的界线，而且也无法判定作者所选择的世界的真实性质。正因为如此，当这篇叙述一旦在我们心里转换成为视觉表象时，这种神秘感同时也造成了一种令人生畏的恐怖的气氛。

初看起来，这部小说完全恪守着一条写实的原则，没有什么过分的夸张和虚幻的色彩，一个家族因为一场大火而衰败，这本身不是什么很有意思的话题，而当作者巧妙地以暗示性的写法代替了对于事件的原原本本的描述时，便将一个充分艺术化了的世界展现在我们面前，并使事件本身具有了更多的意味，同时也构成了象征。钱老板的花圈店正对着赵家的院门——这本来可能完全是出于细节上的偶然考虑。但是当赵家频频被死亡的事件所缠绕时，这种不寻常的"重复"，使原本最为平常的事情突然间具有了象征的意味，成为一种与死亡做邻居的象征。不过，在这个象征里，作者并未提供任何暗示性的语句，因为死亡与花圈店之间的联系，使我们比较容易得出这种结论。但在更多的情况下，理解暗示，是解读这部小说的钥匙。否则，面对那些毫无头绪的悬案，我们将一筹莫展。

什么是暗示？一个眼神，一个简单的手势或一种神态，都可以成为暗示性的语句。所以我们可以说，暗示就是一种话语的省略。翠婶"以自己独有的方式向赵少忠传递着天真的暗示"，就是在为赵少忠赶做的鞋帮上绣上一朵晚茶花苞，在为他缝的被子里夹上一缕自己的黑发。这种意味深长的表示是否能够被对方所觉察和领会，则需要一种默契。同样在作者与读者之间也需要这么一种默契。格非从不小觑读者，他相信读者的智力并自信能够与读者达成某种默契，因之他从不将自己的判断絮絮叨叨地强加给读者。至于究竟谁是敌人，他把这个答案留给读者自己去解决，作者仅仅提供某种暗示，使读者始终保持破译谜底的兴趣。

颇具意味的是，几乎在所有具有凶杀意味的场面中，我们——读者始终看不到"敌人"的面孔，或者至多看到一个背影或者是在水中的倒影。但是有一点是毫无疑问的，对于小说中的人物来说，这个敌人绝不是陌生人。柳柳在芦苇深处的水沼地里被奸杀时，"那个人影在水中露出灰褐色的笑容，那张她所熟悉的脸像水草一般飘拂着"。而离她不远处"站着的另一个人"又使事件变得复杂了。"她没有看清那个人的脸"，头上便被什么东西重重地敲了一下，倒在水沼地里。作者提供给我们的唯一线索仅仅是"一束灰色的光影"和"敲击她脑勺的那件东西像是一根捶洗衣服用的木杵"。这根"道具"使我们联想起一个大约十年前的场景，那是在赵龙的婚礼上，村里的三老倌曾把一只"扒灰用的木榔头"塞到赵少忠的手里，在众人的哄闹之中，他用含混不清的声音一遍又一遍地重复着使他浑身燥热的那两个字："扒灰扒灰扒灰……"这也许可以看作是充满了性的暗示意味的场景，由家族长者履行的这个仪式，仿佛是古老的"初夜权"的象征。但谁是凶手？是那个有着众多私生子并时常使柳柳感到恐惧和心慌意乱的三老倌，还是那个"在她的梦中萦绕多日的人"——他的父亲？柳柳请女尼圆梦的场景暗喻了这个梦中的乱伦的意味：

      "你梦见麦穗梦见蛇梦见道士在桑林里走，这些都没有什么，只要不梦见下雪。"

"可是我梦见我的父亲……"

"你父亲什么？"

柳柳满脸一阵绯红。

（第一章第6小节）

　　然后是女尼吩咐柳柳怎样驱邪。这个梦如同一个"灰色的意念"在柳柳死前不期而至；在她生命的最后一丝意识中所保留的最后一幅幻影是父亲送给她的那副鸡血色的手镯（第五章第10小节），显然这一情节是一个极为精致的设计，它充满了暗示、隐喻和象征。

　　在小说中，猴子的死也始终是个疑问。他的父亲赵龙因为儿时偷瓜曾遭到赵少忠的毒打，所以"恐怕他以后会生不出孩子"。但猴子的"呱呱坠地"就连翠婶也感到奇怪，"天知道赵龙是怎样把他弄出来的"。而我们只有通过小说的所有暗示才能推测出猴子的真正父亲恰恰是那个被他称作祖父的人。赵少忠显然同猴子的母亲——那个如花似玉的外乡女子之间有一段超出名分的私情。在那一大段无标点回忆中，在那些闪烁不定的句子中，我们或许可以找到答案：

　　　……你看上去一点也不喜欢他可他毕竟是你的骨肉没有人知道这件事女人说他看见猴子滚动着一只铁环歪歪斜斜地走上了子午桥桥下冰封的河面反射的阳光照亮了那座残破的桥栏也照亮了她的脸她喘息着羊粪羊毛沾满了她的裤子

（第五章第13小节）

　　这段回忆将猴子的身影同那场羊圈里发生的偷情场景联系在一起，似乎证实了猴子的身世。尽管这个女人始终没有名姓，但从她对赵少忠的主动调情可以推断，她就是那个后来又私奔了的女人。于是以往所有朦胧的暗示突然间具有了明晰的意味，我们恍然明白，为什么有时赵龙父子竟会像一对兄弟，为什么赵少忠停留在猴子身上的目光会"像蛇一样游开"；为什么当三老倌戏称猴子为野种时，赵少忠会"像是被雷击了一下，手里的茶杯掉在地上摔得粉碎"。猴子最后淹死在缸里，作者只是暗示我们，这似乎与麻子有关。而麻子是这一带方圆几里名声很恶的"流氓"。不过最使人疑惑的是赵少忠对麻子的暧昧态度，即使不是纵容也至少是庇护。似乎他们两人之间曾有过默契的协议，他不但未追究猴子的死因，而且还把女儿梅梅嫁给了麻子，以致梅梅遭到被麻子兄弟们轮奸的噩运。所以不论凶手是谁，最值得怀疑的人物恰恰是赵少忠。只有猴子的死才能使他解脱面对猴子时的尴尬。家族中的另一桩命案是次子赵虎之死。凶手的影子"在赵少忠的视线中停留了很久"，这一事实免除了我们对他的嫌疑，唯一具有暗示性的情节是赵少忠在埋葬赵虎时，"慌乱之中他感到好像是自己亲手将赵虎杀死一样"。至于真正的凶手是谁，小说没有提供任何暗示，恐怕连作者本人也未必知晓。但赵虎的死是小说一开始就注定的。三个外乡女子用几只脏兮兮的花圈给赵虎拜年，就仿佛宣布了赵虎的死。他也就真的死了。

七

赵虎的死使赵少忠眼前再次"浮现出镇子上他所熟悉的那些人的面孔，那些人全都带着敌意的目光看着他"。显然，此时他再次体验了他的祖父临终前的那种彻底的孤独和巨大的恐惧。"火盆"，"化为灰烬的宣纸"和"大火中的阴影"重新占据了他的意识中心，同时，也将那三个未被划去的人名，这个被悬置已久几乎被遗忘的疑问，再次提到我们面前。至此，我们所得到的关于这个敌人的全部信息依然仅仅是一个模糊不清的轮廓：1.它是一个影子，我们看不到它的面孔；2.它是某种熟悉的东西，但是它始终没有名姓；3.它隐蔽在"所有"及"全体"之中。不过，当我们将所有这些信息连缀起来时，它便构成了一个完整的句子："敌人是隐蔽在我们所有人之中的并为我们所熟悉的影子。"这是一个陈述，是一个判断，一个有关"敌人"这一概念的论说和证明。这是什么意思呢？"敌人是……影子"，这就如同说它是一个虚空，是虚空中的存在。于是我们跨入了另一个"存在"的领域。在这个领域中，世界被"还原为意识"。

一个案件发生了。我们沿着所有暗示，去拷问谁是作案人？"他"是怎样的人？为什么这样做？这些问题的回答可以满足我们的好奇。然而，"他"始终是个影子。小说情节的技术性处理，使我们对具体的那个敌人的兴趣落了空，它既是某个人，又可能不是，并且没有答案。它在"是"与"非是"之间。正因为它没有界限，所以它成为神秘的不可说的。于是问题被转移了，确切说是它的内涵被置换了。依然是同一个问题——谁是敌人？然而在这里，"敌人"这一概念本身成为被拷问的对象，成为一个"悬念"。于是我们从实在进入到虚空。这是存在的两种方式。虚空中的存在不等于非存在。语言，是虚空中的存在的替代物。它使虚空具有了形式和界限。"敌人"这个词就是我们对危及我们生命的虚空中的存在所划的界限，是我们对外部世界感知方式的一种"命名"。它是对孤独中的恐惧的深刻体验，同时也是一种不断被反复体验着的东西。作为一种感知方式，它是内在的，隐蔽的，藏于我们自身之中的；它的反复被体验，证明它是被我们所熟悉的。当柳柳第一次在楼梯上发现死鼠时，她只是奇怪，"老鼠怎么会死在这儿？"而当她不止一次在楼梯上看见死鼠时，同一地点，同一时间，同一事件的简单重复就具有了人为的令人恐惧的意味。当第一次"赵家的郎猪被剥掉皮还从地上立起来，在院子里到处乱窜"时，它是可笑的——"厨子朗声大笑起来"（第一章第1小节）；而第二次它就成为可怖的事情了——"送葬的人被眼前的前景惊得目瞪口呆"（第二章第4小节），它因此而成为凶兆。

一个平常的事件之所以突然间具有恐怖的意味，很大程度上取决于心理的作用，是因为在我们的意识深处事先就有一个敌人。它源自某种创伤性经验，所以是我们所熟悉的；它蛰伏在意识深处，所以是隐蔽的虚空中的存在。心理逃避机制使想象的敌人受到抑制、压抑，它被拒绝承认，被拒绝进入意识的大门。然而压抑的结果是引起焦虑。一旦它被显现于意识中，它就不再仅仅是一个幻象，而是成为我们对自身处境的一种判断，成为我们对周围事物的一种态度。世界，因此而被认定为"充满敌意的"，成为"我"的对立面，世界是我的敌人；反之，我也把自身置于世界的对立面，我是世界的敌人。

"世界是我的敌人"和"我是世界的敌人"，这两种表述方式似乎是毫无意义的同语反复。不过，这同一句子的主谓语的简单置换，恰恰成为赵少忠的行为逻辑的一种解释。首先，一场大火（创伤性经验）使赵少忠同他的长辈一样把他周围的世界当作是自己的敌人。每当大火的阴影笼罩着他的记忆时，他所看到的是全村人充满敌意的目光。有关"敌人"的猜测（谜底）对这个家族来说是一个致命的诱惑，也是一场噩梦。赵伯衡和赵景轩均因为不能摆脱这场噩梦（宣纸上的人名）的纠缠而命归西天；赵少忠的运道则好些，因为他把宣纸丢入了火盆，这因此而成为一个告别旧梦的仪式。但事实上在他的一生中，始终围绕着他的依然是对那场大火的遥远的记忆。心理逃避机制使他下意识地拒绝"敌人"这个概念进入他的意识层面。所以他总是扮演一个否认并为罪犯开脱的角色。"猴子太顽皮了"，"没有人能活那么久"，"没有人和我们过不去"，这些并不那么令人信服的解释其实就连他自己也未必相信。至少赵虎的被刺，柳柳的被奸杀总不能说是意外。他亲手埋葬赵虎并将此事秘而不宣的举动本身就成为一种"拒绝进入"的符号，下意识中想向自己证明那个隐蔽的且熟悉的敌人并不存在。只有这样他才能获得内心的平衡并战胜内心的恐惧。他无法与之抗衡，于是只有通过对美貌女性（她的儿媳和女儿都被描写为书中最美的女人）的占有，对他所爱的女人（翠婶）的性虐待来证明自己的力量。而当他每一次与这些女人发生关系时都被他的儿子赵龙无意中瞥见，儿子的目光因此而成为对他的行为的一种限制，成为他必须清除的一个障碍。至此我们突然发现，这个始终保持着"平日彬彬有礼的外表"的家族的统治者，恰恰就是这个家族中的最大的敌人，几乎每桩命案都与他有关。换言之，当他把世界认定为自己的敌人时，心理上的巨大恐惧和病态的虚弱，反而使他在行动上最终成为整个世界的敌人。而最不能使他容忍的敌人是离他最近的和他最为熟悉的人。只有当这些人陆续死去之后他才终于从病态的恐惧中解脱出来。人物对于环境，对于自身的恐惧，在这部小说中并不仅仅是作为个体的心理真实而展示出来的，作者始终未把心理描写作为其主要艺术手段，然而人物行为的所有细节都显然是根据一种具有普遍意味的心理逻辑精心设计的。从这个意义上说，它所展示的是一种群体意识形态及其心理结构的现实可能性。它无疑是一篇虚构，却包含着巨大的真实性，并由此而显示了作者的技巧。它以纯文学的叙述方式完成了一个富有哲学意味的命题。最终，它消解了"敌人"这个概念，因为人类最大的敌人正是自己。

原载《当代作家评论》1991年第4期

空缺与重复：格非的叙事策略

陈晓明

　　"存在还是不存在？"——这个问题像幽灵一样困扰着现代写作，在二十世纪后来的那些苍白而虚无缥缈的岁月里，它已经褪尽了蛊惑人心的神秘色彩。然而现在，这个问题却纠缠住当代中国的先锋小说，它不再像现代主义的写作那样，作为一种先验的观念植入本文的深度，而是被加以叙事策略的改造。自我及其整个存在状况没有像在海德格尔或萨特那里那样获得思考的深邃性和坚实性，而是被分解于无边的话语运作之中。

　　毫无疑问，格非的写作方式正是如此，他那空洞的目光已经越过生存的边缘地带，他的叙事把整个存在推入疑难重重的境地，生存的历史在回忆中猝然断裂，而生存的现实或者丧失了历史依据，或者由于与历史重复而变得根本不可靠。虽然格非对德里达的"补充"概念一无所知，他的那个"空缺"更有可能是对博尔赫斯的挪用，然而，不管格非的叙事方法是对当时的精神危机所作的特殊的反应方式，还是当代小说走到穷途末路所作的负隅顽抗，——格非小说中的"空缺"不仅表示了先锋小说对传统小说的巧妙而有力的损毁，而且从中可以透视到当代小说对生活现实的隐喻式的理解。很显然，用形式主义策略来抵御精神危机，来表达那些无法形成明确主题的历史无意识内容，这是当代中国先锋小说所具有的特殊的后现代主义形式。

不在之在：故事中的空缺

传统的小说叙事赋予故事以自觉的历史起源，故事变成历史，成为一个完整的生活世界，在这里，话语秩序被因果必然性决定，不管作为一段历史过程还是作为一个解释的世界，它都是完整无缺的，至少它在自身存在的理念上是如此。传统小说把简单过去时改变为现在进行时，把叙述人"我"改变为第三人称"他"，正是为了获得一种历史的完整性。正如巴特所说的那样："小说是一种死亡，它把生命变成一种命运，把记忆变成一种有用的行为，把延续变成一种有方向的和有意义的时间。"[①]现在，小说叙事力图消除历史的起源性或历史的连续统一性。格非的叙事作为一个历史故事其历史起源性已经无可摆脱，他面临的艰难任务就是去打破故事的连续统一性。因此格非经常使用的方法就是造成历史过程的某种空缺，来给故事的历史性重新编目，故事本身为寻找自己的历史而进入逻辑的迷宫。格非在《迷舟》里写了一个由战争和情爱两条平行线索构成的历史故事，这个故事从任何一个角度来看都是不完整的，它总是在关键性的部位留下一个"空缺"。"萧去榆关"不管在战争还是在爱情线索上都占据"高潮"的位置，然而它被省略了，因为省略两条线索既被错开又被铰合在一起。"错开"是因为被误读，"铰合"则是因为填补这一空缺，空缺变成一个解释和补充的陷阱。三顺和警卫员都是先验读者，他们各自都被自己的阅读的"前理解"所控制，在三顺看来，萧去榆关是去看杏，而警卫员则认为萧是去传递情报。警卫员根本不顾及这一行为可能有的潜在意义，他武断地填补了这一空缺，他自认为用六发子弹打死萧而使这个故事变得完整，然而正是他使这个空缺永远无法弥合，萧的死亡使那个"空缺"变成根本性的缺乏。

在这里，写作变成一次阉割行为（三顺的阉割不过是写作的一个隐喻，一个示范动作，正是三顺的阉割行为使写作的阉割得以进行），关键性的部位失踪了，它被一个"空白"所替代，空白不是无，而是无限。因此，"空

---

① 罗兰·巴特：《符号学原理》第84页，李幼燕译，三联书店1988年版。

缺"——这个本文最后剩余的结果，却变成对整个故事解释的前提，然而警卫员的误读表明"补充"的不可靠，补充很可能是一次更致命的损毁。

战争/情爱在这里构成一个根本对立的等级，对立的双方在叙事话语中互相渗透，却又隐含着不可调和的冲突张力。情爱这条线索被叙述得非常细致，萧是个怀旧主义者，他总是滞留于往事的氛围中而难以自拔，萧无力区别战争与情爱的根本对立，始终生活在战争/情爱对立的临界状态，萧试图用情爱来补充战争造成的生活空缺，这注定了使他成为战争的牺牲品。正是战争对生活的武断干涉，造成这个无法弥补的空缺，战争对情爱的否定如此绝对而不容置疑，真理随同死亡永远"不在"了。然而本文却遗留一个长长的"补充"链，故事本源性的缺乏不过是生活本源性缺乏的隐喻方式，不管是萧用情爱来填补战争反倒造成生活的空缺，还是警卫员用六发子弹填补故事的空缺，都使生活的历史起源和故事的历史生成变得更加不完整。

在这里，叙述作用表明，"不在"（absence）的话语反倒显得更加突出，它使"在场"（presence）的话语丧失解释的权威性，不在的空缺在期待补充而变得诡秘，它使现存秩序陷入疑难境地，因为空缺引发了一系列派生的关系（或等级对立），它的意指作用证实在场话语的不充分性，不在的话语随时从那些裂缝涌现出来。话语的运作其实质是对不在的掩盖，在这样的意义上，在场的话语如同写作的纲领要目，它可以在阅读中被重写和改写。如果说可读性本文依靠在场的话语来确定本文的统一性秩序，它在解读中重新认同自己，并且与实在世界达到重合；那么可写性本文仅仅预示了存在的可能性，它总是在"重读"中不断被改写，不在的话语不断从在场的话语的边缘侵入本文，它宣告本文的不完整性和不充分性，写作和阅读在这里成为不断激发各种可能性的无限替代的过程。

作为一种"反历史"的写作，叙事话语不仅造成故事的历史过程的空缺，它进一步的行动则是去造成本文的（或故事的）历史构成的本源性"缺乏"，它使写作变成一次对不在的追踪，而在场的话语反倒是从对不在的追踪过程中不断遗留下来的产物。显然，这种遗留是一个不断替代的意指过程：对不在的追踪产生在场的话语，而在场的话语却又预示着不在——它表明了"不在"

这个无所不在的危险因素，构成了话语、本文和历史的真正根基。例如，格非的《青黄》是一个关于追踪"不在"的故事，"青黄"作为叙事的起源，随着叙事的进展变得越来越模糊，"青黄"不断为各种对它的解释和有关的事件遮盖，它成为疑问的聚集地———一个能指的"非在"。叙事的意指活动在这里面临双重悖论：叙述人追踪"青黄"（破译青黄的意义）变成与"青黄"无关的历史故事。由于"青黄"起源性的空缺，因而使叙事进行中出现的空缺与空缺之间形成相互补充的关系网络，空缺对空缺的补充有可能使故事重新组合，也有可能使故事陷入迷宫。为填补空缺而引发的多重诠释，在每一空缺的边界地带组成一道解释的差异链。

在这里，格非的叙事方式触及历史的起源性根本缺乏的问题，"青黄"作为叙事的起因，它在叙事的发展中不断异化而产生一种派生关系——对"青黄"名称的消解却引发了一部"青黄"的历史——叙述作用产生了消解与重建的双重运动。起源性的标志消解之后派生的历史依靠转喻的力量获得不断被构成的存在，"青黄"真实的历史在"青黄"作为历史的名称消解的话语中浮现出来。叙事方式在这里不过是对人类历史性存在方式的一种模拟，也就是历史的字面存在与历史的实际存在之间的背离。历史话语因为那些关键性的缺席，它是不可靠的，历史话语的存在从来都无法排除空缺，并且总是在症结处发生空缺，历史话语总是通过隐瞒，通过不完整的表述来建立历史事件的全过程。那些空缺那些不在的话语，即是历史叙述有意遗漏、压制的部分，有可能颠覆叙述的"整体"的历史，不在使在场变得不可靠，不在有可能是历史的实际存在。

尽管格非有意用叙述方式来排挤、压制、分离意义的统一构成，但是叙述方式在这里产生变体——叙事话语的空缺与生存论意义上的空缺构成转喻的结构投射关系。当然本文中存在大量的关于"历史""生活"空缺的象征代码，例如，有关九姓渔户的生活编年史残破一页的描写，或者关于外乡人上岸烧毁了他的那只船的描写，它们表述了历史的某种本源性缺乏或有意割断历史的决心。然而这里的"转喻"意义更主要的在于它意指生活本源性的残破和空缺。外乡人的突然"死亡"或"失踪"，他需要逃避的不仅仅是受到当地人排挤感受到的"孤独"（他当然也不会意识到"与生俱来"的孤独），他逃避的可能是一种隐迷的原始罪恶和难以弥补的生活空缺。叙事中的这一重要的"行动代码"发生的原因被省略，不管是对这一"行动代码"的原因空缺加以补充，还是对九姓渔户和外乡人的生活编年史的残缺的补充，或是更为本源性的补充——对"青黄"的本源性的缺乏的补充，可能可以修复一段完整的故事，然而"补充"在这里促使故事的历史性得以完整构成的同时，却更深刻更彻底地证实了生活的破碎。在这里，在叙述作用层面上的"补充"与主题模式意义层面上的"补充"构成转喻式的解构，它们不可能被同时"补充"。在任何一个层面和方位上的"补充"，都将导致邻近的或对位结构上的空缺更加不完整，一种解构的破裂。

尽管当代先锋小说群体未必有意识去揭示形而上的生存论意义（格非只是专注于设置他的那些博尔赫斯式的空缺）——但是，这些"空缺"作为某种反历史的书写方式，作为抗拒本文的统一的和深度的意义构成的装置，它产生的结果却颠覆产生它的动机。在这里，由叙述作用产生的"空缺"——一种非符号化的意指作用，却转化为含义复杂的"象征代码"，它具有了多重的意指作用，它不是一个空洞的"无"，而是无限。这个纯粹的记号，它以诡秘的光圈去照射那些不确定的然而可能存在的无数关系，作为补充和替代的意指链，它使意指作用相互连接的固定关系解除，它从本文或故事中的任何一个脆弱部位突现出来，它使存在如此含混而虚幻，话语、历史、存在不再为一种社会化话语的总体意图所引导，它们依靠"不在"的力量，依靠本文的无限开放性任意漂流。

在空缺的边界：作为补充的描写情境

在当代先锋小说的叙事中，"我"经常作为叙述人直接在场，其实是被用来充当本文中"我"的本源性缺乏的补充形式。叙述人在把故事中人物的"自我"阉割之后，促使人物与自我的当下情境分离，"我"被分裂为双重的

"他者"。写作者当然意识到这个空缺，企图用叙述人"我"来补充这个本源性的缺席。然而这个"我"先验性地不在了，"我"以叙述人的方式填补不过更加有力证实了本文中"我"的丧失。因此，这个"我"引出了两种对立的伦理姿态：作为一个肯定性的因素，"我"企图证实（补充）我的在场，而证实不过表明实际的空缺；作为一个否定性的因素，"我"不断地破坏叙事规约和"我"的当下话语情境（也就是促使叙事中的线索经常短路、变异、分离）。"我"的双重性产生一种解构式的力量，在叙述中不可遏制的是否定性的意向，否定性被当作"我"的肯定性的在场来运用，结果它却把"我"流放到话语的破裂、分离情境中，"我"在话语世界的边缘迷失了。在这里，写作作为说话的补充形式实际给说话提供了一个在场的情境，然而"说话"（叙述）的情境并没有使"我"在场，而是证实"我"本源性地丧失存在。正如罗兰·巴特所说的那样，在小说中这种写作手段既是破坏性的又是恢复性的，这是一切现代艺术都具有的特点。要破坏掉的是延续性，即存在物之间的不可言传的联系性。不管是诗的连续体或小说记号中的秩序，还是恐怖事物或似真性中的秩序，它们都是意图的杀手。因为不可能在时间中发展一种否定作用而不提出一种肯定的艺术，一种要重新加以破坏的秩序，因此写作依然难以摆脱连续性的诱惑。①即使恢复"连续性"话语的秩序也不可能重新建立，不管叙述现在是作为作者还是叙述人的在场的替代方式，都无法修复本文所存在的本源性的空缺。例如，余华的叙事就很少使用第一人称，而苏童后来的作品（《罂粟之家》《妻妾成群》等）也不再使用"我"来叙述，但是故事并没有重新获得历史的起源性，故事中的"他"或者被叙述的感觉化压制使之变形，或者被超距的历史对话所分离。在这里，"连续性"试图充当叙事话语历史起源性的"补充"，而事实上它都无法恢复故事的历史性的和现实性的存在，它不过再次证实了本文所隐瞒的不在的东西。当生活无可挽回地失去了它的完整性，当历史变成非连续性的暂时集合体，当生活的最后希望也破灭了的时候，生活的枷锁也随之破裂，它和破碎的生活一样变得无比轻松而微不足道。加缪当年站在生

---

① 罗兰·巴特：《符号学原理》第80页，李幼燕译，三联书店1988年版。

活破败的边界看到希绪弗斯推动那个巨大的石头，永无止境走向生存的终结而显得无比悲壮，生存的重负使生命焕发出无穷的力量；当代的写作者已经丧失了永恒的超越性信念，生活世界里的破败风景乃是生存的本源性现实，它既不丑陋也不美丽，然而它却自有激动人心之处。因此，在生活"空缺"的边界地带，配置一个"补充"情境（某种由自然的和诗性的感悟构成的附加的抒情成分）——它是这个"空缺"的花边，它散发着一种纯净明朗的感伤忧郁之气，它在使这个"空缺"更加醒目更加不可弥补的同时，表达了一种"后悲剧时代"的感觉。对生活本源性破碎的认同获得转喻式的诗性情境，它们被卷入话语的欲望满足和语词的游戏快乐之中。

正是因为生活（和历史）的本源性的缺乏，先锋小说叙事才心安理得在破败的生活边界寻找那些感觉和感悟，那些苦难的悲剧性的场景被写得异常生动，给生存的苦难镀上一层诗意而耐人寻味的色彩。当代小说的叙事越来越注意在那些无关紧要的细节上停留，去捕捉那些与习惯感觉方式很不相同的一种表达情愫，有意促使叙述人或故事中的当事人的感觉发生强制性错位，那些苦难或不幸的因素转化为"审美"情境。这不管是格非的《迷舟》里萧登上棋山的山头时，连日梅雨的间隙出现了灿烂的阳光，萧回忆起往事和炮火下的废墟，涌起了一股强烈的写诗的欲望；或是萧与杏躺在野地里时，萧在墨绿茶垄的阴凉的缝隙中闻到了泥土的气息，一阵和煦的风吹过，他默默地记起了一支古老的民谣；或是苏童在《1934年的逃亡》中，狗崽耸着肩在八月纯净的月光下奔走于逃亡之路上；或者在《罂粟之家》中，沉草朝陈茂打了两枪，在这个过程中他闻见原野上永恒飘浮的罂粟气味倏而浓郁倏而消失殆尽……这些并不是单纯的景致描写，这种氛围在这里透视着一种悲剧的情感之流。与传统的写实类的景物描写相比较，这些景致都是人物的感觉状态和特殊的感觉方式，这些感觉方式被加以微妙的反常改变，促使人物与自身的情境发生某种变异，这些感觉的错位配置，突出了那个话语情境的多形特征，情境自在而自然地陷入一种不可思议的状态。

当叙述的描写性组织把那些"苦难""不幸"的往事加以抒情风格的改造时，描写情境分裂为两个方面：情境本身和对情境的"窥视"。这不仅仅在

研究资料

格非

于叙述人那里以一种抒情的和感觉状态刻画的方式来表现该情境，而且人物对自身情境的意识也陷入一种错位的感觉方式。如果不是对"历史"和描写情境的超距对话的方式，不是那种对生活本源性破裂的认同意识，先锋小说绝大部分看上去确实充满古典时代的浓郁的抒情风格。然而在这里，叙述人把任何事件都作了特殊的时空处理，任何事件都发生在一种情境中，因此叙述作用制作出双重结构：客体事物的情态结构与叙述人的主观语感的情调结构。叙述不仅描写一种客体事物存在的情态，同时产生一种叙述语感，客体的存在情态明显被叙述人的主观化的感觉方式所渗透，叙事中人物所具有的感觉被叙述人的感觉方式所配置，因而以至于灾难即将降临的时刻，人物却获得一种当下情境的分离感觉。他作为一个局外人审视自己的处境，比喻结构在叙事中产生的虚幻感，减轻了客观事物存在的压力，不管是叙述人还是被叙述人或是读者都产生一种"失真"感。"失真"并不是"虚假"，而是主体处于特殊的情境中，他对真实的存在产生一种分离的体验，在从主体感觉返回到客观事物的途中产生某种感觉距离和感觉偏差。例如，格非在《风琴》里写到冯保长（冯金山）目睹日本兵抽出雪亮的刺刀把他老婆肥大的裤子挑落在地——像风刮断了桅杆上的绳索船帆轰然滑下，在强烈的阳光照射的偏差之中，他的老婆顷刻之间仿佛成了另一个完全陌生的女人，"他感到一种压抑不住的激奋"。冯金山从自己的处境中分离出来，他成为一个"窥视者"观看另一个自我的情境。这显然不是心理的偏差，而是存在状况发生变异，作为一个"窥视者"自我彻底丧失了主体地位，"我"分离为一个窥视的"他者"和被窥视的客体，生活在这时是彻底破碎了，一切都还原为生活。世界里本源性的荒诞。对于冯金山——这个在平淡无奇的日子里只是一个迟钝的酒鬼，而当灾难一旦降临他的所有感觉都会变得异常锐利的伪保长，他在此刻发生的自我分离不过是他在日常生活世界里扮演的双重角色在此地发生转喻式的移位而已。在这样的"紧急时刻"，他扮演完窥视者的角色之后，佝偻着身子从一个低矮的土墙下像一只老鼠逃往树林，他那荒唐而夸张的身影仿佛成了被日本占领后的村庄的某种永久象征。

抒情性的描写在这里成为破败生活重新修补的凝合剂，它是在生活废墟上缓缓升起的一段悠扬的旋律。在这里，"行动代码"被大量的抒情性描写组织掩盖了，破碎的生活被压制到最简陋的状态（它无须更多的描写），在破败生活的边界上，超历史的对话演变为超历史的体验，一种回到历史深处去的企图。不是通过历史过程的多面展示，而是历史情境的"现时"修复，叙述的感觉从历史的裂痕中涌溢而出，生活的破碎被突然忘却（"忘却"不过是对生活的本来空缺的意识而已）；只有在这时人才能和真实的生活融为一体，与自然融为一体，——回到"生活之中"去的渴望恰恰是在破碎的生活边界上奏起的无望的挽歌，王标渴望一次真正的伏击却伏击了一个迎亲的队伍，他能干什么呢？他只好请新娘唱支歌，虽然歌声被王标的遐想掩盖了，然而正是歌声激起王标的遐想，正是歌声掠过早春的原野经久不息地飘荡——还有什么比这种情境更让人悲哀，更为感人至深的呢？这不过是某种细微的偏差（叙事造成的"误置"），生活中一个小小的不幸插曲，然而那段歌声却是生活破碎之后残留的永久纪念。

重复：存在的迷失

在人类生存活动的历史进程中，"重复"总是被历史进步的外衣所包裹，已死的历史借助"重复"再度复活过来，成为现实的依据，成为活的现实。人类对传统的珍爱心理经常被改写历史的阴谋家所利用，正是在传统的阴影底下演出了一场又一场的现实活剧。现实的"进步"有时成为对过去历史的不折不扣的模仿，历史的重复运动竟然成为历史进步的有效方式，而事实上，"重复"不过是历史的漫画化的退化而已。

如果说"补充"是对"不在"的填补，那么"重复"恰好相反，它使存在变成"不在"。补充揭示了存在的本源性缺乏，重复则使存在失去历史的依据和现实的形式；它们殊途同归，本质上都是对存在的消解。"重复"是解构策略颠倒等级方法的变形或扩大运用，在某种意义上，解构理论是由重复、偏差和损毁创造出来的，德里达和德曼正是凭借重复的力量——模拟、引述、歪曲、讽刺性模仿来推行他们的解构策略。"重复"不是作为一组单义的训诫而继续存在，而是作为一系列可以在各种轴线上描绘出来的各种差异，例如被分析的作品可以被作为一个单元的程度，给予本文以前阅读的地位，研究各种能指之间的关系的兴趣，在分析中所使用元语言范畴的本源等等。正如乔纳森·卡勒所说的那样："任何理论活动的生命力在很大程度上取决于能够产生争论的各种差异性，和防止在这种活动的内部与外部之间作任何明确的区分。"

解构理论通过"重复"来使本文的元语言范围发生差异性的分解，本文原有的统一策略肯定隐瞒压制了内在的差异性因素，那些"不在"的话语通过"重复"获得相应的地位，"重复"有效地扰乱了本文原来的秩序。解构理论运用"重复"的目的是要建立等级对立的局面，它使统一体倾向于瓦解。解构理论把被重复的东西看成是盲目的或过渡性的，它不是任何原因之结果，而是重复本身的一种古怪显现，对这种重复寻根究底的追索无疑要破坏话语的元语言范畴。而根本性的怀疑或不稳定性可能会产生一种在批评的方法论领域表现出来的忧虑，解构批评尽管在一系列的希望与恐惧——独创性的希望，在挪用（或模仿）和被挪用（或被模仿）之间摇摆，它都要以不管多么草率和混乱的形式把与重复相连的更加不明确的感觉加以解构，使之更加易于驾驭，并给它印记或标志。或者像赫兹所认为的那样，赋予重复力量以"可见性"，与此同时将这些力量的活动在主体本人面前伪装起来，赫兹写道："我们被放在一种介于'感情认真性'和文学快感之间的一种状态，意识到在文学与'非虚构性'之间来回摆动，我们对在起作用的重复的感情也羼杂了侵略、疯狂、暴力和死亡的可怕阴影。"

在先锋小说的叙事策略运作中，"重复"被注入"存在还是不存在"的思维意向。由于"重复"，存在与不在的界限被拆除了，每一次的重复都成为对历史确实性的根本怀疑，重复成为历史在自我意识之中的自我解构。例如格非在《褐色鸟群》里，有意识运用"重复"来瓦解存在的历史依据，重复使"过去"和"现在"一起陷入不真实的境地。这个故事由"重复"构成类似埃舍尔怪圈的系列圆圈：第一个圆圈，许多年前我蛰居在一个叫水边的地方，一个我从未见过的叫棋的少女来到我的公寓，她说与我认识多年，我与她讲了一段我与一个女人的往事，许多年之后，我看到棋又来到我的公寓，但是她说她从来没有见过我；第二个圆圈，许多年前我追踪女人来到郊外，许多年之后我又遇见那个女人，她说她从十岁起就没有进过城；第三个圆圈，我在追踪女人的路上遇到的事与女人和我讲的她丈夫遇到的事之间构成的差异关系。在这三个圆圈之间存在相互否定与肯定的悖论关系，"重复"是以差异的方式出现的，因此，它不是简单的肯定或否定，而是一种存在的差异链。从第一个圆圈的否定性环节流到第三个圆圈的肯定性环节，又转回到第二个圆圈的开头（尽管女人否定了她去过城里，但是她又提示了一件往事，这件往事与她否定去城里的经历的某些环节相吻合），在这里，存在还是不存在？一切都难以确定。存在是如此脆弱，"历史"在顷刻之间瓦解，当"我"坐在客厅里告诉女人说，许多年前在城里见到过她时：

> 女人笑了一下，她伸手端起我面前的茶杯呷了一口茶，将茶叶末轻轻吐掉：
> "我从十岁起就没有去过城里。"

如此轻易地否定，不仅使历史突然崩溃，使记忆发生故障，而且使现实也变得虚幻，历史与现实之间的连续性被损坏之后，存在变成一片空地。

重复是时间的"伪形"，它通过"回忆"的中介把过去移植到现在，过去与现在由此构成历史。"回忆就是力量"恰恰揭示了历史存在的根本缺陷，它不仅表明存在、历史、现实都可以用"回忆"（虚构的另一种形式）来创造，也表明历史的实际死亡，历史只能在回忆中复活。任何伟大的历史事件都要随同它存在的那个时间一道死去，回忆使时间重复出现，通过"叙述"历史（往事）再度呈现在人们面前。但是回忆并不一定就有力量，回忆其实不过是重新书写历史的一种方法，回忆企图唤醒逝去的时间，但是回忆并不可靠，故障并不在于回忆作为复活历史的唯一方式不可靠，而在于历史存在本身的不可靠。"我"这个本世纪最后一个孤独者一直在为时间流逝所困扰："我总担心那些褐色的鸟群有一天会不再出现，我想，这些鸟群的消失会把时间一同带走。"

叙述人已经意识到历史死亡的不可挽回，他试图通过回忆来使历史重复出现，然而"重复"不是一次肯定而是否定，并且是对历史与现实的双重否定。

　　"棋"与"镜子"是格非对博尔赫斯的习惯挪用，如果考虑到博尔赫斯对棋与镜子的偏好，就不难理解格非赋予棋与镜子的隐喻功能。在博尔赫斯那里，棋是作为谜和无限可能性的象征来使用，它表示了一种规则与变化的游戏；而镜子是对实在的反映之物，博尔赫斯在存在的虚幻之中融入一种时间的自在之流，镜子表明重复出现的不可洞见的神秘———一种没有实在本质的虚幻存在，它没有时间的流向却可以随时重现。"棋"开始夹着一个画夹，后来却拿着一面镜子，画与镜子一样不真实，并且是人的制作物，画的出现具有某种隐喻的功能，它喻示着叙述的开始和叙事话语的非实在性，"画"作为一种艺术仍然不失其观看的实在性，它是对实在世界的一次亲切回忆。然而以"画"开头，以镜子结尾，回忆或叙述的结果却是使历史和现实一道坠入虚幻的境界。"棋"在本文中与其说是作为人物，不如说是作为象征代码来起作用，"棋"喻示着一个虚构的规则，一个时间的迷宫，一种不存在的"在场"。"棋"的出现替代了对时间的抽象思考，"棋"作为时间的某种标志而使叙事得以发生、进行，然后中断，是"棋"触发了这次回忆，而后"棋"断然否定了它。"棋"作为历史的起源和历史的见证，她表明整个存在的不确定性。因而，"重复"不是在现实与幻觉之间作出解释，而是集中对根本"不在"的探究。

　　生存在这里陷入重复循环的悖论，每一次的重复都是对它的历史依据的否定，重复是对自我历史的瓦解和损毁，它是"永劫回归"的差异链索。在米兰·昆德拉的《生命不能承受之轻》里，重复是生存轮回由沉重向轻变异的转化方式，萨宾娜的那顶黑呢帽作为主题动机的不断展开而一再在萨宾娜的生活中重复出现，帽子获得多重意义：第一，这是一个模糊的记忆，通向那位被遗忘的小市长祖父；第二，这是她父亲留给她的作为遗产的纪念物；第三，这是她与托马斯多次性爱游戏中的一个道具；第四，这是她有意精心培养的独创精神的一个标志；第五，这顶帽子现在成了她侨居国外的一件伤感物。恰恰是这顶帽子把萨宾娜所有的生活都否定了，当她带着这顶帽子在苏黎世与托马斯相会，这顶帽子不再新鲜有趣和刺激情欲，仅仅变成一座往昔时光的纪念碑。这次会见是一种时间的回复，是他们共同历史的赞歌，是那远远一去不可回归的没有伤感的过去的伤感总结。生活在那回复的瞬间留住了消逝的往事，往事之轻享有生存的温馨芬芳，然而唯有这顶帽子承受了以往全部的生活，并且这顶帽子就能够承受全部的过去。当生活所有的荣耀和快乐都（仅仅）凝结在这顶帽子上时，生存是怎样的悲哀而令人感动啊！这使得萨宾娜与托马斯的性爱游戏变得无比庄重，显得像一场生活的祭祀仪式。

在尼采和一些现代哲学家的头脑里，一直纠缠着"永劫回归"的神秘观念。生存在轮回里变得沉重，变得无可摆脱，因而生存的意义也就无足轻重了，当生命只能享有瞬间，一切都转瞬即逝，一切又都不会重复，生活又变得多么轻多么单薄，多么空虚啊！米兰·昆德拉对此大为感叹地说："……让我们承认吧，这种永劫回归观念隐含一种视角，它使我们所知的事物看来是另一回事，看起来失去了事物瞬时性所带来的缓解环境，而这种缓解环境能使我们难于定论。我们怎么能去谴责那些转瞬即逝的事物呢？昭示洞察它们的太阳沉落了，人们只能凭借回忆的依稀微光来辨析一切，包括断头台。"——可是"如果我们生命的每秒钟都有无数次的重复，我们就会像耶稣钉于十字架，被钉死在永恒上。这个前景是可怕的。在那永劫回归的世界里，无法承受的责任重荷，沉沉压着我们的每一个行动，这就是尼采说的永劫回归观是最沉重的负担的原因吧。"[①]

生存的轮回重复使生活沉重而成为负担，然而也使生活仿佛切进真实和实在；生活转瞬即逝轻松自由，可是生活离地而起没有着落，没有归宿，人能够选择什么呢？沉重还是轻松？不管对于米兰·昆德拉还是对于格非来说，生存陷入无可摆脱的重复轮回之中，所有的生存因为重复而丧失了它原有的实在和重负，不仅是人，而且是存在本身被抛入"轮回"，生活一旦反复轮回也就变得没有重量，重复一次就减轻一个单位。历史之作为历史是不可重复的，任何重复都是历史的自我否定，自我嘲弄；然而重复又是生存的历史在时间里不可

----

① 参见米兰·昆德拉《生命不能承受之轻》。

解救的怪圈，历史之作为历史注定要以"重复"的方式消磨自己。生存因此陷入无意义之轻的状态——重复轮回不再具有尼采式的沉重，而是被抛入无处皈依的虚无。

空缺的哲学与文化阐释

在哲学的习惯思维中这种观念是根深蒂固的："在场"（presence）因为拥有实在的起源性而具有绝对的存在。德里达要彻底动摇哲学的思维根基，因而他对形而上学的"在场"观念的批评必然是（也不得不是）对"在场"的历史性起源的批判。德里达的"补充"（supplement）概念正是在这一意义上给予逻各斯中心主义以致命的一击。在德里达看来，"在场"实际上是对"不在"（absence）的补充方式，而补充并不是习惯所认为的暂时的空缺，而是因为本源性的匮乏才引起补充的需要，正是对根本性的"不在"的补充才使在场成为可能，而在场因此被当成是本源性的存在。利用在场来掩盖隐瞒不在的本源性空缺，这是哲学达到实在真理的关键性策略。因此，对存在的本源性（或起源性）的追踪，揭示出存在的根源不过是"补充"的结果这一事实，无疑对存在的本来面目（它的历史性生成）有着重新的认识。"补充"的思想从根源上动摇了既定的象征秩序的在场权力——它的永恒性权威。显然，格非的叙事策略在叙事中设置的起源性的空缺或故事的历史性构成中的关键性缺乏，引起对存在状况的重新审视；先锋小说以其叙事的方法论活动表达了对生存现实的特殊感悟。在这里，理论思考与小说叙事虽异曲而同工，它们共同显示了我们这个时代特定的话语情境。

最古老的形而上学基地正是我们自我解救的最后领地，因为这个领地与语言、语法、范畴结合在一起，在这个意义上它是必不可少的：似乎我们拒绝这种形而上学我们就要停止思考，哲学家准备从这个信念体系解脱出来却遭到最大的困难，因为这个信仰体系的基本概念和理论范畴本能属于形而上学的确实性的实在领域，信奉理性是形而上学世界本身的一个片断，这个逆行的信念作为整体——权力的倒退运作总是一再在哲学著作中显灵。海德格尔在《关于人道主义的信》中意识到同样的问题：在西方的逻辑和语法的形式中，形而上学早就占有了对语言的解释，今天我们也只能推测隐藏于这个过程的东西，语言从语法中解脱出来的自由，并且将这种自由放置到更为起源的实质的结构中的方法，也就是将思想与诗加以颠倒。海德格尔发挥了他在《存在与时间》中尚未完成的思想，他意识到在这个问题上发生的总体事物的颠倒，问题的选择总是被压制，因为思考无法发现语言适合这种颠倒，并且不能顺利通过形而上学的语言的目的地。德里达的"补充"概念表明实在的本源性缺乏——一个根本的最初没有出现的东西为形而上学的策略性设计所替代，依赖可能的补偿、补充的方法弥补了最初的非在，符号被授予它自己的根源性，因而成为符号的符号。逻各斯中心主义依靠补充来确定"在场"，作为实在真理的直接显示。因此，"在场"本身就表明"不在"，一种本源性的缺乏，凡是"在场"的其实都是不在的替代品，在场的权威性因此被流放到不在的无限性的空间。因此补充并不表明原有的空缺被"在场"填补上了，"在场"同时意味着"不在"，"在场"不过预示着"不在"的踪迹而已。

尽管不在永远不是在场的事物，但是它正是在在场的事物中宣告自身的存在。在我们保留的话语限度内，在场意味着本源性根本没有消失，也意味着它从未被确定，在场实际上只是由非根源性的踪迹所构成，不在反倒是根源的根源。当然，德里达不敢相信某种纯粹"不在"的事物，因为不在隐含了其反面："在场"的存在。因此，德里达坚持认为在场/不在永远无法确定，他小心翼翼地使用"踪迹"这个概念来描述这种状况：踪迹永远介于在场/不在之间，它只是在一个没有对等替代物的链条中显现自身，延搁自身。正如福斯特所说的那样，踪迹不是一个允诺而是一个吁求，它永远延搁意义。因而写作变成踪迹在差异链中的无限替代运动，它永远无法切进那个终极意义，因为那个终极，那个客观真理是本源性地缺席了。在场的这种补充性质注定了它要为不在的"不在"（踪迹）所替代，因此人们认定的那些"起源""真理"，那些权威，那些等级，都是对不在的压制和隐瞒而建立的，它们也注定了要被"不在"所瓦解。

如果说补充是对本源性缺乏的填补，是对不可替代之物的替代，那么这种补充引发的替代将是一个无止境的差异的过程。因此，"补充"概念并不仅仅表明对"在场"的起源性消解，而且预示了在话语实践中的策略性运用所起到的解构效果。例如，把写作忽视为补充是整个形而上学贯穿始终的话语活动，甚至在形而上学的"组织方式"中是一个关键性的活动。然而形而上学把写作视为"补充"正是表明写作的本源性缺乏，在这里发生悖论：它试图通过贬抑写作来肯定说话的在场的优先权力，但是写作是由说话的缺席为先决条件，现在写作填补了这个空缺，它恰好说明写作的那个所指物的根本缺乏，写作被视为替代它又如何能表达实在世界的客观真理呢？

　　这种悖论非常突出地表现在第一人称的写作实践中。作为"我"的充分的在场，写作只是说话的技术性的添加物，它外在于语言本性，但是补充的其他感觉总是在这里发生作用，写作能够填补说话当然是因为说话有缺陷，说话不能使"我"充分化，它并不具有自然的充足性。当"我"作为叙述人在本文的话语情境中实现充分的"在场"时，"我"正是借助写作的补充形式来获得在场的可能，叙述人作为改装的或虚构的"我"因此拓展了说话的自由性和充分性。在这里，写作不仅起到保存说话的在场避免消失的作用，它实际上是"我"真实在场的前提条件。

　　很显然，仅仅因为说话为写作的限制所标明它的不在，写作能作为说话的补充。事实上，危险性的补充在话语所描述的结构中具有多重的控制权，多种的外在补充被明确称为补充，因为在补充的事物中总是有缺点，而且是起源性的缺乏。

　　因此，这种替代将继续延续下去，从这种补充顺序中出现了一个法则，一个无休止的连环系列，"它不可避免地增加补充中介，正是这些补充中介产生对它们所延迟的事物的意识，即对事物本身，对眼前存在或本源性感觉的印象。直接性是派生出来的，一切都由中介项开始。"事实上，在话语的运作中在场总是分延的结果，补充的可能性仅仅是因为本源性的缺乏。在本文的模式中、在补充的模式中，我们称之为生活的那种东西为意指的过程所重新确立。写作保持的并不是外在于经验论的本文的，外在于写作或文化的某种东西，而只能是来自外部的更多的补充———一种补充之链。依据现有的生存条件，依据个人化的经验和写作行为，我们称之为真实生活的发源地将被补充的逻辑所证实。对此，德里达告诫人们说，在追循"危险的补充"的连接线索时，我们所要证实的是在这些真实的生活中，在越出和隐藏于我们说明能力的事物中，有的仅仅是写作，仅仅是补充和替代性的意指作用，而这只有在区分性参照链中才能产生。"真实"的东西只是在将意义从补充的迹象与援引中抽象出来时，才继之发生或添加进去的，如此循环往复以至无穷。因为我们在本文中总是读到绝对的存在，那些被先验观念所命名的东西，它们逃脱了写作就从未存在过。[①]

总而言之，德里达的"补充"概念表明存在（在场）是对不在补充的结果，但是，补充也并不意味着在场与不在是毫无差别的，这种差别在我们生活经验中显然扮演强有力的角色，在场所具有的实际作用使补充成为可能。"我"的在场是不在的确定形式，一个真实的历史事件，一个虚构的特定形式，在场不是起源性的，然而它是重新构成的。毫无疑问，不管是"空缺"还是"重复"，作为一种导向对"存在"本源性怀疑的叙事策略，对于当代中国先锋小说来说，与其说是某种哲学的形而上思考感悟，不如说是对拉美（马尔克斯、博尔赫斯）的叙事方法的直接挪用——然而，这是一次"误读"或"误置"的结果，这里产生变体，也隐含危险。

存在/不在之间的混淆，在拉美魔幻现实主义作家那里是对现实本源性存在的表现，他们的生存现实就是如此。作者的根本目的是试图借助魔幻来表现现实，因为"现实"本身就是以魔幻的形态存在。正如安徒生·茵贝特所说的那样："……在现实消失（即魔幻）和表现现实（即现实主义）之间，魔幻现实主义所产生的效果就像观赏一出新式的剧目一样令人赞叹，也像在一个新的早晨的阳光下用新的眼光观察世界；这次世界的景象即使不是神奇的，至少也是光怪陆离的。在这种小说中，事件即真实的也会使人产生虚幻感。作者的意思是要制造一种既超自然而又不离开自然的气氛；其手法则是把现实改变成像

---

① 德里达：《哲学的边缘》第158—159页，1979年英文版。

神经病患者产生的那种幻境。"①因此在马尔克斯、博尔赫斯或卡彭铁尔的叙事中出现的根源性（起因）的空缺、突然的短路（出现或消失）、关键性的空白、重复与轮回、与鬼魂对话等等魔幻因素，它们并不是与现实对立的或否定性的存在，而是现实存在本身的可能性，与其说它们是因为可以理解而被接受，不如说是因为无须理解而被认同。因此在它们的叙事中，魔幻情境并不具有实际的叙事方法的意义，准确地说它们属于文化观念或生存的世界"观"问题。在他们的世界"观"视野里，神奇的事物混同着现实和细节自然地流露出来，信仰产生了奇迹，——卡彭铁尔在《阴森可怕的差事》的序言里说道："这里到处是'神奇'的现实。我想，这种现实并非海地所独有，而是整个美洲的特性。"他的《阴森可怕的差事》以卡博城作为神奇的焦点，戏剧性的离奇事件与富有幻想色彩的人物彼此交织，使一切真实充满了一种现代文明不能企及的神奇。连卡彭铁尔自己也禁不住慨叹：它是那么流畅自然，较之用来作教科书的名家经典也毫不逊色。然而全部美洲的历史难道不就是神奇现实的记录吗？

不管是玛雅文化、阿兹泰克文化或印加文化，它们发展到今天已经名存实亡，然而残留的文化之根却深埋在现代的泥土里，原始信仰与后来的岁月里大量传入的种种外来文化奇妙地融合，因而幻想和狂想的成分特别发达。当马尔克斯们觉得有必要创造出一套新的语言来适应"我们生活的这个现实世界"时，神奇的魔幻现实也就以文学话语的形态理所当然地应运而生——那就是他们生存的现实。

如果说在拉美小说中"空缺""重复"植根于文化观念，它们被看成是生存现实的原生态；那么它们被移植到中国当代的先锋小说中就转变为叙事方法和形而上的生存论观念探索。由于中国主流文化中的"幻想"和"狂想"的成分并不发达，这种叙事方法显然难以在中国扎根。因此它只能作为一种纯叙事策略和哲学意味的探索而存在于主流文化的边缘地带，它所具有的"先锋性"的持续力无疑要受到限制。格非的"空缺"已经失去了神秘和诱人的功能，格

---

① 参见安徒生·贝茵特《魔幻现实主义及其他论文》，加拉斯加出版社1976年版。

非自己也已手软。而至于"重复"，它的被重复运用则不仅要丧失原有的哲学的和叙事策略的探索性意义，而且使叙事变成现代主义式的结构性实验。

确实的，当代文化因为经受了过多的刺激而变得疲惫不堪，它在热情锐减之后难以保留持续的趣味，这使当代的"先锋性"探索总是迅速枯萎而朝不保夕，文学在形式方面作的探索无法在文化中扎根，也就永远不会从观念的领域转化为现实的存在形态。文化的深邃性与挑战性已经沉入历史的长河，当代的先锋文学去哪里找寻创制新调的原动力？文学的进步（它在叙事方面的发展）从来没有退路，"存在还是不存在？"——这块最后的观念领地已经被拆穿了，当代小说叙事还能在哪里找到立足之地呢？

原载《当代作家评论》1992年第5期

格非

研究资料

谈格非的《唿哨》

——兼为先锋小说一辩

舒文治

小说越来越难写难读了。

人们抛出太多的理由嘲讽先锋小说的"难产症"，大出血后的虚脱，以及这些"审美畸变"的产儿有碍观瞻。即使能接受先锋小说的知识阶层也由于"贫穷难耐凄凉"，开始热衷于下海捞取价值，而将对纯艺术的执着调侃为堂吉诃德式的不通世变。在此大气候下，纯文学跌入了内外困境：表现力的衰减和读者群的锐减。好在纯文学从来就是一种孤独的内心求索和对存在的探究，从来就有。现在也不缺一批朝圣者以宗教般的情绪为之献身。他们是纯文学的选民，是奔驰或蹒跚在心灵战场上的猛士与沉思者，他们共同构成了跨越时间栅栏的精神风景，将各自奇特的造型投向将来的岁月。但同时我们也无法摆脱现代文明辉煌表象投下的另一重巨大阴影：艺术精神在高科技、密信息和超级市场的膨胀挤压下确凿呈现了萎缩痉挛的总体态势。作为最具包容量和生命扩张力的艺术形式的小说确实也走进了它关津重叠的迷途。突出的是，小说作者面临前人积攒的大量主题和技巧而要掘拓一条个性化的蹊径不亚于"百步九折萦岩峦"。其中的先锋作家使出浑身解数折腾自己的灵魂，而书斋之外，一派声势赫然，各施"杀手锏"的围攻早已摆开方阵，预算着他们的闪错和疲软。

来自对他们的普遍指责是，他们步了西方现代派的后尘，在美学文本和艺术方法上，脱离了中国文学的民族传统和现实主义精神，负载着现代心理畸变为其根本美学形态和审美追求。这些蔚为壮观的指教可归纳为一个简单推理：因为有了西方现代派，才有中国的先锋作家，后者最终建立的是一个头足倒置的假借世界。此种类比放在这个开放交流的时代似乎获得了充足理由律。但究其立论基座，是将传统视为链状延续体将民族性视为只能有条件的限度吸取外来营养的，不能从内借助外力发生裂变的稳定质核，将现实主义规定为一套不可超越的经典准则。据此，中国文学传统和民族审美品格在现实范畴内根本不可能自然生产出"先锋小说"，只因为移植了西方的"劣种"，才生育出中国的"变种"。——这就是他们隐含的固执结论。

若仅将部分对西方现代派刻意模仿的"伪现代派"文本作为上述结论的佐证，那它无疑是一柄剔除文学病毒的"手术刀"。但是，仍有不少青年作家惨淡经营的文本是他们内心表达的强烈需要，他们显然不是出于追新逐洋而写作，而是真诚记录了在纷繁芜杂、悲凉频袭的时代，国人精神日趋博奥的显隐状态以及自己的心路历程。尽管探索呈现了色调暧昧、指向混沌、距离失度、意义消解的前卫姿态，但人们对他们的误解远多于理解；甚而，有人根本不承认他们捕捉住了飘游在整个人类精神疆域中不可祛除的诸种复调情结和深邃难解的人性冲突。

我认为，只要是在民主文明的现代环境中，就有可能诞生艺术上的现代派。"现代派"绝非某种阶级的挽歌和狂想曲，也非一个严格的文学史上的流派概念；它因为常常获得新的滋补而不断扩展绵延，它是站在时代前列的艺术家用他们生命的"喷泉"，辉煌多彩地折射他们对世界的感知和把握。因此，它也是一个流动常新的活泼心智的表现过程，而非一种静态的故步自封的凝滞物。这一切恰好证明了先锋文学能和纷呈闪烁的时代精神联袂畅游又可保持其独到的自由灵活。同时，先锋小说更迫切需要一个宽容大度，懂得幽默和微笑，懂得理解和分析的接受环境。如若因杂糅了部分瞎凑热闹之作就一律冠之为西方现代主义阴影下的中国变形投影，那么，上述指责就变成了"黑旋风"手中的大板斧——瞅见活的就宰。

真有深度的现代批评必定会在精确分析的前提下，以庄重的理论风度客观

研究资料

格非

地阐释文本中的实在内涵。我曾仔细考察了一个时期以来对先锋小说的林林总总的评述，发现了一个评论的热点和盲点：这些批评在驱动抽象的理论语言和形象的责骂言语时，显得"精于此道，不亦乐乎"；而一旦要进入文本进行精细的分析就"虚晃一枪，带马便走"。于此一来，就产生了第二个更为热闹的指责：先锋小说的文本酝涵混沌、歧义过多、障碍过多，导致了意义的消解，充满了一堆堆毫不相干、杂乱无章的怪异梦境和幻境。这是以文字游戏要弄见多识广的读者上帝。因此，"上帝"有一种被调弄的愤怒，愤怒之后就是鄙夷，鄙夷之余就是厌弃。

格非是在新潮退落、市场涨潮的困境里，仍能坚守自己独特的美学一隅的充满灵智的标准的"先锋派"。他的《唿哨》发表在九〇年的《时代文学》上，被九一年首期的《小说月报》所选载，在九二年岁末又被选入陈骏涛主编的"跨世纪"文丛的第一辑。但是，很少有人论及这篇小说的潜在意义。我将其作为先锋小说的一个成功例子来解析，是提醒热爱艺术的人们，在耳畔充满"喧哗和骚动"的时候，别忘了唤醒自己对美文和生命之音的敏感。格非是以《唿哨》在完成这种提示，它传达出作家心灵中既合诗意又反诗意的意味隽永的呐喊。我们可选取不同角度来倾听这尖厉、凄凉、哀婉，令人猝不可防，又伴随松涛啸鸣的"唿哨"声。

《唿哨》试图唤醒人们消解对先锋小说的误读，它的潜在魅力也就在于激起欣赏者的审美反响。

误读有三：

误读其一，不少学者用他们的比较批评分析道：先锋小说是以摒弃传统美学品格和民族艺术个性为代价的，它的美学价值构建的基点、质点和焦点与西方现代派横向"联姻"。这些分析不愿或不屑从技术角度来探究先锋文本中民族性、现代性、欧化性和超时空性混杂一体的多层内涵和多重指向，这样也就不能从社会、历史、文化、心理的诸因关联中展示它生成的大文化背景、民族性的承接和嬗变、对异域营养的择录和延揽。有人直接省事地将格非和法国实验小说家作类比，而闭口不谈他文本中极端清纯的民族美学隐义和旨趣。

我们将《嗯哨》纳入本土语境中也可颇有韵味地解读它。

《嗯哨》有诗的韵味，它承揽着古典玄化的山水诗的脉流——在对未知世界的冥想中展示智慧和意绪。同时《嗯哨》有画的意境，它绘入了日常存在的图影中恍惚走神的光色游魂，这并不像达利的《无穷的谜》一般在怪诞的变形中显示隐匿形象的本体价值，而让我们想起图画里墨分五色的瞬间写意及隐喻世界的模糊区域，空灵境界。我们不用预定的外来框架来规定《嗯哨》，就可发现文本中浸透在语符结构里的象外之象、言外之言含有丰富的民族沉淀物。它展示了国人日常生活的暧昧和"灵魂栖息的家园"之幽默，这不是在张扬和玩赏民族精神的负面效应和残秽展览，而是借一个耄耋老人沉浸在心河里的玄想去勾勒一切生活所包容的那个巨大荒谬而难猜破的寓言。沿着老人的视点可以切开一段照射内宇宙的透视光路，从而检测人类灵魂深处飘浮的宿命幽灵。在此，文本将民族精神领域最模糊的积淀融化在人性普遍的迷惘中，从而捕获了生活意绪迷宫里幻化种种的原生真实。

我们不难发现文本中沉洇了王维晚年的玄诗意境和禅悟心源，但最终格非又用现代生命哲学化解了传统玄诗的浑融完整，捧出了一大把由"怀疑精灵"的激光分裂出来和意念碎片。这样，文本构图里那填满了国民化的道、情趣和生活场景，如围棋、国画、古诗稿、紫砂陶壶，对弈品茶、静坐清淡以及暮春的乡村景致；同时也充溢着真实世界中偶发的、不可推论、无法驾驭的多种让人倍生荒谬苦恼感的细节，诸如在女人裤管中消失的硬壳虫之类。——它们由孙登老人来感受，与古诗的圆融意境形成了某种反差对比，导致了孙登视野中的古诗变得残缺不全：

木木芙蓉花

山中……

……寂无人

纷纷开且落

该诗正是王维《辋川集》里被胡应麟在其《诗薮》中誉为"入禅"之作的《辛夷坞》。胡氏悟道："读之身世两忘，万念皆寂"。而小说文本里的景色氛围，游离于现实和梦幻间的情调，浸渍在语流中的幽远感喟及各守心灵的孤独，无不让我们想起王摩诘诗里景境情境心境涵混为空为寂为灭的艺术旨趣。孙登和阮籍追求的也即那种"行到水穷处，坐看云起时"的感悟生命的静默以及"无可无不可"的萧散优游的道家气度。格非的成功不在于他将孙登、阮籍再造成"诗佛"，而是写出了他们清幽里的迷惘，难与外物他人融汇的尴尬，潜伏于语言行为背后纵而难逝的躁动和无奈，由此完成了对国人渴望的充满诗情画意的禅宗状态的瓦解，继之是现代人焦虑失态的存在境况的生成。

对先锋小说的第一个误读就很难这样阐释文本中融入的民族文化心理在现代的承接和度调。

误读其二，人们习惯了对先锋小说作简化抽象的释义，沉湎于初步的感官印象之中，充塞了司空见惯因而丧失形容原性的形容词，发展成不加节制的泛情主义。人们送给先锋小说的"形容大帽"可罗列出数十顶：主题弥散、背景朦胧、意象怪谲、情态迷离、形式荒诞、态度浮躁、根底浅薄、指向模糊、激情匮乏、人物虚浮……总之，在这片经典的语言废墟上，什么也不缺，但最终什么也说不明。

面对文本的迷宫，批评者除了靠硬技术破译语言、解析结构，通过形式分析令人信服地引出结论，此外，别无选择。先锋文本又特别地诡秘，技术层面的结构解剖尤为重要。

《唿哨》中不同的情感空间并列，不同质的因素相杂，结构十分驳杂，限于篇幅，仅对文本构图的奇妙对应略作分析。构图无疑是文本中很重要的形式原型，它能借助在视角中巧妙组合的意象群落来展现过程中隐含的奥秘。

老人孙登处于构图中接纳筛选感受并凝聚图式的位置，他陷在一张变形的藤椅中，"守望着流转的光阴"，面前摆着围棋和诗稿；一位缺少背景的诗人阮籍（请注意他和魏晋时"竹林七贤"的名诗人阮籍姓名相对应）和他清谈一大批支离破碎的话题：远逝的青春，腐朽的诺言，名实的艰难吻合，不可实现的等待，不堪回忆的女人……一位更加暧昧的女人和孙登进行着一场没完没了，也不急于完了的棋局。

奇特的是，墙上挂有一幅"最大风格就在于没有风格"的国画：一个神不守舍的女人和一个犹豫不决的男人正在对弈。于是"孙登不止一次地感觉到他和女人的对弈正以某种难以言说的图式和画上的情景构成了对应，这种荒唐的对应把孙登恍惚的神智带到了意念行将终止的边缘：在阳光明媚的正午，会不会有一只看不见的手匆匆将门庭内的一切绘入一幅画中？"

这种结构主义的处理带来了对存在的疑问：人能否挣脱意念的牢笼，摆脱生存的近似，识破荒诞的风景？能否从流转的光阴中挣扎而出，求得某种不朽？面对诸多疑问，语言成了自身的困境，借助语言思考的人类只能接近而不可达到隐匿于词语背后的隐喻世界。同时意志和具象的二难矛盾又将人类推入了貌合神离的恍兮惚兮之境，从而生发出追引读者进入文本不断完善释义的永恒魅力。尽管释义最终难以完美地终止，但它远比简化抽象的"形容词型的批评"富有心智的韵味，同时，也才符合先锋文本的实际。

误读其三，人们认为先锋小说丧失了作家对现实的独到的审美感受和价值判断，从而模糊沦陷了自身的艺术个性的价值观。

这个指责对格非威胁不大，因为格非有一种美文学的自觉和执着。他纤细入微地审识物象和意象的能力让人赞叹，他还善于使内心隐秘的情感和一些特定的事物相关联，从而构建了独特的个体与宇宙在知觉和感性上的审美新关系，振兴了知觉和悟性的丰富细腻性，扩大了一个充分主观情绪化了的物象世界。这个物象世界并非总以情感的零度介入而显示出来，作者不少机智的插入负责引导读者参与审美过程。这样，格非就明显带有国产名士机智的谈锋化解灾难荒诞的儒雅遗风。

在先锋小说中寻觅作者的价值判断的确很难，所见无非是"虚无"的游魂在文本中到处飘荡。由此，人们抨击先锋小说的反价值反社会反民族反读者，是彻头彻尾的虚无主义。我们无意袒护先锋小说对空寂终极的偏好，但对空寂的恰当描述也能获得实在的美感。就像王维的《鹿柴》等诗虽云一个"空"字，却是一件绝妙的艺术精品。同理，先锋小说也会因其对无意义的描述而在探索过程中获得某种意味深长的意义。根本原因是由于审美主体的介入而化无为美。先锋作家保持了对现代人生存困境的冷静观照，抽空了纷扰世相的浮浅具象和暂时意义，以求获得一种形而上学虚化洒脱。虚化并非极度的无，它是对伪装充盈自足的反叛，是空灵智慧对脱俗之美的痴迷。对格非而言，他文本的最后意图并非完成对虚无的阐述，他的意绪空间涂满了淡到极处也浓到极处的忧郁，这不可排遣的情愫不是影射存在虚无，而是暗示世界难解。

格非一如既往地用极美的文字苦心营构连绵不止的迷离恍惚的情境，从而将读者牵入极易迷失的物象意象之河。尽管现象世界的光色魔方和情绪片段的负载容量在某点某面上可知可感，但它们整体联成词语的大河时，却无法猜破，从而包容了存在的复杂性。有人想一劳永逸地透视文本中的"五彩障"，但最终他会发现自己迷失得更远；也有人因无法作理性十足的辨识就嘲讽作者故弄玄虚。这两种解读都偏离了作者的初衷。作者在邀请你进入一个审美的过程，在过程中"陷入一个意义变化无穷，方向莫测、时隐时现，随时发生问题的世界之中"（罗布·格里耶语）。这要求读者以开放灵活的态度投入智慧，参与到他所阅读的文本中去。这才有可能在整体上获得从现象世界到隐喻世界的美感和灵悟。

以上三种误读都由于读者不能放弃以为先锋小说是在外来的预定模态里衍生虚无的阅读经验而产生，而建立在误读基础上的种种貌似深沉尖锐的批评必然会导致批评的倾斜和崩塌。——这是当代文学的双重悲剧。

《嗯哨》企望穿透流转的光阴，飘逝的意绪和日常的空洞，从而唤醒人们在巨大阴郁的存在幻景面前，保持着反诗意的敏感。

《嗯哨》在此背景中如此尖厉、凄凉、哀婉地响起，暗示了由生命底气吹奏出来的呐喊，是对沉闷荒谬的整体氛围的颠破。

尽管格非将小说场景安置在生命张扬的暮春，但所有生命都在浸散中虚费：老人陷在藤椅里等待戈多，他女儿机械地剥着毛豆，行人恍恍惚惚犹如梦游，渔夫、养蜂人倦慵地或劳作或休息，连玩耍的小孩也毫无生气，甚至春的天使——燕子也落落寡欢。整个场景的气氛僵化而低沉，毫无实质性目的和意义，更没有生命庄严的演出。

在此氛围中，姓阮的诗人用了一个不见本体的唐突比喻："就像打了一个嗯哨……你找不到什么意义。"本体为何？本体和喻体的相似性何在？这些隐义永远没有确定无疑的答案，诗人是凭神经质的敏感把握它的。这也许是诗人对目前沉闷的抗议，但抗议不是借诗人的专长——偃仰啸诗来振聋发聩，而是用撮口而呼的粗鲁形式。也许后者更直率、更能宣泄情绪，更有惊破沉郁的能量。当它在晴朗的苍穹下响起之时，我们久倦沉醉的灵魂也起了一阵战栗，连虚静安详的孙登也打了一个冷战，下意识将拇指和食指悄悄伸进嘴里，但孙登发不出任何声音，这暗示了守静抱虚的等待会瓦解行动的勇气，在绵延的郁闷里甚至连人大声疾呼的器官也会退化。这是一幕静悄悄发生而却早已定型的平淡的生命悲歌：因其平淡，而有着普遍性；因其是普遍的平淡，而具很强的悲音，撼动着敏感的心弦。

文本末尾，格非冷静操作着让诗人死了，但"嗯哨"声并未归入沉寂，它"穿透时间的屏障，一直绵延至今，沉入另一个活着的人易醒的睡梦中"。它也许像诗人悲天悯人的恸哭，来打断活着的我们的缥缥缈缈的梦呓，来惊破庸常岁月里的空洞的虚影……若这种解读可以被接纳，那么《嗯哨》就潜注了一股催人自省自警的反诗意的强音，唤醒我们别被生存的幻景淹没，别被时间的狂流卷走，多做生的沉思和行动。——这绝非"无意义"的虚空所能涵盖，是先锋小说能和鼓吹奋进的时代精神相通的一脉。

《嗯哨》唤醒着站在时代前列的作家对小说文本的理想形式不倦探求，但它自身的曲折的操作造成了变调的涩音。

《嗯哨》这种由意象群落衔接而成的结构主义的文本，其写作的艰难远甚于传统小说的驾轻就熟。格非是把小说当成诗来写的，在小说作家作品研究不露声色的空灵里显示出惨淡经营。

他的系列文本进行着类似克洛德·西蒙的困难试验："小说不是时间概念上的故事，而是从某一点、从一个图像出发，由这个图像引起的插曲所构成的无主题故事。我从这一点出发，从这一点返回，再往前走去。作家举步艰难，却又是原地踏步。他永远无法达到他追求的理想形式——小说"。

这样，作家成了自己文本的"造物主"，他渴求着完美，但完美存在于人类创造潜能的极限边缘，它是一种理想，一种可以接近而不可达到的理想，它诱惑着作家强烈的探索欲望，犹如天国的幻影诱惑着圣徒。格非在为之努力的操作过程中，不可避免地在总乐谱上写出了数个破坏理想形式的变调符号。

其一，过多插入的机智评述打乱了叙述的正常脉理。也许作家有太多的智慧要放入文本，这与文本的短篇容量发生了冲突，由于格非未能忍痛割智，形成了凸现参差的机智肿瘤。

其次，自然段落的跳跃过于错杂，需要纯技术的多次衔接。这势必让一般读者因不明趋向而放弃对文本的继续阅读。衔接处的恰当是对作家结构才能的更高要求。

再者，人称的更换过于让人眼花缭乱。人称的多变和符号化当然是先锋小说的带有目的性的创造：迫使读者聚精会神去识别人物，去掌握他们的内在标志。问题是，这些人为的栅栏的密度和高度超出了我们理解的限度，挡住了我们深入构图核心，进入人物内心的视线。

这一切形式冒险的闪错伴随作家对理想形式的刻意探求而显得雕肝呕肺，奇崛走极。我们完全理解创新中的极化走向，但我们更希望看到作家的平衡才能在下一个文本中的出色呈演。

我们再回首聆听格非的《唿哨》，是在小说越来越难写难读的时候，是在商品大潮冲荡一切，纯文学只剩下残波漏影的大背景下，若听得入神，听得冷静，不做匆忙的扫描，不扣形容性的"大帽"，或许我们能剥离杂音，听清先锋小说的内韵：先锋小说不是一种狭义的文学流派，它是一种探索；它不提供现成意义，只在探索过程中才逐渐建立自己的意义长廊。凡是力图跟上小说样式不断变化的文本试验，都可冠之为"先锋小说"，这个开放的概念没有国界，它广纳一切绝不保守谨慎的创新。

《唿哨》是格非的诗的悲歌和反诗的呐喊，它激活着我们对流转的光阴、对虚无之美、对受到空洞威胁的生命的感悟。

我们听"唿哨"时悟出了什么？……

请读者猜谜

——读格非《雨季的感觉》

邵　建

　　善出新招的《钟山》刚办了一个栏目，唤作"名家炫技"，携《雨季的感觉》上这个擂台的第一位炫主是近年来依然保持先锋姿态的格非。

　　这是篇"谜语风格"的小说。格非似乎不是在做小说，而是在制作谜语。表现在小说上，他不是像某些作家那样用自己的整个生命去拥抱小说，比如张承志，因而那小说总是拥有沉甸甸的生命质感。但格非不是这样，他操作小说的方式不是心，而是脑，是以一种智力或智慧切进小说，因而小说的"做"在他那里是一次智商的运作，其作品则往往具有谜一样的色彩甚至像方程那样需解。这一点他特像博尔赫斯，那是位小说的智慧大师甚或是魔术大师，但不晓得他是不是格非的私淑师爷。凭着对格非的这份感觉，我以为，《雨季的感觉》与其说是"炫技"，不如说是"炫智"。

　　这份"智"首先炫在他对时间的编码上，整个小说就是一个"时间之谜"。谜就谜在格非有意把"故事时间"与"叙事时间"悄悄混淆，而这一切手脚做得又十分干净。于是读者在阅读中认为文本事件是在故事的时间中顺序展开，殊不知这里暗藏着一个巨大的"时间倒错"和"时间颠覆"。显然，格非利用故事与叙事的文本二重性，非常娴熟地作了一次时间之"弊"。往白处说，故事时间是事件先后发生的自然时间，而叙事时间作为伪自然时间，乃是对事件先后进行人为的调控。镇长一大早便获悉一只电话，"日本人的飞机轰炸了梅李"，然后一阵引擎声，镇上又出现了一个神秘的侦探，接着小学校长卜倪讲课时失态，而镇上阔少褚大公子又突然被抓……一系列莫名其妙的事件随着时间的步履纷至沓来，格非有意在造势，仿佛有着一个更重大的事件正在它们之后暗暗迫近。这是一个历史叙述的框架，它仿佛在叙述三十年代抗战前期的一段旧事，具体时间是江南雨季，更具体的时间是五月五日，这天发生的一切都被卷进了时间之谜的漩涡中，那只电话是怎么回事、侦探为什么出现、褚少良又缘何被抓？待读至小说最后一章"五月四日的傍晚"，谜底方才彻底大白于天下。那个日军轰炸的电话原来是个恶作剧，侦探的到来是因为他的朋友褚少良错写了婚帖的日期，而褚大少被抓也是因为自己的错误，招来了这个身份不明的侦探，这是个一连串带有极大偶然性的错中套错的怪圈。格非在其处理上又特意营造了个叙事时间上的怪圈，最后一章原本是小说的结果不料却是故事的真正的开端，以前发生的一切，其始因却产生于故事的结尾。从表象上看，故事好像走到了终点，谁知它突然折回头，终点旋变成了起点。这样的结构亦即360度周体大回环的结构颇似埃舍尔那幅著名的木刻，面对它，你须倒过来读，倒过来体味方才明白事情的真相。况且在这周体大回环的结构中还套着一个半体小回环，第四章镇长与卜倪夫人偷欢未遂的事件事实上应提前到第二章之中。这种大小回环的方式似不应理解为我们一般所理解的"倒叙"，因此，对《雨季的感觉》，也许用热奈特评价《追忆逝水年华》的话比较合适：它是一篇"驾驭、征服、控制、暗中破坏，或确切地说曲解时间的小说"，是"它与时间做的绝妙游戏"。

当然，时间之谜的谜底是历史，时间的颠覆也是历史的颠覆。哈贝马斯表述过这样的见解，意谓先锋派艺术详细阐述的时间意识并非与历史无关，而恰恰在于反对历史中所谓的伪标准性。《雨季的感觉》以一种"拟历史叙述"的态势刻意营造一种不平常的氛围，把日军空袭、侦探出现、阔少被抓交织莫测地推上故事前台，仿佛真有一个大事记将要出现在莘庄的史册上。当读者的心被吊起来之后，不料格非重举轻放，紧锣密鼓搭好了一个戏台子，后面却根本没戏，历史成了空白。貌似政治军事大事件的历史拆解开来不过是一系列琐碎庸俗的生活日常——这不也是一种更为本色的历史内容吗？格非以颠覆的时间进行了一次历史的颠覆，这种以大史记的框架叙写日常琐杂的操作策略，给阅读带来了说不出的滋味，当你调动好全部神经准备对付即将来临的事件，不料到头来却天下本无事，俗人自扰之，这是阅读的释然，还是失落，只好读者诸君暗中自理。

然而，谜并不到此为止。《雨季的感觉》是谁的感觉？又是什么样的感觉？小说除了叙述能指上的时间之谜外，还有一个叙述所指上的感觉之谜。由于小说采用第三人称的视角，因而雨季的感觉就不是作为角色"我"或叙述人的感觉，而是文本中人物的感觉。这是一种什么样的感觉呢？"既然雨季使树木和花朵都改变了颜色，人的感觉也会发生某种程度的偏差"，果然，紧接其下，为人师表的卜校长在上课时，感觉从课本上偏差到一个成熟女生的身上，那种"想入非非的幻觉"连他自己都"感到有些不道德"。"春天的气候变幻无常，一会儿雨水涟涟……它使树木变得神秘，使人的感觉触须变得像蚕丝一样纤弱"，于是修行三十多年的辨机和尚，在那窥视女裸的梦觉中，遗湿了自己的裤子。原来，时间的畸变蕴含着感觉的畸变，而感觉畸变的后面却是欲望的畸变，欲望作为感觉的谜底，所谓雨季的感觉写的就是雨季的欲望，那种像雨季本身一样绵长的、湿漉漉的欲望。正是在这样的欲望驱动下，镇长借穿针向卜侃夫人调情；也正是这不可耐的欲望，卜夫人竟然在丈夫的敲门声中，还心急火燎地让镇长"你先给我来几下再说"。雨季的欲望是裸露的，它"仿佛使镇上的每个人的行为都出现了反常"。

时间的后面是历史，感觉的下面是欲望。格非在"题记"中引了纪德的话："你永远也无法了解……"这是不是制谜的谶语？然而沿着"时间/历史/欲望"三环坐标探测下去，大体可以破解格非的雨季之谜。历史的表象在时间中浮现，而欲望的沉沦则成为历史真正的暗涌，格非以迷离之笔写出了莘庄人不可名状的欲望以及由此构成的莘庄那段雨季的历史，而"畸变"就是它的主题。

以下属于"补白"：如果说上面是我对雨季之谜的猜释，那么这里我要说，把小说写到了"请读者猜谜"这份上，不知道是不是件好事。我很佩服格非的聪明，小说玩熟了，就像手中的地球仪，手指轻轻一拨就滴溜溜地转，直转得读者晕头转向，而他自个儿却居高临下，冷眼旁观。因此，在我个人的阅读历史中，对格非、对先锋派，效法了孔子对鬼神的态度：敬而远之。落实到眼下这篇《雨季的感觉》，我最后的态度一是钦佩，二是不太欣赏——这不知扫没扫《钟山》"名家炫技"的兴。

原载《当代文坛》1994年第5期

精神困境的寓言

——格非《傻瓜的诗篇》的意蕴分析

谢有顺

一

当一切的深度与神性都被后现代主义者分解干净之后，中心的倾倒已成为事实。发生在西方社会的这次巨大的文化事变，正慢慢地向我们这块土地扩展，从而蚕食着我们寄寓在信仰之上的生存地盘。这种时候，用文学拯救世界的英雄梦业已破碎，任何企图重建新精神家园的期待都将落空。然而，中国作为第三世界国家，还缺乏后工业社会所特有的焦虑与绝望，这就从根本上拒绝了后现代主义在中国的根本流行，它只能处于现代主义与后现代主义的摇摆之间，这种特殊的文化情境，造成了中国文学的双重性：一面是平面性，消费性的增殖；一面是言说世界深度的话语欲望日渐强烈。

格非的小说应该说更接近于后者。虽然他所设置的迷宫洋溢着不可知论的色彩，但是，许多时候他更像是一个精神寓言的书写者。格非曾在一些私人场合里说，好小说至少应具备三个特征，其中之一便是对人类精神现状的警觉及其表现。他过去的写作，也正好暗合了这一点。前几年，由于纯粹私人的原因，格非几乎没有发表任何小说，他重返文坛的第一个作品就是中篇《傻瓜的诗篇》，从中显露出了格非言说人类精神困境的坚定容貌。

格非以《迷舟》和《褐色鸟群》向我们显示了两种重要的能力：构筑故事迷宫与修习形式意味。和《褐色鸟群》中众多的形而上玄想相比，《傻瓜的诗篇》更多的是沿用了《迷舟》中的故事特征。在这个中篇里，格非对形式有所收敛，故事的线条也就随之变得清晰而晓畅。从这点上说，《傻瓜的诗篇》远比《迷舟》好读得多。我们几乎可以用一句话来概括它的故事内容：一个精神病医生在对一个病人实施治疗的过程中，与病人发生了性关系，不久之后，病人康复而医生成了精神病人。

显然，故事并不玄奥，作者在讲述这个故事时启用了许多写实的因素，甚至还不惜刻意去经营与现实相符的环境、气氛以及人物言行。我们知道，格非在过去的小说中惯用的手法是，把场面的描绘与并不紧张的故事情节嵌合在一起，使故事获得一种舒缓的绚丽的色彩。那些描写性组织作为文本中伸展出来的话语链条，构成了故事中富于诗意的边缘景观，它弥合了文本中由于故事讲述挂一漏万所造成的空隙，并不断地制造故事的当下形态与事实真相之间的细微差异。《傻瓜的诗篇》中剔除了这些描写性组织，情节的发展便减少了许多障碍，从中，我们可以引申出两个情节细节：一是杜预的心理活动；一是莉莉对"傻瓜"的情感。这两条线索是《傻瓜的诗篇》中最具神秘色彩的部分，也正是它们的存在，使格非的这篇小说仍旧保持了他固有的迷宫气质。

虽然和格非过去的小说相比，《傻瓜的诗篇》中故事迷宫的谜底比较容易被识破，但"傻瓜"的具体所指，却依旧作为一个叙事空缺而存在着。我们若轻易地将谜底对应为是那只狗，这显然有违格非的初衷。无论是《迷舟》，还是《敌人》，格非都没有出示具体的谜底，任何的猜度都是徒劳的。也许，作者有意无意地在文本中留下了查找事实真相的依据，但这也可能是作者故意布下的陷阱。我们不会忘记，这种危险的误读，经常发生在博尔赫斯那里。

必须停止对事实真相的猜度，那里是一片无限蔓延的迷津，它会使我们轻易地走失在津场里找不到通道，这可能就是解读格非小说应引起警醒的地方。然而，格非却在故事空缺的设置中完成了他对现实的隐喻性理解：谜底的本源性缺乏，表征了存在意义的"不在"。格非总是试图用一种明确的猜谜方式，来探查存在中的"不在"之在，这就构成了话语运作与实在世界之间的矛盾对立，即能指的过于清晰与所指的恍惚迷离之间的差异。《傻瓜的诗篇》中悬置的依旧是这样一个疑问："傻瓜是谁？"它可能是一只狗，也可能是中年民警，莉莉的父亲，或者她的情人。这里，格非已从故事的因果对应中跳脱出来，把叙事热情伸越到了人物的内心深处。小说对"傻瓜"的辨析，就是对莉莉的内心画景的揭示，也是对杜预的平常心境的围困。在这个过程中，实在世界不断地发生错位、扭曲和替代，话语运作便成了生存沦陷之后，重新确立各自的生存坐标的一种努力。正如博尔赫斯所说："世界好比一部作品，在此，人类、作者和主人公都企图辨别其生存意义。"[1]

然而，面对生存，格非向我们说了些什么呢？

二

《傻瓜的诗篇》的故事背景是设置在一个南方的精神病院里，人物清一色的是精神病人与精神病医生。类似的小说，格非在数年前曾写过短篇《蚌壳》。以精神病人作为人类心灵的寓言者，显得直接而逼人，它关涉到人类精神的发生、流失以及困境的根源。不具备对人类精神的根本关怀的作品，也就失去了与世俗世界相对抗的艺术力量，那时，文学依靠什么在人类历史上刻下自己的位置呢？格非的小说正是因为保持了这种精神向度，进而在先锋小说群体中获得了一种独特的地位。

从这个意义上说，《傻瓜的诗篇》是格非迄今为止最为重要的作品之一。它可能有一些简单、直露和夹生的痕迹，但它却寓示了格非的某种转型：从描摹生活中的神秘现象到探察人类精神深处的窘迫及其出路。我们知道，写作的技术变迁日新月异，但它对人类精神的异乎寻常的关怀却是亘古不变的。格非将他所领会到的存在的尴尬和苦难植入文本内部，从而揭示出《傻瓜的诗篇》中人物心灵深层的隐秘欲望。格非对某种正在衍生的精神梦魇如何侵吞我们生存领域表露出了极大的热情，并过早地将一个缺乏希望的世界推到了我们面前，以此来唤醒人们对这个正在降临的黑暗时代应有充分的警惕。

---

[1] 引自《拉丁美洲当代文学论评》第212页，漓江出版社1986年版。

小说中的一句话，可以用来作为《傻瓜的诗篇》所出示的巨大象喻："人类的精神究竟在什么地方出现了问题？"——它既是格非写作动机，也是我们理解文本深度世界的突破口。我们跟着格非在他的小说中走动，可以目睹许多精神病人的荒诞言行，这些都是生命的完整性遭到破坏的人。他们能牢牢记住往事中的一个细节、一句话或者一个人，却经常无法思考代表人类智慧的最简单的问题。他们的症结在哪里呢？大学生莉莉走进精神病院，无疑加深了我们这个疑惑。这是一个与常人没有多大区别的漂亮姑娘，初看起来，在她身上难以找到精神病所应有的迹象，甚至在护士给她换衣服时，她还知道用双手掩住裸露的双乳。为此，她构成了杜预——一个精神病医生——心中那冗长而持久的躁动与不安。

莉莉的出现，混淆了精神病与所谓的正常人之间的界限，或者说，正常人与精神病人之间的界限是那样的脆弱，不堪一击。一件偶然的事，一个普通的人，都可能使他们互相转化，这就是我们当下看到的一种可怕的生存境遇。在莉莉的心中，一直潜藏着黑狗之死、父亲之死，中年民警的攻击给她带来的梦魇，它们窒息压抑着莉莉的精神世界，一旦它们通过性的渠道宣泄出来之后，精神内部的障碍便消弥了，精神病人变成了正常人。与此相对的是，杜预心中也潜藏着人类精神障碍，然而，它却在宣泄的时候，置换了新的精神压抑，从而导致杜预这个优秀的精神病医生最后成了精神病人。

这种生存境遇的错位和转换，蕴含了深刻的悲剧性，我们可以将它看作是精神在困境中无法突围的寓言。对人类精神现状的敏感及其表观，构成了《傻瓜的诗篇》中闪光的深度链条：对罪恶的警觉及其对罪恶的忘却。这其实是正常人与非理性的人的两种基本的生存心态。格非对二者互相转化的过程投注了很大的热情，从而向我们言说了非常态世界里各类生存假象以及内心深处的种种实在的沉沦与苦痛。在这个过程中，格非启用了许多具有象征意义的意象——《普希金诗选》、莉莉的诗篇、风琴、黑狗等。它们作为某一个阶段的历史表征，指示了人割裂了与精神家园的原初统一之后的种种心绪。"人只有在他是历史的时候，才是现实的。"[1]精神病人的一个基本特征是——记忆丧失，也就是人的历史感的

---

① 见雅斯贝尔斯《生存哲学》72页，转引自徐崇温主编《存在主义哲学》，中国社科出版社1988年版。

丧失。这样，人的生存便缺少了坚实的生存根基，他仿佛在一片虚空中漂浮，在水面上行走。可以说，这就是精神被抽空之后的骇人景象。

三

为了更加真切地传达出每个个体的生存感受，《傻瓜的诗篇》深入到了人物的内心深处，写出了他们灵魂深处的挣扎和交战。这种心灵话语的启用，使作品获得了深刻的内在性。大量的文学事实告诉我们：任何伟大的作品，都是人类心灵现实的真实投影。《傻瓜的诗篇》对人物隐秘心理的开掘，为审视人类的精神现状提供了一个崭新的角度。

显然，格非想通过小说启示我们：救赎之路只存在于每个人的灵魂里面。在《傻瓜的诗篇》里，格非引用了德国精神病权威皮尔斯博士的一句话，在精神病的治疗上，病人要比任何一位学识渊博的医生都来得高明，有时，他们会自己找到精神复原的道路。这就是说，拯救必须发自于内心的需求，而不被外在的生存假象所替代。在我们的内心深处，经历了太多的劫难、痛楚和无助的沉沦之后，对世界的恐惧便应运而生了。这个时候，我们就像需要呼吸一样地需要有一个永恒的精神依靠，因为我们只有在笼罩信仰光芒的家园里，才会感到生命的丰富和平安。"不存在时间之后的时间，但存在时间之上的永恒。"[1]这里的"时间之上的永恒"就是来自于最高处的神性的声音——导引我们得到救赎的声音。

《傻瓜的诗篇》中，病人康复，医生成为病人等，无一不是发生在心灵深处的，关涉到沉沦与救赎的生存事件。格非毫不容情地关闭了一切在现世之中的获救路途——这只是一个无法走通的危险的陷阱。只有心灵的拯救才是真实而彻底的。所以，杜预在小说的最后被送上了电疗床的时候说："现在，我终于正常了。"这不是文化的声音，也是非理性的声音，而是生命进入另一个空间之后的喜悦。

---

[1] 见刘小枫主编（20世纪西方宗教哲学文选卅下卷），第1831页，三联书店上海分店1991年版。

这可能就是《傻瓜的诗篇》的全部：苦难与救赎，以及如何才能获取神光的烛照，这一点对于格非的创作初衷来说，也许过于夸大了。但是，这在文学里面确实是一个相当重要的问题。我们知道，写作作为一种崇高的精神事务，其最重要的意义就是表现出对人类生存境遇的终极关怀。格非似乎深谙这一点。他在小说中总是力图把握人物心灵的内在深度，其突出特点是，写出了人物潜意识深处的种种黑暗的记忆。那些迫害、杀人、性攻击等一苦难的往事，成了杜预、莉莉精神底部无法排遣的纽结。它一旦找到外在的契机之后，就会变为他们的精神衡常性，这就是精神病的病因所在。

　　绝望发生在这一苦难的边界，它是生命下坠之后的必然显现。它指示给我们一个人类的基本事实：人只有行走到尽头的时候，才渴望找到一个永恒的安身立命之处，即我们经常所说的家园感。在现世中，人们无法找到真正的爱，真心的盼望，只有在精神终极层面上，人才能被获救。从这个角度上说，《傻瓜的诗篇》出示的仍旧是生存的苦难牢笼：从一个深渊坠入了另一个深渊。杜预从医生变为病人，莉莉从病人成为正常人之后，等待他们的又会是什么呢？从这两个人生存境遇的错位中，我们似乎已找到了答案。诚如雅斯贝尔斯所说："人的历史没有可能的终极状态，没有一个完成的期限，没有目标。任何时候都可能是个完成，而同时也是没落和终结。"①

　　对生存的这种深切关怀，在当下先锋小说群体中还并不多见。除了格非，还有余华和北村。这三人，是先锋小说界言说精神苦痛最为激烈的先行者。可以说，未来的小说道路，已蕴含在他们的作品之中了，因为所谓的人类感与宗教情怀，就是要求在作品中构建一个新的精神空间，使之成为人类灵魂疲倦之后憩息的永恒之所。只有这样，文学才能显明出它那独特的意义。格非的《傻瓜的诗篇》，无疑正在朝这一方向努力——这是一种可以期待的努力。

原载《文艺争鸣》1995年第2期

---

　　① 见雅斯贝尔斯《生存哲学》72页，转引自徐崇温主编《存在主义哲学》，中国社科出版社1988年版。

超越与澄明

——格非长篇小说《边缘》解读

吴义勤

　　《边缘》作为格非的第二部长篇小说对他本人乃至整个中国当代文学的意义似乎至今还未得到足够的重视，我为我们评论界对这部作品保持如此绵长的沉默而惊讶不已。从90年度的《敌人》到92年度的《边缘》，格非几乎不着痕迹地完成了对既往艺术范式的全面突围，他不仅以清晰的时空结构和透明的情节线索消解了以往神秘晦涩的艺术倾向，而且还在对文本游戏色彩的抛弃过程中实现了风格由混沌向澄明的升华，并由此表现出了对"迷宫"式写作姿态的真正遗弃！格非无疑以其卓有成效的艺术努力和出人意料、判若霄壤的"艺术蜕变"，显示了作家超越自我的可能及其限度，并在此意义上对整个新潮小说界作了一次意味深长的提醒。"超越与澄明"既是小说艺术姿态的绝好总结，同时也更是小说主题和人生内涵的精妙概括，据此，格非为新潮小说指明了某种方向。

一

　　如果说格非的迷宫小说曾一度因其朦胧晦涩和危机四伏的神秘而令人望而生畏的话，那么一旦格非跨出迷宫的门槛其不期而至的清晰给予读者的欣喜也是不言自明的。尽管《边缘》以一个老者弥留之际的灵魂坦露为线索叙述故事，小说时空依然变幻、飘忽不定，但众多跳荡的故事片断和人生画面不仅具有可重组性，而且各自也具有逻辑联系，这就使《边缘》的故事形态具有了整体上的统一性和透明性。小说主人公是"我"，因此"我"的人生经历也正成了这部小说的故事主体，而从"我"的视角出发，小说又平行地展开了仲月楼、徐复观、宋癫子、杜鹃、小扣、胡蝶、花儿等人物的故事，彼此互为交织又互为对比共同构筑了整部小说的故事框架和主题结构。具体地说，"我"的人生故事又呈现为三个阶段：

其一，少年麦村阶段。"我"的记忆开始于，"那条通往麦村的道路"，而这条光秃秃的实际上"包含了我漫长而短促的一生中所有的秘密"的道路也正是"我"人生和故事的开端。通过那次母亲眼中的"错误"迁徙，"我"在麦村的童年生涯揭开了帷幕。而母亲对麦村阴雨连绵的天气和弥漫的空气中的稻草气息的抱怨以及对往昔时日的刻骨留恋也感染了"我"，"我"日益被一种颓伤和忧郁的情绪所包围。父母之间的隔膜和隐隐的仇恨也时时加剧着"我"的孤独和寂寞。父亲的病死和母亲与徐复观私通的场景更给"我"幼小的心灵带来了巨大的刺激和伤害。"我"眼中的麦村到处充满了灾难和死亡的气息，尤其当我目睹了宋癫子姐姐的驱鬼仪式、花儿莫名其妙的吊死和母亲的临终叫喊之后，不但一种对于生命经久不散的忧伤无法排解，而且"我"的身体也开始向生命的边缘滑行。"我"患上了越来越重的失眠症和梦游症，最后，虽然徐复观以"大粪"治好了"我"的病，但"我"对于麦村的恐惧和逃离已是无可避免。无论是母亲的死亡，还是和杜鹃的结婚、和小扣的私通都无法阻挡"我"突围而出的决心。在"我"的印象中，麦村正是借助于仇恨和恐惧完成了对"我"人生的最初洗礼和放逐。一方面，"我"无法摆脱弥漫于麦村各个角落的仇恨和敌意。如果说徐复观对"我"的仇恨源于对母亲欲望受挫后的报复心理、母亲对小扣的仇恨源于女人之间近乎天生的嫉妒的话，那么宋癫子对"我"的仇恨以及父母亲到麦村后的相互仇恨则似乎莫名其妙。另一方面，"我"的童年稚拙而脆弱的想象中又充满了对于麦村世界的深深恐惧。"我"的幻觉中"窗外的世界浩瀚而不可理喻，它奥妙无穷，令人战栗"，并最终凝聚为一种恐惧的征象。从某种意义上说，对麦村的逃离，正是一次对灾难和痛苦的抛弃与告别，是一次精神涅槃般的自我拯救。只不过，此时，"我"忽视了自己与麦村似乎命定般的联系，因而没有意识到正在踏上的只是一条虚妄的救赎之途。

其二，军旅生涯。对于"我"来说，信阳的军校生活无疑揭开了人生的崭新一页，但这一页尚未完全打开却又急遽地合拢了。"在充满火药味的战争气息"中，"我"不得不一次又一次地与接踵而至的梦魇般的灾难和罪恶狭路相逢。虽然，对于军校大兵奸淫乡村女子丑剧身不由己的目睹与参与使"我"度过了三个月的禁闭生活，那几个大兵也终于被处决，但惩罚并不能真正消泯那笼罩和折磨"我"灵魂的罪恶恐怖，这种恐怖几乎一直伴在"我"此后的人生路途上。军校毕业后，"我"上前线投入了战争，并把战争视为"我的身体对于沉睡而无所适从的心灵的一次小小的拯救"。然而，战争却以其残酷和荒诞对人与生命进行了无情的嘲讽和戏弄，并彻底摧毁了"拯救"的妄想。一方面，战争以接二连三的死亡作为成果表现出对生命最大程度的轻蔑和不屑一顾。如果说霍乱伤员被活活烧死，仲月楼关于这件小事的解释多少还能使"我"信服的话，那么当"我"所在的三团"也许只是为了给对方造成一种错觉，或者仅仅是为了试探一下他们的火力"而在进攻中"像被收割的庄稼一样一排一排地倒在河边"，大规模的潜伏部队竟无动于衷时，战争的残酷本性和狰狞面目则无疑令"我"毛骨悚然了。另一方面，战争也以其不可理喻的荒诞昭示了其无意义的本质。两个军官的口角可以引发一场尸横遍野的内讧、火并；一个伤员的生命也不会中断医生谈论女人的兴趣；而对于师长来说一桶酒的价值自然远远地高于士兵的生命……这里，已经没有什么理性、原则、正义、真理，只有到处肆虐的暴力、死亡、罪恶以及随风飘散的荒诞。"我"们曾在凛冽的风雪中穿越八十里路程去架一座后来证明一无所用的桥梁；"我"们也曾在一夜之间与"一直想要我们性命的死敌"成了兄弟，"多少年的仗算是白打了，好像十来年的兵戎相见只是出于一种误会。我们奉命用最隆重的礼仪来欢迎他们。"置身于战争的这种无所不在的荒诞中，"我"的忧郁症终于无可遏止地再度爆发了，而逃跑的念头也与日俱增，但"我"终于明白，"即使逃出了军营，也逃不出这个兵荒马乱的岁月"，"我"除了独自一人去面对"自己的黑夜"外，精神上的唯一慰藉就是与仲月楼的友谊和对杜鹃的怀念。有意味的是，恰恰正是战争本身完成了"我"对于战争的逃离。这也许正是战争荒诞性的一种特殊表现。在与日本人战斗中的受伤，使"我"在充满糜烂和淫荡气息的东驿度过了近两年的时光。东驿仿佛是又一个麦村，胡蝶双眼失明、胡公祠含羞出走的悲剧景象成了"我"一生中对于东驿的最深刻的记忆。而在东驿的灾难中，"我"那渐渐淡忘了的家园记忆也雨后春笋般的滋长起来。

其三，晚年麦村阶段。然而，正如"我"当年的出逃被证明了是一个错误一样，现今的返回又注定了是在重返一个错误。梦中的家园不仅遥远而且事实上已支离破碎。麦村给倦极思归风尘仆仆的"我"的见面礼竟然是杜鹃和宋癫子偷情时宋癫子汗流浃背的身影和桂鹃持续不断的呻吟。悲剧和灾难又一次把"我"残缺不全的人生击打得千疮百孔，"我"一下子失去了所有的记忆、想象和梦想，失去了对于生活的最后一丝热情，在这痛苦的洗礼中，"我"晚年的黯淡生涯可以说一下子就露出了狰狞面目，"我感觉到，在我泥泞不堪的道路尽头的一盏灯熄灭了"。此时的麦村所能赋予"我"的只是这样两重身份：一是受难者，一是旁观者。作为受难者，"我"将一如既往地承受厄运的打击，并理所当然地成为历史、时代、罪恶的牺牲品；作为旁观者，"我"不得不目睹罪恶如野草般地滋长，并亲自为这弯曲的世代、为前仆后继的生命、为历史上仅存于一个个瞬间的美好和神圣送葬。在这个意义上，麦村已经不再是家园，而是一座硕大无比的坟墓。尽管"我"仍然是故事的主人公，但这时"我"不仅充当的是人生的悲剧角色，而且"我"的人生已经失去了一切主动性，而完全成了被历史罪恶屠宰的羔羊，呼应于仲月楼和徐复观的凄凉晚景以及小扣、胡蝶等人的奇特命运，麦村正以对"我"的抛弃走向了和"我"相同的"沧桑"。更具反讽意味的是，"我"至今仍作为历史的垃圾生活在麦村的角落里并幸运地等到了平反的信邮，而曾经叱咤风云的宋癫子、徐复观、路队长以及杜鹃、小扣、仲月楼等却如同麦村的一对孪生兄弟一样无法逃脱死亡的判决，真正沦落在时间的黑洞里。这是人生的悖论，也是历史的玩笑，在经历了生与死、高尚与卑鄙、残酷与罪恶、荒诞与真实、忠诚与背叛、耻辱与亵渎等一幕幕人生悲剧之后，在与死神的长期摩肩接踵、不期而遇之后，"我"不但获得了在死亡边缘挣扎的漫长生命，而且还获得了一种回忆与澄明的寂静人生境界。这是不是一种人生的报答呢？

二

当我们透过《边缘》展示的一个个生命悲剧时，一方面我们不能不为主人公们挣扎于丑恶之中的悲壮而伤感；另一方面，我们又对弥漫于小说之中的伤感的宿命情绪以及浸透在主人公人生背后的宗教徒般宁静淡然的人生态度难以释怀。然而，也正是在这种黯然神伤的精神气息中，我们获得了对于《边缘》主题的全新领悟。

"边缘"无疑首先是一种人生状态的描述，它是对"我"为代表的小说众多主人公生命状态和生命方式的极好概括。它代表了人类的一种不幸的命运和灾难处境，一种以痛苦和受难为特征的存在方式。在这种方式中，人只能异己地存在于生与死、天堂与地狱、忠诚与背叛、善与恶、罪与罚的边缘地带，而尤其当主人公陷身于特殊的历史情境（比如战争或"文革"）中时，这种边缘处境就更是昭然若揭。某种意义上说，"边缘"也正是对人类在历史和战争中的真实处境的隐喻性写照，是对人类不断被消解和粉碎的灾难命运的寓言暗示。因此，在小说故事的背后我们更多地读到的还是作家对于人类命运的沉思与关怀，以及作家远距离地形而上地观照人类生存困境的忧虑眼光。无论是徐复观还是"我"都没有能真正穿越历史和战争的屏障成为一个"大写的人"。不仅客观上，战争以死亡架设它的前进轨道，它命定地把人类扔在了死亡的边缘，让他们目睹每一个偶然的历史瞬间生命的烟消云散，而且，主观上，战争也可以其残酷和荒诞使人类陷入了可怕的自我否定之中。《边缘》正借助于悲剧性的故事描绘了"大写的人"变成"受难的人""被动的人""可怜的人"的过程。

其次，"边缘"又正是一种精神状态和精神方式的写照，是对主人公心灵风景和生命态度的纪实。小说中的主人公们不仅如上文所说的处于历史和现实的边缘地带，而且他们也某种程度上是居于"人群"的边缘，居于各自心灵的边缘。他们无法沟通、对话，无法真正进入彼此的心灵。在小说上空自始至终飘荡着一股冷漠、隔绝的黑雾，传播着一种令人心惊胆战的孤独，在这里，不止陌生的人们之间无法沟通，就是父母、兄弟、父子、母子、夫妻、师生、朋友之间也都无不充满一种隔膜和自我封闭的敌意："他人是自我的监狱"这个存在主义的哲学命题，在《边缘》中无疑又焕发了生命的活力。

然而，精神边缘的状态固然对于人生来说是一种不幸的处境，但同时它也是一种机遇，它提供了一种从具体人生泥淖中抽身而出进而参悟人生的机会，这也可以说是"边缘"所寓含的一种特殊的辩证法。而对于这部小说来说，这种机遇可以说直接催生了"我"，一个老人在死亡"边缘"的回忆。这使我们在小说触目惊心的丑恶和灾难背后读到了一种令人惊异的平静。尽管在老人漫长的一生中滞留在他记忆中的几乎全是人世间一望无边的丑恶，但无论怎样残酷、丑恶、强暴，叙述者都以一种冷静超然的态度进行着审美（审丑）的观照。小说既展示了看母亲洗澡、私通等亵渎神圣的情节，又描绘了强奸、偷情、杀人、行刑等场景。固然，在这中间我们能感受到人在环境和命运中的无可奈何与无能为力，也能感觉到作家对人性丑恶的厌恶。可是，在小说展示的这种"存在密度"背后，除了生命的体验之外我们读不到主人公情感态度上的愤怒、渴望和呐喊，只有一种强烈的自恋式的冷漠弥漫字里行间。也正是在这种"冷漠"的精神状态下，主人公对"回忆"中的人生有了心如止水的彻悟，并由此获得了一种人生的澄明，而澄明同时也意味着宽容和理解。当"我"远离尘世的喧嚣独自面对自己在人世间的遭际时，"我"对命运有了清晰的理解。为此，他对人生的态度不仅超越了道德的视角，而且也突破了情感和文化的樊篱，从而对战争、死亡、爱情、女人都有了新的阐释。当他每时每刻都感到死亡在他的血液中流淌时，他即领悟到"在这样一个时代，死亡已经失去了往常那悲伤而庄重的气氛，它有时就象一个玩笑那样轻松"。

显然，主人公正是在边缘式的存在中用边缘化的精神方式原谅了生活中的罪恶和灾难，并借助回忆对现实进行了逃避和"修改"，正如小说中所言

"现实是令人厌倦的,它只不过是过去单调而拙劣的重复,到了某一个时刻,回忆注定要对它进行必要的修改"。主人公无意于升华和超越人生,但在非道德化的审美体验中他却获得了一种特别的宁静和澄明,一种对于人生苦难的超脱。"我"不但对几十年风风雨雨的"历史问题"的平反表现出一种无动于衷的冷漠,而且即使令"我"恐惧和不安的宋癫子的死也没有引发"我"期待已久的喜悦,"当厄运的绳索突如其来地套上了他时,由于时间过于漫长,期待的种子早已在我疲惫不堪的心田里悄悄腐烂了"。只是这种超脱又似乎透发出一种消极、颓唐的气息。

三

与《边缘》的故事和主题的澄明状态相一致,小说的叙述风格和结构方式也呈现出了对格非此前小说文体的全面超越。它们以"互文"的方式共同完成了一种崭新的文本境界,从而在格非的小说世界乃至整个新潮小说世界熠熠生辉。无疑,《边缘》提供了新潮小说的又一种审美可能性。

《边缘》的叙事成就首先体现在叙述人的设置上。在我们的印象中,格非的迷宫小说由于着力于迷宫的营构,因而其叙事者通常都是采用第三人称的全知叙事,这为叙述者故弄玄虚地设计故事提供了可能性,同时也使叙述者在和读者的智力游戏中保持一种主导地位,从而一次又一次地引导小说向出人意料的方向发展。而到了《边缘》中作者开始使用第一人称叙事视角,这一方面加强了小说的体验性和心理真实感,另一方面又一定程度上拓展了小说的文本弹性和叙述张力。不仅第三人称视角无力进入人物内心的羞涩和尴尬被一扫而光,而且在小说心理涵量的丰富和强化中第三人称视角的其他技术优势也一如既往地得到了发挥。可以说,在由"他"向"我"的人称转换中《边缘》一无所失。这当然得力于小说叙述人特殊的身份。"我"是小说的叙述者同时又是小说的主人公,小说正是"我"弥留之际浮想联翩的"回忆"的产物。"我"对既往的人生片断都有着亲身的体验,对活跃在小说世界内的各个生命"我"也都具有某种"全知性"。不但"我"以比他们更漫长的生命为他们一一送了终，而且由于"我"对过去的回忆与叙述是立足于"现在"的基点之上的，这样，历时态的人生就得以以共时态的方式呈现。"我"就具有了从"现在"的观点重组、猜测、分析故事的自由，以及自由进出各个主人公心灵深处的绝对便利，这使小说中与"我"相关的众多生命故事都不同程度地烙上了"我"的印记，别人的生命只不过从不同侧面丰富和扩大了"我"对于生命的体验。这种情况下，"我"与"他"的视点障碍已经根本不存在了，"我"在"沉睡和清醒"边缘挣扎的精神状态和思维方式才真正决定着小说和故事的方向。然而，正是在这样的叙述格式中《边缘》获得了一种融主观性和客观性、真实性与假定性以及纪实性与分析性于一炉的特殊叙述风格和叙述境界，并以此奠定了整部小说的美学魅力。

　　结构上，虽然这部小说采用主人公"我"一个意识套着另一个意识的交叉流动展现故事，因而时空的切碎、打乱、重组一直处于一种永不停息的变动过程中，但整部小说读来仍然文气酣畅连贯，结构紧凑有序。作家成功的艺术经验主要来自两个方面：其一，对"回忆"结构功能的发掘和审美发现。回忆正如柏格森所指出的那样是一种复杂而深刻的生理和精神现实它意味着内在化的强调。心理时间取代了恒常的自然时间能够把瞬间无限制地延展开去，也可以把几十年乃至几千年的历史聚集在一个瞬间。《边缘》正由于把一切的人生与故事乃至整个历史都纳入"我"的回忆之中，因而整部小说的时空和结构乃至小说本身都心理化了，这也就使得小说结构纯粹抽象为一种精神氛围的流动，破碎的情节和错乱的人生都在这条精神之河上结构性地统一起来。其二，对词语结构功能的发现。《边缘》一方面尽可能地扩展小说结构的心理内涵，另一方面又对词语本身的结构功能进行了开拓，并取得了引人注目的成功。作家在利用主人公的意识流动组接不同时空的人生片断时，终于找到了"共时态"呈现的物质媒介——词语，小说一共42节，每一节的标题都是一个名词或者短语，它们无疑是每一段的主题词，通常情况下每一个主题词都公以主人公的幻觉、对话、沉思、遐想等方式提前在上一节的末尾出现，显然，借助于主题词语的勾连，不仅指引了小说意识流动的方向，而且直接创造了小说结构的逻辑性和统一性。作为一种别具魅力的小说结构方式，语词的地位显然举足轻重。

而《边缘》在语言上也有新的探索。虽然小说叙述和描写的是充满灾难甚至丑恶意味的人生画面，但整部小说的语言却如散文诗一般自然流淌，充满古典美感的优雅比喻几乎镶嵌在小说的各个角落，给人以层出不穷的阅读快感。这样典雅优美的语言使格非巩固了他在新潮小说家中卓尔不群的语言风格，他的语言既不同于苏童的轻灵、余华的凝重，也不同于孙甘露、吕新的玄奥艰涩，而是呈现出一种梦幻般的纯净和透明。在格非这里语言不仅物化感极强，而且某种程度上直接使语言成为一种物的存在，做到了抒情性与感觉化、装饰性与隐喻化、贵族气与写实性的完美统一。

原载《小说评论》1996年第6期

格非
研究资料

时间炼金术

——格非小说的几个主题

张　闳

在 "水边"

格非在《褐色鸟群》的开头部分写道——

> 我蛰居在一个被人称作 "水边" 的地域，写一部类似圣约翰预言的书。

这段话，不仅仅是小说主人公的自述，也可以看作是作者对自己的写作生活的一番表白。在这里，格非基本上为自己的写作划定了一个象征性的位置。然而，蛰居在 "水边" 究竟能写出什么样的书呢？历史上有过一位栖身水泽的约翰——施洗约翰，但他不曾写过书，至于通常被称作 "圣约翰" 的那一位，与写作之事略有关联，但没有证据表明他是否在水边居留过。问题在于，格非至今也不曾写过任何一部带预言色彩的书。也许他有过这样一类的梦想，但居住在 "水边" 这种地方，对于撰写 "预言式的书" 来说，并无特别的帮助。

孔夫子对于山水有一套精辟的见解，他说："智者乐水，仁者乐山。"很显然，山的庄重肃穆能给人以一种道德上的承诺，并且，登山能远眺，似乎也有助于作预言。古之仁者圣贤，如摩西、耶稣，都爱登山训众。而水则是一种容易诱人陷入沉思的物质。沉思，是智者的品质，并非仁者、预言家、先知之流所必备的禀赋。更为重要的是，水具有一种流动和易变的性质，这似乎颇有悖于先知的道德理想。故而，水在仁者如施洗约翰那里，至多只能当作灵魂的洗涤剂来用。但流水的易变性，却向人们暗示出宇宙万物变动不居的秘机，这恰恰是智者所要思考的内容。故孔夫子说：知者动。就孔夫子本人来说，这位倡言"仁"的大圣贤，一俟面对流水，也不由得感慨系之：那流逝的时光就像是这样的啊！像孔夫子这样一个并不愿意作本体论思考而企图建构道德规范的人，他的思想也被流水引向了歧途。

至于格非，我们很容易从他的小说中发现智性的因素。他在许多读者和批评家眼中扮演了一个智者的形象，甚至经常有人会误以为他是一位年事已高的老作家。这位"水边"的沉思者，更感兴趣的是诸如存在、时间、意识、记忆之类的存在本体论问题，而不是灵魂拯救或道德训诫。也正因为如此，他的作品为那些坚持道德原则的批评家所诟病。

观　看

格非在《褐色鸟群》中接着写道——

　　"水边"这一带，正像我在那本书里记述的一样，天天晴空万里，光线的能见度很好。我坐在寓所的窗口，能够清晰地看见远处水底各种颜色的鹅卵石，以及白如积雪的茅穗上甲壳状或蛾状微生物爬行的姿势。

主体首先是作为一位观察者而出现的。"观看"的姿态，表明了主体对外部世界的态度以及他在这个世界中的位置：客观的、非伦理的态度和局外的位置"水边"首先是一个便于观察的处所。它很好地满足了"观看"的客观条件。良好的能见度使主体能够对大千世界体察入微。他甚至认为自己能够像显微镜一样,观察到各种"微生物"的形状。这种显然是被夸大了的观看能力,表明了主体对"自我意识"的特别的强调。

这里的"观看"是一种客观化的行为,但它不是现实主义的行为。这种细致、精巧和繁复的客观化的描写,与其说是在刻画外部世界,不如说是对观看主体的意识状态的显现。事实上,格非笔下的观看主体总是带有幻想的气质,他所观察的客观世界亦带有明显的幻想性。借此,格非凸现了对观看主体的关注。

格非笔下的外部世界,通过主体的观看行为,首先表现为视觉的对象(正如莫言的世界首先是听觉的对象)。世界诉诸主体的感官而得以存在,而对于客观世界的充分、细致的描绘,体现了主体的感官系统的敞开程度。对感官不加限制地充分敞开,是先锋小说的一个共同特点。特定的文化观念和意识形态总要在感官与世界之间设置某种屏障,以保证文明的规范和秩序。比如,孔子对视听行为的礼教抑制。这种道德化的视听行为最终走向了其反面。残雪在其作品中对这种反面的、变态的视听行为:窥视和窃听,作出了充分的揭露和讥讽。而格非(以及莫言、余华)则在努力消解感官活动的道德戒律,将视听行为还原为一种客观化的生理活动。在格非的《没有人看见草生长》中,观看变成了一种物理学式的观察。作者不厌其烦地用一种冷静、客观的句式,描述诸如"咖啡罐和盛有柠檬水的杯子",船码头等场景。而在此"物"的世界里,主体又如何得以显现呢?格非写道——

> 我的视线停留在河面浑浊的裹挟着泥沙的水线和你之间,炫目的阳光刺得我的眼球一阵阵酸疼。

只是因为外部客观物质的刺激所引起的生理反应,才揭示了主体的存在。这种物化的描写,还原了世界最极端的客观性。

在小说《风琴》中,格非让这种纯粹的观看行为面临道德的考验:保长冯金山目击了日本兵凌辱自己妻子的一幕——

> 在腐沤的酒的香气中，冯保长看见日本人推着他的女人朝村里走来……一个日本兵抽出雪亮的刺刀在她的腰部轻轻地挑了一下，老婆肥大的裤子一下褪落在地上，像风刮断了桅杆上的绳索使船帆轰然滑下。女人的大腿完全暴露在炫目的阳光下……
>
> 在强烈的阳光照射的偏差之中，他的老婆在顷刻之间仿佛成了另一个完全陌生的女人，她身体裸露的部分使他感到了一种压抑不住的激奋。

在道德的法庭上，冯金山应该被判处剜眼的刑罚。但在小说中，通过冯金山的观看行为，揭示出了肉体和无意识的奥秘，或者说，使我们在理性和道德之外，还发现了人的肉体和无意识，而后者，无疑也是"自我意识"的重要部分，有时甚至还是主要的和强有力的部分。

观看解放了视力，尽管这种解放有时必须付出代价。不仅仅是格非，在莫言和余华那里，我们也能发现，他们在解放视觉（观看暴力）的同时，付出了美学上的代价。由此可见，这一代人为了在艺术上解放感性生命，不得不在道德上和美学上进行冒险。

在"水边"的位置和"观看"的姿态，是对格非的写作状况的一个绝妙的比方。对于格非来说，观看（同时也是写作）的困难不会来自道德压力和美学成规。一个纯粹的观看行为，其必要条件无非是事物的能见度和主体的视力。在许多地方，格非一再强调环境的明晰性和气候上的晴朗天气，至少，他必须首先想象这个世界上的任何事物都是明晰可辨的，或者，他必须坚信主体在视力上（理解世界的能力上）是可靠的。可是，要坚信这一点该是多么困难！

在《欲望的旗帜》中，格非终于将他的困惑公诸于世了。首先是世界的明晰性出了问题。

哲学副教授曾山在一次通宵失眠之后，只身徘徊在晨雾弥漫的校园。在这样一个时刻，观看遇到了困难，连不远处正在健身的老秦的身影看上去也显得"影影绰绰的"。这位曾山在整部作品中都扮演着一名忧心忡忡的沉思者的角

格非
研究资料

色。作为一名哲学教师，他对理解这个世界缺乏信心。这个时代在他看来是阴晦暧昧的，他的一篇论文的题目就叫作《阴暗时代的哲学问题》。而他阴郁的情绪和无力的理性与这个时代的特征完全相称。然而，作为一个观看者，曾山看到了什么呢?

曾山抱臂站在桥头，凝望着远处的河面。

从表面上看，这仿佛是一尊了不起的思想家塑像。可此时此刻，曾山却正处于思想的危机之中。他在无意识中将目光投向了流水本身。然而，对于流水的注目并不能给他的观察和思考带来什么好处。相反，对于流水的长时间的凝视，只能加剧视觉的迷离和意识的昏乱。

《唿哨》将"凝视"的危险性推向了极端。这篇小说精细地描述了老者孙登在一个有利于观察的好时光（"在一个阳光明媚的正午"）里的凝视。但是，观看在这里面临着危机。这位衰老的观察家的目光是呆滞的、昏昧的。尽管有诸多事物进入了他的视野，但他却分不清自己所看到的事物究竟是真实还是幻象。而曾山也面临着同样的困境。当他再一次"走到了河边灿烂的阳光之中"（又是"灿烂的阳光"！）时，他却显得心不在焉，若有所失——

> 一切都恍若梦中的情景。他在这所著名的大学待了整整十年。他熟悉这条河流以及两岸的一树一石。但他无法区分这个午后与记忆中的过去有何不同。

在这里，格非将注意力转向了主体的内部。这样，外部世界的昏昧性就成了主体意识昏昧性的表征。观看从内部出了毛病。观看的障碍披露了主体意识的故障和有限性。对于孙登这样一位年迈的观察家来说，问题的根源则在于时间因素的介入。时间（及其所带来的衰老）使他的目光呆滞，意识迷乱，如同流水使注视者的头晕目眩一样。孙登的"流水"就是"时间"本身。

时　间

在格非那里，河流总是作为时间的换喻而出现的。比如，在曾山的生存活动中，那条小河几乎是无处不在，它既是曾山的存在背景，又是对于时间（以及与此相关的"记忆"）的揭示物。而在《欲望的旗帜》中的另一个主要人物——女主角张末那里，这条河流甚至还是她的无意识领域里的重要部分。她的一个情欲之梦，即是一次发生在小河边的经历。关于时间的经验，构成了格非小说中主体的"自我意识"的核心，也构成了格非小说的基本内容。

以时间经验作为小说的基本内容，在格非的其他一些小说中，甚至无须"河流"意象来引发。《追忆乌攸先生》是格非最早的一部小说，从表面上看，这似乎是一个有关谋杀的侦破故事，但在叙事中起作用的却并非侦查行动。随着故事的进展，案件及其相关的内容部分渐渐消失，化为乌有。遗留下来的只有在侦查过程中，人们尽力追忆往事的一些记忆残迹。时间像流水一样冲刷着人们的意识空间，记忆即是冲刷过后的遗迹。在另一些作品（如《青黄》《褐色鸟群》《陷阱》《迷舟》《唿哨》等等）中，时间亦像洪水泛滥的河流，淹没了故事的堤坝。它以无比巨大的吞噬力，吞没了一切事物，而使自己成为作品的唯一主人公。而事物和人物，在这时间的大书中，只不过是为证明时间存在而设置的一些记号和路标而已。我们看到，在格非的作品（尤其是早期作品）中，人物往往用代码来表示，如"棋""牌""瓦""黑桃""官子"等等，它们只是作为更高的存在者的时间游戏中的一个代码而存在。另一方面，这些形象暧昧、性格扁平的影子般的人物，也是在提醒人们，"人"既不是作品的主人，也不是世界的主人。

由此可见，格非小说中的世界是一双重性的结构，如同镜像结构一样。一面是现实世界：人物、事物、事件；一面是想象世界：时间以及时间中的主体经验，即记忆。不过格非对这一镜像结构作了一个逆向处理。现实世界变成了表象和代码，是一幻象世界，它只是时间中的主体意识的一个影像。与此相对应，格非的小说亦存在着双重性的结构。其"显性本文"是各种各样的故事：侦破、谋杀、性爱、战争旅行，等等；其"隐性本文"乃是关于世界的"时间性"母题，亦即关于人的生存经验中的时间性关系这一点（无论其观念的来历如何），是格非对现代汉语小说最主要的贡献之一。以往的小说尽管也有关于时间问题的思考，也有对时间的深刻体验，但是，将时间这样一个形而上学化的存在因素当作母题来表现，则是格非小说的基本任务。

根据上述理解，我们可以断言，格非的小说所描写的不是人物，而是人物的"自我意识"。同样也可以说，其所记述的不是事件，而是主体对时间流逝的记忆痕迹。他的小说基本上如同一幅"自我意识"的"地貌图"，其中，《青黄》则是最精确的一幅。

《青黄》虚构了一个语源学调查的故事：主人公"我"赴麦村调查"青黄"一词的本义。这几乎可以看成是一个关于"存在"的寓言。一个又一个被调查者，都竭力回忆着往事，企图还原事物存在的本来面目。可是，时间使他们的记忆出现了偏差，记忆的线索不是突然中断，就是偏离到另外一些事物上去了。时间在这里呈现出扭曲、断裂、延宕或凝滞等各种状态，构成了一个巨大的意识迷宫。而这个迷宫的核心，盘踞着一头可怕的记忆怪兽——遗忘。

> 一个黄昏接着一个黄昏，时间很快地流走了，在村落顶上平坦而又倾斜的天空中，在栅栏和窗外延伸的山脉和荒原中没有留下一丝痕迹。我整日整夜被那个可怜的人谜一般的命运所困扰，当我决定离开这里的时候，我突然有了一种不真实的感觉。

这种感觉在格非笔下经常出现，它显示出时间可怕的力量——"遗忘"。正如《追忆乌攸先生》中所说的："时间叫人忘记一切。"而对于"青黄"（它是"存在"的代名词）的本意的追索，在时间的流逝过程中，变成了对其意义的远离或丧失。

时间所拥有的遗忘的力量，将意识主体抛进了可怕的记忆空洞之中，亦将存在的意义引向"虚无"。正如博尔赫斯笔下的镜子和梦一样，遗忘（或记忆空缺）暴露了存在的虚幻性的一面。格非的小说深刻地触及到了"时间"的二重性本质：记忆和遗忘。主体即陷身于这二重性的对立与断裂的间距之中：一方面是记忆的诱惑，另一方面是遗忘的威胁。

追 忆

格非在《陷阱》中这样描述"记忆"的状况——

> 我的记忆就来自那些和故事本身并无多少关联的旁枝末节，来自那些早已衰败的流逝物、咖啡色的河道以及多少令人心旷神怡的四季景物，但遗忘了事件的梗概。

这段话揭示了"记忆"与"遗忘"之间的关系，并指出了"追忆"的可能性。时间悄悄地将记忆引向遗忘的"陷阱"，而被追忆复现的只是记忆的一些残片。格非在《青黄》中进一步阐发了这一观点——

> 时间的长河总是悄无声息地淹没一切，但记忆却常常将那些早已沉入河底的碎片浮出水面……

这些记忆残片，构成了追忆的意识材料。而这些意识材料，并非由理性的时间秩序所组织起来的完整的序列，而且意识主体在现实生存活动中的感性经验和无意识内容。追忆的"逻辑"遵循的正是感性经验和无意识的原则，理性的时间"逻辑"则将追忆引向记忆的反面。格非在小说中用案件的逻辑、语词的意义和文典等来象征理性的时间秩序，如乌攸先生的案件，"青黄"的语义、《麦村地方志》等等。这些物事和符号系统表面上一劳永逸地凝结了记忆、攫取了时间，然而，正像《麦村地方志》一样，这部虚构的文典本身即是记忆混乱的产物，它将追忆引向了万劫不复的歧途，引向了"乌有"和"虚无"。这样，复原时间的努力也就沦为徒劳。

追忆将注意力放到主体的感性经验的方面，或者，不如说，是感性经验推动着追忆的进行。这一转变意味深长。记忆中的一树一石，作为主体的感性活动的标志，为时间的流逝，也为主体的生存提供了证据。至此，我们为格非小说中的主体的"观看"动作找到了存在的依据。视觉的感性活动正是为了识别并记住这些时间标记。观看行为将这些标志存入记忆档案，构成对时间流逝的感知，正如通过观察候鸟的迁徙和花事的变化来判断季节的更替（这一点，是《褐色鸟群》中反复指示过的）。这些外部事物的标志性意义在于对个人内在经验的唤醒，并将观察者个人的过去的和现在（以及未来的）经验（对这些事物的感知和记忆）联结在一起。因而，可以说，观看为追忆准备了物质材料，使追忆得以穿透时间的迷雾，将主体的存在意识统一到感性经验的基础之上。

没有比《迷舟》的本文能更好地说明这一切的了。这个所谓的"历史故事"（奇妙的是，它同样也发生在河流的两岸），正如它的名字一样，布满了迷雾。故事的时间长度为七天（这个时间长度暗合了"创世纪"的长度），作者特别地用"第一天""第二天"等，加以标示，如同钟表的刻度或日历的号码一样。这是一个引人注目的提示，表明时间因素在故事进程中的支配性地位。从表面上看，这个故事记录了主人公萧的生命的丧失过程，但这位心事浩茫的军人从一开始就陷入了记忆的荆棘丛中。往事浮现，搅乱了他的现实感，也模糊了他对未来的预知。在他的肉体消失之前，意识早已迷失。这种观念似乎与中国古老的"魂魄"观念暗合。更为奇妙的是，在小说的一开头，格非干脆直截了当地画起图来：两条交汇的河流和几处地点，记忆和现实中的一切都产生于此这是一幅粗劣的简图，它出现在作品中并非出于必不可少的理由。但这幅简图却暴露出他的作者无意识中的某些秘密。河流的形状看上去像一段分杈的枯树枝，而分散在河两岸的几个地点则像是几粒散落的石子：圆的和三角的。这些图形正与哲学教师曾山在河边所观看到的事物一致，它们也是格非本人记忆所注重的对象。"树与石"恰好是《格非文集》中的一个书名。格非在该集的"自序"中特别也阐明了这些标志性的自然事物的意义——

我随手写下《树与石》这个书名，并无特殊的含义。也许它仅仅能够留下一些时间消失的印记和见证，让感觉、记忆与冥想彼此相通。

感觉、记忆与冥想，不正是意识主体在时间现在、时间过去与时间未来中的状况吗？这段话点明了格非小说写作的基本意图：通过追忆来复现个体在时间中的生存经验。而"树与石"以及本文中的任何事物，都是为这一追忆的过程设立的一些路标。

在本文的开头部分，我们谈到过格非声言关于"预言之书"的写作。不错，格非在叙事时间上采用过一些手段，似乎使所谓"预言"更加名副其实。比如，他在《褐色鸟群》中让主人公"我"追述1992年春天的"往事"，而小说本身的实际写作时期却是在1987年。很显然，这是对"时间未来"的虚拟。即使如此，虚拟的"时间未来"仍然是被纳入到"追忆"的轨道中才得以成立。因而，这只能看作是对"预言"的戏谑性的虚拟（或者说，是"戏拟"）。这样，"预言之书"实际上乃是"追忆之书"。同样，书写着"时间现在"的"观看之书"（如果它存在的话，最好的形式是照片），正如我们在前文所论述的那样，亦是为追忆提供感性经验的记忆材料。任何"观看"都必将成为"追忆"，一如照片随时间的推移而泛黄一样。

格非企图通过追忆来揭示不同时间维度上的主体生存经验（感觉、记忆、冥想）的交织、互渗的共生状态，在"记忆"与"遗忘"之间架设一道桥梁。这样，也就是为了实现了他本人所主张的"复现逝去的时光"和"还原个人经验"的写作理想。但追忆活动本身，从根本上说，仍是关涉现实生存状态的。追忆无非是将逝去的时间召回到现实的生存活动中加以复现，同时，现实的生存经验无时不在介入和改造对于时间的追忆。比如，"突然"出现的现实事件，改造了记忆的内容，也改变了追忆的方向，并在主体的意识内部进行了结构变换。关于这一点，我们在下面还将谈到。这里特别要指出的是，格非对于"时间"和"追忆"主题的偏爱，并不意味着对现实生存的拒绝和漠视。从根本上说，这些被追忆所唤醒的生存经验，构成了我们现实生存意识的基础和"自我意识"的核心。经验的碎片充填了时间的"空洞"，从而改变了"存在"的虚无品质。从这个意义上说，追忆乃是对时间和存在的拯救。

阴谋与爱情

踏上追忆之路，如同踏上一条回故乡之路，它像时间一样漫长，像童年一样美好。在通常情况下，回乡者总是满怀温馨的记忆和甜蜜的憧憬，即使偶有感伤的情绪，但这情绪在追忆之中也变得甜丝丝的。因而，追忆（或回乡）经常是一个带浪漫色彩的主题（比如，在哈代那里和在普鲁斯特那里）。浪漫的回乡甚至不需要理智，双足任凭习惯力量的牵引，即能够自行抵达。可是，这种浪漫的旅行在格非那里变得格外的困难。

格非小说中经常出现"麦村"这个地点，它或者是人物童年生活的场所，或者是故事的原生地。当然，它也可视作故事"追忆"的目的地。可是，格非笔下的人物在踏上这条漫长的追忆之路后，却面临着记忆的歧路丛生的状况，另一方面，"突然"发生的现实事件也往往接踵而至。其结果是，人物或者无可挽回地陷入了迷途（如《陷阱》《夜郎之行》等），或者立即被某种厄运所控制（如《迷舟》等）。追忆之路在格非笔下变成了一条荆棘丛生、危机四伏的道路。

萧（《迷舟》中的主人公）的命运之路被安排在他返回故乡的途中。然而，从一开始他就通向危险。在这篇小说中，格非再一次采用了一个"镜像结构"：萧的命运像在镜子中一样向两个相反的方向展开：一是他追忆中的过去，一是卜卦者预言的未来。而现实则是镜子本身，它使过去与未来在这里重合。但这是一面危险的镜子，它像一个陷阱安排在萧的身边。命运无论向哪个方面发展，都在不知不觉中陷身于这个可怕的死亡陷阱。

通过萧的命运我们可以看出，现实生存处境如同一张巨大的阴谋之网，人物则是猎物。格非笔下的许多故事的背后，都隐藏着这样一场阴谋。比如，《追忆乌攸先生》中的谋杀，《敌人》中的复仇阴谋，《湮灭》中的有预谋的自杀行动，《大年》中的豹子的命运，等等。

一般说来，当代先锋派小说家在他们最初的作品里很少直接描写当下的现实生活，但这并不意味着他们漠视现实生存经验对人的意识的影响。这些作家似乎更乐意将现实生存活动处理成一些基本的经验内容，并将这些内容沉降到无意识领域里加以呈现。这样做应该更有利于凸现现实经验对主体的内部世界的改造作用。比如余华，将现实生存中的"暴力"经验处理成一个心理事件，以凸现主体在普遍存在的暴力面前的创伤性的记忆痕迹。格非则将"阴谋"视为现实生存的基本经验之一。从这个意义上说，格非、余华等人的那些表面上看十分抽象的作品，依然具有现实针对性。而写于九十年代的《欲望的旗帜》，则干脆就是关于现实生活的主题的。这部小说的故事围绕着一次学术会议展开，可这次会议看上去不如说是一场大阴谋。会议成为阴谋的契机和展开场所，这对于任何一位现代中国人来说都不会感到奇怪。事实就是如此：阴谋家开会，无辜者上当，敏感者忐忑不安，旁观者幸灾乐祸，而会议的每一项议程都有将局面引向灾难的可能。

从时间特性方面看，"阴谋"与"暴力"有许多相似之处：它们在发生时呈现为"突发性"和"瞬间性"。所不同的是，暴力具有一股强大的冲击力，它如同一枚尖锐的楔子，突然嵌入主体的意识"板块"，造成创伤性的裂隙。阴谋则具有一种软性的形式，像橡皮，它抹擦，在意识上造成"空白地带"。阴谋并不像暴力那样，强行阻断时间，它显得更有耐心，它埋伏、诱导、等待，将时间拉长、变软、无限延伸，直至最后一刻才突然打断时间的链条，露出死神的狰狞面目。这也就是阴谋对萧的吞噬的过程。格非还特别地描写了萧在面临毁灭的那一瞬间的内心感受——

面对那管深不可测的枪口，萧的眼前闪现的种种往事像散落在河面上的花瓣一样流动、消失了。他又一次沉浸在对突如其来的死的深深的恐惧和茫然的遐想中。……他看见母亲在离他不远的鸡埘旁吃惊地望着他。她已经抓住了那只母鸡。萧望着母亲矮小的身影——在抓鸡的时候她打皱的裤子上粘满了鸡毛和泥土，突然涌起了强烈的想拥抱她的欲望。

对于萧来说，这样的感受来得未免太晚了。尽管如此，它毕竟是萧所见到的最后一丝温馨的光，它照亮了七天来（也许是一生）萧的阴云密布的生活，成为他领悟到生命意义的唯一启示。也可以说，这突然涌起的"爱"的愿望，为这个面临毁灭的世界提供了最后拯救的希望，尽管它缺乏现实的可能性。不过，萧对爱的愿望的发现，这在格非笔下却是十分难得的段落。它毕竟是一种在非常情况下才被激发出来的隐秘的愿望。而这种愿望却显示出了爱的一般性质：对永恒的渴望。

在所有的爱当中，情爱是个体生命把捉时间的最极端的方式。热恋中的情侣最充分地体现了人类对时间永恒的要求，他们像饥渴的人一样，疯狂地扑向时间，攫取时间，在瞬间中感受着永恒。格非笔下的爱的主题也更多地被放置到情爱的范畴中来表现，并与他的时间和追忆的主题联系在一起。爱情总是主体追忆的最基本的内容之一。如《迷舟》中萧对杏的回忆，《边缘》中"我"的爱情经历，以及《褐色鸟群》《没有人看见草生长》等作品中的叙述内容。

但是，情爱却包含着比一般的爱更为复杂的成分，它既有爱的普遍属性，又隐藏着其特有的欲望因素——性。情爱之所以在回忆中变得温馨美好，乃是因为时间滤去了其中的欲望内容。但现实的情爱却以欲望作为原动力。

欲望具有一般强大的力量来推动情爱的现实完成。但它又是一股带有原始的盲目性的力量。格非在描写现实情爱内容的时候，注意到了欲望力量的存在。爱情奇妙地像阴谋。它像阴谋一样不期而至，像阴谋一样使时间消失，意识迷乱，或者，盲目的欲望恰好成了阴谋的帮手。萧与杏的爱情经历恰恰是这样：情欲帮助完成了阴谋。而在《欲望的旗帜》中，两个主人公（张末与曾山）也像陷入一场阴谋一样地陷入爱情。至少可以说，爱情与阴谋有着相同的时间形式和效能。另一方面，对于欲望因素的消除，固然有可能使爱免于盲乱，但却使它沦陷于冷漠。《初恋》描写了一对情侣追述旧日恋情的故事，似乎是让时间来消除欲望的破坏性影响。可是，格非却将他们安排在情感破裂的时刻才使追忆成为可能。爱情产生的过程巧妙地被偷换成爱情消失的过程，或者说，曾经产生的爱情在时间中，在激情被消磨之后便迅速地循原路返回，直至消失。这一时间结构导致了一种反讽的效果。它表明了格非对于现实的爱的不信任。从某种程度上讲，格非对爱的主题的描述，正暴露了我们这个时代的情感生活的困境：疯狂与冷漠相互纠结的悖谬的迷途。

格非的小说通过对时间、记忆及个体的生存处境和"自我意识"的艰难思考，揭示了我们这个时代一系列存在本体论上的重大问题。而作为这个时代的观察者和写作者，他在思考这些难题的同时，自己也不可避免地陷入这些难题之中，这样，便给他的作品带来了晦涩和悖反的文体风格。近年来，他似乎有走向简洁明快的风格趋向。但在我看来，风格的变化并不完全取决于个人才能。

　　格非的近作《时间炼金术》基本上很好地总结了格非写作的基本主题和艺术成就。在这部作品中，格非将时间分解成感觉的碎片，放置到叙事的熔炉中冶炼。这表明作者在为解除时间悖论所作的最后努力。可在这个"炼金术"中，作为"催化剂"的爱却已失效（它在作品中被性和冷漠感所取代），它充其量只能是一种低效的黏合剂，在后现代背景下对生存进行巧妙的拼贴。时间炼金术不幸沦为时间拼贴术。

　　我想，格非本人也许根本就不相信"炼金"的神话，他只不过在作一次戏谑的讽喻。在这个暧昧的时代，看来也只好如此了。

原载《当代作家评论》1997年第5期

世纪末的精神画像

——论格非九十年代小说创作

易晖

在新时期文坛，格非的名字是与80年代下叶那场小说先锋运动连在一起的。那是个充满着革命欲望和探索精神的年代，格非和他的先锋同侪端出一个个玄奥难读却又魅力十足的文本，在很大程度上构成对以往的文学观念和创作方法的突破，让人们看到一片小说创作的奇景，以至于十多年过去了，先锋派作为一种创作思潮、一个文学流派已是明日黄花，人们依然津津乐道于先锋小说种种怪诞而迷人的手法和观念。但进入90年代，先锋们已纷纷撤离了这片小说形式的实验场。譬如余华，曾经如此热衷于暴力和死亡的冷漠叙述，对传统的常识、秩序和人性观念的漠视与反叛，而90年代似乎转向一种古典、温情的"人道主义"写作。

转变同样也发现在格非身上。在前期，格非热衷形式实验，以写作主体的瞬间感觉、智性游戏构建形而上的本文迷宫。那个作为"人"的作者多半是缺场的，取而代之的是分裂、游移、自我消解的"叙事人"，充满梦幻、荒诞感的"游戏人"。人物被压抑在无足轻重的边缘位置，成为叙事的副产品（用格非的话说就是"完全依赖于我的叙述方式"——《褐色鸟群》），缺乏历史—现实维度上的人学意味（这也往往让人有"读不懂"的感受），而90年代，格非逐渐放弃了先前的写作方式，更多地回到现实，回到生存的此岸。在手法上，格非逐渐摆脱了往日"叙事人"的支配，变得更注重事件，注重结构的清晰、完整和故事的可读性。更重要的是，人物形象的塑造作为叙事的中心问题回到写作，本文的历史—现实维度得以建构。他开始关注人物的命运、在现实世界的处境，着力开掘人物的心理空间、性格空间和精神向度，并通过描绘人物的处境，行动及其精神面貌，冷峻而思辨地揭示生存的迷津，这使得格非90年代的写作具有浓郁的"精神现象学"色彩，由此带来决然不同的写作方式和精神追求。本文试图通过对三篇（部）小说的解读（《傻瓜的诗篇》《凉州词》《欲望的旗帜》），揭示格非在90年代写作方式的转变，以及这种转变体现的独特位置。

1.告别"先锋神话"，重树精神向度

90年代初，格非曾搁笔过一段时间，《傻瓜的诗篇》是他重开笔的第一个中篇。虽然这个文本继续保持格非80年代一些风格和特征，诸如对梦境与玄想的精细描写；将自然风物与人物主观感受有机弭合，使风物心理化、意象化；以及在故事脉络发展中有意留下空缺（如女主角莉莉的致病原因及"傻瓜"的真实所指等等），造成本文的迷宫效应。但总的说来，这篇作品具有更多的现实意味，人物形象清晰而具有性格深度。通过描绘精神病医生杜预和精神病患者莉莉各自精神状况、他们的交往①以及最后戏剧性的结局——杜预疯了而莉莉却奇迹般痊愈，格非试图展示人类精神生活中精神病人和正常人的差异和共通之处，揭示生活中的种种困境正如何一步步把人逼进精神危机与崩溃的边缘。

小说中杜预有个令人吃惊且恐怖的观点："精神病是可以互相传染的，其传染速度要比任何一种时疫的流行都快得多。"这无疑是我们进入这个文本

---

① 由于莉莉精神上的疾病，这种交往不具有心灵沟通的性质，莉莉作为一个精神病人只是一个欲望的客体，一个检测杜预作为"正常人"的精神境况及其危机的参照物，仿佛黑暗是检测光明的亮度与暗度，无知是检测智慧的深广度与有限性的参照物。

的一个入口。那么杜预的致病真是他所处的环境——精神病疗养中心，或莉莉"传染"给他的吗？回答显然是否定的。疗养中心和莉莉与其说是"传染源"，不如说是杜预结局的一种殊途而同归的方式。在杜预不由自主迈向精神失常的进程中，我们看到悲剧的力量始终来自自身，具体地说，来自欲望膨胀和压抑之间既尖锐地争斗、争夺，又隐晦地媾和、同谋的关系。格非极其细腻地把笔伸入到人物心灵的深处，挖掘出人意识、无意识层面上种种复杂而隐秘的成分和矛盾，展示出当代人生存的卑俗，贫瘠和可怕的一面。

欲望/性作为生命本能的标识物，其无限的冲动与膨胀仿佛一片巨大的磁场，将杜预的日常生活牢牢囚禁住，成为他思考和行动的出发点与中心。依照欲望的发展逻辑，它必然演变成罪恶的渴望："杜预的耳边一次次传来了那古老的声音。不再犹豫，瞅准机会干他一家伙（指奸污莉莉的欲望）这种悠远而战栗的声音常常在耳边提醒他。"

如果说性侵犯（尤其是对莉莉这样一个毫无自我意识和防卫能力的精神病人）导致不道德以至罪孽意识的话，那么杜预"内心涌起的""愤怒"和"悲壮"则带来反抗乃至正义的意味，它直抵现代主义文化语境下个体/主体"追求生存权利""反抗压抑""舒张个性"这样一些神圣话语和元价值（meta-value）。与其说这种"愤怒"和"悲壮"有效地缓冲了理性的约束机制，不如说它本身就是欲望与理性合谋、媾构下的产物，它使得罪孽转化为反抗和追求，兽性变成"人性"。正是在这样一种情感/理性隐秘而复杂作用下，杜预打开了囚笼，放出欲望这头怪兽。

欲望历险的初步实现却造成灾难性的后果。一方面，欲望的永无止境必然召唤更多更大的本能满足，使本已虚弱的自我意识和理性在不断增殖、膨胀的欲望面前更加不堪一击；另一方面，欲望的实现带来的本能满足又使他的心理发生微妙而不可克服的变化：他对欲望的客体莉莉竟然产生出情感上的爱恋。鉴于莉莉的精神状态及在这场欲望历险中所扮演的角色，我们很难说这种感情是爱情。它从一开始就是荒谬的，最终以悲剧为结局。而且，格非严格规避道德和情感的介入，唯恐这样一层视角会遮蔽本文蕴含的精神现象学意义和人类生存景观的寓言性，只是冷静又不无伤感的观照，展示和思辨，并引领着读者去思考故事和人物背后宽广的人类学寓意，应答作者在小说中的那一发问："人类的精神究竟在什么地方出了问题？"

《凉州词》在我看来是格非最为成功的短篇小说之一，也称得上是近年文坛上的精品。这篇小说是对一则关于中唐诗人王之涣的逸闻的改写，但一经改写，原来那种文人风雅、谐趣、钩沉闲情逸事的诗话，陡然变成一篇知识分子不甘沉沦，坚守边缘地位及其悲剧命运的超越历史时空的精神寓言。

王之涣，中唐边塞诗人，生平极不可考，死后仅留下《凉州词》《登鹳雀楼》筹寥寥无几却又脍炙人口的诗篇。《唐才子传》和《唐诗别裁》等记载过他与王昌龄、高适等人赛诗分妓的逸闻，其意不过褒赞王、高等人诗名之盛。格非却借作品主人公临安博士——一位当代富有操守的学者奇特的"考证"和解析，以小说的方式进行古诗新读，古文新解，通过对王之涣赛诗事件的穿凿和想象、对王弥留之际焚诗举动的大胆臆测和推理，塑造了皎皎独立，以虚无反抗虚无的"存在主义者"形象，表达对历史、文化承传与积淀，知识分子历史境遇和文化命运的独特体悟和深邃思考。在这篇不足五千字的小说里，格非又一次展露对短篇小说这一尖端文体的精到把握，其结构精密、整饬而笔法圆转、灵活，语言雅净、悠徐又隐含丰富的张力和反讽。格非采用多重改写的方式，首先是临安博士的"学术考证"改写古人诗话，赋予古诗话以时代特色，灌注进当代人的思考和感悟；同时通过临安的讲述及叙事人替代性想象、描写和铺陈，既避免了论文体的枯燥、板滞，使之成为一篇叙事生动，形象鲜明的小说，又保留了论文体特有的思辨和思想深度。一千年前的王之涣、临安博士和作品叙事者三者达到内在精神的和谐统一。

从《傻瓜的诗篇》和《凉州词》（同期还有《相遇》《镶嵌》等一些中短篇），我们看到90年代的格非正进行着艰苦而严肃的转向。同样是关注欲望，死亡和疯狂等生存难题，它们不再像早先那样只是一种叙事层上的策略和游戏、叙事者瞬间感觉下的神秘的分泌物、俯身拾取的装点性花环，而是被内化进入的精神领域，赋予了人性内涵，成为破译生存迷津的路径，检测人类精神向度的标尺，其有了社会乃至人类学的功能和意义。

2.欲望的囚禁：当代人的生存迷津

　　真正标志格非文学观念和风格转变的还是长篇小说《欲望的旗帜》。这是格非站在世纪的交道口，对社会和文化的一番全景式考察。通过对知识分子群像的塑造，对他们斑杂的学术和生活、情感和欲望的把握和表现，我们不难看到一幅知识界的浮世绘，一股享乐主义、功利哲学的强大涌流，以及氤氲其间丧失自我和精神家园的迷惘、虚无之气。

　　"九十年代初期的上海，一个重要的学术会议将在这里举行，由于某种无法说明的原因，知识界对这次会议普遍寄予了过高的期望，仿佛长期以来所困扰他们一切问题都能由此得到解决。"这是小说的开篇，伴随这次"意义重大"的学术会议的筹备、召开和落幕，人物一个个登台亮相，有哲学泰斗、中青年学者和小说家，有佛学大师、神学家，有企业家兼诈骗犯。他们雄踞在人类文化的象牙塔内，从事着被马克思称为"时代精神之菁华"的哲学研究。但这并不意味着他们能躲过或超越种种形而下问题的侵扰。作品展现出一具具充满矛盾的撕裂的灵魂，他们各自在欲望的深渊中纠缠、折磨，混乱不堪，面目全非，哲学研究并不能使他们的心灵充实、纯净，成为人生的智者和善者，相反，哲学作为智慧之学反倒成了一壁"游动的危崖"，加剧了向欲望与迷惘臣服、坠落时的危险性和毁灭力。

　　哲学系元老贾兰坡是由一摊印象式的语言碎片结构起来的人物，尽管作者不容置疑地交代了他的身份和结局：一位研究斯宾诺莎的权威，在国内外学界有着巨大的声望；他发起、组织了这次哲学年会（尽管在会议一开始他就坠楼自杀），并以其声望维持着学校哲学重镇的地位……但当读者试图拨开这层帷幕，推究和把握人物的性格，思想和自杀原因时，便会感到一筹莫展。耐人寻味的是，作者始终不曾直接对他进行叙述，有关贾兰坡的一切几乎都出自本文中其他人物的印象和谈论。在弟子曾山的记忆中，导师一直像斯宾诺莎那样，试图"为处于转型期的社会建立新的价值范畴"，但晚年贾兰坡的"思想以及梦想中建立的哲学体系出现了难以调和的矛盾。他一生中贯穿始终的许多重要命题都面临着被瓦解的危险"。在其遗孀心目中，贾兰坡是个"生活在过去时代""不合时宜"的人。他的全部梦想寄托在毕生从事的学术上，为了保存哲学系，他不惜与上至校方、下至普通百姓打一场注定不能获胜的战争，而他自杀便出于独立的学术操守与时代、环境不可调和的矛盾和失落。我们读了曾山和贾妻的叙述，会得出这是个屈原或堂吉诃德式的悲剧英雄的结论。他的固守和抵抗虽不排除功利的因素，但在时下学术和精英文化不断向商品、世俗靠拢、屈服，人文精神日益萎缩的文化语境中，我们不能不对此怀有敬意。

而作品中其他人物给出的印象却大相径庭。在贾的大弟子子衿博士眼里，导师是个"练达而朴鲁""谨慎又疏狂"的人，善于在不同场合扮演不同的角色，他自杀是因为与女资料员的隐秘关系的暴露和崩溃；而这位德高望重的大教授留给了张末、苏辛的记忆则又是热衷于搞婚外恋的老头儿，乃至一个每每对女性动手动脚的性变态者。

作为一名历史、传统面前的晚生者，一位在大学校园、精英文化空气中长期浸淫的小说家，格非对贾兰坡这类"文化老人"有着清醒的认识。他毫不留情地挑开这一在传统文学文本中向来被塑造成"伟大父亲"的庄严法相，还他以五色斑斓的百衲衣。当然，格非也不会像王朔那样以市民情调、痞子化的方式将他拉下精英圣殿，投入狂欢的大众文化广场，成为人们亵渎和颠覆的对象。格非刻意隐匿了叙事者的声音，漫不经心地将这一摊互相冲突和解构的印象碎片羼杂在人们似是而非、似非而是的意识和言谈中，通过多个人的视点对同一个人、同一件事进行叙述，形成复调的、富于张力的本文真实，决然回避对贾的内心世界和行为动机作出追问和解答，就像中国的水墨画技法，千里江河、万仞丘壑来自画家不着一笔，尽得风流的"留空"。或按托多罗夫的分析，这是一种"叙事者＜人物"的叙事方法[1]；叙事者对叙述对象知道得比任何人都少，他只是从外部去看，去听，不进入对象的内心；只满足于观察到的表象，不辨析事实的"真相"（或许真相就存在于人们的意识和言谈之中），把对对象的感知、判断留给读者去填补，去完成。而读者不仅能根据人物的

研究资料　格非

---

① 托多罗夫：《叙事作为话语》，收入伍蠡甫主编《西方文艺理论名著选编》（下卷），北京大学出版社1987年，第511页。

言谈和意识整合出谈论对象（贾兰坡）多角度、多层面的形象内涵，同时也读出谈论者自身的意识和形象。当一个角色只存在于"他者"口中的第二文本层时，也就意味着他作为形象（性格载体）内在本质的终结，或者说，其主体性呈现为一堆没有本质关联的质料；而对谈论者，谈论他人又是展示自我的过程。一个人的情感、世界观正是在对世界和他者的意识和谈论中得以建构。正如马克思所说："关系即人，结构即人。"

在这个理性贫困、哲学贫困的时代，人被欲望之狮折磨得面目全非，混乱不堪，自杀都失去了庄严感和悲剧性。贾兰坡之死留下的只是一瞥如"跳伞运动员般的滑稽身影"，是人们发挥想象力和幽默感的交谈和评论的材料。这是死者的不幸，更是生者的悲哀。

如果说贾兰坡之生之死隐喻着"轴心时代的终结"，那么作品中另一位主角曾山，其生存状态亦如他撰写的论文，成为一个"阴暗时代的哲学问题"。这位才华横溢的青年学者善思而多忧。他可以在初次与女友约会时置对方于不顾，滔滔不绝地谈论苏格拉底、斯宾诺莎和王国维；可以"给一个和尚写信都要查阅几十种参考书"；乃至为坚持自己的学术观点冲撞导师。与妻子张末（一位"强行征用爱情来安顿灵魂的梦想家"）、师兄子衿（"总是无法面对真实，总是刻意乃至下意地将自己的生活笼罩在虚构与谎言之中"）相反，曾山是将自己纳入笛卡尔式的"我思"之中，试图"为自己的灵魂制定规则"。作为一名坚定的理性主义者，曾山深彻感受到生活随处可触的虚伪、矫情和荒谬，极力躲避和反抗它们，用理性之光统贯自我，调和情感与欲望。他惯于将形而下的生活事件上升为形而上的追问和价值判断——从与前妻离异到追求张末，从跟导师反目到与慧能长老的交往，理性的力量始终渗透其中。但这种形而上的"我思"并不能让他摆脱生存的困惑，躲开欲望的折磨，到达超越与澄明之境。甚至可以说，比起坠楼自杀的导师、精神失常的师兄，曾山承受着更大的痛苦，更值得同情，因为他在一个思想贫困、人性孱弱的时代依然诉诸理性来支撑生存，但当他剥开生活现象的表皮，试图发掘其真实面目，那不过是另一重虚伪、矫情和荒谬。这就注定了他如同卡夫卡笔下的那只"畏葸于猫与捕鼠器之间的老鼠"，"一端是死亡一端是疯狂"，在两极间恐惧而绝望地游移。

某种意义上，我们在曾山身上看到现代理性的命运。他试图启用理性、我思支撑起人格和行动，抓住荒谬生活背后的本质和意义，却总是令人沮丧地陷入无所适从和自我怀疑中。自我理性就像一堵玻璃墙，囚他于孤独与迷惘之中。而欲望、堕落、虚无乃至一切时代病症却毫无障碍地渗透进来，侵蚀他的灵魂。居于孤独之中的曾山不止一次听到那个细微而顽强的声音："是时候了，我们已无须等待，让我们放弃挣扎，追赶上狂欢的队伍，赶赴一场盛宴……"

哲学和爱情曾经是曾山拯救和规则灵魂的武器，但最终却春梦般破灭。在从事多年的研究后，曾山发现哲学在自己心中的位置正在坍塌。从贾兰坡的死，到子衿的疯；从哲学系的面临解散，到被人们普遍寄予厚望的哲学年会（且不说它本来就是骗子邹元标一手导演的游戏）衍变成人人都想分一杯羹的人才交易市场，最后在子衿恶作剧的疯狂表演中匆匆落幕，曾山一点点清晰窥见到哲学/人文的真相。他沮丧地意识到"哲学对通常意义上的生活并无任何助益。相反，它只是一种障碍，我们借助于它的光芒，只能更确切地感受到绝望和废墟的性质。它是一个陷阱。……哲学所照亮的东西正是人们试图遗忘的东西"。在曾山身上，理性演示了自己从兴盛到衰败，从笛卡尔、康德到拉康、福柯的发展历程。但哲学对于曾山并不仅仅是一种职业，一个外在的对象，而是曾山心灵的寄居之所，哲学的幻灭进而引发曾山自我的迷失。在那个大雨滂沱之夜，当曾山绝望地撕碎自己苦心孤诣写就的论文时，他无异于将自己的心灵也撕碎了。

还有爱情，曾山对妻子张末不可谓不爱，但问题是他已不知道如何去爱。他愈是去理解，关心张末，但愈是发现对方难以理解。一句无意中的话、一个下意识的动作都有可能划出一道难以弥合的裂缝，让他们敌人一般对峙，在曾山撕碎论文的那个雨夜，和那个忙碌、粗陋的早上，作者为我们展示了爱情、温馨是怎样潮水般倏然而逝的。（这应了子衿的评价："爱情有种一夜之间就会消失的恶习"）曾山和张末，两个那么熟悉，那么可能交流，又那么需要慰藉、温暖和交流的人，在这样一个时刻，他们深味到生命的空虚与痛苦，也无疑发出了呼唤的信号，走到了拯救的边缘——苦难的边缘就是获救的临界，让心灵在撞击和关爱中释放出灿烂的火花。但他们最终又朝对方关闭了心灵的大门，拒绝释放，拒绝获救，自戕与互相折磨。

于是对曾山而言，孤独——它一再发出爱的渴求，其结果却更难以自拔地走入幽闭，成为"他人的地狱"；"我思"——本是确证自我，确证世界的方式，却不可避免地陷入自我迷失，自我幻灭。

3.精神现象学与"非乌托邦"（de-Utopia）

90年代，我们看到格非正在确立一种写作新向度：在不放弃追求技巧、智性的前提下，如何缝合小说的形式美学与意义深度。格非正在告别他的技术主义时代，将兴趣和笔力从搭建本文迷宫转向发现，分析社会生存的迷津。这一转变使格非的小说创作有一种精神现象学色彩，并决定了他在90年代文坛的独特位置：

一、事件重回写作中心。但此一"事件"不同于传统现实主义小说的事件，后者在文本中有统贯全局的主题意义，作家的任务只是如何表现（用形象思维去转化）事件的运演逻辑，根据人物在事件中的位置规定其性格、价值和命运。对于格非，事件既是人物活动的场所，是庄子式的"得鱼之筌"，又是人活动的结果。人的存在在事件中复活为"此在""在世界中存在"，人物对事件并不构成依附关系，人活动的此在性、不确定性瓦解了事件先在的规定性。格非关注的始终是人的精神、欲望和生存的当下状态。譬如《凉州词》，临安博士对王之涣的考证过程被抛在一边，作者端给我们的只是临安对"我"的讲述、是叙事者对王之涣赛诗分妓、临终焚诗的"越俎代庖"的想象和描述。在这种融体验、想象与评价一体的讲述和场景中，王之涣（已不再是中唐那个王之涣）和临安博士的精神风貌栩栩如见，成为被今天，被生活现实激活、复活的古人和"文本人"。

二、在先锋作家中，格非写作的智性色彩较为突出，这是他生活经历和精神气质的体现。进入90年代，智性并未丧失，反而愈加浓重。但前后两期的智性又有很大不同，80年代，智性多表现为讲究本文操作的精巧缜密，对风格化语言的精雕细刻。比如《褐色鸟群》，格非通过对时空、记忆不露痕迹的拆解与重组营造一个奇异的梦幻世界；《迷舟》中废墟般的悲剧氛围生成于人物的瞬间感受，叙事者旁白、铺叙和场景、物象的有机组合之中。总之，智性用来建构一个独立于现实生存的自足的本文世界。而90年代，格非施展智性对人的心灵世界作深度分析，智性转化为理性思辨。例如《傻瓜的诗篇》，格非调用了心理学，尤其是弗洛伊德精神分析学，对主人公杜预和莉莉的心理状态及运作机制进行细致入微的展示；而《凉州词》则始终散发出浓郁的存在主义色彩，临安博士对王之涣赛诗，焚诗的考证（或曰猜想）、对沙漠环境的感受和分析，都仿佛在做一篇文学的《存在与虚无》。

尤其是《欲望的旗帜》，格非显然是想以此绘制一幅当代人文知识分子的精神画卷，而将自己积累的诸多素材和学识及对人生的感受、思考灌注其间。频繁出现的哲学、宗教掌故，大段的学术、准学术推演，对谈，大篇幅的人物反思和玄思，及至小说论辩性或格言式的语式，无疑增加了这部长篇的思想重量，字里行间充满着丰盈又不无晦涩的意趣和理趣。诱引人们去开掘话语的纵深天地，就像约瑟夫·弗兰克在评论《尤利西斯》时所说，"不能被读——只能被重读"。①

分析与思辨是《欲望的旗帜》的特点，但有时也可能成为一种弱点。格非似乎过于留恋思辨的写作方式和话语方式。在一些章节里我们看到这种分析和思辨尚不能与人物水乳融合，成为人物自身生存喷出的思想涌流，倒像被过于强大的叙事者的思考和叙事催生出来；同时，过分浓重的思辨常常掩盖形象本身释放的意义和价值，带来过多的思想障碍，阻挡读者更有效地进入本文。

三、回到事件，一回到人物对格非小说来说具有一种"现象还原"的意味。他试图借助文学（小说）的形式真实记录下当代人（尤其是知识分子）的精神风貌。

从形式的"先锋神话"中挣扎出来的格非在回到生存现实时，又严防自己

---

① 约瑟夫·弗兰克：《现代小说中的空间形式》，秦林芳编译，北京大学出版社1991年，第8页。

陷入别一种精神追求的乌托邦当中。跨入90年代,当代中国进入一个转型与阵痛期。改革步履的深入与蹒跚,经济——文化的全球化趋势,利益的重新分配,以及传统——既有数千年积淀的国粹,又有近现代"拿来"的传统——某种程度的复活、激活,都使得以往的巨型文化观念和乌托邦精神(如建国后到70年代末革命的乌托邦和80年代声势浩大的"文化热""观念崇拜")日渐淡化,失去其意识形态魅力和感召力。这是一个杂语喧哗,多元共生的时代,用利奥塔的话说,一个"文化稗史"时代。

哪里才是拯救,如何得到拯救?我们读格非小说是得不到现成答案的。在这个问题上,格非表现得温和(而非温情)又坚定,怀疑而不放弃理性思考。但理性又不仅是自我确证的手段——像笛卡尔从"我思"出发去论证上帝的存在,像康德那样从"理性的怀疑"达到"灿烂星光"与"道德律令"在"我"中的融汇,而是以此探索人的心灵世界——一个拒绝结论,拒绝终点的动态的发现过程。正是这样一种写作方式决定了格非在当代文坛孤寂而高尚(并非高雅,高蹈)的写作定位。

事实上,真正的拯救必定是自我拯救,而自我的拯救又有待于世界、他人的得救,这是一个也许永远不能解开的"埃舍尔怪圈"。博尔赫斯曾说,在接受了极端主义后,他再也不能接受别的"主义"。这话也可以反过来说,我们只有走过极端主义"这段危途",才能步入别的思想坦途。但对人类的精神旅程而言,"极"在哪里?"端"在哪里?一个思想者,当他真正思考一种精神、一种生存方式时,后者便成为他难以承受又必须承受的宿命。人又是多么需要,多么容易投入(坠入)某种乌托邦之中!

也许曾山的怀疑和自我怀疑,在思想危途中畏葸、游移正是他不断觉醒的过程;还有张末,当她逡巡于南京车站的广场不知何往的时候,又有谁能充满自信地站出来,为她指一条康庄大道?但有一点我们清楚,不管她如何选择,也不管此后的生活中将承受多大的痛苦,张末将不会陷入悔恨之中,因为那毕竟是她自己的选择。

原载《小说评论》1999年第6期

格非小说的意义和结构

——兼及后新潮小说的评价问题

张　霖

中国新文学进入到二十世纪八十年代后期，其自五四以来一直扮演的启蒙角色在以马原为先导的后新潮小说的围攻下似乎被彻底粉碎了。面对这样一场蓄谋已久的形式主义造反，批评家和读者被引入一座虚构的迷宫，原有的阅读习惯无法给他们任何启示，他们固执地收集着现代主义甚至后现代主义的文学碎片，希望能够重新拼出一幅完整而确定的现实主义图画。但这样的努力是徒劳的，他们无法走出后新潮小说的迷宫。为了表示愤怒，有的批评家宣布了后新潮小说的"死缓"判决，认为这样的形式实验是"当代文化危机的征兆"，是"一次短暂的语词欢乐"，"所有的'后新潮'文学群体都在劫难逃"。[1]

本文不想纠缠于中国后新潮小说是否丧失终极价值的讨论，只想从考察格非对世界的认知方式入手，进一步剖析其小说的结构形式，并对后新潮小说做出尝试性评价。

一、存在与现实：格非对世界的认知方式

格非对于小说形式的追求源于他对世界真实性重新解释的强烈愿望。他

认为，在社会现实的外衣下还隐藏着另一个现实。格非将这种潜在的现实称为"存在"，它是一种尚未进入大众意识的真实，［2］（P7）而现代小说的任务就是"记述常人尚未来得及思考的真实，论述尚未渗入人们意识的现实本质和现实关系。"［2］（P14）由此可知，格非将世界区别为"现实"和"存在"。"现实"来自于群体经验的抽象，为群体经验所最终认可。它是完整的，可以被解释和说明的，流畅的。而"存在"则是个体经验的产物，它一直游离于群体经验之外，处于边缘位置。也就是说，"存在"作为一种尚未被完全实现的现实，它指的是一种"可能性"的现实。它是断裂的，不能被完全把握的，易变的，所以无法用因果律来阐释。［2］（P21）而且，正如普鲁斯特所说，"现实是一条流动的河道，它不仅和过去紧密相连，同时也和未来紧密相连"。［2］（P7）格非发现，过去、现在、未来同时存在，因此真实的世界是无法用线性时间来连接的。由于"存在"具有未完成性和不确定性，处于一种开放的状态，作家则必须在表现方式上作出相应的调整，"现代小说对故事结构中'时间统一性'的破坏，和对'因果关系'的消解并不是单单在修辞学意义上进行的革新，这与他们试图表达真实的生活场景的愿望是一致的"［2］（P60）。由此可知，格非从未放弃传达真实的努力，在他看来，"'真实性'不仅是一个根本要求，同时也是一种价值尺度"［2］（P16）。情节的真实性只能是"现实"层次上的真实而非"存在"层次上的真实，"存在"的真实只有超越情节通过结构形式来传达，从这个意义上说，形式即内容。

格非对世界真实性和现实主义成规的质疑，应该说始于《陷阱》这篇小说。在《陷阱》中，作者借"牌"之口表达了他对世界的看法。在"牌"对村子的质疑中，"牌"固执地认为"村子也许不是村子，它至多只是一个普通的寒伧荒谬的物体"，"要想认识村子必须试图找到一条从中出走的路，并且充满仇恨"［3］（P11）。这一怀疑表明，格非认为传统叙事已将现实异化为一个可被完全解释的高度抽象的物体（或者说事实的总和）。人们对现象的认识不再基于本身，而是来自一个自认为真实的观念。因此，作为现实象征物的"村子"变成了一个"物体"。但作家却仍旧怀有"认识村子（现实）"的强烈冲动，于是开始"寻找一条从中出走的路（形式实验）"。［3］（P11）格非此时的情绪是十分激进的，他坚信在事实之下有一个更为真实的存在，并认为存在的真实性是可以抵达的。这一点从他小说中反复出现的"桥"的意象可以看出来。

在《陷阱》中的"桥"是这样的："我"在"一个晴朗的清明节"，"站在窗口看河里的一位老人搭桥"，"他其实不是搭桥，而是用一些细长的树枝木棍搭成桥的形状"，"他正神情孜孜地将两根木棍连接的地方用红绸绑牢。那座浮桥上缀满了红红绿绿的绸结"。而且老人告诉"我"，这座浮桥是"给没有翅膀的鸽子走的"。［3］（P18）

"桥"所象征的是格非试图将"存在与现实"连接起来的方式，即通过小说的形式来抵达"存在"。在《陷阱》中，代表现代主义风格的老人为"没有翅膀的鸽子搭桥"是为了恢复人们的想象力，并且运用精美的填充物（如感觉、想象）和高超的叙事技巧将故事碎片连接起来达到"存在"的彼岸。此时的格非坚信："小说的优势是依靠文字激发读者想象，通过个体对存在本身独特的思考关注那些为社会主体现实所忽略的存在。"而作家的任务是"创造和发现"。［2］（P23—24）他的形式之"桥"能够完成这一使命。

但是，格非的观念发生了变化。当"桥"这一意象再次出现于《褐色鸟群》时，它的形象完全改变了。在《褐色鸟群》中，"桥"出现于一个风雪之夜，"我"尾随那个穿棕色靴子的女人走上"一条窄窄的木桥"，"我"看见她（或"我"以为自己看见她）通过了这条木桥。此时，又一个老人出现了。他阻止"我"通过这座木桥，因为"它在二十年前就被一次洪水冲垮了"，并且老人告诉"我"并没有什么女人从桥上走过，于是"我们开始往回走"。［3］（P234—235）

我们可以清楚地看到，在《褐色鸟群》中，结满了彩色绸结的浮桥被换成一条早已被冲垮的破败断桥，代表传统现实主义的老人将"我"从形式主义的断桥上领回，否则"我"有可能为了追寻一个莫须有的女人（存在）而丧命。由此我们明显地感到格非开始怀疑能否找到一条通往"存在"的桥梁。为此他感到非常不安，无怪乎他有这样的感觉："我的书写得很慢。因此我担心那些褐色鸟群有一天会不再出现……"

格非怀疑"存在"是否可以抵达是从《褐色鸟群》中明显表现出来的。在这篇小说中，格非试图将"存在"从"现实"中剥离出来。他吃力地同时叙述着"现实"与"存在"两个故事。他在二者之间往来穿梭，但情况并非他所预想的那么好，在叙述过程中，他感到自己在"沉入往事的梦境"的同时又像"从冥想中挣脱出来"，"眼前的这红色影像模糊起来，但立即它又重新变得异常清晰"。［3］（P226，228）"存在"与"现实"之间很难划出一条明显的界线。正如格非在《青黄》中所说的："他在揭示一些事情的同时也掩盖了另一些事。""存在"与"现实"互相包含，它们在各自建构的同时又将彼此解构。"'存在还是不存在？'这个本源性的问题随着叙事的进展无边无际地蔓延开来，所有的存在都立即为另一种存在所代替，在回忆与历史之间，没有一个绝对的权威存在，存在仅仅意味着不存在。"［4］就像《褐色鸟群》中那两个有趣的细节："棋"在开始来的时候，拿着一个画夹，最后她重新出现时拿着一面镜子。来的时候"我"不认识她，最后重新出现时，她不认识"我"。

　　在经过了"存在还是不存在"的艰苦的形而上追问之后，格非对于"现实与存在"之关系的认识又有了新的进展。在小说《青黄》中，我们可以看到格非对于"存在"有一个相当精彩的比喻，他眼中的"存在"（或称意义）"仿佛是一个早已消失的生命留下的依稀的痕迹，又像是一句谚语——在民间的流传中保留下来的最精炼的部分"。这一最"精炼的部分"也许就是一个空白，一种缺失。悟到了这一层，作家不再苦苦追寻通往"存在"的桥梁，他以先验的方式相信着"存在"的真实性，但同时又承认了"存在"的不可抵达。因为"存在"是以一种隐藏或缺失的状态渗透在现实之中的，我们无法直接构造"存在"，只能在现实事件错综复杂的联系中悬想、推测"存在"。这一悬想与推测就是一种真实基础之上的虚构。作家有意延宕"存在"的实现，甚至最终消解"存在"的意义，充分享受虚构的愉快。

　　在《青黄》中，我们看到"我"作为一个考证"青黄"意义的人面对一无进展的调查并未感到任何的不安。"在麦村的日子里，我在白天像游魂一般四处飘荡，追索往昔的蛛迹，却把一个又一个的黑夜消耗在对遥远过去的悬想中"。当他的调查陷入沉默时，他也觉得"这一切都非常自然"，而且当他"决定离开这里的时候，突然有一种不真实的感觉。这个村——它的寂静的河流，河边红色的沙子，匆匆行走的人和他们的影子都是被人虚构出来的，又像是一幅写生画中常常见到的事物。"［3］（P171）到这时，我们可以看到，格非对"现实与存在"之关系的看法已缓和得多，他意识到对于"存在"的固执追求是一种"不自然"的状态，现代主义宣称的对"真实"的直接表现与现实主义对客观世界的再现，二者在本质上并无不同。于是在小说结尾，格非索性把《青黄》一文"献给仲月楼公"①以表明他对意义的彻底消解。自此，他放弃了用意义来传达"存在"的可能，完全转入用结构模拟"存在"的新探索。

二、橘形结构：格非小说的结构方式

格非小说的独特之处在于运用小说的结构将那些未说出，未描述出的东西表现给我们看，下面试对之加以分析。

1.中心意象和并置事件

传统小说是依靠情节来演绎故事的。而现代小说拆毁了时间的统一延续性，破坏了因果关系，情节赖以存在的条件被瓦解了。"情节淡化"成为现代主义小说的一个主要特征。但是要注意到情节淡化并不等于情节消失。由于小说是叙事的文体的这一基本特征的要求，一旦彻底消灭了情节，小说也就不存在了。那么传统小说中的情节究竟逃往何方了呢？在格非的小说中，我们仍然可以明显地找到故事的踪迹。他在把故事还原为一堆生活片断的同时，又从中提炼出一个故事的内核，它是故事情节的高度浓缩物，带有多重意义指向和多种发展的可能，格非将其称为"中心意象"，而那些生活碎片即为"并置事

---

① 仲月楼：格非小说《边缘》中的主人公。

件"。①他小说的结构形式就是用中心意象将并置事件吸附在周围，重新构成一个统一的文本。

2.橘形结构

这一形态非常类似于戈特弗里德本在谈他的《表象型小说》时所使用的一个比喻："这部小说……是像一个橘子来建构的。一个橘子由数目众多的瓣，水果的单个片断……组成，它们都彼此相互紧挨着，具有同等价值，……但是它们并不向外趋向于空间，而是趋向于中间，趋向于白色坚韧的茎……这个坚韧的茎是表象，是存在——除此之外别无他物，各部分之间是没有关系的。"〔5〕（P142）这个比喻用来说明格非小说的结构非常有效。他的小说是由许多相似的瓣（并置事件）组成的橘子，它们并不四处发散而是集中在唯一的核心（中心意象）上，而每一个橘瓣间彼此独立，只与核发生联系，橘瓣的外层分布着错综的筋络（关系），将橘瓣联系在一起。

下面我以《青黄》为例具体分析中心意象与并置事件的关系。

在《青黄》中，格非小说的橘形结构特征表现得非常明显和出色。他首先设定"青黄"一词必然与九姓渔户的一段鲜为人知的历史有关，于是就开始了他在麦村和横塘的探访。在这一虚设的前提下，"青黄"成为中心意象，也就是故事产生的重要契机。对于"青黄"意义的追索成为一个笼罩全篇的悬念。"我"在小说中所提及的每个事件都是由于调查"青黄"之意义而得以了解的，但"我"一问到"青黄"时，却总被告知"不知道"或被凑巧地打断。于是，一系列并无因果关系的事件就被巧妙地吸附在"青黄"一词周围，构成了一组紧紧围绕中心意象的并置事件。而且"我"制造了一个假的因果关系，即通过了解那些事情我们可以了解"青黄"一词的意义从而了解那段历史。"我"的固执己见几乎使读者相信"青黄"确有其词，确有其意，确与九姓渔户的历史有关。在这伪造的因果关系之下，九姓渔户的故事被轻易地浓缩提炼

① "中心意象"出自格非《小说艺术面面观》，86页，江苏文艺出版社1995年版。"并置事件"指在文本中并列地置放的那些游离于叙述过程之外的各种意象和暗示、象征和联系。

成"青黄"一词，横行于小说之中，它好像一个诱饵，吸引并置事件向中心意象聚拢。

格非的聪明不仅在于他可以使事件聚拢，更在于他在聚拢的同时又将其打散。在表面上，小说中的每一个事件都是对"青黄"（或那段历史）做出的解释或提供的线索，但这些解释是似是而非的，这些线索往往会造成误导，它们非但没有证实"青黄"之意义的那个假定前提，反而最终将这种因果关系消解掉了。①

就因果关系而言，不但中心意象和并置事件之间的关系是虚假的，而且各个并置事件间的关系也暧昧不明。作家利用人们对于侦探小说的阅读经验，要求读者在阅读过程中将事实和推想结合起来。面对老船工的暴死，外乡人的复活，换麦芽糖老人的雨夜失踪，被埋的空棺，小青被打断的谈话这一系列古怪的事件，作者拒绝解释或仅用一些可疑的理由来搪塞。②而读者必须充当侦探的角色，"记住各个意象和暗示，将独立于时间顺序之外而又彼此关联的各个参照片段在空间中熔接起来"，"运用连续参照和前后参照的方法使各个片断的意义单位构成一个整体的意义单位"。[6]（P4，译序）这就使得那些看似无序的碎片在读者头脑中重新整合成一个统一体，这个统一体内仍有许多不可解释的因素，因而有再次重组的可能，于是小说的张力被大大加强了。

3.故事的走向

格非的小说努力调和着故事与叙事的关系，他从没有放弃过故事。但他对故事的追求方式与传统作家不同。在《陷阱》中，他形容自己的故事"犹如一座倾圮已久的废墟"。在这一废墟中，他首先拆毁了时间的历时性，利用"记忆"这一心理逻辑将事件以共时性的方式并置在我们眼前。记忆在格非心中"不是连接交接的长链，而是往墙上刷上一层层油漆"[3]（P14）。这

---

① 在《青黄》中，"青黄"的意义被解释为：一个漂亮女子的名字——一本历史书的名字——对不同年龄妓女的称呼——一条狗的名字——一种植物的名字。

② 如在《青黄》中，李贵用"梦游症"解释他的雨夜失踪，康康用"墓已被盗过了"解释空棺之谜，但疑点是"外乡人怎么连一根头发、一根骨头也不见少？"

暴露了"记忆"在其小说中的叙事功能：它一方面可以使事件同时并存于一个平面，另一方面又可以对其加以适当地修改和遮掩。并且记忆的阀门能够根据叙述的需要任意打开或关闭。在打开（记忆）时，事件之流奔涌而出；在关闭（遗忘）时，事件又轻易地中断了。记忆和遗忘交替使用，让多条线索的并进同置成为可能，更繁化了格非小说中的关系网，增强了张力。

在《褐色鸟群》中，记忆的叙事功能表演得淋漓尽致。在小说的开始，"我"处于遗忘的沉寂状态。"棋"则记得每一个事件的始末。在她的诱导下，"我"的记忆被纷纷唤起，于是一个记忆中的真实世界被构造成形。与此同时，"棋"又用她的记忆来不断纠正"我"的记忆，究竟哪一种记忆更真实呢？"存在"与"现实"的问题再次被提出，到小说末尾，"棋"索性将"我"忘记了。"我"在她的诱导下建构的世界一下变成子虚乌有之物。画夹换成了镜子，记忆在建构真实的同时又解构了真实。

我们了解了格非小说的前进方式之后，也许可以用传统小说的叙述走向（开端、发展、高潮、结局）来套他的小说，以便发现格非小说的特殊性。

格非的小说总是在不可叙述的地方开始。比如，《青黄》的开篇，"我"探求"青黄"意义的打算就被谭教授所否定，他认为"我"将一无所获。而《迷舟》则开始于主人公萧旅长的死。空白、沉寂和终点成为格非小说的经典开端。

在《褐色鸟群》中，格非这样描述过自己小说的发展进程，他借"棋"的口说："故事始终是个圆圈，它在展开情节的同时也意味着重复。"［3］（P248）而他的记忆来自那些和故事本身无多少关系的旁枝末节。这说明格非小说具有不可推进性。在他的小说中，故事的向前推动力极小，读者的任务不是推测故事如何向前发展，而是关注它如何旁逸斜出或对其逆向溯源。在《青黄》中的多方调查并未能让我更接近"青黄"和那段历史，所有的事件都停在一个点上，这个点具有静止的情势。它是不完整和未完成的，只有发生的可能但的确没有发生。不管读者多么费力，所做的只是从各个角度探究该情势的各个层面。我们永远无法进入"青黄"的意义核心，正是这个静止的情势和缺失的状态，隐喻出生活史的不完整性。

至于小说的高潮，格非索性统统略去。在《迷舟》中，萧的死因与他去榆关的目的紧密相关，但没人知道他究竟是去送情报还是会情人，这一关键情节的缺失使"萧的死因"成为无法解决的悬念。在这篇小说中，读者不得不一直保持相当高的警觉以期揭开这个谜，直到小说结束时，故事的紧张感不但没有丝毫减弱，它的张力反而空前加强了。

小说的结局，格非总是不太重视。它们大都非常武断、随意，具有明显的未完成性。《陷阱》以"有若《圣经》所言，我如何记忆着少女"这样一句莫名其妙的话结尾。《青黄》的调查结果是《词综》上关于"青黄"的一个词条。《褐色鸟群》与其说结束于一段鸟群掠过湖面的景色描写，不如说结束于少女暴露出一面镜子的细节。在这里，格非完全暴露了叙述的虚构本质。他的小说的结束不能叫结束，只能叫中断。往往是作品疲劳的结果，而不是一个结构的完成。

由此，我们可以对格非小说的结构做一总结：

从横断面上看，由于格非破坏了因果律，并用时间共时性来连接片段，使其小说中的并置事件呈放射性排列。从纵剖面看，他的小说是一个无始无终的循环的圆。从整体看，他的片段可以通过相互参照囊括在一个关系网中，成为一个立体的球。而且就故事走向来说，"橘形结构"的解释同样有效。因为桔瓣是呈圆形排列的，我们无法判断哪一片是第一片（开端），哪一片是最后一片（结局），这也与格非小说非常接近。这个橘子的比喻同时暗含着重复。同样的事件不断地重复出现，并在各个片段间建立起一个统一的意义。它间接地表明了时间是呈圆形运动的。由于格非小说采用了这样的结构，使得他的小说具有开放性和无限增殖的可能。

三、后新潮小说的评价问题

综上所述，我认为，在后新潮作家眼中，价值与真实的评判标准已发生了变化。正如法国新小说代表作家罗伯-格里耶所说，他们之所以采取不同于十九世纪作家的形式写作，并不是因为他们"凭空想出了这一形式，首先是因为我们要描写和表现的人的现实和十九世纪作家面临的现实迥然不同"［2］（P11）。在中国后新潮作家（指马原、格非、余华、苏童、孙甘露等）那里，"现实再也不是一个充满了戏剧性的圆满的线性结构，而是布满了偶然性的松散的事实总和"。［2］（P8—9）正是基于对现实的重新解释，后新潮作家放弃了现实主义的叙事成规，以时间的共时性代替了时间的历时性，消解因果关系，从而淡化情节，运用了一系列叙事技巧为读者构造出一个新的文学世界。

弗莱曾说过："每一部作品相对于其后继者而言都是'传奇的'，相对于其先辈而言都是'写实的'。"［7］（P75）尽管这些后新潮作家无一例外地热衷于形式实验，但这些反现实主义的创作态度并不意味着他们否认真实的存在，恰恰相反，在他们心中依然存在一个"真实"的世界。他们对于形式的不懈探索正是为了寻找一条比现实主义更接近真实的途径。如果说，现实主义小说是运用情节（即内容）来掩饰虚构，表演真实的话，那么后新潮小说则用叙事技巧（即形式）来暴露虚构，创造真实。他们各具特色的叙事个性也正表现了他们对真实的不同认识。马原以其颇具表演性的"叙事圈套"表现了他的神秘主义和世界观；余华构造封闭自足的幻觉世界，借以完成对现实的否定；而格非，既不像马原那样剑拔弩张地对现实肆意拆散，也不像余华那样全身心沉溺于幻境的精密营造，他的小说以更具包容性的形式传达他对现实的复杂认识。其小说的叙事风格沉静而危险，仿佛一头安静的大动物，隐藏在深草丛中，正伺机而动。

在后新潮小说的探索中，格非所取得的成绩相当卓越。他以其对现实与存在的独特认知方式构造了"橘形结构小说"，努力达成了结构与意义，结构与故事的统一。在技巧上，远胜于马原和孙甘露的形式造反；从价值上看，格非用结构传达意义，模拟存在的努力又比余华否定一切的虚无主义态度要有深度。因此，我认为格非是后新潮小说群中最有成就的作家之一，他的努力应该被承认和继承。

但是，后新潮小说的形式实验最终还是退潮了。这批作家虽然具备了新的历史视角，但还未形成新的历史意识。在运用陀斯妥耶夫斯基所创造的复调小说的结构时，他们无力传达不同意识的交锋，只能依靠一些上等填充物（性、暴力、异域风情、私人感受、神秘体验等）来充塞其间，难免在创作中流于重复、模仿，遭到大多数读者冷遇。然而，我们不能因此否认了形式实验的功绩。后新潮作家对于形式的探索一方面为当代中国文坛创造了前所未有的审美乐土，另一方面又为反权威的自由对话的出现创造了可能性。要理解他们的作品，我们必须改变现实主义的阅读习惯，不要过于沉溺于细节的碎片或迷失于作者的叙述表演，而要从整体上把握和观照这类小说的意义。因为它们的意义单位是非常大的，有可能是一篇小说的所有细节构成一个意义单位，甚至几篇小说共同构成一个意义单位。认识到这一点，也许在将来有利于对后新潮小说进行进一步研究。

参考文献：

［1］陈晓明.冒险的迁徙：后新潮小说的叙事转换［J］.艺术广角，1990，（3）.

［2］格非.小说艺术面面观［M］.南京：江苏文艺出版社，1995.

［3］格非.格非文集·树与石［Z］.南京：江苏文艺出版社，1996.

［4］陈晓明.最后的仪式——"先锋派"的历史及其评估［J］.文学评论，1991，（5）.

［5］［美］截维·米尔切森.叙述中的空间结构类型［A］.秦林芳编译.现代小说中的空间形式［C］.北京大学出版社，1991.

［6］秦林芳译.现代小说中的空间形式［C］.北京大学出版社，1991.

［7］转引自［美］华莱士·马丁著，伍晓明译.当代叙事学［M］.北京大学出版社，1991.

原载《首都师范大学学报（社会科学版）》2000年第5期

《迷舟》："怎么写"的生动文本

杜　芸

　　作为先锋作家的代表，格非主张：小说有一个最基本的模式，就是它的故事性；小说最基本的一个宗旨是带有很浓重的叙述故事的倾向。也就是说小说不应只是一种社会民俗的历史记录，叙事本身已经成为小说存在的主导方式。这种对"叙事"作为小说体裁形式的中心地位的重视在其作品《迷舟》中得以充分体现。叙事的倾向以叙事的完美性作为小说艺术的自足目的，使小说的宗旨由对主题意图的注重转化为对叙事过程操作性的强调；小说世界由对生活的真实再现衍化为文本层面的虚构与想象；而小说的语言更由表达意义的中介手段转变为本身具有审美功能的实体，这一系列转变体现了先锋小说向文学本体回归的一种理想。在格非的小说《迷舟》中，这种理想得以充分展现。

　　首先，在意识形态方面，格非采取了对理性正史的解构姿态，试图还原一种非意识形态化的原初的自然历史境遇。在《迷舟》文本中，正文之前一段史料性的文字从正史的角度进行背景交代，然而又故意营造出历史中的巨大空缺和神秘，有利于文本中从其他角度对这段历史进行叙述。事实上作者选择的是以萧的死亡为结局的八天中的事情为叙述对象，在叙事过程中又以萧执行任务和萧与杏的感情纠缠两条线索推动事件发展。萧的命运在正史上只有"下落不明"寥寥数字，在文本中却得到了极大的丰富和详尽的叙述。萧的死亡也由浩然历史中渺小抽象的战争消亡而通过对其家庭、感情的叙述变得丰满生动。正如萧的父亲所说："从来没有失败或者胜利的队伍，只有狼和猎人"，传统文学创作中对于胜败、是非的界定在《迷舟》中转变为对人生活境遇的怪异、复杂性和宿命论式的表现。

其次，在表现主题方面，是对生活的劫难、对不可知的命运、对生活命定的困境和存在的真相进行令人震惊的书写。这就使得全文自始至终笼罩着一种悲剧宿命的气氛。文中的主人公萧是孙传芳守军32旅旅长，历史注定了他失败的悲剧。萧当年不顾母亲的百般阻挠离弃故乡小河村，而最终又宿命般的死在故乡；萧与心爱的女人杏再续情缘，最终却导致杏的被阉；萧原本用六发子弹防身最后却死在这六发子弹下；萧最终决定要回部队参加战斗却被误以为叛变而被处死；萧的死亡不是因为战争而是因为性（杏）；萧死在自己的警卫员枪下而不是死在与敌人厮杀的战场上……这一切意外而又合理的掩藏在历史表面之下的真相构成了萧的悲剧命运。而这一种悲剧又是一种注定了的无法回避的宿命，对此文中常常有暗示性的语句前后呼应。如第一天萧回到小河村，"对这个美丽的村落不久以后给他带来的灾难一无察觉"；在第七天萧临死前，"不禁回忆起第一天来到这个村子时几乎完全相同的清晨"；又如萧的母亲是其死亡的见证人，从一开始"专横"而"坚强"地反对大儿子和萧参军，到发现萧回家后"眼神和丈夫临终前的眼神一模一样"，母亲的预感印证了萧死亡的注定。其他如道人对萧的警告，警卫员眼中诡谲的光芒，父亲留下的遗书中对萧的军队覆灭的预测甚至涟河上的大风、雨、黎明等，都有意无意地透露着相同的气息，使得命定的悲剧气氛飘荡在全文之中，无法回避。这种表达使得传统小说表现历史的"真相""规律"受到强有力的挑战。

第三，在心理层面上，主要是探索人感性世界的生存本体和人的生存本能及欲望。《迷舟》是战争题材，但战争只是一个背景，立足点在萧这个人身上。文本中充满了各种情感纠葛。萧与杏的爱情构成文本中的浪漫色调，而萧最终也以生命为这份爱付出了代价；有萧与父兄的感情，这份感情是极其矛盾的，他一方面仰慕他们的英勇并最终在其影响下走上军旅生涯，另一方面又不自觉地对他们进行抗争，因而最终走向兄长的对立面，连其父都预测到了他覆灭的命运，而这种抗争的无效和无意义更增添了萧的悲剧意味；有萧与母亲的感情，尽管这种感情在很大程度上是一种人的本能，如萧"唯一感到内疚的就是离家前对母亲的欺骗和轻蔑"，到临死之前望着母亲"突然涌起了强烈的想拥抱她的欲望"，表明萧并不爱自己的母亲，但作为人对母亲的那种本能的反应却是无法压抑的。

最后，从艺术角度而言，《迷舟》对于小说本身具有的艺术美感进行了发掘，这种发掘并没有滞留于单纯的修辞效果上，而是更注重其叙事中的审美功能。《迷舟》运用语言的一大特点就在于通过对嗅觉的描写进行叙事，如故乡的花香、雨香，杏的清新的果香，与杏幽会时茶园的茶香，三顺身上的鱼腥……从嗅觉的角度加强立体感受，对氛围反复渲染，使文本具备了一种含糊迷蒙又统一完整的美。

在叙事手法上，《迷舟》运用了叙事"空缺"的手法。在萧去榆关（第六天夜晚到第七天凌晨）之处有意留下了一个空缺，"萧去榆关到底是送情报还是会情人？"这个空缺出现之后，整个小说的情节变得谜一般地不可思议。虽然这个空缺的本源用陈晓明的说法是出自博尔赫斯之处，但格非把它用得像祖传秘方一样纯熟。的确如此，这个空缺不但导致了主人公萧的死亡，也把解答此前众多谜团的线索汇聚集中，然后再突然卡断，形成一个更大的而且是无解的谜团。"萧去榆关是会情人还是送情报"？文本在此前已有暗示（其实是明示）：萧在家里看到了父亲的信后已决定"铤而走险"，回棋山要塞准备决战，但突然"他想到了杏"，于是改变初衷去了榆关，他去榆关是探望因他而遭灾的情人杏。在读者看来，萧的这一行为是符合因果逻辑的。问题在于，按照逻辑来说应当如此的事，由于中间过程的空缺，换一个角度推理却出现了另一个结果；不可思议的是这个结果也是符合逻辑的——由于榆关是敌军的控制地，警卫员得到的指令是：如果萧去榆关，就必须把他打死。正是这个谜一样的空缺，使得小说的艺术氛围显出了朦胧含蓄之美。

作者对小说的命名《迷舟》，是用"迷舟"来象征萧———叶在命运的海洋中迷失方向的小舟，无论怎样飘摇，最后结局都是毁灭，只是其间的过程充满了神秘而又多变的偶然，就像得到唯一的谜底（死亡），却要推论出可以得到这个谜底的各种谜面，是想表达整个故事就是一个谜。我们仅能把握故事是时间的流动，而想把握整个过程，只能在故事外由我们自己来构建，就像从天空忽然俯瞰到汪洋中的一条船，我们只知道它此时此刻在此点海面上，而它从哪儿来，为何而来，要到哪儿去？我们一无所知。如果我们认定它的存在，这就是真实，而我们解释它的存在，这就是故事。与其说格非在给我们讲述这个故事，不如认为他是在玩一种游戏，通过萧在各种偶然与困惑中的行动，把我们带入一个真真假假、虚虚实实的现实与虚幻交融的世界，并且让我们参与故事的建构，进而显现出我们对自然、社会、历史，甚至未来的种种疑问，激发我们去探索和了解这一系列的自然与人生之谜。由此可见，小说的命名和小说的结构一样都具有强烈的先锋意向。

总之，《迷舟》所体现的是当代中国先锋小说用"怎样写"替代了"写什么"的代表作品。先锋文学在这里不仅仅提供了崭新的艺术方法论，也展示了对现实生活世界异乎寻常的表现。然而他们所进行的探索归根结底仍是形式实验，所以在90年代，先锋派又回到了写实传统之中。但格非在先锋的意义上显然要比其他人走得更远，手法更为圆熟老道，因而比之于余华、苏童等，他的转向并不明显。

原载《贵州师范大学学报（社会科学版）》2001年第4期

研究资料

格
非

格非《人面桃花》的诗学

张学昕

一

谢有顺在与诗人于坚的对话中说："一个诗人不是要去证明已有的诗歌结论是对的还是错的，而是要去证明诗歌还有新的可能性。他的创造性就体现在这里。"①其实，这对于小说家而言也是如此。一个有才华的成熟的作家必定是一个极富艺术创造性，同时又有独异、稳定个人风格的探索者。也就是说，他不但要不断地冲破已有的关于小说的种种界定和常规，尤其要勇敢地穿越自己所设置的经验的罗网。我想，这是一个优秀的、有责任感的作家必备的素质。最为重要的是，作家要有才能、有气魄穿越现实的、文学的、自我习惯的复杂背景，拒绝或防范那种轻车熟路掩盖下的停滞，那种被心满意足遮蔽的、不易察觉的重复。背景是什么？是意识形态、话语语境、理论维度，还是主体在审美空间的自我定位？对作家个人而言，还有更关键的因素，那就是作家经验世界的存在和在长期积累的文化底蕴的基础上，从容不迫地建立起属于自

---

① 参阅《于坚谢有顺对话录》，第161页，苏州，苏州大学出版社，2003。

己的独特的叙述诗学。这些肯定涉及作家解读世界、表现世界的方式。在我看来，小说的手段和修辞策略不容忽视，但同样重要的还有作家想象力的永不衰竭和叙事智慧的恒久葆有，以及对于写作的超功利性姿态。格非无疑就是这样的作家。可以这样说，格非是近些年来少有的对文学始终保持纯粹而严肃态度及写作立场的作家，他多年来一直保持着极富个性感觉化的抒情性风格特征。他小说的语言优美纯净，富于书卷气，小说叙述意识清晰而深刻，眷顾命运和历史，远离繁复的意识形态的喧嚣，这已是有目共睹的事实。

作为"先锋小说"作家的格非，数年来始终为这一光环或命名所覆盖。同时也难以摆脱由此带来的限制和负累。十几年的小说写作中，格非凭借个人的天赋和才华，在文学感觉、语言、细节、技术策略的处理上，为当代小说创作提供了大量的不乏个人性的经验。格非与余华、苏童、北村等人一起，初步完成了当代中国小说艺术探索性和创造性完美结合的一章，并具备了与世界文学的交流与对话性。但同样不可避免的是，在当代中国文学、文化的现实语境中，格非们富于现代小说理念和精神的努力，难免受到"不能提供一种可以涵盖东方文化神韵的、文化与文学相一致的现代主义"的指责和诘问。事实上，格非也确实遭遇到一定的写作困境。当苏童、余华分别相继拿出长篇小说《米》《蛇为什么会飞》和《活着》《许三观卖血记》时，格非仍平静地在大学里执教"小说叙事研究"，写作他的博士学位论文《废名的意义》。相对的沉寂恰恰也是深沉的积蓄和蕴藉，这肯定会带来作家观察、思考、情感特征等方式和形式的重大变化，尤其对格非这样善于发现自己写作难度的作家，如何能不为种种现实的、文化文学的、自身的因素所困扰，甚至全身心地进入具体的个人的现实，让自己的心灵更加符合一个作家内在的品质，已成为发现、寻找新的写作可能性的关键问题。《人面桃花》的写作，可以视为格非既努力保持自己钟爱的写作习惯、方式，又争取超越任何现实性背景的一次成功探索和跨越，同时，也反衬出当下文坛的喧嚣和浮躁。很多人认为，中国的先锋派小说，在经过一段时间形式上的先锋之后，又滑到了传统的道路上，甚至变成了一种大众消费，有人还进入了商业主义的轨道。而格非则完全不同，近十年来，作为一位已有相当成就的作家，他似乎比诗人更能耐得住寂寞，显然是他对自己的写作提出了更高的要求：诗性的要求。他开始更深切地领悟到文学是一种语言的艺术，应该去寻找对现实和历史的诗性的把握。我们是否可以这样说，格非在写作姿态上更追求精神意味上的纯粹，也就是坚持艺术和精神的纯粹性，远离精神，甚至语言上的粗糙。我感到，格非并不是在有意回避什么或刻意要改变什么，而是在寻找真正属于自己的语言表现方式，更贴近个人的感觉记忆和感情体验方式的话语风格。那么，这种心智上的努力，一定是穿越任何现实和诸多既定文学规约的写作。我非常赞同出版人对《人面桃花》所作的评述："这是作家积十年心血完成的一部精致的长篇小说。作者的功力直抵小说细部的每一个末梢，真可谓一丝不苟。它既是格非蜕变和超越的一次个人记录，同时也可视为是当代作家逼近经典的有效标志。"①那么，我们在《人面桃花》的结构块垒中，会触摸到格非小说怎样的诗性力量和艺术矿藏呢？也许这正如法国作家普鲁斯特所言："作家只有摆脱智力，才能在我们获得的种种印象中将事物真正抓住，也就是说，真正到达事物本身，取得艺术的唯一内容。"

二

《人面桃花》是三部长篇小说的总题目，我们现在读到的这部曾被命名为"金蝉之谜"，最初在《作家》杂志发表时，编辑们认为《人面桃花》这个名字好，就将第一部定为本名。虽然，格非本人和我们现在都无法预知未来两部小说的具体模样，但从第一部看，我感到，"人面桃花"将是整部小说的叙述经纬、情节主线，或者说是核心结构。在这里，我将"人面不知何处去"中的"人面"理解为人和生命、命运的存在形态，它包括人的欲望、冲动、孤寂、信念、寻找、迷失、死亡和未知等；而将"桃花依旧笑春风"中的"桃花"理解为时间、空间、自然、灾难、宿命等被感知和不为人感知的种种外部存在。格非似乎要表达、重现或是记载、保存世间万事万物的转瞬即逝，用"人面"

---

① 见格非《人面桃花》封底，沈阳，春风文艺出版社，2004。

"桃花"这两个大的意象来控制千丝万缕的叙事线索，而且"让写作时的感觉与所描述的事物彼此寻找，召唤和通联"[①]。虽然现在我们还不能说，这部长篇小说的第一部就已经为我们展现了"人面"与"桃花"的基本面貌，但是，我们已经透过文字深深地感知和体悟到小说所蕴涵的巨大叙事雄心和气魄。

小说以宏阔、优雅而从容的气质表现了近、现代中国社会乡土与民间、政治与世俗、人性与欲望、理想与梦幻相互交织的历史场景。历史，一直是格非感兴趣的叙事领域，但在这部小说中，格非似乎更注重在看似变动不羁的具体情境中，捕捉、感受生命存在的实在性、鲜活性，以审美的方式在历史的迷蒙中寻找理想、公正、进步、文明的价值和人性的维度。小说在挖掘、表现人的乌托邦梦想中推动着叙述的前进，可以说，小说潜在的叙事动力则是小说中乌托邦诗学的建立，在看似抓不牢的历史中重现人性的嬗变和生命的悸动。

小说以"普济"和"花家舍"为叙事环境与背景，以知识女性陆秀米为主人公展开叙述。虽然故事表层是讲述两个村落的兴衰变化，几个人物的命运沉浮，但叙述的巨大张力让我们细腻地感知到了历史的风云际会，生命、命运的沧桑多舛，时间长河中生命主体的选择与暧昧、游离。表面上看，格非是用写实的手法表现一段"现实"，是在演绎一段绰约、隐晦也十分繁杂、破败的家族生活，实则是回到历史和时间深处所进行的一次生命体验。他不是通过"过程"还原人物的存在并进行多面展示，而是对历史情境进行"现时性"修复，并注入当代乡间激情。我们在叙述中强烈地感受到生命、人性和岁月的颤动。与格非以往小说叙事不同的是，格非能在叙述中回到时间深处去揭示生命与理想的产生机制和意义架构，甚至不惜暴露、弥补现存大量文本中可能被遗忘、被忽略的历史多元性、复杂性，包括已经消逝的过去、当前的关切和对未来的焦虑。重新赋予存在、理想、人性、时间以意义，在看似极其"混乱"的时空中讲述不同层面的人的乌托邦冲动，尤其不回避对生命的"肉体凝视"。小说从陆秀米的"初潮"到张季元与秀米、秀米母亲的"畸恋"，从孙姑娘的死、翠莲的"逃"，再到花家舍诸兄弟的身心双重欲望，小说充斥着"性"的激动

格非

研究资料

[①]　参见格非《塞壬的歌声》，第81页，上海，上海文艺出版社，2001。

和魔障。我认为，这仍是比较容易理解的历史情结，因为，"'性'并非身体的全部，却仿佛成为隐藏在身体内部深处的、某种神秘的和本源性的东西，成为'科学'探测的领域，成为'革命'所要解放或压抑或牺牲的能量"①。在格非的小说中，陆侃的"疯"和陆秀米的"疯"可以说都是乌托邦力量导致的悲剧性狂想与现实发生"断裂"造成的错位，花家舍兄弟的"匪"与自身厮杀、毁灭，同样也是缘于乌托邦理解的偏执或是褊狭冲动，而张季元的"革命冲动"也可视为另类理智性"疯狂"。二十世纪以来，小说中有关政治、性别、欲望、道德、权力、知识、文化形成了文学种种复杂的讲述方式，其实，上述一切都与欲望这一生命本身的潜在动力构成隐喻关系。《人面桃花》中各类人物，无论是陆侃、丁树则、陆秀米、张季元、花家舍兄弟，还是小人物翠莲、马弁、老虎，他们的潜在的朴素乌托邦梦想很轻易地形成某种"革命"或"性"的欲望冲动。女性的身体符号，"大同""英雄"的幻想，都成为揭示人性、时代心理冲突的叙事焦点和叙事动力。

小说细致地讲述了秀米心理和生理的成长、变化和遭遇，她的人生求索和不断变幻的生存、奋争际遇。小说没有刻意去渲染、铺张历史感，也没有竭力去搜寻"宏大""意义"，而从历史生活中一个小人物的或微小或壮烈的际遇、存在状态表达一种历史情境，个人追求和历史走势。可以说，秀米宿命般地被父亲人生失败的阴影遮蔽着，父亲有关"桃花源"式的理想图景、乌托邦梦想奇怪地缠绕着她。改造现实、平等、民权、民生、大同思想，构成她质朴的存在动力。她要消除生的痛苦和烦恼，希望"每个人笑容都一样多，甚至连做的梦都是一样的"，"每个人的财产都一样多，照到屋里的阳光一样多"。她在"花家舍"的遭遇，东渡日本的求索，在"普济"的革命、改良，其中虽然难以简单厘清或判定人物行为的道德价值、宏大意义，但格非精细睿智的叙事笔法，极其耐心地把握人物在任何环境中性格的多侧面和多个心理层次，使被讲述人物始终处在某种临界状态，欲望的乌托邦隐匿在话语的缝隙中，使整个人物的存在世界呈现出摇曳多姿、含蓄隐晦的情境，其中，人性、欲望、内

① 黄子平：《"灰阑"中的叙述》，第3—4页，上海，上海文艺出版社，2001。

心的冲突体现着存在的种种焦虑和迷惘。

我认为，新的时间感的建立也是这部小说进入诗学领域的重要因素。

对于格非这样接受过严格而良好现代小说写作训练的技术型作家，我们是无法回避、绕开他叙述中的技术策略及其艺术价值的。实际上，相对于八九十年代所采取的颇为诡谲、极端的形式，如大量的"空缺""重复"，这部《人面桃花》除了不断"设谜"，继续造成叙述中的"漏洞""关键性省略"外，格非开始注意保持叙述中时间之流的自然状态。我觉得，格非获得了或者说建立了一种新的时间感，而这种时间感的获得取决于他开始重视存在并进行诗学提升的姿态。时间就是小说中的人物、事物存在的状态性，在叙述中时间被诗化，人生被诗化。格非已打破外在时间，创造出一种内在时间，在一种迷离、恍惚、模糊的诗性感受中把握存在和永恒。我感觉，陶渊明《闲情赋》的诗句颇能形容格非叙述主体对时间中事物、存在的美学体验："淡柔情于俗内，负雅志于高云，悲晨曦之易夕，感人生之长勤，同一尽于百年，何欢寡而愁殷。"从"父亲从楼上下来了"开始，时间像一扇打开的闸门，潮水汹涌而来。情节上的扣人心弦与细节的洞烛发微已给我们的阅读带来巨大的冲击力，而且我们丝毫不会感到这是格非对故事的刻意讲述。尤其这种时间感是源于对事物"情感磁场"的建立，也就是，格非紧紧抓住了人物情感、意绪及其波澜的存在。欲望和冲动推导着时间的飘移，许多的不可知的偶然性因素极可能地改变人的方向。人作为一种"存在"，常常在叙述的时间和空间中消失、迷失或隐逸，这反而使"实际"的存在显得不可靠，"人面"不知在何处，"桃花"又如何才得以演绎自身呢？

这部小说的叙事线索从普济到花家舍，再回到普济，应该说，空间的位移相对不大，但时间的跨度却很大。它之所以能给人叙述上浑然一体的感觉，与格非在叙述中着力于整体性的情境营造，讲究故事的悬疑，追踪人物内心的细微变化和波澜，重视人物的精神状态和存在感有极大关系。在叙述中，我们真正地感到了字与字、词与词在事物中的相互生长。陆侃的"不在场"是作家一个充满智慧的"设计"，这个人物的被讲述，以及这个人物在人们的感觉中渐渐符号化，使人物的命运带动叙述的绵延更具深长的意味。符号化人物是一种稍显平面甚至理念化的人物，但也正是这个人物打乱了叙述历史惯常的线索关系，悬置于整体叙述空间之中，成为一个能指。陆侃仿佛幽灵，在人们的猜想中游移、飘浮，使这个乌托邦老派文人更富于传奇色彩，这无可争议地表明，即使生命死亡，而历史还在延续。

从整体上讲，对"普济"，作家有意加大"纪实"成分，对"花家舍"则重在写意。前者，人物也以写实为主，他们的活动具体、清晰、贴切；而后者"花家舍"这个近乎非理性的乌托邦世界，人物、场景呈现出模糊混沌、繁复而喧嚣，给人以无序、零乱、掩饰、迷蒙的感觉。我们不仅会被叙述上的连贯所造成的虚实相生而吸引，而且还能发现故事叙述现实中的种种隐喻和象征。重视感官感受，不刻意地强调叙述的因果逻辑，对人物、事物的表现、描述始终处于语言的临界点，这是格非一贯的叙述品性，也是他小说具有较大张力的原因之一。小说呈现"精致清晰的局部与扑朔迷离的整体"，具有厚实、宽阔的美学意味①。因此，可以说，这也是一部不会给我们带来任何审美疲劳的小说文本。

另外，叙事视点的"交叉"和不断变化也造成了叙事人、作家、人物视角的多层次、多元性。实质上，叙述视角绝不仅仅是纯粹的表达形式问题，或者说是技术问题，更是作家的一种价值判断，一种个人意识形态。而这种视点的位移，还会给阅读带来持续性的错觉，我们既难以轻易把握住作家自身的审美意识形态特征，也使人物与作家、叙述人之间的隐形对话变得扑朔迷离，也使感觉、体验后面的人文内涵变得更加暧昧。其实，这样的话，小说也就摆脱了承担更多非审美因素的重负，最大限度地减弱了意识形态、价值选择在形式层面所产生的压力，一个小说家完全不必像历史学者那样总试图去发现所谓历史的真相。在小说中，写作主体、叙述主体、人物在叙述中传达出种种既有联系又有区别的信息、意义，使作品产生新的叙述功能，进入艺术的境界才是最聪明的选择，掏空生活的本质：超越任何公共意识形态制约和支配的审美形态。

---

① 南帆：《纸上的王国》，载《文本生产与意识形态》，第188页，广州，暨南大学出版社，2002。

现在的问题是，父亲下楼来了。

这个疯子平时很少下楼。只是到了每年的正月初一，母亲让宝琛将他背到楼下厅堂的太师椅上，接受全家的贺拜。秀米觉得他原本就是一个活僵尸，口眼歪斜，流涎不断，连咳嗽一声都要喘息半天。可是，今天，这个疯子，竟然腿脚麻利、神气活现地自己下楼来了，还拎着一只笨重的藤条箱。他站在海棠树下，不慌不忙地从袖子里掏出手绢来擤鼻涕。难道说他的疯病一夜之间全好了不成？

"父亲"在这里被看见、被叙述，首先是人物秀米的视角或一个视点，但"这个疯子平时很少下楼"就给阅读造成一种猜测，这个叙述者可能是秀米，也可能不是，或许是"大家"对他的称谓。下面，秀米觉得"他原本就是一个活僵尸"，又明显是作者代人物发出的声音。"难道说他的疯病一夜之间全好了不成？"又像是多重视角的重叠。格非有意让叙述使他成为一个不确定的人物，他虽然只出场一次，又躲闪过几乎所有人的目光，始终处于被讲述的状态，但从某种意义上看，他实际上是小说真正的主人公。"不可靠的视点"，使文本产生更大的审美缝隙，以此增大小说艺术表达的维度。看得出，格非叙述的功力不是立竿见影式的凸显，而是在句子和字缝里向外丝丝缕缕地渗透，而且保持细致入微，纤毫毕现的疏朗。而小说就是要把那种很纤细、很微弱但又的确存在的感觉复现出来。

小说叙事的成功还在于小说通过不断进入秀米、张季元的心理意识深处，细致地表现其心灵变化，客观化的情节性叙事与讲述人的叙述语感、语气形成某种对位结构。从某种意义上讲，秀米和张季元都有"癫狂"之气和锐气，正是这些才将叙述引向高潮。而随时间的推进，人物的绝望以致最终"平和"相互推动，那种执着、无望、柔软的心灵呈现在我们面前。特别是，叙述语言的宽柔与弹性，大量描述性语言和意象的纷呈，诗、词、铭、记、志、史在文本中不时若隐若现和回荡，使小说产生了浓郁的诗的修辞特征和古典气韵，构成了叙事的经典与恢宏，也产生了小说整体氛围上的苍凉美感。总的说，《人面桃花》叙事上是一部开放性文本，人物、历史、人性、故事传达着作家对生活和世界的独特理解，生命和存在也在我们的感受和理解中流动着。不可否认，技术性、策略性的叙述、结构给小说以巨大的活力，也留给阅读无尽的思索，而且，这些思索将肯定会超出小说文本自身所承载的范畴。

三

既然阐释历史或某种理念已不构成《人面桃花》的叙述动机，那么，我们对格非小说的阅读理解和艺术判断就会变得轻松起来。我们可能在小说中获得历史感的震撼，但完全不必将其视为一部"历史小说"，虽然它有着讳莫如深的历史背景。这就是一部虚构的文本，是一部纯粹的小说文本，其中有人的感情和欲望，有人性的诉求，虽没有大叙事，却有足以让生命悸动的灵魂道场。无疑，格非和他的小说显示了一种坚实的存在。还有，他在梳理、整合现代小说艺术理念并付诸实践的同时，常常舍弃他习惯的刻意的情节设置和制造文本产生的裂痕，并对写实手法进行打磨，又不失优雅、古典的书卷气质，给小说叙述开辟了一条新通道。

我感到，格非小说叙事的机智是他创作上又一个重要的特征，而结构和语言的智慧则会使一个作家的文本更有理由和资格进入诗学的领域，格非早已是这样的艺术形式感极为成熟的作家。我们在这部小说中还感受到一些新的小说因素和文本力量，这就是强烈的神秘感、存在感和浓郁的现代人文气息。与以往一样，格非并未在叙述中为我们提供任何判断、揭示事物真相，阐释意义和种种迹象的可能，我们却意识到这位作家开始写作一种更为纯粹的小说文本。并愈发远离所谓后现代的叙事游戏，更远离了精巧地摹写现实的层面，而从自己的内在精神出发，去透视具体事物并将其提升到富有诗学意味的高度。我认为，在这部小说中，格非最突出之处是对"存在"无限的追问和对精神的自觉认定，这显然是在文化视野上的拓展。可以看出，格非的写作已把认识、理解、表现的事物从人的被限制、自然性转向人生、世界、存在的不定性，不可把握和无限变化性，格非的写作进入了一个新状态："我们作为人所生活在其中的世界，是历史传统和自然的生活秩序构成的统一体，这就是说，一如我们经验着历史的传统和我们的生存，以及我们的世界，我们与这世界的统一体相互构成了一个真正解释学的天地，在这世界中，我们并非被封闭在一个不可跨越的疆界里，相反我们与世界相互敞开着。"①在格非的小说里，世界和事物都充分展开来，叙述主体作家已从人如何经验自身走向"经验"世界，这里的生命哲学不仅体现为心灵的分量，而且包括存在的偶然性细节。这是对历史与存在的细心抚慰。因此，我们就永远不会在格非的小说中找到心灵之外的叙事动机和宏大能指，因为，人的心灵——内在世界对存在有着比现实性及其目的要求更高的内容，而情感、感性冲动更是人的生存得以建立的基础，"人必须通过活生生的个体的灵性去感受世界，而不是通过理性逻辑去分析认知世界"②。可以说，作家对于所面对的世界，他只有依靠心灵才能找到存在的内部隐秘。

　　记得柏格森说过，"反复思考事物"是科学把握世界的方式，这种方式的世界观基础是将世界对象化、客观化、实用化；而"参与到事物中去"则是诗把握世界的方式，它的世界观基础是将世界本质化、神秘化、诗意化，而且与事物内在的生命打成一片。我们知道，文学对生活和世界的把握不仅在人们经验的层次，而且在于"超验"层次，而所谓"超验"这个层面是不可把握和难以预知的、不可利用的精神层面。它的特质及存在形态就是含混、氤氲、不可思议的，是难以依据理性逻辑进行有效判断的，有着极强的随机性、偶然性。《人面桃花》，包括格非其他小说，十分重视表现事物、生命及其存在的这种不可解释性，不可言说性。格非清楚只有对这一部分存在提供出想象的可能，小说的表达才是属于艺术真实的，才是情感的，属于诗性范畴的。看来，格非深谙维特根斯坦的"凡是不可说的就只能沉默"的道理。恰恰是格非叙述中的大量"沉默"，造成了小说文本的神秘所在，诗性所在。阅读过程中我们感受

---

① 伽达默尔：《真理与方法》，转引自刘小枫《诗化哲学》，第118页，济南，山东文艺出版社，1996。

② 刘小枫：《诗化哲学》，第58页，济南，山东文艺出版社，1996。

到认知的无限性渴望与文本呈现的神秘性，"叙述所控制的有限性"形成的反差。这也正是作家在所创造的诗意世界里留给我们的理解、阐释的巨大空间，我们正可以通过自己的心灵去体会、去领悟、去想象存在的本质意义，在有限的图像、信息中去破解生命、历史的流变，进入超然的、文化的维度，揭示、呈现人性的内在冲动和本能，而命运和神秘无疑需要作家更为智慧的叙述、表达。

有人认为，这部小说相对于格非以前的短篇如《迷舟》《大年》《雨季的感觉》等，显然更逼近真实的有案可稽的历史。我觉得，对于这部虽然以辛亥革命作为叙述背景的小说，却完全没有必要过于纠缠故事与人物、历史与实存这种文史之间的比照、印证。正如同莫言的《檀香刑》和尤凤伟的《中国一九五七》，小说就是小说，在格非这里已没有任何讲史的义务和负担，叙述中穿插的张季元日记和"历史注释"一方面构成文学虚构的手段，有拟真作用；另一方面，也是对长期以来常常是一种意识形态支配历史叙述的消解或解构，是一种新的小说叙事诗学。而且，格非的叙述还借鉴了后现代小说的一些经典手段：真就是幻，幻就是真。小说叙述中，人物多次从现实进入梦境或从梦幻状态中醒来。如秀米前夜在梦中所见孙姑娘的出殡场景，竟与第二日现实所见别无二致；秀米梦中与王观澄对话，王观澄的训诫"我知道你和我是一样的人，或者说是同一个人，命中注定了会继续我的事业"的预言，以及花家舍未来的遭际，都在后来的故事发展中应验成真。实质上，这是对现实世界存在的一因一果理性逻辑的消弥、消解，是对现实因果的某种颠覆与"干扰"。在叙述中，一因可能多果，多因可能一果，作家可以对多种可能性进行猜测和选择。梦是真，还是我们看到的现实是真？"真"在幻中可能是假，假在幻中却可能逼真。文本中的梦幻也可以成为承载现实可能性的依据，虚实边界的模糊同样会给阅读带来更大的魅力。作家格非在努力表现自己所感知到的世界、人生与人性，以及真切的、用情感辨析过的时间之水淘洗的历史。他清楚自己在叙事中作为主体的诸多"不知"之处，因此，叙事中的限制使他有意无意地在叙述中留下许多"空缺"和疑问。格非在文中不惜借秀米之口，表达人在存在中的种种迷惘、悬疑、不可知。同时，也使人物避免仅仅在故事的层面滑行，而是让叙述破冰而进，走向人物和事物的深处，洞开更大的由时间、空间组成的世界及其复杂性、不可解释性：

> 秀米心灵的那股火气又在往上蹿，她觉得所有的人和事都有一圈铁幕横在她眼前，她只能看到一些枝节，却无法知道它的来龙去脉。她长这么大，还没有一件事让她觉得是明明白白的。

"金蟾"之谜，陆侃发疯走失，孙姑娘之死，翠莲的"逃"，陆秀米在日本的经历及数年的噤口不语，各种人伦关系、亲情所弥漫的重重雾障，恐怕不仅仅是作家有意的人为"设计"，更多的则是人终其一生也无法理喻、无法破译的神秘的命运之魅和存在性隐喻。迷失的可能永远迷失，无法追寻的可能永远难以企及。作家在努力地发现时间之中历史、存在的微光，它并不仅仅是为了照耀现实的些许幽闭，更是让我们感觉到时间深处灵魂的孤独、寂寞与惆怅，人物悲剧命运的不可逆转，以及历史在人们心中的艺术猜想，这也造就了格非小说特有的层次感、构造感、诗意的沉醉感，悠远朦胧，萦绕不绝。

四

张柠在论述格非《欲望的旗帜》时，曾将其视为欲望诗学最恰当的分析文本。他推崇弗洛伊德把"欲望"看作是一个处于心理的东西与躯体的东西之间的一个边缘概念。的确，欲望具有某种神性，无论是被视为高尚的动机，还是缘自纯粹身体的渴望，肉身有时具有强大的、神秘的力量，生命的直觉冲动，有时甚至可以依赖于感官而动摇人的意志力，《人面桃花》中，人物的乌托邦理想就往往纠缠于、潜隐于人物感官欲望的神秘引导，甚至改变人的生活、历史的方向。在《人面桃花》中，欲望虽说也无处不在，但已与《欲望的旗帜》明显不同。这里的欲望，不仅是身体欲望向精神欲望的转化，而且，凸现精神欲望支撑下的政治乌托邦，在人性劲风的鼓动下，已衍生成小说叙事的强大动力，体现着种种非理性因素的不确定性、随机性带来的存在的神秘缘由，这也是对数年来所谓"革命浪漫主义"和"革命"文学叙事"圣洁化"的反拨。性和死亡，是格非小说经常涉足的一个地域。格非似乎也在通过对性和死亡的表达寻找再度认识生命内在能量的渠道和宿命感。性本身虽不能直接解决心灵的问题，但却可以使人在冲动中闪过理想和激情。在《人面桃花》中，格非更多地还是让压抑的欲望冲决而出，转化成乌托邦冲动或人性憧憬的美感，并产生深刻象征意义。秀米、张季元、王观澄们之于性，并非是单纯的生命自由体验，而是对一种被置于生存、精神晦暗年代存在压制的自我挣扎。这里常常呈现两性之间的隐喻关系，我们可以越过男女严肃、经意或不经意间的私情，欲望层面感受到某种生活秩序变化的动因。封闭心灵间的互相撞击，往往产生解释不清的感觉，无论是妥协、认同，还是反抗，都终究会改变生活的惯性。格非这样写，或许也意在指出历史中的非理性力量存在之必然。不管怎么说，在当代，格非的小说更像智慧的童话，"自我的困扰总是暴露出虚构下面的历史，不如说，历史作为一种时间性因素总是参与到当代意识的自我构造"①。不仅是语言成为提示内心自觉的成分，同时，讲述本身也成为触动心灵的过程。这也远非一般家族叙事所能负载的精神之旅。因为《人面桃花》的叙事没有停留在家族、人与历史关系的层面，而是"把主要篇幅用在了对人投身历史的激情和冲动的追问上"②。

进一步说，格非喜欢以小说的方式探索存在的未知世界，而乌托邦建立的世界本身就具有极大的虚幻性，乌托邦幻想意识本身就是诗学的地基和温床，它虽然不构成叙事的全部，但却使整个叙述充满了诗意。格非在"先锋后"沉寂、困扰多年，但仍坚持理论、文字、艺术气质的多重历练，他摄取了先锋的精华之气和现代小说的坚实内功，并执着于中国小说叙事的史传、笔记小说与诗论传统的结合，去发掘小说语词的潜能和力量。格非的叙述语言自由、干净、流畅，而且能细微地表达出意识到的存在的复杂性，他不断地变换着主

① 张旭东：《自我意识的童话》，载《批评的踪迹》，第285页。北京，三联出版社，2003。

② 王中忱：《格非十年》，见好书电子版。

体、语言和世界的关系，不仅使讲述生活的语言贴近生活，也使所讲述的生活有更合适的语言来表达，这既是一种修辞学上的完善，也是试图让词与物、语言和存在在一个新的维度上体现一种叙述的优美。可以这样讲，当代作家中至今还较少像格非这样，始终远离语言匮乏的困境并保持自己说话、叙述方式和美学维度的。所以，小说韵致迭出，呈现独特、鲜明、饱含神秘敬畏、风云舒卷、博约书简的唯美气派，令人轻松愉悦，难以释卷。

我们会感觉到，格非在这部小说的写作中显得格外轻松，我最后想说的是，最终写就这部很纯粹的小说的主要原因，绝不仅仅是他技巧的纯熟，更主要的是格非对小说、对事物的一种彻悟和宽容，对历史、对人性理解的一种胸怀大气、达观和淳厚。记得有位作家说得很有道理，作家写到一定程度，就不是比技巧了，而是比人格力量，技巧对一个作家来说很重要，但决定作家能走多远的最终却不是技巧，而是人格力量，是否具有对人类心灵负责的内在人文精神。对格非来说，穿越了任何具体实际的现实背景的非功利写作，一定是审美纯度非常高的、唯美的写作。格非无疑是形式感极强的作家，但他十分清楚，形式感同样需要作家灵魂的照亮。我们愿意看到更多的读起来饶有兴味、或悬疑、或暗示、或唯美、或宽柔，但同时仍然震撼心灵的小说。它可能会构成、产生一种紧张，也可能是一种释放，更可能是一种消遣，一种发现和呈现，除此，我们还想要在一个非文学、非小说时代的小说中压迫出什么更多的沉重的意义吗？格非从来就警惕、反对将小说越写越实际，因为对于一个真正有出息的作家，最重要的仍是表达他自身与世界的关系，并找到他个人的形式，而且，这个形式本身就是深刻的内容。

原载《当代作家评论》2005年第2期

格非·研究资料

缺失和断裂

——格非小说叙事策略解读及神秘性探因

王宏玮

格非在《1999独白》中这样写道："文学从根本上来说是个人的事业。假如它是一个奇迹，也是个人用无数痛苦和梦想堆积起来的奇迹，假如文学是一个神祇，只有那些感觉到在世界的胸膛里始终有神秘事物敲击着的人们，才会感到亲切的共鸣。"①这里，格非用了"神秘"一词，若脱离文本恐难以诠释之，用其小说来解读则是恰如其分。格非是后新潮小说的代表作家之一，格非的小说似乎具有很强的故事性，但读完作品读者却不明白故事讲的是什么。你会发现故事根本就不能称之为故事，因为所有作为悬念而引起的期待最后都是无底之谜，其中缺失了最重要的东西。不管是《褐色鸟群》《迷舟》《敌人》还是《边缘》等，他总是不断地设置一些苍凉、凄远又蛊惑人心的谜面，等到你渴望揭开那个理性的逻辑的真实的谜底时，它又在你沉重的阅读心境中巧妙地滑脱开去，永远地驻足于你无法企及的高度上，对你保持着从容而诡秘的微笑。格非以"故事"反"故事"，以"故事"解构"故事"，布下一个又一个"故事迷宫"，从而给读者一种"始终有神秘事物敲击着"胸膛的感觉。这也

---

① 格非.1999独白［C］.上海：上海远东出版社，2000.

正是格非小说引人入胜之处。

神秘是人对世界之莫测的感知。奥地利哲学家维特根斯坦说过："确实有不能讲述的东西。这是自己表明出来的，这就是神秘的东西。"[①]列维·布留尔也说过："'神秘'这个术语含有对力量、影响和行动这些为感觉所不能分辨和觉察但仍然是实在的东西的信仰。"[②]为了追求小说的这种神秘感，或者说体现神秘主义和虚无主义的精神意象，格非运用了多种叙事策略，集中表现在以下两个方面：

一、本源性缺失

本源性缺失或"不在之在"是反逻辑的悖论，也是格非小说最热衷于表现的神秘，它们一方面提供着"在场"的种种迹象，以示某事物的确在场，而同时又否认和抽空在场的所有理由和根据，以示"在场"的根本"不在"。从本源上动摇"在场"的可能性，使"在场"成为一个似是而非的空洞，无所指的能指，无意义的符号。

探访，是格非小说常用的故事框架。探访的出发点总是为了证实"在场"，但结果是什么也不能证实，或者"在场"者根本就"不在"。

小说《青黄》[③]就是一个标准的探访框架，叙说的是寻访九姓渔户最后一代姓张的子孙的故事。整个线索是通过消亡了的九姓渔户的妓女船队来探访"青黄"一词的确切含义。"我"决心探访"青黄"一词的含义，是故事的原始推动，但结果早已有了，那就是：谭教授说"你到了那里将一无所获"。

"青黄"是一个模糊的能指，在"我"探访之前，它至少已有了三种含义：（1）一个漂亮少妇的名字；（2）春夏之交季节的代称；（3）一部记载九姓渔户妓女生活的编年史。"我"企图去澄清这一切，但非但没能澄清反而

① ［奥地利］维特根斯坦.逻辑哲学论［M］.北京：商务印书馆，1985.
② ［法］列维·布留尔.原始思维［M］.北京：商务印书馆，1981.
③ 格非.青黄［A］.格非.树与石［C］.南京：江苏人民出版社，1996.

愈见模糊。

外科郎中说："会不会是那些年轻或年老妓女的简称？女人们总是像竹子一样青了又黄。"

老人李贵说："这是一条良种狗，它的毛色很特别，背上是青蓝色的，肚子的一侧有一个黄颜色的斑圈，看上去像一块膏药。"

图书馆里的《词综》记载："多年生玄参科草本植物。全株密被灰色柔毛和腺毛。根块茎黄色。夏季开花。"

含义的彼此抵牾，使"青黄"一词根本就没有本义，而且愈来愈偏离最初拟定的本源——与妓女相关的含义，直至最终消解了这个设定的本源。对"青黄"的各种指认表明，在场的仅仅是话语，而意义则被证明其"不在"，于是探访的过程成了本源性意义不断流失的过程。其多重意义的存在只是对本源性缺失的填充。这种填充恰恰也是个悖论：填充似乎是使"青黄"一词有了意义，但又正是这些意义混杂的填充消解了"青黄"的终极性意义——本源性意义，使之成了一种"怎么理解都行"的折中主义，于是整个探访过程转了一圈又重新回到探访前的原点。

读格非的小说，正如"我"对"青黄"这一词义的追寻，同样是布满了疑点、矛盾、缝隙，你不断追寻着故事的进展，却始终难以形成对于故事的完整印象。寻访的结果除了留下一大堆疑团，什么也没得到。从"似在"出发，以"不在"告终，永远是悬念，永远是无底之谜，这正是格非小说看似故事性极强实则构不成完整故事的原因。

《褐色鸟群》[①]是个故事套故事的故事。一个故事说的是：认识"我"多年的女人棋来到"我"蛰居的水边，"我"在长夜中向她讲述了"我"与另一个女人的故事。过了若干年"我"在水边又见到棋，她说她不认识我。第一个故事是我与棋的故事，第二个故事是我与另一个女人的故事。第二个故事套在

① 格非.褐色鸟群［A］.格非.树与石［C］.南京：江苏人民出版社，1996.

第一个中讲述，但结局相似：两个女人都否认与我曾经相识或相见过。

第二个故事也是典型的探访框架：我在城中企鹅饭店边被一个漂亮女人吸引，跟踪她一直到郊外木桥边，忽然不见了踪影。以后我就在不断地追踪，寻访，证实。能够证明这个女人"在场"的迹象是很确凿的，在"我"当年见到她时，她的衣着和身姿给我留下了很深的印象：

> 她的栗树色靴子交错斜提膝部微屈双腿棕色——咖啡色裤管的皱褶成沟状圆润的力从臀部下移使褶皱复原腰部浅红色——浅黄色的凹陷和胯部成锐角背部石榴红色的墙成板状向左向右微斜身体处于舞蹈和僵直之间笨拙而又有弹性地起伏颠簸。

七八年后，当我蛰居水边的时候又很意外地碰到了她，而且在她卧室的窗前发现了一双擦得油光锃亮的栗树色靴子，但当我企图一步步证实曾遇到过她的时候，这女人却说："我从十岁起就没去过城里。"后来这女人成了我的妻子，但在结婚当天就死了。

作品提供的种种迹象都证明当年"我"在企鹅饭店路遇的女人此刻在场：俯身捡头巾的动作与企鹅饭店门口弯腰捡靴钉的姿态叠和，她也知道在一个雪夜有个骑车的年轻人死了，特别是那双栗树色靴子似乎可以证明她就是那个女人，但是她说她七八年前根本就不在场。于是在场的本源性就成为无法证明的事，而在场的种种迹象也都成为幻象。

第一个故事是第二个故事的重复，只是由单向的寻访改为双向的寻访。棋说认识我，而且举出我所熟悉的人来予以证明，但我并不认识棋；当我有此经历算是认识棋了，但在她再度出现时，虽有各种迹象都证明她就是棋，如"穿着橙红色（或棕红色的罩衫）"，"怀里抱着那方裹着帆布的画夹"，她却说她并不认识我。并且那画夹也不是什么画夹，而是一面镜子，这是"不在"的有力证据。所有"在场"的根据顷刻间都突然崩溃了，在场之本源——棋，以自己的根本"不在"颠覆了"在场"，于是棋就成了神秘人物。

在这两个寻访故事中，在场与不在场都有不确定性，构成了一种相互解构的关系。由于女人的死，她的在场与不在场就成了永远无法确认的事，本源性的缺失构成了神秘，任何探访都成为徒劳。

二、因果性断裂

因果性断裂是格非小说的又一种叙事策略，也是造成作品神秘主义的另一个原因。英国批评家博尔顿说："一个情节就是一个故事，是一组精选出来的，然后按时间顺序安排起来的事件。我们之所以会将一本小说坚持看下去，一个原因就是，想知道下一步会发生什么事。不过一个真正的情节远不止这点内容：它还必须包含有因果关系，即一件事引发另一件事。我们之所以会坚持把小说读下去的另一个原因，便是我们对事件发生的原因感兴趣。"[①]因为故事情节是小说的基本面，所以因果关系可以被认为是故事情节的本源性构成，因果关系断裂的故事情节对于小说来说就是一种本源性缺失。格非小说中故事情节因果关系断裂是造成其神秘主义的又一原因。下面我们看看《迷舟》[②]的基本情节：

北伐战争时期，孙传芳部32旅旅长萧奉命于大战前夕潜回故里小河村查明敌情，恰遇马三婶来报告萧父死讯。萧带一警卫员过河侦察，回家奔丧，路遇一老道预测生死。萧在家与表妹杏私通，为其夫三顺觉察。杏被三顺报复后送回娘家，萧连夜赶往榆关看望杏，归来后被自己的警卫员连击六枪。

小说引人入胜之处在于设置了大量的悬念。一开始在引言中交代：

棋山守军所属32旅旅长萧在一天深夜潜入棋山对岸的村落小河，七天后突然下落不明。萧旅长的失踪使数天后在雨季开始的战役蒙上了一层神秘的阴影。

① ［英］博尔顿.英美小说剖析［M］.重庆：重庆出版社，1988.

② 格非.迷舟［A］.格非.树与石［C］.南京：江苏人民出版社，1996.

这是小说设置的一个总的悬念。小说接着以"第一天""第二天"……的方式展开，似乎要一层层解开悬念，并在每一节中还设置新的悬念。如在"第一天"中提示："他对这个美丽的村落不久以后给他带来的灾难一无觉察"。灾难是什么？道人卜生死时说"当心你的酒盅"是何意？这是悬念。"第三天"中马三婶突然来告诉萧，三顺外出捕鱼两天后才回来。马三婶怎么会知道萧的心思？她又怎么会奇迹般地出现在鲜为人知的棋山指挥所里？是好心还是预谋？这又是一系列悬念。"第五天"萧与杏的事为三顺所知，三顺四处扬言要杀死萧，萧陷于危机中，结果如何？"第六天"三顺遇上了杀死萧的极好机会，为何又放过了萧？"第七天"向来老实得像个孩子似的警卫员为何要打死萧？萧被警卫员连击六枪生死如何？如此之多的悬念引导着读者追寻小说读下去，这个时候，我们就像《青黄》中的那个探访者，想把一切问题弄清楚。然而在故事的整个进展中，读者并不能看到他（她）想看到的，或者作为故事情节必须交代清楚的那些因果关系。贯穿于小说开端、过程与结局的疑点，是关于故事连贯性与完整性的关键所在，但恰恰在这些关键之处，因果关系断裂了，作品成了无底之谜，并且瓦解了故事，使小说陷入神秘之中，不是一半的神秘感而是根本性的神秘。

佛斯特说："一般批评家均认为，情节是小说的逻辑面，它虽需要有神秘感，然而那些神秘之物必须在后头解决清楚；读者或许可以游移于谜样的世界里，而小说家则必须头脑清醒。他必须要有能力置身于他的作品之上；这边露出一线光亮，在那边留下了一点阴影，并且要不断地自我思考：以什么方法使情节产生最好的效果？他在下笔前早已胸有成竹。总之他置身于小说之上，以因果律控制一切，对他而言似乎一切都已前定。"[1]确实，在格非小说中，"似乎一切都已前定"，但这前定却与因果律无关，恰是因为因果性断裂，使"前定"具有了宿命的神秘意味。在《迷舟》中，萧的死因与他去榆关的目的紧密相关，但没人知道他究竟是去送情报还是会情人，这一关键情节的缺失使萧的死因成为无法解决的悬念。读者不得不一直保持相当高的警觉以期揭开这

---

① ［英］佛斯特.小说面面观［M］.广州：花城出版社，1981. 79.

个谜,直到小说结束时,故事的紧张感和神秘感不但没有丝毫减弱,它的张力反而空前加强了。

再看《青黄》的因果关系,他首先设定"青黄"一词必然与九姓渔户的一段鲜为人知的历史有关,于是就开始了在麦村和横塘的探访。在这一虚设的前提下,"青黄"成为中心意象,也就是故事产生的重要契机。对于"青黄"意义的追索成为一个笼罩全篇的悬念。"我"在小说中所提及的每个事件都是由于调查"青黄"之意义而得以了解的,但"我"一问到"青黄"时,却总被告知"不知道"或被凑巧地打断。于是,一系列并无因果关系的事件就被巧妙地吸附在"青黄"一词周围,构成了一组紧紧围绕中心意象的并置事件。而且"我"制造了一个假的因果关系,即通过了解那些事情我们可以了解"青黄"一词的意义从而了解那段历史。"我"的固执己见几乎使读者相信"青黄"确有其词,确有其意,确与九姓渔户的历史有关。在这伪造的因果关系之下,九姓渔户的故事被轻易地浓缩提炼成"青黄"一词,横行于小说之中,它好像一个诱饵,吸引并置事件向中心意象聚拢。在表面上,小说中的每一个事件都是对"青黄"(或那段历史)做出的解释或提供的线索,但这些解释是似是而非的,这些线索往往会造成误导,它们非但没有证实"青黄"之意义的那个假定前提,反而最终将这种因果关系消解掉了。就因果关系而言,不但中心意象和并置事件之间的关系是虚假的,而且各个并置事件间的关系也暧昧不明。作家利用人们对于侦探小说的阅读经验,要求读者在阅读过程中将事实和推想结合起来。面对老船工的暴死,外乡人的复活,换麦芽糖老人的雨夜失踪,被埋的空棺,小青被打断的谈话这一系列古怪的事件,作者拒绝解释或仅用一些可疑的理由来搪塞。而读者必须充当侦探的角色,"记住各个意象和暗示,将独立于时间顺序之外而又彼此关联的各个参照片段在空间中熔接起来","运用连续参照和前后参照的方法使各个片断的意义单位构成一个整体的意义单位"。这就使得那些看似无序的碎片在读者头脑中重新整合成一个统一体,这个统一体内仍有许多不可解释的因素,因而有再次重组的可能,于是小说的神秘性大大增强了。

本源性缺失和因果性断裂在格非小说中是一种现象也是一种叙事策略,既源于格非对生活的个人体验，又与他对小说叙事的思考紧密相关。由于这种独特的叙事策略，造成格非小说复杂的文本意味和神秘主义倾向。格非小说的这种形式追求源于他对世界真实性重新解释的强烈愿望。他认为，在社会现实的外衣下还隐藏着另一个现实。格非将这种潜在的现实称为"存在"，它是一种尚未进入大众意识的真实，[①(P7)]而现代小说的任务就是"记述常人尚未来得及思考的真实，论述尚未渗入人们意识的现实本质和现实关系。"[①(P14)]由此可知，格非将世界区别为"现实"和"存在"。"现实"来自于群体经验的抽象，为群体经验所最终认可。它是完整的，可以被解释和说明的，流畅的。而"存在"则是个体经验的产物，它一直游离于群体经验之外，处于边缘位置。它是断裂的，不能被完全把握的，易变的，所以无法用因果律来阐释[①(P21)]。而且，正如普鲁斯特所说，"现实是一条流动的河道，它不仅和过去紧密相连，同时也和未来紧密相连"[①(P7)]。格非发现，过去、现在、未来同时存在，因此真实的世界是无法用线性时间来连接的。格非从未放弃传达真实的努力，在他看来，"'真实性'不仅是一个根本要求，同时也是一种价值尺度"[①(P16)]。情节的真实性只能是"现实"层面上的真实而非"存在"层面上的真实，"存在"的真实只有超越情节通过结构形式来传达，从这个意义上说，形式即内容。

由于"存在"具有未完成性和不确定性，处于一种开放的状态，作家则必须在表现方式上作出相应的调整，本源性缺失和因果性断裂的叙事策略使毫无关系的事物互为原因，互为结果，它们使故事的层次感消失，模糊性增强，迷离色彩强化，形成相似而相反的叙述效果，虚而实，实而虚，不断建构又不断解构，从而有意虚化事件的整体性，迷惑事件的清晰度，模糊了小说的真实性。这或许就是格非小说神秘主义的成因。

原载《江汉大学学报（人文科学版）》2005年第4期

---

① 格非.小说艺术面面观［M］.南京：江苏文艺出版社，1995.

上帝的语法错误

——读格非的《褐色鸟群》

郑　鹏

　　《褐色鸟群》是格非先锋小说的代表作之一，它是一篇闪耀着博尔赫斯式的诡异色彩的，结构严格，所指多义，充满自我指涉色彩的典型的元小说，历来被研究者所重视。《褐色鸟群》新颖的叙事方法是八十年代中国当代小说先锋叙事革命的重要成果，发表以来就一直激发着人们不断重新阅读和阐释的兴趣。我的阐释希望从小说暗含的人们早已熟悉的博尔赫斯以外的另外一个经典西方文本《圣经》对它的互文性的影响出发，从而展开对这篇小说的整体理解。

　　这篇小说读解的线索在我看来从第一段话就完全露出了端倪，可以说整篇小说都是建立在对第一段话的延伸、拓展的基础上的。第一段一共有六句话，前三句话是这样的："眼下，季节这条大船似乎已经搁浅。黎明和日暮仍像祖父的步履一样更替。我蛰居在一个被人称作'水边'的地域，写一部类似圣约翰预言的书"。

　　这里其实是对《圣经》"创世记"的小说式的改写，它把《圣经》这本书当作自己的一个元文本来进行诗意的生发。我们知道，洪水的神话是各民族最常见的"创世"神话之一，《圣经》里更有诺亚方舟的著名的故事。诺亚一家人和船上的各种生物在上帝的垂爱下在滔天的大洪水中漂流了几个月，终于看到了鸽子从远方衔来的橄榄枝，这才慢慢走上渐渐露出水面的陆地，开始了人类的新的生活。格非的这篇先锋小说力图脱离几十年来现实主义的创作模式，他的尝试是以一种彻底的决绝的姿态出现的。现实主义文学在他看来就像是已经因为各种罪恶而被上帝所遗弃的旧世界。上帝用大洪水毁灭了旧世界，而八十年代中期开始的先锋文学试验则彻底告别了这个在中国当代延续了大半个世纪的现实主义的文学梦想，这里有一种有趣的对应的关系。这种时间上的前后"更替"又是以某种时间上的停滞为转折的。我们发现新的时间开始于某种隔绝—断裂后的"书写"——如果说"蛰居"是"我"某种重新登上洪水—浩劫之后新的土地的最初的行动和状态的话，那么，改写性的书写就是一种近乎"创世"一样的行为，具有特殊的意义和价值。可以说对于靠季节更续的节奏来进行农耕生活的初民来说，在四面都是洪水的大船上是没有真正的时间的，对于他们，时间本来就是靠植物秋冬的枯萎和春夏的新绿来进行定义的。大船的搁浅其实意味着新的时间的重新开始，世界又可以"像祖父的步履一样更替"。

　　"水边"在这篇小说中是一个非常重要的虚拟性的地点。在"水边"写作的作家，告别了旧的现实主义的创作方法的大陆，那么他首先应该是一个"登陆者"，然而他脚下建立在结构主义和后结构主义语言观基础之上的大陆又不是坚实的，我们很难断定这位"登陆者"以后究竟可以给我们带来什么。这仍然是可以不断质疑的。如果我们认为在格非那里，对先锋实验的态度像进入新的世界那样是全然乐观的，那就错了，他的这篇作品从开始就带有着另一种令人忧虑的色彩。每当我们读完小说都会产生一个疑问：在这个"第二创世"的语言神话里，"褐色鸟群"意味着什么呢？叙事人说这些候鸟是"季节的符号"，似乎隐喻着鸽子在诺亚方舟神话的作用。但是，矛盾在于白色的鸽子不是褐色的"候鸟"，鸽子只是在主人诺亚危难之时起到了一个吉祥的预言的作用，而褐色鸟群则是在"我"进行文学创作的时候——在文章开头和结尾出现——某种"从不停留"的移动的物象或者符号，就像是德里达所说的能指在文本中的不断延异。在小说中，鸟群与叙事人走进迷离错乱状态的记忆之间又有着神秘的联系，当现实的记忆走向模糊和迟疑的时候，"褐色鸟群"可能也是重新步入另一个迷幻世界的一种标志。如果说褐色的鸟群很难给我们带来某种对于新世界的吉祥的预言的话，那么"我"能否担当起这样一个重任呢？

表面上看，与以上对"水边"的诺亚经历的大洪水的解释相矛盾的是，下一段作者就公开说："这个地带从未下过一场雨"。这其实并不是关键。小说对西方这本"大书"的挪用并不是象征性的——对应关系，否则这个先锋小说就成为象征主义的一个注脚，它是在一种多线索的指涉中完成自己的整体构思的。我们在细读中能够从第二段文字中这"水边""晴空万里"下好像显得有点异样的光线，以及"漆黑如鸦的黑夜"里"奇异的天象"上感觉到一种新的预言的气息，看到另一个《圣经》中更早的创世神话的痕迹。《圣经·创世记》第一章在写上帝创造世界的过程的时候有这样的描写："起初，上帝创造天地。地是空虚混沌，渊面黑暗；上帝的灵运行在水面上。上帝说：要有光，就有了光。"①对照小说的文字，我们就会发现，格非似乎在有意玩弄上帝与作家之间的隐喻性的关系。上帝的灵"运行"在水上从而才可能分开天地，叙事人则"蛰居"在"水边"隔绝自己（这是与现实主义提倡的"深入生活"不同的写作姿态）从而去创新一种文体；上帝在"水面上"创造了光，而"我"则在"水边"上写出了"预言书"。在这种指涉中，作为作家的"我"与上帝之间的差别或许只是在于：上帝从空无中创造世界，而"我"从自己似乎表现出病态的记忆中回忆"故事"。德里达告诉我们，说出无限的大写的上帝是为了能够尽量不说那些有限的、不确定的、有缺陷的存在，"什么都不说就不可能撒谎……让无限性……被说出被构思时就不可能撒谎。"②这么说来，格非这篇小说对《圣经》的指涉就有了特殊的意义，他的这篇小说是在语言游戏的幻觉世界里进行书写的，表面上看来就是故意"不说"现实的世界，而去触摸那些允许语言游戏的虚构叙事，但却也意味着尝试不去再犯反映论那种独断式的写作的错误，重新恢复人有限性的个体的真实面貌。

---

① 和合本《圣经》创1：1—3。

② ［法］雅克·德里达著，张宁译：《书写与差异》（上），生活·读书·新知三联书店2001年版，第96页。

在这里，回忆与写作之间也几乎是不存在距离的，"我"对棋讲故事的断断续续、充满狐疑的方式其实也是这篇小说的写作的风格所在。一种可疑的述说就是一种可疑的书写。就像格非自己在一则小说的题词里杜撰的名言所说的："如果我对你说过谎，那是因为我必须向你证明假的就是真的。"（格非《蚌壳》）它的每一次"证明"都是又一次的"证伪"。从这个角度看，"我"的写作又与上帝的创造根本不同，上帝在西方是追求真理和确定性的理性的象征，他代表的自我主体的可靠的存在；而在格非小说中的叙事人却总是可疑的，格非不像马原那样坦白地，甚至有点大大咧咧地玩弄叙事的圈套，他表面上似乎总是倾向于把自己的先锋实验里的叙事的形式化和复杂化归咎于某种"疾病"对人机体的影响，实际上，他对无处不在缺憾、断裂、误解和貌合神离的敏感，使他最终向我们暗示：理性也许只是某次比较特别的病态的幻想的结果。在"我"认出被酒醉的丈夫压在身子下面的女人就是那个在企鹅饭店曾经见过的女人的时候，格非用了一个漂亮的比喻，他说"我的脑袋'咯噔'一下，像是关节错位的榫头弥合了一样"。然而，对于这个在文中被自己的记忆的混乱、错位和断裂所长期困扰的叙事人来说，谁又敢保证这不是又一次幻觉的重新组合？

格非对作家的书写与上帝的"创世"之间的隐喻到底意味着什么？在第三句作者提到了对"圣约翰预言书"的书写，我们可以重新回到格非对西方经典《圣经》的浓厚兴趣中来，先谈一下他提到的"我"从始至终都在书写的"圣约翰预言书"到底是什么。

《圣经》的最后一篇是《启示录》，它是大约公元90年至95年使徒约翰为了坚固信徒的信仰在以弗所给小亚细亚七教会写的书信。《启示录》是《新约》里一篇预言性的先知书，其中充满了"羔羊""大龙"怪兽"宝座""天使""新天新地"等等神秘难解的幻象和象征，以及"七印""七碗""七灯台"、二十四位长老、十二位天使、"兽数六六六"等各种数字隐语，成为《新约》中最难让人索解的部分。《启示录》又历来被看作是一篇结构非常严谨的作品，它由导言（1章）、七封书信（2、3两章）、末世的多重幻象（4：1—19：10）以及最后基督胜利和新天新地的来临（19：11—22：17）和结语

（22：18—21）等部分组成。这些正好是着迷于小说结构游戏的格非所看中的。

格非这篇小说可以根据"我"与女人的相遇分为五个层次：第一次是"我"在水边公寓遇到画画的女孩子棋；第二次是在对自己爱情故事的叙述中说到第一次遇到"穿栗树色靴子的女人"；第三次是在歌谣湖散步时遇到的和醉酒的丈夫在一起的有"茶绿色的头巾"的女人；第四次是死了丈夫的那个女人在雨中找到"我"以及以后发生的故事；第五次是几年后再次遇到那个否认他们见过面的背着镜子的棋。我并不是要指出在两书的结构之间有什么对应的关系，而是意识到格非《褐色鸟群》严密的结构与《启示录》的结构规划有着不同的意图。"启示录"在古希腊语里的意思是"揭露"，因为在基督徒看来末日还未到来，真理需要不同凡响的超越性的启示，圣约翰因而用严密的结构包裹着各种幻象和隐喻来加强基督再次降临这一未来事件的严重性和紧迫感，从而坚固信徒的信仰；在格非那里，严密的结构却不是为了"揭露"真正的故事，反而却要使得蹊跷的故事更为蹊跷，故事的线索更难连缀。

"我"与女人之间的故事本来应该是这篇小说主题和重心，棋甚至说"我"的故事里有某种"爱情公式"在里面。但是格非却要让男人与女人之间的故事刚刚开始就遭遇到了终结。开始是"我"记不起棋对他们以前会面的事情，记不起画中熟人李劼的儿子李朴，到结尾却又是棋记不起与"我"在讲故事中共同度过的时光。"我"与"穿栗树色靴子的女人"之间也是这样，在第二次会面中是她否认以前的故事，说十岁以后就没进过城，而第三次相遇却反而是她主动找上门来；她丈夫死后，终于"我"和她结婚了，她却在结婚的当天死去了。

让我们回到小说的第一段，这一段的后三句话是这样的："我想把它献给我从前的恋人。她在三十岁生日的烛光晚会上过于激动，患脑血栓，不幸逝世。从那以后，我就再也没有见过她"。这就是说"我"的恋人的生日也就是"我"们的结婚的日子，同样也是她死去的时间。既然已经死去，当然也就无法再见面，这段话的最后一句实在多余，多余得让人起疑。为什么格非要在这重要的起始的小说段落重复一句废话呢？

有趣的是我们依然可以在《圣经》中得到这个问题的答案。同样在《创世纪》里，上帝首先创造了男人亚当，因为"独居不好"①（可以反过来对照"我"的"蛰居"与棋的出现，以及"我"和"穿栗树色靴子的女人"之间故事的由来，我们会发现另一种解读的可能），他又在亚当熟睡的时候从他的肋骨上抽出一根，创造了夏娃。夏娃诞生的第一天恰恰也是她和亚当结合的日子，因而这几节的文字在《圣经》中一般都被冠以"造女人立婚姻"（思高本）或者"创造女人并建立婚姻"（新译本）的标题。不同之处在于，亚当与夏娃的结合虽然有偷吃禁果的波折却最终繁衍出了无数的人类后代，而"我"与"恋人"的在她的生日那天的结合只是也许是建立在合谋杀死她的前夫的嫌疑（由她的丈夫在盖棺的那一刻在棺材里揭开上衣领口的扣子而我在一边看到却无动于衷所暗示）基础上的一次无果的婚姻。第一段第四句说"我"写的书是要献给自己死去的"恋人"。既然虽然已经结婚，"我"却依然把她称为"恋人"，这更使得连整个生日烛光之前的婚姻本身都显得缺乏说服力。

看小说的读者都在期待这个套用"爱情公式"的作品能出现真正的爱情故事，然而一切都迷失在"我"错乱的叙事和卡壳的记忆中了。值得注意的是，我们这些失落的阅读体验还是建立在对男性叙事人"我"的习惯性的认同的基础上的，如果故事的视角转换到棋和"我"的恋人那里，恐怕故事又是另一种我们无法确知的样态了。《创世记》所在的"摩西五经"以及《列王纪》等《旧约》历史书都建立在一条由男人的世系所组成的线条之上，《新约》第一篇《马太福音》也是以追溯耶稣的家谱开的篇。这一条被认为牢靠无比的，只叙述男性的，家族的历史锁链，又是无比脆弱的：如果在其中一环中，有一位女性不合作并在生育上出轨，一切家族的幻象就会烟消云散。更何况假如叙事历史的男性也不可靠，那又会怎样呢？小说中的"我"说过一句很男性中心的话，他看到望着窗外的棋，认为她此刻的思维自命不凡，是不真实和切合现实的："对于女人来说，生活有时就是想象"。然而，他自己在对这两个女人（这里姑且承认叙事人的判断力，认同他看到的女人只有两个的论断）的叙

研究资料

格非

---

① 和合本《圣经》创2∶18。

事中，却更无法达到同一——这可是比"自命不凡"严重得多的错误。这样，小说中这种性别叙事的歧视性的逻辑，在重新的阅读中完全可以来个彻底的颠倒。谁又更可信些呢？

《新约》的四福音书中最具有哲学色彩的就是传说使徒约翰写作另一篇：《约翰福音》。他在开头写道："太初有道，道与上帝同在，道就是上帝。这道太初与上帝同在。万物是借着他造的；凡被造的，没有一样不是借着他造的。生命在他里头，这生命就是人的光。光照在黑暗里，黑暗却不接受光。有一个人，是从上帝那里差来的，名叫约翰。这人来，为要作见证，就是为光作见证，叫众人因他可以信。他不是那光，乃是要为光作见证。那光是真光，照亮一切生在世上的人。他在世界，世界也是借着他造的，世界却不认识他。他到自己的地方来，自己的人倒不接待他。凡接待他的，就是信他名的人，他就赐他们权柄，作上帝的儿女。这等人不是从血气生的，不是从情欲生的，也不是从人意生的，乃是从神生的。道成了肉身住在我们中间，充充满满的有恩典有真理。我们也见过他的荣光，正是父独生子的荣光。"[1]这是《圣经》和合本的译文，在天主教常用的《圣经》思高本的版本译文中是这样翻译的："在起初已有圣言，圣言与天主同在，圣言就是天主。圣言在起初就与天主同在。万物是借着他造成的；凡受造的，没有一样不是由他而造成的。在他内有生命，这生命是人的光。光在黑暗中照耀，黑暗决不能胜过他。曾有一人，是由天主派遣来的，名叫若翰。这人来，是为作证，为光作证，为使众人借他而信。他不是那光，只是为给那光作证。那普照每人的真光，正在进入这世界；他已在世界上，世界原是借他造成的；但世界却不认识他。他来到了自己的领域，自己的人却没有接受他。但是，凡接受他的，他给他们，即给那些信他的人权能，好成为天主的子女。他们不是由血气，也不是由肉欲，也不是由男欲，而是由天主生的。于是圣言成了血肉，寄居在我们中间；我们见了他的光荣，正如父独生者的光荣，满溢恩宠和真理。"[2]

---

① 和合本《圣经》约1：1—14。

② 思高本《圣经》若1：1—14。

和合本和思高本《圣经》对《约翰福音》希腊原文的λογοδ（即"逻各斯"）的翻译不同，和合本把它翻译为比较中国化的"道"，而思高本则依据拉丁语用verbum翻译希腊文而译为"圣言"，在英语中就是"word"，"God's word"，也就是："上帝的话"。[①]在现代的很多人看来，这句话完全可以被理解为："太初有言，言与上帝同在，言就是上帝"。

格非在《褐色鸟群》的写作中直接承袭的就是上述"太初有言"的传统，他试图用结构精巧的对称性原则下控制的叙事（男人/女人、写作/讲述、记忆/遗忘等等）来说明叙事的不可能性，最终脱离过度自信的"反映"文学外部现实的中国当代小说主流叙事，重新回到一种混沌的"原始"状态，回到在编织故事过程中总免不了出现漏洞的叙事诞生之初，回到语言本身。

他把《圣经》这本大书当作一个故事隐喻性框架的来源，然后与那个写作《约翰福音》的圣约翰相似，用"我"与"穿栗树色靴子的女人"之间的故事作为"我"的故事的一个导引和"见证"。凡是相信"我"的让人难以置信的爱情故事的，就会去相信"我"是一个真实的在"水边"写作的作家——在这位作家与他对棋讲的故事中的"我"之间是一种互相做"见证"的关系。《新约》传说是由耶稣的门徒根据他们对耶稣殉难的故事的见证传写而成的，见证耶稣的故事的同时也成就了门徒们自己的故事。如果有相信"我"的漏洞百出的故事的读者的话，那么他们就像某种虔诚的信徒。"这等人不是从血气生的，不是从情欲生的，也不是从人意生的，乃是从神生的。"这是用来评价相信基督为人类赎罪而上十字架的基督徒的话，同样也可以用来形容这样的一种读者。这样的读者是用现实主义的方法去读"先锋小说"，他们是现实中不存在的"理想的读者"。

甚至《褐色鸟群》小说中的一个读者"棋"都自始至终不相信她听的这个故事。我们考察一下棋在"我"讲故事过程中的几次插话就会发现这个事实。他们相遇之初，棋就意识到"我"的意志已经垮了，她一直在充当心理

---

① 谢扶雅：《圣言与道的和合》，刘小枫主编：《道与言——华夏文化与基督文化相遇》，上海三联书店1995年版，第409页。

分析的医生的角色，用问题和"后来呢"这样的对故事的呼应使"我"这个患者能够把故事叙述下去。开始棋就看出了"我"极力否认的故事的"爱情公式"，在最后棋听到"我"向那个女人提出结婚的时候"长长舒了一口气"，这正是因为她一直期待和预见的"公式"终于在这里画上了"等号"。棋也猜透了"我"的叙事的形式化的策略，她辨识出了"我"讲的男人与女人的故事最终脱不开两点重新相遇的结构的"圆圈"。她的下一次插话发生在她发现了"我"即将编造"穿栗树色靴子的女人"的死亡的时刻，她干脆就评价说："这是一个非常庸俗的结尾"。棋，其实既是一个听众也是一个故事的引导者，或者说是"我"与棋一起编造了"我"与"穿栗树色靴子的女人"之间的故事。

格非并不期待那种"理想的读者"。"在水边"写小说的这位作家的不可信，也是再明显不过的事情。在这篇小说中充满了"写"这个动词，所有的情节都发生在"我"写小说的过程中，甚至可以说，"我"的"讲述"也是一种"写"。在讲述中叙事人就曾承认："我想事情远未了结……它完全依赖于我的叙述规则。"而"我"则只是一个策略性的存在。德里达说："写本身即是被写，但也是在自己的再现中沉没。""因为主体在那里自我再现，同时自我破裂并自我敞开。"①在"我"的破碎中，叙事开始占据了比原先主体的人更重要的位置。也就是说，"圣言"开始脱离开与"上帝"的同在，独立弥漫在整个叙事的空间。

在这里，我们也意识到：为"我"的故事做"见证"是要读者我们也参与到故事的创作中去。耶稣的故事是"人的光"的故事。有人说，改变了人的生存感觉的叙事开始于原始穴居人在黑暗中用叙事互相温暖的时刻，②《圣经》上记述的关于"人子"对世人的爱的故事也许就是这种温暖人心的最美好的叙事的典范。虽然也许不可信，但却也曾"照亮一切生在世上的人"。回想格非

① ［法］雅克·德里达著，张宁译：《书写与差异》（上），生活·读书·新知三联书店2001年版，第106页。

② 刘小枫：《引子：叙事与伦理》，《沉重的肉身：现代性伦理的叙事纬语》，上海人民出版社1999年版，第2—3页。

写作的这个孤独"蛰居"的作家讲故事的故事，我们或许也可以对这种先锋小说关于"叙事的不可能性"的写作实践表示最大的宽容。不管是否可信，毕竟叙事本身就是一种光与光带来的温暖。正是因此，在"我"对棋讲的故事的结尾，当那个并不招人喜欢的鬼影般的女人，在结婚与生日的同一天嘴里几次说着"灯灭了"患脑溢血死去的时候，我们才也会产生深深的感动。

格非对于《圣经》的互文性的借用延续了德里达、布鲁姆、罗蒂、卡勒等后结构主义理论家批判西方逻各斯中心主义的传统。他们都把这个传统追溯到《圣经》中对语言与上帝的"道"的看法，把整个西方传统中的真理和理性观的话语体系的根源归结到"上帝的话""上帝的言"所代表的言语中心主义上面。卡勒认为德里达说的逻各斯中心主义意味着"听见并理解我的言语和我说话是一回事情"，[1]这就是说，真理和理性这些概念都预设了一个前提，即有某个大写的存在可以超越人的个体这样短暂的存在形式，始终"临在"在世间所有的事物之上，以便保证"说"和"理解"可以同步，意义具有连贯性，人这种理解意义的主体保持人格与思维的同一。这个大写的存在只能是上帝。这其实就是一种对于"唯一性"、同一性的崇拜。《启示录》中上帝说："我是阿拉法，我是俄梅格；我是今在、昔在、以后永在，全能的上帝。"[2]（阿拉法与俄梅格即希腊第一个字母 α 与最后一个字母 ω，意思是指开始与终结）

以上帝的绝对同一性为典范，在经典小说中这种同一性的崇拜不光体现在人物个体与性格的连贯性上，也体现在对作品的完整性和逻辑性的要求上。而这些在格非这篇《褐色鸟群》中都被打破了。从以上分析我们可以看出，不管是小说中的女人还是叙事人的同一性都是可疑的。更进一步说，还有一条同一性与《圣经》是相对立的。

这篇小说第一段头两个字是："眼下"。我们据此知道，整个小说假设的第一层的叙事时间是与叙事人与棋的相遇几乎同时的。可是，在小说的结尾我

格非
研究资料

---

① ［美］乔纳森·卡勒著，陆扬译：《论解构——结构主义以后的理论与批评》，中国社会科学出版社1998年版，第93页。

② 新译本《圣经》启1：8。并参看启22：13。"我是阿拉法，我是俄梅格；我是首先的，也是末后的；我是创始的，也是成终的。"

们发现，"我"盼棋的再次出现一下子就等了"几个寒暑春秋"，棋的再次出现，以及"我"对她对"我"们相知的过去的茫然无知的故事的讲述，自然就都发生在几年以后。这是一处明显的时间上的矛盾。我们理所当然地认为在结尾的时候"我"手边的"圣约翰的预言书"已经写完，但是殊不知，棋的第二次出现很可能也只是一种想象与预言，或者可以说是"预言书"的一部分。这个结尾独立于整体的时间之外的事实意味着：结尾是可以更改的，棋完全可以重新保持自己的同一性，再次与"我"相遇相知。这样的结尾毫无疑问是预言性的，小说写到最后，"我"在"水边"一直在写的一本书最终反卷过来，包裹住了整个小说。

《圣经》，Bible，其实在犹太人那里一直就没有名字，它的意思就是"书"。这被认为是一本唯一的"书"，是一切书的源头和母本。[①]在《圣经》最后一篇《启示录》的最后一章的末尾，圣约翰写道："我警告所有听见这书上预言的人：如果有人在这些预言上加添甚么，上帝必把写在这书上的灾难加在他身上。如果有人从这书上的预言删减甚么，上帝必从这书上所记的生命树和圣城删去他的份。"[②]这或许正是与我们这次从《圣经》的互文性的角度读《褐色鸟群》的尝试中看到的，两者差别最大的地方：《褐色鸟群》甘于做伟大的书的众多"子本"中的一本，并且乐于涉足于非同一性的错误的领地。就像它的结尾，本来格非完全可以依靠一个时间的框架拯救整个小说逻辑，在最后给予"我"与棋一个完满的结局，然而他却选择了再次割裂两者的记忆或者同一性。它自然只能算作《圣经》这本囊括一切的大书的一个遥远的反面教材一般的"子本"，但是即使把它算作上帝的一个只能令他尴尬的语法错误吧，这也是上帝所犯的经典的错误之一。

原载《理论与创作》2006年第1期

---

① 德里达说："这种书本观念就是能指的有限或无限总体的概念。"参见［法］雅克·德里达著，汪堂家译：《文字学》，上海译文出版社1999年版，第23页。

② 新译本《圣经》启22：18—19。

论格非小说叙事中时间的塑形

王 迅

格非的小说以不断探索新的叙述方式和叙事结构而著称，其独特的叙事策略使他的小说显示出迷宫般的魅力。他的小说像一个不断变换着花招的魔术师，散发着迷幻与神奇的光彩。格非的小说大都是智性游戏所构建的形而上的文本迷宫，常常使我们沿着他所铺设的神秘古道在迷恋与追索之际误入歧途，一不留心就会滑入其所设下的陷阱，呈现给读者的是一派完全出人意料的景象和结果。

我们通常津津乐道的"格非迷宫"在很大程度上是一种时间的迷宫。由于时间经验的加入，他的小说形成不同的层面：显层和隐层。也就是说，在显在层面，叙述者在讲述故事，而在隐形层面，作者在制造谜团，而这一切与时间在叙事中的作用紧密相关。本文主要从新的时间观、修复与消解、时间与神秘和追忆与想象四个层面来探讨时间在格非小说所扮演的角色和达到的美学效果。

一、全新的时间观念

20世纪中后期，人类文化进程中又出现了一种更前卫、更具有颠覆性的后现代思潮。这种后现代思潮渗透到小说叙事中，直接导致了小说叙事时间观念的更新。传统叙事中单一的时间线性观念和情节因果律遭到彻底颠覆，小说叙事中时间的作用出现了新鲜而复杂的倾向。全新的时间观念使自古以来坚不可破的线性整体时间体系土崩瓦解，代之以跳动、闪回、中断、重叠、交叉等多种时间形式。但每次变换都是一次时间的新的开端，是又一段线形的新时间链的形成。它在小说叙事中所造成的审美效应不是像有的评论者所说的"时间的立体化"①，而是叙事结构的丰富多样的立体交叉视图。这种叙事的立体交叉给人的感觉似乎是时间的立体交叉，其实，时间只能是线形的，而不可能是立体的。所谓"时间的立体化"，只不过是作家采用了多元立体交叉的叙事策略所带来的一种似乎时间也是多元立体交叉的审美效应。在这种新的时间观念的影响下，小说中时间的流动失去了固定的河道与向度，过去、现在与未来的界限泯灭了，作家可以依凭"体验"之舟在时间的长河中自由徜徉。过去、现在、未来在叙事文学中可以互相交错互相重叠，形成一种开放性和多元化的时间视界。因此，作家可以在这一多重交叉的时间视界的不同层面自由地寻绎和确定时间的刻度，创设两个时间之间的巨大跳跃或是叙事时间的多向度流动，甚至使叙述中的时间成为可以任意穿行的迷宫，从而使文本产生出不可思议的间离效果和叙事张力。

有成就的作家大都在叙事文本中建立了属于自己的时间模式。法国存在主义哲学家萨特在讨论福克纳的小说时说："当代大作家——普鲁斯特、乔易斯、多斯·帕索斯、福克纳、纪德、弗吉尼亚·沃尔夫——都曾试以自己的方法割裂时间。有的把过去和未来去掉，让时间只剩下对于片刻的纯粹本能知觉；另有些人，如多斯·帕索斯把时间作为一种局限的机械的记忆，普鲁斯特和福克纳干脆把时间斩了首；他们去掉了时间的未来——也就是自由选择、自由行动的那一面。"②由于叙述时间的开放，在叙事中，故事就像一些毫不相关的积木，可以任意拼贴与组接，形成同一时间在不同时空的交叠、时间的压

① 张新华：《论格非小说中的时间观》，《莽原》1998年版，第6期。

② 让·保罗·萨特：《福克纳小说中的时间》，载《福克纳评论集》，李文俊编选，中国社会科学出版社，1980年版，第163—164页。

缩、空间的零碎组合以及时间的分裂错位。故事的单一线性时间模式的被颠覆直接生成了小说立体交叉的组合结构，从而在很大程度上开辟了小说叙事革新的可能性空间。

二、修复与消解

关于时间问题的不懈思索和对博尔赫斯迷宫效果的迷醉使格非小说在对过去的绵绵追忆中常常出现短路的情况，以掩人耳目的方式蓄意转移读者的视线。格非的小说文本之所以会产生这种阅读经验的曲折化的审美效果，主要缘于作家在叙事中漫不经心地拾起回忆之箭，射向现实中无关痛痒的琐碎细节之上，从而消解了回忆，解构了故事，把言之凿凿的追忆经验引向荒诞与乌有，修复时间的努力沦为徒劳，使叙事所生成的审美世界成为一个虚拟的世界，荒诞的世界。

《褐色鸟群》《陷阱》《唿哨》《青黄》《背景》等作品表明，小说就是叙事和追忆，而不是别的什么。煞有其事的讲述人一面讲述过去的经验一面又加以破坏，在精心建构故事的同时，又不厌其烦地用一些小细节来解构故事，肯定的同时又是否定，在费力地维护"似真性"之余，又不惜揭露虚构，故事终于一片怅惘之中。这些作品中的叙述者在过去与现在之间来回穿梭，时间的错位和间断导致情节的错置、重复与空缺，以此来达到"挫败我们有关理解性的假定和阻挠我们通常的解释步骤"[1]，从而使小说文本的生成仅停留在形式的构建层面，形成令人费解的纯形式构建的迷津格局。形式感的刻意营构拉开了文学与生活的距离，从而有利于转移读者的视线，让读者更多地注意作者的叙事表演。以《褐色鸟群》为例来说，叙事处在时间的双重缠绕之中，"我"在叙述中于1987年与1992年之间徒劳地穿行，尽管褐色鸟群带给"我"的是时间的记忆，但"我"却永远无法进入真实的时间航道。外在真实的世界被内在心理和时间自相缠绕的叙述分解，化为一片虚空。两个女人被分裂成四

---

① 卡勒尔：《罗兰·巴尔特》，生活·读书·新知三联书店，1988年版，第53页。

个女人，她们与"我"的视界总是失之交臂。每个人的生存状况都处于一种可疑的境地，个人的存在彼此无以确认，"棋"后来不认识我和我开始不认识她一样，穿栗色靴子的女人否认她十年前进城的经历，实际上也推翻了十年以前"我"的存在，由此，"我"的经历和现实处境也无从辨认。一切的或过去或现实的存在插上时间的翅膀飞向一片虚无之境。人的经历及人自身的存在是真实还是乌有，因为时间的魔镜变得难以确定。在这面时间的魔镜中折射了人类所面临的尴尬处境以及人在现代社会中生存的焦虑和彷徨。

三、时间与神秘

无论是长篇还是中短篇，格非的小说都氤氲着神秘的气息和宿命的色彩，这一特点主要体现在人物命运的发展与故事中时间的预设的某种联系上。死亡是格非小说的重要主题之一，有的人物在死亡来临之前就有预感（如赵龙），而有些人物在死神降临之际却毫无意识（如豹子）。但无论是前者还是后者，他们总是无法逃脱一种宿命，仿佛冥冥中有一只无形的手把他们拖上黄泉之路。而与这种宿命观念紧密相关的神秘元素是时间，时间或隐或显地充当叙事中人物命运变幻的预设机关，成为死亡的隐喻召唤着人物一步一步走向各自命定的归途。

在长篇小说《敌人》中，赵家大院的人一个接一个地神秘死去，赵虎、柳柳、赵龙的命运明显地体现出小说的神秘色彩和宿命意识。与赵家大院的人物命运相比，《大年》中的豹子的生死命运则更为曲折，在偷窃丁家大院被拷打之后突然失踪，其母为此感到羞辱，于是欲雇麻脸大汉杀死儿子。时间定在豹子爹的祭日，因为这一天"豹子要为爹上坟"，这一叙事逻辑为其母顺利地实现计划提供了某种保障。因此，祭日便成了豹子生死攸关的一个符咒，他的生死祸福全然维系在祭日这一关隘点上。短篇小说《马玉兰的生日礼物》中的母亲则把这个决定儿子生死命运的日子定在一个吉日——她自己的生日，马玉兰眼看大儿子在与朱大均的交战中惨遭杀害，于是将二儿子朱尚银的复仇之日择定在她生日那天，因此，生日那天的复仇行动对朱尚银乃至全家人来说可谓生死攸关。当故事的神秘面纱终被揭开之时，作者有意让我们感到现实生活在冥冥中呈现出深不可测的神秘性。人总是受时间的摆布，走不出时间的围城。人的内心总有冲出去的渴望，但无论是抵制、挣扎还是奋斗都毫无意义。小说揭示了面对时间的神秘，人类处于无助与无奈的状况。在这些人物神秘死去的背后，我们可以看出，时间不仅充当了叙事结构形式的功能，而且由于充分运用了对时间的选择与变换，作者出色的叙事策略与智慧得以尽情发挥。杀人者在暗处确定着杀人的时间，而被杀者却对这一危险的时间毫无防备。在某种程度上，这决定了作品呈现出不但悬念丛生，而且危机四伏的审美效果，从而叙事也似乎变得偶然、突兀、神秘莫测了。

四、追忆与想象

记忆不是往事的简单再现。"虚构叙事探测张力或大或小的时间性，每一次都呈现出不同的图像"[1]。卡西尔在《人论》中指出，记忆与其说是在重复，不如说是往事的新生。余华也曾说："时间的意义在于它随时都可以重新结构世界，也就是说世界在时间的每一次重新结构之后，都会出现新的姿态。"[2]这样，想象就成了记忆发生的主要动力装置。对于格非来说，"回忆自身带有强烈的选择性，回忆的内容和方式取决于自我的现时状态。回忆往往是即兴的，跳跃的"。写作"实际上就是一种想象和拼合"[3]。特别强调想象对回忆的影响，在他的叙事中，记忆成了想象的变奏，使事物或事件在时间中展开的回忆里扭曲和变形，从而改变了现实生活的原生形态。格非小说的一个明显的叙事特征是通过想象分解自然时间，用反常规、反逻辑的方式拼贴起

---

① 保尔·利科：《虚构叙事中时间的塑形——时间与叙事卷二》，王文融译，生活·读书·新知三联书店，第181页，第184页。

② 余华：《虚伪的作品》，载《我能否相信自己——余华随笔选》，人民日报出版社，1998年版，第170页。

③ 格非：《塞壬的歌声》，上海文艺出版社，2001年版，第12页。

来，造成扑朔迷离的阅读效果。在互不协调的形形色色的时间链条的组接中，事物或事件失去了本真面貌的确定性，在叙事的演进中最终化为虚无。

《青黄》的开头预设"青黄"是一种记载九姓渔户妓女生活的编年史，随着叙述者对"青黄"一词所指的不断追踪和探访，"青黄"的所指不是愈加清晰，而是愈来愈玄乎和缥缈。但通过不同人的追忆的结果，"青黄"逐渐变成了一个永远也无法照亮的词语。又如《陷阱》，叙述着"我"在回忆一件十分荒诞的往事。"我"在年轻时与一个名叫牌的女子去拜访她的一位老朋友，但后来牌来信说，那件往事不过是一个幻觉而已，他们当时看到的只是一场葬礼。真相到底谁是谁非，故事最终并未挑明，而是变得疑云重重。因此，"试图通过语言的组合去再现记忆中的情景被证明是徒劳无益的"①。侦破体裁的小说《失踪》也是如此，叙述者把记忆延伸嫁接到过去的同一段时间，回到一个二十年前的女知青祝云清身上。以"科技下乡团"为幌子的调查组在农学家林展新的陪同下，为了查清祝云清的失踪案，分别对马祀镇老人、外科医生庞小强、身患重病的张校长等当事人进行调查。当事人在追忆往事时，由于想象因素的添加，对女知青失踪事件的解释各执一词，因而失踪案不是水落石出，而是逐渐变得模糊不清，甚至得出的结论自相矛盾，调查团对女知青失踪的来龙去脉仍是一头雾水。但吴建国团长说："尽管调查并未取得什么实质性的进展，但却基本上达到了预期目标。"②这样，女知青失踪案真相查明与否已变得无足轻重，成为一个无法也无须揭开的谜。在小说中，追忆和想象作为叙事推进的强劲动力，使小说在试图呈现真相的叙述过程中变得曲折隐晦与是非难辨。

格非的早期小说在故事的呈现上，总是一面在讲述故事，努力让尘封已久的故事浮出地表，但随着时间圈套的设置，故事的情节并非我们期待的那样逐渐变得清晰透明，而是把故事引向"非存在"的存在，叙事变得无所指而终于一片虚空与茫然。正如格非所言，故事中的情景"更像一只葱头，我们剥到

---

① 格非：《塞壬的歌声》，上海文艺出版社，2001年版，第13页。
② 格非：《傻瓜的诗篇》，时代文艺出版社，2001年版，第127页。

最后往往一无所有"①。这一切都说明，格非的叙事重视的是叙事过程，而不是叙事的结果。在叙事过程中他可以尽情地发挥他的想象来虚构，从而编织出一个个悬念丛生的神秘故事，而故事的结果可能是一无所有的，这是格非大部分作品的共同特征，如《敌人》《欲望的旗帜》《人面桃花》都有这个特点。这也是后现代艺术的一个明显特征：叙述到最后是对前面所有叙事的消解和颠覆。

原载《文艺争鸣》2007年第10期

研究资料

格非

---

① 格非：《塞壬的歌声》，上海文艺出版社，2001年版，第12页。

荒诞、反讽与存在的考证

——格非的"智者叙述"及其知识分子书写

蔡志诚

一

20世纪90年代之后，先锋小说的叙事历险逐渐褪敛了形式探索的锋芒，从虚构的修辞性现实到对存在境遇的深度探测，先锋作家在叙事转型中重新出发。格非20世纪90年代创作的小说里，陆续出现了一批知识分子形象。社会转型时代的知识分子境遇，市场化时代的人文精神走向，成为格非持续关注的问题。作为学院派作家，格非对知识分子的命运沉浮有着独特而深入的感受。时代的变迁在学院里投射下斑驳的光和悠长的影，对于长期生活在幽静而喧闹的校园里的格非而言，这些细碎凌乱的光和影，往往成为他烛照现实的一种触媒，他总是能透过社会和时代裂缝处的一抹微光，或一缕碎影，洞察出转型时代的精神肌理和文化踪迹。这位几乎被批评家塑形为文体实验先锋的作家，面对20世纪90年代社会转型的剧烈变迁，却流露出某种融化在文化血液里的古典情怀，格非在一些书序跋言之类的短章片简里，常有沉潜内心独抒机杼的况味之感。他在1996年出版的《格非文集·树与石》序言中，引用诗人宋琳自巴黎发来的信件中的一段话："倘若世上果真有天堂，我想它就是校园河边的一树一石"，然后发出这样的喟叹："与五六年前相比，现在的校园已神飞杳杳，徒具形骸。零落中的生活景致已经没有多少成色。"[1](P1)学院内物是人非，文化灵韵已随风飘逝，精神氛围也杳如云烟，"徒具形骸"四字令人回想起五四知识分子的沉郁苍凉，这种文化况味，在先锋作家群里大约难得一见，它显然寄寓着格非对时代与文化变迁的深沉关切。而在2001年再版的《欲望的旗帜》序言里，格非对20世纪90年代中期以来知识分子的随时宛转亦感慨良深："五年来，中国社会的变化既含蓄又剧烈，所谓的知识分子群落亦已今非昔比，冷静地思考这种变化的实质，几乎让人恍如隔代，不知今日何日了。"[2](P225)这些短章片简里的感时伤怀之言，文字底下似乎蕴藉着浑厚的精神力量，以及某种绵延不绝的文化脉气，让人们看到格非先锋面孔背后的另一副人文情怀。事实上，这种精神力量与文化脉气，既是格非进行知识分子书写的叙事动力，也是其知识分子题材小说另有一番境界的内在根源。

在先锋作家群中，格非的知识分子书写别具一格。马原、余华、苏童和孙甘露、北村等人都较少涉及知识分子题材，当然也偶有个别作品，如余华的《一九八六》写一位中学历史教师的"文革"遭遇，但其主题聚焦于历史与暴力的血色寓言，人物只是一个叙事符号；苏童的《离婚指南》里的杨泊虽然具有城市知识分子的身份，但只是叙写一种都市生活经验的载体；北村的《玛卓的爱情》和《周渔的喊叫》对现代城市人的精神分裂和灵魂痛楚进行审视和救赎，然而其笔下人物多为寻找灵魂安顿的市民，也不具知识分子特性。与上述先锋作家相比，格非的知识分子书写系列持续而深入，从早期的《追忆乌攸先生》到晚近的《戒指花》，他不仅是书写知识分子题材最多的先锋作家，而且也是对知识分子精神境遇探询最深的当代作家之一。如果说格非的第一篇小说《追忆乌攸先生》，是对乡村知识分子启蒙神话的一次颠覆，那么20世纪90年代之后的一系列知识分子题材作品，则是对城市知识分子的现代性精神测绘。它们主要包括《初恋》《紫竹院的约会》《凉州词》《月亮花》《谜语》《沉默》《苏醒》《打秋千》《戒指花》等一系列精致的短篇，以及具有精神分析色彩的中篇《傻瓜的诗篇》和长篇小说《欲望的旗帜》，转型时代的社会文化氛围成为这批小说的总体性语境，但偶然、瞬间与碎片化的都市现代性体验则以荒诞和反讽的知识分子式叙述呈现出来，某种意义上，它们成为知识分子在一个剧烈变迁的转型时代的精神档案。这些以知识分子为主要刻画对象的作品，故事的场景一般都设置在都市空间视野中的学院内外，叙事的焦点往往投向知识、精神、命运与存在的境遇、形而上的冥想，具有浓郁的智性色彩与审智风格，"智者叙述"也由此成为格非小说的某种风格化标识。[3]（P343）

格非的知识分子书写系列，在叙述形式上似乎收敛了实验的锋芒，人物形象的刻画又重返叙事的平台，心理深度也悄然抵达，精神、思想成为叙事的重要维度。这些叙事上的变化往往被批评家视作写作主体的转型或回归，格非无疑启用了一些写实手法，但这种叙事调整毋宁说是为了寻找形式与精神的最佳契合点，它在变化中还是有不变的一面：叙事空缺和多重叙述依然是格非驾轻就熟的叙事策略，语言上精益求精的锤炼，睿智的玄思和机智的反讽。这些带有格非叙事风格标记的形式手法，在知识分子书写系列中并没有受到削弱，尤其是一些精致的短篇里，经过叙事调整后它们反而体现出恰到好处的形式感——"从容与节制、复杂与单纯、人物与故事、心理与表象、疏朗与精密、跳跃与衔接等一系列相对的范畴得到了平衡和统一。[4]（P188）这些精致的短篇，大致可梳理出格非探测知识分子精神世界的三种向度。一是对转型时代知识分子"病"候学的精神诊断，《沉默》和《苏醒》是其代表，前者揭示知识分子失语症背后的精神痛楚，后者在"苏醒"与死亡的悖论反讽中刻绘出存在的荒诞和苍凉；二是知识分子对都市现代性体验的感性传达，比如偶然与瞬间的时空错位（《解决》《让它去》），易碎的感情和迷惘的爱欲（《初恋》《紫竹院的约会》）；三是对社会文化氛围与知识分子思想变迁的隐喻性象征，《月亮花》《打秋千》和《戒指花》以一组流动的意象，刻画出20世纪90年代知识分子的精神流变过程，《月亮花》将20世纪80年代理想主义"寻找的神话"转喻成20世纪90年代的"语言花束"，《打秋千》则微妙地传达出知识分子在文化嬉戏与人文承担之间的某种暧昧的姿态，《戒指花》则在腐烂与焦虑的社会生态图景中进行美学和伦理测试。

二

　　格非的知识分子书写以短篇为主，我们这里选取《凉州词》进行分析解读。《凉州词》是20世纪90年代格非继《锦瑟》之后另一篇诗词典故的再叙事短篇。与虚空轮回梦里乾坤的《锦瑟》不同，《凉州词》在再叙事上引入了现实的维度，虽然也是以小说叙事进行古诗新读，典故新解，但古典诗文的历史语境并非作者的叙事指向，它被推向历史青山之外作为遥望的远景，而20世纪90年代的人文知识分子的生存境遇则以当下的近景特写凸现出来。叙述者"我"与小说主人公临安博士，都是20世纪90年代"学院之内寻常见，象牙塔下几度闻"的学术人，与题目相关引发思古之幽情的只是一则有关中唐诗人王之涣的逸闻。从题材角度来看，《凉州词》可归为格非的知识分子书写系列，但它在叙事形式上更接近《锦瑟》所开创的诗词再叙事文体，只不过《锦瑟》着力于叙事还原李商隐原诗的意境而带上虚幻色彩，而《凉州词》不再营造叙述迷宫却以有关诗词的逸闻叙事进行写实的存在考证。同样一种文体，格非写来总有形式上的变化求新，《锦瑟》与《凉州词》一虚一实，在结构和手法上有鲜明的变化。

　　王之涣的《凉州词》自然脍炙人口，但格非的小说再叙事并非聚焦于诗句的苍茫雄浑，而是取材于诗人的一则风雅逸事。作为中唐边塞诗人，王之涣的生平极不可考，死后仅留下《凉州词》《登鹳雀楼》等寥寥无几却传诵千年的诗作。《唐才子传》和《唐诗别裁》等典籍记载过他与王昌龄、高适等人在边塞戍边时赛诗分妓的谐趣逸闻，其典籍原意，无非是品评赏鉴文人狂狷、名士风流的诗林趣话。格非的小说、叙事即取材这一典籍逸事，但不是胶柱鼓瑟地叙其文人风雅，相反，对历史逸闻的多重改写却是以令人耳目一新的形式出现的。小说《凉州词》的多重改写体现在以下三个方面：一是仿论文体的叙事结构与学术随笔式的叙述话语，二是借虚构人物临安博士奇特的"考证"和充满想象力的阐释进行典故再叙事，三是浸透着当代人文知识分子存在感悟的内在精神意蕴。经过多重改写后，这则"藏在典籍人不识"的逸闻逸事焕发出别一种光泽，一种烛照现实的幽远而又深微的精神光芒。逸闻叙事是新历史主义的一种后现代手法，海登·怀特指出，新历史主义者尤其表现出对历史记载中零散插曲、逸闻逸事、偶然事件、异乎寻常的外来事物、卑微甚或是不可思议的情形等许多方面的特别的兴趣。从诗学语言与语法规则之间的两项对立关系看，逸事逸闻犹如诗学语言，不仅自身包含意义，而且还总是隐而不露地对占统治地位的语言表达的典范规则提出挑战。他认为"历史的这些内容在创造性的意义上可以被视为'诗学的'，因为它们对在自己出现时占统治地位的社会组织形式、政治支配和服从结构以及文化符码等的规则、规律和原则表现出逃避、抵触、破坏和对立"。[5]（P106）在这种认识基础上，新历史主义者通常遵循一个批评操作程序：先从尘封的典籍中找出某一被人忽略的逸闻逸事（表面上与所评析的文学作品相隔遥远又罕为人知的事、诗、画、雕塑或建筑的设计等），然后挖掘其深层文化意义并出人意料地在它们与所分析作品之间找到联结点，最终显示出文学作品在成文之时与当时的世风、文化氛围和意识形态之间的复杂纠葛。他们将这种方法概括为"逸闻主义"（anecdotalism），并在其多种诗学价值中特别强调其"触摸真实"（the touch of the real）和"反历史"（counterhistories）的效用。[6]（P52）《凉州词》显然借鉴了这一原属于文学史与批评领域的手法，将之运用到小说叙事中来。

小说结构采用仿论文体的形式：闲谈——（引言）——旧闻（推论）——诗作及其散佚（考辨）——结论，四个部分俨然一篇规范的学术论文，但行文叙事则是在"我"和临安博士之间半是学术交流半是朋友清谈的对话中进行，有点像书斋晤谈式的世说新语。"我"既是叙述者又是倾听者，主人公临安博士则是逸闻叙事的言说者，他向"我"转述那篇题目冗长得令人难受、删去枝蔓后似乎可以称作《王之涣：中唐时期的存在主义者》的论文。不难察觉，这一仿论文体的叙述形式具有明显的反讽意味，作为先锋派学院作家，格非对向来枯燥乏味而又正经严肃的学术论文进行戏仿，自然带有学院中人的切身体悟——越来越规范的学术论文不仅把想象力送进了坟墓，而且把理性的思想规训成程式化的工具。当然，戏仿（parody）这一常被尊奉为后现代主义叙述策略的手法，在先锋小说中并不少见。所谓戏仿，是基于小说的可能性几乎被穷尽以后，后现代作家们选择的一种表述策略，它不是对现代主义某些次要因素和风格的强调，而是对传统小说形式的戏谑性模仿，即通过有意识地模仿一种其可能性已被穷尽的形式而成为新的可能性，它往往是从某些经典范本或类型范本中攫取或借用叙事动机，使作品在人物、故事或情境方面与范本或母本貌似相同，实则反其意而用之，范本或母本实际上成为反讽和消解的对象。先锋小说对传统文学形式的戏仿是其叙事革新的一种策略，这种针对某些经典范本或类型范本的戏仿，往往在颠覆传统叙事模式的同时重构出小说形式新的可能性。格非的《追忆乌攸先生》《迷舟》对伤痕小说与战争小说的戏仿，余华的《古典爱情》《鲜血梅花》对古典才子佳人小说与武侠小说的戏仿，以及苏童的《我的帝王生涯》对帝王将相历史演义的戏仿，都在消解现实主义类型范本的基础上重构新的叙事方式。但《凉州词》则属于跨文类戏仿，小说和论文毕竟是两种不同的文体，格非在他的学术研究著作《小说叙事研究·序》里，曾对小说与论文进行文体比较："写小说难，还是搞研究难？面对这样的提问，我总是毫不犹豫地回答道：就我个人感受来说，写小说要难得多。"他在序言里列举了五条理由，其中的第二条是："（写论文）前人和同辈的研究成果往往构成学者做学问的契机，或拾遗补阙，或考据，或猛烈批判、创建新说。写小说呢？前人的作品通常只是障碍，你得小心翼翼地绕开它，作家以前的作品更是障碍之一。"[7]（P1）格非对小说与论文的写作体会表明，在他心目中小说无疑更具有创造的挑战性，前人作品即使是戏仿的旧瓶也得装出新酒来，而写论文则有前人资料可以依凭，仿论文体的《凉州词》依凭典籍记载进行再叙事，他的跨文类戏仿显然不是为了消解学术论文表述模式，而是试图在一种互文反讽的文本效果中揭示出某种文化境遇。

考察《凉州词》所试图揭示的文化境遇，临安博士这个人物形象显然是一个重要的切入点。在格非先锋时期的小说创作中，人物形象往往是一种寓言性的象征符号，刻画性格塑造人物的现实主义手法实际上已被叙述形式所扬弃，但在一些书写知识分子的文本里，不时有跃然纸上带着文化精神印记的人物出现，比如《沉默》《苏醒》《月亮花》《打秋千》等短篇。这些刻绘知识分子形象的短篇小说，其叙事源头可追溯到格非的处女作《追忆乌攸先生》，如果说乌攸先生是一个荒诞而疯狂的年代里的悲剧性人物，一个被剥夺了表述权力在无知之幕里与黑暗相伴的文化苦囚，那么临安博士则是另一个文化转型时代里的零余者，一个不愿被制度化理性规训却又陷入无物之阵的文化精神分裂者。《凉州词》的小说形式实际上是由一个双重戏仿的叙事结构组成的，小说的整体结构采用仿论文体，主人公临安博士的学术论文却是仿小说体的，这一二项对立的双重戏仿隐含着文体分裂的表意焦虑，它可视作是九十年代文化冲突图景——思想与学术、激情与理性、启蒙批判与意义消解等等内在对立关系——的结构性投影。这一意义上，临安博士奇特而又带有荒诞色彩的学术生涯，不过是文化冲突图景的隐喻化表征。

三

格非知识分子书写系列中的三种向度，最终聚合在《欲望的旗帜》这部长篇里。《欲望的旗帜》虽然在格非熟悉的学院场景中叙写知识界的浮世绘，但是它实际上刻绘了一幅世纪末的精神图景："社会是欲望的加油站"，学院不过是徒有其表的文化废墟，在废墟上升起了欲望的旗帜。"九十年代初期的上海，一个重要的学术会议将在这里举行，由于某种无法说明的原因，知识界对这次会议普遍寄予了过高的期望，仿佛长期以来所困扰他们一切问题都能由此得到解决。"这是小说的开篇，伴随这次"意义重大"的学术会议的筹备、召开和落幕，人物一个个登台亮相，有哲学泰斗、中青年学者和小说家，有佛学大师、神学家，有企业家兼诈骗犯。他们雄踞在人类文化的象牙塔内，从事着被马克思称为"时代精神之菁华"的哲学研究，但这并不意味着他们能躲过或超越种种形而下问题的侵扰。知识、欲望与冲动在小说文本中以荒诞与反讽的情境展开，知识从求真意志沦为欲望的对象。正如科耶夫对欲望辩证法的分析："所有人类的人性的欲望，即产生自我意识和人性现实的欲望，最终都是为了获得'承认'的欲望的一个功能。"[8]（P428）从笛卡尔的"我思故我在"，到弗洛伊德意义上的"我欲故我在"，当知识、真理失却终极目标沦为只是为了获得"承认"的欲望的一个功能，哲学作为智慧之学也就像一座能指移动的欲望悬崖。小说借助学术会议的召开，展现出一具具充满矛盾的撕裂的灵魂，他们各自在欲望的深渊中挣扎、纠缠、折腾，知识者自诩为理性之光的真理镜像，突然被转换成一面由语言介体构成的欲望镜像，镜子作为一种象征之看，一种自我凝视，物与人、自我与他者都在这面欲望巨镜中相互映照，呈现出一副混乱不堪、面目全非的破碎镜像。

　　小说中的那场"意义重大"的学术会议就像提供了一面欲望魔镜，在这面魔镜的映射下，中年学者曾山、学院作家宋子衿、女研究生张末，以及哲学泰斗贾兰坡、佛学家慧能、基督教神学家唐彼得，还有会议赞助商邹元标等各色人物都成了欲望的"症候人"。小说叙事的时间框架以会议的进程展开，全文分为六章，附尾声，除第四章标目为"欲望的旗帜升起"与尾声外，其余五章都与会议有关，如"预备会……"，"会议再次中断……"，"会议闭幕……"，可以说，小说叙事由学术会议始，由学术会议终，以学术会议为叙事脉络，进而牵扯出人事之变。但格非让线性时间处于某种断裂状态进而揭示出存在的荒诞：会议被迫三次中断，而总不能达到预期的目的（解决某种终极价值问题），就是因为欲望的实现自始至终都在不断延异的无意识踪迹中成为遥不可及的幻象。弗洛伊德曾对欲望的精神症候进行深刻的剖析："已经成为无意识的被压抑的冲动，通过迂回曲折的方式，找到了释放的途径和替代性的满足，使得压抑的目的全部落空……被压抑的冲动在躯体的某些地方爆发出来，产生症候。于是，欲望的症候就成了折中的产物，因为尽管它们是一些替代性的满足，但由于自我的抵抗，它们还是改变了模样，偏离了原先的目标。"[9](P39)会议的三次中止使欲望的故事得以不断延宕。会议第一次中止是因贾兰坡的自杀，尽管小说将这次自杀设置成神秘的"空缺"，但从全篇看，贾兰坡还是因为"轴心时代"结束之后，他所面临的欲望与希望、灵与肉的冲突而陷入绝望的，哲学泰斗的自杀使学术会议开始偏离了原先的目标，知识和真理的探讨逐渐让位于欲望、名利的角逐。第二次被迫中止是因商人、会议赞助人邹元标的被捕造成的，来自象牙塔之外的商人似乎向参加学术会议的哲学学者指出了欲望的虚无，"因为，作为欲望的欲望——就是说在它满足之前——仅仅是一个显露出来的空无（nothingness），一个非真实的空洞性。"[8]（P413）社会这个欲望的加油站，朝象牙塔内投射出欲望的幻象，然而，赞助商的被捕反而使学术会议偏离转换为一场欲望与名利共舞的"人才贸易"洽谈会。第三次中止则是宋子衿的精神失常造成的，这位身陷功名和性幻想的欲望囚笼的浪漫派学院作家，在近乎赤裸裸的欲望追逐中反而沦为欲望的奴隶，义无反顾地扑向了异化的欲望镜像。

小说中所谓的学术会议成为世纪末荒诞的精神境遇的某种隐喻。"荒诞"（absurd），其原本意义是（音乐的）"不和谐"，进而引申为"缺乏理性或恰当性的和谐"。有趣的是，荒诞一词本身就有哲学意义上的谱系："丹麦哲学家克尔凯郭尔的著作首次赋予'荒诞'一词以现代含义。他写道，基督精神是荒诞的，因为没有人能够按照理性去理解、证明其合理性并将其付诸行动。此后，荒诞的概念在法国和德国的存在主义哲学家著作中一再出现，海德格尔以此来形容基督教信仰；萨特以此来描绘人生显著的无意义和对虚无的恐惧；加缪以此来表述介于'人的意图和他所遭遇的现实'之间的差距；雅斯贝尔斯以此来表明现实如何不断将个人挫败；马塞尔则以此来象征人生'本质上的神秘性'。"[10]（P674—675）在这一荒诞的境遇里，小说中的各色人物也不可避免地沾染上荒诞色彩。如贾教授猝死之谜，在小说中它是无解的"空缺"，每个人物都往空缺里填补欲望的注脚。慧能法师又到底是一个怎样的人——曾山觉得他是智慧可亲，而宋子衿和老秦以为他有如鹰隼的眼，其身世之谜也是无解的。这些可以说有些神秘主义，是冥冥中不可名说的荒诞。但曾山、宋子衿、张末命运的荒诞则不在于神秘，而在于追求不得的失败和无奈，是命运对于现实的捉弄或者现实对于命运的捉弄。某种意义上，我们在曾山身上看到现代理性的命运。他试图启用理性、我思支撑起人格和行动，抓住荒谬生活背后的本质和意义，却总是令人沮丧地陷入无所适从和自我怀疑中。自我理性就像一堵玻璃墙，囚他于孤独与迷惘之中。拉康曾用过这样一个比喻：对于现代人来讲，象征性的语言"像一堵墙"；理性、我思这些哲学话语不是简单的镜像，而是作为大写的他者挡住了主体真实存在的发生和生长。[11]（P213）而欲望、堕落、虚无乃至一切时代病症却毫无障碍地渗透进来，侵蚀他的灵魂。居于语言之墙内的曾山不止一次听到那个细微而顽强的声音："是时候了，我们已无

须等待，让我们放弃挣扎，追赶上狂欢的队伍，赶赴一场盛宴……"哲学和爱
情曾经是曾山自我救赎的希望，灵魂栖居的家园，但最终却春梦般破灭。在从
事多年的研究后，曾山发现哲学在自己心中的位置正在坍塌。从贾兰坡的死，
到子衿的疯；从哲学系的面临解散，到被人们普遍寄予厚望的哲学年会（且不
说它本来就是骗子邹元标一手导演的游戏）衍变成人人都想分一杯羹的人才交
易市场，最后在子衿恶作剧的疯狂表演中匆匆落幕，曾山一点点清晰窥见哲学
/人文的真相。他沮丧地意识到"哲学对通常意义上的生活并无任何助益。相
反，它只是一种障碍，我们借助于它的光芒，只能更确切地感受到绝望和废墟
的性质。它是一个陷阱。……哲学所照亮的东西正是人们试图遗忘的东西"。
在曾山的哲学思辨之旅中，我思的主体时常在话语的客观化中失落自己的意
义，从"我思故我在"异化成"我思故我不在"，拉康曾经以科学家或学者在
那种象征性的研究事业和日常生活中的"死亡"为例，来说明我思的主体不过
是一个被语言象征秩序询唤的"伪主体"：

> 在科学构成的这个宏大的客观化过程中交流能够成为有效的。科学
> 也使他忘记他的主观性，在他的日常工作中他有效地参与在这个共同工作
> 中，并以一个兴盛的文化娱乐来填充他的空闲时间，从侦探小说到历史回
> 忆录，从教育讲座到集体关系修正术，这个文化足以使他忘记自己的存在
> 与自己的死亡，同时，在一种虚假的交流中误识他的生活的个别意义。
> [12]（P293）

拉康的分析显示，当一个学者在他所从事的研究中忘却自己的主观性，
自以为掌握了客观真理并进入了本真世界，但事实上这不过是"遗忘存在"的
一种变形。他用大量的文化符号和伪主体际的交流填充了自己的空余时间，以
忘却自己的真实生活，而在所谓文化、精神与思想交流中，他被询唤为理性的
主体，却不知道这一语言询唤出来的膺主体，不过是概念的"存在之尸"。拉
康对科学家的剖析同样适用于曾山，在曾山身上，理性演示了自己从兴盛到衰
败，从笛卡尔、康德到拉康、福柯的发展历程。但哲学对于曾山并不仅仅是一

种职业，一个外在的对象，而是曾山心灵的寄居之所，哲学的幻灭进而引发曾山自我的迷失。在那个大雨滂沱之夜，当曾山绝望地撕碎自己苦心孤诣写就的论文时，他无异于将自己的心灵也撕碎了。拉康认为，人类的知识是另一种形式的妄想狂："人类特有的那种想在现实中打上自己形象印记的狂热是意志的理性干预的隐秘基础，"对作为知识论的目的的真理而言，"真理不是别的，只是通过运动它的无知才知道的东西。"[12]（P606）当曾山的求真意志化为缥缈的空无时，欲望的云烟在理性的裂谷深处化为一片空曹。

如果说曾山面对的是理性与非理性（欲望）的心灵搏斗，那么，宋子衿则在对欲望的追逐中陷入真实的分裂与精神的分裂。曾山还在存在的真实中积极地追寻内心的真实，而宋子衿则无法生活在存在的真实中。"与其说子衿成天在说谎，不如说他根本就无法再分辨真实与幻觉的区别。诚如他自己所说：'在写作中，你的意识会不知不觉地被上帝或撒旦控制住。你分不清哪些事是真，哪些事是虚构出来的'"。这个困境更甚于曾山的困境，从曾山的"我思故我在"到宋子衿的"我欲故我在"，我们依稀看到20世纪80年代那个意气风发的理性启蒙主体已沦为20世纪90年代喧嚣躁动的非理性欲望之躯。向往空灵洒脱的宋子衿，内心充满了感性和浪漫的色彩，他的欲望排除了理性与信念，一切都自然、纯净，他甚至"感到自己已经远离了尘嚣"。内心真实便被宋子衿抽象成了一种感觉，而不是曾山的平实，因此愈发脱离了现实。子衿的内心宛如一只脱线的氢气球，一任"本我"率形而为，却永远再无法回到地面，这一意义上，"欲望成了存在的空缺，它在其存在最深处被它所欲望的存在所纠缠。"[13]（P132）在理性哲学与日常生活的对峙中，子衿就像一位撕下理性门帘直奔"本我"之境的孩子，他放荡形骸地游戏在成人的园地里，但注定了要遭罹毁灭的磨难。我们看到，子衿在所有的活动中都自行其是：他和导师的"情妇"做爱，他在学术会议期间带着女研究生去杭州"打胎"，他变幻的关于屁股上的烙斑的叙述，尽管人们总以一种对待孩子的宽容宠溺了他，但子衿仍然得不到那种感觉，他希望存在的真实里能"生出"他的梦幻来给予他。对于子衿而言，欲望的对象恰好是不可能的对象，存在的空缺延宕了欲望的踪迹，但正如拉康对欲望的精神分析诊断："欲望的对象本质上不同于任何需要对象。当某种事物代替了那个在本性上始终对主体隐蔽着的东西，代替了那种自我牺牲，代替了典压在主体和能指关系中的那磅肉——这就成了欲望中的一个对象。"[14]（P216）因此，拉康作出这样的宣告："无是出入于驱动人的意义的圆舞曲中的，欲望比无更空虚，它是征程的余痕，就像是能指的剑加在讲话的主体肩上的标记。比起所指的纯粹激情来，它更是能指的纯粹行动，在活体成了符号时，这个行动停了下来，使它成为无意义的。"[12]（P569）宋子衿终于彻底地崩溃了，他回到了家乡，正常的时候，"他也会独自一人悄悄地来到江边，在高高的坝上坐上一整天，看着江边过往的船只发愣。"子衿在疯狂的状态中获得了真实。在一个破碎的世界里，荒诞以疯癫获得了另一种真实。子衿的欲望与癫狂，表面上是想借助弗洛伊德的"快乐原则"活出"真实的精彩"来，但欲望这一魔鬼大他者却将其拖拽进一条理性与疯癫交叉小径里，而在欲望的旗帜的猎猎风响中，那些曾在若干世纪里庇护过人的灵魂、思想和良心的哲学、宗教、美学和道德的圆形屋顶已轰然倒塌，就像超现实主义画家达利所言："今天，灵魂待在外面，在街头，就像狗一般！"[15]（P303）

　　张末无疑是《欲望的旗帜》中写得最感人的形象之一。格非谈到《欲望的旗帜》的创作宗旨时曾指出："它是一把刻尺，我想用它来测量一下废墟的规模，看看它溃败到了什么程度，或者说，我们为了与之对抗而建筑的种种壁垒，比如说爱情，是否能进行有效的防御。"[16]（P246）张末不仅成为欲望的象征符码，某种意义上她还是一把爱情和欲望的刻尺。小说中的张末，似乎是格非有意设置的以爱情来抵御欲望，甚至救赎精神废墟中的死魂灵的一种寄托和象征。在读小学的时候，张末就开始了对于爱情的憧憬与向往："一个面目模糊的男人向她走来说'我们回家'———一幅充满纯真与美好的画面，这个画面缠绕了张末的一生并指引着她寻找归宿。然而，现实总悖离她的心灵，第一个偶像音乐老师对她不屑一顾"；药剂师引发了她心中欲望的朦胧渴望，却与母亲私下相好；曾山是个有着哑铃脸型的憨厚男子，他给她以安全感，更因为他是第一个主动热烈追求她的男子，张末终于筑下了爱情的巢，最终却离婚了；邹元标是张末生命中最奇异的人，偶然的邂逅，双方却都产生了不可压抑的激情，这完全是情欲的魔鬼，是一种生命本能的吸引，但张末强大的理智每一次都保护了她。张末只能隔着很远的距离来想念曾山，她甚至企图抛弃知识的体面……然而张末需要的简单的打动永远只能在梦幻中发生。"怎么会这样？"她一遍遍地反问着自己，她流着"忧伤的泪水"要"回到她一度遗弃的生活中"，命运是如此荒诞，总是打断一个个美梦的敲门。拉康说过："欲望的溪流是作为能指链的变迁而流动的。"[12](P562)张末的爱情实际上得自于语言能指链上的"象征"——"爱的成分是由语言引起的。"[12](P274)对于张末而言，爱情的萌发是由观念中的想象与象征关系导致的，与此相应的，想象的破产也是爱情消逝的主要原因。张末试图以爱情的想象来延宕欲望的冲击，但在她身上，那与肉体密切相关的欲望总是轻易地战胜了与音乐和诗一样的希望。爱情不过是自恋的镜花水月，而欲望则成了缺失的转喻，她甚至发现："放纵与疯狂，是躯体的一个小小秘密"。当欲望向存在的身体注入激情时，身体的反叛以一种自我分裂的方式进行：她一边抵制曾山，一边与他约会；一边对曾山说："我是你的。我的梦也是你的"，一边又与邹元标幽会。意识规训不了感性之躯，欲望总是掀下理性的帷幕，而爱情镜像则留下一地的记忆碎片，她怎么也拼凑不出真实的自我来。张末只能在精神之夜焦虑挣扎，她清楚地了解，"女人的肉体既是宝藏，又是沉重的负担"。但身体的否定性力量，既是对那脱离感官的抽象的反叛，也是使人堕入本能深渊的根源。在张末的主体与身体分裂的镜像中，爱与欲望都属于想象域，它只能在无意识之中找到自己的安身之地，但留下的却是茫茫的空无之夜。

作为时代精神状况表征的欲望症候人，从曾山的理性的"我思"沉沦到宋子衿的欲望与疯癫的自我异化，再到张末的主体与身体的分裂镜像，《欲望的旗帜》不仅刻绘出20世纪90年代现代性转型的欲望地形图，而且在荒诞、反讽的世纪末文化颓败镜像中进行存在的考证。在文化废墟上升起了欲望的旗帜，这幅世纪末的精神图景，成为20世纪90年代文化症候学的一种现代性诊断。当然，《欲望的旗帜》并非仅仅飘扬在学院的象牙塔上空，它实际上成为社会历史转型时代的巨型隐喻。然而，这样的困惑依然延续着思考的踪迹：在一个文化溃败的时代里，废墟上的欲望旗帜还能飘扬多久？荒诞的"现实"，消解意义的反讽，在总体性分崩离析的文化旷野里，格非对存在的考证不仅为知识分子的文化危机提供了精神备忘录，而且点燃了文化灰烬里未熄犹生的薪火余温。

原载《吉首大学学报》2007年第2期

参考文献：

[1]格非.树与石·自序[A].格非文集[M].南京：江苏文艺出版社，1996.

[2]格非.序跋六种[A].格非散文[M].长春：时代文艺出版社，2001.

[3]洪子诚.中国当代文学史[M].北京：北京大学出版社，1999.

[4]南帆.文本生产与意识形态[M].广州：暨南大学出版社，2002.

[5]张京媛.新历史主义与文学批评[C].北京：北京大学出版社，1993.

[6]张进.新历史主义与历史诗学[M].北京：中国社会科学出版社，2004.

[7]格非.小说叙事研究[M].北京：清华大学出版社，2002.

[8][法]科耶夫.黑格尔哲学导论[A].汪民安.生产：第1辑[C].桂林：广西师范大学出版社，2004.

[9][奥]弗洛伊德.弗洛伊德自传[M].顾闻译，上海：上海人民出版社，1987.

[10]黄晋凯.荒诞派戏剧[M].北京：中国人民大学出版社，1996.

[11]张一兵.不可能的存在之真——拉康的哲学映像[M].北京：商务印书馆，2006.

[12][法]拉康.拉康选集[M].上海：上海三联书店，2001.

[13][法]萨特.存在与虚无[M].北京：三联书店，1987.

[14][法]拉康.欲望及对《哈姆雷特》中欲望的阐释[J].世界电影，1996，（2）.

[15][西班牙]达利.达利自传[M].欧阳英译，上海：上海人民美术出版社，1997.

[16]格非.欲望的旗帜[M].沈阳：春风文艺出版社，2001.

雨季·梦境·女性

——格非小说的三个关键词

余中华

　　格非的小说是一个混沌体。那些虚构的故事里，他故意为读者设置了一些陷阱，尤其是在叙述链条上暗地里卸掉一些螺丝，抽去某些关键的环节，于是一个平常的故事瞬间变得奇特，本来清晰的线索如草蛇灰线般模糊起来。

　　同时，格非的小说又是一个透明体。在那些看似扑朔迷离的故事外表下，我们总能感到有一些东西是那么清晰、亲切，与我们的物质距离是近的，心理感觉也是近的，并不遥远，亦不复杂。这些东西与他小说中的三个常见事物有关：雨季、梦境和女性。

雨季：通往记忆的道路

　　雨是一种自然现象。关于雨的描写在中国古典文学中十分常见。那么，雨或者说雨季，这个在古典文学史上占据了重要地位的经典意象，具体到格非的小说中，它具有哪些叙述功能和美学意义？我认为可以从三个层次上来进行理解：叙述的背景设置；通往记忆的道路；关于世界的本体性想象。

　　格非的小说有一种南方的湿漉漉的感觉。无论是在早期的文本还是近期的

《人面桃花》系列，人物的出场、故事的发生、情节的转折等等总是伴随着雨季的来临而进行。就雨的形态而言，有蒙蒙细雨、骤然暴雨、霏霏霪雨，作家根据不同的叙述需要随意拈取不同的雨态。四季皆有雨，春雨、夏雨、秋雨、冬雨。但是格非小说中充溢的往往是绵绵的梅雨，时间总是在春夏之交的梅雨时节。

为什么格非如此喜爱将故事设置在雨季，尤其是梅雨季节？根据丹纳的理论，环境对作家的写作有决定性的影响。从这个角度出发，格非的出生地就与他对梅雨的情有独钟有了某种潜在的联系。格非出生在江苏丹徒，在到上海上学之前一直在丹徒生活。丹徒和上海，位于长江下游三角洲地带，属北亚热带南部季风气候区，年降水量在1000毫米以上，梅雨季节较长。格非长期生活在南方，作为他的写作环境和生活实景，漫长的雨季显然给格非留下了难以抹去的印象。在迁居北京之后，他曾经表达了对气候变化的担忧。"我一直在暗暗担心，北方干燥的气候不太适合于沉思和想象。"①可见雨季之于格非写作的重要性。

梅雨时节，因为空气湿度大，气候潮湿，事物容易发生霉变和腐烂；而且梅雨季节时间跨度较长，给人的感觉是压抑和窒息。就叙述功能而言，正是梅雨季节特有的这种压抑燥热和霉变腐烂的消极情绪，在内在情感结构上与格非笔下阴郁的人物、神秘的故事和破败的世界达成了契合。

格非小说中的人物似乎终年生活在阴霾的天空下，整个活动环境缺少光影的变化，外面的阳光无法照射进来。在暗淡的光线中，人物不擅于言语的表达，缺乏大幅度的行动，但擅长于思考和冥想。这与作家本身的气质有关。格非曾坦言："我是一个喜欢独处的人，不喜欢共谋和合作，喜欢冥想而倦于人事交往"。②我们难以确认是作家自身的气质决定了叙述中梅雨的蔓延，还是现实生活中的梅雨决定了作家本人冥想的气质，二者之间的关系无法清晰地辨别。但显然格非在人物身上寄托了自我的愁思，那些静态的人物大多数时候也

---

① 格非：《眺望》自序，《格非文集》，江苏文艺出版社1996年，第2页。

② 格非：《塞壬的歌声》，上海文艺出版社2001年，第3页。

就是作家自我形象的完整投射。而作为故事叙述的整体背景布局，雨季赋予了格非小说一种特别的情感氛围：阴郁。

同时，借助雨季这一意象，格非自由地展开了回忆性质的叙述。回忆指向的是过去的历史。"所谓的历史并不是作为知识和理性的一成不变的背景而存在，它说到底，只不过是一堆任人宰割的记忆的残片而已。"[①]个人的历史是小历史，是微观历史，是关于童年、青年的种种人生经历。格非说，"回忆不是一种逻辑推理或归纳，它仅仅是一种直觉"，[②]对于记忆的复述只能依靠感觉，直觉是随机的，回忆也是随机的，它自身带有强烈的无逻辑的选择性。回忆确实不需要选择，随机而发，但是这种无逻辑的回忆，在格非的叙述中总是通过"雨季"进行的。

格非通过雨季展开的回忆之旅通常是碎片式的段落，侧重于情绪化的表达。这在他的那些没有完整故事结构的小说中尤其突出。《夜郎之行》作为一个短篇小说讲述了一个什么故事吗？我来到夜郎，这里正是四月，"一年一度的梅雨已悄然降临"。我在这里遇到一些人，说了一些话，做了一些事，如此而已。阅读过后，读者无法复述他读到了什么，只能感觉到充斥在叙述中的闷热潮湿、压抑忧郁、阴晦模糊的情绪。回忆的片段与片段之间没有内在的逻辑联系，这在某种意义上也符合雨的形态：雨丝是断裂的，一场雨与另一场雨之间也是断裂的。另一方面，在欲望的躁动之外，存在着沉静的冥想，这也符合梅雨的特征：梅雨停顿之间的间隙，天气是炎热的；下雨的时候却又是阴凉的。躁动/炎热、沉静/阴凉，形成了内在的张力结构。

"回忆往往是即兴的，跳跃的，而写作的活动从根本上来说也是即兴的。"回忆与写作在这一点上达成共识，格非由此认为写作就是回忆。"真正的小说不论其形式或效果，总是表现性的，小说艺术的最根本的魅力所在，乃是通过语言激活我们记忆和想象的巨大力量。"而写作的唯一主题就是回忆本身，就是"记忆的内容，回忆的方式和自我在写作中的现时状态"。[③]这正是

---

① 格非：《塞壬的歌声》，上海文艺出版社2001年，第15页。

② 格非：《塞壬的歌声》，上海文艺出版社2001年，第12页。

③ 格非：《塞壬的歌声》，上海文艺出版社2001年，第13页。

格非的小说诗学。在此意义上，格非的小说诗学与叙述中雨季的设置形成了某种对应关系。由此，雨季也就不再是单纯的事件背景，亦不仅仅是营造叙述情感基调的手段，更是作家本人文学观念的承载体。

在第三个层面上，雨季是格非对整个世界的本体性想象。首先，与人物性格相关，在人物身上发生的故事、人物所处的世界也浸润了梅雨的特质。梅雨带来的潮湿让各种事物起霉、糜烂，象征着被腐蚀的机体和颓废的精神，而对破败世界的揭示正是格非写作的主题。在《戒指花》《蒙娜丽莎的微笑》《打秋千》《欲望的旗帜》这样一些接近现实主义的文本中，现实世界的真相就是欲望的泛滥、健康的毁灭和内心的空虚，生存只剩下荒诞感，历史与现实一同趋向颓败。格非的叙述总是将这样的主题置于梅雨时节，也许他是希望借助于雨的冲洗来重新洁净发霉的现实，正如同《红楼梦》中的无边大雪掩盖了大地的肮脏？

其次，当雨幕垂帘，将整个世界笼罩，雨季便成了封闭性的存在，或者说雨季本身就是一个独立的世界。而雨在这个世界中具有产生生命的能力，因为它是最初的存在，是某种意义上的本体。古希腊哲学家泰利士认为"水"是"绝对"，是万物的"始基"，万物从水中产生，最后又复归于水，万物的生长、灭亡是一个源自始基又回归始基的循环过程。当我们将雨视为水的另一种称谓，雨和雨季便具有了形而上的意味。

格非的故事具有的神秘色彩，一方面源于"空缺"的技术性操作，另一方面也得益于故事背景——雨季——的设置。"万物的种子就其本性来说是潮湿的，而水则是潮湿的东西的本性的本源。"①由此泰利士赋予"水"滋养万物的特权。同样的，在格非笔下的雨天，发生的事无论多么偶然和匪夷所思，它都不足为奇，因为"雨"的存在赋予了离奇事件发生的特权。或者也可以这样说，雨季的存在赋予了神秘故事的合法性，只有在无边的雨幕笼罩下，离奇的事件才有发生的可能。《欲望的旗帜》开头，曾山从睡梦中被一阵电话铃声惊醒，他抓起电话，对方却已经挂断了。《人面桃花》中陆侃老爷在即将来临的

---

① 转引自叶秀山：《前苏格拉底哲学研究》，人民文学出版社1997年，第47页。

大雨中失踪……格非通过自己对雨季、雨夜、梅雨等不断地重复叙述，赋予了雨一种神奇的魔力。雨，成为他小说中标志性的意象，是不可捉摸的神秘力量的符号，是抽象事物的具象表现。

雨的力量不但在事物的发生端得以表现，也在事物的毁灭端充分展示。格非的众多文本如《青黄》《边缘》《锦瑟》《傻瓜的诗篇》《背景》《褐色鸟群》，叙述中不断地出现下雨天；而《雨季的感觉》《夜郎之行》《戒指花》等篇目则以雨季从头到尾贯穿整个叙述。发生与毁灭，这种圆形的、闭合式的叙述远离了单向的、线性的叙事传统，它使文本弯曲，变形成圆球状的结构。作为一种精神或者风格，封闭的叙述也指代人生的宿命意识。从一个点出发，最后又回到出发的原点，生命、运动、意识、存在，在这个出发—回归的过程中似乎都消失了意义，人丧失了他的主体性，也失去了存在的依据。在有关雨季的叙述中，雨制造了一个封闭的场景和结构，它是对世界的隐喻，既指向现实的颓败，也指向内心的虚无，这是格非小说世界的本质。

梦境：逃离现实的方向

根据弗洛伊德的理论，梦是一种短暂的精神病症。梦产生的导源是人在现实中无法获得满足的欲望，因为在意识领域受到驱赶和否认，而不得不暂时留在无意识领域。当人睡眠之后，无意识领域内的欲望逃过检测和抵抗，进入人的意识层面，以梦境的、变形的方式达到满足。人与外在世界的交流也是一种欲望，如果交流上出现了障碍，也就是欲望受到了阻滞，生命机体将通过别的方式进行疏导和释放，比如做梦，比如写作。因此，作为克服交流障碍、释放倾诉欲望的一种方式，小说写作本质上就是做梦，它"虚拟地实现了'真实世界'中未实现的一种可能性。对真实世界而言，每一作品都是无法取代的、有益的补充。"①

---

① ［美］希利斯·米勒：《文学死了吗》，秦立彦译，广西师范大学出版社2007年，第51页。

格非说，"当我企图与外界沟通，建立联系的时候，我想我所能做的首先是逃避，它使我的注意力转移到一些静态的或无生命的事物上去。"而"写作是一门独立的工作，它是不与人合作而生存的合法手段。"①这就是格非写作小说的初始心理逻辑。对外在生活的恐惧与担忧带来自我封闭的强烈意愿，当对外的交流之门关闭，对内的交流之门开始敞开。格非认为，"唯一的现实就是内心的现实，唯一的真实就是灵魂感知的真实。"②"许多人对于这种'感觉上的真实'似乎一直颇有微词，但我不知道除了这种真实之外还存在着其他什么真实。"③从"感觉真实"的文学观出发，梦境顺理成章地走进了格非的叙述，因为梦境指向的是人的无意识，是只有灵魂才能感知的部分，是人无法掌握的、神秘的、似乎比我们已明了的真实更为真实的领域。

从叙述学上说，梦境本身的神秘特质具有诱发神秘事件的叙述功能。格非小说的梦幻气息正是由于使用了梦境这一手段而弥漫在叙述中。我们在描述自己日常生活中的梦境时，常使用的句子是"我昨天做了一个奇怪的梦"。梦是无条理的、纷乱的、非逻辑的，它超出了我们崇尚理性、清晰、秩序的思维习惯。格非在使用梦境营造神秘气氛的时候，总是挑选那些现代科学无法解释的环节，比如梦境预兆，比如鬼魂报梦。因此，当我们面对《敌人》这样的文本时，获得的就只能是神秘、不可解释这样一些印象。

人们认为，事物是普遍联系的，一个人晚上做什么梦与他白天的经历有关，这是现代释梦学的基本观点。因此，梦只可能是对过去事物的反应，在时间顺序上处于已然事物的后面。但是现实中并非没有梦先于已然事物而发生的情况，梦作为未然事物的前兆、预示，提前透露神秘的信息，这是现代释梦学无法解释的。《敌人》中柳柳在死前几天的一个晚上梦见淙淙流水顺着树根一直流到她的两腿之间，她赤身裸体躺在青草上，一个男人用粗糙的手掌磨蹭她光光的肚皮，她的腹部隆起如气泡，最后"嘭"的一声炸裂了。几天之后柳柳就赤身裸体被谋杀在水中的苇丛里。梦境暗示了现实。此外，民间有鬼魂报梦

① 格非：《塞壬的歌声》，上海文艺出版社2001年，第6页。

② 格非：《塞壬的歌声》，上海文艺出版社2001年，第6页。

③ 格非：《塞壬的歌声》，上海文艺出版社2001年，第15页。

的说法，死去的人来到梦中，向活着的人提供昭示。现代释梦学可以解释那些已经知晓死者死亡信息的人的梦境，但是，当远方的人们并不知道死者的死讯而梦见死者死亡的时候，科学解释便无能为力。《敌人》中，猴子和赵虎死后，外嫁他乡未知情的梅梅梦见赵虎在泛着血光的墨河边钓鱼，猴子从桥上跌落河里，她于是明白家里出了事。《人面桃花》中秀米未曾见过王观澄，却在王被谋杀的那个晚上梦见他血淋淋地来托梦。梦与现实之间的联系如何解释？读者只能付诸"冥冥之中"这样不甚了了的说法，而这正是格非要达到的效果。

格非是仿梦的高手，他制作种种梦境并非仅仅为了写作《敌人》这样的为阴影所笼罩的故事。在现实性较强的小说比如《蒙娜丽莎的微笑》中，梦境的处理与格非本人在复杂现实面前的无力感有关，它是解决现实难题的不得已为之的折中方式。格非对现实有强烈的批判意识，但是他的批判锋芒是内敛的，他不是叫嚣勇猛的斗士，而更像一个冷眼的旁观者。这根源于他对现实的怀疑精神，不但怀疑现实，也怀疑对现实的批判。怀疑与困惑是一对孪生子，格非的困惑在于，当真实与谎言之间的边界消弭，那些"非如此不可"的本质真的可靠？这个时代的圣人胡惟丐自杀了，两年后他以西藏喇嘛的身份来到我的梦境，他对我说，也许他做梦都想过李家杰那种堕落的生活。格非在此似乎想说的是，胡惟丐的坚守是一种假象。但他又不甘心破坏胡惟丐的形象。在怀疑与信任之间，格非是矛盾的，他只好借助梦境来解决这个难题。

格非试图以梦境来调和自我与现实之间的矛盾，他笔下那些无法忍受空虚乏味的实际生活的人物，一个个都躲进了梦境里。《欲望的旗帜》里张末求助于童年时就有的那个梦；一个男人走过来，牵着她的手，把她带回家。这个梦代表的是爱情，对张末而言，它是未被尘世庸俗攻占的最后领地。曾山幼小的女儿最大的愿望是找个地方躲起来，躲到纸盒子里做梦，事实上她也这么做了。做梦，是属于自我唯一能掌控的行为；梦境，成了远离尘嚣的栖身之所。人唯有在梦境中才能获得真实感，这就是格非的哲学。

梦境不但是叙述人躲避现实的空间，也是作者本人逃离现实后的藏身领域。当我们把虚构写作视为清醒的做梦行为时，格非那些不断重复的、对梦境的体认和感悟，连同他的写作一起构成了对世界的反讽。在这个荒谬的世界中，唯一剩余的自我不过是做梦时的自我。但不论格非如何怀疑整个世界，他的底线仍然是很清晰的，那就是对真实生活的向往，对真实性的追求。这便是理解格非梦境虚构的第三个层面：对关于虚假与真实的存在本质的思索。

梦境与现实的交织，这种叙事模式在现代小说中十分常见，毕竟做梦也是现实中真实存在的部分。二者相互交织的叙述结构仍然是对现实世界结构的模仿。在人们看来，一部没有现实、只有梦境的小说（科幻小说除外）似乎是难以想象的。但伟大的仿梦家博尔赫斯提供了完美的范例，在他的《圆形废墟》这部小说中，只有纯粹的梦境，完全超脱了《另一个人》和《1983年8月25日》中一再出现的梦境与现实交织的叙事模式。在圆形废墟上做梦的人以为自己是真实的，当他为了保护自己梦中造出的虚拟人而走入大火时，他发现其实自己竟然也不过是另一个人的梦中之物。梦境可以不断向下繁衍，一个人的梦造出另一个人的梦。在西方基督教文化中，当我们顺着梦境往上回溯，那第一个做梦的实体只能是上帝。东方哲学中没有上帝的信仰，但同样有类似的关于虚实混淆的哲学思考。"庄生晓梦迷蝴蝶"，庄周梦醒时不知是自己在蝴蝶的梦里，还是蝴蝶在自己的梦中。庄周与蝴蝶，谁是现实，谁是虚幻？这是东方智慧带给我们的哲学本体论上一个让人迷乱的问题。

昆德拉在谈到未来小说的四种召唤结构时，认为卡夫卡式的"梦的召唤"将十九世纪昏睡过去的想象力突然唤醒了，那些"梦与现实交融"的小说打开了看似无法逃脱的真实性枷锁。小说家中向来不缺乏伟大的仿梦者，如果说卡夫卡的梦更多地指向现实，那么博尔赫斯的梦则距离现实世界更远，但无疑他们又非常接近"真实"。而中国的仿梦者格非，也用他的才华呼应了世界级的大师们。"正如哲学家面向存在的现实一样，艺术上敏感的人面向梦的现实。他聚精会神于梦，因为他要根据梦的景象来解释生活的真义，他为了生活而演习梦的过程。"①

---

① ［德］尼采：《悲剧的诞生》，周国平编译，北岳文艺出版社2004年，第4页。

女性：爱情的乌托邦

依据小说与外部现实之间的距离关系，大致可以将现代小说分为两种。一种小说倾向于在真实世界中描述真实的事物，有完整清晰的故事情节、明朗的人物性格轮廓，比如巴尔扎克的小说，人们习惯将这样的风格归类为现实主义。另一种小说则倾向于在人的内心世界上铺陈笔墨，如语言学家雅各布森所说的，是自我反映或自我指称的"一套指向自己的语言"，其特征是情节的淡化、情绪的流动、行动与性格的模糊，比如普鲁斯特的小说，人们习惯将这样的风格归类为现代主义。当我们将二者与男女性别的特征联系起来，这样略显粗糙的分类便赋予了小说不同的性别色彩。男性是粗犷的、直接的、紧凑的，而女性是细腻的、委婉的、松散的。因此我们可以说，前一种小说是男性化的，后一种是女性化的。前者崇尚向外的行动，后者偏于向内的沉思。

以上述分类而言，绝大多数时候格非的小说属于后一种风格，他的叙述具有女性气质。语言上典雅清丽，富于书卷气，精巧修饰的句式不失华丽，抒情细腻，语速匀称；这与短促、急切的男性语言截然不同。在形象塑造上，人物性格内敛而不外露，惯于思考而乏于行动，稍有风吹草动，便立即将感觉的触角缩回内心；尤其是与作者的自我有较大重叠的男性叙述人，惮于行动而耽于冥想。在情节构造上，虽然并不缺乏引人的故事，极少意识流式的处理，但整体的神秘风格十分契合女性的阴柔气质。

格非小说的女性气质引发了另一个问题，它提请我们注意其文本中的女性形象。

格非对于女性的想象集中在九十年代转型后的文本中，她们的代表是张末、陆秀米、姚佩佩们。她们有着如下特征：美丽而矜持，性格温柔而坚强，情感激烈而内敛。其实在前期的一些文本中，格非对于女性的想象定位已经初现端倪。《傻瓜的诗篇》中的精神病人莉莉，《迷舟》中的村姑杏，《褐色鸟群》中穿栗树色靴子的女人，她们都是美丽柔弱的，并且都曾遭遇伤害或污辱，而凶手无一例外都是男性。男性的龌龊/女性的纯洁，男性的暴力侵犯/女性的承受伤害，形成了女性想象叙事的基本模式。虽然前期文本中这些女性的面孔十分模糊，但在后来的《欲望的旗帜》《人面桃花》《山河入梦》等文本中逐渐清晰，并且延续了基本的性格特质和想象方式。

　　格非近期的小说主要是围绕女性进行叙述的。就人物在叙述中的真实地位而言，《欲望的旗帜》《人面桃花》《山河入梦》这三部长篇小说的主人公并非男性，而是张末、秀米、姚佩佩这些女性。《欲望的旗帜》围绕"欲望"这个词语展开叙述，最终救赎的承担却落在了张末身上，只有她没有被招至欲望的魔下，与世界达成和解。《人面桃花》以秀米的一生来透视历史，那些男人如张季元、谭四们不过是她破碎生命中的过客；"人面"指代的就是秀米。《山河入梦》表面上是以谭功达为中心的，但随着叙述的流动，姚佩佩在文本中的重要性实际上已经逐渐压制了谭功达的中心地位，她才是作家最想表现的，也是最能打动人心的人物。在对女性的想象中，格非塑造了一些美好的女性形象，但是她们并不是彻底的完人，至少在肉体上秀米、姚佩佩并不完整圣洁，秀米被掳掠到花家舍后多次遭受污辱，姚佩佩在挚友汤碧云的诱骗之下被金玉强奸。但是残破的身躯使秀米们更具有魅力，身体的毁坏反而强化了精神的高贵。这种残缺的美类似于维纳斯的雕像，比圣洁的处女更动人心魄。

　　在对女性的想象性叙述中，格非总是让女性身上承载巨大的概念。《欲望的旗帜》中张末承载着抵抗虚无的任务，《人面桃花》中秀米身上承载着历史的变迁。与男性相比，女性的双肩过于瘦弱，格非却毫不怜惜地往她们肩上置放这些沉重的物件，让女性分担男性的负荷。我并不是说格非叙述中的男性没有承担，但贾兰坡、胡惟丏跳楼自杀了，子衿发疯了，张季元、王观澄被暗杀了，曾山、谭功达这些缺少强盛生命力的男人显然也无法做出点什么，男性在精神压力与责任承担面前统统被压垮了。由是，格非对男性作为历史与现实困境的承担者表示了怀疑，转而将希望寄托于女性。但显然柔弱的女性不可能负载这么多的宏大叙事，格非的处理对女性来说是不公平的，也是不现实的。在《山河入梦》中，格非有意识地从姚佩佩肩上卸下了虚无、历史这些沉重的意识形态。得到了彻底解放的姚佩佩，举手投足中没有了张末、秀米们的装腔作势，女人本性的天然流露使这个人物形象变得鲜活，正如格非自己所言，她是作家本人最喜爱的一个。的确，从人物塑造的完整性上，姚佩佩也是最为成功的一个形象。

　　破损的躯体以高洁的品质承担着拯救的可能性，这是格非女性想象的复杂之处。在这些复杂的女性想象背后，隐藏着怎样的叙述动机？作为男性的幻想结果，作为美好事物的具象表达，柔弱而坚强的女性对应的是爱情的主题。格非想象女性就是为了引出爱情这个古老的书写主题。

　　在对爱情的叙述中，格非插入了另外一个主题：每个人都是一座孤岛。当孤岛的主题与爱情的主题并列展开，作为抵抗虚无与冷漠的最后武器的爱情，竟瞬间丧失了力量。格非的叙述就是在这样的悖论中进行，他一边强行征用爱情，又一边彻底怀疑爱情；建造与毁坏的力量相互抗衡，夹杂着浓郁的悲剧意识。这正是乌托邦的性质，它既指向理想生活的彼岸，又昭示理想生活的不可能。

　　我们的评论家习惯于对作家的创作进行分期。格非在八十年代的创作被定性为先锋小说，九十年代以来的作品则被描述为向现实主义的回归。在这样的文学描述与论断中，格非的写作人为地发生了断裂。但是，我认为，就文学创作的规律而言，"断裂"性质的写作其实是不可能发生的，任何一部小说都是对前期自我的承接与延续，前期的经验也必将在后续的写作中继续发生作用，得到呼应。在格非的小说中，雨季、梦境、女性，这三个词语是前后延续的、连贯的事物。因此，从雨季、梦境、女性三个方面出发进行的解读，就使格非的创作重新成为一个不可分割的整体。它们弥合了粗糙的"断裂"描述所造成的裂缝，也清晰地显形了格非写作时的自我形象：一个在无边雨季中的做梦者，梦见一个美好的女性进入他的梦境。

原载《小说评论》2008年第6期

《山河入梦》与格非的近年创作

张清华

　　如今的小说家中，一直坚持知识分子精神的大概已越来越少了。这不是危言耸听，在一个普遍狂欢的时代氛围中，美学气质也似乎影响甚至主宰了写作的内容，使之朝着迎合公共趣味的方向一路下滑。我不能说作家们已经"集体蜕变"，但至少他们好像都不太情愿承认自己作为一个写作者的"知识分子身份"，因为这样的身份在今天既没有道德优势，也没有了美学优势，谁还稀罕有思想探求和深度喜好的、有严肃美学趣味的写作呢？

　　这说法或许有偏颇之处。因为，"知识分子趣味"似乎不能简单地理解为一种美学风格，追求思想深度也不是知识分子写作的特权与专利，这样说只是一种相对意义上的区分，事实上任何写作都很难确定其究竟是"知识分子的"或者是"非知识分子的"。不过，对于格非来说，我们大概可以毫不犹豫地认定他的风格与身份的知识分子性。一方面，他没有将自己独异的写作立场与风格，消融到世俗化和狂欢化的潮流之中，而是坚持了他自己一贯的精神向度与趣味；同时他又以很强的责任感与自觉性，在对20世纪中国历史与许多重大命题进行着执着的探求。他在近年连续推出的系列长篇小说《人面桃花》（2004）和《山河入梦》（2007），在我看来即是对20世纪中国的历史，特别是革命与知识分子的命运关系的深入书写。以较小的格局介入重大的命题，是格非写作的一个典型特点，从早期大量的中短篇小说，到《敌人》（1990）、《边缘》（1992）和《欲望的旗帜》（1993）等长篇，都是将社会历史的重大命题，装入到线条简练的人物关系与结构形式之中来处理，而且，他还坚持了一贯擅长的内心化视角，即对主体的个体动机，特别是无意识世界的状况的深入探察，这些无意识活动，往往是主人公命运和某些历史关节中具有决定性意义的因素，而这，大概是格非的带有"怀疑论""不可知论"或"宿命论"哲学与历史观念的一部分了。

其实在格非早期的小说中，个体动机对人物命运的影响，乃至对于历史的影响——或者相反，历史中个体无助的命运感、偶然事件对人物的控制，已是他探求的核心。以《迷舟》为例，这篇小说中的主人公萧，因为处于北伐军和军阀孙传芳的对峙形势之中，巨大的现实逼迫他迷失了方向，他的同胞兄弟是北伐军先头部队的指挥官，而他自己则身为军阀孙传芳的部下，一对同胞兄弟在战场上各为其主，居然成为敌人。萧因此而产生了极其脆弱而敏感的心理——他变成了一个哈姆雷特式的人物：先是借父亲亡故的机缘回家奔丧，故意盘桓多日，在与年轻时的偶像杏旧情复燃之后，则更是沉湎儿女情长，一再延误军情，造成临阵脱逃的嫌疑，最后被以通敌罪名处死。在这场悲剧中，敏感而复杂的个体无意识一直控制着萧的思维，他从河边钓鱼、听信算命先生的谶言，到夜奔榆关，又忘记带枪，这一切都是他自我深渊性格与毁灭性自我暗示的结果。至于他母亲最后在院子中关门捉鸡，使本可夺路而逃的他成了瓮中之鳖，看似一个偶然事件，实则是这一错误逻辑演化的结果。

这大概就是格非所理解的个人与历史之间的"错位"关系，在这一点上他的精妙与深度可以说是少有匹敌的。《敌人》中也是这样，一场大火烧掉了赵家大部分的家产，但这场大火在赵家人内心却绵绵不绝地燃烧了几代，赵少忠被爷爷传下来的有纵火嫌疑的"敌人"名单彻底压垮了，他终日生活在"关于敌人的恐惧"之中，表面上看他是要竭力支撑，保住即将衰朽的家底，但无意识却支配着他要早日毁掉这尚存的一切，以尽早结束与"敌人"之间长达数十年的对峙。终于，他秘密杀死了他的两个儿子，使两个女儿中的一个因为堕落而惨死，另一个远走他乡。在这场"剪枝"的工作中，算命瞎子的谶语，还有许多偶然事件的巧合，其实都是主人公个体无意识的幻觉和映像，但它们互相印证，共同完成了"敌人"未完成的目标。

　　不过，早期格非的这些小说虽然在叙事和哲理寓意方面都很有匠心与深度，但历史内容毕竟相对稀薄和虚远了一些。这种情况在《人面桃花》和《山河入梦》中被彻底改变，关于20世纪中国的历史之核，关于"革命发生学"的命题，关于"革命者命运"的命题，关于知识分子与革命、传统与革命、以江湖匪盗为载体的民间意识形态与革命的关系等等重大命题，都同样在不大的格局中被依次展开，被富有心灵深度地予以揭示。在这方面，格非无疑是独到和值得肯定的。

　　《人面桃花》首先是一部典范的中国式小说，他找到了中国传统小说的叙事格调与美感神韵，也找到了适宜的节奏，精致的人物关系与故事结构，这当然使格非的叙述"老辣"了许多。但这部小说的成功和值得推崇之处，我以为首先还不在这方面，而在于它的意念和主题。关于20世纪中国的历史与革命问题，自然并非格非一个人在关注，但几乎所有的写作者都是从外部进入这一主题的，很少有人能够从"心灵"的意义上来介入它。格非也因此将这样一个"时代"意义上的命题，汇入了永恒人性与历史轮回的古老范畴之中。或许小说中的主人公秀米是有某种历史原型的——比如秋瑾一类人物——但事实上，他的写作已经远超出了对于历史人物的诠释动机，他将这一人物的意义升华到了普遍层面。作为书香之后，大户人家的闺秀，少女陆秀米是在完全没有任何准备的情况下遭遇革命的，但这一遭遇也并不纯然是空穴来风，她的父亲陆侃虽已至晚年，却仍沉浸在某种传统的士人文化中不能自拔，对于"桃花源"的痴想使他不但平添了几分书生式的疯癫，最终也使他充满蹊跷地从家中出走。这个血缘遗传对于秀米的一生来说，是一个深层的"命运设定"，是她走向革命的内在基础。这表明，传统文化与革命之间并非是鸿沟式的隔绝关系，恰恰相反，两者之间的深层纠缠是隐秘而且关键的，这一点其他作家未必意识到了。其次，遭遇张季元是秀米走上革命之路的第二个因素，这看似是偶然，其实也有必然。张季元对于革命本身的想象，还有他给予别人的想象，都与"性"这东西密切相关。作为早期的秘密革命党人，他自身的革命动机是不甚明了的，但从他的性格表现来看，强烈的性欲冲动是最显在的一点，他不但与秀米的母亲偷情，还多次引诱未成年的秀米，并且在日记中非常露骨地记录下了对她的性想象。而秀米出于少女本能的道德感，开始十分厌恶张季元的性暗示与性挑逗，但这终无济于事，处于青春期发育与幻想冲动中的她，不由自主地关注起张季元的行踪来，当张季元被秘密杀害之后，他的那本日记成为陆秀米的启蒙读物——可以说她的"性启蒙"和"革命启蒙"是同时完成的，这使得她的革命倾向变成了一种来自生命与血液之中的冲动。

但上述过于"遗传"与"青春"的两个原因只是基础，还需要一个具体的诱发因素，这便是秀米在远嫁他乡途中与劫匪的遭遇。在格非看来，真正的匪盗并非只是道德的异类，他们甚至还是具有创造性社会生活构想的真正动力。花家舍的土匪实际上是集传统士大夫理想、革命者和绿林匪盗三者于一身的一群人物，在这里的奇遇与刀光血影的一段生活，不但结束了陆秀米的"处女"时代，而且真正给了她以见识和胆略，她渐渐适应了这种生活方式，并在土匪火并之后得以与革命党人挂上钩，闯荡东洋，学习了现代社会知识与革命理念，成为真正近代意义上的革命者。

某种意义上，秀米是中国现代历史与文化的一个奇异的交叉点：传统、民间、人文、外来（现代文化）、本能（无意识）诸种因素，偶然而又贴合地集中在了她的身上，使她与革命之间在偶然遭遇的表象下，成为纠缠于一起的不解之缘。但另一方面，也正是这一点导致了她的悲剧，她所进行的富有人文性社会理想意味的革命，试图一揽子解决教育、医疗、公正（法律）、道德、民生等等社会问题，结果只能在"不能承受之重"中走向解体与失败。她本人则由于坚持了血缘中带来的宁为玉碎不为瓦全的性格，最终死于无援的孤寂中。在她的中年之后，革命虽然在别人身上继续延续而且变形异质，但在她身上则终因理念与现实之间无法结合而永远错过。作为个体的香消玉殒，与作为历史的烟消云散，在这个小说中实现了诗意而悲怆的合一与互为映照。

在这部小说中，格非坚持了"从个体心灵介入历史"的途径，绕开了外部政治，他试图揭示中国现代革命之所以发生的心理与文化动源，同时也触及"革命历史中个体的悲剧性处境与命运"，我以为这是前所未有的角度。它或许带给我们的只是体味良久后的沉默无语，但体悟到的东西毕竟是相当丰富的。

作为《人面桃花》的续篇，《山河入梦》在叙事方面似乎有些值得商榷处，比如起笔过"实"，收笔过"虚"，前后有所不一。但整体来看修辞效果就不一样了，《人面桃花》开篇可谓锦绣之笔，但后部和结尾有些过于松弛了；《山河入梦》开篇有些既实又俗的味道，但后部和结尾处却又飞升酣畅的诗意与浪漫之笔。这样看，整体反而显得和谐而有波澜了。总之这部小说在叙事上是有匠意的，虽然与现实的"拉近"有刻意迎合目下的小说潮流之嫌，但我以为它最后的升华仍然葆有了格非式的形而上学意味。

不过上述内容同样不是本文要谈论的中心，我所感兴趣的，是小说对一个"当代的革命者"一个有着知识分子精神背景和哈姆雷特式的灵魂与敏感的人物的命运呈现。在这个意义上，我以为它不仅与上部小说在结构上产生了必然联系，而且在思想主旨上也建立了统一的逻辑。如果说前者讲的是"革命的发生学"，那么这一部讲的则是"革命主体如何被甩出了中心"——事实上前者也已经讲述了类似的故事，陆秀米从一个革命的先驱者，到被抛弃、在独居中余生苦度，大概已经昭示了这样一个规律；但后一部是专门讲述一个与前者有着血缘传承关系的、同样具有"他者""异类"或者"局外人"气质的陆秀米的儿子谭功达的故事，他表明，那些最富有"革命者"襟怀和胸有改变世界、给更多人带来福祉的理想的人，总是最容易遭到误解和最容易受伤的人。在这个小说中，格非有机而艺术地揉进了四个层面的思想：知识分子的精神探求；革命、社会历史与当代生活；本能与无意识世界；存在与虚无的哲学主题。其中后两者是格非一贯的主题，而前两者则更多寄寓了格非近年来的变化，他在这本书中，非常强烈地体现了他对20世纪中国历史与现实的关怀，对这个世纪重大社会政治问题的求解意识，体现了他要亮出一个知识分子的历史观念与精神立场的决心，这一点我以为是值得称道的。事实上，简单的否定和埋葬式的遗忘，一直是当代中国人、当代中国作家对待历史的一个重大缺陷，而格非在他的小说中所试图唤起的正是中国人也已被埋葬好阉割的记忆，所试图摇撼的正是中国人麻木、疲弱和健忘的心灵。

小说的主人公谭功达作为陆秀米的儿子，在参加了共产党革命之后，起初似乎一切照常，解放以后他身处高位，官至梅城县长。但随后，他性格中的某种异样的成分就开始暴露并放大起来：这是一个官场和生活中的异类，不擅长交际同类，也不擅长交际异性，年届四十还单身一人，单是"成家"这一件事就延宕多时，当别人日日精心于人际与官场关系的算计的时候，他却在出神地幻想普济水库建成发电之日灯火辉煌的胜景。这一切注定了他将在这样一个场所中的失败，一切只是一个时间问题罢了。

但格非并未单面化和理想化地处理这一人物，而是赋予了谭功达以分裂又融合的两面性格：一面是他作为"革命者"的素质，一面则是他作为"异类"的本色，格非极富匠心地为他设定了一个中国传统的精神原型——贾宝玉，这使他有别于格非早年小说中的哈姆雷特式的人物，而具有了地道的本土性格。在小说一开始，他与副县长白庭禹、秘书姚佩佩一同乘车经过普济水库大坝之时，遭遇闹事的群众，事情一前一后，格非赋予了谭功达以截然不同的双重性格，之前，是他沉湎于幻想的境界，仿佛贾宝玉再世——"佩佩见县长目光痴呆，与那《红楼梦》中着了魔的贾宝玉一个模样，知道他又在犯傻做美梦了……"继而在拥挤而充满危险的闹事人群中，危急万分之时，谭功达他居然"走神"做起了这样的荒唐之想："谭功达感到佩佩的一头秀发已经拂到了他的脸。佩佩。佩佩。我可不是故意的。她脖子里的汗味竟然也是香的。……她的身体竟然这么柔软！浓浓的糖果的芳香似乎不是来自于糖块本身，而是直接来源于她的唇齿，她的发丛，她的身体……"这分明是一个格非式的人物——"萧"或者"赵少忠"式的人物的再现，但别忙，与此同时还是他，急中生智，断然命令一个持枪的民兵开枪震慑闹事者，结果非常奏效，干脆而漂亮地制止了一场危机。这一幕又充分展现了他粗蛮而"富有革命斗争经验"的一面。

某种程度上，这一节可以看作是整部书中的入口，理解谭功达这个人物性格的入口。显然，政治身份的认同对他来说并不存在犹疑，他所做的一切也都是这个年代共产党人典型的作为，但他又是一个有着敏感的无意识世界的人物，正是在这一点上，他好像继承了母亲的遗传，在他所属的人群中带上了鲜明的"另类"气质，比如他沉湎于自我的世界，似乎刻意地冷淡身边的人，包括提携他的上司聂竹风，他也不会有所逢迎讨好，这表明他根本就不懂政治和官场。当他处于权力核心的时候，所有问题当然不会暴露，可一旦有风吹草动，他必然会众叛亲离成为孤家寡人。当水灾来临，水库大坝发生险情时，所有干部都不无表演意味地出现在"第一线"的时候，他却带着姚佩佩到偏僻的乡村督促沼气池的建设，而且给人造成了不懂政治、不明大局、逃脱责任、缺乏能力的印象，结果被解职。这时他才明白，权力实际上是那么脆弱，对于一个不善政治的人来说，失去权力只是早晚的事，而一旦权力丧失，他就完全变成了一个无助的个体，一个这世界的多余人。

当谭功达被所有的人遗弃的时候，他的身边就只剩下了一个姚佩佩，也只有到这时他才恢复了作为一个人的基本人性与情感常态，但一切都来得太晚了，命运已经给他安排了太多的曲折与磨难，他和姚佩佩的爱情无果而终，且姚佩佩在被迫杀死侮辱她的大人物金玉之后不得不亡命天涯，他们也就只有把希望寄于来世了。姚佩佩与谭功达是格非所理解和同情的一类最具有心灵性与诗意的人物，或者说是真正代表了人性真实的一类人，他们与这世界的搏斗，某种程度上可以看作是良善与邪恶之间、美德与合谋之间的斗争。这样说当然有言不及义处，但总体上这正是悲剧与牺牲的根源，也是作品美与诗意的基础。

"山河入梦"这一意向，当然首先包含了20世纪"革命"的理想本身，同时更是知识分子自古就有的根本抱负。传统的根基与现代的理想，在汇聚到实践性与伦理性这一点上时，无疑都是以"山河"为对象的，这是格非为什么把"山河"作为他的三部曲的第二部的关键词的原因。而"入梦"既是原初的理想，是充满梦想、浪漫与男儿气质的起点；同时又是最后的结局，是充满了落空与破灭的悲剧感怀。从美学上，它当然又重复了《红楼梦》式的传统与经典的意境与神韵，这是格非在文化与审美上自觉表现出来的本体性立场与选择。基于这样一个分析，我认为，格非正在有意识地整合中国文化与美学的传统资源，并试图在他的小说世界中体现这样一个宏伟的计划与蓝图。虽然，我现在还不能即刻就断定格非已然成功地体现了这个蓝图，但是我将充分肯定这种努力与尝试，这样的雄心乃至"野心"是可贵的，也是必须的。中国当代的作家只有充分建立了这样的观念，中国的文学才真正有了希望。

原载《文艺争鸣》2008年第4期

格非的神秘主义诗学

刘　伟

　　"神秘"作为可以感受不可言说的主观体验为人类所共有，这种体验在理性主义兴起以前，与宗教、巫术等搅和在一起，影响着人们的生活。它使人们明了自身的限度，承认宇宙的广阔无界与难以认知。然而，随着近代理性主义的兴起，神秘的世界开始了"祛魅"的旅程，万物开始在理性、科学等知识的解剖下呈现出机械冰冷的外形，世界变成了一堆等待认知的因果关系。以笛卡尔、培根哲学和牛顿经典力学为范式的理性主义成为新的信仰旗帜，为启蒙者所挥舞，人类社会开始了漫长的现代性进程。到尼采宣布"上帝死亡"的时刻，世界已经没有任何"神秘"可言。然而，新的理性的乌托邦却并没有因此如期而至。在理性的大纛下，人们发现，非理性的行为在不断增加。两次世界大战更是给整个人类带来深重的灾难，人们开始陷入一种更为深刻的精神危机。正如霍克海默和阿多诺在《启蒙辩证法》中写的那样：启蒙主义，经过几个世纪的发展正在走向自己的反面。"人类不是进入到真正合乎人性的状况，而是堕落到一种新的野蛮状态"。这让人们不得不重新审视理性与科学。

　　在与王安忆的一次对话中，张新颖这样说道："科学有点自大，科学认为，没有它不可以解释的事情。其实，世界上有很多事情是不可以解释的，你一定要为不可以解释的事情留下一个空间。"在我看来，这即是对神秘主义的一种浅俗直白的表达。人们的认知仿佛走了一个曲线，如今重新回到神秘主义之上。然而，经过"祛魅"的神秘主义毕竟不同以往，它不再具有宗教、巫术等精神外形，而是演化为一种诗性世界观。关于这一点，毛峰在《神秘主义诗学》一书中有精彩的论述。他认为："神秘主义，从根本上来说，是一种把握世界把握生命的诗性世界观。它如其本然地看待无限的宇宙，深知有限的人类对无限的宇宙的了解是极其有限的，宇宙作为无限存在，其本源、意义过程和归宿是神秘莫测的。""在处理无限的、神圣的事务时，理性仅仅是条件而不是准则，在这些领域，诗意的、直观的、神秘的把握方式才是构筑人文世界和精神世界的基本精神。"

可见，神秘主义与文学具有天然的亲缘关系，它体现为一种"诗性智慧"，它向万物投去亲和的目光，同时又充满不可言说的敬畏。而文学作为诗性把握世界的特殊方式，本身便具有神秘主义的一维，柏拉图说作家是神的抄写员，弗莱也视文学为"移位的神话"。然而回望20世纪中国文学，我们不难看到，文学书写的神秘面相一直隐没在文学史的边缘，激进式展开的现代历史使中国文学主流获得了一种明朗刚健的叙事风格，现实主义成为感时忧国的中国作家们的首要选择。按照杰姆逊的说法，现实主义就是"解神秘化"的，或"非神秘化"的，它"摧毁一切神圣的残余，把世界从错误和迷信中解放出来，使它成为一个可以被科学说明、衡量，挣脱了一切旧式的、神秘的、神圣的价值客体"。这就提示我们，在现实主义雄踞主流的同时，神秘主义势必会作为被排异的"他者"遭到驱逐和批判，发生在上个世纪20年代的科玄论战即为此提供了一个很好的证明。到了上世纪50至70年代，我们看到，神秘主义更成为文学叙述的禁地，因为它与一个以唯物论为官方哲学的时代势必发生龃龉。革命的起源与意识形态的合法，这一切都需要斩钉截铁的回答，任何神秘或者遮遮掩掩的叙述都将会被视为对主流意识形态的冒犯而遭到驱逐。然而时光流转，历史在上世纪80年代展开了自己新的一页。人们终于可以不再根据意识形态的推论进行文学表达，那些被压抑的历史情愫也终于可以得到释放和抒发，人们仿佛在突然之间重又瞥见了这个世界的神秘，文学轻盈起来，增加了一张神秘的面孔，与此同时，现实主义"独当一面"的历史也渐趋走向终结。

作家们首先针对"真实"这个概念发难。余华说："由于长久以来过于科学地理解真实，真实似乎只对早餐这类事物有意义，而对深夜月光下某个人叙述的死人复活故事，真实在翌日清晨对它的回避总是毫不犹豫。因此我们的文学只能在缺乏想象的茅屋里度日如年。在有人以要求新闻记者眼中的真实，来要求作家眼中的真实时，人们的广泛拥护也就理所当然了。而我们也因此无法期待文学会出现奇迹……当我发现以往那种就事论事的写作态度只能导致表面的真实以后，我就必须去寻找新的表达方式。寻找的结果使我不再忠诚所描绘事物的形态，我开始使用一种虚伪的形式。这种形式背离了现状世界提供给我的秩序和逻辑，然而却使我自由地接近了真实。"可以看出，"真实"在这里已不再是客观现实的对应物，它可以是任何想象或者存在，这种对"真实"的理解为神秘主义的滋生提供了土壤，文学再次成为"虚构的热情"的产物，成为作家自由驰骋想象的精神飞地。于是，长久以来处于被压抑状态的神秘主义，终于重返文学叙述，变成了一种解放性的力量，使昔日被意识形态板结的文学重新变得摇曳多姿。

格非正是在这样的文学史氛围中脱颖而出。他曾在一篇文章中写道："没有什么比'现实主义'这样一个概念更让我感到厌烦了。种种显而易见的，或稍加变形的权力织成了一个令人窒息的网络，它使想象和创造的园地寸草不长。"正是基于这样的判断，格非开始营构自己的神秘主义诗学。他习惯于沉思默想，追忆似水年华，虚构扑朔迷离的故事，制造诱人深入的悬念。他精心结撰的故事常常是令人迷路的"交叉小径的花园"。他近得西方现代主义小说堂奥，远绍古典小说传统，在古典与现代之间写作人生如梦的故事。他用神秘主义的眼光打量这个世界，拒绝承认现代理性、科学知识规划中的世界图景。总之，种种文学征象表明，格非对神秘主义诗学情有独钟。本文即是试图切近格非这种神秘主义诗学的一次努力，论述将从以下三个方面展开。

一、经验与书写：神秘主义诗学观的生成

　　一个作家的写作是如何发生的？这无疑是一个非常玄妙的问题。对于那些认为"作者已死"的理论家而言，这样的问题更是显得无关紧要。但是我们毕竟不能完全切断作者与文本之间的联系。一个作家选用的题材和形式，以及他的审美态度和独特的个人风格都可以在他的个人经验与诗学观中找到蛛丝马迹，因此传记批评并不像新批评理论家所认为的那样一文不值，所以本文仍将选用这一方法去考察格非的个人经验与其神秘主义诗学观之间的关系。

　　格非1963年出生于江苏省丹徒县。他小的时候，那里还没有通公路，油灯曾经陪伴他度过许多童年的夜晚。很难想象在这样一个闭塞之地会诞生这位搅动一时文学风气的先锋作家。连格非本人，也就是当时那个叫刘勇的农村孩子，也没有想到自己会与写作有什么瓜葛，语文老师的表扬也只不过增加一点儿童年的甜蜜罢了。第一次高考失败后，他的母亲甚至已经将一位木匠师傅请到家中。很有可能的是，那个在后来写出《迷舟》《褐色鸟群》等精致玄奥作品的人会就此变成一个手艺不错的木匠。可是历史终究没有挥霍他的才华，一个素不相识的小学校长走进了格非的家中。他因为自己所在的乡里没有一个人能够考上大学而无比气愤，听说落榜的格非是中学里的第一名，便千方百计找到他的家中，推荐他去县里的重点中学复读。这对于一个身处生活灰暗之中的年轻人来说，无异于雪中送炭，以至于他如此感叹道："我就发现我的命运在不断地被改变，而且这些改变确实都是外力。我现在想起来觉得这些完全是不可思议的。所以我一直对这个世界充满了感激，不管这个世界变成什么样的状况。我觉得有很多东西是我无法说明的……"就这样，生活本身的"神秘性"在他面前显示出来，一个偶然到访的陌生人改变了一切，他使一个将要与木头打一辈子交道的年轻人变成了一个用文字经营自己"纸上的王国"的先锋小说家。任何熟悉格非小说的读者都会发现，这正是格非许多小说的影子。陌生人，偶然，意想不到的命运改变和结局，这些在后来漫溢在格非小说叙述中的因子，早已在他的成长经验中播下了种子。这些种子在虚构的世界里获得了旺盛的生命力，或者被敷衍成扑朔迷离的故事，或者幻化成文本奇观。

在《人面桃花》中，来到"普济"的诸多陌生人：张季元、庆生、庆德、弹棉花的，无一例外，都给这个村庄带来了变动。他们或者是革命党，或者是土匪，或者是军官，如投入湖心的一颗颗石子，掀起叙事的波澜。小说正是依靠这些外来的力量，获得了充足的叙述动力。人的命运，"普济"的命运，就这样被这些神秘兮兮的陌生人暗度陈仓一般悄悄地改写了。

在小说《相遇》中，我们则可以看到偶然性在格非文本中的作用。

> 约翰·纽曼心里想的是婉言谢绝，而口头上却立即应承下来……这样一来，这件事至少导致了两个后果：从长远的时间来看，它引发了后来的一系列变故，而在眼下，基督教传教士和大喇嘛即将同宿一处，使两个人都感到心情紧张。

在这段叙述中，一次莫名其妙的"口是心非"，扭转了整个叙事的方向，一系列无法预测的事件也由此发端，这就使偶然性变成了文本的支点，小说叙事也自此而始滑入了神秘的轨道。

南帆在一篇评论格非小说的文章中说道："智者的标志之一即是，明智地承认现实之中存在许多无法窥破的神秘。这使智者始终对于具体而微的现实保持了不懈的兴趣，智者享受神秘。诗、棋、卜卦、预感和无故死亡时常出现于格非的小说中，这暗示了格非对于神秘的敬畏。"这真是所言不虚。但有一点需要指出，那就是格非对于神秘的这种敬畏深植于他的个人经验。大学四年级时的一次方言调查，让他感到事物本身的不可认知。"九姓渔妇"到底指涉什么成为一个沉积在历史深处的谜团。格非的查访使各种不同的叙述浮出水面，然而众说纷纭的解释终于使这个能指不堪重负，于是，"九姓渔妇"这一能指的真实指涉又湮没在重重叙述之中。这直接促成了格非《青黄》的写作，查访与存在的本源性缺席之间构成的张力使小说叙述扑朔迷离。这让读者的阅读变成了一次靠近存在的旅途，存在本源性的最终悬置，逼迫读者进入形而上的玄思。这就使世界本身的神秘性在写作中得到复原，读者的智力被压榨出来，世界的神性光辉得以重新闪现。

上面的论述无疑表明，在作家的个人经验与写作之间存在一条秘密通道，源自现实的神秘体验会逐渐转化成作家的诗学观，进而影响到实际的创作。在格非谈论写作的文章中，我们可以很容易地找到他对写作神秘性的认识，以及对词与物之间的神秘关联的表述。"写小说就是这样，你的想法跟你的完成之间的关系谁也说不清楚，你无法把握最初产生的那种情绪、念头会发展到哪里去"。这段引文从本体论的意义上说明了写作本身的神秘性，和那种传统的现实主义诗学观区别开来。写作在这里是一种无法把握、不可预测的精神活动，而不是那种预设了某种方向的线性运动。这样一来，叙事便不再指向叙事的目的性，而是走向叙事的反面，从而使叙事本身变成了显现存在神秘性的一种行为。这似乎产生了一个悖论：神秘本是不可言说之物，而格非的写作却要倔强地冲向那些神秘的领地。这样的矛盾该如何解决呢？

格非说"作家的重要职责之一，在于描述那些尚处于暗中，未被理性的光线所照亮的事物，那些活跃的、易变的，甚至是脆弱的事物"。可见，他把目光投向了那些尚未在现实中显明自己的事物，经由这样的写作路径来窥见事物的神秘，以此来超越个人经验的有限性，通往浩瀚无际的存在本身。为了更好地理解这一点，有必要引入格非对"存在"与"现实"两个概念的区分。他认为："存在，作为一种尚未被完全实现了的现实，它指的是一种'可能性'的现实……存在则是断裂状的，不能被完全把握的……存在必须去发现、勘探、捕捉和表现。"由此我们看到格非对于"不能被完全把握的""存在"的敬畏。这种敬畏为他的小说竖起了一块"可能性"的路标，所有的叙述都变成了通往未知的词语旅途。词与物之间就这样建立起神秘的关联，词的光束照亮那些幽暗之物，而物也通过词语留下自己神秘的踪迹，神秘与言说之间就这样达成了和解。

二、现代与古典：神秘主义诗学的传统

在传统中写作，是每一位作家的宿命，没有人能孤绝于传统之上成为超越

之物。英国诗人、评论家艾略特在《传统与个人才能》一文中认为古今作品构成一个同时并存的秩序，作家的成长过程即是"不断地牺牲自己，不断地消灭自己的个性"。这听起来未免有些绝对，但也道出了一部分真理。因此，厘清格非写作的文学传统无疑会有助于我们找到其神秘主义诗学的源流，从而更好地理解其创作的意义。

格非曾在多种场合说自己是个"业余作家"，因为大学毕业后他一直在高校任教。阅读和教学构成了他的大部分生活，这无疑会影响到他的写作。我们可以在格非的小说中感受到一股浓烈的书卷气，中外经典文艺著作以及电影都成为他写作的源头活水。小说《欲望的旗帜》写的就是一种学院生活，叙述语言更是充分学院化的，我们可以看到，格非从不忌讳在自己的小说中谈诗论艺。

> 曹雪芹在写作《红楼梦》的时候，显然是遇到了这样一个难题：面对虚幻而衰败的尘世景观，他的梦因无处寄放而失去了依托。因此，他不得不像布莱克所说的那样，一个人在无路可走的时候，强行征用爱情。

这段话是《欲望的旗帜》第二章第十五小节的一个开头，千万不要以为这只是一处信马由缰的闲笔，整个第十五小节，格非都在谈论曹雪芹。可以看出，格非从他的阅读中获得了写作的智慧，那些虚构的纸上王国滋养了他的想象力，拓宽了他的书写疆域。与此同时，也使他的小说呈现出较强的"互文性"。各路名言警句"移针匀绣，添丝补锦"，织就出丰腴的小说肌理。

> 在他与张末离婚前夕，她终于忍不住读完了那本《卢布林的魔术师》。她认为这是一个不祥之兆。整整一个晚上，她的眼眶都是潮湿的。那个名叫雅西亚的魔术师在经历了一生漂泊、半世沧桑之后，回到了故里。在别人看来，他与以前没有什么两样，只有他自己才能听到心脏的碎裂之声……

很显然，像这样的引述和评论对于整个文本来讲已经不仅仅是一种装饰，它深度参与了文本的叙事，和人物心理紧密相关。它将小说拖曳到一种传统之中，如果想确切了解作者的修辞意图，读者需要具有广阔的知识。卡尔维诺在《未来千年文学备忘录》中倡导一种"百科全书式"的小说，格非的小说创作仿佛正是对这种写作梦想的一种切近。他在援引各类知识、使用各种文体的同时，也在创造知识和文体，这显然不是为了教育或炫学，而是意在突破各种主流知识为我们划定的疆域，通过叙事来想象以及认识那疆域以外神秘的存在。如果愿意继续寻章摘句，我们可以找出更多的例子来说明格非的博闻强识，但这并不是本文所要达到的目的。我们只是意在发现那些频繁出没在格非小说中的中外经典向我们传示出的写作传统。可以看到，20世纪西方现代主义小说和中国古典诗学所积累的艺术经验，构成了格非写作的两大艺术来源。它们对格非的影响绝不仅仅止于片言只语的引用上，而是深入骨髓，它们像不断分裂的基因一样构成了格非的小说肌体。弥漫在格非文本中连绵不绝的追忆让人想到尤利西斯与马尔克斯，丰富多样的神秘隐喻则让人联想起卡夫卡，而那些方向不明难以捉摸的意识流动，无疑表明格非是在向乔伊斯敬礼。这些从西方现代小说中学来的诗学技艺可以很好地解释格非小说的神秘主义特征和文体的现代性，但本文不拟在这一个面向上深入研讨，因为学术界已多有论述。本文试图揭示的是，为什么我们能在格非的小说中感受到一种扑面而来的古典气息，他与中国古典诗学的传统构成了怎样的关系。

在2005年的一次访谈中，格非说道："我以前认为要写好小说，应该多看国外的东西。重视小说的哲学内涵，对中国古典文学非常忽视。但现在我觉得中国文学、中国作家要获得新生的话，只能从中国古典文学中吸取营养，因为人物和故事才是小说的血肉，而中国古典文学作品就有着非常生动的人物和故事以及臻于完美的结构。""中国文学作品有一种可亲的入世情怀，有人伦，也有神秘的天数。"这番话出自一位先锋作家之口别有意味，经过多年的沉潜，这位最具现代主义精神的小说家终于开始有意识地开掘中国自己的传统，从中汲取诗学经验。事实上，即使在上世纪80年代格非初登文坛的时候，也脱不了与中国古典小说诗学的干系，笼罩于他小说之上的那些谶纬预言，活动于其文本之中的卦师、术士都可以在明清小说中找到渊源。另外，像《锦瑟》这样的作品，本身即可以看作是从古典诗歌到现代小说的文体转换。虽然诗被小说化了，但主题意蕴都宛若往昔，生成的小说文本像李商隐的原诗一样神秘难解，为当代文学提供了持久的话题。到了新世纪，格非开始更加自觉地吸取中国古典诗学的经验。他在苏州大学的"小说家讲坛"上即以《中国小说与叙事传统》为题。在新世纪出版的两部小说《人面桃花》与《山河入梦》更可以被看作是对中国古典诗学传统的敬礼，因为在这两部小说中，汉语以一种古典、精致、优雅的姿态演绎了贴近人世又有神秘天数在内的小说诗学。读过《红楼梦》的人都知道，贾宝玉梦游太虚幻境，看到了那些昭示每个人命运的神秘判词，这种手法可以说完全是中国化的。格非的《人面桃花》无疑从中受到了启发，因为他也试图在文本中给出某种提示，来为将来的人物命运埋下伏笔，不过这种提示来得更为隐秘。在小说的一开始，格非叙述"父亲"发疯的原因时谈到了一张韩愈的《桃源图》，这看似不经意的一笔，实则寄托遥深。读完整部小说我们就会发现，小说的主题就是人与"桃源"的关系，与乌托邦的关系，无论是"父亲"还是"秀米"，他们的命运都身系"桃源"，因此那张图绝不是兴之所至的随意叙述，它在一开始就制造了某种神秘的气氛。再看下面这半句诗："金蟾啮锁烧香入"，在小说中，"父亲陆侃"将其写作"金蝉啮锁烧香入"，为此他和"丁树泽"两人发生了争吵。为什么熟悉李义山诗作的"父亲"会犯这样的文字错误呢？这无疑会给读者留下疑问。实际上，这又是格非从古典诗学中学来的一个技巧。在古典小说中，鸿雁传书抑或作诗酬对，都不仅仅是像它们看起来那么简单。所传之书、所作之诗，哪怕做了一点小小的文字改动都是富有意味的。"陆侃"之所以笔误，将"金蟾"写作"金蝉"，无非是格非想在文本中留下一个印迹，启发读者。因为"金蝉"是后文出现的"蜩蛄会"的信物，"陆侃"也许早就发现了妻子与张季元之间的暧昧关系，而这会不会是他发疯的一个原因呢？真可谓是"草蛇灰线、伏脉千里"。

在中国古典小说中，无论亭台楼阁还是天庭洞府，在起名字时都很讲究。最突出的例子要属《西游记》。所谓"斜月三星洞"本是一个"心"字，"陷空山无底洞"更是对欲望无底的一种隐喻性说明。格非深谙此道，在《人面桃花》中，他将这种隐喻性的手法运用到地势描写上，"花家舍"的湖心小岛就是这样一个例子。他在小说中设置了这样一个孤绝的空间，被水围住。在"秀米"未到之前，这里只有一个尼姑。可以看出格非的良苦用心，他是想将"秀米"放置在这样一个空间里，让空间的状态来暗示她内心被围困的状况。在小说后来的叙述中，我们可以看到，格非用一段对话将这一事先埋伏下的隐喻自行揭破了。

> "我不知道自己要做什么，除了死。"秀米道。
> "那是因为你的心被身体囚禁住了。像笼中的野兽，其实它并不温顺。每个人的心都是一个小岛，被水围困，与世隔绝。就和你来到的这个小岛一模一样。"

我相信，读到这里，读者都会感到格非对作品的用力之深，他甚至将心思用到了小说语言的每一个毛孔上。任何看起来若无其事的情节、环境与人物的命运都可能存在神秘的勾连。秀米从初潮后的羞赧到来花家舍以后对自己身体的毫不在意，里面都含有深意。他意在告诉读者的是"秀米"由身体的觉醒到内心的觉醒的过程。因此我们可以说，格非对古典神秘主义诗学手段的运用可以说是挥洒自如了。

通过以上的分析，我们不难得出这样的结论：格非的神秘主义诗学并非空穴来风，它有着可以描述的文学谱系。通过对中西诗学传统中神秘诗艺的汲取，格非为当代中国小说的写作提供了另外一种想象空间和诗学路径。

三、追忆与冥想：神秘主义诗学的运思方式

在《文赋》中，陆机这样来形容作家在创作运思时的状态，他说："精骛八极，心游万仞。"可见作家的运思是何其自由。时间和空间在作家创作运

思时失去了权威，诗心所到之处，万物勃生，纵使是现实世界"子虚乌有"之物，小说文本也会照单全收。对于这样自由无羁的精神活动方式，研究者该如何把握呢？我们不妨把小说看成是一种语词运动的结果，词语的排列，句子的编织，无疑是沿着作家的运思路径向同一方向汇聚的，所以除作者的夫子自道外，我们还可以在小说文本中找到作者的运思痕迹，了解其创作发生的方式。纵观格非小说，我们发现，追忆与冥想是他最为主要的创作运思方式，也正是这种方式将格非的创作引入了一种神秘主义诗学。

格非认为："小说的重要功能之一就是反抗遗忘。"而追忆无疑是格非反抗遗忘最为有效的策略，他发表的第一篇小说即以《追忆乌攸先生》为题，2004年出版的《人面桃花》更被他视为"返回久已不存的故乡的想象性旅途"。我们可以发现格非小说中的叙述者也总是习惯于抚今追昔、心游万仞，以追忆的姿态进行小说叙事，这便使他的小说始终笼罩着一种回忆的氛围，叙述在过去、未来、现在之间自由流动，轻逸迷离而又神秘朦胧。

> 现在，我依旧清晰地记得那条通往麦村的道路。多少年来，它像一束幽暗而战栗的光亮在我的记忆里闪烁不定。我记得那是一个遥远的四月……

这段话出自《边缘》的开头，第一人称"我"在叙述的发端就将读者带入了一种追忆的情境，接下来以回忆为逻辑，叙述在"我"的童年、青年、老年之间自由跳转，进而生成了整个小说文本，因此我们可以这样说，追忆已经不仅仅是格非小说的运思方式，它已经在叙述之中内化成小说的结构，它既是小说的逻辑，又是小说本身。

另外，在格非的小说文本之中，我们不难发现这样的发语句式："我还记得……""我一想到……"它们往往成为叙述聚焦转换的开端，使叙述轻而易举地转入另一段时空之中。这就造成了故事时间和叙述时间的倒错，读者若想弄清叙述的真相，就只能在跟随叙述时间向前流动的同时追踪和重构故事时间，从而使阅读变成了一个猜测与印证、回忆与想象的神秘过程。从这一点上，我们甚至可以说，格非以追忆为叙述动力写就的文本获得了一种存在性的结构，它向读者敞开，然而又并非一目了然，它压迫出阅读的质量，在榨干读者智力的过程中完成自身，从而也使阅读本身变成了一种靠近存在的神思与勘探。

诗人王小妮曾说过这样的话："不可再现，对于历史学考古学，可能是困惑，而对于文学，它恰恰是空间，张力，容量，个性和创造。不真实的真实，就是诗意的空间，这空间可太大了。"这真是一种深刻的洞见。格非的小说正是在这种诗性的空间内和时间进行的较量，它以追忆的方式进入已经杳然不存的时空。在1988年发表的《褐色鸟群》中，格非追忆了1992年春天发生的事情，这显示出他对这种小说运思和结构方式的偏爱，同时也表明，他对追忆在过去与现在之间制造出的诗性空间的艺术自觉。他显然已经意识到，那些记忆模糊甚至已经断裂的地带是诗性得以发挥自身的领域，神秘的叙述会修补已经微弱暗淡的时间，进而勾勒出存在的外形。列维·施特劳斯说："有些属于遥远过去的小细节，现在突兀如山峰，而我自己生命里整层整层的过去却消失无迹。一些看起来毫不相关的事件，发生于不同的地方，来源于自己不同的时期，都互相接触交错，突然结晶成某种纪念物，好像是建筑师所精心设计出来的，远比我自己个人生命史更见智慧。"这段话说明的也是上述道理，追忆会使各种神秘的事象沿着时间的方向凝结成某种晶体，这种晶体上面闪烁着追忆主体自身也未曾想见的光芒，它像星空一样神秘难解。

作为一种运思方式，冥想常常与追忆相伴而生。它是人与世界沟通的一种神秘方式。在冥想时，主体常常处于一种静寂的状态，这与海德格尔式的"聆听"很相近，它诉诸沉默不语，但内心却实现了与存在的对接，直感到宇宙的奥秘。正如梅克林特所说："当生命进入一系列宁静的顷间，冥想君临我们的时候，我们就能够看见和听到这些规律。"

在《树与石》的自序中，格非这样写道：

　　我随手写下《树与石》这个书名，并无特殊的含义。也许它仅仅能够留下一些时间消失的印记与见证，让感觉、记忆与冥想彼此相通。

一个人若是在作品的意境中沉浸得太深，他本人亦将会不知不觉地成为一件虚幻之物，成为词语家属中的一员。词语为他的梦境创造形态，替他的愿望勾勒出最初的雏形，并赋予他一切的意义。

　　这段话十分清晰地向我们显明了冥想对于格非的意义。它一方面是格非小说创作的运思方式，一方面构成其小说文本的内容。同时，它又让创作主体处于一种虚化状态，将人的精神引向认识能力所没有达到的领域，从而完成心灵对神秘世界的占有。对作为生存个体的人来说，他无法穷尽世界的一切领域，他的认识能力在无限的宇宙面前显得很渺小。但冥想使人能够用另一种方式去把握认知能力所无法把握的大千世界给人的神秘感，并借助词语使神秘的存在得以显形。另外，它还延伸到小说的人物当中，深度参与了文本的生产。在格非的作品中，我们经常可以发现小说人物陷入某种静寂之中，他们或是面对天空浮动的云影，或是凝视水中的树桩，或是深陷藤椅之中，周围的一切仿佛全部被抽离出去。他们企图在一片静寂之中谛听自己的命运。《敌人》中的赵伯衡、赵少忠，《边缘》中的仲月楼，《人面桃花》中的秀米都有这样冥思的时刻。这无疑增加了作品的神秘气氛，他们究竟领悟到了什么？他们的命运将会如何？种种疑问让读者置身猜想之中。另外，我们还可以在格非的作品中发现许多"阴暗的房间"，这是最适宜于冥想的地方。在某种重大的变故之后，格非一般会将人物放置到这样的空间里密闭不语、玄思冥想，参悟自己人生的谜团。

　　"面对着这间四面不透风的房间，柳柳有一种恍若隔世的感觉……她不知道父亲为何突然决定搬到这间见不到阳光的房子里去住"。这里说的是《敌人》中的"赵少忠"，他被恐惧缠绕，住到这样的房子里去，显然是想参透那场大火的秘密。《人面桃花》中的"秀米"则在被释后住进了父亲当年幽居的阁楼，她不仅将自己与外界在空间上分割开来，而且开始"禁语"，用沉默使自己从语言中隔离出来。笔者认为，这样做的目的一方面是惩罚自己，一方面是为了整理自己的个人生活史，冥想人生的真谛。

　　综上所述，我们可以说：追忆是对自我在时间中的凝视，冥想是对世界的静观，两者的相互缠绕构成了格非小说写作神秘的运思方式。它们一方面在作家与世界这一层面增进两者的互动；一方面在虚构人物与文本之间左右缝合。它们如同语言学中的历时之轴，凝聚起世界深处的词语，使存在的神秘在语言的运动中向人们敞开。

在《写作的恩惠》一文中，格非引用卡尔维诺的话说道："写作有些类似于在一片密林中开辟道路，它使我们能够感到事物的神秘，它的韵律和节奏，它的呼吸，它不安的悸动；通过写作，我理解并能想象存在的奥秘和浩瀚，它无法被人们的感官和思想所穷尽。"这段话无疑可以用来概括格非的神秘主义诗学，他的写作就是这样一种通往存在与神秘的旅程。这让格非的写作在当代具有了不同寻常的意义。

可以看到，在当下的文坛，还有那么多作家的写作被湮没在经验之中。身体、性、政治丑闻，任何隐秘的事物都可以公之于众。这样的写作对存在缺少一种起码的敬畏之心。它们只能与消费文化互为表里，被改装成文化商品到处贩卖。它们不能促使读者反省自身的处境，也不能改变自己注定被文学史遗忘的命运。格非的写作在这种语境中下凸显出自身的意义。他让人们在神秘中领略到氤氲的诗意，让人们明了自身的界限，恢复对存在本身的敬畏之心。

原载《文艺评论》2009年第1期

参考文献

［1］《启蒙辩证法》导言，重庆出版社，1990年版，第1页。

［2］王安忆、张新颖《谈话录（二）：关节口》，渤海大学学报，2007年第2期，第45页。

［3］毛峰《神秘主义诗学》，生活·读书·新知三联书店，1998年11月北京第一版，第46页。

［4］［美］杰姆逊《现实主义、现代主义、后现代主义》，《比较文学演讲录》，陕西师范大学出版社，1987年，第33页。

[5]余华《虚伪的作品》，见《余华作品集》（第2卷），中国社会科学出版社1995年版。

[6]格非《十年一日》，《塞壬的歌声》，上海文艺出版社，2001年版，第68页。

[7]任赟、格非《格非小传》，《欲望的旗帜》，春风文艺出版社，2005年1月第1版，第271页。

[8]格非《相遇》，格非文集《眺望》，江苏文艺出版社，1996年版，第54页。

[9]南帆《纸上的王国》，《读书》，1999年第2期。

[10]林舟《生命的摆渡——中国当代作家访谈录》，海天出版社，1998年第1版，第66页。

[11]格非《十年一月》，《塞壬的歌声》，上海文艺出版社，2001年版，第67页。

[12]格非《小说叙事研究》，清华大学出版社，2002年版，第15页。

[13][美]艾略特《传统与个人才能》，载《"新批评"文集》（赵毅衡编选），中国社会科学出版社，1988年版，第28页。

[14]格非《欲望的旗帜》，春风文艺出版社，2005年版，第79页，第130页。

[15]可以参见张学军《博尔赫斯与中国当代先锋写作》，载《文学评论》，2004年第6期。

[16]《回到生活的常态——格非、马原对谈录》，《社会观察》，2005年第8期，第37页。

[17]参见《当代作家评论》，2005年第2期。

[18]格非《人面桃花》，春风文艺出版社，2004年9月第1版第99、100页。

[19]蒋凡、郁源《中国古代文论教程》，中华书局，2005年版，第67页。

[20]格非《守护记忆，反抗遗忘》，载《当代作家评论》，2005年第3期。

[21]格非《寂静的声音》，江苏文艺出版社，1996年版，第211页。

[22]王小妮《小说的当下性和诗意》，载《当代作家评论》，2005年第6期。

[23]列维·施特劳斯《忧郁的热带》（中译本），北京三联书店，2000年版，

第39页。

[24] 梅克林特《卑微者的财富》，转引自童庆炳、程正民主编的《文艺心理学》，高等教育出版社，2001年版，第128页。

[25] 格非《树与石》自序，江苏文艺出版社，1996年版。

[26] 格非《寂静的声音》，江苏文艺出版社，1996年版，第126页。

[27] 格非《塞壬的歌声》，上海文艺出版社，2001年11月第1版，第3页。

格非
研究资料

迷失在时间中的"缺席者"

——论格非小说的时间与人物设置

张　霞

　　格非是先锋派作家。有关先锋并没有固定而清晰的定义，谢有顺在谈到先锋时这样认为："先锋拒绝主流价值的领导，它最本质的特点是，自己领导自己。如丹尼尔所说，先锋只'存在于对流行方式的反抗中，它是对正统秩序的永不衰竭的愤怒攻击'。因此，所谓先锋，其实就是一种精神的自由舒展，它是没有边界的——任何边界一旦形成，先锋就必须从中突围，以寻找新的生长和创造空间，所以，真正的先锋一直在途中，他不会停止；他虽然一次又一次地重新出发，但永远也无处抵达。"①

　　作为一个有先锋意识的作家，格非的写作是有独创性的。他在大量小说中多处"设疑"，带着种种疑问展开对故事的叙述，依靠主人公模糊的记忆和现实的直觉，读者不断穿梭、闪回在时间和历史的迷雾中。他小说中的时间顺序被一再打乱，时间总是这样或那样地陷于停顿，读者只能在此间徘徊、推测，而主人公只能依靠一些飘散的意象，通过重建记忆而重建自我，小说呈现出一种扑朔迷离的美感，主人公自我的困扰也暴露在现实和回忆的交错中。他不再

---

　　①　谢有顺：《先锋文学并未终结——答友人问》，《人大复印资料（中国现当代文学研究）》，2005年第5期，44—48页。

以惯常的无所不知的全知视角讲述故事，而注重从一种个人化的经验来表达对外在世界的看法，这种视角所带来的空白和疑团，更加真实地贴近了人的存在状态。

"缺席者"是格非大多数作品中一类特定的人物形象，这类人物多具有以下特征：首先，他们不在叙事现场，或者从未正面出现过；其次，他们的事迹或行动多见于别人的回忆和叙述以及其他材料的见证和记录中；最后，"缺席者"不再是一个独立饱满的人物形象，而是担任各种各样的叙事任务，成为被悬置的空缺，参与构成故事的时间纬度，并深刻地影响着故事情节的发展。有些"缺席者"在小说中已死去或出走，成为故事的一种深沉的底色或背景；有些"缺席者"是作为疑团出现的，他们的身份之谜成为贯穿小说的线索。

一、作为背景出现的"缺席者"

小说《迷舟》中的"缺席者"是萧的父亲，他在故事开始时已经死亡，留下的是遗照和信件，他存在于萧的回忆中，却对整个故事有无法抹去的作用。小说《迷舟》的故事本身并不复杂，然而时间的瓦解使故事的结构富有张力，主人公萧的零散记忆给故事带来迷幻的意境。空洞的时间总是使人陷入一种忧郁，这种忧郁在故事开始时已经在萧的冷漠、疲惫、烦躁中透露出来，那些充满旧日气息的记忆突然涌入将萧置于无从整理的迷乱之中。这位北洋军年轻的旅长，一段可谓不平凡的个人史的主人，大量的回忆与感觉的拥有者，在故事里却只能无能为力地从地图上滑过，被带入一个蓄谋已久的圈套。在小说中，"历史"和"生活"变成了时间中飘散的意象，随着主人公的回忆，我们像进入一个迷宫，进入一个无法把握的历史和命运中，体会主人公的困惑。

在《迷舟》那里，小说中那段遗忘的时间，显然就是"缺席者"父亲的时间。在作品开始，父亲已经作为一个强大的磁场吸引着萧的思绪偏离了现实的航线，从某种意义上说，父亲的存在为整个故事定下了基调。在故事的引子里作者似乎在介绍萧的身世，但事实上也是在讲述萧的父亲的历史："他的父亲是小刀会中为数不多的幸存者，也是绝无仅有的会摆弄洋枪的头领之一，他的战争经历和收藏大量散失在民间的军事典籍使萧从小便感受到了战火的气氛。"①父亲的时间就像一片阴影，从来没有离开过萧，它只是在萧徒劳的抗拒中越来越从他的意识深处显现出来。萧几乎所有的重大行动都与父亲的存在有关，当"结局"的"前夜"萧偶尔走进父亲的房间时，他像是按时赴约来领取父亲留给他的沉默的全部含义。在那间具有神秘气氛的屋子里，无论是遗像上那"深邃而坦然的眼神"或"被磨成浅黄色的座椅和依然明净可鉴的书架"②，还是父亲那封未及发出的信上面苍劲、粗粝的字迹，都像是某种一直支配着萧的无意识的内容，在这间"尘封的房间"里，父亲象征着一部被扼杀的历史，这种历史像一个幽灵闯进了萧的意识，那种迷乱的心境正是它的得意之作。那种不祥的预感完全可以理解为一种恐惧，父亲的历史作为一段漫长时间的结晶甚至包括了转瞬即逝的未来，而萧对此当然是一无所知。这个作为"缺席者"的父亲的历史似乎预示了主人公的命运，也作为一种必需的背景为整个小说奠定了基调。

在格非的长篇小说《人面桃花》中，同样有这样一个"缺席者"，即秀米的父亲，小说一开始就写到他的下楼，后来却失踪，他只在别人的讲述或回忆中出现，被人叙述，被人看见，被人回忆，被人评价。看上去这些"缺席者"似乎可有可无，他们时隐时现，但他们在整个故事中有着重要的意义，其存在为小说定下了基调。

二、作为"疑团"出现的"缺席者"

在格非的很多小说中，有一种相似的结构方式，即"设置疑团—众人猜谜—误会推动故事发展—解疑或存疑"。这些疑团多数是一个"缺席者"，是一个神秘人物，这些"缺席者"在众人的回忆或猜测中被描绘出来。在揭谜的

① 格非：《格非》，北京：人民文学出版社，2000年版，49页。

② 格非：《格非》，北京：人民文学出版社，2000年版，65页。

过程中，格非刻写出生活的滑稽荒诞、人和人之间的隔膜与复杂交错的关系。对于疑团的解答有以下几种方式：

（1）互相佐证又互相拆解，消释于虚构。

小说《褐色鸟群》中，有一个在开篇和结尾都提到过的"我的妻子"，作为一个"缺席者"，作者一开始就告诉读者，她在结婚的当晚得脑溢血死了。小说中主人公模糊的意识，把人带进一种回忆与现实的交错中，打乱了的叙事时间和空间使所叙述的故事恍如梦境。小说中来访的女子"棋"，一开始被"我"描述成妻子般的熟人，她手里的帆布包被描写成一个画夹，里面有李朴的画。而到了故事的最后，作者再次写到这个女子，却把之前讲述的故事全部推翻，"棋"或许只是一个陌生的过路人，帆布包里的或许是一面镜子，完全解构了之前的叙事。同时小说中还有主人公给"棋"讲的一个"穿栗色靴子的年轻女人"的故事，即年轻女子、桥与"我"的故事。这个故事也被断续地讲了两次，有不同的版本，让人无法知道事情的真相。"我"看见那个女子从桥上走过去了，而桥确是断了的；那个女子却说一个年轻男子从上面走过去了，掉下河淹死了。究竟妻子与棋与年轻女子之间到底是一种什么关系，已经无法辨识，变成了一种含糊的想象。这种言之凿凿却又互相拆解的同一故事，在凌乱的时间顺序里反复互相佐证、映照，使故事如同迷乱的梦境。如小说中所说"你的故事始终是一个圆圈，它在展开情节的同时，也意味着重复。只要你高兴，你就可以永远讲下去。"[①]记忆在这里已经靠不住，记忆"受到特定的人的经验、心理、情感倾向、价值判断、瞬间情境等等条件的影响，在此基础上形成的文本当然会带上人的偏见。"[②]在对记忆的编纂中，不可避免地要进行加工和修改，真实难以触及。

（2）疑团的遗留或误导。

小说《傻瓜的诗篇》也有一个潜在的"缺席者"，他就是精神病患者莉莉诗篇中提到的"傻瓜"，这使迷恋莉莉的医生杜预深为嫉妒，也使读者对这个

---

① 格非：《格非作品精选》，武汉：长江文艺出版社，2006年版，37页。

② 张清华：《隐秘的狂欢》，济南：山东友谊出版社，2006年版，78页。

隐藏的缺席者充满好奇，但小说自始至终都没有说明这个"傻瓜"究竟是谁，是不是人，抑或是什么东西。"傻瓜"的具体所指，仍被作为一个叙事空缺存在，假如我们轻易地把谜底对应为小说中提到的那只黑狗，这又显然违背了作者的初衷。这个"缺席者"虽然只是出现在精神病患者莉莉的诗篇中，但却是一个无法忽视、无法逾越的疑问。傻瓜是谁？它可能是一只狗，可能是中年民警，莉莉的父亲，或者是她的情人。在这篇小说中，格非已经突破单纯的因果对应关系，将笔触深入到了人物的内心深处。小说对于缺席者"傻瓜"的辨析，既是对莉莉的内心图景的揭示，也是对杜预的平常心境的围困，将他的疑惑加深、复杂化，使他逐步陷入自身的困境。莉莉的出现，混淆了精神病与正常人之间的界限，这条界限是如此脆弱不堪一击，一件偶然的事，一个普通的人，都可能使他们互相转化，这是一种可怕的生存困境。在莉莉的心中，一直潜藏着黑狗之死、父亲之死、中年警察的攻击给她带来的梦魇，它窒息压抑着莉莉的精神世界，一旦它们通过性的渠道宣泄出来以后，精神内部的障碍便消失了，精神病人变成了正常人。与此相对的是，杜预心中也潜藏着精神障碍，然而它在宣泄的时候，置换了新的精神压抑，从而导致了他由一个优秀的精神病医生变成了一个精神病人。这种看似荒诞的置换和错位，蕴含着深刻的悲剧性，展示出人类的精神困境，以及人在面对这些困境时内心深处的种种沉沦与痛苦，"缺席者"傻瓜究竟是什么已经无关紧要，作为一个背景，他的使命已经完成。

（3）结尾轻松解疑，造成荒诞效果。

《雨季的感觉》也是通过叙述时间的错乱将小说阅读效果发挥到极致，小说一开始就营造一种紧张神秘的气氛，雨季的气候加重了人物内心的混乱感。王秘书对镇长汇报说可能有敌军的进犯，接着镇上来了一个驾驶着吉普车的外地人，这个神秘人物也是"缺席者"，他的身份引起了镇上各色人物的猜测。如辩机和尚、校长卜侃、莘庄药店的伙计、染布作坊的老板等，都从自己的所见怪事上进行了种种推理，从中读者可以看到人物之间的彼此误会、内心深处的隐秘"缺席者"被查明是私人侦探。在种种怪事发生后，小说最后作者轻松一笔，把时间转向所有一切发生之前，揭开了重重疑团的答案。原来王秘书的紧张是来自于段小佛的恶作剧，他把旧报纸的一个奇怪的战事故事说给了王秘书，引起了一场紧张的混乱；那个神秘的"缺席者"是褚少良写错了日期的结婚请柬请来的私人侦探所的同学。在疑团被反复渲染，最后淡淡一笔揭示出原委的过程中，整个故事产生了荒诞滑稽的效果。

（4）给出各种答案，引出不同故事。

《青黄》一开始就煞有介事地提出了一个谜团，即词条"青黄"，围绕这个词的意思引出了一个神秘外乡人的故事。同样这个外乡人也是"缺席者"，他的故事都是从别人的讲述中零碎地拼凑出来的，他的神秘往事也淹没在时间的长河里，模糊难辨。主人公在对"青黄"词义的追寻中，引出了"缺席者"，由三个人即外科郎中、外乡人的女儿小青、看林人三个人的回忆来拼贴"缺席者"的故事。作者探讨了记忆与时间的关系"时间的长河总是悄无声息地淹没一切，但记忆却常常将那些早已沉入河底的碎片浮出水面，就像青草从雪地里重新凸现出来一样"。对"青黄"一词的解释不同人有不同答案：谭教授认为"青黄"是一部记载九姓渔户妓女生活的编年史；外科郎中猜测"青黄""是不是那些年轻或年老妓女的简称？女人们总是像竹子一样青了又黄"[1]；卖麦芽糖的老人说青黄是一条良种狗；"我"查到的对青黄的解释却是一种多年生玄参科草本植物。但讲述与真实总是存在距离，"他在解释一些事情的同时也掩盖了另一些事。"[2]语言显得苍白无力，真实已经被彻底消解，"我"自己亲眼见的事却被当事人否认。作者试图消解整个故事，把一切恍惚化，含糊地指出这一切都是不真实的，是被虚构出来的，而人物"我"却又有极其真实的经历，真实与虚构的界限再一次在记忆与讲述中被模糊。

格非小说中这些神秘的"缺席者"，迷失在他迷雾般的叙述时间顺序中，成为一个关键的叙事技巧，承担着重要的叙事任务。而他小说中的时间，是成就其小说叙事特色的另一个关键因素。某种意义上小说是时间的艺术，而时间在格非的作品中像一面魔镜，变化万端，折射出丰富多元的内涵。他的小说

---

① 张清华：《隐秘的狂欢》，济南：山东友谊出版社，2006年版，47页。

② 张清华：《隐秘的狂欢》，济南：山东友谊出版社，2006年版，45页。

不再遵循传统的单一线性时间观念和情节因果律，而是多借助时间和空间的跳跃，在过去与现在、回忆与直觉、现实与想象等时间碎片中穿插交织，搭建起时间的迷宫，编织起一个个悬念丛生的故事。

时间的碎片化与拼贴造成的扑朔迷离，与人物支离破碎的回忆，使事件的发展呈现出非理性的特征，混乱、神秘、不可预知。在格非的中短篇小说中，这种迷宫叙事效果与叙事时间的设置紧密相关。时间的拼贴与组合连接，呈现出闪回、跳动、重复、穿插交织、循环等多种形式，每次变换都是一次新的时间顺序的开始，使多条线索的不同头绪，变成一种立体交叉式的结构。似乎通往事件真实面貌的路有很多条，读者试图通过它们解开谜团，真相却依然模糊不清。时间和空间的跳跃多有以下几种类型：

（1）回忆、想象与现实直觉的交错往复

在这种时间模式中，小说人物多处在现实境遇里，既有丰富的现实感触和直觉，又在现实的触发中追忆往事，这些追忆与现实继续发生作用，共同促成了故事的发展。《迷舟》中，小说在时间上一开始先交代了萧的现状，他驻扎部队，接到村人冯婶的报丧得知父亡，于是渡河回家探母，是现在时态；继而等他过了河，旧日的气息使他进入回忆，道人预测村子的吉凶，并让他"当心自己的酒盅"，加上他母亲一见他就觉得有死亡阴影，这些预测似乎是一种隐含的指向；回村后作者通过人物的记忆使时间进入过去时，倒叙了表舅与他的女儿杏，以及自己追随表舅的学医经历，这些回忆促使他在现实中再次与杏相会，接续到现在时，与杏东窗事发后，意外地被自己的警卫员枪杀。如格非所论述的，"人的意识对现实世界所作出的反应并不是固定不变的，它包括了所有的经验和记忆的瞬间。记忆的碎片纷至沓来，在人的意识中不断缠绕、重叠，与'现实经验'，陈杂在一起。"[①]在这个作品中，人物的现实直觉和他的回忆交织错杂，如梦幻般的沉迷。

《褐色鸟群》中，作者说"生活就是想象"，读者或许也"被故事的那些

---

① 格非：《卡夫卡的钟摆》，上海：华东师范大学出版社，2006年版，229页。

悬念和细节织成的网罩住了"。①那些亦真亦幻的讲述与拆解，回忆与现实的交错，使故事如同迷乱的梦境。其实故事所包含的主要人物与情节非常简单："我"向一个叫"棋"的女人讲述自己和一个穿栗树色靴子的女人的关系。在讲述故事的过程中，"我"在现在时态和过去时态中穿梭，在现在时中，我是讲述主体，在过去时中，"我"是经历者。但这篇发表于1988年的小说中，却出现了1992年的故事，而且被纳入到回忆中进行叙述，过去、现在和未来已经被打乱重组，时间已经变成一种主观的想象。如同他在小说中表述的"错乱的时间常常搅乱了现实和梦境的界限"②。这种来回穿梭在过去、现在与未来的时间结构，颇像唐代诗人李商隐的《夜雨寄北》一诗，"诗人的写作时间是'巴山夜雨涨秋池'，而'何当共剪西窗烛，却话巴山夜雨时'则是作者想象中的未来与友人西窗夜话，回忆现在的绵绵秋雨。"③这样一种叙事时间，包含了过去、现在与想象中的未来。时间在先锋小说作家的笔下，成为一种叙事策略，比如马原的小说《虚构》，表面上说的是"我"在麻风村七天的经历，但结尾"我"醒来，前面所叙述的故事时间却是不存在的，是虚构出来的故事，作者与读者玩了一次时间的游戏。格非常通过回忆和想象来对时间进行设置，"回忆自身带有强烈的选择性，回忆的内容和方式取决于自我的现时状态。回忆往往是即兴的、跳跃的"④，通过追忆、想象和现实的交错拼贴来虚构小说，成为其小说时间上的一种叙事特征。

（2）众多人物个体时间的交织

格非作品中有众多类似侦破题材的小说，多采用"目击者提供证据体"的叙事方式，以一个案件、人物甚至是词条为谜团展开故事。这种叙事方式，是由大量目击者提供细节（证据）组织成篇，每个人叙述的细节和片断既有相同的部分，又有不同的部分，以此相互补充。在这类小说中"重复既是一种事实的自然程序（因为每个人可能都看到了同一个场面），同时对于艺术表现又是

219

格非

研究资料

---

① 格非：《格非作品精选》，武汉：长江文艺出版社，2006年版，32页。

② 格非：《格非作品精选》，武汉：长江文艺出版社，2006年版，67页。

③ 格非：《卡夫卡的钟摆》，上海：华东师范大学出版社，2006年版，244页。

④ 格非：《塞壬的歌声》，上海：上海文艺出版社，2001版，12—13页。

必需的。对局部场景的自然的合乎常理的重复常常能够增强故事的感染力和诗学效果。"①

因此，揭示谜团的过程不是根据事件发展的起始时间叙述，而是重复闪回在众人同一时间的不同个体经验中，根据众人自己的回忆和主观猜测去串连故事。这些回忆没有时间规律，琐碎散乱，读者随着这些碎片化的时间穿行于多重叙述里，谜团在这些真假难辨的零散回忆中却无法解开，使寻找"缺席者"的过程成了一次对人物内心世界的探索。比如小说《失踪》，一个"科技下乡团"被派往一个小镇，但行动的真正目的是查清二十年前一桩人员失踪案，失踪的女人叫祝云清，作为一个"缺席者"，在失踪案里存在着许多谜：二十多年前的那场基干民兵实弹演习到底发生了什么事？外科大夫为什么会在那次的外科手术后发了疯？祝云清到底是失踪了还是死亡？镇子里的每个人亦真亦假、支离破碎的回忆，不仅没有使真相大白，反而设下重重迷雾，使原来就不清楚的案件更加扑朔迷离。《追忆乌攸先生》也是在众人对过去的回忆中进行拼贴叙事。早已被处决的嫌疑犯乌攸先生也是一个"缺席者"，关于他的故事已经迷失在历史和众人记忆的迷雾中。警官在调查这个发生很久的案件时，提问村人，没有一个人了解整个事情的经过，谁也不知道他到底是不是杀人凶手，人们只是凭着自己的主观感情，把对他的回忆说了出来，故事在这些零散的时间与讲述中穿插拼贴起来。

同样，小说《湮灭》讲述了"缺席者"金子的故事。金子下嫁到麦村后的前因后果，由与金子有关或无关的叙述者不断转换进行多重叙述，从众人碎片化的讲述中，读者拼贴起零散时间里片段闪现的斑驳人生。另外《青黄》《雨季的感觉》都是这类时间结构方式。小说时间反复闪回在不同人物的相关时间阶段，故事由一个人跳到另一个人身上。通过他们的感受、主观态度与记忆，小说串连出"缺席者"的不同方面的生活片段，带领读者穿行于记忆与时间的迷雾中。

---

① 格非：《故事》，《布老虎青春文学》，2006年第3期，136页。

（3）循环往复的梦幻时间

《锦瑟》是格非小说中比较独特的一篇。小说的主人公是冯子存，他不再是一个"缺席者"，反而变成一个"反复出席者"。作为不同故事的同一个主人公，他的存在似乎已经变成一个人物符号，穿行于不同历史时段的故事中，这些故事亦真亦幻，像是同一人物冯子存自己的梦境，梦中有梦，他在梦中之梦中演绎了跨越时空的多种角色的变迁，时间成为故事的主题"时间遵循着一道鲜为人知的轨道悄然流转，它错杂、凌乱，周而复始"[①]。

在周而复始的时间之流中，冯子存似乎也在梦中之梦循环往复：一个隐居的冯子存在即将被处死之前，讲述了一个赶考书生冯子存的故事，书生在赶考途中有艳遇而误了前程自杀身亡，在书生冯子存姐姐的梦中，冯子存则是一个茶商，经历了茶商世事沉浮的一生，他在临死前，将刚做的梦告诉了妻子，他的梦是治国三十年的皇帝冯子存深陷国难之境临危不惧，却被太子杀死在宫中，临死之前，他向园丁讲述了带有凶兆的梦：隐居几年的冯子存因无法摆脱一个已死女人对自己的呼唤而向墓地走去。小说在此结束，却恰好与小说开始时所写的隐士冯子存凌晨时在墓地被村民逮住并处死遥相呼应，构成了一个循环。这种结构类似古代志怪小说《阳羡鹅笼记》，连环接续。

死亡在小说中似乎只是一种形式，它无法割断梦中的另外一个时间纬度，时间在梦中之梦里连续不断。冯子存一次次消亡，又一次次新生，现实与梦境的界限被错乱的时间搅乱，使生死交织，真实与虚空变得混淆、不可预知，分不清是庄周梦蝶还是蝶梦庄周。《锦瑟》取名于李商隐的诗，小说中每一段故事似乎都成为对诗句意象与寓意的注解，小说中的冯子存更是夜读《锦瑟》，并预感到前所未有的恐惧，觉得"李商隐的这首诗中包含了一个可怕的寓言，在它的深处，存在着一个令人无法进入的虚空。"[②]这些故事中的冯子存似乎滑入了时间的漩涡，深陷时间的窠臼而无法自拔，迷失在时间的无限循环中。

正是在这种迷乱的叙述中，格非的小说瓦解了外在的物理线性时间，进入

---

① 格非：《格非作品精选》，武汉：长江文艺出版社，2006年版，71页。

② 格非：《格非作品精选》，武汉：长江文艺出版社，2006年版，70页。

人物复杂而混沌的内心世界，去探寻心灵世界的真实与迷惘，并力图在自然状态下去发现一种真空。这种由"缺席者"和错杂的时间所构造出来的真空，构成了他的故事叙述中扑朔迷离或不可言说的部分，这也正是其小说神秘性、诗性之所在。格非曾说就是要写命运的偶然性，不可捉摸性。"对我来说不存在一个固定不变的现实，各种可能性都是存在的。你的命运是什么样子，你根本就不可能知道，不知道它在什么时候就有可能会改变。"①小说中"重复"、不断"设谜"等叙事技巧的运用，打破了外在时间的单一性和确定性，与神秘的"缺席者"共同拼贴成了一种多元的模糊图景。格非试图抓住人物的情感、意绪，并随人物的欲望和冲动的流动推导着时间的漂移，许多不可知的偶然因素改变着人的命运和方向，使故事呈现出一种摇曳多姿、含混隐晦的情境，以记忆与现实经验的杂陈凸显人之存在的种种焦虑和迷惘。面对混沌的外在世界，格非依靠先锋的实验文体与探索精神，带领读者去探询世界本身以及人自身存在的隐秘，并在这个过程中不断地超越自己，保持着一种写作与精神的先锋性。

---

① 格非：《欲望的旗帜》，沈阳：春风文艺出版社，2005年版，277页。

乌托邦的凭吊

——论格非的长篇小说《春尽江南》

洪治纲

　　格非的《春尽江南》可谓"简约而不简单"。作为"乌托邦三部曲"的最后一部，格非几乎用足了自己的叙事智慧，向日趋物化和异化的现实发出了沉重的一击。如果说《人面桃花》和《山河入梦》是在试图展示一种革命乌托邦或社会乌托邦的溃败史，探讨了中国20世纪政治现代性的曲折与吊诡，那么，《春尽江南》则是以审美乌托邦作为精神依托，审视了中国社会进入市场化时代人们所面临的巨大焦虑和失衡。因此，我们也可以说，《春尽江南》是让人类的乌托邦情怀，从社会历史层面直接退回到人物的精神深处，并指出了它最终走向消隐的可能。

一

　　从叙事上看，《春尽江南》依然延续了格非一以贯之的简约风格。一对夫妻从相识到结婚，围绕着家庭生活，历经了十多年的磕磕碰碰，终因妻子的病故而结束。其中，虽也穿插了一些家人、朋友乃至情人之类的交往和冲突，但整个故事的结构并不复杂，而且主人公谭端午的性格与命运也没有出现什么巨大的起伏—他几乎从一开始就秉持自己的精神信念和文化信条，穿梭于现实之中又游离于现实之外，像一个边缘人一样注视着这个缭乱的时代，在抵抗中妥协，在妥协中抵抗，以便守住自己内心的"一亩三分地"。

然而，在这种简约的风格中，格非却通过各种特定的环境叙述，以及人物的特殊身份、命运轨迹和生存感受，凸现了当代中国日趋沉重的现实。在那里，宁静诗意的村庄已经消失，到处都是严重污染的天空和河流，房地产正在无处不在地巧取豪夺，经济利益成为人们交往的基本法则，欲望伦理在小城的每一个角落四处泛滥。曾经是校园诗社社长的宋蕙莲，漂白了移民身份之后，成为金钱的小贴士；晚年丧子的冯延鹤，艰难地供养着媳妇和孙子的生活，却被人们演绎成各种有违人伦的绯闻；一个仅仅怀疑妻子与上司有染的青年，竟然在一个风雨之夜连杀七人，还外加一条藏獒；富商守仁，最终被人砍杀于自家的门口，至死也不敢说出凶手的名字，因为害怕连累家人……在这种极度缭乱的现实中，庸俗与邪恶已成为常态，理性和尊严倒成了稀罕之物。

为了有效传达这种极度失范的现实景象，《春尽江南》精心设置了两个耐人寻味的载体：一是鹤浦边缘的"花家舍"，一是庞家玉所购买的唐宁湾新房。它们既是推动小说事件发展的关键喻体，也是格非抨击现实的重要道具。围绕着这两个载体，小说分别演绎了两个具有高度隐喻意味的事件，前者直取理想主义的消亡，后者传达了道德伦理的完全崩落。

先说"花家舍"。在《春尽江南》里，曾经承载着革命乌托邦的"花家舍"，已经不再是匪帮逍遥的武陵桃源（《人面桃花》），也脱去了"共产主义"式的人民公社之印痕（《山河入梦》），摇身变成了现代城市边缘的"销金窟"，纸醉金迷、肉欲横流之中，直接见证了时代的堕落和乌托邦的湮灭。

如果说作为一处现代高级会所的"花家舍"，还只是一个表征性的符号，那么，畅游在其中的诗人们，则是一种更为真切的、活生生的蜕变。以徐吉士为首的、曾高喊启蒙与救世的诗人们，在饱尝了1980年代的激情和理想之后，终于在时代的淘洗之中，成为"花家舍"肉欲消费的常客；所谓的诗歌研讨会，由形而上的口号迅速变成了形而下的狂欢，由理性化的借口变成了感官化的满足，因为他们早已明白的，"到了今天，诗歌和玩弄它们的人，一起变成了多余的东西。多余的洛尔加。多余的荷尔德林。多余的忧世伤生。多余的房事。多余的肌体分泌物。"①这种精神的大面积颓废，直接呈现了现今时代伦理崩落的征象。

再谈庞家玉那套被租客强占的唐宁湾新房。它以"葫芦案"的形式，成为小说中独立的一章。身为律师的庞家玉，居然被一个中介公司成功地骗租了房子而且悄然脱身，这本身就是对现实秩序的一种反讽。更具有反讽意味的是，租客李春霞面对家玉的多次正当交涉，不仅置若罔闻，而且反唇相讥。法律在庞家玉的手里，连合理的自卫功能都已失去。最后，他们只好动用了黑白两道并最终通过黑道，才成功地收回了房子。在收房事件中，格非动用了相当铺张的笔墨，由小地痞到小公安再到大流氓，通过他们与租客李春霞的多轮心智较量，既展示了无理要横的世风，也折射了世道人心的荒凉。它已表明，在一个理性缺席的时代，在一个不讲究规范和秩序的时代，在一个没有逻辑和道理可以申诉的时代，法律只是一张空洞的白纸，流氓才是现实中通行无阻的王牌。

正是在这种背景下，无论是谭端午、庞家玉，还是绿珠、冯延鹤，都陷入了对"人"的理解的迷津之中。不管从何种角度对"人"进行怎样的分类，面对当今的现实，他们都没有办法实现分类的科学性和准确性。在谭端午看来，"对人进行分类，实际上是试图对这个复杂世界加以抽象的把握或控制，既简单又具有象征性。这不仅涉及我们对世界的认识，涉及到我们内心所渴望的认同，同时也暗示了各自的道德立场和价值准则，隐含着工于心计的政治权谋、本能的排他性和一般状况。"②所以，谭端午首先选择了布莱希特的观点，将人分为"好人"与"坏人"。但是，划分之后他又发现，当今的现实世界已经彻底消除了"好人"产生的一切条件，变得不遗余力地鼓励"坏人"。于是，他只好从自己的内心愿意出发，将人分为"成功者"和"失败者"，并本能地站在"失败者"一边。这种分类思维，无疑充满了道德律令和价值取向。绿珠也同样以道德化的价值取向，将人划分为"人"与"非人"。所谓"非人"，

---

① 格非：《春尽江南》，121页，上海文艺出版社2011年版。

② 格非：《春尽江南》，196页，上海文艺出版社2011年版。

就是指那些只为安顿肉身、排斥精神的生命，或者叫"苟活者"。这两个人的分类，无疑折射了他们对人的精神关注。

庞家玉则不然。对她来说，人只有"活人"和"死人"两种。她剥去了对人的价值判断，抽离了人作为精神存在的特有属性，只是将人视为动物性的生命存在。但她又将"死人"分为"死一次的人"和"死两次的人"。前者系大多数普通生命，他们来到这个世界，离开尘世后便无声无息，像鸟儿从空飞过，没有留下一丝的痕迹；后者则可以通过自己的文字或名声，不断被人们念及，但终究会随着人类的灭亡而实现第二次死亡。它折射了家玉对这个世界深深的失望，以及深切的虚无感。

最有意味的，或许还是冯延鹤的分类。他将一切不喜欢的人统统归为"新人"，反之则是"旧人"。"按照他的说法，三十年来，这个社会所制造的一代又一代的'新人'，已经羽翼渐丰。事实上，他们正在准备全面掌控整个社会。他们都用一个模子铸造出来的。他首先解释说，他所说的'新人'，可不是按年龄来划分的。就连那些目不识丁的农民，也正在脱胎换骨，成为一个'全新的人种'。这些人有着同样的头脑和心肠。嘻嘻哈哈。浑浑噩噩。没有过去，也谈不上未来。朝不及夕，相时射利。这种人格，发展到最高境界，甚至会在毫不利己前提下，干出专门害人的勾当。对于这种'新人'来说，再好的制度，再好的法律，也是形同虚设。"[1]冯延鹤对人的划分，虽然摆脱了道德化的价值标准，但他更注重对物欲时代人的精神谱系的概括。

从缭乱的时代到混乱的人群，事实上，《春尽江南》试图一次次逼近现实的荒诞本质，并进而追问人的存在真相及其异化的特点。它揭示了这样一种真相：在文明与进步的掩饰下，维系人类发展的传统伦理正在崩溃，爱正在丧失，理性也在大面积地缺席，历经了百年的艰辛启蒙，中国人却再度开始自觉地异化为一群非理性的动物。

---

① 格非：《春尽江南》，200页，上海文艺出版社2011年版。

二

异化已成为我们这个时代的顽症。就《春尽江南》来说，向这种异化现实发出最尖锐控诉的，还是庞家玉这个人物。她是这个时代的祭品，又是一只柔弱与刚烈并举的音符；她以羸弱的身躯检视并承纳了现实的污浊，最终却为神圣之爱而逝。她就像一面镜子，照亮了整个现实中的各种灵魂，也折射了自身特有的母性之光。可以说，在庞家玉身上，格非注入了大量的情感和思考，使她成为一种地地道道的历史镜像，辐射了1980年代以来急剧嬗变的社会风貌。

从李秀蓉到庞家玉，这种名字的改变，看似没有特别的意义，然而对庞家玉来说，却是自我身份裂变的标志。从前的李秀蓉是理想主义的，温顺而单纯的，像一首浪漫主义的诗歌，活在少女的怀想和奉献的意愿中。而当她改名为庞家玉并成了谭端午的妻子之后，她成为一个现实主义的女性，气宇轩昂、义无反顾地加入到世俗的洪流之中，试图凭借自己的全部智慧和力气，来证明自我的存在价值。

身为妻子，庞家玉对谭端午爱也不是，恨也不是，哀其不幸，又怒其不争。因为在她的眼里，丈夫是一个正在"烂掉的人"，一个没有责任感和现实目标的废物，"用她的话来说，端午竭尽全力地奋斗，不过是为了让自己成为一个无用的人。一个失败的人。"[1]为了让这个家在现实中获得应有的尊严和体面，也为了自己的存在不被世俗的人们所藐视，她毅然决然地杀进社会，从头开始学习法律，并成为一名律师。作为律师，她全力打拼，以自己的才干迅速支撑了整个家庭的发展，从而为谭端午父子俩创造了一个良好的生存空间。

身为母亲，庞家玉同样不能免俗。她的全部母爱，就是要让儿子认同现行的教育体制并且必须出类拔萃。邻居的小孩比自己的儿子优秀，她嫉妒不已；为了让儿子得到老师的特殊关照，她从来不忘记给老师送礼；儿子学习不认真，或不听话，她气得发疯；为了断绝儿子的贪玩之心，她甚至将自己从西藏千里迢迢带回来的心爱之物鹦鹉放走，弄得儿子差点精神崩溃。从本质上说，她并不是不

---

[1] 格非：《春尽江南》，13页，上海文艺出版社2011年版。

懂得现代教育理念，但是，在强大的世俗法则面前，她只能一次次通过伤害的手段，强迫儿子走进庸俗的现实轨道，甚至渴望他以优异的成绩证明自己的"成功"，因为丈夫已注定要"烂下去了"，她不能让儿子也重蹈"失败"之辙。

身为女人，庞家玉同样追逐时尚，从服装到化妆品，从UGG的翻毛皮鞋到兰蔻、古奇、香奈儿、CD，品牌既是她自我成功的一种证明手段，也是她进一步发奋工作的内在动力。面对怯懦的丈夫，她也需要身体的碰撞，从早年的恋人燕生到培训班结识的陶建新，她在处理肉体的放纵和内心的尊严之间，从来都是小心翼翼地维护着现实的道德伦理，也维护着自己作为女人的声誉。

可以说，她是一个心气高傲、永不服输的女性。面对强手林立、你争我夺的利益化现实，她总是以自己的韧性和智慧，一次次地摆脱困境，重新站了起来。但她在本质上又不是一个时代的反抗者，而是现实的认同者和追随者。她希望自己通过比现实更强大的力量战胜现实，成为世俗者眼中的一个骄傲，所以她活得很累也很苦，甚至经常在孩子面前出现神经质式的咆哮和失态。也正因如此，她的奋斗才充满了悲剧的力量。

庞家玉之所以是一个悲剧的存在，主要在于她并不是一个彻头彻尾的流俗之徒。相反，在她的内心，仍然有着炽热的爱，对家人，对朋友，对弱势者。同时，她也不乏浪漫的情怀和遐想，她最终选择西藏作为自己灵魂的安息之地，可以视为她对人生高原的终极膜拜。因此，这种爱和浪漫，既有传统伦理的一面，也不乏某种乌托邦的气质。

面对丈夫谭端午，她一方面不满于他整天沉醉于无用的诗歌和音乐，甚至痛诉他是一个正在"烂掉的人"，但另一方面，她对丈夫执着于精神生活的方式又表现出几分认同，甚至是潜意识里的赞许。在心境好的时候，她会主动与丈夫谈谈诗歌，交流一下读书的感受，也会与丈夫一起欣赏音乐，聆听丈夫关于人生的诸多思考。丈夫酷爱音乐，渴望有一根价值不菲的音箱接线，她毫不吝啬地买来送给端午。当丈夫对现实表现出强烈不适的时候，她甚至劝导他："你这个人太敏感了。这个社会什么都需要，唯独不需要敏感。要想在这个社会中生存，你必须让自己的神经系统变得像钢筋一样粗。"①

在朋友的交往中，她既不趋炎附势，也不附庸风雅，而是秉持自己内心的尺度。她对宋蕙莲的恶俗鄙弃不已，但对端午的那些"无用"朋友却并不排斥。在办理案件代理过程中，她对一些受害的弱势者总是倾心倾力，体现了她在本质上的善良。从某种意义上说，她很少利用朋友，而且常常以礼相待，包括为那些替唐宁湾房子立下汗马功劳的黑道人士而真诚地摆酒答谢。

尤其是得知自己身患绝症之后，庞家玉在安排了所有家事之后，只身远赴西藏。她希望在那片雪域高原终结自己的人生，也希望站在那块人生高地上向人世谢幕。遗憾的是，她未能实现这一愿望。在小说中，格非通过QQ方式，让谭端午夫妇进行了多次文字聊天。这时，庞家玉又回到了李秀蓉的角色，安宁，温婉，超然。在生离死别的对话中，一方面是真相陆续浮出水面，另一方面则是两颗相爱的灵魂终于紧紧相握。尽管这些叙述显得多少有些煽情，但是，格非还是让庞家玉在《海子诗选》和《西藏生死书》的陪伴下，质本洁来还洁去，再次回到诗性的内心，果断地告别了尘世。"黄泉无旅店，今夜宿谁家？"一个渴望出人头地的、从不轻易服输的灵魂，终于被这个时代无情地打败了。这也是《春尽江南》读来尤为感伤的重要缘由。

庞家玉的性格是分裂的。她努力追随现实法则，却又不忘内心的浪漫。如果没有现实的过度挤压，她不至于如此匆匆地走完人生。无序的现实，犹如李春霞极为歹毒的咒语，彻底击溃了她的精神意志。妻子死后，端午读完了欧阳修的《新五代史》，睹物思人，他终于体悟到这本书里"有两个地方让他时常感到触目惊心。书中提到人物的死亡，大多用'以忧卒'三个字一笔带过。虽然只是三个字，却不免让人对那个乱世中的芸芸众生的命运，生出无穷的遐想。再有，每当作者要为那个时代发点议论，总是以'呜呼'二字开始。'呜呼'一出，什么话都说完了。或者，他什么话都还没说先要酝酿一下情绪，为那个时代长叹一声"。②以史鉴今，一向不食人间烟火的谭端午，似乎从"以

---

① 格非：《春尽江南》，58页，上海文艺出版社2011年版。

② 格非：《春尽江南》，372页，上海文艺出版社2011年版。

忧卒"和"呜呼"这两个词句中，体会到了现世的无奈和悲凉，也体会到了妻子生命的悲怆与苦涩。

三

在《春尽江南》中，格非不遗余力地展示现实的混乱和失衡，人性的堕落和异化，并不是仅仅为了质疑现实伦理的诡异，也不仅仅是为了批判物欲化的生存秩序，更重要的，还是为了凭吊那些人类曾经念念不忘的乌托邦情怀。因为，从谭端午、元庆到绿珠、冯延鹤，在这些人物的身上，都不同程度地盘桓着某种乌托邦的精神。它们支撑着人物的内心世界，并常常与现实构成了尖锐的对峙。

这种乌托邦精神，既是人物的生存理想，也是他们安顿自我灵魂的园地。它是一种自我审美的存在，是人物拒绝堕落、反抗异化的武器，而不是对社会秩序的空想。我们知道，自从托马斯·莫尔的小说《乌托邦》问世以来，乌托邦常常成为"空想"或"虚无主义"的代名词，甚至被视为逃避现实、耽于幻想、不思进步的托词。也正如此，在很长一段时间，人们总是贬义地看待乌托邦。尤其是进入工业革命之后，随着技术主义的全面兴起，追求科学已成为人类不可动摇的精神支柱，科学、理性和真理，往往形成了一种潜在的同构关系，是人类自启蒙以来最为突出的文化标志。受此影响，乌托邦作为一个不可实现的存在之物，又被人们视为"反科学"的代名词。

更重要的是，在20世纪的历史实践中，当乌托邦进入社会政治领域中，往往被一些集权主义所利用，并导致了人类社会的诸多灾难。这使人们对乌托邦产生了更大的敌意。有学者就论道："到了20世纪和21世纪，由于出现了法西斯主义、军国主义、斯大林式统治和其他形式的集权主义，所以人们开始憎恨和提防'乌托邦主义'和由此建立的'恶托邦'现象。尤其是那种垄断了未来设想而使用国家权力去强行推动的政治乌托邦设计，被人们深恶痛绝。一些西方学者如哈耶克在《通往奴役之路》、以塞亚·柏林在《自由论》、卡尔·波普尔在《开放社会及其敌人》等著作中都将政治乌托邦作为自己的批判对象，认为政治乌托邦是对个人自由的压制和对人类理性的羞辱。可见，乌托邦主义虽然产生自对生活现实的不满和改革的愿望，但它也可能带给我们更大的灾难。所以我们也要根据不同的历史案例，具体讨论究竟是乌托邦思想本身携带危险品，它必然导致恐怖的政治实践，还是政治实践中的乌托邦主义十分危险；或者说是不是应该让乌托邦的思想更多地保留在文学、哲学研究领域和我们的精神领域，而不是将其作为一种可供直接应用的制度设想或负责任的政治设计。"①的确，就像任何一种思想和技术都具有两面性一样，乌托邦也存在着两面性。它既可以为人们改变现实提供动力，又可以成为政治集权主义者蛊惑人心的工具。

　　问题或许并不在于乌托邦是否具有两面性，而在于人类为何如此地怀疑乌托邦又不能彻底抛弃乌托邦？在《春尽江南》里，谭端午就是这样一个典型。作为一个理性健全的人，他完全明白自己所迷恋的诗歌、音乐和史书，根本无法改变他在这个社会中的现实处境。面对各种形而下的诱惑，他也有着自己的欲望，甚至为此而颇觉自然。他还用福楼拜的小说《布法与白居榭》，劝导绿珠要警惕乌托邦思想——两个当抄写员的朋友得到了一大笔钱，于是他们在远离尘嚣的乡间购置了一座庄园，准备从此过上有尊严的生活，"随心所欲，自由自在，把自己的余生奉献给知识、理性和对生命的领悟。……（可是）后来出现了很多他们根本没想到的烦恼。两个人都被想象出来的乌托邦生活，弄得心力交瘁"。绿珠也一样，优越的生活条件并没有让她放弃梦想，她总是执迷于那些不切实际的生活，并因此而倍感焦虑。这意味着，在他们的精神深处，在他们的潜意识状态里，他们依然摆脱不了某种纯粹的梦想，摆脱不了某种非物质性的精神需求，因为在那里他们可以将自己从破碎的现实中抽离出来，求得一个完整的自我；在那里，他们可以获得现实难以企及的自由和快乐。

　　这也是乌托邦的核心意味之所在。我以为，真正的乌托邦精神，其实就是人类内心深处有关自由与诗性的理想。它看起来空洞、虚无，却时时支撑人的灵魂，使人们在与现实的碰撞中获得内心的平衡。它使人们拥有一种激情和

研究资料

格非

---

　　① 潘一禾：《经典乌托邦小说的特点与乌托邦思想的流变》，载《浙江大学学报》（人文社会科学版）2007年第1期。

希望的诗意召唤，从而在心理层面上摆脱现实的拘囿。蒂里希就认为，人类的自由通常包含两层内涵：一是指人能够作为一个完整的生命存在，进行无障碍的自我行动；二是指人是一种拥有可能性的生命存在，原则上没有任何被给定的事物是人不能超越的。从某种程度上说，这种可能性又意味着新的理想和希望，意味着新的召唤和期待。因为从本质上说，人的自由是有限的。"有限意味着什么？它意味着，当人通过完全统一的反应，即在自由的基础上实现自己可能性的时候，他便面临着威胁——非存在的威胁，因为有限就是存在与非存在的结合。每时每刻我们都处在存在与非存在结合的状态中。"①所以，他强调："乌托邦的概念依赖于人本质上应该是和可能是的那种东西与人在生存中即在现实中所是的那种东西之间的差别。"②换言之，乌托邦之所以必须存在，是因为人类永远处在内心的可能性和现实的非满足感之间。

无论现代文明如何发展，都无法从根本上实现人类对于梦想的全部需求。这一点，既是人类存在的一种本质特征，也是乌托邦的价值所在。恩斯特·布洛赫在其《希望的原理》的导言中就曾直言不讳地说道："所有人的生活都充溢着白日梦：一部分白日梦陈腐不堪，或者是软弱无能的逃避主义，或者仅仅是骗子们的战利品，而另一部分白日梦却斗志昂扬，决不甘心接受恶劣的现实，决不甘于放弃权利。后一部分白日梦以希望为其核心，而且可以传授。它可以从凌乱的、偷偷摸摸、不务正道的白日梦中摆脱出来，赢得活力，而不致黯然湮灭。从无一个人活着而不做白日梦的，但问题在于，要深入认识白日梦，训练它们走正道，发挥有益的作用。要让白日梦变得更丰盈，这意味着它们要凭借清醒的眼光而使自己变得丰富起来；不是变得凝涩不通，而是变得更加清晰，不是仅仅用冥思的理性（contemplative reason）如其本然地来把握事物，而是用参与的理性（participating reason）在发展中把握事物，故也在可能朝更好的方向发展这一层次上来把握事物。因此应让白日梦变得更丰盈，也即更清晰，更少散漫性，更常见（familiar），更易为人明白地理解，更多地随

---

① ［美］蒂里希：《蒂里希选集》上卷，92页，上海三联书店1999年版。

② ［美］蒂里希：《蒂里希选集》上卷，105页，上海三联书店1999年版。

着事物的进程得到调解（mediated）。"①尽管布洛赫区别了白日梦的积极意义和消极意义，但是，就审美层面来说，无论是积极还是消极，乌托邦式的白日梦，仍然不失为检视生命质量的一种重要载体。

我无意于在此讨论乌托邦的复杂内涵及其价值取向，而只想说明，就每一个个体生命的存在而言，如果我们将乌托邦视为一种梦想，一种内在的精神吁求，一种关于自我存在的希望，那么，乌托邦就是人类不可或缺的本质需求，也是人类对抗现实压榨的一种重要手段和武器。不过，话又说回来，如果人们执意要将乌托邦理想直接转化为具体的现实建构，那么，这种乌托邦就会成为一种非理性的、荒诞的存在。在《春尽江南》中，我们可以发现，王元庆非常清楚地意识到，要在如此功利的现实社会中打造一片乌托邦式的净土已经不可能了，要让自己以反抗的姿态直面堕落的现实，更是不可能了，于是，他倾其所有，建造了一座世外桃源般宁静诗意的"精神病院"，并将自己作为一个反时代的"精神病人"安放其中，试图过上一种自由自在的生活。但结果是，强悍的物质化现实，依然在其特有的利益链中，摧毁了他的所有努力。绿珠也曾满怀信心地打算在云南建立一个乌托式的庄园，结果还没有实施，便发现被别人所欺骗。

王元庆和绿珠对乌托邦的追求之所以破产，就在于他们不仅将乌托邦视为一种内心的梦想，还要致力于将之付诸现实。而利益化和欲望化的现实，不可能给这种梦想提供任何的栖居之地。这是格非对乌托邦的一种理解和思考。在小说中，格非似乎更倾向于认同谭端午和冯延鹤式的乌托邦情怀，即恪守内心的自由，在异化的现实秩序中确保自我的完整和内心的平衡。所以，我们看到，他们就像两个彻底边缘化的存在，盘踞于地方志的办公室中，或者蜷缩在自己的书房里，要么游走于深夜的小区中，不到迫不得已，他们很少与现实发生关系。他们与社会的交往，也仅仅体现在家人、几个同类朋友之中。即便如此，他们依然被利益化的现实利爪抓得遍体鳞伤。因此，就《春尽江南》而言，格非并不是想高举乌托邦的大旗，与失序的现实进行堂吉诃德式的战斗，

研究资料

格非

---

① 陈岸瑛：《关于"乌托邦"内涵及概念演变的考证》，载《北京大学学报》（哲学社会科学版）2000年第1期。

而是要通过一些令人敬畏的人物，质疑我们日趋荒漠的内心生活，并传达梦想对于我们的重要。赫茨勒曾说："原则和理想总是伴随着我们，并作为我们用以评价现实状况的准则。这便是理想的伟大作用。即使这些理想不能实现，也能使我们了解现实，有助于我们理解真理的内在特征。……指南星并不因永远不能达到而失去其指南的作用。理想是目标，也是向导。"①如果我们放弃理想，失去乌托邦的精神照耀，那么，我们只能成为欲望的加油机，并加速我们自身的异化。

事实上，对乌托邦的精心演绎，也从审美的层面上极大地强化了《春尽江南》的诗意质地，使这部小说显得优雅、轻盈而又处处洋溢着象征，充满了隐喻的意味。它将感伤的审美格调，从叙事语调的层面沉淀到人物的生命肌理之中，以乌托邦的凭吊，映射了某种事关理想和慰藉的人文主义情怀。而这，也是文学艺术所应有的品质。为了区别社会政治领域中的乌托邦思想，有不少学者曾提出了"审美乌托邦"的概念，并认为文学艺术从来就离不开对人类白日梦的关注，审美乌托邦始终是文艺的核心元素。"审美乌托邦所追求的是一种更完美的生活——在现有基础上更本真、更和谐地生活。它超越的目的不是颠覆，而是拯救。在审美乌托邦看来，一切存在都应该符合其本真的完美。而现实社会里，由于人欲的贪婪、社会的物化等种种原因，本该如此的社会被异化了，本该和谐的世界充满了矛盾，本该散发出感性光芒的天空被工具理性的阴霾所遮蔽。为了恢复这一切原有的和谐与完美，审美乌托邦希望通过唤醒已被遗忘了的完整人性和自然本能，进而使人由残缺的'单向度的人'恢复为健全完整的人，最终使这个'单向度的社会'恢复为和谐的'完整世界'。"②从某种意义上说，《春尽江南》的核心意蕴正在于此。

---

① ［美］乔·奥·赫茨勒：《乌托邦思想史》，266页，商务印书馆1990年版。

② 邹强：《乌托邦与审美乌托邦》，载《山西师大学报》（社会科学版）2005年第2期。

乌托邦叙事中的背反与轮回

——评格非的《人面桃花》《山河入梦》《春尽江南》

李遇春

一

　　格非的《人面桃花》《山河入梦》《春尽江南》以其举重若轻的百年中国叙事，从清末民初一直写到新的世纪转折，隐喻了一个古老民族在寻求新生的过程中的世纪性孤独，轻灵中透出沉重，浪漫中散发出宿命的气息。对于格非来说，从《人面桃花》（2004）到《山河入梦》（2007），再到《春尽江南》（2011），这绝不仅仅是一次叙述的历险，更是一次漫长的精神苦旅。在将近十年的写作时间里，格非要经受住的是参透百年历史迷雾后的悲凉，准确地说，他要直面我们民族百年乌托邦冲动中背反与轮回的挣扎和洗礼。这是一种灵魂的煎熬，而作为煎熬的馈赠，则是参透历史悲凉后的平静，一如《春尽江南》附录的《睡莲》诗中所描述的那样："事物尚未命名，横暴尚未染指/化石般的寂静。"

　　在中外文学史和文化史上，乌托邦叙事由来已久，这得归因于人类集体无意识中永不衰竭的乌托邦冲动。古代中国的乌托邦叙事带有浓郁的浪漫主义和理想主义色彩，陶渊明的《桃花源记》可以说是对孔子的"大同世界"的文学写照。而在西方，从柏拉图的《理想国》到莫尔的《乌托邦》和康帕内拉的《太阳城》，再到莫里斯的《乌有乡消息》，同样性质的乌托邦叙事一直不绝如缕。然而，进入20世纪以来，西方文坛出现了所谓"反乌托邦三部曲"，扎米亚京的《我们》、奥维尔的《1984》和赫胥黎的《美丽新世界》，它们以其强烈的现代主义乃至解构主义的叙事方式彻底颠覆了古典的乌托邦理想及其叙事模式。从乌托邦叙事到反乌托邦叙事，显然，20世纪是人类乌托邦冲动及其叙事的历史分水岭。然而，具体到20世纪的中国却有所不同。作为一个后发性的现代化国家，传统中国在向西方现代化认同的现代性进程中无法与20世纪西方的反乌托邦叙事保持同步，相反，传统的乌托邦冲动及其叙事模式在20世纪的中国文坛长期占据着主导地位，这在1949年以后的"50—70年代文学"中表现得至为明显，以柳青的《创业史》和浩然的《艳阳天》《金光大道》为代表的"红色经典"长篇小说即是明证。直到20世纪末期的中国文坛，才出现了以阎连科的《坚硬如水》和《受活》为代表的激烈的反乌托邦叙事作品。如果把阎连科的反乌托邦叙事与柳青和浩然等人的乌托邦叙事加以简单对照，不难发现，两者之间存在着二元对立的绝对主义思维定式，前者是后者的反题，后者是前者解构的对象。事实上，如何看待20世纪中国的乌托邦冲动及其叙事，并非是一个简单的非此即彼的立场问题，虽然一个作家在乌托邦叙事中择定一种明确的价值立场进行叙述要便利和容易得多，但我们不能忽视历史及其本身隐含的历史文化心理结构的复杂性和多元性，而且在很多时候面对着历史，我们是无法做出简单的价值判断的。这意味着还存在更复杂和更客观的书写20世纪中国乌托邦冲动的叙事形态。

在我看来，格非的《人面桃花》《山河入梦》《春尽江南》正好提供了一种客观而复杂的20世纪中国乌托邦叙事形态。格非并没有轻易地落入乌托邦叙事与反乌托邦叙事二元对立的叙事陷阱中，他的叙述立场显得高远而超拔，这是一种俯视历史的悲悯情怀，已经超越了简单的道德价值评判。不难看出，传统的乌托邦叙事大抵遵循传统的现实主义与浪漫主义相结合的叙事成规，其中，浪漫主义是主导，现实主义是表象，这在所谓"革命现实主义"叙事或者毛泽东倡导的"两结合"叙事中表现得很分明。而在现代的反乌托邦叙事中，现代主义的荒诞叙事与后现代主义的叙述游戏占据了主导位置，这在西方的"反乌托邦三部曲"中表现得极其强烈，同样，在阎连科的所谓狂欢化叙事和荒诞现实主义叙事中也留下了深深的印痕。而我要说的是，在格非的乌托邦叙事中我们已经看不到乌托邦与反乌托邦之间的截然界限，作者对乌托邦冲动的情感和态度不是简单地溢于言表，而是隐含在叙述的深层，而且作者的情感价值立场是复杂而冲突的，由此带来了格非的乌托邦叙事中的多种声音，类似于巴赫金所说的"复调小说"。之所以出现这种叙述效果，得益于格非没有简单地像自己早期的先锋小说那样径直采用现代主义和后现代主义的叙事策略，而是转向了寻找现实主义与现代主义相结合的新的叙事形态。这是一种叙述的回归，但绝不是简单的回归传统，而是谋求传统的现实主义与现代的现代主义之间的叙述融合。正如格非所言："这种回归是建筑在对传统现实主义及现代主义小说全面考察的基础之上的，并非意味着对过去的简单重复……越来越多的作家在传统现实主义和现代主义之间选择了一条谨慎的中间道路。我认为，这条道路至少在目前是可行的。因为他们一方面使传统现实主义小说中的过时成分得以消除，同时，又避免了小说最终走向分裂。"①格非之所以选择这样一条"中间道路"，还因为他后来逐渐意识到，也许并不存在现实主义与现代主义的截然界限，实际上二者之间常常是彼此交融的，现实主义中有现代主义因素，而现代主义中有现实主义因素，前者如老托尔斯泰、陀思妥耶夫斯基、福楼拜的小说，后者如卡夫卡和普鲁斯特的小说，他们的小说中都包含了各自的所谓对立面。正是在这个意义上，格非不认为自己的小说创作存在着所谓前后期的"断裂"，而是更多地强调自己小说的连续性。②当然，这样说并不意味着格非的小说创作历程中真的并不存在叙述转型的问题，实际上他早年就经历过"从规矩到乱的过程"，③即摆脱传统现实主义叙事成规、走向先锋派的现代主义与后现代主义叙述策略的过程。以此观之，则新世纪以来，格非又经历

格非
研究资料

---

① 格非：《小说的十字路口》，《塞壬的歌声》，上海文艺出版社2001年版，第51页。

② 格非、于若冰：《关于〈人面桃花〉的访谈》，《作家》2005年第8期。

③ 格非、任赟：《格非传略》，《当代作家评论》2005年第4期。

了反向的"从乱到规矩的过程",这就是格非在《人面桃花》三部曲中所实现的小说叙述回归,但绝不是简单地回归传统的现实主义,而是谋求传统的现实主义与现代主义的艺术视域融合。

唯其追求这种传统与现代的叙述融合,格非的乌托邦叙事才具有所谓"向内转"的倾向。对此,格非的解释包括两个方面:一个是叙事方面更加"内在",不像先锋时期那样直露地做形式实验;一个是作者开始注重吸收传统叙事资源,向内而不是向外拓展。[①]格非想以此划清他的"向内转"与20世纪80年代中期文艺界的"向内转"思潮之间的界限。实际上两种"向内转"之间并非没有联系,格非在《人面桃花》中对人物的心理世界的挖掘是颇见功力的,而且"小说当中涉及的人物也好,历史事件也好,都与历史关系不大。写的都是我的感觉,我的经验。这些人物也是'我'。比如说秀米这个人物,我对她给予了很大的同情,她的感觉也是我的感觉"[②]。转向人物的内心,最终转向作者的内心,凸现人物(作者)在百年乌托邦冲动的背反与轮回中的心理困惑和精神痛苦,这就是《人面桃花》三部曲"向内转"的深层意义之所在!只有在这个意义上,我们才能理解格非为什么要在关于《山河入梦》的访谈中这样说:"伟大作品拥有顽固的记忆力。作家在某种程度上说是一个记录者。他们用文学的方式记录永不磨灭的人类心灵史。"[③]

二

《人面桃花》第一部问世后好评如潮。人们都相信曾经的那个先锋作家格非在沉寂多年后又回来了,而且是以一种更为老到的姿态强势回归,这就是前面所说的现实主义与现代主义相融合的叙述姿态。关于《人面桃花》的评论焦

---

① 张学昕、格非:《文学叙事是对生命和存在的超越》,《当代作家评论》2009年第5期。

② 格非、于若冰:《关于〈人面桃花〉的访谈》,《作家》2005年第8期。

③ 格非、王小王:《用文学的方式记录人类的心灵史——与格非谈他的长篇新作〈山河入梦〉》,《作家》2007年第2期。

点，几乎都集中在所谓乌托邦叙事上，作者在访谈中对此也做过明确的表述。他说："我所关注的正是这些东西——佛教称之为'彼岸'、马克思称之为'共产主义'的完全平等自由的乌托邦，《人面桃花》中讲到的桃花源也是这么一个存在于想象之中的所在。"[①]然而，关于《人面桃花》的乌托邦叙事研究依然有待进一步深化，我们需要做的是立足文本的叙述结构去破译乌托邦叙事的策略和意图。

首先我们需要注意的是，这部长篇小说中有两种不同性质的乌托邦形态：一种是王观澄所创建的以花家舍为载体的古典形态的江湖乌托邦，一种是陆秀米所创建的以普济学堂为代表的现代形态的革命乌托邦。关于这两种形态的乌托邦叙事占据了这部长篇的绝大部分篇幅，而女主人公陆秀米的人生历程恰好把这两种形态的乌托邦叙事贯穿了起来。正所谓物以类聚、人以群分，小说中两种不同形态的乌托邦叙事也凝聚了各自不同的群体成员，亦可谓之为精神家族。从古典形态的乌托邦来看，陆秀米的父亲陆侃无疑属于这一精神阵营。陆侃饱读诗书，学优则仕，然而仕途并不通达，罢官后在普济筑屋隐居，怡然自乐。但陆侃心中一直有着难解的桃花源梦想，他时常对着据说是出自韩愈手笔的《桃源图》发呆发痴，他想在普济重现陶渊明的世外桃源的现实图景，他甚至构想建筑一条风雨长廊把普济的住户连接起来，让老百姓不惧风雨、安居乐业。在普济人的眼中，陆侃就是一个疯子，他的妻子和女儿还有家佣，全都把他看作疯子。疯子是孤独的，因为他有着常人难以理会的超越现实的冲动，这种冲动常常就是西方人所谓的乌托邦冲动。在常人那里，这种乌托邦冲动往往被压抑在潜意识域，而在疯子或先知这里，这种冲动时刻在寻觅着对象化或现实化的契机，这就是常人与疯子的一大区别。疯子陆侃的离家出走，给女主人公秀米的人生带来了重大转折，因为革命党人张季元随即住进了普济秀米的家，他是秀米的母亲的情人。在很大程度上，张季元充当的是陆秀米的"代父"角色，他的到来改变了秀米的人生方向，他给秀米带来了现代的革命乌托邦冲动。张季元是清末革命党组织——蜩蛄会的核心成员，推翻封建专制的

格非

研究资料

---

① 格非、于若冰：《关于〈人面桃花〉的访谈》，《作家》2005年第8期。

腐朽清王朝，建立现代的民主自由世界是他那一类人的桃源梦想，小说中的薛举人薛祖彦、小驴子周怡春，包括女主人公陆秀米等在内，都属于这个乌托邦家族的精神成员。不过对于秀米来说，她一开始并未明确地接受"代父"张季元的革命乌托邦冲动的影响，她对张季元的恋父冲动更多地表现为她与母亲梅芸之间的暗中情感较量。转折发生在秀米被劫掠至花家舍以后，她在花家舍这个土匪窝子里面居然看到了父亲理想中的桃源梦境全部得以实现了！在花家舍里，包括总揽把王观澄在内，其他五位爷都是很有些来历的人，有的从文、有的习武，他们把花家舍经营得像一片世外桃源，让来者无不叹为观止，但对于知情者而言，花家舍就是一个土匪窝，就是一个江湖世界，其中充满了刀光剑影和尔虞我诈，充满了血和泪。花家舍其实是一个人间天堂的幻影，看似美妙无比，实则隐藏着巨大的灾难和危机。秀米在花家舍惨遭蹂躏、九死一生的经历使她最终放弃了父亲陆侃的古典乌托邦理想，而走上了"代父"张季元远走东瀛，致力于反清抗暴，建构现代革命乌托邦的道路。

值得注意的是，格非在《人面桃花》中不仅写出了古典江湖乌托邦的破产，而且也写了现代革命乌托邦的危机。秀米自日本归来后继承了张季元的遗志，她在普济一带神出鬼没，仿佛当年的张季元再世重生。她领导成立了普济地方自治会，在一间寺庙里设立了育婴堂、书籍室、疗病所和养老院，然而一切如同虚设，她牵头的水渠工程甚至还差点给普济带来灭顶之灾。自治会计划受挫后，秀米又办起了普济学堂，自任校长，直接致力于反清革命活动。正如陆家的老管家宝琛所察觉到的那样，他对老夫人说："你说她走了当年陆老爷的老路，我看不大像，照我看，她是把自己变成了另一个张季元。那个死鬼，阴魂不散！"确实如此，秀米就是另一个张季元，她心中涌动的是张季元式的现代革命乌托邦冲动，而不是陆侃式的古典江湖乌托邦冲动。秀米无意于相忘于江湖，过那种隐居般的桃源生活，她需要的是介入，介入到改变现存社会秩序的乌托邦进程中。这意味着暴力革命，秀米也确实卷入了革命的暴力之中，她甚至因为沉迷于暴力革命而忽视了基本的亲情伦理，母亲和儿子的死在不同程度上她都难辞其咎。这不禁让读者想起了书中张季元的一则日记，日记中记载了蜩蛄会成员在夏庄薛宅中商定的《十杀令》，中间竟然有"妓女杀""缠足者杀""媒婆、神巫、和尚、道士皆杀"等条款。由此可见现代革命乌托邦冲动非理性的另一面。我们甚至可以说，此时的革命乌托邦已经成为一种政治意识形态。关于乌托邦与意识形态之间的关系，德国学者曼海姆有过十分精辟的阐述，有研究者则做出了极为简洁的归纳，即意识形态是"指导维持现存秩序的活动的那些思想体系"，乌托邦是"往往产生改变现存秩序活动的那些思想体系"。①这种归纳虽然点明了意识形态与乌托邦之间的区别，即对立关系，然而却忽视了两者之间还具有内在的同一性和相对性，即乌托邦与意识形态之间是可以相互转化的。正如曼海姆所说："在一定的情况下，什么表现为乌托邦，什么表现为意识形态，本质上取决于人们运用这种标准来衡量的现实的阶段和程度。显然，那些代表了占主导地位的社会秩序与思想体系的阶层，会把他们所具有的那种关系结构感受为现实，而被迫反对现存秩序的集团则对他们所力争的和通过他们而实现的社会秩序的初次感到兴奋。一定的秩序的代表，会把从他们观点来看在原则上永不能实现的概念叫乌托邦。"②既然乌托邦和意识形态是可以相互转化的，那就意味着乌托邦冲动在现实化的进程中隐含着与生俱来的悖谬性。而格非在《人面桃花》中正好揭示了古典与现代两种乌托邦冲动的悖谬性，这是一种历史的两难，如同二律背反，无法摆脱，散发出历史的宿命气息。从古典形态的江湖乌托邦来看，陆侃的桃源情结属于原发性的乌托邦冲动，它是中国传统士人力图逃避或者改变现存社会秩序的一种潜在心理诉求，然而，一旦这种潜在的心理诉求或者文化冲动诉诸现实社会进程，即由王观澄为代表的花家舍人逐步变为现实，原先的不确定的乌托邦冲动就衍变为凝固的意识形态了。在这个意义上，意识形态是对乌托邦的反动。于是我们看到在《人面桃花》中，花家舍被掀开了诗意温情的面纱，而裸露出暴力和杀戮的真相。不仅古典的江湖乌托邦存在着这种历史的悖反，现代的革命乌托邦也不例外。当陆秀米继承了张季元等人的遗志而投身革命后，革命先辈的乌托邦冲动便开始在现实的革命进程中流露出了意识形态的本质。

研究资料

格非

① 路易斯·沃思：《序言》，见卡尔·曼海姆《意识形态与乌托邦》，商务印书馆2000年版，第14页。

② 卡尔·曼海姆：《意识形态与乌托邦》，商务印书馆2000年版，第200、41页。

尤其是当我们看到正是革命党人"小驴子"周怡春策划了花家舍的内部暴力事件时，两种乌托邦之间的精神同一性可谓一目了然。无论是古典的江湖乌托邦还是现代的革命乌托邦，当它们走向现实社会进程的时候，其自身的历史背反如出一辙。而且在特定的历史条件下，二者会呈现出合流或合谋的倾向，即如《人面桃花》中的乌托邦叙事所暗示的那样，现代的革命乌托邦与古典的江湖乌托邦之间不仅同构而且同质，于是革命乌托邦也就褪去了现代色彩，演变成了新古典主义的乌托邦。这当然是一种历史的轮回，而不仅仅是我们习惯上所说的辩证螺旋式的上升。小说中关于乌托邦叙事的历史轮回还借助于几个颇有些神秘性的物件或意象给予了暗示。一个是花家舍，它在小说中反复出现，沟通了古典的江湖乌托邦与现代的革命乌托邦之间的精神渊源。二是金蝉，它是小说中革命党人之间传递的信物，女主人公秀米的一生与金蝉有着不解之缘。当初张季元在临难逃亡前第一次赠给她金蝉，这是两人之间革命乌托邦冲动传递的精神信号。第二次是在花家舍被困期间，老尼韩六送金蝉给秀米，在某种意义上唤醒了秀米内心的革命乌托邦冲动。第三次是小驴子送金蝉给秀米，此时秀米在革命失败后闭门禁语，她拒绝小驴子的来访，这意味着革命乌托邦冲动在她的内心深处已寂灭。丧失了革命乌托邦意义的金蝉不过是一个无用的空壳而已，它在灾难的岁月里只能被废弃。小小的金蝉脱壳，恰好隐喻了秀米追逐乌托邦的迷幻人生。还有一个在小说中反复出现的意象是瓦釜，它其实是一件古老高妙的乐器，这是父亲陆侃的遗物，晚年的秀米在瓦釜里逐渐融化的冰花中仿佛看到了自己的过去和未来，远去的父亲陆侃和遗失的儿子谭功达正在向她走来。秀米就在这种幻觉中死去，她无法拯救自己，除了弥合自己内心的创伤，她无法阻止自己精神密码中的乌托邦冲动开始再度轮回。

三

关于《人面桃花》和《山河入梦》的创作动机，格非这样说道："一部小说的动机往往来源于一个简单的比喻。我在写《人面桃花》时，无意中想到了冰。在瓦釜中迅速融化的冰花，就是秀米的过去和未来。这个比喻是我的守护神，它贯穿了写作的始终，决定了语言的节奏和格调，也给我带来了慰藉和信心。那么，什么是《山河入梦》的比喻呢？我想到了阳光下无边无际的紫云英花地。假设，花地中矗立着一棵孤零零的苦楝树；假设，一片浮云的阴影遮住了它。望着这片阴影，姚佩佩在心中许了一个愿，闭上了眼睛。不管姚佩佩如何挣扎，那片阴影永远不会移走，因为它镌刻在她的心里。为什么我的内心一片黑暗，可别人的脸上却阳光灿烂？这是姚佩佩的问题，也是我的问题。"①在我看来，《山河入梦》中的这个核心比喻或者中心意象具有双重性，阳光下苦楝树的阴影遮蔽了一片紫云英花地，简言之，阳光与阴影，各自象征着一种乌托邦冲动，构成了这部长篇小说中乌托邦叙事的分裂、冲突与背反。

与《人面桃花》把故事时间选定在清末民初不同，《山河入梦》的故事时间主要被安排在新中国建立后的50年代末到60年代初，广义上就是人们习惯上所说的"十七年时期"。这个时期产生了大量的"红色经典"，尤其是农业合作化题材的长篇小说中普遍具有乌托邦叙事的特征。但《山河入梦》并没有简单地重复当年的革命浪漫主义形态的红色乌托邦叙事，而是以冷峻的历史眼光回望那一段乌托邦冲动的历史，不仅写出了那种充满了"大跃进"精神的共产主义乌托邦冲动的历程，而且揭示了被共产主义乌托邦冲动所压抑或遮蔽的另一种人道主义或自由主义的乌托邦冲动。如果借用那个年代的习惯用语，那么前一种属于红色的乌托邦冲动，拜太阳或阳光所赐，而后一种属于灰色的乌托邦冲动，带有所谓不可见人的"小资情调"，只能存在于阳光下的阴影中。这两种乌托邦冲动在小说中分别由男女主人公谭功达和姚佩佩来体现。值得指出的是，格非在《山河入梦》中的乌托邦叙事是充满了矛盾和缠绕的，作者既写出了红色的共产主义乌托邦冲动与灰色的自由主义乌托邦冲动之间的矛盾和冲突，又写出了红色的共产主义乌托邦冲动内部的裂隙和矛盾，还写出了两种不同性质、不同色彩的乌托邦冲动之间的融合和交集。这种种矛盾和冲突着的乌托邦叙事，在小说中主要借助于男女主人公谭功达和姚佩佩的凄凉的爱情故事

研究资料　格非

---

①　格非：《山河入梦》，作家出版社2007年版，封底文字。

和不幸的人生遭遇来完成。

从红色乌托邦来看，一切都离不开谭功达，他是小说的男一号，也是小说中乌托邦叙事的关捩和纽带。谭功达是陆秀米之子，长大后投身革命，建国后出任梅城县县长。按照新的建制，在梅城县和普济乡，到处都有关于陆秀米的传奇人生故事在流传。生性敏感的谭功达多少年来在内心中一直有一种隐隐的恐惧，不管自己如何挣扎，他终将走到母亲的老路上去，无可逃遁。这是无可选择的命运，更是历史的圈套和轮回。事实上，革命成功后的谭功达确实沉浸在了天下大同的桃源梦中，他要做的就是把母亲陆秀米乃至外祖父陆侃的桃源梦接续起来，这是超越时空的精神链接，显示了20世纪中华民族文化心理结构中乌托邦冲动的超强力量。正如谭功达革命年代的文书高麻子乡长在匿名书中所言："公主梅城县政，不思以布帛菽粟保暖其身，而欲汲汲于奇技淫巧、声光雷电，致使道有饿莩，家无隔夜之炊。民怨鼎沸，人心日坏。造大坝，凿运河，息商贾，兴公社，梅城历来富庶之地，终至于交瘁殆尽。为公思之，每恻然无眠。须知梅城小县，非武林桃源，不能以一人之偏私，弃十数万生灵于不顾。退社之风，盖有源于此。人事天道，自有分界。人事所不能，待以天道而已。夫人定胜天者，闻所未闻，非愚则妄，不待详解。至若共产主义于一九六二年实现，则更是荒诞不经，痴人说梦。"高麻子是谭功达的净友，他对李自成和朱元璋的一番明辩，其意在于使谭功达幡然悔悟，不再执迷于天下大同的桃花梦。可惜谭功达并未清醒地意识到正置身于一个"天下山河都入梦中"的时代幻境之中。他还请人画了一张梅城规划图，技法精湛、出神入化，名曰《桃源行春图》。正当他雄心勃勃地准备实现自己的桃源梦时，他力主修建的普济水库崩溃，因情节严重他被撤职反省。然而，谭功达并未因此而从红色的乌托邦迷梦中醒来，在被边缘化的日子里他仍然坚守着自己的共产主义大同理想。如果借用曼海姆的观点，此时的谭功达依旧在拒绝让个人的乌托邦冲动意识形态化，他顽强地守护着内心中的共产主义乌托邦理想，而无视现实中共产主义乌托邦已经陷入了意识形态困境。比如在郭从年领导和主宰着的花家舍人民公社里，尽管道不拾遗、秩序井然，然而掩盖不住社员内心的忧戚，因为他们的人身自由遭到限制，神秘的101组织暗中监控着花家舍所有人的生活。就连临时寄居在花家舍的谭功达的一举一动也遭到了严密监视，他与姚佩佩的通信也无任何私密可言。知道了这一切后的谭功达十分恐惧，郭从年和他的花家舍共产主义乌托邦在谭功达的心目中是彻底地坍塌了。然而，谭功达虽然抛弃了这种完全意识形态化了的红色乌托邦，但他内心深处的共产主义乌托邦冲动至死未泯，他临死前还念念不忘他的"梅城规划草图"。

在《山河入梦》中，与红色乌托邦叙事相对立的是灰色乌托邦叙事。姚佩佩是灰色乌托邦叙事的主人公，她内心深处永不磨灭的是一种人道主义——自由主义乌托邦冲动。这种乌托邦冲动与那种意识形态化或者体制化了的红色乌托邦秩序之间存在着巨大的张力，甚至可以说是背道而驰。而怀抱着这种另类乌托邦冲动的姚佩佩，在艰难苦恨的人生坎坷中始终痴心不改，执意向着自己内心中的乌托邦境界进发。姚佩佩出生于政治问题家庭，父亲在建国初被镇压，母亲自缢身亡，她像一棵苦楝树一样孤零零地生存在阳光普照的大地上。孤独的姚佩佩渴望自由，但就连一点微薄的人道尊严竟也难以实现。她一直觉得自己生活在黑暗中，她内心的黑暗无边无际，她短暂的一生始终在追求着光明而不可得。她深爱着谭功达，但这个迟钝的中年男人一再与她失之交臂。她唯一可以说上话的女友是汤碧云，但正是汤碧云狠下心出卖了她。她被金秘书长强暴后复仇成功，但因此而成了被通缉的杀人犯。她在逃亡中历经劫难，但最终鬼使神差地回到了起点，自投罗网。姚佩佩死了，带着她永难实现的自由主义乌托邦梦幻死了。但她在逃亡中写给谭功达的书信产生了奇妙的效果，阅读姚佩佩的书信，谭功达觉得自己的身心与姚佩佩已合为一体。所以小说的结尾专门写到了谭功达在弥留之际与姚佩佩在幻觉中重逢，那是一个"没有死刑、没有监狱、没有恐惧……没有烦恼"的世界，共产主义乌托邦与自由主义乌托邦在那里仿佛不再是两难选择，而是融为了一体。

由此我们不难理解格非为什么对姚佩佩如此的偏爱，正如他所说："我想《红楼梦》里面最能表达作者内心的也不是贾宝玉，而应该是林黛玉。在《山河入梦》里，姚佩佩在相当程度上隐含了作者。"又说："其实姚佩佩的身上，更多地寄托了我的情感和我对这个世界的思考，她身上当然有我自己的观念和情感。谭功达是这部小说的主人公，但写出谭功达之后，我立刻感到了不满足，觉得他不足以表达我的内心，便想到了姚佩佩，写着写着对这个人物的感情就超过了谭功达，就发现自己跟她之间那种深切的关联。"①格非说的是实话，对于他来说，与谭功达的共产主义乌托邦冲动相比，姚佩佩的自由主义乌托邦冲动更能与他心心相印。而且遥想那个战天斗地的红色年代，格非的人生遭遇与姚佩佩之间也并非没有关联，因为他的祖父当时因为政治问题而坐监，这种阶级成分问题曾经长期困扰着少年时代的格非。②由此我们发现，作者与女主人公之间不仅有着内在精神自传上的同一性，而且还有外在生活自传上的相似性。

四

《春尽江南》是格非的《人面桃花》三部曲的收官之作。这部书让我想起了格非早年的另一部长篇小说《边缘》。在《春尽江南》中，作者主要就是站在"边缘者"的立场上讲述我们这个时代的故事。我们这个时代一直被主流媒体称作"盛世"，我们这个时代的大街小巷也一直流行着"春天的故事"。格非显然没有那么乐观，他要做的就是从一个客观冷静乃至有些戏谑的叙述者角度，来透视我们这个习惯于以"春天"命名的时代里所隐藏的真相，当然包括社会众生相，但更重要的是一个时代的精神真相和心理潜影。唐人杜牧有诗云"秋尽江南草未凋"，折射了晚唐的衰飒和没落，而格非以一字之易，其"春尽江南"的中心意象，显然也包含了作者对于我们这个所谓盛世的末世情怀。书中的主人公谭端午一直喜欢阅读欧阳修的《新五代史》，据说就是一本"末世之书"，这应该不是偶然的。格非能在盛世中怀抱末世之感，是因为他看透了百年中国乌托邦冲动中暗含的循环和轮回，时空在流转，而精神总是跌入深渊。早在关于《山河入梦》的访谈中格非就明确地说过："是的，我是一个宿

① 格非、王小王：《用文学的方式记录人类的心灵史——与格非谈他的长篇新作〈山河入梦〉》，《作家》2007年第2期。

② 格非、任赟：《格非传略》，《当代作家评论》2005年第4期。

命论者。其实我们每个人的内心都是一个预言家，对未来我们早就心知肚明，可是有些人装作看不到，自我麻痹，时间久了就是真的麻木了。"他同时又为自己辩解："我常说，悲观就是乐观。……悲观是乐观的前提，要有勇气看到悲观的东西，并且有能力去承受。"①所以，我们可以说，格非的《人面桃花》三部曲是悲观之书，也是乐观之书，乐观来自于悲观，正如希望来自于绝望。

　　尽管叙事背景已转换至"改革开放"年代，但《春尽江南》在精神脉络上依旧与前两部紧密相连。谭端午、庞家玉、王元庆、绿珠、陈守仁，在这些主要人物的心灵深处，其实都涌动着乌托邦的冲动，只不过与陆秀米、张季元、谭功达、姚佩佩等人相比，他们的乌托邦冲动在新的历史语境中呈现出了新的形态而已。显然，新的乌托邦形态并未完全割断与旧有的乌托邦形态之间的联系，就连谭端午那絮絮叨叨的母亲，也就是谭功达的遗孀张金芳也看出来了，她的两个儿子都有点疯疯癫癫、与众不同，区别在于，王元庆更像死去了的老鬼谭功达，而谭端午的身上似乎有着姚佩佩的精神血液。也许老太太朴素的直觉并不错，但毕竟是置身在一个所谓以新见称的时代里，谭端午和王元庆们的乌托邦冲动必然带有属于这个新时代的色彩和特质。从书中反复出现的关于"春尽江南"的写景描摹文字来看，"春"的象征意义不言而喻，它指涉着我们这个时代的改革开放进程，简言之，即现代化神话。从80年代跃进到90年代以后，古老的中国已经正在现代化的高速路上飞奔。如果说80年代的现代化暂时还未大规模地暴露其流弊的话，那么90年代以来的现代化进程就已经深深地酿成了大部分人的心理隐痛了。换句话说，如果说现代化或现代性在80年代还属于神话或者乌托邦的范畴，属于民众满怀期待要实现的理想，那么，经过90年代和新世纪的大规模的现代化扩张之后，现代化或现代性业已成了一种主流意识形态，丧失了其早先作为乌托邦思想和冲动的反抗性，由此也沦为新的乌托邦思想和冲动所要反抗的对象。只有在这个意义上，我们才能理解为什么谭

研究资料 格非

---

　　① 　格非、王小王：《用文学的方式记录人类的心灵史——与格非谈他的长篇新作（山河入梦）》，《作家》2007年第2期。

端午和王元庆们要反对自己的时代，为什么他们置身在一个春天的盛世里却有着秋天的悲凉，因为他们怀抱着另一种乌托邦冲动，这是对曾经的现代化乌托邦冲动沦为主流意识形态的一种反抗。他们对时代的疏离、拒绝和反抗，并不能简单地理解为反现代化，其实质是对现代化或现代性的反思，由此形成了与主流的现代性意识形态相对抗的另一种乌托邦思想和冲动，即新保守主义或新传统主义乌托邦。

　　不难看出，《春尽江南》中的几个主要人物都经历过由现代性追求转向新保守主义的精神嬗变。男主人公谭端午的人生转折发生在20世纪八九十年代之交，主要是80年代末的那次政治事件改变了他的精神航向。作为知名诗人，谭端午在80年代以现代性的名义疯狂地追逐着爱情和政治，这个时期的谭端午确实与他父亲谭功达当年心爱的女人姚佩佩在精神上一脉相承，他们追逐的都属于人道主义—自由主义的激进乌托邦。小说中重点暗示了诗人海子之死对于谭端午那一代人精神转折的象征意义。在遭受政治和人生挫折后，谭端午返回原籍，进了鹤浦市方志办公室任闲职。从此，他开始了另一种人生状态，用妻子庞家玉的话来说，谭端午过着一种"正在一点点地烂掉"的生活，而且乐此不疲。他陶醉在各种西方古典音乐中，他对工作和婚姻没有任何的激情，他在小说中自始至终都在读欧阳修的那部《新五代史》。他不仅厌倦了政治和婚姻，他甚至对消费主义时代的欲望消费也丧失了兴趣，这与他当年的诗友徐吉士形成了分流，后者由80年代的自由主义乌托邦直接滑向90年代以来的欲望化漩涡，而谭端午选择了疏离和对抗，所以他在妻子的心中定格为了一个"当代隐士"，这与小说中的那座招隐寺不谋而合。在漫长的《新五代史》阅读中，谭端午对欧阳修的忧世伤生感同身受，尤其是对书中频繁出现的"呜呼"二字心有戚戚，显然他在这部"衰世之书"中看到了我们时代的另一精神面影。他对钱穆和陈寅恪关于《新五代史》的赞语深为然，恨不能像欧阳修那样"用一本书的力量，使时代的风尚重返淳正"。小说附录的那首诗《睡莲》，既可以视为谭端午对死去的妻子庞家玉的和解与呼唤，也可以视为作者对我们这个腐烂的时代的招魂和抗议。有意思的是，当庞家玉认为谭端午"正在烂掉"的时候，其实她不知道她说的正是她自己。庞家玉原名李秀蓉，在叫作李秀蓉的80

年代里，她和谭端午一样是个有浪漫情怀的青年诗人，但在90年代以来的市场经济体制中，她在现代化的神话或意识形态里越陷越深，她由诗人摇身变成了律师，她与谭端午的价值立场越来越远，为了迎合这个时代的需要，她甚至不惜奉献自己的肉体，她对儿子学习的苛刻要求更体现了她与这个时代的合谋。只有当死神提前来到她面前的时候，庞家玉才幡然悔悟，她决意听从内心声音的召唤，抱病出走西藏。西藏在庞家玉的心中意味着乌托邦，那是一个也许还没有被现代化污染的地方，她在最后时刻与谭端午的精神终于息息相通。还有谭端午同母异父的哥哥王元庆，这个在市场经济年代发迹的老板，突然斥资几千万元建了一个"城市山林"别墅群，其实就是一座精神病院，而他自己成了第一个住进去的精神病人。显然，王元庆的精神裂变中隐含了他对现代化神话和消费主义意识形态的拒绝和反叛。他在精神病院中还念念不忘地要在花家舍里建成一座传统书院，而事实是，花家舍被他的投资合伙人张有德改造成了一座销金窟，在那里成天上演着花家舍历史上各种传奇人物的搞笑故事，曾经的乌托邦历史就这样被消费和消解了。

　　在《春尽江南》中，与其说花家舍是乌托邦，不如说"城市山林"那座精神病院更像乌托邦。新世纪的花家舍已成了温柔富贵乡，是消费主义的天堂。在这里我们看到了这个时间乌托邦与意识形态之间合谋性的融合。同样，陈守仁的别墅"呼啸山庄"，还有谭端午和绿珠时常光顾的"荼蘼花事"，都不是纯粹的乌托邦，因为市场经济时代的消费主义意识形态完全渗透其中。即使是谭端午的红颜知己绿珠一直恋恋不舍的那座"香格里拉乌托邦"，最后也被她亲身证明不过是另一个被改造过的花家舍而已。这意味着现实生活中不可能有纯粹的乌托邦，真正的乌托邦是一种精神、一种理想、一种冲动，它必须处于待定和未完成的状态，一旦现实化和对象化，它必然沦为固化的意识形态，从而成为新的乌托邦所反抗的对象。这就是乌托邦与意识形态之间的悖论。在《人面桃花》三部曲中，格非不仅向我们揭示了百年中国乌托邦进程中的历史悖论，而且暗示了这种历史悖论中无法摆脱的集体无意识力量，因为乌托邦也好，意识形态也罢，其本质都属于集体无意识范畴。①然而，格非在《春尽江南》中所凸显或流露的新保守主义或新传统主义姿态，作为我们这个时代的一种乌托邦冲动或集体无意识，难免会遭到误解。事实上，新传统主义并不意味着完全回归传统，而是指向对传统的创造性转化。如格非所言："我们今天重新谈回到传统，谈到对传统的认知，谈到对中国传统资源的一种认可，一种继承，它本身也是一种意向，实际上是回不去的。而传统价值我觉得也是有道理的，有必要的，不是说要将我们现在的维度整个抛掉……我觉得这也是一种误解，没有这回事。"②这虽是谈的关于中国传统叙事资源的话题，但对整个中国传统文化资源同样适用。新传统主义或新保守主义并不完全拒绝现代性维度，它要表达的是对单一现代性神话的超越，它最终指向的是民族文化和文艺的复兴。

原载《中国现代文学研究丛刊》2012年第10期

---

① 卡尔·曼海姆：《意识形态与乌托邦》，商务印书馆2000年版，第200、41页。

② 格非、于若冰：《关于〈人面桃花〉的访谈》，《作家》2005年第8期。

不确定的历史与记忆：论格非早期的中短篇小说

杨小滨 著　愚人 译

格非
研究资料

> *小说写作……使我有可能重获无法表达的现实经验和记忆。*
>
> **——格非**

　　格非是他那一代中国先锋作家中最年轻的一位。他与绝大多数他的同时代人不同，他的职业是在学院教授文学。也许是由于学术生涯的缘故，格非的小说在处理历史和个人经验方面似乎专注于叙事技巧或形式上的可能性。格非通过揭示集体与个人记忆在不可调和的叙事碎片中的缺陷，来挑战主流话语赖以构成的宏大历史总体性。在格非的叙事中，主体的声音颇为清晰；但是，它并不是用另外一种绝对的声音取代宏大历史话语，而是展示了其自身游离分散的表述。格非小说中"无法表达的"经验与内存表现为不可知的、无法消解和遗忘的叙事碎片。

重新认识或重新呈现过去的陷阱

　　《陷阱》是格非的早期短篇小说之一，格非的叙事者甚至在小说真正开始之前就承认了他的叙事局限。更加离奇的是，故事是"从她的自叙开始的"[1]，她是一个名叫牌的女孩，那是离家出走的"我"偷听来的。偷听本身出于与故事毫不相关的一个偶然意外，它不仅成为"我"即将深陷其中的现实，而且也是叙事者现在讲述故事的原因。换句话说，主要叙述完全来自一个不带任何决定性的历史历程的偶然事件。叙事者不再对叙述的真相承担责任；确切地说，一种叙述可能始于另一种叙述，或者可以不加组合地任意切换成另一种叙述。在某种程度上，牌的叙述是不连贯的：她一会儿声称她离家出走是因为害怕，继而又说她不得不离家出走。谭运长在他讨论这个短篇小说的文章中指出了这个问题却没有回答这个问题，然而他却敏锐地觉察到，这个问题也许没有任何意义，如果牌的叙述本身是不可信的，那么她的所有陈述都是不真实的。[2]当牌后来再次讲述她的过去，声称应该对她离家出走负责的父母（根据她先前的陈述）早已死去的时候，这样的疑虑更是有增无减。

前后矛盾的陈述瓦解了叙事的总体性和绝对性。如果我们将这个片段与五四时期妇女离家出走的同类主题故事相比较，我们就可以看到，格非的叙事并没有为女主人公的离家出走提供一个合情合理的理由。鲁迅的小说《伤逝》中的年轻女性子君或者冯沅君书信体短篇小说《隔绝》中的"我"是离开（或者决定离开）令人窒息的家去追求"自由恋爱"。鲁迅与冯沅君的小说至少部分地顺应了从父权压制到自我解放的历史理性秩序的解放话语。在鲁迅的小说中，这样的历史后来当然变成了毫无结果的哀叹。格非通过脱离解放话语来击破这样的历史：牌离家出走的理由令人困惑，这就打乱了整个宏大历史的逻辑。

格非也探讨了真实与幻觉、可以预期与不可能之间的复杂关系。在另一个关于导致她离家出走的故事中，牌说她看见一个老人用一些细长的树枝在河边搭桥。她试图说服老人这样的桥是没有用的：

---

① 格非《迷舟》，第12页，北京，作家出版社，1989。

② 谭运长《形上学游戏：评格非的小说〈陷阱〉》，《广东文学》1987年第12期，第40页。

你的桥不牢。我说

它是给鸽子走的

鸽子能飞过河去　不用桥鸽子也能

飞过去

它是给没有翅膀的鸽子走的

所有的鸽子都有翅膀

没有翅膀的鸽子没有翅膀①

　　对话一直在继续，直到她回家并发现一些不相识的老人占据了她的家。她无法进入她自己的家，因为老人们认为她进入屋子是非法的。在格非的许多故事中，非现实压倒了现实。在很多情况下，现实似乎只能服从于那些导致不幸的美好或者戏剧性的幻觉。

　　这些梦境般的幻觉不仅是悲剧性的，而且还可能是喜剧性的或者荒诞的。总而言之，所有这一切都寓言性地直指现代中国无法实现的文化想象。牌向她从前的男朋友黑桃讲述她离家出走的这后一个版本的故事，当牌和"我"一起去拜访黑桃时，黑桃竟然没有认出她来。黑桃可以被寓言性地诠释为曾经为"寻根"文学所钟爱，现在被喜剧性地戏剧化的一个怀旧形象。甚至在他回想起牌的时候，他的旧情复燃也只不过持续了很短的时间，接着他又恢复了他"木然而立"②的姿态。重温旧梦的初衷根本没有希望。作为一个流浪者，牌"一直朝北走"去"寻找救星"③的努力实际上以失败而告终。历史救星应该是远见卓识的社会解放者或者怀旧的精神赎救者，这样的角色不再具备把整个叙事引向一个完美的结局的超强功能。因此，牌对黑桃的拜访就是对回到原初的戏仿性探索，因为黑桃自己就是"遗忘心理学家"，象征着逃离原初。

　　黑桃以各种方式毁灭了牌的幻觉，所有这一切都与审美想象或创造的危险有关。他暗示那是为鸽子搭桥的老人设下的陷阱。这个老人必须被看成艺术或

①　格非《迷舟》，第20—21页，北京，作家出版社，1989。

②　格非《迷舟》，第20页，北京，作家出版社，1989。

③　格非《迷舟》，第22页，北京，作家出版社，1989。

者幻象的象征，因为他的所作所为只是出于幻象（"没有翅膀的鸽子"），完全没有任何实用价值。正如黑桃认为的那样，他的不切实际和审美的活动仅仅是具有特殊实际指向的一种伪装，那就是把牌从家里引出来，好让老人占据她的屋子。这是审美的危险陷阱，这样的伪装给现实带来了灾难。占据了牌的屋子的那些人好像在演戏：美/幻与恶/真在他们的表演中融会一体。然而陷阱不仅存在于牌关于她自己的故事之中，而且还存在于她的故事叙述之中，由此可见，她的叙述作为艺术（人为捏造）就像老人的桥一样不稳定，或者就像伪装成占领她屋子的那些人。换句话说，对陷阱的表现本身就是一个陷阱：自反的形式暴露了再现性叙述的自我解构倾向。

　　黑桃说服牌把遗忘和回避的艺术当作重新找回或构想过去的天籁福音来接受。原初恰恰可以被寓言性地理解为对再度体验的拒斥。究竟什么是真实也受到了质疑。他警告"我"，牌已经"成了你众多记忆混合物的复制品。这都是你过于沉湎冥想记忆泛滥所致"①。正如黑桃暗示的那样，牌现在只不过是叙事者精神形象的"复制品"，我们不仅会怀疑牌的陈述，而且还会怀疑她是否存在。然而，根据黑桃的暗示，牌只是一个想象中的人物，牌也否认黑桃的存在。叙事者后来确实收到过牌的一封信，她在信中提到，黑桃在他们进城拜访他之前就已经死了。叙事者可以"推测我们深夜拜访黑桃可能是一次幻觉"。②叙事中的这种自我否定破坏了表现过程的连贯性。因此，陷阱（尤其是表现陷阱）不仅是其他人安排的，而且还可能是那个人自己的设计。叙事者声称（同时又是自我反驳），"实际上"③（这样的"实际"总是可疑的），当天夜晚，他们没有找到黑桃，却参加了一个葬仪。在这个似是而非的葬仪上，人们穿着溜冰鞋滑翔而过，计算机操纵着灵车，立体音箱里播放着事先录制的哀号。最滑稽可笑的是"我"最终发现死者原来是一头猪。表现的"事实"或者"表现性"就这样被理性叙事的迷惑错置，这正是横贯整个短篇小说的最大陷阱。

　　① 格非《迷舟》，第24页，北京，作家出版社，1989。
　　② 格非《迷舟》，第24页，北京，作家出版社，1989。
　　③ 格非《迷舟》，第24页，北京，作家出版社，1989。

《陷阱》的叙事是幻觉、幻想、伪装、欺诈、游戏和闹剧的杂烩，因此可以被看作是对表现与现实的谎言的彻底揭露。最为显见的是，故事的发展逆转了各种宏大叙事对真实的见解，这样的见解正是中国现代叙事的核心。所有的表现继而被揭示为误现，所有的现实则被揭示为非现实。任意和冒险的叙事逻辑破坏了宏大叙事的总体性。

　　格非通过不断地否认先前的陈述或与先前的陈述自相矛盾来引起我们对叙事自足性危机的关注，表面上整合的叙事变得断断续续和前后矛盾。从这个意义上来说，格非戏仿的不是某种特殊的叙事种类或者类型，而是所有在整体上一致或者稳妥的叙事，尤其是严格同质的宏大叙事。如果说历史的基础是记忆和叙事，那么格非复原的就是记忆与叙事中的那些不确定因素。在他的《褐色鸟群》里，叙事者生活在与世隔绝之中，没有日历和时钟，他根据迁徙的褐色候鸟估算季节的变换。一个名叫棋的女孩走过来，向叙事者展示她的画夹，叙事者感觉到"我的记忆深处痛苦地抽搐了一下，但并未就此而唤醒往事"，他的"如灰烬一般的记忆之绳像是被一种奇怪的胶粘接起来"[1]。夜晚，叙事者对她讲起自己的故事"尽量用一种平淡而真实的语调叙述"[2]。然而，他的关于他遇见另一个女人的叙述却并不"平淡而真实"，他在他所谓的结尾处停住了。只是在棋这个故事讲述的倾听者不可思议地接着讲完了他的故事之后，叙事者自己才继续他的叙述：他徒劳地跟踪一个女人来到郊区，以及他在女人消失后遭遇的神秘事件。棋再次为他讲述了故事的结尾，叙事者后来也确认了这一点。叙事者与叙事对象的角色互换破坏了表现的稳定性，打乱了话语的制造者与接受者之间的关系。

　　但是故事并没有到此结束。叙事者在小睡之后被迫讲述了很多年后发生的事情："我"在另一个城市遇到了那个女人，但是她否认她在十岁以后去过他第一次见到她的那个城市。然而，她记忆中的某些部分与叙事者的叙述交叠在

---

① 格非《迷舟》，第30—31页，北京，作家出版社，1989。

② 格非《迷舟》，第33页，北京，作家出版社，1989。

255

格非

研究资料

一起。①接着，他与那个女人之间的关系有了进一步的发展：他们终于结婚，而她却在他们的新婚之夜死去。当棋知道故事已经真正结束的时候，她离开了。几年后，叙事者看见棋穿着同样的外套，挟着同样的档夹走来，然而她一点都不明白他在说什么，她否认她就是棋，然后消失在远方，就像不知疲倦的褐色鸟群。

《褐色鸟群》在叙述中套叙述，由无数古怪事件组成的多层叙述构成。叙述"框架"包括棋的来访以及叙事者讲述他的神秘爱情故事。尽管叙事者的记忆经常被棋的陈述所悸动，他仍有记忆困难，因为他的"意念深处一定存在着某种障碍"或者"压抑"②。可以假设，心理障碍来自他的个人经历，他的爱情和婚姻结局悲惨。那就是为什么他意识到他对棋的叙述就像一个病人在对一位心理分析医生倾诉。③叙事者用不同寻常的方式讲述他的故事。中间他停顿过几次。在第一个停顿中，他像是在否定他的痛苦记忆，声称他从此以后再也没有看见过她。棋还在贸贸然继续向他讲述这个故事，依据是（正如叙事者假定的那样）她对叙事常规的敏感。在这里，叙事者将叙事常规解释为叙事的心理学基础，而棋则在其中扮演了不断进行盘问的心理分析医生的角色。

第二个停顿发生在棋所谓的"非常庸俗的结尾"④之后，棋再次讲述了他在沟渠里发现尸体的故事。至此，叙事者的"大脑像是一个空空落落的器皿，里面塞满了稻草和刨灰"⑤，他回想起棋先前提到过的一些人。叙事者似乎只

---

① 在此之前，叙事者诉说他跟着一个女人来到一座木桥，他看见女人穿过木桥，但是她的靴印在河边消失了。他遇到了两个人：半路上，一个骑自行车的人迎面而来，跟他擦袖而过；另一个是手提马灯的花白胡须老人，老人告诉他没人能穿过这座木桥，因为木桥早在二十年前就被洪水冲毁了。正当"我"准备赶回去的时候，他发现了沟渠边的自行车以及先前跟他擦身而过的那个人已经僵硬的尸体。这个女人现在还记得，在一个暴风雪的夜晚，她丈夫提着一盏马灯来到那座木桥（据她说，毁坏木桥的是偷窃木材的小偷而不是洪水），她看见了一些鞋印和自行车的胎辙；第二天，人们在河里找到了一具尸体和一辆自行车。

② 格非《迷舟》，第33页，北京，作家出版社，1989。

③ 格非《迷舟》，第33页，北京，作家出版社，1989。

④ 格非《迷舟》，第42页，北京，作家出版社，1989。

⑤ 格非《迷舟》，第43页，北京，作家出版社，1989。

有通过部分释放压抑才能重新获得他失去的记忆，他只有通过唤醒他对愉悦的记忆才能避免或者至少延迟痛苦不堪的记忆。很显然，叙事者与中国现代文学范式中自信的叙事主体不同，他被围困在强制的表述与压抑的表述之间。更有甚者，他作为叙事者——以居高临下的姿态向一名女性听者讲述故事——的身份是可以替代的：他中断的叙事必须由她来补充。他的完整叙事依赖于这样一位替代他、从他异化而来的叙事者。因此，叙事主体的力量不再是绝对的，而且变得无能为力和自我瓦解。

遭到瓦解的恰恰就是无法提供一幅没有瑕疵的过去图景的连续独白。甚至相互补充的叙事对话（叙事者与棋之间的对话或者"我"与那个女人之间的对话）也没有使整个故事变得统一完整，而是揭开了交流中无法弥合的差异。棋对叙事者的叙述的补充中也存在着误会、省略和疏漏。这个女人对过去的记叙与叙事者的记叙互相重叠却又相互矛盾。叙事者与棋，叙事者与女孩的相遇包含了遗忘或者误会。

故事的结局显示了叙事者的困惑：棋来了——也许她不是棋，也许她就是棋，只是她已经不记得曾经发生过的一切，正如开头的叙事者那样，或许她只是不愿承认自己的身份。这个场面与开头那个部分一模一样；然而，那不仅仅是重复，而且是带有反讽意味的重复，或者失败的映射，映照出映射的无能为力。在小说的开头，叙事者看见棋的时候，她身穿"橙红（棕红）"的衣服，"怀里抱着一个大夹子，很像是一个画夹或者镜子之类的东西"裹在"草绿的帆布"[1]里。大夹子确实是画夹，因为棋向他展示了绘画。在小说的结尾，一切似乎又回到了开头："她依旧穿着橙红色（或者棕红色）的罩衫。她怀里抱着那个裹着帆布的画夹，而远远地看起来，那更像一面镜子"[2]。然而，叙事者的假设错了。那个女孩不是棋，那个看上去像是棋曾经怀抱过的夹子其实只是一面镜子。

这里出现的问题，比如真实与镜像，就是所有叙事表现中固有的问题。显

---

① 格非《迷舟》，第29页，北京，作家出版社，1989。

② 格非《迷舟》，第62页，北京，作家出版社，1989。

而易见，叙事表现的基础就是对真实的假设。毫无疑问，再现的符号是要读作符合"本真的"对象。然而，在格非的叙事中，这个貌似透明的再现符号具有反讽意味地产生了模仿本真却又无法还原其实质的镜像。所以，落空的不仅是叙事者对棋的期望，而且还是读者对叙事中表现本真的期望。格非通过质疑叙事再现的本真性，戏仿了在目的论式的团圆中达到高潮的时间概念。就这样，叙事者再次被留在了一个无限的空白之中，一个缺乏时间逻辑的空白，为此叙事者一开始就担心"这些鸟群的消失会把时间一同带走"[①]。时间本身向非同一性或者异质性开放，而不是封闭在同质的结尾之中。

　　叙事框架中对真实性的疑惑在很大的程度上反映在叙事者对他的爱情故事的记叙里。"我"相信他先前遇到而后来再次邂逅的那个女人就如同棋的"镜像"，她否定了他们曾经相遇的可能性，尽管再现的符号，比如她的栗树色靴子，可能确证了叙事者的陈述。除了女人的否认之外，叙事者的记述并没有遭到彻底的驳斥。总而言之，女人承认坍塌的桥的存在（尽管她对桥之所以坍塌的解释与叙事者的解释不相符合），她甚至回想起她丈夫在一个暴风雪的夜晚看见的事情，她的记叙与叙事者有一致的地方，也有不一致的地方。从外表上看，没有任何模棱两可：像这样包含了相互争讼的种种次要叙事的叙事既不是绝对确定的，也不是绝对否定的。再现叙事遭到了彻底的戏仿（而不是被完全舍弃）：格非的小说通过揭除再现性"现实主义"的面具，突出了解构的潜力，即坚持在质疑的过程中而不给出任何确定答案。

宏大历史的岔道歧路

　　在格非的小说中，解构的力量只有在与个人经历和民族、地域或者家庭、历史相关联时才会产生作用。格非的小说绝大多数可以被看作是对表现以往历史的原型或模型的再书写甚至戏仿。原型或模型的关键因素得到了保留，但却无助于它们通常假定会产生的意义。例如，在《迷舟》和《大年》里"北伐

---

① 格非《迷舟》，第29页，北京，作家出版社，1989。

军"和"新四军"的正统历史形象遭到个人欲望或者日常事件的污染。这些名词所标志（或者虚构）的统一历史"本质"面临着解体的危险。

打着历史叙事幌子（通过简短的开场白介绍的历史背景）的《迷舟》并没有导致历史事实的客观化，而是导致了主体表现的脱漏。这段开场白用确切的日期、地点、部队番号、历史上的真实人物以及新闻报道风格的叙事表现了历史真实，最后才提到故事的主角，孙传芳部守军三十二旅萧旅长的失踪。然而，小说中站在北伐军（历史进步势力）对立面的主人公萧不像是一个"反面人物"。他身陷风流韵事、违反军纪、家庭变故这样的麻烦之中，等等，所有这一切打乱了他在创造历史的过程中注定应该扮演的角色。萧的下落不明不仅给"雨季开始的战役"，而且还给应该把反面人物明确地放在确定的敌对位置的历史叙事蒙上了"一层神秘的阴影"。[1]他的失踪在编好程序的历史地图上留下了一个空白。

故事从媒婆马三大婶带来萧的父亲意外死亡的消息开始。萧回到他的故乡小河村是为了他父亲的葬仪和侦察任务。他很快与刚刚在小河村跟三顺结婚的杏暗中私通，他仍然在记忆中保留着对自己在榆关的青春回忆，然而榆关现在已经被他哥哥率领的北伐军部队占领。他们的私情暴露之后，作为惩罚，三顺阉割了杏，杏被人送回了榆关娘家。落到三顺手中又被莫名其妙放掉的萧决定去榆关再次看望杏，他回来后被他的警卫员杀死，因为后者接到了命令：如果萧前往他哥哥占领的榆关就杀死他。格非这篇小说的故事逻辑并没有像他的其他许多叙事那样离经叛道。然而，这样的逻辑放在宏大历史逻辑的背景中就变成了貌视现成秩序的一种戏仿。萧不时地置身于历史的十字路口，然而，具有讽刺意味的是，他却没有行使他被赋予的历史功能。小说一开始，他身负历史任务回归小河村，他的使命的纯洁性却由于他父亲滑稽地从屋顶上掉下来摔死在水缸里意外死亡而遭到玷污。再者，他此行的侦察任务无非就是参加祭奠仪式。有意思的是，萧的父亲会摆弄洋枪，是为数不多的小刀会头领之一。小刀会（十九世纪中期盛行一时的地下反叛会社）的失败是因为仅仅想依靠小刀

格非

研究资料

---

[1]　格非《迷舟》，第100页，北京，作家出版社，1989。

（一种传统的中国武器）改变历史，萧的父亲能够熟练使用洋枪这个事实就是杂交的独特历史现象。有一天，萧询问父亲为什么投身于一支失败的队伍，父亲的回答是必须用狼和猎人取代失败或者胜利的概念。当时，年轻的萧提出的问题已经表现出他对正义与非正义战争的传统定义的困惑，萧的父亲把这个问题带到了更加暧昧的隐喻领域，在这个领域中，历史似乎被等同于不可靠的自然世界。事实上，萧的父亲扮演了一个重要但失败的历史角色，他死得毫无意义。像这样充满喜剧色彩的死亡，带来死讯的不是历史学家，而是村里的媒婆，一个传播丑闻的类型化人物，她的话语微不足道。

事实上，萧"曾涌起一种莫名其妙的激动，他不知急于回家是因为父亲的死，还是对母亲的思念，或者是对记载着他童年的村子的凭吊的渴望"①。从表面上看，萧受到了许多冲动的驱使，然而，其中没有一种冲动与宏大历史的中心主题有关。确切地说，根据接下来的叙述，驱使他的是"更深远而浩瀚的力量"，是深埋在他的记忆中对一个姑娘朦胧暧昧的个人欲望。萧的侦察任务仍然没有完成，因为他从他不得不参与的历史戏剧中抽身而退。罗纳德·詹森（Ronald Janssen）将之理解为"中心化权力的意象在故事中被萧在关键时刻所经历的命运线索所驱使"②。他的命运既不像宏大历史要求的那样意味深长，也不像道家告诫的那样可以预测。当历史戏剧转向个人欲望的舞台的时候，萧的命运和格非叙事的命运都变得离奇古怪和不能确定。

最戏剧性和荒谬的情节发生在结尾。杀死萧的既不是他军事上的敌人，也不是他的情敌，而是他自己的警卫员，后者没有意识到萧是去榆关探望杏。小说中的历史逻辑一而再、再而三地错位或者改变方向。首先，萧的家庭意外取代了他的军事行动。参加父亲的葬礼被他与杏的约会所取代。过去的延续似乎取代了现在。当我们即将透过个人传奇目睹错位的历史戏剧全景的时候，历史力量并没有忘记其责任及其始终蕴藏的潜在活跃性和致命性。萧的警卫员杀死他是假定萧会背叛他的历史角色。这样的处决在一定程度上是合理的，尽管他

---

① 格非《迷舟》，第108页，北京，作家出版社，1989。

② Ronald Janssen "*Chinese Voices: A Review*"，Modern Chinese Literature 8（1994），p.197.

没有叛变和投降敌人，他却歪曲了自己的历史作用。然后，小说的结尾再次让纯属个人悲剧的虚构故事与笼罩个人命运的历史幽灵的冲动之间产生错位，尽管是以一种似是而非和不合理的方式。

然而，错位不仅是一个内文的现象，而且也以互文的方式起作用。从这个意义上来说《迷舟》是对规范的中国现代叙事的戏仿，后者中的历史责任与风流韵事往往协调一致，并且在很大程度上互利互惠①。例如，杨沫的《青春之歌》就可以被看作是这样的叙事模式。林道静生活中的男性形象卢嘉川、江华和余永泽分别起到了不同的历史作用，而林道静必须在实现她对历史主体的追求的同时实现她对爱情的追求，反之亦然。林道静追求的主体性很难用自足来评价，这并不令人惊奇，因为这样的主体性仍然处于一种依附状态，依赖于男性历史话语的塑造和操纵。这样的结构原型可以追溯到一九二〇年晚期：丁玲的《韦护》、洪灵菲的《流放》、胡也频的《到莫斯科去》、蒋光慈的《鸭绿江上》，等等。在这些作品当中，个人与历史之间的联系是如此牵强附会，以致两者之间只有冲突才具有潜在的永恒性。（比如，只要想一想《韦护》中的文丽嘉的意识形态转变有多么不自然。）

如今，在格非的《迷舟》里，这样的冲突被推到了前台。恋爱情事不能被纳入宏大历史的图景，反而变成触发历史的非理性力量的致命或凶险要素。杏与"性"同音，这个字不仅使传统意义上的浪漫情调变得庸俗，而且还彻底阻断了对历史远景的展望。然而，杏转移了萧对他的历史责任的关注，虽然她不是直接导致萧的悲剧的祸水红颜，但她却是萧不由自主地违犯禁忌的诱因。总而言之，杏不再充当协调历史与浪漫的中介，她最终导致了萧的历史角色与浪漫角色之间的分裂与冲突。历史反讽就这样从历史剧男女主人公的"角色误

---

① 哈琴在她关于后现代主义的书中对戏仿作出了（重新）定义，戏仿就是"具有批判间距的重复，在相似性的中央允许对差异的反讽显示"（Linda Hutcheon, *A Poetics of Postmodernism: History, Theory, Fiction*, New York: Routledge, 1988, p.26）。在中国先锋派小说中的后现代主义戏仿与原型保持的"批判间距"并不是对一维空间的颠覆，而是一种在内在化和神话化的话语中挣扎的文化反省行为，因为parody（戏仿）一词中的希腊语前缀para同时含有counter（反面）或against（反对），和near（邻近）或beside（旁边）的意思（Linda Hutcheon, *A Poetics of Postmodernism: History, Theory, Fiction*, New York: Routledge, 1988, p.26）。

扮"中诞生。

缠绕不休的历史叙事

在格非看来，非理性挫败了理性的历史，原因不仅在于盲目的欲望（比如萧对杏的欲望），而且还在于想必是理性的假设（比如警卫员的假设）。这样的历史多重决定论正是格非叙事的根本动力。格非小说中的反讽始终就蕴含在自我困惑的叙事当中。他的另一个短篇小说"青黄"就是"追踪'不在'"[①]的故事，一个没有目标的调查最终产生了"青黄"一词各种各样，甚至不可思议的结论。那是关于大约四十年前一支叫作"九姓渔户"的当地妓女船队。根据一位教授的理论，《青黄》是一部失传的妓女生活编年史，而不是民间盛传的一位漂亮少妇的名字。然而《麦村地方志》对妓女船队被禁后的情况语焉不详。格非从一开始就展示了指向蕴含在官方或者知识权威炮制的历史中的含混暧昧、充满裂隙和自相矛盾的叙事。

小说的主要章节描述了叙事者对麦村不同的人的采访，他们对过去的个人回忆构成了当地历史的复杂图景。第一个采访对象是一位老人，他特别提到那个姓张的男子和他女儿的到来。然而，他没有详细述说事情的来龙去脉，他只是大概描述了那天的气候以及他们身后熊熊燃烧的船只。他在记叙中承认他的不知情并且提出了疑问："他也许担心村里的人不肯收留他们而放火烧掉了那条船"；"我还不知道他的名字。他的女儿好像叫小青"；"以后的事我也不怎样清楚"；"中年人……也许是对村子里的水土不太习惯"；"他也许是一个很好的父亲"。[②]老人的陈述本身就是对范式化的历史叙事的戏仿，它昭示了表现的不确定性。从更为广泛的范围来看，对叙事者来说，老人的叙事之所以难以捉摸的原因也是不可确定的。显而易见，老人"在回忆往事的时候，显

① 陈晓明《无边的挑战：中国先锋文学的后现代性》，第108页，长春，时代文艺出版社，1993。

② 格非《迷舟》，第176—177页，北京，作家出版社，1989。

得非常吃力"，①然而，他的模样却"造成的一个奇怪的印象"，"他在揭示一些事情的同时也掩盖了另一些事"。②也许只是因为"他说话时齿音很重，喉音混浊不清，这使我在记录时遇到了一些麻烦"③。因此，由于各种各样有意或者不可避免的原因，历史充满了脱漏或者困惑。

第二个采访对象是九年前在家里接待过叙事者的外科郎中。他在采访中声称，他还记得那个姓张的男子的葬仪，然而当话题转向他自己遇到那个姓张的男子的时候，他显得有些"心不在焉"。他说，他"从来没有和那个外乡人说过一句话，他的心思……也许……他的女儿……"，④他甚至没有把话说完。"九姓渔户"的历史再次变得若即若离和令人生疑：这样的历史仅仅存在于没完没了的引述或者无法复原的省略之中，而真实的事件却被不断推迟。至于"青黄"这个词，外科郎中认为它指年轻妓女（青）和年老妓女（黄）的划分。

然后，一个名叫康康的年轻人讲述了大水是怎样冲毁了姓张的男子的坟墓的，漂浮的棺材里空无一物。人们甚至怀疑姓张的男子是否真的死了，尤其因为外科郎中在棺盖钉死之前没能看见死者的尸体（根据先前的采访）。老年小青关于她儿子的死的故事更是加深了这样的怀疑。小青告诉采访者（即叙事者），她的儿子在淹死之前声称自己看见过一个老人，那个老人在各方面酷似死去很久的姓张男子。然而，小青儿子看见的那个老人是否就是姓张的男子也同样难以确定，也许那只是另一个跟他长相酷似的人，也许那只是幻觉。更有甚者，小青还无动于衷地声称，她的父亲"也可能不是亲生的"，⑤这更是增加了那个姓张的男子令人迷惑的神秘感。不同的叙事声音之间的关联和冲突再次制造了叙事的不连贯和绝对历史的紊乱，这样的历史被瓦解成为不可能统一的神秘碎片。

小青在提到"九姓渔户"的时候声称，她没把卖淫的职业像村民看得那么

① 格非《迷舟》，第176页，北京，作家出版社，1989。

② 格非《迷舟》，第177页，北京，作家出版社，1989。

③ 格非《迷舟》，第176页，北京，作家出版社，1989。

④ 格非《迷舟》，第183页，北京，作家出版社，1989。

⑤ 格非《迷舟》，第189页，北京，作家出版社，1989。

严重。她对继母为了保护她不受性侵犯而招致杀身之祸感到歉疚，而她自己对强暴已经习以为常。虽然如此，她在说明船队形成的历史背景时对传说的解释是"直到后来"[①]发生了严重饥荒，船上的女人才逐渐变成了妓女。她为这段历史所作的辩解，其中的讯息显然可以被读作她对卖淫无动于衷的一种开脱。小青对卖淫的态度模棱两可。我们看到，不仅村民们（对他们来说，船队和船民是不光彩的）与小青（声称对卖淫无动于衷）的叙事声音互相冲突，甚至连同一个采访对象的叙事也是自相矛盾的，比如小青，她至少是不知不觉地希望澄清自己声名狼藉的家族史的起源。

格非的叙事通过唤起空缺，即总体性话语压制下的时间成为一种"多元声音"，其中的每一个叙事声音都与潜藏的对手发生外在的或内在的冲突。

历史的霸权与总体声音的瓦解同时也呈现在一个意义与表现难解难分的世界里。叙事者"我"在对"青黄"一词或者"九姓渔户"的调查没有结果之后，拜访了九年前曾经在外科郎中家里过夜的卖麦芽糖老人李贵。那天夜晚，当外科郎中离家外出急诊时，被雷雨惊醒的"我"发现李贵在失踪了几个小时后又浑身泥泞地出现在门口，脚趾头还在向外渗着血。李贵是另一个反复无常或者自我否定的叙事者，他现在否认他曾经在那天夜晚离开过他的屋子，但是他又承认他经常梦游。"我"惊讶地发现，李贵的狗名叫"青黄"是因为皮毛的颜色。然而，在整个故事结束之际，"我"又在一本明代《词综》里偶然看到了"青黄"这个词条，青黄是一种草本植物。

至此，对"青黄"一词原意的探索终于有了结果。然而，这样的结果却衍生出偏离了既定意义的各种不可确定的结果：《青黄》唯一能够肯定的意义与历史预设没有任何关联。把握历史真实的尝试以失败而告终：从中产生的一切成为某种偶然多样和前后矛盾的东西。对过去历史的不同叙事也偏离了原初，无法在想象中拼凑出一部完整的编年史。然而，没有任何叙事能够避免主观介入：任何叙事者，包括作为作者的叙事者，似乎都加入了从自身的位置出发重新构建过去的行列。

---

① 格非《迷舟》，第194页，北京，作家出版社，1989。

我们可以从吴洪森为格非的第一个短篇小说集《迷舟》所作的序中读到与这个故事的来源有关的一则有趣的轶事：

> 记得一九八六年夏，我俩（吴洪森与格非）去千岛湖（名为考察的）旅游……县文化馆长给我们介绍了当地风土人情，其中关于九姓渔户的故事使我们极好奇，特地到该渔户的所在地去了一趟，结果空无所获。那儿的人知道他们的祖先是陈友谅的部下，可这所谓的"知道"是因为县志上这么写的。他们矢口否认该船队的妇女史上有卖淫的传说，他们关于祖先所记得的是帮助太平天国打过胜仗，可县志上并无记载。两年后格非把这次经历写成了《青黄》……①

这段文字至少为我们指明了格非这篇小说的由来。这个段落对于我们的重要意义在于，真正的过去或者被信赖权威历史的人们合法化，或者被希望增强历史的地方色彩的人们神话化。格非显然深入阅读了这些历史读物。《青黄》中每个叙事的片面性同样来自对道德禁忌的内在诱惑和抵御。在某些情况下，道德禁忌对真实经验进行了审查过滤。例如，第一个老人"与村里的许多人一样，对于那件'不光彩的事'不愿重新提起"②。那就是"我"觉得他的叙事中既有所揭露又有所隐瞒的原因。外科郎中对张姓男子之死的好奇，看林人（另一个采访对象）对后者张姓男子性生活的好奇分别使他们看不见整体。通过不同的声音拼凑出来的残破画面无法产生完整和绝对的过去的记载。

张旭东在他对格非的研究中敏锐地观察到《青黄》（或者一般意义上的格非小说）里挥之不去的一个沉思的和自我凝神的叙事主体。另一方面，同样重要的是，像这样一个由不同声音编制的网络所构成的现代主体实际上打破了叙事者声音的一统天下。因此，"自我形象的建构"③必须得到解构，不是透过

---

① 格非《迷舟》，第3页，北京，作家出版社，1989。

② 格非《迷舟》，第175页，北京，作家出版社，1989。

③ Xudong Zhang, Chinese Modernism in the Era of Reforms:Cultural Fever, Avant-Garde Fiction, and the New Chinese Cinema.Durham,N.C.:Duke university Press,1997,p.197.

叙事者的自我瓦解倾向，而是透过他的无法将他对过去事件的反思理性化。叙事主体的"遭遇想象性解放的自我意识"①以及"恢复过去的冲动"只能面对经久的意义传播，无法企及可能确立他历史身份的绝对自足的认识。张旭东认为"人的开端"作为比"人的终结"②更为恰切的阐释仍然被悬置在对构形的欲望与毁形的现实之间。格非展现了叙述历史真相的困难，他奇迹般地创造了现代认知主体，虽然如此，这个主体的探索历程却经常遭到打断和回避。

似曾相见和迷乱的主体历史

叙事的异质模式在格非的《湮灭》（一九九三）中再度出现，多元声音在对那个名叫金子的女人的描述中相互冲突。他的另一个短篇小说《锦瑟》（一九九三）是在无穷无尽的叙事中套叙事，形成了一种自我吞噬的回旋叙事。小说的标题沿用了唐朝诗人李商隐的著名诗篇《锦瑟》：

> 锦瑟无端五十弦
>
> 一弦一柱思华年
>
> 庄生晓梦迷蝴蝶
>
> 望帝春心托杜鹃
>
> 沧海月明珠有泪
>
> 蓝田日暖玉生烟
>
> 此情可待成追忆
>
> 只是当时已惘然

格非小说中的主人公冯子存多次提到这首诗的第三行，他在整个转世来

---

① Xudong Zhang,Chinese,Modernism in the Era of Reforms:Cultural Fever, Avant-Garde Fiction, and the New Chinese Cinema.Durham,N.C.:Duke University Press,1997,p.197.

② Xudong Zhang,Chinese,Modernism in the Era of Reforms:Cultural Fever, Avant-Garde Fiction, and the New Chinese Cinema.Durham,N.C.:Duke University Press,1997,p.198.

生中沉迷于庄子的"梦蝶"①。庄子的寓言质疑现实的真实性，李商隐的诗关注记忆的朦胧，而格非的叙事则是一个对记忆与历史迷惑不解的自我吞噬的迷宫。李商隐的诗注定了格非叙事的抒情格调，冯子存就像李商隐那样迷失在他记忆或追忆的遐想之中。遐想的主体就像庄子那样变成了不稳定和自我质问的主体。

在安葬美少妇的那个夜晚（他第一次看见这个女人就有一种神秘的似曾相识的感觉），冯子存听见有人在河对岸呼唤他的名字，他昏昏沉沉地穿过一片竹林走向墓地。村民捕获了他并且将他处死。从此之后，故事的叙事结构开始逆向展开。在冯子存死去的前一年，有人问他为什么不去京城求取功名，冯子存讲述了他是怎样去省城赴考，写不出以《锦瑟》为指定标题的文章的故事。在他回家的路上，他的姐姐向他讲述了她从茶商那里听来的故事。冯子存趁着她沉睡之际在一棵树下悬吊而死。在茶商的故事中，身患重病的冯子存接到皇帝召见的邀请。他在病榻上翻来覆去地阅读《锦瑟》这首诗以期感悟其中的深刻含义。他向妻子讲述了他刚才做的梦，但是直到他死也没有讲完。根据冯子存的记述，他在梦里变成了沧海国的国王，亲自出征讨伐西楚国。西楚国包围了他的王国，冯子存带领他的百姓离开沧海去蓝田牧羊采玉②。一天，在王子前来刺杀他之前，他正在向园丁讲述他前一天夜晚做的梦。他讲述的梦境又回到了整个故事（叙事框架）的开头，只是细节上稍有不同：在安葬美少妇的那个夜晚，冯子存听到她在窗外呼唤他的名字，他不知不觉地穿过麦地朝墓地走去……这个最后的梦也可以被读作他转世轮回的先兆，因为叙事的时空是自我吞噬的。

这个无穷套结构与庄子的寓言相应：庄子梦见自己变成了蝴蝶，反过来蝴蝶又梦见自己变成了庄子。如果说庄子的梦境就是蝴蝶的现实，那么他的现实必然就是蝴蝶的梦境。现实与梦境在叙事里你中有我，我中有你是传统的中国神秘主义的一部分，格非以此抗衡线性的宏大叙事。从这种意义上来说，格非

---

① 庄子的这段原文如下："庄周昔梦为蝴蝶，栩栩然蝴蝶，有知周也，俄而觉，则蘧然周也。不知周之梦为蝴蝶，蝴蝶之为周，周与蝴蝶必有分矣，此谓物化"（60）。

② 沧海和蓝田暗示了李商隐的诗（见李商隐《锦瑟》第5和第6行）。

的《锦瑟》也驳斥了被现代理性化了的庄子寓言，比如在王蒙的短篇小说《蝴蝶》中，历史辩证法对混乱的时间进行了重新组合。同样引用了庄子寓言的这篇王蒙小说展示出目的论的时间性，在这样的时间性中，个人历史只是国族历史的一个提喻（synecdoche）。叙事的基本线索围绕着主角张思远，他回想起他过去从党委书记（政治动乱之前）到老张头（他流放山村时期），再到副部长（他平反之后）的（政治）"生命"的"转世"。这里的"转世"显然包含着辩证历史的本质：张思远（或者中国）只有通过在政治动乱中洗涤灵魂才能净化他的精神并且最终进入一个灿烂光明的新时期。尽管王蒙叙事运用了意识流技巧，故事的线性发展是显见的。

比照之下，《锦瑟》中用来揭示转世来生的叙事是倒退发展而不是向前发展，甚至是杂乱的。宏大历史不再占据主导优势；更加确切地说，故事中晦暗不明的事件萦绕着不可追忆性。格非的故事戏仿了用居高临下的主体讲述模式强化中国现代小说的表现理性。在格非的《锦瑟》中，依然还在的叙事主体陷入了个人追踪的无尽的自我吞噬之中。再者，叙事的抒情性带回了古代哲人和诗人旨在挑战现代主体绝对理性的自我魅惑之声。叙事框架由环环相套和层出不穷的叙事组成，直到最后的叙事回到原来的叙事框架。一个叙事主体被另一个应该是从属的叙事主体所替代，直到最微不足道的从属叙事主体取代了最主要的叙事主体。因此，这里没有任何自足的叙事主体，如果每个叙事主体都可以被看作是一个元叙事主体的话，那么就根本没有元叙事主体，没有任何绝对和超越的主体能够操纵这个陷入既连续又回旋的叙事沙漏之中的整个叙事。抒情的声音再也无法展望目的论的时间性或者将解放的理性历史绝对化。更加确切地说，接连不断的回想促使叙事朝着不可追忆逆向发展。

冯子存这种追忆前世般的叙事形成了一个周而复始的精神轮回，无法最终展现完整的主体形象。记忆的困难与似曾相识的经验交替出现。对冯子存来说，"那些琐碎的往事仿佛突然藏到了时间的背后，他对过去时光的追索常常一无所获"①。与此同时，冯子存在一开始第一次见到这位美貌少妇的时候，

① 格非《雨季的感觉》，第178页，北京，新世纪出版社，1994。

"他觉得这个女人好像在哪儿见过，一时又想不起来"①。这个让他遭遇不幸的女人的视觉形象让冯子存陷入了模糊记忆的陷阱之中。在上述片段中，冯子存第一眼看到这个女人"浮糜而俗艳的笑容"②就被深深地吸引住了，他就是因为这个女人的死"昏昏沉沉"走向墓地的时候被捕的（没有任何理由）。这样一个形象在冯子存讲述的关于他在乡试考场上失利的故事中再次出现：在考场上，面对指定的试题《锦瑟》，冯子存不知不觉地想起了"妓女搔首弄姿的笑脸"③，这让他无法静下心来写文章。至于使冯子存从一种人生转向另一种人生的，是否就是他的追忆无法确定，然而，可以肯定的是，使一种叙事转向另一种叙事的正是追忆。追忆这个词在李商隐的诗中被用来追踪仅仅是"惘然"的"当时"，这也是冯子存的体验的隐秘动力。小说人物冯子存在不同的时间和地点陆续改变自己变迁（转世来生）的叙事功能，行使不同的功能，却再也没有找到他原来的家。叙事中呈现的怪诞和叙事自身的怪诞（Unheimlichkeit，即"无家可归"，正如海德格尔所提示的）表明了处于流放状态的小说人物和叙事主体。从叙事的层面上来看，叙事的声音相互交叠。从情节的层面上来看亦是如此，初次来到村庄的冯子存与率领民众逃难的冯子存都体现了无家可归的人类，无论他是一个独善其身的文人还是最高权贵。

格非叙事的无穷套结构起源于西方文学和艺术，比如埃舍尔（M.C.Escher）的石版画和木刻画，其中的拓扑游戏达到了自我迷乱的巅峰。在格非的作品中，冯子存不能从统一整体上把握的复杂个人经历偏离了线性的历史观念。叙事主体无法维持它的全知全能并且经常暴露出这种叙事主体自身的缺陷与不稳定身份，以此质疑作者主体性的绝对理念。

原载《当代作家评论》2012年第2期

格非
研究资料

---

① 格非《雨季的感觉》，第182页，北京，新世纪出版社，1994。

② 格非《雨季的感觉》，第182页，北京，新世纪出版社，1994。

③ 格非《雨季的感觉》，第190页，北京，新世纪出版社，1994。

面对百年中国的精神难题

——评格非的长篇三部曲

孟繁华　唐　伟

作为潮流的先锋文学已经成为过去，但是受过先锋文学洗礼的中国文学由此改变了面貌。它不仅打破了中国文学"一体化"的格局，以形式的意识形态扭转了政治与文学的权力关系，中国文学的内在结构和文学性焕然一新。在这个意义上，先锋文学的历史性贡献无论怎样评价都不过分。先锋文学完成了它的历史使命之后，文学在形式上又回到了朴素和平易，文学和普通读者又缓慢地建立了联系。格非是著名的先锋文学作家，他的许多作品已经成为这个时代标志性的作品留在了文学史上。新世纪格非完成了他的长篇三部曲，三部长篇虽然仍有先锋文学的遗风流韵，但其主要成就是面对百年中国精神难题的正面强攻。在文学的精神和力量遭遇挑战的时刻，格非以自己的方式维护了尊严和正义的文学。

《春尽江南》的出版是2011年长篇小说最重要的收获之一。它的出版使三部曲尘埃落定。不仅显示了格非面对百年中国的精神难题，试图勾画一个民族20世纪精神蜕变史的雄心，同时也显示了一个作家足够的才情和耐心。在一个浮躁无比的时代，这份耐心足以令人感佩不已。

在《人面桃花》中，格非将历史作为小说的注脚与远景，从独特的人物心理挖掘开去。情节铺展张弛有度，坚韧的叙事充盈着古典的诗意。作家将辛亥革命的风云激荡投影在一个江南女子的传奇命运上，其中既包含有四两拨千斤的巧妙机心，也有弱水三千只取一瓢饮的独特运思。革命改写历史，小说重述革命，在作家构筑的乌托邦梦境中，时间的历史感消弭在人物命运流转的缝隙里。从普济到花家舍，犹如在夕阳的残照里留下了淡淡的一抹剪影。身为江南大户人家的千金小姐，秀米本该是待字闺中，精通女红，读私塾，懂诗韵，待婚嫁年龄找一门当户对人家嫁了，相夫教子，安居乐业。所谓"梦回莺啭，乱煞年光遍，人立小庭深院，炷尽沉烟，抛残绣线，恁今春关情似去年"。不料，人生的命运，不经意间，在那个洒满阳光的午后发生了改变——父亲的离奇失踪只是打开了命运的一个豁口，革命志士张季元的到来，才真正打破了她既定的人生轨迹，这位不速之客身份暧昧，着实让人捉摸不透。张季元行踪诡秘，几个月后留下一本日记匆匆离去，也正是这本不可告人的日记给秀米带来一场深刻的隐秘心理危机——原来这位神秘的不速之客不仅与母亲隐藏有奸情，对自己更是有千般幻想。

尚未出阁的秀米何曾见识过此等情境？在经历内心的狂澜后，秀米秉承母命，远嫁他乡，不料途中遭劫匪所抢，被绑缚至一湖心孤岛。小说有意思的是，正是在此情节关口，格非再次展示了他招牌式的空缺：劫匪究竟有没有上陆家索要赎金，陆家人究竟有没有按劫匪的要求交赎金。母亲后来说根本没收到秀米的任何音信，而劫匪则确认陆家一再推诿不肯拿钱赎人——作家着意的或许并不在此空缺的设置，而是由此衍生出的乌托邦的小说主题。

湖心小岛花家舍林木葱郁，风光迤逦，犹如世外桃源。秀米被劫掠到此地，环岛四顾，山水空蒙，云雾缭绕，既像是流年似梦恍如隔世，又像误入桃花源的着洞天福地。但反讽的是，此等画卷般的诗意空间，竟是一帮打家劫舍之徒经营的乐土，表面上的井然有序、人事祥和实则是严格遵循弱肉强食的丛林法则，有着严格的尊卑等级秩序。花家舍，既寄托了居岛者的孤独和寂寞，也承载着一帮人的光荣与梦想。人性的悖论或在于，人人都向往众生平等、共享其乐的大同世界，但另一方面，谁又都想高人一等，比他人更为优越——简言之，乌托邦冲动本身即包含着反乌托邦的因子。因此，从这个角度上说，乌托邦非但不能完全实现，即使在一定程度上部分成为现实，也注定会是一个肤浅的悲剧。从这个意义上说，看似世外桃源的花家舍或许也可称得上是一个准乌托邦。

很难说张季元们苦苦追求的就是人间正义的乌托邦胜境。其实人心莫测，乌托邦也因人而异，每个人心中的乌托邦也不尽然相同。正如张季元日记所示，没有女人，革命又有个什么用？在他看来，革命宏图里如果没有女人的婀娜身姿，再激动人心也不过是废纸一张，革命的机巧与荒诞在革命者真实的自述里显露无遗。也恰恰是通过这种世俗性的个人表述，我们得以触摸革命芜杂而斑驳的纹理。革命假各种乌托邦之名大行其事，乌托邦为革命提供最具历史感的正当性，而革命又反刍现实，在乌托邦的远景冲动中偾张血脉，释放激情。小说写的花家舍最终的付之一炬，所有的猜想与遥望都在灰烬中坍塌，乌托邦终成一片废墟残骸，"原来姹紫嫣红开遍，似这般都付与断井颓垣"，《人面桃花》上演的是民国版的游园惊梦，历史在这一刻顿生错愕。

亲眼目睹过花家舍的荣辱盛衰，体验了乌托邦奇境，秀米追求的已不再是世外桃源般的安逸宁馨。东渡日本，放逐肉身于异域，秀米与其说是渴求革命真理，不如说是为自己凤凰涅槃浴火重生做准备。由是，历史故纸堆里的革命叙事有了血和肉，情与义。当然，秀米具体为何远走日本以及归来后怎样招兵买马，小说均以留白处理，给读者以无尽想象空间。但走向暴力革命道路的秀米终究未能完成张季元们的遗志。以惨败入狱结局，禁语失声告终，梦里留恋桃花地，怎奈现实太艰辛。去年今日，物是人非，《人面桃花》的寓意或许就在于，人类对乌托邦的向往与寻觅不过是人心自我困境的折射。

第二部《山河入梦》，承续人面红影，残留桃花遗香。故事发生在上世纪五六十年代之交，"梦"的旅程从一辆颠簸跌宕的封闭车厢开始。在波谲云诡的特殊整治年代下，作家刻写人心黑暗，世事无常，其间又夹以权术争斗的插曲，读来给人以凄然惶惑之感。妙龄女子心头笼罩一片紫云英的阴影，革命后代胸中怀想的是工业乌托邦。最终，一个走向不归的逃亡路，一个躲进幽闭的湖心小岛，两相飞信传书，互诉衷肠。从小说人物命运结局看，作家命意或许并不简单止于书写一个现代版的红颜薄命与落难书生。但既然是山河入"梦",我们就无须去计较小说情节的真实与否——以政治年代的禁忌来质疑人物行为的可信度或许也在情在理,但对本身即是虚构的小说而言,真实性其实并不那么重要,重要的是,在这段梦的旅程中,两颗相距遥远的心由远而近,在想象的孤寂旅途中相遇相惜。但温柔与暴力,浪漫或丑行,《山河入梦》向我们讲述的又何止是一对苦命鸳鸯的悲情故事?

当年一县之长的谭功达,或出于怜香惜玉之意,或出于一时兴起,救弱女子佩佩于困境,让她在一夜间完成从一个澡堂卖筹子的女服务员向县办公室文员的华丽转身。而不谙世事的佩佩,当时不过才十八九岁,一个刚成年的少女又哪里懂得政治的诡谲?佩佩习惯了我行我素,任性而为,来到县政府办公室也依然故我,在几次碰壁之后,终于知道在政府大院不可造次,在权力的中心更不能恣意妄为。如果说佩佩的天性中藏有几分乖戾,那个花痴县长似乎也好不到哪去。在那个饥荒盛行的年代,谭功达却要兴修水利,大建土木。这位书生意气十足的县长,似乎根本不懂百姓疾苦,也无视同僚的善意规劝。在他看来,为官一任欲励精图治有所作为,就是要快步迈向苏俄似的工业化——这想法最初正是源自去俄罗斯高加索的参观访问——但那烟囱林立电灯闪烁的工业化图景,在他下台的那天也遥遥无期,终究未能实现。最后的结局是幕僚倒戈,部下反目,到头来竟落得个被革职查办两手空空,潦倒落魄一无是处,这恐怕是执拗的谭县长万万没想到的。表面看,谭功达的困厄遭际是其不善权术的必然结局,但从某种角度说,又何曾不是其性格悲剧结下的苦果?

在那个政治化的年代,人不过是权力的玩物,无论是权倾一时的达官贵人,抑或是平凡普通的小老百姓,谁都无法置身事外——权力的秘密或许还不在于它的支配性和强制性给人造成的命运转折,而是其任意性给人带来的恍惚与眩晕。醉心工业化乌托邦的谭功达,执念的是一己不切实际的荒谬想法,他看似是那个时代的主导者,但何曾又不是历史的局外人?从这一意义上说,《山河入梦》提供的或许是一幅历史的他者镜像,通过它,不仅历史的乖张面目一一呈现,我们身处的残缺现实也无可隐遁。

佩佩直至走向逃亡,也无法参透为何自己会莫名其妙的有贵人相助,而后来又稀里糊涂地被歹人陷害?正如在小说的最初,谭功达的那一决定对当事人来说，难以断定究竟是幸或不幸。而谭功达孜孜以求的社会愿景，居然在花家舍目睹了最真实的传奇：花家舍公社夜不闭户路不拾遗，大有天下大同之格局与意味。后来谭功达才知道，那个神秘的幕后人就是与自己朝夕相处的驼背八斤，当八斤将花家舍的来龙去脉如实相告时，不知昔日的谭县长是否有某种被捉弄的感觉呢？正如佩佩心头那片挥之不去的紫云英最终也未能烟消云散那样，花家舍留给谭功达的，也依然是疑窦丛生。所谓造化弄人，谁又能轻易幸免呢？"山河破碎风飘絮，身世浮沉雨打萍"，即使算不上小说名字的最好题解，也大致勾勒了主人公命途多舛的一生。

《人面桃花》重述革命风云，《山河入梦》环绕政治权术，"政治与爱情"是两部小说的内在结构，《春尽江南》则直截了当得多，不但让男女主人公组建家庭，让他们在日常生活中短兵相接，且还育有一子。但《春尽江南》显然不仅仅是探讨饮食男女人之大欲，它探讨的是这个时代精神跌落的问题。百年中国的精神难题在《春尽江南》里具有了新的时代意蕴。

之前两部小说，作家还执念于乌托邦梦境的构造，到三部曲的收官之作，作家完全放弃了这种企图。当然，从某种角度说，江南从来都是文人墨客云集地，书香继世，千载文脉绵延不绝。《春尽江南》极力舒展文人化的抒情，小说虽接续未了的先锋余韵，但叙事圆熟，收放自如。就题材和内容而言，《春尽江南》的故事并不鲜见，甚至情节安排也未出人意料——小说不仅有男女暧昧、偷情、强奸、嫖娼等诸多吸引眼球的通俗小说的元素，同时也将拆迁、教育、房价等诸多社会问题熔于一炉。从某种意义上说，也恰恰是在不回避当下、直面生存现实的层面才显见了格非直面当下的勇气和担当。故事的男主人公谭端午，80年代曾是个舞文弄墨的诗人，也赢得过美人芳心。时过境迁，结婚成家后的他，不再像当年那样意气风发，对日常琐事无暇以顾，对生活大事又无能为力，只能聊读书以度日，成天翻阅《新五代史》，终日沉浸在德彪西的贝加莫斯卡中不能自拔，而将与一个蛮横不讲理世界相抗衡的任务交付给自己的女人。从某种意义上说，谭端午可视为中国当代知识分子的群像，他同时也与现代文学中鲁迅笔下的魏连殳、郁达夫笔下的零余者、巴金笔下的汪文宣、曹禺笔下的方达生等从属于一个精神谱系。在异常强大而又无比严峻的现实面前，谭端午成了当代的"零余者"，在文史馆拿着微薄的薪水，成天在故纸堆里打发时间光阴。

　　端午的妻子庞家玉以前是个爱好诗歌的女文艺青年，并且名副其实地为"艺术"献过身。与谭端午组建家庭，一直也是家玉在付出，家里的主要经济来源主要是靠她的艰辛来支撑。但在小说中，我们看到，谭端午是将自己作为一个家庭"受害者"的角色来看待的，他认为家玉整天家长里短，对自己恶语相向，完全没了当年的诗情画意，简直跟粗俗不堪的市井小人无异，似乎自己的退步忍让才不失为一贯的谦谦君子。端午不能体悟的是，家玉偶尔的尖锐不过是以坚硬的外壳来保护自己作为一个女人的脆弱罢了。换言之，端午迷恋的或许只是家玉的风月之情，家玉饱经生活沧桑的风霜之美，端午欣赏不了，他也无心欣赏。

　　倒是家玉的合伙人对其有一番中肯的评价，他认为家玉本质上并不适合律师的工作，她太认真太投入了，家玉的痛苦在于，她始终无法参透法律工作作为一个社会game的奥秘。脏话挂在嘴边，真情埋在心底，工作全身投入，一丝不苟，生活粗枝大叶，不修边幅——家玉的这种人格分裂其实是一种牺牲，一种不得已而为之的生活策略。相形之下，我们发现在粗粝蛮横的生活面前，在诸多棘手的现实问题面前，人的精神危机显得那般屡弱那般的不合时宜。正如绿珠对端午的评价：你们这种人，永远会把自己摆在最安全的位置。通俗点说，在一个本身即是精神分裂的时代，端午希冀的人格完整统一其实包含有某种自私的成分在内。从某种意义上说，家玉的真正悲剧不是其自我选择的人格分裂，而是丈夫根本无法理解自己的这种生活策略，于是表现在家庭生活中，其委屈与无奈只好化作女人的歇斯底里发泄出来。如果说端午的消极遁世有几分无能与无奈，那么家玉的强作欢颜逆势而上更透露出彻骨的辛酸与悲凉来。

　　在一个众神狂欢的时代，深陷物质主义与消费主义的泥淖的现代人被各种欲望所主宰，这个支离破碎的时代已毫无任何古典的诗意可言。就像故事的具体发生地鹤浦小镇，勾勒的是一个时代渐行渐远的背影。在城市化、全球化的现代性幻象中，我们再也难觅东方古拙乡村的淳朴与诗意。男主人公谭端午的哥哥，原本小有资产，在市场打拼竞争的过程中，遭遇精神疾患，最终被送入自己当初修建的精神病院，自己竟然成了自己的"掘墓人"——这个寓意让我们目瞪口呆震惊不已。

一个作家的力量不仅在于直面当下现实，真实呈现生活的细部，更重要的还是怎样穿透琐碎庸常的生活表象，把握人的精神世界——这其实也从另一方面表明，在经验普遍同质化的今天，多数小说家可能都面临故事枯竭的问题。从这一意义上说，格非的《春尽江南》不仅对复杂的社会现实驾轻就熟，更重要的是，他准确把握住了这个时代人的精神困境，由人的精神困境来展现这个时代的真问题。他以不动声色的笔墨揶揄了那个貌似纯情的时代，而在处理龌龊的现实时又显得无比尴尬，于是我们看到，在《春尽江南》里，几乎处处都能体验到主人公深入骨髓的无所适从感。

较之《人面桃花》与《山河入梦》，《春尽江南》对知识分子现实窘境与精神溃败失落的尴尬处境描绘得更为酷烈。与前两部小说所呈现的作为后发现代国家的中国不同，《春尽江南》所面对的是一个国民生产总值仅次于美国的中国。改革开放主导的GDP神话，将一个积贫积弱的中国一跃带进强国之林，神州大地处处霓虹闪烁歌舞升平，今日中国早已超越谭功达当年的设想，他当年的工业乌托邦根本不在话下。但表面的浮华盛景难以掩盖扎堆的社会问题，贫富悬殊触目惊心，教育、医疗、住房等基本民生问题矛盾尖锐，道德伦理秩序普遍失范，普通民众心理日益失衡。在这样的背景下，当下知识分子的任何批判似乎都失去了力量，更不用说那苍白无力的形而上哲思。而精神困境也在于知识分子这个阶层自身的问题，因此在失败者谭端午身上，我们可以感受到一种透彻骨髓的无力感。《春尽江南》是一部现实主义作品，这不单表现在作家以巨大的勇气选择与现实正面的短兵相接，更在于它接续百年中国的精神难题，不回避知识分子的精神困境。

当然，作家或知识分子或许不是百年中国精神难题的解决者，他们能做的或许就是提出问题或呈现问题。小说一再写到谭端午捧读的《新五代史》，众所周知，欧阳修笔下的五代礼乐崩坏，"天理几乎其灭"。读过小说，我们基本可以判断，欧阳修"呜呼"的喟叹正是格非的当世唏嘘。也诚如格非自述的那样，三部曲是一场抵抗遗忘的回忆之旅，究其实质，回忆之旅构筑的乃是叩问人的精神困境的"桃花春梦"。我们发现，无论是考究的人物名字，抑或是奇崛的造境设喻，三部曲无不给人以森严之感，而这种悲戚的色调恰恰是与人物悲剧性的命运紧紧联系在一起的。

格非身居繁华帝都，遥望童年与故土，抵抗遗忘也只能依托文字，虚构传奇，把玩历史。如果说乡愁可以凭栏寄托，那么格非汲汲构建的梦里江南，纸上春秋，便是其眺望故乡的灯绳，经由它频频回首，烛照历史不可测的幽深。三部曲面对百年中国的精神难题，通过检阅三个颇具代表性时代的人的精神处境，完成了一个世纪的凭吊，虽然这难题也是三部曲难以解决的，但它唤醒了新世纪的迷梦——恰如《春尽江南》的英文翻译：When spring left Jiangnan，读罢小说，或许我们该问的是When spring come back to Jiangnan？恰如纳博科夫在论及文学艺术与常识时所言，"有时，在事物进程中，当时间的溪水变成一股混沌之流，历史的洪荒漫过我们的地窖，认真的人们总要在作家与国家或宇宙体之间需求内在关系，而作家自己也开始为他们的职责而忧心忡忡"[①]，从这个意义上说，三部曲的写作之于格非，也就成了具有某种献祭意味的仪式——它既是对历史的救赎，也是对现实的超越，包含着无限虔诚与卑微，无尽苍茫与恓惶。

原载《南方文坛》2012年第2期

---

① 弗拉基米尔·纳博科夫：《文学讲稿》，申慧辉译，328页，上海三联书店2005年版。

格非：求索"新的文学"

"江南三部曲"墨香正浓，其作者格非浅尝"如释重负"滋味后，便回到以前状态：抽烟思索，探寻文学突破口。他说，对作家来说，完成了的创作是另一个创作的起点。"我要重新思考文学，希望能创作出'新的文学'"。

暮春，《当代作家评论》《作家》杂志和上海文艺出版社组织二十多位文学界专家学者"解剖"《人面桃花》《山河入梦》《春尽江南》。

这三部书是格非从二十世纪九十年代中期酝酿构思，经十多年写作完成的系列长篇。《人面桃花》绽放于二〇〇四年，《山河入梦》完成于二〇〇七年，《春尽江南》收官于二〇一一年。三部书出齐后，有人要给它取"统一的名称"。格非说，"书中的人物和故事都取材于江南腹地，同时，对我而言，江南不仅仅是一个地理名称，也是一个历史和文化概念。另外，我全部的童年生活，都在江南的一个村庄里度过。它是我记忆里的枢纽和栖息地"，把它们称作"江南三部曲"吧。

"江南三部曲"讲述清末民初、二十世纪五六十年代及八十年代至当下，几代中国人特别是知识分子的生活及思想面貌，呈现了个体在时代剧变中的曲折命运和精神求索。

整整一天，专家学者轮番上阵，对"江南三部曲"品头论足，或称赞或批评，或质疑或建议。

格非置身其中，面无表情，一支接一支地抽烟。旁人不知他是在听还是在想，只能从他时不时拿起桌上的笔在纸上写点什么的动作中判断：好好坏坏的话很可能透过烟雾都贯入他的耳朵。不知他会作何反应。最终，格非发言，"我觉得一个新的文学会到来"，"我自己希望重新思考文学，创作'新的文学'"。他说，古代人的创作是在一种自由状态下的创作，李白、杜甫的诗，曹雪芹的《红楼梦》等，都是在自由状态下写出来的。这些经典作品，在当时是没有商品属性的。文学发展到现代，出现了版权法，进入了"市场"，文学作品相当程度上用经济价值来衡量，有很多人对这样一个时代的到来感到欢欣鼓舞。然而，人们逐渐发现，由于市场运行机制的回报或交换逻辑，文学受到了"伤害"。这是不可避免的。当写作者试图拥抱这个市场的时候，文学作品不可避免地有了商品属性。格非坦言，对文学被市场操控、写作者向市场臣服这种现象，他感到恐慌。他说，因为市场可被人为控制，被市场认可的作品不一定是好作品。一些被市场热捧的作品，最大的功能是帮助市场或自身获利。

"网络文学刚出现时，我满心欢喜，以为出现了一种可在自由状态下创作又能与读者便捷交流的'新的文学'，没想到它也很商业化了！""回归文学的自由状态，"格非说，让创作者在自由状态下写作，文学去商业化，这不是件容易做到的事，短期内不可能做到，"但我希望有这种状态出现。"格非说，他自己会做一些探索，"我会有很多想法，也可能在文本上做一些试验。"他透露，一些想法在即将发表的小说《隐身衣》中有体现。

二十世纪八十年代，格非抛出《迷舟》《褐色鸟群》等小说，亮出了先锋作家的光芒，成为当时先锋作家的代表性人物之一。二十多年过去了，现在，格非如何看待当年的写作？他说，年轻的时候对超越生活有兴趣，对现实生活没兴趣，专注于小说外在的形式与文笔。但"很多人，包括我的父母看到我的小说都很不解，说这是在写什么呀？"格非脸上露了点笑容，不过稍纵即逝。"我现在也觉得那时候的写作做作得有些过分。""三十五岁以后，对当时的观念有了彻底的改变。重读《红楼梦》，读出了很多东西，林黛玉、贾宝玉、探春，等等，大观园里的每个人都在规定的环境里生活，人物是真的，生活是

格非

研究资料

真的，而宝黛恋爱是超越的、理想化的。"格非从中感悟，芸芸众生，各有不同的人生际遇，如果把这种境遇感写出来，就是个好作品。"而且，我认为，要成为一个好的作家，先要描写好现实生活，再来超越。这如同人生，只有你经历了苦难，希望才显得珍贵。"于是，格非对自己的创作进行了"补课"。他重读了中外名著，对社会进行深入观察，对人生作深刻思考，对写作做了调整。沉潜十年后，他捧出《人面桃花》，又推出《山河入梦》，再产生《春尽江南》。文坛把这三部书视为格非从先锋写作转为现实写作的标志。也有人说，"江南三部曲"依然淌着"意识流"、透着"先锋味"。格非回应，回归传统写作不等于与先锋写作绝缘。要完全回到传统是不可能的。在他看来，好的小说一定是对传统的一种回应，"很难想象一部好的作品跟传统毫无关系"，同样，好的作品需要开拓，"好小说需具备对传统的再发现和再创造，两者兼备是伟大作品的条件"。他说："我觉得先锋性也好，对形式的探索也好，这个过程不应该结束，一代一代作家去开拓，使文学创作手段更加的丰富。"

格非透露，写"江南三部曲"时对自己青春年少时犯下的错误（过分追求形式和文字的炫目）作了补救。"江南三部曲"里很多细节是真实存在的。格非不是专业作家，清华大学教授是他的重要身份，上课、带研究生，一样也不能少，挤出时间创作已不容易，他是如何掌握到社会生活细节的呢？"我多次回到我的老家了解生活，也访问了很多的人，比如说律师，我原来不了解律师的生活，我去了很多律师事务所，了解他们怎么打官司，遇到什么样的事情，通常怎么处理等。"

外表朴实的格非，骨子里非常清高，对文学的要求尤其严格。格非主张作家应不与"时趋"一致，与时尚和流行保持一定的距离，这样，作家才能保持尊严，文学才能真正发挥应有的作用。他说必须认真对待"为什么要写作"这个问题。

"我认为作家作为知识分子的一员，除了要开风气之先，还要挽救风气。"作家不"趋时"，才能对社会上的不正之风作出清醒批判。"我到三十多岁认真研究了中国文学史后才开始明白中国传统文化的重要性。像鲁迅、沈从文这样的作家，他们写作实际上也是为了纠风气之偏。"在格非看来，现在的文学风气受时趋的影响太大，越来越多的人把写作和版税和知名度、曝光率联系起来，一夜暴富与写作联系在一起，"这个问题就严重了"。"经常有娱乐版的记者采访我，我感到很无奈。我认为，作家上娱乐版，这是文学的悲哀。"格非说，"传统意义上，文学的功能，一是教化，二是审美，三是娱乐。现在，哪一个功能都已经不属于作家了。"他对此感到悲哀。格非认为，现在社会上"利益化"很严重，出书要炒作，追求销量。这种情况下，作家开始变得要迎合读者。这是作者的不幸。他提出，有时候，作家可以卸下作家的身份，以知识分子的立场加入社会活动，以知识分子的良知，做很多与文学没有关系的事情。比如，教育、环保或乡村社会重建等。关于作家的职责，格非赞同诺贝尔文学奖获得者、德国作家托马斯·曼的观点：作家首先必须精通现实，洞察社会，描述你所处时代的真实，如果写作脱离了现实是非常可怕的；其次，作家要精通"魔法"，你要有形式、有方法把你看到的现实表达出来，让作品有可读性。他认为，一个作家要精通现实，洞悉社会，首先要有"逆趋"精神，手中的笔不能跟着时尚和炒作转，这样，作品才有意义，文学才有前途。花费十多年心血，"江南三部曲"终于交给读者。"我现在可以去写别的东西了！"格非说自己有很多东西想写。

原载《当代作家评论》2012年第5期

隐者之像与时代之音

——关于格非的《隐身衣》

张晓琴

一、什么样的隐身衣

一个充满玄秘性的题目。格非在多年洗手于中短篇写作之后，忽然推出了一个奇怪的文本，在这个以音乐、以人物身份悬疑为推动力的小说中，格非究竟想要说什么，是什么样的隐身衣？它想隐去的又是什么？

一部中篇却有足够的深度与空间，这是格非的一贯的特点，在《人面桃花》三部曲之前，格非的作品通常在中篇和长篇之间并无特别的界限，只是他的《欲望的旗帜》与三部曲才表现出比较大的体量。但另一方面这也是说，他的中篇通常也比较丰富，有类似长篇的厚度与格局。

《隐身衣》很有意思，但也殊难说清楚，仿佛刻意要写一个炫和悬的作品，其中的信息，特别是音乐方面的"稀有知识"，给人以很大的"迷魂阵"般的暗示。虽然我辗转知道格非是一个"高级发烧友"，不只对音乐史、音乐作品深有研究，对于音乐器材硬件也是行家，但对于一般读者来说，这部小说所反复书及的音乐知识，仍然是陌生和近乎陌生的。这给小说带来了某种特殊的难度，也带来了一种特殊的"陌生美感"。

小说由十二个长短不一的小节构成，每一节的题目都来自音乐世界：KT88、《彼尔·金特》、奶妈碟、短波收音机、《天路》、AUTOGRAGH、莲12、萨蒂、《玄秘曲》、红色黎明、莱恩·哈特、300B。[①]要么是乐曲，要么是音乐家，要么是推送音乐的机器，而这一切又与小说的内容紧紧相扣。《隐身衣》是音乐的编织物，是音乐的隐身衣。

先说隐身，《隐身衣》中有两次明确提到隐身：一次是"我"介绍自己的职业时，"我"是一个专门制作胆机的人，北京从事这个职业的人一共超不过二十个，"我"和同行们往往被人忽视，过着一种自得其乐的隐身人生活。这一次对隐身一事的处理似乎轻描淡写，却是个伏笔，他们为什么是隐身人？仅仅是容易被忽视吗？另一次提到隐身却是因为牟其善——曾经闻名京城的商人，传言中拥有隐身衣的人。这两个细节很重要，"我"和同行们之所以能隐身，主要是因为对音乐的热爱，和对通常所言的"世俗生活"的规避——换言之，在世俗生活中他们的身份是隐而不显的。与其他相互竞争的同行关系不同，"我们"更多地生活在音乐世界里，互不干涉，言而有信，"我"在这个行当里从来没有受到过欺骗。"'发烧友'的圈子，还算得上是一块纯净之地。""多年来，我一直为自己有幸成为这个群体的一员而感到自豪。"很显然，作者在这里想说的是，这个隐身人的世界里，反而是相对真实，是有信义和承诺的，有高级的精神需求和职业伦理的。传言中拥有隐身衣的牟其善，也是因为音乐趣味不俗，他离开人世时，"我"关注的是追悼现场播放的音乐和天朗AUTOGRAGH。

"一首庞大的音乐作品不包含冲突与幽暗是很难想象的。音乐鼓励我们将悲伤安放在更大的空间中，与其他现实并存。音乐帮助我们记起爱、美丽和温柔……音乐使我们觉醒，使我们突然觉察到人类天性中潜在的情感。"莫琳·德拉帕认为，德彪西的《棕发少女》《牧神的午后前奏曲》，拉威尔的

研究资料

格非

---

① 格非：《隐身衣》，《今天·飘风特辑96》2012年春季号。

《悼念公主的孔雀舞》，马勒第五号交响曲的小缓板都有这种作用。①在这个肮脏而纷乱的世界上，"我"最奢靡的事情就是在夜深人静的时候聆听莫扎特、德彪西、拉威尔的音乐——注意，"我"不止一次强调演奏乐团或演奏者，这也是让"我"喉头哽咽、热泪盈眶的重要原因。"我"找丁采臣要余款时，听到勃拉姆斯的音乐，就一直坐在车里听完了第三乐章，晦暗的心情变得明亮，寒冷的季节里心情温暖而自豪：如果一个人活了一辈子，居然没有机会好好地欣赏这么美妙的音乐，那该是一件多么可怜而且可悲的事啊！

当那奇妙的音乐从夜色中浮现出来的时候，整个世界突然安静下来，变得异常灵敏和神秘，连鱼也会欢快地跃出水面，李义山所谓"赤鳞狂舞拨湘弦"也无非如此吧。这种时候人会产生幻觉，误以为自己处于世界最隐秘的核心。这是音乐的神话，是令人神往和悲伤的存在，披上了音乐隐身衣的"我"已经进入另一个世界，就像保罗·艾罗瓦德说的，在这个世界之中另有一个世界。作者显然也是一个经常出入于两个世界之间的人。

丁采臣是《隐身衣》中的一个幽灵。他出现之前，蒋颂平对他的令人生惧大加渲染，他的出现与消失都是幽灵般的，随身带着枪支，稍不顺心就威胁妨碍他的人。甚至在他跳楼自杀大约一年之后，"我"的银行卡上居然还收到了他欠我的那一笔钱。这样一个人，一个音乐盲，却在罗热演奏的《玄秘曲》中安静得像个婴儿。音乐让丁采臣暂时隐去了红尘的烦扰，也让他灵魂中的另一面浮出水面，那是什么呢？这就是读格非小说的乐趣，要说的那些最重要的话，他什么也不说，你却知道他要说什么。

从格非对阿多诺《论流行音乐》一文中有关整个娱乐文化尤其是流行音乐的标准化特征的高度认同，可以发现他本人对流行音乐的警惕与回避。在格非看来，包括流行音乐在内的娱乐文化，具有明显的经验同质化趋势，这已经弥漫于我们日常生活的所有领域，它不仅使得主体性、独异性、个人化等一系列概念变得虚假，同时也在破坏我们的文化感知力与消费趣味。《隐身衣》中

---

① ［美］莫琳·德拉帕：《音乐疗伤》，第152—155页，阿昆译，西安，陕西师范大学出版社，2003。

只有一节的标题用了一首流行音乐的曲目来命名，就是《天路》，这个标题在整部作品中显然有些突兀，犹如交响乐中突然出现了一声粗粝的号角。然而，就是这样的音乐竟然也有疗伤的作用，唱这首歌，是一个口齿含混不清的寡妇在表达自己对于异性的好感、关心和信任时的唯一方式，她甚至愿意在人声喧腾、乌烟瘴气的小饺子馆里唱。至关重要的是，她在唱歌时咬字十分清楚，全然换了个人。显然，音乐隐去了这个女人的卑微与缺陷，哪怕它是速朽的流行音乐。"音乐的对象便是这个心灵的微妙与过敏的感觉，渺茫而漫无限制的期望。音乐正适合这个任务，没有一种艺术像它这样胜任的了……音乐比别的艺术更宜于表现飘浮不定的思想，没有定型的梦，无目标无止境的欲望，表现人的惶惶不安，又痛苦又壮烈的混乱的心情，样样想要而又觉得一切无聊"。①

　　如果说《隐身衣》要说的仅仅是音乐，即便这音乐是多么地余音绕梁、不绝于耳，那也会让读者掉入一个美妙的陷阱。《隐身衣》的宽阔之处就在于，它在编织一件音乐的隐身衣的同时，也编织了一件人性的隐身衣——卑微的存在。这一点，与杨绛的《隐身衣》多少有点相似。杨绛的人生起伏是中国当代许多知识分子人生起伏的一个典例，她也是阅尽世间繁华与苍凉的人，是看懂世人的真面目的人。所以她说："其实，如果不想干人世间所不容许的事，无需仙家法宝，凡间也有隐身衣；只是世人非但不以为宝，还唯恐穿在身上，像湿布衫一样脱不下。因为这种隐身衣的料子是卑微。身处卑微，人家就视而不见，见而无睹。"②因为卑微，就被人忽略存在；因为卑微，就被人随意地冷遇、伤害；因为卑微，就亲人反目；因为卑微，就失掉了自己爱着的女人；因为卑微，就无家可归……然而，这卑微的隐身衣也可以让人在喧嚣的世界中沉静下来，专注于某个领域，"我"卑微地生活在这个肮脏纷乱的尘世中，却也生活在一个奇妙博大的音乐世界中。只有音乐的隐秘深处，才能置放"我"的灵魂。格非或许存心在这里要与杨绛先生有一个对话，要表达致意或者类似的意思——精神的富有与高贵完全可以通过世俗的卑微与凡庸来实现，来保护其

---

① 　［法］丹纳：《艺术哲学》，第100页，傅雷译，合肥，安徽文艺出版社，1991。

② 　杨绛：《杨绛散文》，第231页，杭州，浙江文艺出版社，1994。

不受打扰。

其实早在《春尽江南》中，就出现了"隐身衣"一说。秀蓉最讨厌熟人，她说："还在大学读书的时候，我就做梦能生活在陌生人中。我要穿一件隐身衣。"①隐身衣隐去的，正是尘世中屡受伤害、疲惫无奈的真身和灵魂。

在格非笔下，隐身衣最重要的功能其实是解释世界，解释命运。格非与当代许多作家的不同之处在于他文学理论的建构，《塞壬的歌声》一文中对卡夫卡短篇《塞壬的沉默》及相关作品的分析是一个重要的切入点。格非认为，在《塞壬的沉默》中，"歌声是塞壬们的隐身衣"，"塞壬的歌声既是宿命，又是慰藉"。塞壬的意象是卡夫卡小说中最为核心的意象，世界或命运的本相以其饰物的形象呈现在我们面前，我们当下生活的世界亦是如此，不过饰物更炫目，隐身衣更奢华，塞壬的歌声更迷乱而已。"卡夫卡听懂了塞壬的歌声，以及歌声所掩盖的永恒静穆——对水手们来说，它既非实质，亦非徒有其表的空壳。这是卡夫卡的悲哀，也是他全部的希望所在"。②就其本质而言，格非的《隐身衣》与卡夫卡的《塞壬的沉默》并无二异，二者记录的世界本质是一样的，都在呈现通向彼岸世界的隐喻。

二、什么样的声音

在完成对主体的阐释之后，紧接的问题是：在《隐身衣》的写作过程中，格非聆听和思考的声音是什么？读者听到的声音又是什么？先来看格非的这段话："当然，从根本上说，文学的言说方式之所以是一种隐喻的方式，还有一个重要的理由，那就是文学语言本身实际上也是一个隐喻。作者所描述的世界并不能像电影场景那样让我们直接看到，而必须通过语言符号的中介作用于读者的想象。作者的意图是一回事，他通过语言文字所呈现的'文本意图'当

① 格非：《春尽江南》，第342页，上海，上海文艺出版社，2012。

② 格非：《塞壬的歌声》，《塞壬的歌声》，第185—188页，上海，上海文艺出版社，2001。

然是另一回事。"①可以这样理解，作者在创造一部作品时用自己的声音在言说，但作品一旦产生，就会发出它自己的声音，一部好的作品的声音往往是复杂的、多声部的。《隐身衣》就是这样一部作品，作品的声音与作者的声音交织，清澈又驳杂、稠密。

音乐是《隐身衣》不可或缺的一部分，它既是背景又是主旋律。"音乐的意义，亦即何为音乐，以及它是如何被聆听和被思想的……所有这一切，都经历了变化。这就意味着，我们今天所拥有的音乐和音乐经验，若要得到理解，就至少部分地必须在其历史性中加以理解。我们的音乐和音乐经验是在一个生长、吸收、萎缩、衰亡的过程中形成的混合物。其历史性与音乐的生活特征的历史性相一致，这些特征被植入了音乐之中。"②同样的意义在《隐身衣》中得到了体现，音乐可以铺陈时代，可以比照叙事，可以建构作品。诗人欧阳江河也是音乐发烧友，他认为格非听了那么多年的音乐，写了那么多年的小说，写和听，终得以在这部小说里交汇，形成玄机和奥义的层叠。"小说中的音乐元素绝不是附加或者溢出来的，不是道具，而就是小说本身。"③

音乐是历史，是时代，是记忆。《彼尔·金特》一节，玉芬的学生时代每天从格里格《彼尔·金特》的"晨曲"中醒来，在那样一个美好的年纪，是那样一种美好的感觉。《短波收音机》一节的时代则是"我"、蒋颂平、姐姐等人的童年和青少年时代，有单纯、有美好，也有人性的伤害。从收音机中送出的音乐，都是一个红色年代的京剧，它们属于政治的、革命的时代。音乐在《隐身衣》中的意义之一是与现实生活的比照或者关联。《彼尔·金特》是格里格为易卜生的五幕同名诗剧所作的配乐。彼尔·金特耽于幻想，经过命运的洗礼后一无所有地回归故里，迎接他的只有安静的索尔薇格，一直钟情于他的女性。《晨曲》中的女性，或许应该像索尔薇格一样，安静、忠贞，彼尔·金

---

① 格非：《文学的邀约》，第84页，北京，清华大学出版社，2010。

② ［英］阿伦·瑞德莱：《音乐哲学》，第2页，王德峰等译，上海，上海人民出版社，2007。

③ 吴娜：《人人都有"隐身衣"——李陀、欧阳江河、格非三人谈〈隐身衣〉》，《光明日报》2012年6月26日。

特想到她时也是她手持一本用手绢包着的《圣经》的形象。但是，曾经每天在《晨曲》中醒来的玉芬虽然美丽温柔，却水性杨花，与索尔薇格全然相反。短波收音机曾经是"我"对父亲寄予思念的唯一途径，也是赢得我在众人心目中位置的唯一途径，然而，想到它，就想到伤害：时代对人的伤害、蒋颂平对姐姐的伤害、"我"与蒋颂平一起对徐大马棒的伤害、蒋颂平的自我伤害，这个过程中对他们二人友谊的伤害，以及多年之后蒋颂平对我至深的彻底伤害。维系友谊的短波收音机被扔进了臭水沟，而蒋颂平最终带给"我"的伤害，使"我"像生了一场大病一样，因为"我"心里真正在意的就这一个朋友。除了音乐的美好与现实的比照之外，《隐身衣》里也有因音乐而结成"乌托邦"的发烧友和亲人的比照。一个素昧平生的发烧友亲自送"莲12"给"我"时，我感动于他的行为，更感动于自己的未被欺骗，而此时姐姐却为了要回"我"住的这间裂缝的房子，不顾姐弟之情哭闹、软磨硬泡。"我"在走投无路时，另一个"玉芬"收留了我，我也愿意被她收留，主要是因为那个受伤的夜晚莱恩·哈特的琴声和难得一见的清澈天空。音乐贯穿起了小说中主人公和所有人物的人生经历与情感记忆。

当然《隐身衣》中重点要呈现的，我以为还是当代社会的声音，"隐身人"所要反衬的是另一批身份显赫的人的生活，以及他们身上所承载的这个喧嚣时代的浮躁凌厉之音。小说一开始的场景是圆明园东侧的一个社区，这里的有名是因为"周良洛案"。周良洛的案子就不用多说，但它是这个时代令人绝望的声音构成之一。同时还有"知识分子们"的声音，他们杞人忧天、自以为是，轻而易举地让人自惭形秽。然而格非并未赋予这些人以特殊的道德优越与精神特权，而是把他们的灵魂无情地撕开给人看。这些所谓的教授们不只缺乏与人交往时起码的尊重，连基本的字也能读错，至于价值观则更是混乱而无原则，为了哗众取宠，竟然说什么当年抗战时期的中国不应该反抗，那样的好处是少死几千万人，中日还可以联合起来抗美云云……"我"作为个手艺人也听不下去了，感觉受到的屈辱就像是自家的祖坟被挖。当这些知识分子用珍贵的阿卡佩拉扬声器发出盗版的流行音乐时，"我"心情坏到了极点，这个世界肯定是出了问题。相比之下，倒是幽灵般的丁采臣更通情达理些。还有的教授二十年如一日，每次见面都在告诫"我"，中国这个社会随时都有崩溃的危险，弄得"我"如做噩梦一般，但二十年过去了，什么都没有发生。如果说，知识分子应该是一个时代的良心的话，这个时代的声音太纷乱，知识分子连自己的心跳都听不到，何谈时代的脉搏？还有亲情和友情被肆意践踏的声音，"我"和蒋颂平在这一点上竟然观点完全一致：世上最好的东西往往只有薄薄的一层，像冰，最好不要动。但是，我分明听到那层薄冰已然碎裂，声音不大，却有些钻心。

这些意思似乎可以与《春尽江南》联系起来理解，显然，格非的意思并不在于要全然否定和讥讽这时代的知识群体，而是要与他前面所说的，要呈现声音的混乱本身，这是时代的病相，你可以理解为无奈的多杂和混合，也可以理解为愤懑的萎靡与躁乱。这是复调的，同时也是病态的多义的空间与世界。

格非认为，有人将小说定义为"讲故事的艺术"，是无法涵盖所有小说的。当我们说"小说是讲故事的艺术"时，往往忽略了小说繁盛背后的另一个后果，那就是对"故事"的减损或取消。[1]显而易见，《隐身衣》的关键词不是故事，而是声音。《隐身衣》虽然不是长篇巨制，却是个多声部的作品：美妙的古典音乐、泛滥的流行音乐、空山的静音、雨后的星语、繁华的街声、烦乱餐馆的噪音、营房的起床号、各种灵魂的声音……或许，这么多的声响动静都是表象，因为当一个作家个人内心困惑时，或说当他在思考存在的意义时，他就很难用非常清晰的声音来述说，来表达。

在《塞壬的歌声》与《文学的邀约》中，格非不止一次提到鲁迅，他认为《野草》《彷徨》等文本的晦涩不过是鲁迅内心困惑的表征，而矛盾与困惑恰恰是文学求助于隐喻方式的根本性原因。因此，一个作者对文本的控制力总是一把双刃剑：使作品流畅统一富有条理性的同时可能为其所伤，使作品的内涵等同于观念的铺陈，文本的意图变得狭窄单一。从这个视角看来《隐身衣》是一部没有受到作者过分"控制"的文本，上述的声音只是文本意图的一小部分，作者才是这部作品中真正的隐身者，这个隐身者带来的是什么声音呢？我

---

① 格非：《故事的消亡》，《塞壬的歌声》，第52页，上海，上海文艺出版社，2001。

听到的是梦，碎裂的梦。

三、什么样的梦

梦是身体的经验，是灵魂的游走；梦是太虚幻境，又是现实存在；梦是喻体，也是本体；梦是庄周，更是蝴蝶。

梦一进入文学领域，就完全有可能被升华，它不再是易逝的、难以呈现和捉摸的，因为它会拥有某种可显现可欣赏甚至是丰富可解读的特质。格非的作品中总有不确定性的复杂渗透，让人联想到梦。梦对格非的文学世界意义非凡，格非作品中传达出的人生体验与中国古典文学中的人生经验一脉相承。格非对白居易《花非花》的解读暗藏着他对梦的独特体悟，他认为此诗犹如一个谜语的谜面，诱使读者去猜测它的谜底。我们最容易想到的谜底似乎是"春梦"，但谜面之中明明有"春梦"二字，也就是说，春梦与花、雾、朝云一样都是"喻物"，而非"所喻之物"。"在'花非花，雾非雾'这一特殊的句式中，包含着肯定与否定、隐藏与显露、经验与超越之间的复杂纠缠和交织。花、雾、春梦和朝云都是一般日常生活中的普通物象，可以被我们的经验充分认知和解释。"[1]

"江南三部曲"被看作格非向《红楼梦》致敬的作品。莫言曾指出格非的《山河入梦》确实是继承了《红楼梦》的一部小说，"我读的时候产生了一种错觉，就是谭功达就是一种现实的贾宝玉的形象。当然他有他远大的追求和他的理想。"白小娴"这个人物仿佛使我联想到大观园里面的晴雯"。[2]张清华也曾专门著文阐述格非作品中的梦境叙事特征及个体无意识与历史之间的最终偶合。他说："中国人在这方面是最富有神妙体验的，一部《红楼梦》所传达的，就是这样一种永续重复和轮回经验：'天外书传天外事，两番人作一番

① 格非：《文学的邀约》，第20、23页，北京，清华大学出版社，2010。

② 王中忱、莫言、陈晓明等：《格非〈山河入梦〉研讨会》，《渤海大学学报》2007年第4期。

人'。""格非可以说已然参透了这种经验……对比两部小说的结局，我愈加深信《人面桃花》确属自觉'向《红楼梦》致敬'的作品。"①

作为中篇小说《隐身衣》的含量自然未及"江南三部曲"丰厚，但其中的梦却依然是多重的，它们清晰可辨，真实可触，但又无一例外地轰然坍塌，碎裂之声触痛我的神经。

先是碎裂的春梦。"我"与妻子玉芬的爱情婚姻的惨败是"我"春梦碎裂的开端。尽管玉芬背叛了"我"，但"我"依然深爱她，以至于后来对其他女性有好感都是因为她们和玉芬的相似。"我"因为玉芬对母亲都有点耿耿于怀。母亲临终时的托梦承诺是"我"对自己的爱情与婚姻的一个期望，但是，母亲托梦时只摇摇头，否定了那个口齿不清的女人，当"我"遇到真正的妻子时，母亲并没有托梦。为"我"生了女儿的妻子是个面容严重损坏的女人，"我"也不知道她的姓名，所以，叫她玉芬，她也答应。这样的生活，是幸福，还是不幸福？"我"的体验是：在这个肮脏而纷乱的世界上，我原本就没有福分消受如此的奢靡。这样也就可以理解当"我"和一个陌生的失掉美好面容的女人通过电话一起听音乐后的泪水了。那一刻，鼻子发酸的是"我"，也是我，羽键琴的声音清脆细弱，倾吐的全然是悲哀。

那么，接下来就是碎裂的音乐梦。作为一部以音乐为重要线索的小说《隐身衣》中的音乐信息实在是太过密集了。"我"显然是一个有着音乐梦的人，我对那对"天朗AUTOGRAGH"的爱，甚至超过了对妻子的爱，在作品中，似乎只有两个人能真正走入音乐世界，"我"和被毁容的"玉芬"。但他们的音乐世界似乎也缺乏完整性和坚固性，随时都有被异质的声音侵入的可能。"我"热爱的是古典音乐的乌托邦，一个未被破坏的真善美的世界。但它遭到了当代知识分子的攻击，攻击得最凶猛的是只听文艺复兴和巴洛克的律师。这部作品正如现代社会，声音太多，比如格式化的流行音乐、喧嚣的欲望之声，纯净的音乐世界难免被打破。装甲部队的大校购买"红色黎明"只是因为妻子

格非
研究资料

---

① 张清华：《春梦，革命，以及永恒的失败与虚无——从精神分析的方向论格非》，《当代作家评论》2012年第2期。

喜欢这个译名，教授用珍贵的音响设备听的是盗版的流行音乐，律师听巴洛克音乐为的是显示自己与众不同的修养和品格。"我"的音乐梦其实也就是心灵的归乡梦，小说中有一个细节是不应该被忽视的，"我"之所以能下决心卖掉自己最珍爱的"AUTOGRAGH"，就是想买下乡下的房子。"仿佛我一旦如愿以偿，困扰着我的所有烦恼，都会在顷刻之间烟消云散。"这句话很重要，这显然是有隐喻的，"AUTOGRAGH"是音乐的代名词，去乡下居住则是一种强烈的归乡的冲动。我想用音乐梦来换取归乡梦，但结局是，音乐梦与归乡梦一起碎裂。

最后是碎裂的存在梦。如果说《隐身衣》在表达上有晦涩和矛盾之嫌，那是因为格非对存在的思考。格非在思考时可能听到了上帝的笑声，于是，一个存在的梦也开始碎裂。海德格尔说，存在就是时间，不是别的东西。①人的存在从存在论上讲，本来就是向死亡而在。因此，人的存在渗透着这样一种意识：生命是面向虚无的有限存在。②《隐身衣》中的主人公从小就开始面对死亡，格非在这里绝对不是要叙述死亡，而是对死亡形而上的思考。"我"童年时父亲死去，不久是大地震带来的死亡气息（地震后所有的人都恐惧于死亡，除了母亲），后来是母亲的死亡，丁采臣的死亡。小说中处理得最为彻底的是"我"和妻子竟然将尚未满月的女儿带到了母亲的墓地，这实在是极具戏剧性的呈现，新生与死亡的对比带来的是触目惊心的悲凉，就在这时"我"突然收到了丁采臣的欠款，丁采臣是否真的死去了呢？谁都无法确定。这让人想到《傻瓜的诗篇》中的莉莉，她是否杀死了自己的父亲，也是谁都无法确定的。格非的作品中总有神秘的宿命感和叙事的不确定性，几乎每部作品都是"迷舟"，时间、死亡、梦境、欲望、幻觉、存在都蕴藏其中，"人生筵席的欢乐，又何尝不是一种悲凉的预演或反衬"。③格非对死亡的思考就是对存在

---

① ［德］海德格尔：《人，诗意地安居·海德格尔语要》，第17页，郜元宝译，上海，上海远东出版社，2011。

② ［美］艾温·辛格：《我们的迷惘》，第59页，郜元宝译，桂林，广西师范大学出版社，2001。

③ 格非：《文学的邀约》，第137页，北京，清华大学出版社，2010。

的思考，"所谓死亡，必须用组成生命的自然动力加以解释。如果抽离了生命的意义，死亡也便没有意义可言：死亡之所以是人类存在的一个极其重要的问题，无非是因为它加入了我们对生命意义的探究"。①

《隐身衣》中，上述不同的梦共同构成了一个整体性的空间，缺一不可。现实中，俗事俗物占据了我们的时空，甚至充斥着我们的记忆，而艺术却能将我们带回故园，那里无须隐藏，无须包裹，甚至不知今夕何年，也不知归期何期……行文至此，想起格非那段令人紧张而又释然的话："写作固属不易，阅读又何曾轻松？我们所面对的文本实际上不过是一系列文字信息而已，它既在语法的层面上（为我们经验所熟知）陈述事实，也在隐喻的意义上形成分岔和偏离；它既是作者情感、经验和遭遇的呈现，同时又是对这种经验超越的象征；既是限制，又是可能。既然文学作品的意义有待于读者的合作，我更倾向于将文学视为一种邀约，一种召唤和暗示，只有当读者欣然赴会，并从中发现作者意图和文本意图时，这种邀约才会成为一场宴席。"②格非的小说不是写给所有人的，也不是供人一次性消费的，《隐身衣》是新世纪以来中篇小说最为重要的收获之一，它显然是一次文学与音乐共同的邀约。

原载《当代作家评论》2014年第4期

---

① 格非：《文学的邀约》，第26页，北京，清华大学出版社，2010。

② ［美］艾温·辛格：《我们的迷惘》，第84页，郜元宝译，桂林，广西师范大学出版社，2001。

论当前文学人物形象的弱化与变异趋向

——以格非《江南三部曲》为中心

贺仲明

长期以来，人物形象都是文学的重要组成部分，甚至可以说，漫长的文学史几乎也同时就是星光熠熠的人物形象历史。但是近年来，文学人物形象失去了曾经的风采，以往那种个性鲜明、让人记忆深刻的人物形象似乎很难找到了。这种情况已经引起评论界的广泛关注。早在新世纪初，就有多位学者指出当前文学出现了"人物形象弱化"的现象[①]。此后，更有学者以"拯救文学人物"和"人物画廊关闭了"的字眼来形容当前文学中人物形象的没落局面，表达不满和忧虑的情绪[②]。显然，对于当前中国文学、特别是以叙事为中心的小说来说，人物形象的存在状况，以及在未来文学中的命运和发展趋势，都是非常值得关注的问题。考虑到人物形象的塑造涉及作家创作意旨、创作方法、艺术技巧和艺术能力等方面的差异，采用全面扫描式的分析会遮蔽掉很多细微的问题症结，所以本文选择了典型个案的分析方式，希望通过对具体作品的细致

[①] 张恒学：《文学人物形象：世纪之初的文学关怀——来自"世纪之交中国文学人物形象研讨会"的理论思考》，载《文艺理论与批评》2001年第4期。

[②] 汪政等：《谁来拯救文学人物》，载《上海文学》2005年第7期；木弓：《文学人物画廊就要关闭了》，载《文艺报》2013年4月19日。

剖析，透过那些具有代表意义的侧面，去探究问题的深度和方向。

一

之所以选择格非的《江南三部曲》①来作为人物形象分析的典型对象，有这么几个方面的原因：

首先，《江南三部曲》是近几年中影响很大的系列长篇小说。在所有叙事文体中，长篇小说是最擅长塑造人物形象的一种，很多中外文学史上的优秀人物形象都由这一文体来完成，以长篇小说为对象来探讨这一问题，较之其他文体更具典型性意义。而且，《江南三部曲》的作者格非是一个严肃认真的作家，他成名很早、表现出很高的艺术才华。为了该作，格非花费了十多年心血，创作态度细致虔诚。作品也充分体现了宏阔与精致兼备的艺术效果。作品出版后，作者多次表示对该作的珍视态度，评论界也给予了广泛好评。

其次，《江南三部曲》非常重视人物形象，作品的内容、结构都与之密切相关。格非对《江南三部曲》中的人物形象倾注了很深的感情。几乎每一次对作品的访谈，格非都会重点谈论其中的人物，表达对他（她）们的喜爱和珍视之情。比如他这样谈到《山河入梦》中的姚佩佩："读者对《山河入梦》小说本身如何评价我并不介意，我更在乎读者对姚佩佩这个人物是否有误解。这是我用心创作的人物，她的心理变化和对世界的看法同我的内心世界很难分割。"②并以"人类心灵史"来概括该作品的主旨③。而且，《江南三部曲》的三部作品都是以一个中心人物的生活轨迹为线索，这些人物之间又有直接的血缘关系，准确说是祖孙三代人，所以，作品在一定程度上可以看作是一部

---

① 《江南三部曲》包括格非创作的三部系列长篇小说，分别是：《人面桃花》（春风文艺出版社 2004 年初版），《山河入梦》（作家出版社2007年初版），《春尽江南》（上海文艺出版社2011年初版）。2012年，上海文艺出版社出版《江南三部曲》的完整版。

② 丁杨：《格非：好的小说一定是对传统的回应》，载《中华读书报》2007 年2月14日。

③ 格非、王小王：《用文学的方式记录人类的心灵史——与格非谈他的长篇新作〈山河入梦〉》，载《作家》2007年第2期。

人物的史诗。人物的思想、行动，特别是他们命运的沉浮和变迁，是贯穿于每部作品的基本内容。与之相应，三部作品的情节也都是以人物为中心来进行构架，在人物命运变迁中展开故事叙述。人物内心追求与外在世界之间的巨大张力，是推动作品情节发展的最基本因素，也是作品的主要叙事线索。

文学评论（研究）是一种科学，被研究者本身的意图是论述成立的重要前提。如果研究对象的意旨本不在人物形象，却硬以人物形象来考察和评判它，就会有强人所难、郢书燕说之嫌。在这个角度上说，以《江南三部曲》为典型来考察人物形象塑造问题，是符合作品和作者基本意图，是具备合理性的。

最后，《江南三部曲》在人物塑造上做出了很多努力和探索，这些努力，也包括它的得与失，在当前文学中都具有一定的代表性意义。格非是"文革"后"先锋小说"的重要作家，"先锋"时期的格非作品以哲理、虚幻为特征，传统的人物形象塑造既非其所长，也不是他所追求的目标。进入1990年代后，格非的创作发生了较大转型，突出的表现就是回归传统的故事叙述、重视人物形象的塑造。也就是说，格非是一个经历了从"先锋"到"传统"的变化型作家，在他的创作中，可以鲜明地看到从传统到现代多种文学观念和方法的嬗递变迁，也可以看到文学人物形象塑造的多元方法和前沿轨迹。

以人物塑造方法为例。《江南三部曲》的人物塑造方法既有传统的，也有现代的。传统方法如写实和描写。虽然三部作品的故事时间跨度长达一百余年，分属于不同类型的政治社会，但作品始终都以写实为基本方式，描绘了人物的具体时代生活场景，在现实再现中塑造人物。作品的描写手法运用得也很多，不乏对风物、生活场景和人物行为的描述，特别是以直叙方式展示人物对话，对人物口语进行描绘，都是传统人物塑造的重要方式。与此同时，作品也广泛采用了现代的人物塑造方法。如通过跳跃性的方式来叙述人物故事，有意识将时空错杂，将现实与想象杂糅在一起，以及对同一事件采用多角度、多侧面的叙述，等等。传统和现代结合的典型是对人物心理的展现。作品既有传统的细腻心理描写，也有深入到人物潜意识，在现实、幻想、梦境不同层面间复杂转换的现代方式。《江南三部曲》采用的这些方法当然并非特别，但确有突出之处，其对人物的专心和着意的营造，以及描写的细致，在当前文学中都很少见到。以描写为例。当前文学流行的是故事的叙述，追求快节奏叙述和跨度大的语言，在人物语言上，作家们普遍放弃了传统的用引号的直叙方式，采用更简捷快速的间接叙述方式。

《江南三部曲》人物塑造的方式丰富多样，作品的人物形象塑造也获得了一定的成功。它所塑造的秀米、谭端午、姚佩佩等形象具有相当独特的性格气质。他们都蕴含着强烈的理想主义精神，这种精神使他们的性格充满着自我矛盾，更与外部现实世界之间构成着本质上的冲突。共同的性格和一致的悲剧命运，铸就了他们集体的人物群像。在中国文学史上，这一群像的内涵是很具有创新意义的。而且，这些形象与现代中国的社会文化有内在而深刻的联系，从他们的命运和性格中可以看到中国传统文化的某些影子，蕴含着传统文化与现代文化的复杂冲突，也投射着中国社会近现代嬗变的现实印记。这些方面，使作品与其人物形象构成了不可分割的密切整体，只要一谈到这部作品，就自然会联想到其人物形象。对于一部长篇小说来说，这应该是一种值得肯定的成功。

二

《江南三部曲》在人物塑造上有很突出的努力，然而，从传统人物塑造的角度来考察，作品也存在一些比较严重的问题。大体而言，以下两方面是比较突出的：

第一，人物缺乏统一的性格为支撑，思想和行为缺乏内在的精神主导。

任何现实生活的人，其思想行为都有基本的一致性，有时候可能貌似脱出常轨，或者会发生变化，但不管怎样，它们都会统一在一个整体之内，遵循着某种逻辑——这就是人的性格逻辑。也就是说，一个人的性格是具有基本统一性的，无论它怎么掩饰或发生变化，都有内在的核心存在，其变化发展只建立在其内在可变性的前提之上。性格决定着人按照某种内在逻辑思维和行动，使人构成一个完整的统一体。生活如此，文学中的人物也是这样。正如黑格尔说过的：人物"必须具有一种一贯忠于它自己的情致所显现的力量和坚定性"，"如果一个人不是这样本身整一的，他的复杂性格的种种不同的方面就会是一盘散沙，毫无意义"。①统一的性格赋予人物思想、行为以充分的精神驱动力，反过来，由统一性格主导下的思想行为，又能够进一步凸显出人物的性格特征。人物形象要做到清晰、鲜明，性格的统一性是很重要的前提。

《江南三部曲》的人物形象在这方面普遍存在缺陷。也就是说，作品人物的性格大多不具备统一的完整性，他们的思想和行为也没有表现为统一性格的精神主导。比如《人面桃花》中的秀米。作品以她的生活为中心，书写了她几乎整个的人生，但她的性格特征却并不清晰，更缺乏一个中心性格将她所有的思想行为串联成一个完整而统一的整体。因此，在作品中，你可以看到秀米做了什么、想了什么，但是你却根本不知道（也难以理解）她为什么会这么做，为什么会这么想。作品以秀米被绑架前后分为两个部分，但这两部分之间似乎是割裂的，她后来的变化在前面找不到清晰的缘由。即使在各个阶段内，她的性格和行为也缺乏统一性与合理性。比如秀米对张季元的爱是决定故事进程、也密切关联人物命运的情节，但是，这种爱究竟来源于何处？她与张季元之间几乎没有任何感情交流，为什么仅仅在看了一本日记之后就会陷入那么狂热的爱情之中，乃至将整个的人生托付给他，成为他事业的追随和继承者？

同样，《春尽江南》中庞家玉也缺乏性格上的统一性，其行为也难以让人理解。作品中，庞家玉的精神身份是多元的，她似乎是一个爱和理想的追寻者，又似乎是一个事业强人、物欲的同化者，或者准确地说，她经历了从精神→物欲→精神，也就是从乌托邦幻灭到堕入物欲再到自我救赎的复杂过程。在当前中国这一个变化巨大的时代，人的身份多元是正常的，发生较大的变化也完全可以理解，问题是任何变化都肯定有原因和契机。但作品却完全没有展示出这一点。比如，从庞家玉改名和所追求的生活方式看，与谭端午的初恋失败似乎让她的乌托邦幻想破灭了，于是转向了物质化生活，但是，让人奇怪的是，在与谭端午分别多年之后，一见到曾经欺骗她、让她产生幻灭感的谭端

---

① 黑格尔：《美学》第1卷，307页，商务印书馆1979年版。

午，就毫不犹豫地抛弃了准备结婚的男友，回到了谭的身边。这么强大的感情究竟怎么产生，是源于什么？之后，在她按照新的生活方式生活，并与谭度过了多年貌合神离的婚姻生活后，她又有了顿悟式的精神救赎。我们如何理解她这么复杂的精神轮回？难道仅仅就因为一场疾病？

相对而言，《山河入梦》中的谭功达性格算是比较完整和一致的。谭功达的内心冲突，包括爱情与事业中的表现，基本上都可以统一在他的"乌托邦精神"性格特征中。但是，这仅仅指的是作品中直接叙述的部分生活，作品追忆叙述的部分与之有着严重的不一致。如在追忆叙述中我们知道，谭功达在战争时代曾经担任过中层军事指挥官，而且还颇有魄力，在著名的"大跃进"运动中还做过一些"轰轰烈烈"的傻事。但这些行为与作品直接叙述展现的人物精神气质几乎没有任何共同点，它们完全是割裂的。现实中的谭功达耽于幻想，毫无现实政治能力，性格和行为近乎梦游，这些方面如何能够与那位有魄力的军官和官员统一为一个整体？

第二，作品的情节安排不够真实和完备，缺乏生活的真切、鲜活和质朴。

早在两千多年前，亚里士多德就说过："刻画'性格'，应如安排情节那样，求其合乎必然律或可然律；某种'性格'的人物说某一句话，作某桩事，须合乎必然律或可然律。"[①]也就是说，人物的性格必须密切关联着具体的生活，符合生活的规律。只有这样，人物才能与生活的质朴自然结合起来，呈现鲜活生动的生活气息，具备生活所赋予的内在生命力，也才能具有足够的艺术感染力。

《江南三部曲》在这方面有明显的不足。作品的许多情节不合生活常理。以《人面桃花》为例。小说开头部分写秀米父亲的出走和失踪，对于这一事件，秀米和她的家人表现得异常镇定，既无悲戚，也无紧张。如果说秀米母亲这么做是因为她不爱丈夫，那么，作为女儿的秀米如此表现就非常不合情理了。在父母身边长到十几岁，难道与父亲一点感情都没有，面对父亲的出走和失踪能够那么理性和镇定？此外，作品还有两个重要的情节也缺乏真实性。一

格非

研究资料

---

① 亚里士多德：《诗学》，49页，人民文学出版社1959年版。

个是张季元死后，喜鹊将他的日记偷偷给了秀米。这是决定秀米此后人生道路的重要情节。但是，按照前面的叙述，喜鹊与秀米之间关系隔膜甚至相互存有敌意，那么，她为什么在拿到日记后毫不犹豫就交给了秀米呢？另一个是秀米出嫁时将金蝉留在家里，这也不合情理。因为既然秀米那么爱张季元，金蝉又是张郑重托付给她的重要信物，她在远嫁外地的情况下怎么可能会不随身携带呢？同样，《山河入梦》的许多情节也不真实。如作品中一个很关键的情节——洪涝灾害之前，谭功达到养猪场度过了导致政治生涯完全终结的几天生活，让人完全难以置信。作为一个曾有所作为的一县之主，面对那种大雨滂沱的天气，他难道不知道可能会导致乡村的洪涝灾害？他想不到需要与人联系一下，哪怕只给自己的秘书打一个电话？而且，整个县都大发洪水，他所在的那个养猪场难道是世外桃源，一点都感觉不到？另外，作品中被作为理想试验地的"花家舍人民公社"，也很难想象处于二十世纪五六十年代的社会背景下，那种中央高度集权的政治环境中，会有一个花家舍这样的世外桃源存在。

情节不真实、不完备，直接的副作用之一就是损害生活环境的真切性，因为真正的生活是自然的，是按照生活本色而质朴的方式流动着、进行着的。不真实的情节，必然会使人怀疑其生活的可信性。而且，作品在生活细节描写方面也缺乏鲜活性。它虽然广泛采用了描写手法，一些景物和生活场景描写还比较细腻，但许多生活场景描写明显不够真实和真切。如《山河入梦》描写谭功达与白小娴交往的细节，忽而疯狂，忽而理性，忽而狂热，忽而冷静，完全是依靠理念在支撑，距离生活的鲜活生动相当遥远。再如《人面桃花》的人物语言描写。如前所述，作品能够直叙人物语言，让不同身份的人张口说话，是一种值得肯定的方式。但遗憾的是，作品中的人物尽管年龄、身份、个性有别，但说话的方式、口气却几乎相同，完全不具备生活语言的口语特点，更遑言体现人物的性格特征了。

这些缺陷，严重影响了《江南三部曲》的人物形象塑造。首先，它严重损害了形象的生动性和鲜明性。因为人物性格缺乏统一性，生活没有建立在真实、合理的情节和环境当中，人物的精神个性和气质就难以稳固而坚定地形成，其个性特征难以鲜明，也就不能如生活中活生生的人一样，拥有鲜活而自在的生命力，他们只能是如同模糊缥缈的影子，漂浮于作品的故事之上，不能给人以深刻的感染力，让人产生深刻的印象。所以，《江南三部曲》的人物形象尽管气质独特，但个性却相当模糊，没有成为独特的、"这一个"的个性化形象。其次，它影响到人物对时代的折射力。《江南三部曲》的三部作品都营设有具体的时代背景，让人物与现实时代相关联。但由于缺乏合理的情节安排和真实的生活细节，人物与时代的关系就不可能深入和牢固。可以说，它的人物身上确实带有时代的某些印记，但也仅此而已，他（她）不能作为时代的缩影，从他们身上也窥见不了时代的轨迹和暗流（相比之下，也许是因为时代切近，《春尽江南》的故事更真实一些，对时代的投射力也更强一些）。

三

任何作品都是作者的精神产物。《江南三部曲》人物形象塑造上的复杂表现，都与格非的文学观念和创作思想密切相关，或者说，作品在人物形象上所做的努力以及所存在的遗憾，都可以在格非个人的文学理念中找到根由。

自1990年代以来，格非多次表示向传统文学回归的意图，在文学与生活的关系上，也表达了对昔日"虚构"文学观的许多否定，展示了这样的立场："作家的禀赋和想象力、形式的转换固然可以弥补个人经验贫乏，但对于写作来说，经验或经历毫无疑问依然是最为重要的资源。"①从这方面说，《江南三部曲》对人物的重视和运用人物塑造的传统方法，都可以看作是格非"回归传统"文学思想的产物。事实上，从作品中我们也多少可以看出传统文学，特别是《红楼梦》的影响痕迹。

然而，格非对传统的回归并不全面和彻底，而是存在着很多的犹疑和矛盾。甚至可以说，格非对传统的回归只是部分性的、有选择性的，其思想内核并没有脱离他在先锋文学时期形成的理念。比如他近年来对小说本质的看法就不无先锋文学的印记："首先小说是一个寓言，是一个故事，是打了一个

---

① 格非：《卡夫卡的钟摆》，176 页，华东师范大学出版社2004 年版。

比方。通过一个抽象的寓言，一个形式表达作家的看法。"①正如此，格非的"回归传统"并非传统文学本身，而只是针对符合他"象征"理念的那部分："用具体表现抽象，用简单表现复杂，以写实达到寓言的高度。"②也就是说，格非的回归传统，其实更多是试图在"先锋"与"传统"之间找到一个新的平衡点，"先锋"的核心并没有被他放弃。有学者这样评论《人面桃花》是准确的："它并没有改变从前先锋小说的形式和精神。如果说有什么变化，只是它读起来更容易，讲述也更清晰完整……"③而且，不只是《人面桃花》如此，整个《江南三部曲》中都可以看到强烈的"先锋文学"痕迹。

《江南三部曲》人物塑造上的缺陷与之息息相关，因为它们形成的相当部分原因在于作者主观上的有意为之。也就是说，作者本人并不认为这些是缺陷，甚至说，它们就是作者所要追求的目标。正如格非对《人面桃花》主旨的阐释："《人面桃花》虽然披上了一件中国近代革命的外衣，但我的确无意去复现一段历史事实……我由此想到了中国历史传统中的一个个梦幻，并想赋予它一定的社会学意义。"④《江南三部曲》的创作主旨并不在于"事实"和"人物"，而是在于探究一个梦幻，一个"乌托邦理想"的精神理念。乌托邦梦幻本身就不可能是清晰的，而且为了更好地适应乌托邦梦幻的主题，作者在艺术上也着意追求"象征"和"寓言"的书写方式（这种朦胧和迷离的叙述方式正是格非所习惯和擅长的）。如此一来，作品的人物性格不清晰统一、情节背景交代不清晰、不完整，就是很自然的事情了。

不过另一方面的原因也许在作者主观意图之外——换句话说，作者也意识到自己的这一缺陷，也想努力进行弥补。这就是在生活积累上的匮乏。作品

① 《格非访谈实录——谈新作〈山河入梦〉》，http://book.douban.com/review/1115918/.

② 格非、王中忱：《"小说家"或"小说作者"——格非、王中忱对万圣书园》，载《当代作家评论》2007年第5期。

③ 张晓峰：《从〈人面桃花〉看向中国小说叙事传统回归的误区》，载《中国现代文学研究丛刊》2011年第12期。

④ 格非：《重返故乡的相像性的旅途：2004年度杰出成就奖获奖演说》，载《南方都市报》2005年4月11日。

的多方面缺陷，诸如生活缺乏真切鲜活，情节不真实完备等，都与这一匮乏有直接而深刻的关联。对于自己这方面的不足，格非有清醒的认识，在谈到《人面桃花》时，他感慨过："我有时写到旧时代的生活，根本不敢去写那个器物的，为什么不敢写，你没有那个经历，你就真的不敢写……我觉得想象力固然重要，但没有经验的基础，想象力也无用武之地啊。"①为此，他通过大量查阅资料等方式以图改善——对历史资料的熟悉以及将它们与现实生活进行关联，确是一种增进文学的现实和生活积累的有益方式。只是格非的努力还不够成功。之所以这样，我以为最根本的原因还是应该归咎到格非的文学理念——对于格非这样文学造诣的作家来说，能力应该不是主要问题，关键是文学理念和文学旨趣决定着他与生活之间的距离。换句话说，是从先锋文学时期即形成的、根深蒂固的"虚构"观念在影响和限制着格非，使他即使在理性上意识到了，也难以真正脱离出来，走进"生活"和"现实"当中去。

文学既是个人的创造物，同时也与时代有着密切关系。《江南三部曲》也是这样，它既体现着格非独立的个性追求，甚至与时代潮流有悖逆之处，但总体来说，它也从自己的侧面折射出时代文化和文学观念的某些影子。

首先，它折射出当前文学中人物形象地位的变迁和转向趋势。变迁的首要表现是传统的个性化人物形象呈现衰落局面。这一趋势是世界文学范围内的，也与社会整体的发展态势有关。从哲学层面说，人类社会进入到后工业，物质的主体性位置显著加强，人所曾经具有的中心位置旁落，其结果是作家主体精神和自我信心的严重匮乏。福柯的名言"人死了"反映的正是这一人类文化处境：从文学接受层面说，17到19世纪是人类自我认识向上发展的时期，读者也期待在文学中看到人——自我的体现。但是，进入后工业社会，物质文化成为绝对主导，人们希望在文学中看到的已经不再是人，而是物质消费；从作家层面说，面对19世纪现实主义大师们创造出的辉煌个性化人物形象，不免产生难以超越的"影响的焦虑"，很自然地转而寻求其他方式来实现自己的突破和创新愿望。不管原因如何，总之，20世纪中期以后，传统的个性化人物在文学创

① 格非：《中国小说与叙事传统》，载《当代作家评论》2005年第2期。

作中呈现出衰落的趋势。特别是其间出现的现代主义和后现代主义文学思潮，都普遍不再将人物塑造当作文学的中心，个性化人物形象更为作家们集体放弃。

变迁的另一表现是象征型人物形象的兴起。这类形象不再强调人物独立的个性特征，也不再强调生活真实性，甚至没有自己的性别和名字，他们的意义更在于其身上所寄寓的象征意义，传达出对时代现实的某种讽喻或批判主题。卡夫卡《城堡》《审判》等作品中塑造的约瑟夫·K和《变形记》中的葛里高利是较早的代表。此后，这类形象大量出现，如加缪的《局外人》、萨特的《恶心》、乔伊斯的《尤利西斯》，以及米兰·昆德拉、托马斯·品钦等许多著名作家的作品等，都塑造了这类人物形象。虽然不能说象征人物与个性化人物是取代和被取代的关系，但其兴衰对比确实是比较明显的。

中国文学也清晰地体现了这一发展趋势。除了受西方文学大潮的影响，还有中国本土的原因。长期以来，特别是"文革"文学中，人物塑造被极度地异化，对"典型人物"的片面强调，导致文学中出现了许多"高大全"的虚假形象，也导致"文革"后作家们强烈反感与疏离人物形象的塑造。1990年代后的"新写实小说"是一个典型潮流。"凡俗化""生活流""平面化"特征背后体现的，正是思想上反崇高、人物形象上反典型的潮流。此后的文学更是如此，人物形象被许多作家有意无意地弃置，塑造人物的传统方法更受到普遍冷落。包括在文学理论界和评论界，也很少有人再讨论和关注人物形象问题，叙事、话语和各种时髦的文化批判概念完全取代了人物形象之类话题的位置。

其次，它也折射出当前文学疏离与生活关系的潮流。从世界文学潮流来说，与注重"再现"的现实主义相比，二十世纪中叶兴起的现代主义文学更看重"表现"和"形式"，自然会比较忽略文学与生活的关系。就中国文学而言，除此之外，还有自身历史和现实方面的原因。就历史而言，二十世纪五六十年代文学中，现实主义被片面地强化，也颇流行形式主义色彩的"体验生活"模式。这让作家们集体萌生了对"生活"的反感。从1980年代开始，批判文学与生活关联、轻视生活对文学意义的言论不绝于耳。就现实而言，经历了惨痛的历史之后，很多作家选择了轻逸的方式来面对沉重，以规避的方式来面对生活——与直面现实相比，这种方式显然危险性更小，更能够让自己远离社会困扰——正是在这一背景下，以"想象"和"虚构"为中心、以颠覆文学与生活关系为己任的"先锋文学"轰轰烈烈地兴起，产生了广泛的社会影响。之后，作为潮流的"先锋文学"虽然衰落，但其观念依然很有影响，甚至可以说已经深入文学潮流之中。

不能完全否定作家们的选择，但是，客观来说，当规避生活成为潮流，文学与生活的关系就逐渐越来越远，作家们关怀现实的信心和能力也越来越弱。毫不夸张地说，虽然由于历史传统等方面的原因，近年来的中国文学中并不缺少写实方法的创作，但是真正立足于生活、秉持写实精神、坚持传统写实方法的作品却非常少见。更多的是迎合利益与权力、背离生活真实的虚假之作，漂浮于生活表面、以生活为点缀之作，以及完全漠视生活、局促于一己世界的狭隘之作。流风之下，是作家们认识和表现生活能力的普遍降低。作家们失去了对生活的切近和把握能力，难以进入生活的深层世界，捕捉到生活的复杂和潜流，也普遍缺乏细致再现生活、展示生活的能力。无论是描写能力，还是语言能力，都出现明显的退化趋向。

从这个方面说，格非的《江南三部曲》确实以典型个案的姿态凸显了当前文学中人物形象塑造的问题，也可以说，《江南三部曲》既有突破时代潮流的某些愿望和企图，只是遗憾的是，它最终还是为潮流所困，未能真正走出昔日的自我。

四

《江南三部曲》的人物形象塑造虽然是一个个案，但它背后蕴含着复杂的时代和社会因素，对这一作品的分析和认识，显然也应该放在对整个文学人物形象变迁的背景上。我个人的看法，大致在以下三个方面：

首先，我们应该宽容冷静地看待当前文学人物形象观念的变化和人物形象的新趋势。正如前所述，人物形象关联着社会文化的方方面面，背后蕴含有一定的必然因素，我们应该持以宽容的理解态度。特别是对待象征型人物形象，我们更应该在理解基础上给予积极的认可。自从福斯特的《小说面面观》提出圆形人物与扁平人物的差异，人们就一直将内涵丰富作为人物形象评价的最高标准。恩格斯"典型理论"的问世，更是极大地促进了传统个性化人物形象的发展。然而，我们也应该看到，圆形人物与扁平人物的优劣比较并不能体现在所有层面上，而对"典型性"的过分强调也会对人物塑造构成某些限制，让人物丧失了更自由生长和独立生存的空间。在社会发展的背景下，我们对人物形象的审美标准、理论规范完全应该有大的发展，应该以发展的眼光来看待新的文学形象的出现。像象征型人物形象，尽管不那么生活化，也不以个性见长，但他们是对传统个性化人物的突破和创新，具有自己独立的存在意义和审美价值。比如卡夫卡笔下的约瑟夫·K和葛里高利等形象，从传统审美要求看，也许不够典型和个性化，但他们以象征和变形的方式真实地揭示出了人类的现实生存处境，我们每一个现代人都能够在他们身上看到自己的影子，绝对是具有充分意义的人物形象，应该受到我们的充分肯定和推崇。

其次，我们应该依然呼唤文学对人物形象的关注，坚持人物形象（包括传统类型人物形象）在文学中无可替代的重要价值。这一看法基于这样两个理由：首先，正如人们习惯说的"文学是人学"，文学以反映人的生活为基本，文学（特别是叙事文学）的感染力也很大程度在于其人物形象的塑造，在于它对人物命运的关怀和对人性的揭示上。建立在鲜明、生动和真实个性基础上的人物形象，以及人对命运的顽强抗争，表现出人类精神和力量，是人们喜爱和记住那些优秀文学作品的重要原因。这一点，即使在今天，也依然没有大的改变。我们阅读文学（特别是叙事类文学）作品，可能会有比关注人物更多的选择，但也会被人物命运所感动，被鲜活的形象所吸引。作品的成功，也相当程度要依靠人物形象的成功——在这个意义上说，我们的许多作家批判和反思政治化文学历史的初衷是值得肯定的，但是却绝对不能因此而从一个极端走到了一个极端，将人物形象本身的意义也忽略了——在开放性的视野下，那种传统的、以个性鲜明生动为基本特征的人物形象，与现代的、象征型的人物形象各有特色，不可互相替代，而是相互补充，共同构成当前文学人物形象的基本内容。其次，文学的塑造人物，其实不仅仅在于人物形象本身，而是关系到一种文学态度和文学精神。因为文学（特别是叙事类作品）以人物为主要书写对象，如何对待这些形象，是否赋予他们以主体性，最核心的是作家的叙述态度，他是否尊重这些人物，是否具有对人的关怀。也就是说，人物的塑造问题，不仅仅是文学内部的事，它内在关联着对人的热爱、尊重等人文精神。文学史上那些优秀的作家全身心地塑造人物，正是因为他们内心中有对人物的深切关怀，在人物身上寄托了自己的情感和思想。沈从文在谈到人物塑造时有一句名言"贴着人物写"，绝对不只是在技术层面，更是在精神层面。而反过来说，这种对人物的尊重和关怀态度，既是文学人物塑造成功的前提，也是文学具有感染力的重要保证。因为正是在与作家寄托感情的深刻共鸣里，读者产生对人物强烈的感情，从而形成对文学的热爱。文学永远不可能是技术，它最大的魅力是人，最终的价值也在于人。

最后，文学人物形象应该遵循生活的原则，让人物自由地在生活中生长。也就是说，无论是塑造哪类形象，要想让人物具有生命力、实现人物形象的价值，需要遵循一定的原则。这一原则大体体现在两个方面：其一，遵循人物的逻辑原则，让人物拥有独立主体精神，具备自由生长的前提。所谓人物的主体精神，就是说文学人物形象虽然是作家的创造物，但是，人物一旦被创造，就应该具备自己的独立性格，它会依照自己的性格逻辑发展，在一定程度上脱离作者的控制。这就是为什么文学史上许多作家在塑造人物时，往往会根据人物的发展需要修改或推翻自己原来的设想，重新安排情节和人物命运，甚至会被人物所感动和影响。典型如托尔斯泰根据安娜·卡列尼娜的性格发展而改变了小说的结局，同样，福楼拜在叙述爱玛自杀时不由自主地失声痛哭。所以，在人物塑造中，遵循人物的独立性格逻辑，赋予人物形象以充分主体性，让他（她）成为真正有生命力的人，这才是人物形象塑造最大的成功。其二，遵循生活的逻辑，让人物与生活融为一个整体。生活是人物自由生长的重要基础。一方面，人物的生存背景是具体生活，他的主体性只能在生活中自在地呈现。生活的气息、完整、真实是人物生长的必要条件。所以，传统文学的人物塑造固然是非常注重对生活环境的细致再现，即使是现代主义文学，尝试对生活进行变形和扭曲式叙事，但它们也并不背离生活的一般原则。比如卡夫卡的《变形记》《地洞》等作品，以荒诞、变形的方式塑造人物，但它也是尽量遵从生活的原则，情节安排上符合生活逻辑，生活细节上追求真实。另一方面，人物只有来源于生活，与时代现实相密切关联，才能真实折射更广泛大众的生存状况，对人的生存处境和意义表达关注。约瑟夫·K的形象之所以有意义，就在于它高度集中地浓缩了后工业时代人被物质挤压的生存状况，它的价值与现实生活是密不可分的——我们可以设想一下，如果这一形象出现在19世纪或以前，它的意义绝对会大打折扣，甚至肯定会被时代所湮没。

所以，对于中国当代作家来说，探索和创新、先锋与象征都是必要的，但传统也不是完全没有坚持的意义，特别是对于有着优秀人物形象审美历史的中国文学来说，优秀的个性化人物形象是它维系与大众关系的重要因素，也是它创造和保持自己民族个性的重要内容。

最后再回到《江南三部曲》。我充分肯定作者格非在人物塑造上所付出的努力，甚至也不否定其人物塑造的方式——它既代表着格非突破和创新的愿望，也体现出一定的新的美学质素。我只是认为在一些外在和内在因素的束缚下，作品有些很好的愿望没有能够充分地实现，影响到其形象塑造的最终效果。当然，我写这篇文章的主要目的并不在于对作品的简单臧否，而是意图以之为镜，窥探到当前文学人物形象中更普遍的症结和问题，提供给作家们更多的借镜和反思。毕竟，文学人物形象的塑造关乎文学的整体和未来，我们期待在文学中欣赏到丰富而优美的人物形象画廊，也希望文学能够与生活、与人（大众）有更深入的关联，呈现出更丰沛的创造力和生命力。

原载《南方文坛》2014年第1期

误历史乎？误文学乎？

——格非《人面桃花》等三部曲中乌托邦之殇

姚晓雷

  曾为先锋作家的格非在21世纪陆续推出《人面桃花》《山河入梦》《春尽江南》长篇小说三部曲，旨在对近百年中国社会历史进程进行个人审视。三部曲里价值视角的一个非常独特之处，是以乌托邦作为对近现代以来中国社会历史进程中一些现象的概括。

  "乌托邦"具有"理想中的最美好社会形态"和"乌有之乡"的双关义。早在古希腊时期，便有柏拉图设想的、在哲学家统领下各阶层组织井然的"理想国"。进入近现代后，最为典型的便是托马斯·莫尔在他的《乌托邦》里设想的生产资料归全民所有、生活用品按需分配、人人从事生产劳动并过着幸福生活的理想社会。中国古代儒家的"大同世界"和陶渊明的"桃花源"多少也有类似的含义。但"乌托邦"一词还有"乌有"之义，意味着在现实生活中难以实现，有时被用来讽刺那些不现实的社会意识形态或制度。马克思在使用这一概念时就是从这个意义上入手的。严复也曾对此义做专门注释："乌托邦，岛国名，犹言无此国矣。故后人言有甚高之论，而不可施行，难以企至者，皆曰此乌托邦制也。"①其实，对乌托邦的探索与对乌托邦的消解是始终贯穿于乌托邦现象发展演变过程的内在矛盾。一方面，追求更高的真、善、美永远是人类的天性，这就决定了不管在任何时期都有对超越现实的理想生存姿态的憧憬和探索，并拥有在特定社会历史条件下的合理性；另一方面，所有的乌托邦理想都是基于一定条件产生的，当然也受到它所赖以产生的社会历史条件的制约，要随着社会历史实践的深入以及人类认识的深化而不断扬弃。在对社会历史进程中的任何一个现象进行乌托邦特质的甄别时，对其优劣得失都不能简单地比附或一概而论，而要本着历史的和辩证的态度具体问题具体分析。

综观格非这三部小说，以乌托邦作为把握百年中国社会历史某些现象的话语方式固然有其意义，但也产生了严重的问题。这里既存在一个畸形乌托邦伦理滥用带来的历史认知偏颇的"历史之误"问题，也存在着一个它在文本中的机械植入造成文本审美价值受损的"文学之误"问题。

一

这里所说的"历史之误"，是指格非在用"乌托邦"这一概念表达近现代中国社会历史进程中一些特质时，先过滤了"乌托邦"概念自身也具有的想象未来的合理面，把"乌托邦"定位为一种纯粹个人欲望盲目冲动的产物，再把它简单地运用到了对中国20世纪一些极其复杂的社会历史现象的解释上。

以20世纪初民主革命为背景的《人面桃花》，是格非乌托邦三部曲的首部，旨在借"乌托邦"之名说明近代民主革命在良好动机之下的虚妄、空想属性。作者对此是通过革命者张季元、秀米等人物形象的塑造以及行为事迹的描写来体现的。张季元是普济村出现的第一个革命者，是在秀米的父亲出走后以表哥的身份入住秀米家的。这个革命党人曾只身怀揣匕首行刺湖广总督，并联络地方组织准备起义，可他尽管张口"变法"、闭口"革命"，标榜平等和

---

① 转引自吴晓东《中国文学中的乡土乌托邦及其幻灭——以阎连科的〈受活〉为中心》，载《北京大学学报》2006年1期。

自由，却认为革命成功后的理想境界完全是个人欲望的为所欲为，"一个男的，但凡看中了一个女孩，就可以走到她家里与她成亲"，谁不同意就杀掉他①。这种境界散发着浓重的愚昧、血腥的义和团气息，一定意义上比鲁迅笔下阿Q的革命观还不如。有关张季元的叙述有些简略，人们无法窥测人物的革命动机及详细的行为过程；在秀米的故事里，作者则进一步丰富了他所要表达的革命逻辑。秀米从事革命，不是因为这个世界不完美，不是因为这个世界需要革命。秀米从事革命活动之前，除了相对封闭的青春期成长过程以及一些朦胧的爱情心理，唯一同社会发生较深联系的是被花家舍土匪劫持的经历，但似乎与走上革命之路没有多大关系。那么，革命的动机自然只能是个人内心的一种非理性欲望的膨胀，正如秀米梦见在花家舍进行乌托邦实验的王观澄对她说的："我知道你和我是一样的人，或者是同一个人，命中注定了会继续我的事业"，"那是因为你的心被身体囚禁住了。像笼中的野兽，其实它并不温顺。每个人的心都是一个小岛，被水围困，与世隔绝。就像你来的这个岛一模一样"②。除了动机的非理性设定，作者还以大量笔墨正面描写其革命行为的荒唐之处：她从日本回来后不无强制地"想把普济的人变成同一个人，穿同样的颜色、样式的衣裳；村里每户人家的房子都一样，大小、格式都一样"③，结果是聚集了一群乌合之众，而且这一过程也是她正常人性沦丧的过程，连对儿子生死都极其麻木。所以，入狱后的无所用心反而成了她反思革命、人性复苏的起点。在张季元和秀米的革命乌托邦叙事之间，作者还特意设置了花家舍的叙事来进行连接：厌倦官场的王观澄后来做起了土匪，在花家舍按照他的理想建立起世外桃源："天地圆融，四时无碍，人人衣食丰足，谦让有礼，夜不闭户，路不拾遗，就连家家户户所晒到的阳光都一样多。"④可这样看似理想的生活图景比张季元的革命想象更加荒唐，"在花家舍，据说一个人甚至可以公

---

① 格非：《人面桃花》，春风文艺出版社2004年版，第37页。
② 格非：《人面桃花》，春风文艺出版社2004年版，第99—100页。
③ 格非：《人面桃花》，春风文艺出版社2004年版，第201页。
④ 格非：《人面桃花》，春风文艺出版社2004年版，第100页。

开和他的女儿成亲"①，并终因抵不住内部彼此之间欲望冲突导致的自相残杀而瓦解。花家舍的乌托邦叙事是关于近现代民主革命虚妄性的另一种影射。

《人面桃花》用不安分的个人欲望乌托邦的逻辑，误读了近现代民主革命。有一定历史常识的读者在读了这部小说之后，难免发出一种由衷的质疑：这到底是企图揭示20世纪初民主革命的奥秘，还是作者的一种故弄玄虚？那场革命作为中国近现代史上最伟大的革命之一，它的发生发展是一个非常复杂的国家民族整体叙事，既包含民族救亡图存的现实要求，更包含社会历史现代转型的进步要求，是中国社会历史发展进化的必然产物。尽管那场革命的参加者素质良莠不齐，其具体的演进过程也不尽如人意，不过这部小说作者的目的不在于批判和反思具体的现象或个人，而是企图以其乌托邦内在逻辑的荒诞来说明那场革命的荒诞，实在是牺牲了太多不应该牺牲的内容。首先是牺牲了那场民主革命发生发展的基本历史逻辑。历史的演进是一种合力的结果，包括社会、历史、经济、文化、群体、个人等因素。这部小说的叙事逻辑过于强调个人欲望冲动的作用，对其他因素基本视而不见，必然影响判断的客观性。其次，格非用欲望的乌托邦指涉那场民主革命的意识形态时，有意排除了其中符合人类进步的理性诉求，将它夸张地转化为一场闹剧："革命，就是谁都不知道他在做什么。他知道他在革命，没错，但他还是不知道他在做什么。"②我们知道，近现代民主革命是中国社会由传统向现代转型的一个核心环节，其中诸多社会实践并不是义和团式的盲动，而是以现代理性为支撑的进步要求，如革命党人秀米设置的育婴堂、书籍室、疗病所、养老院的最后失败并没有多少可笑的地方，而是现代文明的一种初期尝试，无法作为否定那场革命的证据。作者所设置的秀米理想中"每个人的笑容一样多，甚至连做的梦都是一样的"的一体化模式，恐怕更多是对太平天国之类农民起义"无处不均匀，无人不饱暖"纲领的一种类比，和近现代民主革命中追求个性自由、主张个人权利的核心理念是背道而驰的。

---

① 格非：《人面桃花》，春风文艺出版社2004年版，第129页。
② 格非：《人面桃花》，春风文艺出版社2004年版，第196页。

以新中国早期的社会建设生活为背景的《山河入梦》，是格非乌托邦三部曲的第二部，同样企图用他的欲望逻辑来说明新中国初期社会主义建设实验的一些荒唐属性。梅城县长谭功达因为"与母亲秀米一样怀有乌托邦的梦想"，强制性地做出修建普济水库等改造梅城的一系列行为。在修水库的过程中，他眼前浮现的只有"家家户户花放千树、灯火通明"的"社会主义新农村的桃源盛景"①，对现实中给人造成的灾难不予重视，如面对修水库过程中的死人事件，他的内心反应是："梅城县建设社会主义新农村的步伐太慢了。""饿死几个人怕什么？我们有六亿人，才死掉十来个，能算个什么事？"②谭功达欲望冲动的灾难性后果是水库决堤，导致了其个人事业的挫败，各种用以要求别人为其乌托邦冲动做出牺牲的美好许诺也因此沦为谎言。作为补充，也像《人面桃花》一样，格非这部小说里设置了另一个虚拟意象，一种假设前者实践成功后的样板，即一个神龙见首不见尾的人物郭从年在当年王观澄的花家舍遗址上所进行的另一场乌托邦实验：这里表面上和乐完美，符合当时主流意识形态给人们的全部现代性承诺，公共食堂、剧场、保育院、工厂、学校、医务所等现代社会的职能部门应有尽有，重视科学，文明礼貌，人和人之间的行为不是依靠强制性的法律规则来规范，而是依靠人们的自觉能动性；但这些和谐完美的表象后是无所不在的秘密监视和告密，是来自于它背后说不清道不明的意识形态无孔不入的控制，它造就的是整个社会成了一个看似和谐的监狱，幸福背后是严重的不自由及人性异化。例如，一个篮球运动员因为在比赛时一时冲动赢了一场不让赢的比赛，这就成了严重的政治错误，尽管没有任何人批评他，没有给他任何处分，所有人、所有部门似乎都对他仁至义尽，可背后那种无形的、强制性的东西还是把他逼疯了。

比起《人面桃花》中对近现代革命者的过度曲解，《山河入梦》的乌托邦营造在对社会主义建设时期历史文本的对接上要有的放矢得多，涉及了建国初期国家建设中的强制、集权及对民间造成深重灾难等一些重要体制特征。这既

研究资料

格非

---

① 格非：《山河入梦》，作家出版社2007年版，第11页。

② 格非：《山河入梦》，作家出版社2007年版，第150页。

来自于作者对社会主义建设的历史有一定切身感受，也因为20世纪后期人们对社会主义运动的检讨已经有了较丰富的经验。不过，也像《人面桃花》一样，格非将这一阶段的历史完全作为基于个人主观欲望的乌托邦实验，仍是一种用简单概念来粗暴对待历史的方式。显然它忽略了新中国初期社会体制选择的具体历史处境的客观复杂性，遮蔽了其在低度整合的前现代社会结构基础上所进行的现代民族国家建设的一些行为所具有的某些合理因素，同时也回避了当时诸多尖锐的社会矛盾，如50、60年代中国社会在"极左"思潮主导下，以对农民的极端剥夺来完成新政权工业建设之原始积累已经成了公开的国家政策取向，这本来是一种有目的的、严重侵犯农民利益的国家行为，很难完全用个别人的盲目欲望冲动来解释。因为作者设定的乌托邦是一种服从于个别人善良欲望冲动的"无心之过"，所以无形中造成这样一种假象：只要没有谭功达、郭从年这些有着乌托邦冲动的个别人的存在，历史就会还原到一种乏味却本色的存在，这样的处理并没有回答史诗性书写必须面对的这一段历史的本质性的东西，甚至一定程度上成了掩饰那一段历史悲剧真正原因的遁词，把必然性的体制悲剧转化成了偶然性的个人欲望悲剧。

以20世纪末以来的社会生活为背景的《春尽江南》，是格非乌托邦三部曲的第三部，旨在思索当下社会的乌托邦境遇。小说以谭功达的儿子谭端午的家庭生活为主线，串连出一系列遭遇精神危机或在危机中苦苦挣扎的人们。小说是以一出人格沦丧的序曲拉开这个时代大幕的：以诗人自居的谭端午邂逅并引诱少女秀蓉后，心安理得地弃高烧中的秀蓉于不顾，偷走了秀蓉口袋里所有的钱，不辞而别。作者这一安排并非在谴责谭功达，而是提示人们，历史从此进入一个诗性消失、人格沦丧的极端功利主义时代。作为乌托邦的寻找者，"秉性中的异想天开和行为乖张竟然与谭功达如出一辙"的谭端午同母异父哥哥王元庆，虽然在生意发迹后一度想重建一个花家舍公社，却沦为自己所建医院的精神病人；家庭条件优越的绿珠在灵魂躁动不安的游走漂泊中最终因上当而厌倦。

读了这部小说，我有一个强烈的疑惑：它不像前两部作品，这里并没什么可以称得上作为乌托邦支撑的政治理念和产生一定影响的社会实践，作者为什么要把它定位为书写乌托邦主题的收官之作呢？再思之，我才发现作者在这部书里还是有他的乌托邦主题的，只不过"乌托邦"的含义由前两部的政治隐喻转向了精神隐喻，而且作者将乌托邦的准入门槛压低到了一个令人瞠目的地步：除了王元庆重建花家舍公社的幻想，连秀蓉的爱情冲动、谭端午的诗性感觉、绿珠的不安分灵魂寻找都被置于受质疑的位置。也就是说，社会里每一个正常人都需要的对理想、爱情、正义、尊严等基本现代观念的诉求，在这里都被斥为不安分的欲望产物，即乌托邦。进一步追溯，这种倾向在《山河入梦》中已现端倪，《山河入梦》中作者即把为捍卫爱情而抗暴、流亡乃至被杀的姚佩佩看作"有乌托邦倾向"。毕竟，超越于动物生存的更高精神需求是人的本性，尽管对之过分的摈弃也导致作者内心不无痛苦，甚至一度声言自己也是"有乌托邦倾向"的人，但他最终的选择还是认同现实。本来有诗人气质的谭端午一本正经地表态"很烦""乌托邦这个词"①；绿珠在对一对孪生兄弟的世外桃源项目失望后，终于认识到"在当今时代，只有简单、朴素的心灵才是符合道德的"②，像《人面桃花》中的秀米一样选择过一种简单、朴实的生活，去一家幼儿园做老师。乌托邦到了此时，越来越严重地混淆了现代社会并非虚幻的合理要求与根本不可能实现的荒诞之物之间的界限，对乌托邦的拒斥也成了彻底放弃正常精神需求的绝望哀鸣。

　　由以上几部小说的情况来看，格非对乌托邦的持续思考，并不是在本体意义上探索乌托邦的存在可能及其特质，而是作为对社会历史发言的一个道具；在把乌托邦和不安分、非理性的欲望画上等号的同时，其所遵循的一个最高的逻辑理念是不加分析地拒绝那些企图挑战和超越现有秩序的东西，不管它是以革命的名义，还是以建设理想生活的名义。

---

① 格非：《春尽江南》，上海文艺出版社2011年版，第353页。

② 格非：《春尽江南》，上海文艺出版社2011年版，第372页。

二

乌托邦叙事内部语码的过于乖离，还会带来一个"文学之误"的问题。一般说来，文学对社会历史的表达并不一定要追求观点正确，作家尽可以以个人化的方式对待历史，但他的个人化表述、他的偏颇只有在某个层面上构成一种对社会、人性及人类文明进程的深刻理解，才能给作品带来相应的艺术深度。然而当格非企图从欲望角度来建立他的乌托邦叙事大厦时，势必受到欲望自身限度的困扰，其遵循的不安分的欲望乌托邦不仅无法派生出比现实生活更高、更善、更美的价值目标，甚至由于对理性的拒斥而无法正确地理解社会、历史、人性的可能性与丰富性，乃至于无法正确理解欲望本身的不同类型和内部肌理；其价值的起点往往就是终点。这样的结果通常不仅伤害了其创作对人类社会历史及精神现象的主题建构能力，还扭曲了结构、人物等其他艺术审美要素。

先看《人面桃花》。《人面桃花》中这种乌托邦话语方式的植入，给作品主题制造出来的是一种似是而非的深度。作者看似在反思那段社会历史形态，却找不到合适的价值落脚点，只有反过来乞灵于民间社会，于是，拟想中的民间本体被赋予理智、务实、正常等种种正面品格，来反衬受不安分欲望冲动控制的革命者的不正常。如管家宝琛评价有着不安分欲望而出走的秀米父亲时说："有点事，在心里想想，倒也无妨，您真去做它，那就傻了。"① 姨娘翠莲也评论陷入革命狂热的秀米说："这都是她一个人在睡不着觉的时候自己凭空想出来的罢了。平常人人都会这么想，可也就是想想而已，过一会儿就忘了。可她真的要这么做，不是疯了是什么呀？"② 这些都刻意用来显示民间普通人的正常与理性。作者也明白民间社会不可能没有内部矛盾，为了保证这一典范的说服力，他为它找到的解释是"纷乱而甜蜜""杂乱无章而又各得其所"③，教书先生丁树则和妻子赵小凤之间的关系成了这方面最好的例证：迁

---

① 格非：《人面桃花》，春风文艺出版社2004年版，第121页。
② 格非：《人面桃花》，春风文艺出版社2004年版，第201页。
③ 格非：《人面桃花》，春风文艺出版社2004年版，第233页。

腐不堪而又自以为是的书呆子丁树则做了再荒唐的事，都是赵小凤眼里的宝，都能在赵小凤这里获得无条件的支持和认同；似乎民间生活尽管有这样那样的不足，只要自身愿意接受它，就具有合理性，又何必要改变它，何况是通过革命的暴力改变它？只不过这一逻辑方式看似深刻，实则肤浅，不仅作者借书中人物之口反复渲染的革命党人的"疯癫""傻""胡闹"的评判没有深层的价值逻辑的支撑，而且其想竭力拔高的民间社会也潜在着重重无法自圆其说的内在矛盾。作者既没有令人信服地写出它有一种能化解内在矛盾冲突的价值力量，也没有办法掩盖它内在的残酷。如当人们把秀米从日本回来后的改革举措定义为"疯"后，在一起商量的结果是，若到了不可收拾的地步，"花点钱，从外面雇几个人来，用麻绳勒死她便是"①。主题深度的不足又影响了它对情节和人物形象的统摄力，伤害了这方面的艺术完整性。作为一个优秀的先锋作家，格非在对心理或情绪事件的感知、对细节的把握以及对某种局部性哲学观念的演绎方面向来有杰出的能力，并在关于秀米的叙述部分非常明显，如小说开始秀米在身体发育过程中遭遇初潮时的心理情绪波动，秀米遇到母亲情人张季元后那种由拒到迎、欲迎还拒到刻骨铭心的爱情的心理过程，其被劫到花家舍土匪窝后的精神反应等，无不被刻画得惟妙惟肖。不过，欲望话语由于自身逻辑的局限，无法在局部的生理心理细节和外部社会性宏大叙事之间形成强有力的思想整合，以至于整体看来，很多时候人物的行为和事迹成为缺乏内在有机关联的拼图游戏。像从日本回来忽然成了革命家的秀米并非现实政治权力的拥有者，在包括国家权力在内的强敌环伺下，何以能在长时间内像一个真正的权力拥有者那样光明正大、从容不迫地进行她的乌托邦实验，强制人们按照她的意愿生活，甚至能拥有让许多人望而生畏，直接触犯国家法律权威的、对犯错的徒众的生杀大权呢？她从所谓的迷恋革命的"疯"，到后来幡然觉悟的"不疯"，也由于单纯依靠欲望话语而放弃了社会性心理的深度参与，缺乏性格逻辑的合理支撑。另外，其他人物的个性表现也全凭作者在不同情境下的观念需要，以至于读者看到的不是形象，而是一堆堆砌的观念。

① 格非：《人面桃花》，春风文艺出版社2004年版，第164页。

再看《山河入梦》。就主题而言，畸形乌托邦话语方式的植入同样削弱了这部小说本应有的主题力度。格非小说中反思和批判那一段历史时，所依据的资源主要是传统社会里民间积累的一些保守、落后、消极的政治经验。例如谭功达的"修水库"事件，错就错在其修建的过程对科学规律掌握不够，若是从决策体制的反科学角度去反思自然有其意义，可这里主要是从其不安分欲望角度进行指责的。作者借谭功达的挚友高麻子之口批评其"本是苦出身，却不思饮食布帛，反求海市蜃景"之类①，所依据的就是传统社会里安分守己的小农意识。另外，由于作者对20世纪50、60年代社会生活的表现不是建立在对本土丰富的现象世界充分阐发的基础上，而是要表达一种别人已经在其他场合有所表现的流行观念，难免有主题原创性不足之嫌。乔治·奥维尔的《1984》对乌托邦世界的营造汲取了20世纪前期极权社会的诸多特质，其反思基本上从思想控制、集权、谎言、强制、消灭个性、虚假的幸福等方面入手，格非《山河入梦》中对我国社会主义建设过程中的一些现象的反思显然与之有太多相似，如郭从年在当年王观澄的花家舍遗址上所建立的乌托邦世界和《1984》中的大洋国都有一个受最高人物绝对操纵的金字塔式社会结构；最高权力人物都具有万能的、神秘的特质，以一种无形的网严密监视和控制着臣民的一举一动，都有一套对民众的"洗脑"法则，将失去自我意识的屈从训练成一种民众自觉心态等等。不过，就深度上说，二者显然有差距。《1984》通过对国家机器的尖锐剖析，把极权社会内在机制的各个环节都完整系统地表现出来，使其内部的秘密暴露在阳光下，对极权主义体制的反思达到深入骨髓的地步。而格非对花家舍公社在涉及极权体制运作过程时则语焉不详，让人不得要领。《山河入梦》中乌托邦叙事语码的植入对情节结构以及人物形象塑造的影响也是负面居多。不像《人面桃花》的叙事结构整体由基于观念的想象主导，《山河入梦》的叙事结构板块基本上分为平分秋色的两个部分，即基于日常经验的生活叙事和基于观念的想象性叙事，其中凡是作者的乌托邦叙事理念浸入较少的日常经验的生活叙事部分，作者大都能够从容地发挥艺术才华，以细腻周密的笔法将事情

---

① 格非：《山河入梦》，作家出版社2007年版，第137页。

过程以及人物心理叙述得有声有色，感人至深；凡是刻意为了传达作者的乌托邦理念而创作的观念叙事部分，都由于过分的概念化而虚弱不堪、捉襟见肘。不妨从姚佩佩、谭功达、郭从年这三个人物形象的比较来看。姚佩佩家庭出身不好，流落梅城寄人篱下，柔弱、自卑而又自尊、认真，在受到富有恻隐之心的谭功达照顾并安排工作后，不知不觉地爱上了谭功达。她的爱情认真执着、不计得失，在谭功达丢官以及稀里糊涂结婚后还一如既往，并为捍卫自己的爱情不惜杀人、流亡，最终牺牲了自己的性命。作者对姚佩佩这一形象的塑造主要是建立在对日常生活经验资源的充分利用和开拓基础上的，是脱离时代大叙事的个人小叙事，较少受作者要表达的乌托邦主题的逻辑影响，甚至一定程度上对拒斥乌托邦的固有姿态有所突破，所以可以放纵艺术想象力，故事的叙述既有对小儿女心态的周到把握，又有跌宕的情节，并以个人小叙事里美的毁灭显示着时代大叙述的荒诞，构成了作品艺术感染力的最主要来源。和姚佩佩不一样，谭功达这一人物的塑造则是由基于乌托邦伦理的观念化叙事和日常生活化叙事双重方式合成的，一方面他要承担演绎作者政治乌托邦之思的功能，所以他在社会政治生活中从行为动机的设定到行为的过程和结果都被置于欲望逻辑的严格支配下；另一方面他又是姚佩佩的爱情故事叙事的对象，作者便不得不赋予他一种能和姚佩佩的爱情伦理对接的日常生活个性，并派生出了建立在日常生活资源基础上的性格特征。这两部分内容在量上基本平分秋色，因而谭功达这一人物形象可谓一半是比较成功的，一半是不成功的：由日常生活经验资源建造出的谭功达的这一半形象是比较成功的，他在日常生活的愚钝、粗心、不解风情而又单纯厚道、不失恻隐之心，容易让人有机可乘，给人一种生动可感的年轻干部形象；由乌托邦观念派生的叙事所建构的这一半形象是不成功的，关于谭功达理想主义动机的阐释过于肤浅，心理过程几乎只是一些当时流行的政治口号，看不到人物内心的深层活动，其主导的乌托邦实践过程也除了遇到一些肤浅的人际关系矛盾外，缺乏实质性的社会生活内容。郭从年这样一个人物则完全是服从于其欲望乌托邦的逻辑制造出来的，摈弃了日常生活的内容，完全变成了一个抽象的、让人摸不着头脑的空洞价值符号，在人物形象塑造的意义上是彻底失败的。郭从年在当年王观澄的花家舍遗址上所建立的王

格非

研究资料

国也过于玄虚，主人公如何能在当时的时代背景下将此建立成一个在意识形态上与主流社会同构，而生活上却与当时遍地饥馑相反的富足有序的乌托邦世界呢？

最后看《春尽江南》。与前两部小说相比，这里关于乌托邦书写内容的讨论焦点，已经不再是其有多少艺术价值，而是对于小说主体审美建构来说画蛇添足到多大程度。这乌托邦叙事的内部肌理已经衰弱到失去产生任何独立主题价值的可能性，更不用说去统领整部作品的主题了。里面与乌托邦勉强能发生些联系的场景，一个是王元庆重建一个花家舍公社的愿望，一个是绿珠在生活中的盲目寻找。可王元庆的愿望仅仅基于灵魂缺乏皈依的模糊愿望，没有什么行动纲领，而且没有真正付诸实践；绿珠的灵魂骚动不安及到处漂泊寻找的行为更没有固定的理想目标，其所作所为只是如没头苍蝇般乱撞，它们相对于整部作品的内容来说也居于边缘位置。既然缺乏经典的乌托邦场景，作者对乌托邦的反思主题只能建立在子虚乌有的基础上。在作者前两部小说中，乌托邦追求之所以被置于否定地位，是因为它由不安分的个人欲望转化为一种社会实践时给人们造成了现实灾难，如秀米对民间平静生活秩序的破坏，以及谭功达修水库给人带来的灾难；可《春尽江南》这里，并没有哪一种乌托邦行为是其他人灾难的罪魁祸首。相反，与作者所要排斥的乌托邦诉求相对，里边的现实则处于极端物化的陷阱中，没有给任何人带来真正的幸福快乐，所有的人心灵都无可安置，这本是一个呼唤超越现实秩序的精神力量深度介入的时代，作者拒斥精神乌托邦的僵硬姿态恰巧是在助纣为虐，严重地背叛了其题材所应有的主题之义。这样的乌托邦叙事对整部作品结构的建构和人物形象的塑造只有破坏，难有帮助。就小说整体结构来看，它基本是以中产阶级或温饱者为对象的写实小说，强加进的一些乌托邦意象碎片，未免有游离于文本之外的感觉，就像新衣服上补了一些不必要的补丁。如作者在处理王元庆重建花家舍公社的情节时，本可以承袭前两部的手法，继续展开新一轮的乌托邦建构想象，可功利时代世俗化的压力在这时已经摧毁了作者与之认真对话的信心与愿望，因而在任何具体内容都没有的情况下就迫不及待地让它成为牺牲品，王元庆也被迅速地送入精神病院，这样干瘪扁平的意象融入结构中，属于叙事上的自曝其短，如同鸡肋。在人物形象塑造上，不堪一击的乌托邦话语逻辑已经难以有效派生出人物精神个性的核心特征，只能损害人物性格的完整性。例如让精神猥琐、心灵空虚的谭端午来承担反乌托邦角色，还赋予其一种对于乌托邦追求者绿珠的精神优势和智力优势。他不仅成为绿珠孤独绝望时的心灵导师，还能在绿珠进行盲目的乌托邦追求时斥以"别给我提乌托邦这个词，很烦"[1]，看似居高临下，实则如同一个为自己一贫如洗怨天尤人的乞丐，乍遇到有人谈钱时大叫"别在我面前谈钱这个字，太脏"一样，唯剩下矫揉造作带来的滑稽。总之，针对《春尽江南》这部以对当下社会生活现实为主的小说的审美建构而言，相关的乌托邦书写内容恐怕只是在徒增其乱。

三

在"反思乌托邦"的名义下顽固地拒斥任何对固有现实秩序构成挑战、威胁和超越的东西，格非是出于什么原因做出这种姿态呢？表面上看，是由于乌托邦具有指代未来理想社会的功能，在人类社会发展的历史过程中，它经常被人别有用心地利用，为自己的某些丑陋行为制造合法性。近现代以来一些极权主义形态通常是借着乌托邦的旗号，给人类造成了极大的伤害。从现代自由主义知识分子的良知出发，格非本能地选择了拒斥乌托邦的立场，以作为对社会历史发言的一种方式。

进一步解读的话，这种拒斥乌托邦的姿态，其本质更多地属于当下知识分子的精神萎缩与心灵异化。众所周知，改革开放以拨乱反正为先声，给新时代的政治、经济及文化意识形态注入锐气和朝气。就精英知识分子阶层的整体精神取向来说，改革开放的初期尽管对社会历史都充满反思精神，但一般抱有一种理想主义信念，即便像格非这样本着先锋、叛逆的姿态对人的生存意识进行探索的作家，挑战传统文学模式的背后也潜伏着探索新的生存理想的激情。而20世纪末以来，由于政治体制改革的滞后，中国社会沿着权力主导下的市场

---

[1]　格非：《春尽江南》，上海文艺出版社2011年版，第353页。

化路径，开始形成一种新的利益格局和社会矛盾。为了维持自身在新的利益格局中的特权地位，固有权力体制和新兴资本力量联手打造并竭力推广一种阉割了正常自尊、自由要求等诸多现代个人权利内容的、以捍卫现有秩序为中心的物欲化意识形态话语，试图将人们的兴趣引向畸形的欲望消费层面。在此背景下，一些敏锐地感到其中弊端的知识分子，尽管内怀本真的自尊和清高，可面对权力与市场合力造就的特殊意识形态，犹如陷入一个牢不可破的无物之阵中，退缩违心，突围乏力，周围又难觅同盟，内心的孤独和焦虑可想而知。既然没有力量去用"有所为"的态度正面追求自己的理想，那么虚无和怀疑的姿态很大程度上就成了他们抗衡世俗的自我保护衣。于是乎，当格非也用这种姿态去审视乌托邦话语时，难免持激烈的、不惜扩大化的否定立场。问题是这种虚无和怀疑的姿态必然是以知识分子的精神萎缩与心灵异化为代价的，很容易就沦为一种旨在维持现有利益格局和秩序的，行为上的实用主义、精神上的犬儒主义，曲折地迎合流行的物欲化意识形态话语。

借用卡尔·曼海姆的相关理论，可以更清楚地看到格非消解乌托邦观念背后的意识形态实质。曼海姆特别注意考察乌托邦与一定意识形态类型的关系。在他看来，乌托邦是人类社会发展进步所必需的力量，有绝对不可能实现与相对不可能实现的不同类型，由于人们总是从某个现实阶段出发界定乌托邦，因此，今天的乌托邦变成明天的现实是可能的，乌托邦常常只是早熟的真理[1]，"那种与这个世界的历史—社会状况有紧密联系的乌托邦，不仅将目的越来越置身于历史的框架之中，而且还把可以直接达到的社会和经济结构抬高和精神化"[2]；一些故意混淆不同类型的"乌托邦"概念而统统加以消解的人，通常只不过在推销一种维护他们所生活的秩序框架的一种意识形态，"这种不愿超越现状的态度，倾向于把仅仅在一定秩序下不可能实现的东西看成在任何秩序下都完全不可实现的东西，这样，通过混淆这些界限，人们便能够压制相对的

---

① 卡尔·曼海姆：《意识形态与乌托邦》，姚仁权译，中国社会科学出版社，2009年版，第192页。

② 卡尔·曼海姆：《意识形态与乌托邦》，姚仁权译，中国社会科学出版社，2009年版，第230页。

乌托邦所要求的有效性。由于把现存秩序以外的一切都称为乌托邦，人们便平息了可能从相对乌托邦产生的焦虑"。[①]

格非的三部曲首先引发的是对乌托邦叙事和历史本体关系的思考。的确，中国社会在复杂的演进过程中出现了很多有悖于正常逻辑的东西，即便如此，我们对之的审视和呈现也要有全面的、客观的、历史的眼光。我们不能回避其本身的一些虚妄特质，但也不能将其简单地做概念化处理，以拟想的逻辑遮蔽其作为一种社会现象所固有的复杂性。

不过，作为一种文学创作，格非的三部曲带给我们的更重要的思考，则是关于文学本体和乌托邦之间的关系。作为一种审美现象，文学本体不管反映现实还是表现历史，是不是真的能够做到彻底摒弃真正的乌托邦精神而卓然自立呢？我认为这是不可能的。道理很简单，优秀的文学既然是一种直接体现着人类深层精神价值的意识形态，它必然要以开放性的姿态去接纳和探索生活里的已然和未然之境，必然要从更高、更善、更美的价值维度来建立自己的尊严，古今中外的文学史事实都证明了这一点。试想，西方浪漫主义大师雨果心中如果没有那种高高翱翔在现实生活河流之上、在当时多少具有乌托邦性质的人道主义理想的执着，如何能够写出《悲惨世界》《巴黎圣母院》等一系列既有鲜明的现实关怀、又有博大的精神境界的杰作？试想，俄国文学家陀思妥耶夫斯基灵魂里如果没有对拥有绝对真善美的彼岸世界的虔诚守望，怎么能在《罪与罚》等一系列作品里对此岸世界的人性做到如此惊心动魄的叩问？总之，一个优秀作家在表达对社会生活现象的思考时，内心深处都需要有一种真正的乌托邦守望，即便不一定要站在人类文明的前沿位置为社会历史设想出一种理性蓝图，内心深处至少要有能够抵制所有庸俗观念浸透的，对自由、正义、爱等基本现代人文观念的深层坚守；以有意无意地维持现实利益格局和固有秩序为最高价值取向的作品，无论作者赋予它多么华丽的外衣，都不可能掩盖其本质的虚弱。周作人曾有一篇文章《贵族的与平民的》，对这个问题做了很精

---

① 卡尔·曼海姆：《意识形态与乌托邦》，姚仁权译，中国社会科学出版社，2009年版，第187页。

辟的论述。在周作人看来，"平民的精神可以说是淑本华（叔本华）所说的求生意志，贵族的精神便是尼采所说的求胜意志了。前者是要求有限的平凡的存在，后者是要求无限的超越的发展；前者完全是入世的，后者却几乎有点出世的了"，所谓"要求无限的超越的发展"的"贵族的精神"一定程度上便是"乌托邦"的另一种说法。他进一步谈到，"求生意志固然是生活的根据，但如没有求胜意志叫人努力地去求'全而善美'的生活，则适应的生存容易是退化的而非进化的了"[1]。不能不说，似格非三部曲这样本着该时期权力和市场所制造的、以维持现实秩序为最高价值的庸俗意识形态来畸形地消解乌托邦的方式，难免陷入思想上的似是而非和艺术上的故弄玄虚。这不仅是格非个人的问题，也是我们这个畸形商业化时代许多作家共同的问题，足该引起大家的警惕。

原载《文艺研究》2014年第4期

---

[1] 周作人：《自己的园地》，岳麓书社1987年版，第35页。

知识，稀有知识，知识分子与中国故事

——如何看格非

张清华

　　虽曾写过多篇有关格非的文字，但总觉得还有些话没有说尽。一种强烈的预感告诉我，未来格非将会被重新提起，会得到更显豁的认识与评价。道理很简单，他为当代中国贡献了独特的叙事，同时也在某种程度上修复了几近中断的"中国故事"——从观念、结构、写法、语言乃至美感神韵上，在很多微妙的方方面面。在他的手上，一种久远的气脉正在悄然恢复。

　　这无论如何也不是一件小事。这意味着格非将不再是一个只具有个体意义的作家，而同时还构成了一种现象、象征和标记，即，新文学以来隐匿许久的中国叙事，在历经了更复杂的西向学步之后，出现了"魂兮归来"的迹象。更何况，他也同样是一个景观复杂、格局渐大的作家，他写下了属于他自己的好看而有生命力的作品，纠合了现代西方各种思想与观念的作品，同时，他也自觉地传承了兰陵笑笑生和曹雪芹们所创造的中国叙事传统，传承了类似鲁迅、钱锺书、施蛰存一类作家所特有的现代的"知识分子性"，这些都是非常值得一谈的。某种意义上，他是中国固有传统与现代的双重意义上的知识分子性的自觉传承者。通过他的努力，当代作家在精神的质地与格局上呈现了再度"做大"的迹象与气象。

有很多个角度看格非，这篇力求精短的文字也同样不可能说尽他，依然是盲人摸象的几个侧面。

一、历史诗学与历史哲学

受到当代历史的刺激，作为上世纪六十年代出生的作家，格非有强烈的历史叙述冲动。在最早的《追忆乌攸先生》（一九八六）中，他的这种冲动即暴露无遗。谁拥有历史的叙述权，就意味着谁掌握了历史。作为教书先生的"乌攸"被作为杀戮与强暴的替罪羊，最终被头领出卖且杀死，可看作是格非对于历史的一种寓言或解释，尽管这种解释稍显简单和概念化了一点儿。随后，这一主题不断在他以后的作品中重现，成为一个格非式的历史命题，在后来的许多中短篇以及更晚近的《江南三部曲》中重新被展开。尤其在后者中，关于二十世纪中国的历史、关于革命的历史、关于二十世纪中国知识分子的命运史与精神史，被再度展开了其内部的全部谱系与景观。

当然，这也可以视为是一九五〇、一九六〇年代出生的作家共有的情结，其他作家也涉及了近似或同样的命题，而我要说的，是格非对历史的理解与叙述方式，这是他至为独特的东西。我曾将格非的历史观及想象与叙事方式概括为这样三个方面：一是"历史的偶然论与不可知论"，二是"文化心理结构的历史宿命论"，三是"记忆与历史的虚拟论"[1]，而今，这些看法依然有效。其中偶然论更多的是来自西方存在主义哲学的影响，因为黑格尔和马克思式的历史哲学对于中国现代以来宏大历史的构建，曾起到深深的支配作用，而关于个体历史的理解与认知对于中国人来说，则是十分陌生的东西。第二，宿命论的东西更多的是来自中国传统文化的熏染，这给了格非的偶然论与不可知的观念以更多本土意味的神秘感。第三，他的关于历史和记忆的不确定性的看法，来源于他对于主体精神构造的复杂认识，这些应该是得自精神分析学的启示。

---

① 参见张清华：《格非小说中的新历史主义意识》，《境外谈文——中国当代文学中的历史叙事》之第七讲，石家庄，花山文艺出版社，2004。

格非对于历史的荒诞感与荒谬体验的思想来源，首先是中国传统的神秘主义与感伤主义，但更多的是来自西方的存在主义。他相信个体是唯一可信的历史主体，如同克尔凯戈尔所强调的"那个个人"（That Individual）才是他唯一的出发点一样[①]，个体经验与认知中的历史是唯一可信的历史，但个人所面对的历史却总是一个"迷津"般的所在，生存于偶然之中的渺小个体无法掌握自己的命运，而只能成为历史之河中的"迷舟"。

为了说明此种观点，格非在很早就写作了短篇小说《迷舟》（一九八七）。其中的主人公萧本是北方军阀孙传芳手下的一名旅长，正值北伐战争势如破竹之时，他奉命镇守涟水一带的棋山要塞，而他的同胞兄弟则不期成为北伐军先头部队的指挥官。手足兄弟在战场相遇，成了敌手，这样的人生处境可谓是戏剧性的。萧内心充满了恐慌，但天赐良机，家中忽然传来父亲不幸亡故的消息，他急切回家奔丧，且趁机故意盘桓数日，与当年初恋的远房表妹杏有了亲密接触。此时他似乎"忘记"了大敌当前、大战在即的危险，沉湎于几无来由的缠绵悱恻之中。其间他听到了种种传言，感受到种种不可名状的恐惧预测，但还是无动于衷。而此时榆关早已被北伐军占领，他的这一趟私行不可避免地具有了通敌的嫌疑。等到他天亮回到位于小河的家时，他的警卫用枪抵住了他的胸口，说要执行上峰的指示，以通敌罪将其处死。

显然《迷舟》所要传达的，应该是个人作为历史之中无法驾驭自己命运的一叶小舟的叹息。面对历史的捉弄，命运的操纵，不只个人会无法做出正确的选择，甚至他对自己的内心和无意识活动也无法掌控。它试图说明，在某些历史的关头，或许正是那些难以说清的因素影响甚至决定了历史，历史的歧路丛生中看起来彼此背道而驰，实际却只有一念之差、半步之遥。某种意义上甚至也可以说，是"无意识"和"下意识"在支配着人物的行为，也驱动铸造了历史，历史的隐秘性和荒谬性正在这里。如果萧不是一个内心孱弱敏感的人，如果他根本上就是一个"粗人"，他就不会在大战前产生出无法医治的"忧郁

格非
研究资料

[①] 克尔凯戈尔：《那个个人》，引自考夫曼编著《存在主义》第93页，北京，商务印书馆，1987。

症"，不会在潜意识里产生难以抗拒的通敌担心与"犯罪感"，不会在内心充满深渊般的"自我暗示"，也不会在紧急和危险时刻鬼使神差地"忘记"了带枪，这一切都是他按照自己的"无意识指令"一步步滑向深渊的步骤，是他内心逻辑的不经意的体现。

《迷舟》的情景与笔法类似于一个"梦境的改装"，其中的混乱、暗示、无意识活动的细节与场景都表明了它的梦境性质。格非将一个梦与历史的某些段落予以重合的处理，从而使历史的书写散发出更丰富的精神意蕴。

其次，所谓"文化心理结构的历史宿命论"，从本体上属于中国人的文化，但在方法上是得自西方人的认识。这是八十年代作家所热衷的一个命题：家族的衰亡史说明的是一个文化心理的痼疾；反过来，一个文化与心理的构造也会导致一个家族的兴衰。家族是种族和国家微缩的标本，所以写家族史便是在探究国家的历史。格非在这里似乎显示了从寻根作家那里传承来的"对历史的文化反思"的冲动，但细究之，其历史方法中却多了对"无意识世界"的自觉认识。以《敌人》（一九九〇）为例，更可以看出这种不同，格非所集中表达的，是"一个意念的逻辑导致了一个家族的灭亡"的主题，而不只是文化中的某种固有缺陷。这个"意念"的获得，是源于上述文化的赐予。它既表现为个体的潜意识，同时更是一个结构性的"集体无意识"。

在《敌人》中，传统宗法社会的生活方式引发的"仇恨"，导致了"关于敌人的想象"与本能的恐惧，这种恐惧的本能最终又导致了"内部的谋杀"，并终结了一场连环的家族历史悲剧。这个安排显然有现实的某种隐喻在。当赵家被一场无名大火烧掉了大半家产的时候，"谁是纵火者"便成为最大的疑问，族长赵伯衡临死前留下了一份猜测中的"敌人"的名单。六十年以后，这份名单其实早已"失效"，然而关于敌人的想象与恐惧，却彻底压垮了赵伯衡的孙子赵少忠。在度过了六十岁生日之后，赵少忠先后杀死了自己唯一的孙子、两个儿子，放任两个女儿的婚事，导致其一个惨死，一个备受煎熬。最终赵少忠完成了"敌人"想做的一切。当他亲手杀死了长子赵龙之时，他感到了一丝从未有过的轻松。

《敌人》显然也是一个古老的"劫数难逃"的故事，财富导致了"大火"，但真正的颓败则是发生在自己人的手里。作为传统社会的一个缩影，赵家演绎着富贵无常、盛衰轮回的古老故事，也演绎着中国传统社会内部结构运行中的固有逻辑，一个宿命论的悲剧历史模型，这与现代以来的"进化论"的历史观是相悖的。但是，当我们转换视角，它似乎也有"现代性"的一面：假定赵家并不存心要追究"敌人"，而是以和解姿态来面对灾变，便不会导致几代人不堪重负而心理失衡。是"冤冤相报"的传统文化心理结构导致了这个悲剧。这一点在中国文化中可解释为"宿命"，在西方文化视角来看则是"心理结构"的产物，一个结构主义的历史逻辑。

从叙事诗学的角度，格非也同样有着非同寻常的自觉，早在他一九八八年的短篇《褐色鸟群》中，这一点已经十分明晰。小说的核心思想即是讲述"叙述是靠不住的"这样一个道理，因为"记忆本身是靠不住的"，更谈何叙述。从这个意义上说，海登·怀特所说的任何历史都是"作为修辞想象的历史"的说法是有道理的[①]。在《褐色鸟群》中，格非使用了几个有意思的比喻，来设定"讲述本身的不可靠性"。一位似曾相识的女子"棋"，来到我子虚乌有的写作之地"水边"，两人有了一个温馨的夜晚。但夜晚是在"讲故事"中度过的，棋是听者，"我"是讲述者，"我"分两段叙述了一个纯属随机虚构的故事，大抵是对一个女人的妄想和追逐，其间混合了与棋的对话、棋的吃醋与离开等。对话中还涉及了现实中的人物，比如"李劼"，故事也处于支离破碎的状态。最后格非又引入了博尔赫斯式的"镜子"意象，来强化关于叙事本身的不可靠性的解释。当棋一开始出现的时候，她背着一个夹子，我问她，这是一个镜子吗，她回答说不是，是画夹；而最后她再度光临的时候，她似乎已经失去了与我交往的记忆，当我问她"这不是你背着的画夹吗"的时候，她却回答说，这是画夹吗？是镜子。

读者当然可以把这篇小说当作一个叙述的游戏，但我们却可以从中看出，人的愿望、欲念、想象和幻觉这些最主观的因素对"记忆"和"叙述"本身的

---

① 参见海登·怀特：《作为文学虚构的历史本文》，《历史主义、历史和修辞想象》，见张京媛主编《新历史主义与文学批评》，北京，北京大学出版社，1993。

参与和干预，其中的复杂情形至少有这样几种：一、不同的讲述人对同一件事的记忆会完全不一样，"我"明明看见女人上了那座桥，可看桥人却说桥根本就不存在。女人坚称自己十岁以后就没有进过城，可她又说她的丈夫知道这件事。二、"愿望"和"真实"之间是没有界限的，女人丈夫的死，与其说是一个事实还不如说是"我"的一个想象，"我"明明看到他在棺材中还"活着"，却残酷地把棺材盖钉上，这一举动尤其可以看出"潜意识"对记忆的某种干扰和"篡改"。三、同一个人在不同语境和不同时空里会有完全不同的认识方式与记忆，棋前后所带的东西在"我"看来没有区别，她自己却微妙地将它们区分为"画夹"和"镜子"。正是这个东西导致了她和"我"之间的错位和陌生感。其实无论是镜子还是画夹，它们都是人的"认识"的某种形式，和"真实"之间永远是有距离的。

小说中有一句极富哲理的话——"你的记忆已经让小说给毁了"，它揭示了"叙事"对记忆的"篡改"和破坏性的作用，这既是对"文学叙事"而言的，对于"历史叙事"也同样适用，正如新历史主义理论家所阐述的"诗学"，对于文学和历史学来说，"文本"在本质上都是一种"诗学活动"，叙述会使得历史呈现出面目全非的结果，在叙述中，历史呈现着无数的可能性。因此，机械地追寻所谓"历史的真实性"，而不对叙述本身保持警惕和反省，是最愚蠢的认识。

另外，作品中"故事""画夹""镜子"这样一些关于"认识""反映""叙述"的概念，与"事实""历史"和"真实"之间完全不是想象中的对等关系，他们就像黄昏或者某一时刻盘旋在天空的"褐色鸟群"一样，是实在而又虚幻的，上下翻飞，闪烁不定，犹如梦幻。格非以此来隐喻叙述中无限的歧路性和不确定性，使之具有了"关于叙述的哲学寓言"和"关于历史的诗学分析"的浓厚意味。

二、精神分析学

上文所述几个作品中的情境，至少有两个是明显的"梦境改装"式的书写。首先，《迷舟》很像是一个"春梦"与"政治梦"的混合，出生于一九六〇年代的人都有类似的经验。其中战争的背景是过分浓郁的政治气候与童年经历所赐，而与情人幽会的场景则来源于隐秘的性的无意识。小说中反复书写到人物的漂浮感，失去自制力的情况，混乱的行为逻辑，困窘和"忘记带枪"的细节等等，都显露着其梦境的性质。《褐色鸟群》更是如此，小说中棋的乳房"像暖水袋一样"触到"我"的手上一类细节，目击女人的丈夫掉入粪坑淹死后自己参与了他的入殓等情境，都表明其来自梦境的底色。因为在现实中，明知其丈夫并没有死亡（"我"看到他因为嫌热而试图解开上衣的扣子）而将棺盖扣上，显然是不合法的，不可能被容许的。格非确乎是一个擅长书写梦境的作家。《人桃花》中他甚至舒放自如地书写了一个少女的"春梦"，显示了极端纤细的高明笔法，与曹雪芹在《红楼梦》中所描绘的贾宝玉在秦可卿房间里所做的那个春梦，可谓有着异曲同工的妙处。分析这些梦境，当然就需要借助老弗洛伊德的理论了。小说开头就写了主人公陆秀米正值青春发育之际的烦躁与不安，而父亲的出走，母亲与神秘人物"表哥"张季元之间的暧昧关系，还有张季元不时向她发出的不得体的性挑逗与性暗示，都使她更加严重地感到焦虑与不安，尤其对于张季元，她一方面是厌恶，另一方面则是不可抑制的好奇，这一切再加上由暗娼孙姑娘的东窗事发及其死亡所带来的复杂信息的刺激，以及包含了性苦闷、失父焦虑、无意中的窥淫、性引诱、不伦与性乱的恐惧、深渊与死亡的逼近……这诸般心理焦虑与活动，使处于青春动荡之中的陆秀米做了这样奇怪的梦，梦中她的身体对张季元并未做出在现实想象中的道德反应——厌恶与逃避，相反是一种令她自己也感到羞怯和难为情的迎合与默契。而这一切，与她后来走上了张季元们所开创的早期革命者的道路之间，可谓有着直接的深层联系。

这很像是威廉·H.布兰察德在分析马克思与燕妮的爱情时所描述的，是马克思在现实中将自己置身于危险的境地，并且不断在诗歌中流露一种献身的激

331

格非
研究资料

情、冒险的冲动、死亡的感伤，燕妮才深深地迷恋他，想象他在危险中对她的需要，布兰察德认为，这是一种"与马克思的支配性的个性相联系的女性的受虐倾向"，"那种'病态的感伤'深深地吸引着燕妮"，并且有一种将她与马克思之间最初的无用者与伟大人物的关系"颠倒过来的想法"，"对她来说，似乎被击倒的英雄才具有一种特别的魅力"，而这，恰好表现了她身上"同样潜藏着施虐性的狂想"。[①]

　　精神分析学对于格非的影响，迄今在当代中国作家中可谓是最显豁的，在女作家中最明显的自然是残雪，男作家中则无疑是格非。这或许与他早年的环境暗示有着某种关联，另一方面，最主要的因素，当然还是对于精神分析学理论的热衷与体悟。我无从考证格非的理论阅读，但从他的作品中，却分明可以看出来自精神分析学的深刻印记。

332

　　在《春梦，革命，以及永恒的失败与虚无》一文中，我曾经谈及格非小说中人物的"泛哈姆莱特性格"[②]，不论男女老少，在格非的笔下，均有类似于哈姆莱特式的敏感与多疑，错乱与深渊的性格逻辑，最早的乌攸先生、《迷舟》中的萧、《傻瓜的诗篇》中的杜预、《敌人》中的赵少忠……这些人物，还有《江南三部曲》中的三代人，陆秀米、谭功达、谭端午，以及谭端午同父异母的哥哥王元庆，以及最新的中篇小说《隐身衣》中的男主人公"我"，无不有着敏感与忧郁的性格，有着精神分裂式的，或近乎忧郁症、强迫症式的人物。《迷舟》中的萧，即便作为一个军队的指挥官，也同样有着哈姆莱特式的优柔与延宕，他的悲剧几乎完全是由自己的性格弱点所致；赵少忠是一个典型的"获得性强迫症"患者，他一生被给定的"排除法"思维逻辑，最终使他陷于自我杀戮的疯狂陷阱；作为精神病医生的杜预，在对精神病人实施了"弗洛伊德式治疗"的同时，又因为家族的遗传（父亲是诗人、母亲是精神病患者）和诱奸了女大学生莉莉的罪错，陷入了严重的精神焦虑，最终因为各种刺激而

　　① 威廉·H.布兰察德：《革命道德——关于革命者的精神分析》，第210—211页，北京，中央编译出版社，2004。

　　② 张清华：《春梦，革命，以及永恒的失败与虚无——从精神分析的方向论格非》，《当代作家评论》2012年第2期。

导致精神分裂；《人面桃花》中的陆秀米，作为一个女性也同样有着类似哈姆莱特的敏感与多疑，有着"局外人"的失意情绪，以及固执地走向深渊的失败性格；《山河入梦》中，谭功达传承了母亲与外祖父的性格，雅好"桃花源"式的梦想，脑子里永远充满了浪漫与不切实际，且同样有着"局外人"式的失败情绪，在本该突出政治、遵奉上司的官场中，只按照自己梦游般的性格去做事，终于被逐出了游戏。在这个人物身上，作家同时还赋予了他中国式的"贾宝玉性格"，在对待仕途和情感方面，他没有一次是按照世俗与官场逻辑去出牌，而总是按照反世俗、非驯化、拒绝长大的思维方式去行事，所以他最终也无法不成为一个失败者；《春尽江南》中的谭端午，更是一个典型的"多余人"式的人物，经历了当代中国政治的急风暴雨，他退隐江湖，隐居于日常生活之中，被彻底逐出了主流和中心，并且不可避免地具有了双重性格：作为当代知识分子的一个隐喻符号，他延续了现代以来知识者的社会担当角色，但更多的却是回到了中国传统文人的生活方式，安贫乐道也明哲保身，随遇而安却不随波逐流。在他身上，可谓既有现代的"狂人"与"零余者"的意味，也有着当代"愤青"与"犬儒"的混合性格，有着天然的桀骜不驯和"被去势"之后的逆来顺受。

所有这些人物都不可避免地带上了精神现象学的意味。他们的行为与自己的身份和时代之间，总是处于一种错位关系，性格中的某种深渊与"异类"气质总是会给他们带来厄运，在现实的利益格局中，他们总是处于局外人或失败者的角色。

在《江南三部曲》中，我以为格非的一个非常重要的题旨，即是要凸显一个"革命者的精神现象学"的命题。他成功地揭示了革命者理想主义的个体气质与革命的暴力实践之间的奇怪关系：首先是这些人发起和领导了革命，之后他们的内心弱点很快使之变成了革命的同路人，再之后便成了痛苦而尴尬的局外人，最后变成了革命的弃儿或者被牺牲者，直至变为革命的对象。陆秀米、谭功达、谭端午这三代人无不如此。这非常有意思，之前也有作家如张炜、李洱等，都曾在其作品中揭示过类似的主题，前者的《家族》写了革命者的信仰与革命的暴力行为本身的冲突，后者的《花腔》揭示了革命历史中"个人之死"的深刻秘密，但相比他们，格非更注重的是从主体自身的性格与心理角度，揭示其精神与文化的悲剧缘由。在他的笔下，个体的精神气质被赋予了极其敏感的性质，这只能解释为是对"知识分子"这个特殊群体的一种文化认知，同时也是对"革命"本身的思想与实践之间的根本对立的一种哲学解释。这很好地诠释了二十世纪的中国革命的道路：最初的启蒙思想的传播者发动了革命，组织成立了革命党，但最终却沦为了局外人和牺牲品。其原因是，凡知识分子均具有理想主义与个人主义的气质，而这些对于真正的革命实践而言都是不合时宜的，所以必然会有陈独秀、瞿秋白式的悲剧。与丹尼尔·贝尔所揭示的"革命的社会学"——"所有的问题都发生在革命的第二天"的论断相映成趣，格非更加宿命性地将人性的永恒悲剧、主体的分裂与革命逻辑本身复杂的内在关系揭示出来。

当然，作为文本的书写而言，更有意思的是格非对于细节部分的设置与描写。在人物身上，关于"革命动机"的解释往往更荒诞和富有启示性，比如张季元，他肆无忌惮地同时向秀米及其母亲示爱，这种"不合伦理"的冲动或许正是其"革命"冲动的一部分，他对于"大同社会"及革命的解释，都显得更为裸露而真实，更为坦诚而又荒诞不经。

还有关于"精神病的发病机理与治疗"问题的生动解释，这干脆就是弗洛伊德关于精神病的临床治疗的真实写照了。在《傻瓜的诗篇》中，精神病医生杜预与精神病人女大学生莉莉之间成功地完成了一个"角色的互换"——杜预因为垂涎莉莉的身体而设法诱奸了她，在这个过程中，他恰好无意中完成了对病人予以抚慰、诱导、唤醒记忆、谈话治疗的使命；莉莉在讲出了她的"弑父"秘密之后而释放了压抑于心中的苦闷，并渐渐恢复了羞耻感和理智，最终治愈出院。而杜预则在更加严重的"失恋"焦虑中，在经受了贾瑞式的煎熬与冲动之后，最终陷于疯狂。当然，为了使人物的性格与命运更为符合逻辑，格非还为杜预设置了种种遗传背景：作为诗人的父亲、罹患精神病的母亲，以及作为大龄青年的性焦虑、长期的胃病、对于诗歌的喜欢……这一切都构成了杜预最终疯狂的心理背景。关于这一点，笔者在过去的多篇文字中都已有专门论述，这里不再展开。

三、"中国故事"的自觉

有各种不同的说法：可以叫"中国故事"，也可以叫"传统叙事"，含混的说法是"中国经验"，或者更直接些称作"《红楼梦》式的叙事"，等等。"中国经验"当然也可以指"现实"意义上的当下中国的某些隐秘与敏感的部分，当然也可以指传统意义上的"中国式的写法"。什么是中国式的写法？自然不止一种，不过最核心的，乃是由世情小说的集大成者《红楼梦》所代表的结构与笔法。比如说，其内容是家族史的或世俗生活景观的，其故事构架是"由盛而衰"的悲剧模式的，其时间理念是周而复始或往复循环的，其美学格调是悲凉伤婉或哀情幻灭的，等等。

而这刚好符合格非《江南三部曲》以来的写作与风格。尽管他的方法依然"西化"，比如有现代性的文化反思、人物内心世界的复杂分析，有他依然如故的存在哲学的寓意，但他的结构与故事、笔法与神韵、格调及语言，都明显地回到了传统式的讲述《红楼梦》式的故事。无论从内在的时空设置、外在的结构形态、叙事的风格形貌，以及美学上的气质精神，乃至其中所承载包含的生命体验与基本的反现代的、循环论的和"非进步论"的价值观等等，无不回到了中国固有的传统，实现了对中国故事的一种精心的修复，以及在现代性思考基础上的复活。

这无论如何也不能小看，格非所昭示的方向对于整个当代写作而言，都是一种不可忽略的转向的预兆：新文学以来，一直备受压抑和反复批判的传统叙事正在重新焕发活力，并再度粉墨登场。这是一个重大的信息，在所谓"世界性"或者"全球化"的时代，真正有价值的写作，或许并不是亦步亦趋地按照西方模式，或者至少不是唯有按照西方现代以来的观念来构造我们的现代性叙事，讲述我们自己的经验和历史；而完全可以运用中国固有的哲学，完成对于当代文明及精神价值的反思与重构。另一方面，即使仅仅从"文学叙事"本身的角度看，"中国故事"所产生的深远的背景铺设，结构上古老形式的显形，经验的烛照与氤氲，语言的雅趣与根性……这一切都有一种真正的古老而年轻的赋形作用，一种招魂般的魅性与活力，它会赋予当代中国的文学以一种真正本土的和民族的品性与质地，使之获得一种原始而崭新的生命。

　　要说清这个问题，我需要再耗费一点儿笔墨作一个追溯。新文学诞生以来，传统叙事手法与故事模型在多数情况下只能作为"潜叙事"和"潜结构"，以"无意识"形式潜藏于各个时期的创作中，但即便如此，传统叙事在新文学和革命文学中也都发挥了至关重要的作用。某种程度上也可以说，它们作为潜叙事挽救了这些作品的文学性。最简单的例子是巴金的《家》，乃至整个《激流三部曲》，在我看来，支撑这部小说的文学性的，首先不是其中所要展示的革命的或反封建的主题，也不是"新人"的塑造，甚至其粗糙的语言、不无矫情的心理描写，都使小说显露了简单和幼稚的一面。然而所有这些弱点，在一个有着浓郁中国特色的"家族叙事构造"所产生的巨大的悲剧意蕴面前，都显得那样无足轻重，反而生发出了非常深厚的美感与内蕴。简言之，是小说中不可或缺的"呼喇喇似大厦倾，昏惨惨似灯将尽"的《红楼梦》式的结构与框架挽救了这部小说，使其摆脱了单向度的"进步论叙事"固有的单薄逻辑，而成为现代以来不可多得的有美感价值和形式意味的长篇。另一个例子是当代的革命文学，类似《青春之歌》《林海雪原》《红旗谱》《铁道游击队》这些作品，假如没有潜伏其中的"才子佳人""英雄美人""绿林传奇""江湖匪盗""鬼蜮妖魅"等等传统叙事构造，这些作品将很难有任何"文学性价值"，而只能沦落为干涩的"革命历史斗争故事"。

　　中国故事的自觉自然并不只有、也非始于格非，但某种意义上却是彰显和赋形于格非。这是他的一个贡献，也是他长期精研中国小说的一个结果。假如追溯最早的显形，我以为应从一九九〇年代开始，一九九三年贾平凹《废都》的问世可谓是一个标志。它十分神似地修复了中国传统的"世情小说"的结构、写法与风格。虽然因其"格调"问题而遭到了批评，但如今在获得了更长时间距离之后再回过来看，恰恰是这部小说给当代中国文学带来了重要的信息——由"进步论"主导的"新文学叙事"与"革命叙事"的格局，终于开始让位于"反进步论"主导的"后革命叙事"以及"循环论"主导的"中国故事"。这绝对是一个重要的事件。稍后在一九九五年，王安忆又推出了她"戏仿"白居易的《长恨歌》。与《废都》相比，《长恨歌》更为切近地彰显了

"天长地久有时尽，此恨绵绵无绝期"的中国式的悲剧理念，同时也成功地对其进行了"现代性的改造"——书写了一个上海女性在现代中国所经历的世俗悲剧，其中既昭示了对革命时代作为中国现代历史的一个"巨大弯曲"的深沉叹息，同时也通过将一个古典的悲情故事拼贴于一个现代的小市民女性身上，而折射出了深沉的反讽与荒谬意味。

两部小说明显地恢复了"《金瓶梅》式的"和"《长恨歌》（或《红楼梦》）式的"叙事结构，其中前者尤为神似，后者可看作其"叙事的简版"。它们都恢复了类似"由色入空"或者"由盛而衰"的故事模型，以"乱世景象"或"末世悲情"的笔法，书写了完全不同于此前的文学叙事。之后，许多作家的笔下，都显现了传统形式复活的迹象：莫言的《檀香刑》与《生死疲劳》，都采用了不同形式的传统思路，韩少功、贾平凹的小说一直运用了他们最为擅长的"杂记"或"笔记体"写法，这无疑也是"中国故事"的一种形式，《秦腔》《古炉》《带灯》《日夜书》这些小说都是典型的笔记或杂记体的小说。类似的写法在张炜的《刺猬歌》、阎连科的《风雅颂》《四书》等小说中也多有运用。但与所有这些作家相比，格非无疑是最为自觉地向着中国传统叙事的核心地带靠拢的一位，他的《人面桃花》不止使用了传统的核心意象，而且通过《红楼梦》式的循环论模式，成功地链接了此后的《山河入梦》与《春尽江南》两部书，不只是将故事与人物连缀在一起，更重要的是构造了"现代中国历史的悲剧循环"这样一个重大的主题，构造了一个围绕革命历史而产生的悲剧人物谱系，一个革命者的精神现象学，一个与中国古老的历史观熔于一炉的悲剧历史美学。

显然，要想在说清这个问题的同时厘清三部作品的结构，并非易事，在此篇幅中确乎难以尽言其妙，但是粗略看，还是能够简析一二。格非用了"非进化论"和"循环论"的时间思维，重新格物修史，将现代以来中国人前赴后继的悲壮努力谱系化了。仿佛是对《红旗谱》一类革命故事的续写——这种续写其实一直存在——莫言一九八七年的《红高粱家族》也同样是家族模式的重写。但格非完全将这一进程套入了更为古老的历史模型之中，仿佛《红楼梦》中的"大循环"，这场旷日持久的悲壮革命在格非看来不过是与一场"春梦"

相套叠的个人的劫难，个体生命的消殒，红尘富贵与血色黄昏，爱情激荡与一枕黄粱，一切的爱与恨、冤与孽、情与欲、罪与罚……最终都陷于一场虚无的"几世几劫"的大循环与最终的大荒凉。关于历史的"春秋大梦"与个体的生老病死与悲欢离合、宦海浮沉与成败荣辱，最终一同化为时间的灰烬与泡影中的传奇。

格非小说中的"现代性"理念在这里成功地实现了一个分离：一方面是对于现代中国历史的反思，其中"革命者的悲剧"是最核心的，它体现了革命理念与实践之间的无法合一的冲突，从这个意义上看无论是革命本身的悲剧还是革命者自身的痛苦都是互为表里的，这种悲剧认知早已为无数作家和思想者所领悟，格非只不过是用了自己的视角，用了他擅长的精神分析加深了其揭示的深度，比如革命者的精神现象学问题，这也是鲁迅在《狂人日记》中早就提出了的，只不过格非又将其进行了深化。他在另一方面的贡献，即在更大的时间背景与中国人的历史观念中来认识这些问题的时候，却获得了别人所没有的本土性的文化与美学品质：他在"革命和现代的主题区间"中再度创造了古老的中国式悲情故事，也再度证明了中国人历史眼光的长远与高明。革命也好，自由也罢，"乌托邦"或者"桃花源"、"世界大同"与"风雨长廊"、"解放全人类"与"大庇天下寒士俱欢颜"……格非在这些不同的词语间找到了历史与精神共同传承的蛛丝马迹，从精神伦理与社会理想、人格构造与内在驱力、历史势能与个体挣扎等等方面，解释出"进步的不可能性"。最终展现了《红楼梦》式的"大荒凉"与"万古愁"的中国主题与哲学，从而获得了独一无二的精神优势与终极思索。

"循环论"无疑是这一建构中最为核心和关键的。所谓"中国故事"，其最核心的元素便是时间模型中的循环论构造，它在《水浒传》中是"由聚到散"（同时暗含一个"来世的重聚"）；在《三国演义》中是"由合到分（或由分到合）"，所谓"分久必合，合久必分"；在《金瓶梅》中是"由色到空"；在《红楼梦》中则是"从盛到衰""由好而了"。这种构造形成了中国式悲剧认知的基本模型：所有故事都是必将衰败、再度轮回的一个圆，是"滚滚长江东逝水，浪花淘尽英雄，是非成败转头空"，是"一朝春尽红颜老，花落人亡两不知"，是"好一似食尽鸟投林，落了片白茫茫大地真干净"。《人面桃花》终结时的瓦釜映像，失踪父亲面孔的显现，秀米所体悟到的生死大限，犹如《红楼梦》结尾处所标示的"归彼大荒"的意境一样，主人公所历经的失败与幻灭，并未引导和显形为一个现代性的或革命叙事中的"失败——斗争——胜利"的主题，而富有命运感地预设了谭功达及其更新一代的人生困顿，以及相似的遭际。唯其如此，中国式的悲情而又彻悟的、绝望而又洞悉的主题方能得以彰显。

我忽然意识到，在这里我可能涉及了一个无法说清的问题，因为这涉及了佛学和来自老庄的古老的本土哲学的固有命题，即"常有"与"常无"的"玄学"问题，色与空、有名与无名、"观其微"与"观其妙"之间辩证关系的问题。这是中国智慧的核心，也是中国人古老时间观与生命观的基础所在，当然也是中国故事构造与显形的基础所在，是其美学的范型与根基所在。

四、知识与稀有知识，以及知识分子叙事的可能性

前文中实际已经从不同侧面展示了格非小说中"知识的本体地位"。在现代以来中国作家中不乏具有知识分子气质的一类，"五四"的一代或多或少几乎都具有这样的气质，在三十年代的上海也孕育了"新感觉派"，在"京派"作家中则有沈从文、废名、萧乾、师陀一类颇具文人气质的一脉，四十年代又有钱锺书这样典型的知识分子叙事的作家。但在当代作家中，有这样气质的人却属凤毛麟角。某种程度上这也是长久以来人们喜欢贬低和诟病当代作家的一个理由，原因很简单——当代作家是"没有文化"的一群。这固然是偏见，诗有别才，非关学也，小说写得好不好，通常与作家的学问并不完全成正比。但反过来说，当代作家中缺少学者类型的一派，当代文学中罕有真正的知识分子叙事，却也是不争的事实。在文本中我们通常看不到作家丰富的学识、不凡的气度、高深的雅趣，也很少看到以知识分子、书生或者具有传统根性的"文人"为主要角色的故事。而格非的存在，在一定程度上为当代作家挽回了一点

儿"面子"。

知识进入小说当然谈不上是问题。问题在于进入多少、进入的方式、显形的程度，这些是具体和需要讨论的。某种意义上，当代小说的变革正是大量西方现代知识进入的结果，比如现代主义精神、存在主义哲学、精神分析方法、结构主义和解构主义的文本技术，乃至于女性主义、新历史主义、后现代主义、后殖民主义等等当代性的意识形态，这些构成了当代中国文学变革的基本方法与动力，当代作家们都或多或少地参与了这个进程。不过，对于大多数人来说，他们的知识通常只是作为"方法"，而不是作为"学问"出现，通常是隐含其中的，不会以令人敬畏、讶异和仰慕的形式出现。但在格非的小说中它们出现了，比如在《人面桃花》的后半部中假借秀米与喜鹊的唱酬所展示的旧诗写作，所谓《灯灰集》云云，其实都是出自格非自己的手笔——必须说，或许格非的自由体诗写得一般，但他的旧体诗却是写得极好的——"师法温李，略涉庄禅；分合有度，散朗多姿……"[1]，这些话当作其"自诩"也不过分。其中与"元刻本"的《李义山集》等的"互文"关系密集交汇，更显其幽密而古奥。经此书，秀米还看到父亲当年的诸般"批注"，其中还隐含了对于"金蟾啮锁烧香入"一类不无色情隐喻意味的句子的阐释，插入了对于张季元的疑问，暗示这些早期革命者所信奉的"人妻共我"的荒谬逻辑，以及不知疲倦的畸形情欲为人不齿。但或许又正是这种隐秘的需求与无意识冲动，才成为他们投身危险而不惧的动力所在。纸短意深，在如此简约的闪烁其词中，格非暗含了多少可意会而不可言传的意思在其中，也刻意"嘚瑟"和"显摆"了其高出常人能力与趣味的学问与知识。

必须说，"知识的嵌入"在格非的小说中不止是一种装饰，而且具有不可或缺的参与意义。它彰显着格非小说的质地，并且也成为其作家身份中特有的"象征资本"，优越性是无须讳言的。在《春尽江南》中，它也成为人物的身份象征，谭端午之所以能够成为这时代真正的局外人，成为隐于闹市间的真隐士，离开他对欧阳修《新五代史》之类著述的研读是很难想象的。小说中甚

---

① 格非：《人面桃花》，第225—226页，沈阳，春风文艺出版社，2004。

至十分冒险地将当代知识界的许多真实人物也"嵌入"了叙事之中，围绕一个"学术研讨会"将当代知识分子的群像——不是"群贤"，也不能简单地说成是"群丑"——整体地铺展开来。

> ……他刚刚提到王安石变法，却一下子就跳到了天津条约的签订。随后，由《万国公法》的翻译问题，通过"顺便说一句"这个恰当的黏合剂，自然地过渡到对法、美于一九四六年签订的某个协议的阐释上。
>
> "顺便说一句，正是这个协议的签署，导致了日后的'新浪潮'运动的出现……"
>
> 研究员刚要反驳，教授机敏地阻止了他的蠢动："我的话还没说完！"
>
> 随后是GITT。哥本哈根协定。阿多诺临终前的那本《残生省思》。英文是The Reflections of the Damaged Life。接下来，是所谓的西西里化和去文化化。葛兰西。包德里亚和冯桂芬。AURA究竟应该翻译成"氛围"还是"辉光"。教授的结论是：
>
> 中国社会未来最大的危险性恰恰来自于买办资本，以及正在悄然形成的买办阶层……[1]

这种叙事让人想起钱锺书《围城》中的许多场景，大量的新知、西语词汇或语句、智慧的谈吐与对话、文本掌故互文插接等等汇集其中，构成了一种充满知性乐趣的叙事体与语言流。当然，其合法性首先还是来源于对"知识叙事"本身的一种戏谑和嘲弄、颠覆和讥讽，表明了当代社会"思想贫乏而知识过剩"的尴尬现状，以及知识分子形大于实、言大于用的畸形禀赋。不过，这种叙事确乎夹杂了大量的知识信息，使其在充满特殊的密度与压力的同时，也洋溢着一种奇怪的优越感。确乎事情是两面的，在指向戏谑的时候，有关知识的叙事是从负面蜂拥而出的；但在另一种比较严肃的情况下，知识则生发

341

研究资料

格非

---

[1] 格非：《春尽江南》，第319页，上海，上海文艺出版社，2011。

着固有的优势，它表明了主体的博学与出众、稀有与骄傲。在另一部近作《隐身衣》中，格非刻意描写了当今社会中的一种身份特殊且隐而不显的"高级人群"，一个叫作"音乐发烧友"的稀有人群的生存状况。

上述情形当然还不足以支持格非构造一种新型的知识分子叙事，他同时还须辅以密集的思想含量，当代性的观念烛照，充满机锋和雅趣的语言，不断引经据典和嵌入历史掌故的细部经营，还有传统小说中唯美与感伤的情调，来自《金瓶梅》或《红楼梦》中的那种简约精细而富有形质的叙述笔法……但这一切最终、最根本的还取决于人物——其所刻画的具有知识分子的属性与气质、心灵与命运的人物，他们的悲欢离合与兴衰际遇可以成为二十世纪中国历史的别样见证，构成革命者前仆后继的精神史诗，只有如此，才算得上是真正构造了当代中国的知识分子叙事，而不只是构造了写作者自己的知识分子身份。

格非确乎做到了。

最后，还须说的一点是，在当代作家中，格非所建构的自我身份，正在明显地区别于其他人——大部分作家的身份要么是体制内的，要么是民间的，要么是接近于一种"意见人士"的，要么是纯然的西方或现代意义上"知识分子"的。唯有一种身份比较罕见，即"文人"——传统意义上的"文人"，而不只是现代意义上的"知识分子"。这种作家在今日中国很少，贾平凹算一个，他身上旧文人的气息与做派还是比较明显的，保有的写法与风格也几近于旧文人的趣味。而格非在典范的"知识分子型"的作家中，也具有了一部分"文人"的因素，标志就是他在小说中对于古典传统的精妙领悟与创造性的借用，还有他的人物身上的那么一点点传统的"颓废气息"，这点对他来说将非常重要，他将以此成为中国本土叙事传统与美学的最合适和高明的传人，这将推动他走得更远，也将流传更远。

原载《当代作家评论》2014年第4期

文学与音乐的联姻
——格非小说的音乐式分析及音乐主题探究

刘小波

没有音乐，生活就是一个谬误。

——尼采

一切艺术都是音乐。

——克罗齐

　　格非的创作极具多样性，这与其多元的身份与文学资源的占有多元化相关，与之相关的研究也呈现出多元化。乌托邦情结、知识分子写作、启蒙主义、批判性、创伤主题等关键词十分常见。新批评、新历史主义、精神分析、解构主义、存在主义、符号学等理论都有论者尝试。本文从小说的音乐性这一角度解读格非的小说，论述小说与音乐的关系。一方面从技术层面对小说进行音乐式的分析，另一方面论述小说的音乐主题，主要从格非的音乐情怀分析他作品中蕴含的精英立场、哲学主题和悲剧意蕴。

一 文学与音乐

音乐一直都是神秘的，音乐与其他艺术门类的关系历来也是一个迷思。尼采认为音乐是所有艺术的根基，所有的艺术家都从音乐中获得灵感。苏珊·朗格认为，对于各类艺术，人们迟早要进行大量的思考，遇到大量的疑惑，而所有这些都将在与音乐的关系上找到最为明确的表现，所以它们最明确的形式存在于与音乐的关系上。米兰·昆德拉在《小说的艺术》中也指出，任何文本都有未完成的一面，这未完成的一面可以让我们理解种种必要性，例如一种小说对位法的新艺术，可以将哲学叙述和梦幻联成同一种音乐。种种言论表明，文学与音乐的联姻是艺术的内在逻辑，从其诞生之日便已开始。

（一）"出位"的文学

在艺术分类中，文学和音乐属于一类，都是时间的艺术，都诉诸人们的想象力，两者有相通的地方。文学作品与音乐的关系一直很密切。"音乐的要素在任何艺术中无不存在……音乐艺术的审美原则、艺术成分、技巧和效果，可以存在于文学当中，文学可以模仿和表现音乐的节奏、旋律、曲式结构等，而内在的音乐式的体验、想象和象征，则更是文学所擅长表现的。"[1]

文学与音乐若即若离的关系在中华文明中更为明显，几乎从艺术诞生之时就已开始。"中国古代文化以礼乐为主，但在甲骨文中只有乐而没有礼说明乐的起源更早……'乐'所起的效用也要早很多，原始宗教仪式以及情感的表达都必须借助音乐这一形式，同时音乐也含有和礼一样重要的规范意义。"[2]原始的艺术诗（文学）乐（音乐）舞（舞蹈）三位一体，随着时代的发展三者的界限似乎明显了许多，但是相互之间还是分不了家，割裂不断。

小说的音乐性虽没有诗歌、散文那样明显，但也是一种无法忽视的存在。

---

① 曾锋：《鲁迅的文学创作与音乐》，《中国现代文学研究丛刊》2014年第1期。
② 曾锋：《鲁迅的文学创作与音乐》，《中国现代文学研究丛刊》2014年第1期。

"小说与音乐在相逢的那一瞬间，给予了读者试听状态的完美融合。"[①] "小说一旦同音乐结合，……赋予小说无穷变化的韵味。"[②] 小说的音乐性指显现的、表层的与音乐相关的元素，具体包括音乐在小说中的安排与使用、小说的音乐式结构、小说的韵律与节奏等。小说的音乐主题则是指深层的、透过音乐表象挖掘出的与音乐相关的主题，包括音乐悲剧主题、音乐与欲望、音乐与社会区隔等。这便是内在的音乐式的体验、想象和象征，文学也常有表现。

"无论如何，应该考虑这样一个历史事实：不管成功与否，作家们确实曾经努力将音乐作为一种形塑性因素融入小说的意义之中。"[③] 既然作家刻意安排，在小说的阐释过程中就不得不注意这一点："音乐话语的在场，或使小说的叙事结构本身充满强烈的'音乐性'，或成为指涉小说人物性别身份、阶级身份，或深层性格的'主题动机''固定乐思'，对小说文本的建构、生成、阐释具有不可忽视的重要意义。从纯粹的'文学性'阅读走向'音乐性阅读'，便能从另一个维度解读这些文本。"[④] 由此，从音乐层面对小说的解读开启了小说阅读与阐释的一个新维度。

格非
研究资料

（二）作家身份与小说音乐化

小说中音乐的使用与安排同作家本身的音乐体验有直接的关系。人是使用符号的动物，符号的发送传播与接受都需要一个身份。一个人可以有多重身份，多重身份可以并存，在不同的场合和时间，身份相互转变交替。身份不同发送的符号意指也不一样，个人身份与作家的创作有很大的关系。"文本体裁中的作者与文本的关系有两种，一种是'结合式'，一种是'疏离式'。'疏离式'符号文本的作者与文本脱节，而结合式则是和作者的身份密不可

---

① 徐科瑞、刘赟：《浪漫主义小说与表现主义音乐的牵手——〈一个世纪儿的忏悔〉》，《文艺争鸣》2014年第11期。

② 高行健：《现代小说技巧初探》，花城出版社1981年版，第126页。

③ ［奥］维尔纳·沃尔夫：《小说的音乐化：作为音乐—文学媒介间性的特殊例子——〈小说的音乐化：媒介间性理论和历史研究〉绪论》，李雪梅译，《马克思主义美学研究》2013年第1期。

④ 张磊：《"聆听"小说》，《读书》2015年第2期。

分。"^①很多作家与作品的关系结合很深，因着音乐发烧友的身份，在作品中追求音乐化，如沈从文、张洁、余华等。格非与其作品的关系也是结合式的，很多作品从自身的经历体验出发。格非的创作深受音乐的影响，在他看来，很多小说家的创作或多或少都受到音乐这一艺术的影响，也即是说大家都能与音乐扯上点关系。如陀思妥耶夫斯基、卡夫卡、托尔斯泰、昆德拉等，^②他自己当然也不例外。"听从音乐化文本的召唤，从音乐艺术的角度去聆听和感受，可以增加和丰富文学的美感层次和效应，使文学的组织构成更为奇妙丰富，文学的文体和风格得以创新和发展。"^③格非用自己的创作实践为此作了最好的注脚。他在小说创作中吸收音乐艺术的特质，将文学与音乐进行联姻，在作品中将哲学叙述和梦幻联成同一种音乐，使得作品逼近音乐的风格，具有浓郁的音乐性。

　　格非小说中的音乐与他成长期间所接触到的音乐资源有关。小说的音乐主题与其自身对音乐的兴趣有直接的关系，同时与他自己的经历相关。格非在随笔中提到，影响到他未来的是一个犯了政治错误的大学生班主任，而这个人懂音乐，给了格非音乐启蒙。毕业分配时认识的中学女教师也给了他音乐启蒙。同时，他自己本身就是一个古典音乐发烧友，这种兴趣持续了几十年，在《隐身衣》发表后接受采访时他说："这部作品是对我听音乐做发烧友的一个交代。"^④正是这种对音乐独有的体悟以及几十年形成的音乐情怀使得他的作品具有浓郁的音乐性，他的作品带有强烈的个人经历与体验，而我们对其作品的解读也需要从这种个人体验出发，从音乐和文学的互文这一角度出发。

---

① 陆正兰：《歌曲文本的性别符号传播》，《江海学刊》2011年第5期。

② 参见格非《尼采与音乐》，载《博尔赫斯的面孔》，译林出版社2014年版，第10页。

③ 张箭飞：《鲁迅小说的音乐式分析》，《中国现代文学研究丛刊》2001年第1期。

④ 石剑峰：《古典发烧友经历揭示"这个时代听力坏了"》，《东方早报》，2012年7月4日。

二　格非小说音乐性分析

格非小说中充盈着大量的音乐元素，音乐的影子在小说中经常出现。而格非是音乐的杂食者，对多种音乐门类都有所接触，这些音乐包括中国流行歌曲、民间音乐，西方流行音乐等。《洪湖水浪打浪》《杜鹃山》《东方红》等在中国历史上有特殊记忆的音乐也深深刻在他的记忆中。当然对他影响最大的还是西方古典音乐。莫扎特、门德尔松、贝多芬、马勒、斯特拉文斯基、维瓦尔第等古典乐大师时时出现在他的散文随笔、学术文章及小说中。虽然他一再强调他自己"听音乐不过是在走神……无法进入真正的音乐圣殿"[①]，但是对音乐的痴迷无疑深深影响了他的小说创作，随着时间的累积，他对音乐也有了特殊的感悟。无论是显性的音乐元素，还是潜意识里对音乐技法的借鉴，在他的作品中都有明显的体现。

"小说的音乐性，特指小说借鉴或模仿音乐技术，以及由于契合了生命节奏使作品具有的音乐性质……音乐性包含了有意识地模仿或借鉴音乐，和无意识的由于契合了生命节奏而具有的音乐特征。"[②]前文已经提到，小说的音乐性，既包括显性的音乐元素的植入、技术层面上模仿音乐的技法，也包括隐性的音乐结构、主题的借鉴与使用。格非小说的音乐性也无外乎这两个层面。

（一）显性的音乐元素

在格非的小说中，音乐元素信手拈来，随处可见。《打秋千》中出现了《闪亮的日子》，《夜郎之行》中出现了威猛乐队的《走前唤醒我》。《沉默》中朱旌哼的是舒伯特的《摇篮曲》，同时再次出现《闪亮的日子》。《戒指花》中出现几次童声稚拙演唱的歌曲《戒指花》，小说以歌声结尾。《月亮花》中歹徒抓起吉他弹起舒伯特的《小夜曲》，而主人公程文联喜欢的是月亮花和巴赫的音乐。《让他去》的灵感是来自列侬的一首歌《让他去》，文末引

---

① 格非：《我与音乐》，载《朝云欲寄——格非文学作品精选》，华东师范大学出版社2009年版，第181页。

② 李雪梅：《中国现代小说的音乐性研究》，华东师范大学2011年博士论文，第18页。

了这首歌的歌词。《雨季的感觉》描绘了无趣的、百无聊赖的、阴雨绵绵的生活，一切都是湿漉漉的。文中反复出现的《二月里来》十分有意思，几乎成为文眼。《风琴》将风琴这一音乐意象融进小说，在战火纷飞的年代，残破的风琴，凄凉的琴声别有一番况味。

《春尽江南》中主人公是一个音乐发烧友，并且与家玉相关的情节也多次出现音乐。如鲍罗丁的《第二弦乐四重奏》深深地感动了家玉。哀婉的提琴声深深触动了她，使她陷入回忆之中。但之后这样的音乐再次出现的时候，家玉的心境和体验则完全不同了。同时，莫扎特的《竖琴协奏曲》也和家玉的欲望世界形成对位。《欲望的旗帜》中，贾教授对音乐有着独特的体悟，张末也沉浸在古典音乐中，这甚至成为她生存下去的理由。格非也在文中借钢琴教师之口，提出自己对音乐的看法，"只要音乐还在继续，我们就永远不能说，没有希望。"[①]到《隐身衣》的发表，作品已然成了音乐大联展，KT88、《彼尔·金特》、奶妈碟、短波收音机、《天路》，AUTOGRAPH、莲12、萨蒂、玄秘曲、红色黎明、莱恩·哈特、300B等等小标题都与音乐相关。

此外，其他的音乐元素也贯穿在格非的作品中。有些作品有着音乐的旋律、节奏，有的作品是受音乐的启发而作。如《背景》和《边缘》是受古典音乐启发而作，"许多年前的一天黄昏，我在听肖邦的《即兴幻想曲》时，突然感到一种莫名其妙的激动，我隐约记起了幼年时代的一段往事……我在《背景》和《边缘》两部作品中试图解释这种感觉，但仅仅是一种解释而已"。[②]早在先锋创作时期，格非就已经显现出音乐的端倪。作品的意义很大一部分由音乐衍生出来。格非早期的小说带有很强的实验性，这与先锋音乐不无关系，先锋音乐作为一种音乐潮流对古典音乐带来很大冲击。吊诡的是，作者后来以古典发烧友自居，这也为作者的转型埋下了伏笔（虽然这种转型是部分人为了

---

① 这句话是格非推崇的作家博尔赫斯晚年在接受记者采访时所说，并且博尔赫斯在不久之后发表了那首主题相同的诗歌《只要音乐还在继续》，格非对音乐的特殊喜好源头之广也由此可见。又比如他自己喜欢的导演伯格曼也是音乐发烧友，这些或多或少都影响了格非对音乐的态度以及在小说中对音乐的刻意安排与使用。

② 格非：《写作和记忆》，载《迷舟》，花城出版社2013年版，第186页。

研究方便而硬生生给予作者的）。因此在早期创作的先锋小说受到先锋音乐的影响以及隐藏在其中的音乐性是十分隐晦的，或许作者并没有意识到。艺术趋向音乐是追寻艺术的自主性，先锋小说作为一种纯文学实验，本身就极具自主性，因此先锋小说追求的是一种音乐性，也即追求一种文学的自主性。例如在《欲望的旗帜》中，出现了大量的与音乐相关的场景，蕴藏在其背后的是音乐对社会的反抗。

而在《春尽江南》三部曲中，文本特征虽然发生了改变，由先锋归为平静——在平淡的叙事中书写世事的变迁、人生的悲欢离合，但其中的音乐性表现得更强了。由于身份的转变让格非对古典音乐产生了浓厚的兴趣，甚至成为其保持一个知识分子情操的唯一砝码。这种音乐情怀一直延续到《隐身衣》中，古典音乐已成为拯救时代的一剂良药。作者直言，这是一部为古典音乐发烧友而写的作品。

（二）隐性的音乐技法

除了直接融入音乐元素，小说创作还在隐性层面模仿音乐的结构、节奏、速度、旋律、曲式、调式等表现手法。小说结构是小说作品的形式要素，是指小说各部分之间的内部组织构造和外在表现形态。"一部好的长篇必须有一个好的有机结构，以求在相对精小的空间中贮藏起较大的思想容量和艺术容量。"[1]对结构的探寻成为许多小说家不懈的追求，而从其他艺术门类尤其是音乐中借用结构模式也是常见的手法。小说的音乐化很大程度上是指结构方面的。文学作品中最为经典的三部曲成为小说的惯用结构。

小说的三部曲结构来自古典音乐中的奏鸣曲式，古典音乐的奏鸣曲式十分复杂，一般而言分三个部分：呈示部、展开部和再现部。小说三部曲虽然没有严格遵循这三个部分之间的逻辑关系，但是基本上比较吻合。"江南三部曲"之间的内在线索就是如此，"江南三部曲"主要描摹了中国近百年的历史变迁，表现了大小人物在历史夹缝中的生存境遇。《人面桃花》的时间点是民

---

[1] 陈思和：《关于长篇小说结构模式的通信》，《当代作家评论》1988年第3期。

国，革命刚刚发生，是呈示部；《山河入梦》中革命如火如荼展开，作者截取了一个县的革命风暴来呈现整个时代的风云，是展开部；在《春尽江南》中，革命已经结束，人们走进新的世界，但在新的世界里面依然矛盾重重、危机四伏，这便是再现部。三部曲往往还有一个尾声部，《隐身衣》从某种程度上便是尾声。由此构成了一个完整的曲式，对历史暂时画上了一个休止符。格非在中期创作的三部作品《敌人》《边缘》和《欲望的旗帜》其实也暗含着类似的呈示、展开、再现三部曲曲式。

除了三部曲的结构，音乐的调式、曲式、旋律、节奏、和声、复调等技法都对格非的作品有或隐或现的影响。在单部作品中，《春尽江南》以诗歌开始，又以诗歌结束，在形式上形成了一个完整的调式。从主旨上来讲，诗歌与音乐的交融是中国文学的传统模式，这样做也凸显了作品的音乐性。

音乐的对位法则在小说中也常用。最大的对位法则在于古典音乐的圣洁性与世俗社会的肮脏不堪。整个世界陷入一种盲目混沌的状态，除了无限膨胀的欲望这个世界似乎什么也不存在。在《欲望的旗帜中》，贾教授和纺织女工不安分地约会时，听到贝多芬的《英雄交响曲》却流下了眼泪，这既是人性复杂的刻画，也是小说结构上的对位。在《春尽江南》中，鲍罗丁的《第二弦乐四重奏》和莫扎特的《竖琴协奏曲》都和家玉的欲望世界形成对位。在《隐身衣》中，人们对音乐的态度也出现了明显的对位，有人喜欢贝多芬，有人则喜欢刘德华。"耳朵时尚的变迁史与心灵史密谋般合一。由此，对位叙事在小说语境中如'玉生烟'般持续发散出串味的胆味，大片的器材专业术语和音乐发烧名词，在现实生活的动词移位轴上，犹疑、挪动、沉浮，构成倒影交错的现象史。"①对位往往形成复调。格非所推崇的《红楼梦》即是一部典型的复调小说。格非自己的创作也是如此，江南三部曲是个人命运与宏大历史进程的双线模式；《隐身衣》是音乐发烧友的生活和无头悬疑案的交织；《边缘》更是多线主题的行进。

小说的节奏和韵律感也和结构相关。昆德拉在《小说的艺术》中论述了小

---

① 欧阳江河：《格非〈隐身衣〉里的对位法则》，《作品与争鸣》2012年第9期。

说结构和音乐之间的关系，特别强调小说节奏感和通过结构的重复而产生的旋律感。格非的小说呈现出一种节奏之美。早期的实验性作品节奏急促，而后来的长篇小说节奏慢了下来，十分舒缓，在舒缓中营造了紧张。其他的音乐技法在格非的小说中也多有尝试，如速度、曲式、主导动机、变奏等。除了上述音乐技法的借鉴，在小说主题方面，小说也和音乐相仿，有着固定的主题，在稳固中又有变奏。

三　格非小说音乐主题探寻

音乐除了带给文学作品技术层面的结构优化、审美提升之外，更多的还在于透过音乐更生动更完整凸显作品主题。格非的小说中充盈着大量的音乐元素，包括作者赞赏的古典音乐及其批判的流行音乐。这种音乐主题的凸显是作者刻意为之的，音乐的出现升华了小说的整个主题。在格非的小说中，音乐元素除了上文提到的技巧层面的对应，音乐式的体验、想象和象征是格非小说擅长表现的。昆德拉直言："小说首先是建立在几个根本性的词语上的。就像勋伯格的'音列'一样。"[1]格非的小说正建立在几个如同音列一样的词语之上，这些词语构成了小说的主导动机。这些关键词分别为先锋、记忆、欲望、启蒙、批判、精英、哲学、悲剧等，而这些词语都是围绕音乐而展开的。

（一）精英主义

为什么古典音乐在作者那里有这么高的地位？这就是作者精英立场的体现——古典是和精英画等号的，精英又是启蒙者救世主的代名词。格非在小说中处处以音乐的品位来进行身份指认，在《欲望的旗帜》中，多次出现古典音乐，成为一种特殊的意象。《春尽江南》中描写古典音乐的笔墨更多，对待古典音乐的态度直接决定了人的品格。对于端午而言，这是最低限度的声

---

① ［捷］米兰·昆德拉：《小说的艺术》，董强译，上海译文出版社2004年版，第105页。

色之娱，是难得的静谧享受。到了《隐身衣》，音乐元素的使用更多。他采用音乐欣赏品位的差异来进行人与人身份地位的区隔。"一种文化资本或趣味充当着阶级区隔的功能……古典音乐成为'我'的'隐身衣'或唯一的身份认同。"[1]个体究竟属于哪一个群体通过选择何种音乐来决定。音乐成为身份认同的工具，个体根据音乐的趣味将自己与一般人分割开来，"他们在把自己塑造成社会主体的同时在排斥另外一些社会主体"[2]。几乎每种音乐类型都有此功能，民谣音乐人一方面关注社会现实，特别是底层人民，许多的歌词直指现实的矛盾，尖锐而犀利；但同时又将自己与普通人划清界限，通过歌曲将社会阶层分得更细、更具体。民族之间的分割也和歌曲有关，不同的民族信仰着不同的神灵，吟唱着不一样的民族歌曲。

群体归属这一功能在古代音乐发展史上不是很明显，但也不容忽视，"曲高和寡"也从一个侧面印证着歌曲划分阶层的功能。在中国，孔子最早提出了音乐划分群体的功能，孔子要求"放郑声"，颇有区分"精英艺术"与"大众艺术"的意味。这是音乐的身份归属在古代的体现。当下，音乐功能更为复杂繁多，但最为主要的是身份认同，群体归属。音乐甚至充当了分化社会阶层、社会圈子的角色。现代社会的孤独感让人们不得不通过娱乐明星的认同寻找自己的圈子，戴上耳机，彼此擦肩而过，听着的却是截然不同的歌曲，寻找属于自己的"粉丝群"。社会的分化从表面看是经济的驱使，实质是文化品位问题，每个人都在潜移默化中向某个圈子靠拢。

古典音乐的爱好者愈来愈少已成客观现实，大众文化的崛起冲击着人们的生活。虽然作者在《隐身衣》中不断追问为什么大家的听力都坏掉了，为什么会有那么多人听流行歌曲，为什么古典音乐的听众越来越少，最终作者并没有给出答案。大众文化时代已经到来，这样的作品注定只能是为少数人而作。大量的专业术语、品牌意识，处处体现着一个精英的立场。这个时代的听力坏了既是对时代变迁（堕落）的隐喻，也是作者精英立场的体现。当然，格非小说

---

① 张慧瑜：《谁穿着"隐身衣"，谁在"隐身"？——评格非〈隐身衣〉》，《东吴学术》2014年第6期。

② 刘斐：《民谣：通俗音乐的自我叙事和历史记忆》，《艺术广角》2012年第3期。

也对精英自身进行了批判，在知识分子的命运书写中，作品流露的是一种知识分子的悲歌，"曲折呈现了时下知识分子犬儒虚脱的心灵症候"[①]。知识分子由高位滑向犬儒主义，这其实也可以看作对精英本身的反思与质疑。

（二）哲学主题

音乐是最具哲学意味的艺术形式。大凡一流的哲学家，无不对音乐研究有独到见解。柏拉图、黑格尔、尼采，无一不是。音乐是哲人孤独旅程的第一推动力，关于音乐的哲理性思考，源于音乐的奇特与神秘。很少有人能够完全指出为什么一大堆的音符排列能够形成旋律，并能左右我们的情感。心理学、社会学，甚至生物医学的方法都运用过，还是没能讲清楚，或许可以从哲学层面、形而上的层面来进行分析。

哲学家思索意义每每以音乐切入。在《悲剧的诞生》中，尼采讲道，"他（苏格拉底）在狱中告诉他的朋友，说他时常梦见同一个人，向他说同一句话："苏格拉底，从事音乐吧！"他直到临终时刻一直如此安慰自己：他的哲学思索乃是最高级的音乐艺术"。"做音乐家吧，苏格拉底！轻似耳语的话，是苏格拉底的美学本能给他的启示。尼采借此要提出什么启示呢？也许是：哲学家、科学家本来就是艺术家，本来就有美学本能。我们对生命神秘的种种感受，并非逻辑所获得的因果可概括。白日里站在雅典街头滔滔不绝的苏格拉底对他的辩证逻辑信心百倍，在梦中却察觉了逻辑思维的局限。"[②]哲学究竟能给我们什么，文学又能给我们什么？或许这种终级追问本身就没有答案，也不可能用科学的、逻辑的方法论证，正如音乐一样，无法说清楚，但是的确能触及人的灵魂，而这不正是人的美学本能么？

叔本华指出了音乐的意志表象，尼采延续了他的观点。作为哲学家的尼采早期思索的问题主要有两个，一是生命意义的解释，二是现代文化的批判。两个问题有内在的联系，根本问题只有一个，就是如何为本无意义的世界和人生

353

格非

研究资料

---

① 李丹梦：《文学的现实态度——聚焦第六届鲁迅文学奖中篇小说》，《文艺研究》2015年第4期。

② 童明：《别忘了音乐、苏格拉底：尼采式转折下篇》，《外国文学》2008年第2期。

创造出一种最有说服力的意义来。尼采选择的方式便是音乐。他对希腊艺术的解释建立在日神和酒神这一对概念的基础上。尼采推崇的是酒神，音乐便是酒神的艺术。其他艺术是现象的摹本，而音乐却是意志本身的写照，所以它体现的不是任何物理性质，而是其形而上的性质，不是任何现象而是自在之物。

格非深受尼采的影响，很多作品对此也进行了思考。格非的小说富含哲学的意味，小说中往往出现一些谶语、格言，解读空间极大。如《边缘》《背景》这两部作品，蕴含着深厚的哲理意味，并且深受音乐的启发，前文已经谈到。"回忆就是力量""回忆是一杯毒酒。"格非对记忆情有独钟，且记忆往往呈灰色。这和他童年的不快记忆有关，而音乐在某种程度上缓解了这种记忆带来的不安与焦虑。《边缘》这部小说是记忆堆积的，一开始便是回忆的口吻："现在，我依旧清晰记得那条通往麦村的道路"，这种对过往的反复回忆在一定意义上消解了作者的不快记忆。这篇小说是受了音乐的启发而作，有点即兴的成分。往大处说，是在探讨人的边缘生存境遇；往小处说，这是作者的排解之作。整部作品小标题不断复现，人物的命运也被反复地书写，如同音乐中的重复。再者，音乐与记忆本身就是割裂不开的。时间、记忆、音乐，乃至意志，这些因素交织在一起，构成复杂的世界，复杂的文本。

虽然很多音乐携带大量的伴随文本如作曲家的创作动机、创作目的、创作心态和生存环境等可以给我们解读音乐作为参照，使得抽象的音乐有了实质内容，变得具象，但是音乐毕竟不同于有具体内容的歌曲。黑格尔在《美学》一书中早就指明了这一点。音乐是一种抽象的表情艺术，具有哲学意味，很多时候已经超出艺术的范畴。从这一层面来讲，音乐和物质世界实际是分离的。因此谈及音乐，更多的是形而上学的思考。

音乐的主题使格非的小说具有浓郁的哲学色彩，格非小说的哲学意味与他涉猎的西方哲学资源相关，同时也与自身对生命的终极思索有关。他的很多小说已经是纯粹的哲学作品，很多作品直接探讨哲学问题，如《傻瓜的诗篇》讲述的是精神病人的故事，讨论的主题类似"疯癫与文明"；《欲望的旗帜》围绕哲学院与哲学教授展开，探讨着"先有鸡还是先有蛋"的哲学问题。而这种思量，从总体上与对音乐的迷恋有关。《陷阱》的先锋意味很浓，带有哲学色彩。文中明显引用了许多富有哲理的话语，"要想认识村子，必须试图找到一条从中走出的路并且充满仇恨""美的东西并不光和善结伴同行，它常常是一种下流的外衣""……只要你诉求，他总会来的"。同样，小说的哲理性也和音乐有关，文中夹杂了很多亦诗亦歌的句子，使得小说如同音乐一般行进。"琴声如诉"，吉他少年的歌声也为小说蒙上了一层哲理的外衣。

现实主义的回归让很多人欢欣鼓舞，但也有少部分人选择了沉默，格非是少数之一。在他看来，小说不应该丧失个人对存在本身的思考，文学应该具有两种视野，一是关注现实，格里耶、卡夫卡无一不是关注现实的。但同时，小说必须思考自身的存在。格非对自身存在的思考使得他的小说充满了哲学意味。而音乐正是哲学的具体体现，透过音乐，思索人性，思考人的存在。

（三）悲剧意蕴

音乐主题的凸显也是作者悲剧情怀的体现。尼采的《悲剧的诞生》探究的其实是音乐的主题。尼采的哲学形成与其自幼形成的对人生的忧思和对音乐的热爱相关，同时也与叔本华的哲学和瓦格纳的音乐有关。《悲剧的诞生》其全称为《悲剧从音乐精神中的诞生》，尼采将音乐在形象和概念中的表现界定为叔本华最终所要关注的一个概念——意志，即音乐表现为意志。悲剧如何从音乐中诞生？在尼采那里，悲剧性的力量正是来自音乐。"音乐具有产生神话即最意味深长的例证的能力，尤其是产生悲剧神话的能力。只有从音乐精神出发，我们才能理解对于个体毁灭所产生的快感。"[①]悲剧性的力量来自音乐，首先是因为悲剧关联到原始的痛苦，这种原初的痛苦即是世界意志的表象。其次源于非形象的纯粹艺术营造了个体毁灭的悲剧氛围。个体每时每刻都在走向毁灭，而音乐一直在旁边唱着哀歌。

对格非而言，社会的堕落、人性的泯灭、时代听力坏掉等都是时代悲剧的具体呈现。这种悲剧是中国文学悲剧意蕴和悲剧主题的延续。而这种呈现无不

① ［德］弗里德里希·尼采：《悲剧的诞生》，周国平译，译林出版社2011年版，第78页。

与音乐相关，与个人、时代的听力相关。格非的骨子里有着深厚的古典情怀与情结，体现在作品中就是鲜明的古典音乐情怀。对乌托邦的向往，试图建构音乐乌托邦。从处女作《追忆乌攸先生》便奠定了此基调，之后的作品大都没有逃出这一范畴。

首先，音乐性和悲剧性是中国文学的传统。对前者而言，中国是礼乐文明之邦，传统的文学样式以音乐性较强的诗歌为主。这种传统影响了小说的发展，小说就是从与音乐相关的艺术中演化而来，文学作品中一直不乏声音的存在，"诉诸听觉的声音向提供观看的书面文字的转移，乃是文学成立和演进的基本脉络，然而字里行间从来不乏声音的回响。"①音乐与文学的关系历来就十分密切。"而就中国的音乐与文学而言，两者自各自萌生之初就是一对不可分离的混生体，可以说，很少有一个国家的音乐与文学的关系能如中国的诗、乐这般关系密切。"②"众所周知，西方小说最早是从叙事长诗中分离出来的，而中国小说，我指的主要是唐宋以来的白话小说，则和话本、弹词、鼓词等说唱艺术关系密切。"③格非对古典音乐的推崇，对流行音乐的批判延续了中国传统的音乐观。孔子之所以对"郑卫之声"深感不满，主张"放郑声"，原因就在于郑、卫两地的民间音乐轻浮淫靡，越出了理想中的伦理规范。格非对流行音乐的批判和孔子对"郑卫之声"的批判如出一辙。对后者而言，格非是一个骨子里很重视传统的作家，其作品也是浸淫于传统文化与文学的结果。面对传统在很多人那里的缺失，他表示出极大的忧虑。他所推崇的传统经典小说《红楼梦》实际上是一部音乐小说，文中安排了大量的音乐唱词，充盈着音乐的旋律、节奏、调式等。格非关注的另一部古典作品《金瓶梅》本质上也是一大悲剧。

悲剧意识在格非的作品中十分明显。悲剧源于欲望的无限膨胀和满足的有

① 陈引驰：《"文"学中的声音：古代文章与文章学中声音问题略说》，《文艺理论研究》2012年第5期。

② 施咏：《中国音乐审美中的通感心理及其成因》，《交响》（西安音乐学院学报）2005年第4期。

③ 格非：《小说叙事研究》，清华大学出版社2002年版，第4页。

限性。欲望需求与满足之间无法填补的空缺造成了悲剧的诞生。"吾有大患，为吾有身"，有了肉身就有诸种欲望。而悲剧正好也与音乐相关，所有的写作指向悲剧从音乐中诞生这一主题。当代社会是一个对欲望无限地刺激、称颂、制造、生产并消费的时代。当代经济是欲望的经济。橱窗里精致的商品、广告中对欲望的煽动……欲望处处闪现。欲望是格非着力书写的主题，这一主题直接指向悲剧。①悲剧是把美好的东西撕毁给人看。《不过是垃圾》中曾经的精神支柱苏眉出卖肉体换取金钱，如果说第一次有被动的成分，那第二次主动提出就是赤裸裸的交易了。苏眉曾经是多少人心目中的女神，最终却被金钱腐蚀，这种悲剧意味不言而喻。在格非的小说中，欲望被反复书写，悲剧意蕴也反复凸显。在《欲望的旗帜中》，导师自杀之后，其学生曾山有一种快意，而这快意仅仅是肉体的潜在期待；《窗前》中妻子因流产住院，而丈夫回家后与别的女性发生关系，他知道妻子会报复，实际上妻子的报复比他预想的要强烈得多，因为所选对象是自己最好的朋友；《大年》中革命爆发的动力是二姨太的性欲；《蒙娜丽莎的微笑》描绘的是人处于欲望旋流中的不可救药。

在描写欲望的时候，音乐往往在一旁唱着哀歌，烘托悲剧的氛围。《陷阱》中引用圣经的话指出当代人欲望的膨胀，爱情已无迹可寻，似乎人与人是凑合着过，随时准备出轨，而从窗外飘进的音乐却是《初恋的感觉》。《不过是垃圾》直接戳穿了当代知识分子隐蔽的欲望；小说中引用的歌曲《垃圾场》是这个堕落世界最精辟的概括：我们的世界，就是一个垃圾场，一堆臭虫在里面，你争我抢。这是对堕落时代最佳的描绘，最能代表作者的基本观点。而在前文提到的《欲望的旗帜》《春尽江南》《隐身衣》中反复出现的古典音乐也是欲望时代的挽歌。格非的作品具有强烈的批判意味，但批判来批判去，一切失效，陷入一种混沌状态，无法自拔。所有人物的命运无法逃离宿命的安排，冥冥中早有定数。这正是中国自古以来的悲剧观念之体现。

---

① 在尼采看来，人的世俗欲望可以分为不同的等级，第一位的是音乐的即兴发挥，紧接着是瓦格纳的音乐，最后才是肉欲，由此可以看出音乐、欲望与悲剧三者之间有着隐秘的关系。

结 语

音乐在小说中重复出现一定是有着特殊的意味，对重复意象的理解直接决定了我们对小说整体的把握。在小说中，"无论什么样的读者，他们对小说那样的大部头作品的解释，在一定程度上得通过这一途径来实现：识别作品中那些重复出现的现象，并进而理解由这些现象衍生的意义。一部小说的阐释，在一定程度上要通过注意诸如此类重复出现的现象来完成。"① "重复是意义世界得以建立的基石，没有重复，人不可能形成对世界的经验。重复是意义的符号存在方式，变异也必须靠重复才能辨认：重复与以它为基础产生的变异，使意义能延续与拓展，成为意义世界的基本构成方式。"② 格非作为一个音乐爱好者，在小说中不断重复音乐元素，作品因此深深刻上了音乐的印记。从音乐的角度分析其小说不失为一种全新的方法与视角。由重复的音乐延伸至精英主义、哲学意味和悲剧主题，这和西方的哲学与中国的传统文学精神一脉相承。当然，无论是在尼采那里还是在格非的作品中，精英并不意味着与大众的彻底决裂，悲剧也并不意味着彻底的绝望。音乐也并非狭隘地单指音乐这一艺术门类，而是整个艺术的代名词。艺术正是人类面对虚无、没有任何目的的世界的最后慰藉。即使是在格非的小说中，虽然作者展现了种种社会的堕落、人性的泯灭、欲望的膨胀等，但是写作和阅读这样的艺术行为本身，仍旧是反抗虚无、自我救赎的一种有效方式。

原载《当代论坛》2015年第5期

---

① ［美］希利斯·米勒：《小说与重复——七部英国小说》，王宏图译，天津人民出版社2008年版，第1页、第3页。

② 赵毅衡：《论重复：意义世界的符号构成方式》，《河南师范大学学报》（哲学社会科学版）2015年第1期。

在"重构"与"创设"中走向世界

——格非小说的海外传播与接受

褚云侠

作家格非从上世纪八十年代以"先锋小说家"的姿态登上中国文坛，其创作活力一直延续到现在。经历了一九九四年《欲望的旗帜》之后接近十年的思考沉潜期，二〇〇四年以《人面桃花》强势回归文坛之后，似乎比当年同时代的先锋作家走得更为深远。尤其是近年作品以丰富的细节和场景、最真切的中国当代生活经验、文体上的充分自觉，有效切中了一个时代的精神症候。格非的小说已经越来越不是一种西化的小说，当他使文学真正回归到自身之后，便开始不断地徘徊于西方的"智性"与中国古典的"诗性"之间，试图在当代的汉语写作中续接和复活中国古老的士人传统，无论从小说结构与人物塑造上，还是从内在的风致与气韵上，都开始向中国古典的美学与文化致敬。从这个角度来讲，格非重构了西方的资源与中国古典的叙事传统。

与此同时，格非的写作又是一种创设，这种创设体现在其小说的"当代性"上。在对当下中国经验复杂性的表达中，格非创设了"混合"的美学。他以精致的修辞、极为丰富的信息载力完成了对一段具有完整长度的历史叙事，既富有当代批判意识，又带着传统颓伤的诗情，通过深邃的内容和充满形式警觉的表达方式对中国历史与现实发言。但是这样一个为中国当代文学乃至世界文学贡献了独特叙事的作家，曾由于其作品的"晦涩""难懂"而致使对其小说作品的研究相对于同时代的其他作家作品略显单薄。

近年来，当代文学的海外传播研究正在快速发展，也产生了一些探索性的成果。①随着国内格非研究的日渐深入与体系化，格非小说作品在海外的传播与接受也呈现出不同于以往的态势且得到了更为显豁的认识与评价。格非的小说作品不仅重构了中西方资源，而且在此基础上创设了独特的美学经验，通过考察其在异质文化语境中如何被评价与接受以及哪些因素影响了其作品在海外的传播，有助于我们从更为宽阔的维度借助世界性视野探索其小说作品的独特价值和启示。

一、越出国界的"褐色鸟群"：格非作品在海外的译介

以先锋小说家身份引人瞩目的格非，其小说作品《迷舟》与《褐色鸟群》被认为是先锋文学的经典性作品。这一显赫于中国当代文坛的扛鼎之作，也较早地进入了海外学者与读者的视野。格非最早的外译作品出现在英语世界，赵毅衡在一九九三年将小说《迷舟》收入其编纂的《迷舟：中国先锋小说》，率先将格非的小说作品推介到西方，从此开启了其小说作品的外译与传播历程。随后在法国、日本、意大利、韩国等国家或以合集形式，或以单行本形式都出现了格非小说的外译本。它们就像越出国界的"褐色鸟群"，寻找并落脚在新的栖息地。在此，笔者将格非小说在海外的翻译与出版情况做一简要梳理，以期相对清晰、准确地呈现其海外传播的状貌与态势。

---

① 参见刘江凯：《本土性与民族性的世界写作：莫言的海外传播与接受》，《当代作家评论》2011年第4期；《当代文学诡异"风景"的美学统一：余华的海外接受》，《当代作家评论》2014年第6期；以及其相关专著。其他如《长城》从2012年起就开始这方面的专栏讨论，近两年包括《南方文坛》《小说评论》等刊物都有相关讨论。

格非作品翻译统计列表①

语种	中文/译名	外文	译者	出版社	年份
英语	迷舟	The Lost Boat 选自：The Lost Boat: Avant - garde Fiction from China, Henry Zhao, ed	Caroline Mason	London: Wellsweep	1993
	追忆乌攸先生	Remembering Mr. Wu You 选自：Chairman Mao Would Not Be Amused: Fiction from Today's China, Goldblatt, ed	Howard Goldblatt	NY: Grove Press	1995
	相遇	Meetings 选自：Abandoned Wine: Chinese Writing from Today, Henry Zhao, John Cayley, ed	Deborah Mills	London: Wellsweep	1996
	追忆乌攸先生	Remembering Mr. Wu You 选自：China's Avant - garde Fiction, Jing Wang, ed	Howard Goldblatt	Durham: Duke UP	1998
	青黄	Green Yellow 选自：同上	Eva Shan Chou	Durham: Duke UP	1998
	唿哨	Whistling 选自：同上	Victor Mair	Durham: Duke UP	1998
	相遇	Encounter 选自：Tales of Tibet: Sky Burials, Prayer Wheels, and Wind Horses, Batt, ed	Herbert J. Batt	Rowman and Littlefield	2001

① 该数据依据世界图书馆联机检索（WorldCat）、中国作家网关于中国国家图书馆馆藏中国当代文学外文译本情况的说明、各国国家图书馆、各国亚马逊网站整理。表中空白部分为无法确定的信息。

语种	中文/译名	外文	译者	出版社	年份
英语	紫竹院的约会	A Date in Purple Bamboo Park 选自：The Mystified Boat and Other New Stories from China. Eds. Frank Stewart and Herbert J. Batt. ed Special issue of Manoa: A Pacific Journal of International Writing 15，2（Winter 2003）	Lucas Klein	Honolulu: University of Hawaii Press	2003
	迷舟	The Mystified Boat 选自：同上	Herbert J. Batt	Honolulu: University of Hawaii Press	2003
	戒指花	Ring Flower 选自：Chinese Literature Today 4，1	Eleanor Goodman	Chinese Literature Today	2014
	凉州词	Song of Liangzhou 选自：同上	Charles A. Laughlin	Chinese Literature Today	2014
法语	追忆乌攸先生	A la mémoire du docteur Wu You		Anthologie de nouvelles chinoises contempo-raines S. 323 – 331	1994
	褐色鸟群	Nuée d'oiseaux bruns	Chantal Chen – Andro	Editions Philippe Picquier	1996
	雨季的感觉	Impressions à la saison des pluies	Xiaomin Giafferri – Huang；Marie – Claude Cantournet – Jacquet	Editions de l'Aube	2003
	傻瓜的诗篇	Poèmes à l'idiot	Xiaomin Giafferri – Huang	Editions de l'Aube	2007
	蚌壳	Coquillages	Xiaomin Giafferri – Huang	Editions de l'Aube	2008
	人面桃花	Une jeune fille au teint de pêche	Li Bourrit；Bernard Bourrit	Gallimard	2012

语种	中文/译名	外文	译者	出版社	年份
日语	迷舟	迷い舟 选自:现代中国短编集·藤井省三编	桑岛道夫	平凡社ライブラリー	1997
	褐色鸟群/时间之鸟	時間を渡る鳥たち	関根謙	东京:新潮社	1997
	相遇	ある出会い 选自:季刊中国现代小说	関根謙	「中国現代小説」刊行会编 東京:蒼蒼社	1997
	失踪	失踪 选自:文學界	桑岛道夫	東京:文藝春秋	1998
	迷舟	迷走艇	青野繁治 和田知久	東京:東方書店	1999
	打秋千	ブランコ 选自:季刊中国现代小说	関根謙	「中国現代小説」刊行会编 東京:蒼蒼社	2000
韩语	人面桃花	복사꽃 피는 날들	金顺慎	创作与批评	2009
	迷舟	选自:깡디스 산맥의 유혹 (冈底斯的诱惑)	金永哲	NANAM	2011
意大利语	锦瑟	La cetra intarsiata		Roma: Fahrenheit	2000
	敌人	Il nemico		Vicenza: Neri Pozza	2001

以上表格中所呈现的内容仅为目前能够检索到的格非小说在海外的译介情况,不能囊括其海外传播的所有信息。另悉,格非作品《隐身衣》的英文版与法文版均已翻译,但都尚未出版。依据以上数据不难得知:格非小说翻译较多的语种是法语和英语。地域特点主要是以西方发达资本主义国家(美国、英国、法国)和受中国文化影响较大的亚洲国家(如日本、韩国)为主。

格非小说的海外传播确实最早发生在英语世界,这与赵毅衡和王晶的努力关系密切。但其特点是以中短篇小说出现在几个作家的合集之中或发表在期刊上,目前还没有出现格非小说的单行本及长篇小说的翻译。赵毅衡是第一个在英语世界推介格非小说的汉学家,他在《迷舟:中国先锋小说》里收录了格非的短篇小说《迷舟》。在此书的前言,赵毅衡指出:很遗憾的是,大多数批评家与学者依然认为中国当代作家的作品是在阐释社会与政治意义,而以新潮小说为代表的一系列作品已经超越于此而彰显了文学本身的价值。他选这本小说集就是要让西方的读者和批评家看到中国当代文学的变化和它带给二十世纪世界文学的独特贡献。①王晶编选的《中国先锋小说选》翻译并推介了格非的三篇小说，分别是《追忆乌攸先生》《青黄》和《唿哨》。其中《追忆乌攸先生》一篇采用的是汉学家葛浩文在一九九五年翻译并收入其《毛主席看了会不高兴：当代中国小说》一书中的译本。关于王晶遴选文本的原则，她为此书撰写了一个篇幅很长的《前言》，在此"对中国先锋文学出现的背景、代表性的作家作品、先锋作家的文学观、先锋小说的特点做了详细的介绍，强调收入该选集的都是'迷恋形式和寻求讲故事的乐趣'的作品，让国外的读者认识到中国的文学作品不仅关注主题表达，同样也在注重形式探索，有意味的形式是中国新时期文学探索的重要收获之一"。②由此可见：海外汉学家敏锐地发现了中国当代文学产生的巨大变化，他们希望通过对以格非为代表的先锋作家作品的译介，让世界看到中国当代文学的这种重要探索和贡献。

新世纪之后，Herbert J.Batt也是对格非小说在英语世界的传播起到重要作用的学者之一，二〇〇一年，他翻译了格非的小说《相遇》并将其收入《西藏的传说：天葬、转经、风马》一书，这本书选取了一系列与西藏有关的文学作品。编者Herbert J.Batt认为有关西藏的作品虽然一直没有进入中国文学的主流，但是从古至今，有关西藏的叙事一直存在于中国文学中，而且是大量地存在着。他想通过编选这样一个小说集呈现当下西藏叙事与过去的西藏叙事之区别。早期的西藏叙事处理政治、信仰、外交和历史，而当下的西藏叙事是依据不同的前提做出想象，对西藏入侵这个主题进入到中国文学中。③Herbert J.Batt之所以选择格非的小说《相遇》，是由于它以一个区别于传统西藏叙事以及藏人的西藏叙事的特殊角度，成功处理了对西藏入侵这个主题。这样一个文本，可为研究当下的西藏叙事提供有效的切入点。之后Frank Stewart和

---

① 参见Henry Zhao,ed,*The Lost Boat,Avant-garde Fiction from China*,London:Wellsweep,1993。

② 姜智芹：《中国新时期文学在国外的传播与研究》，第14页，济南：齐鲁书社，2011。

③ 参见Batt,ed,*Tales of Tibet:Sky Burials,Prayer Wheels,and Wind Horses*,Rowman and Littlefie1d,2001。

Herbert J.Batt.之所以编选《迷舟及其他中国新小说》，收入《紫竹院的约会》和《迷舟》，是他们已经看到了中国当代文学在接受外国资源之后在小说风格与主题两方面的创新，而且在利用后现代理论与资源的基础上它们已经重塑了国际的文学。①截止到新世纪的最初几年，内容与形式上的先锋性是格非小说走向世界的主要原因。

二○一四年，由俄克拉荷马大学和北京师范大学共同主办的《今日中国文学》以作家专栏的形式向西方推介了格非及其文学创作。不仅翻译了各国汉学家从未涉及的小说作品《戒指花》和《凉州词》，同时收录了格非的短论《物象中的时间》、格非与张柠的对话以及敬文东对格非创作的评论文章。《今日中国文学》的这次推介与以往的海外传播不同，它更像是一次意味深长的重提。在格非小说作品的价值与意义日益彰显之后，"我们"与"他们"该怎样去理解一个作家三十几年来的坚守与选择。

从目前能够检索到的翻译与出版信息来看，法国是翻译格非小说力度最大的西方国家。法国出版的格非中短篇小说多以单行本形式出现，并且率先翻译了英语世界没有触及的文本。如《褐色鸟群》（包括《迷舟》和《褐色鸟群》）、《雨季的感觉》（包括《青黄》和《雨季的感觉》），而《蚌壳》和《傻瓜的诗篇》均单独成册，另外在《傻瓜的诗篇》中附有译者黄晓明与格非的对话录，是围绕精神分析而展开的讨论。《褐色鸟群》《雨季的感觉》《蚌壳》和《傻瓜的诗篇》都是英语世界没有翻译和出版的中短篇小说。格非中短篇小说在法国成规模化、体系化出版与法国著名汉学家（如尚德兰、黄晓明）和出版社（如比基耶、黎明出版社）的翻译与推介息息相关。长篇小说《人面桃花》也在二○一二年出版了法文版。格非小说的意大利语版包括一个短篇小说《锦瑟》的单行本和长篇小说《敌人》，《敌人》也只有意大利译本。

日本对格非小说的翻译在亚洲甚至在世界范围内都是较早的，从上世纪九十年代一直延续到新世纪，日本集中于格非早期短篇小说的翻译，日本中国

① 参见Frank Stewart and Herbert J.Batt,Eds,*The Mystified Boat and Other New Stories from China*.Honolulu:University of Hawaii Press,2003。

当代文学研究会对格非小说的讨论也会适时进行。一九九六年桑岛道夫翻译的《迷舟》首次将格非的小说带给了日本读者，之后関根謙翻译的格非小说集《時間を渡る鳥たち》（时间之鸟）中包括四部格非的中篇小说，它们分别是《傻瓜的诗篇》《风琴》《夜郎之行》和《褐色鸟群》。在这本书的序言中介绍了格非的生平经历与创作特点，译者后记题为《中国现代小说中的迷宫》，从迷宫叙事的角度剖析了所选的四篇小说。日本除了以小说集的方式推介格非小说之外，文学期刊也是刊发和讨论格非小说的重要阵地。《相遇》《失踪》《打秋千》这些未被西方国家所关注的短篇小说都率先在文学期刊上以日文形式发表。韩国对格非小说的翻译与接受比较晚近，但在仅有的两部翻译作品中，出现了对长篇小说《人面桃花》的翻译。

二、"他们"如何阅读：格非作品的海外评价与研究

一直以来，对文学作品的翻译与评价是互为前提且相互制约的。译本为学者研究一个作家的创作和读者对作品的接受打下了基础，同时学者批评的导向与读者的反馈也影响了某个作家作品在海外流通的深度和广度。一些海外汉学家同时也是翻译家，他们的审美取向往往决定了哪个作家或哪部作品能够进入到其翻译计划之中。因此，对格非作品在海外所得到的评价与研究加以分析，有助于从另一个侧面考察格非的小说是以怎样的姿态进入海外批评家与普通读者的视野的，帮助我们了解海外对格非作品的评论与国内有何区别和联系，以及造成差异的原因。

通过对WorldCat，JSTOR等以及各国图书馆的检索发现，海外对格非小说的研究主要集中在美国、日本和韩国。囿于笔者语言的限制，在此只能对以英语成文的文献进行系统分析，对其他语种的文献仅以索引形式呈现。

在美国，王晶率先于一九九三年在《东亚文化评论》上发表"The Mirage of Chinese 'Postmodernism': Ge Fei, Self-Positioning, and the Avant-garde Showcase"，是目前能够检索到的海外研究格非创作最早的一篇文献；随后孔

书玉于一九九六年在亚洲评论上发表"Ge Fei on the Margins"；一九九七年张旭东在其《改革时代的中国现代主义》（笔者译）一书中收入其长文"Fable of Self-Consciousness：Ge Fei and Some Motifs in Meta-Fiction"；二〇〇二年杨小滨出版《中国后现代：先锋小说中的创伤与反讽》一书，其中谈论格非创作的部分为《不确定的历史与记忆：论格非早期的中短篇小说》；二〇〇七年《现代中国文学与文化》上刊载Iovene,Paula的文章"Why Is There a Poem in this Story? Li Shangyin's Poetry，Contemporary Chinese Literature,and the Futures of the Past"；二〇〇八年Choy的 Remapping the Past：Fictions of History in Deng's China，1979—1997"一书中收入"Tibetan Plateau：Historical Alternatives by Tashi Dawa,Alai,and Ge Fei"和"Typography and Topography：The Textual Body in the Works of Su Tong and Ge Fei"两篇文章；二〇一四年Iovene出版的新书 Tales of Fu ture Past：Anticipation and the Ends of Litera ture in Contemporary China 中有两个章节涉及对格非小说的研究，一是第四章"Futuresen Abyme：Poetry in Strange Loops"，一是第五章"A Clean Place to Die：Fog,Toxicity,and Shame in End of Spring in Jiangnan"；二〇一一年《今日中国文学》的格非专栏中推出两篇文章，分别是格非和张柠的对话录"The Psychic Split in Chinese Contemporary Literature：Ge Fei and Zhang Ning in Diaologue"和敬文东的"The Myriad Things Retain Their Mystery for Me"。

日本研究者对格非小说的探索显得更为丰富和细致，其中文本细读远远多于美国。日本的文学期刊也在持续推动对格非作品的研读与讨论。下出宣子于一九九五年在日本中国当代文学研究会会报上率先发表《「記憶」の物語——格非の小説について》一文，是目前能够检索到的日本有关格非作品研究最早的文献。关根谦是格非小说的重要译者和研究者，在日本不仅很多作品的翻译皆出自関根谦之手，他对格非小说的研究也是较早进行的。一九九六年他就在《藝文研究》发表《格非と実験小説の展開》，一九九七年他出版的《時間を渡る鳥たち》一书的附录部分收录了其撰写的研究性文章《中國現代小説の迷宮》。長堀祐造于一九九七年在《東方》上发表《迷宮への招待『時間を渡る鳥たち』》。和田知久对格非小说的研究从上世纪九十年代一直延续到新世

纪，一九九七年他就在《野草》上发表《格非の作品群における『〔サ〕瓜的诗篇』の意義》；一九九九年在《季刊中国》发表《中国文学あれこれ（48）格非「欲望的旗幟」を読む》；二〇〇七年在《野草》上回应了德间佳信《「空蝉」の行方——格非「人面桃花」を読む》一文。德间佳信和远藤佳代子是近些年活跃于格非小说研究领域的日本学者。德间佳信于二〇〇六年分别在《野草》上发表《「空蝉」の行方——格非「人面桃花」を読む》、在《日本中国当代文学研究会会報》上发表《封印された悲しみ——格非「戒指花」について》。同时她还在二〇〇七年负责撰写了日本中国当代文学研究会7月例会中关于格非《不过是垃圾》的讨论概要。远藤佳代子于二〇一二年在《中央大学大学院研究年報》上发表《格非の実験的作品における語りの技法》，于二〇一四年在《人文研紀要》上发表《「先鋒文学」作家のその後—その主要作品における技法的展開》，涉及对格非《欲望的旗帜》和《人面桃花》的分析，是目前最新的研究成果之一。另外"東京大学文学部中国語中国文学研究室"还撰写了《格非「迷い舟」（駒場で読む現代中国文学）》研究报告，且《迷舟》在日本已进入中学教材。

在韩国，张允瑄于二〇〇〇年和二〇〇三年发表于《中国语文学志》的《试论八十年代先锋作家文学思想的革命》和《中国当代小说中的博尔赫斯影响——以马原、格非、孙甘露的作品为中心》两篇文章虽不是关于格非作品的专论，但其中涉及对格非创作的研究。二〇〇九年，金顺慎在《外国文学研究》上发表《格非〈人面桃花〉中的乌托邦梦想》。二〇一二年，金永哲在《中国语文学》发表《格非小说研究——以〈迷舟〉和〈雨季的感觉〉为中心》；同年Dhondup，Yangdon在*Inner Asia*上发表"Writing History:The Expedition of Colonel Francis Younghusband in Ge Fei's Work"。Payne，C.N在二〇一三年发表于*Sungkyun* Journal of East Asian Studies的The Shadow of the Past: Ge Fei's 'Encounter' with History以英语成文，且为SSCI期刊论文。

基于对以上文献材料的分析，不难看出虽然在美国涌现出不少英文研究格非作品的论文，但大多数出自华人汉学家之手，西方学者对其作品的研究并没有充分展开。而在与中国有着某种文化共同性的东亚地区，尤其是在日本，格非的作品较早且一直持续性地被广大翻译家与研究者所关注。他们的研究不仅关涉到格非小说作为先锋文学的形式创新，还从文本中的意象和悲伤情绪出发，力求挖掘格非小说创作中的诗意。而从英语世界的研究成果来看，研究者的视角与国内学者有着趋同的倾向，但也存在着一定的差异性。通过对这些研究成果的分析，大致可将其分成四类。

第一，从叙事学角度对格非小说形式先锋性的研究。这个角度的研究无论在国内还是在海外都是最为丰富和体系化的。博尔赫斯对格非的影响，格非作品中的叙事迷宫这些问题也几乎存在于各国学者的研究范畴中。的确，这也是格非早期小说最为显要的特点。格非作为先锋作家的代表之一，其创作形式上先锋性是使其作品迅速进入海外汉学家视野的最初因缘。这一视角的研究与国内存在较多的共性，且对格非作为一个先锋作家的特点挖掘较深，而对其个体的独异性，或者说排他性的关注不足。在二〇一四年《今日中国文学》对格非作品的推介中，敬文东教授的The Myriad Things Retain Their Mystery for Me一文，可以说抓住了问题的实质，它成功地将格非小说创作中独一无二的一种特质展现给海外学者和读者，相信可以更好地帮助海外人士有效地理解格非的作品。格非小说叙事的神秘性已被海内外批评家广泛提及，但是这篇文章的关注点在于格非小说中的这种"神秘性"是如何通过他独一无二的叙事方式得以完成的，揭示出格非小说不同于其他人的最基本特征。作者谈道："格非的小说每每乐于处理的，恰好是日常生活中非隆起的部分。都是以平淡稀松的尘埃为方式、以历史的边角废料为面目，进入到格非的叙事结构之中。是叙事结构为历史、现实（或事情）赋予了神秘性；而在'万物都向我们保持神秘'那句话中作为'动作'的'保持'，只能出自于小说的现代性。"[①]

第二，从历史与哲学角度对格非小说主题的研究。虽然这在国内也是研究格非小说的重要视角，但它在海外学者那里更加备受青睐并呈现出了与国内研究不同的特点。在我看来，张旭东的"Fable of Self-Consciousness：Ge Fei

---

① 敬文东：《万物都向我保持神秘》，此文中文版尚未发表。英文版见Jing Wendong,Tr. Denis Mair,The Myriad Things Retain Their Mystery for Me,Chinese Literature Today，4,1（2014），p.29—31.

and Some Motifs in Meta-Fiction"一文是对格非早期小说创作有着非常详尽而精准论述的研究成果，他通过对格非早期小说进行文本细读，发现了一九八〇年代晚期中国实验小说中的主题：记忆、时间、自我、主观性等，都在格非的小说中被给予了充分阐释。杨小滨在《不确定的历史与记忆：论格非早期的中短篇小说》一文中谈道："格非通过揭示集体与个人记忆在不可调和的叙事碎片中的缺陷，来挑战主流话语赖以构成的宏大历史总体性。在格非的叙事中，主体的声音颇为清晰；但是，它并不是用另外一种绝对的声音取代宏大历史话语，而是展示了其自身游离分散的表述。"[①]Choy，Howard Y.F.的 *Remapping the Past：Fictions of History in Deng' China，1979—1997*这本书本身就是以邓小平时代的历史小说为研究对象的，其中涉及格非小说的两个篇章也是从历史角度对其作品的阐释。他一直将格非的小说称为"antihistorical metafiction"即"反历史的超小说/元小说"（笔者译）。如在*Tibetan Plateau：Historical Alternatives by Tashi Dawa，Alai，and Ge Fei*中，他主要围绕着《西藏的传说：天葬、转经、风马》这本小说集中所选取的有关西藏的小说进行论述。谈到格非的小说《相遇》时，作者认为在他的小说中，作者对历史持一种虚无主义的观点，最终一切都是无意义的。这种虚无是存在于现代发展与古代文明之中的，这种反历史小说消解了过去的一切成功和失败。[②]在另一篇文章Typography and Topography：The Textual Body in the Works of Su Tong and Ge Fei中，作者指出格非的小说在强调历史的文本性，历史是由语言构建出来的。在他的作品中，阅读历史就像阅读一个空白的符号。他的迷宫叙事正是一切的起源，它为情节和阅读提供更多的可能性。它制造了很多有关过去的谜团，最终变成一种语言的游戏。SSCI期刊文章The Shadow of the Past: Ge Fei's "Encounter" with History一文可谓是一篇"异见"文章。作者通过对《迷舟》

---

① 杨小滨：《不确定的历史与记忆：论格非早期的中短篇小说》，《当代作家评论》2012年第2期。

② 参见：Choy,Howard Y.F.Tibetan Plateau:Historical Alternatives by Tashi Dawa,Alai,and Ge Fei,In Chov,? Remapping the Past:Fictions of History in Deng's China,1979-1997.Leiden:Brill,2008,p.103-132.

《大年》《相遇乡》《推背图》的文本细读，分析了历史在《迷舟》与《大年》中是怎样遮蔽叙事，最终在《相遇》和《推背图》跳出阴影而完全进入叙事的。他认为在文学中不断重新想象和批判地处理个人历史和国家历史的需求最终很大程度上影响了格非早期的创作行为，取消了他先前富于挑战性的叙事而以更为贴近于官方记录的故事取而代之。他的创作实际上与新历史小说背道而驰，中华人民共和国的历史跳出阴影主导了他的小说叙事。[①]笔者并不认同此文的观点，在我看来，新历史主义是一种叙事方式，所谓"新"是指其区别于五十至七十年代的国家历史叙事。在《迷舟》中，作者借用了北伐战争的历史背景，一系列的偶然性因素改变着事件发展的走向。每一个个体就像一只迷舟，在命运浩瀚而诡谲的大海中，无法看到方向。由个体偶然性组成的历史和被我们所描述出来的历史相去甚远，但是它们的结局有可能是一致的。因此传统历史叙述的虚构性暴露无遗，其真实性也变得可疑起来。

第三，挖掘格非小说创作中的古典性元素。对古典性的挖掘主要集中在对小说《锦瑟》的研究中。如Iovene, Paula在Why Is There a Poem in this Story?Li Shangyin's Poetry,Contemporary Chinese Literature and the Futures of the Past中讨论了当代文学中的李商隐诗歌，其中谈到了格非的小说《锦瑟》。目的是探索李商隐以及古典文学对当代文学的塑造作用，但也可以反证格非小说对古典元素的运用。小说《锦瑟》在多重层面上被李商隐的同名诗歌所塑造。它呈现了处于线性发展与选择性循环理念论争中的古典文学，古典文学作为当下的一维而出现，也保持着部分的神秘性。[②]在Futures en Abyme：Poetry in Strange Loops一篇中，他继续分析了王蒙和格非小说中的李商隐诗歌。在格非的小说《锦瑟》中，李商隐的诗歌《锦瑟》从多个层面上塑造了小说的叙事，在小说文本中，这首诗歌被重读与重写，但它依旧召唤和躲避阐释。格非的小说再现了李

研究资料

格非

---

① 参见：Payne,C.N.The Shadow of the Fast:Ge Fei's"Encounter" with History,Sungkyun Journal of East Asian Studies,2013（13）,p.53−75.

② 参见：Iovene, Paula, Why Is There a Poem in this Story? Li Shangyin's Poetry,Contemporary Chinese Literature, and the Futures of the Past.Modern Chinese Literature and Culture?19,2（Fall 2007）,p.71−116.

商隐诗歌的多重结构并为"此情可待成追忆，只是当时已惘然"这句困扰了读者几个世纪的诗句提供了一种解读，同时它指出这种困惑是由预期造成的。[①]

第四，近年来对格非转型后作品的解读。在Iovene新近出版的著作中有这样一个章节A Clean Place to Die:Fog,Toxicity and Shame in End of Spring in Jiangnan。这一部分主要围绕格非的小说《春尽江南》展开论述，它选取了一个特殊的角度：由"雾"这个特殊的意象出发，分析其在小说中的媒介作用和比喻意义。首先作者为分析这部小说切入了一个人类学视角，即环境元素是人类挣扎与情绪的借喻式表达。"雾"在格非的小说《春尽江南》中作为一个媒介，连接起毒素的四种表现形式：羞耻、牺牲、剩余、犯罪。法律与药已经不能遏制这种毒素的蔓延，而它成为掌控社会经济生活的主导机制。作者从卡尔维诺那里借用了一个意大利语的概念："pulviscolare"，并称格非《春尽江南》的写作是："pulviscular prose"，大概可译为"尘埃散文"，以薄雾诗学的角度探讨了小说中这个肮脏的污染物以及它是怎样影响小说的写作的。[②]

三、空间炼金术：格非作品海外传播的特点与原因

格非小说在海外翻译、出版、研究的状况可以说是反映这类精英文学在海外传播与接受状况的两个重要侧面。其小说越出国界在国外被阅读与阐释，这其中经历的不是一个空间平移的物理过程，而是一个类似炼金术式的神秘而复杂的化学变化。造成这种化学变化的内在原因与格非小说的"重构"与"创设"是紧密相连的，或者可以说，格非的小说正是在"重构"与"创设"的过程中走向世界的。

首先，综合格非小说在海外的翻译、出版与评价、研究方面的情况来看，

① 参见：Iovene, Paula, Futures en Ahyme:Poetry in Strange Loops, In Iovene,? Tales of Future Past:Anticipation and the Ends of Literature in Contemporary China.Stanford:Stanford UP,2014,p.107−34.

② 参见：Iovene, Paula, A Clean Place to Die:Fog,Toxicity,and Shame in End of Spring in Jiangnan,In Iovene,? Tales of Future Past:Anticipation and the Ends of Literature in Contemporary China.StanFord:Stanford UP,2014,p.135−162.

格非小说创作强烈的先锋性是其在九十年代初走出国门的最根本原因。显而易见的是，格非从先锋文学的出场就打破了传统小说叙事完整的情节与结构，而是以一个又一个的"不在场"拆解了叙事的连续性，从而制造出一种近乎神秘的谜团，充满着晦涩与扑朔迷离的隐喻。在结构上，故事与故事之间不断嵌套、勾连，通过叙事上的"重复"对"空缺"予以补充。这在格非早期的小说中随处可见，例如在《追忆乌攸先生》《迷舟》《褐色鸟群》《青黄》以及《敌人》中都表现得很明显。格非在后期虽然放弃了形式上较为极端的实验，但是这种空缺与重复依然保留在他晚近的小说中。它不仅是小说的叙事方法，也是作者表现现实生存经验的方式。格非这种先锋性的叙事方式，是在整合与重构西方资源的基础上得以完成的。因此，海外学者也能很快解析出格非小说叙事的奥秘并梳理出其与西方资源的谱系性联系。同时，格非小说在九十年代初是作为先锋文学思潮的一个组成部分被海内外加以认识和感知的，它代表了中国当代文学的一种最新动向，将"怎样写"的问题拉回了与"写什么"同等重要的地位。

第二，格非对历史主题的书写是使其小说受到海外关注的原因之一。格非的小说创作一直保有历史意识，因此他的创作不但在处理自身与历史的关系时有一种自觉，也让他的文字与纵横交错的东西方文学传统构成一个并行共生的秩序。格非在以文学的方式思考和介入历史时，首先采取的是新历史主义式的书写。"新历史主义"认为"'历史'从根本上是由一种独特的书写话语与过去相协调的一种关系。"①也就是说，历史经验是被话语所叙述出来的，"历史书写本身有多少种不同的话语，就有多少种历史经验。"②这使他的小说明显地区别与我们在五十到七十年代所建构起来的历史叙事。格非并不呈现一个完整的历史场景，而是通过一些经历了历史的人的经验、他们对历史的感受相互拼凑而复原历史。如早期的《迷舟》《相遇》《褐色鸟群》等。不难发现，这些小说也正是在海外得到广泛译介和传播的作品，同时历史视角的研究在英

---

① ［美］海登·怀特：《后现代历史叙事学》，第292页，陈永国、张万娟译，北京，中国社会科学出版社，2003。

② ［美］海登·怀特：《后现代历史叙事学》，第292页。

语世界也是最为丰富的。这大概与西方对中国历史、政治的兴趣有关。

另外一个有趣的现象是格非的小说《相遇》在西方世界引起了广泛的注意，而这部作品也是多被放在西藏叙事的框架中加以理解的。格非创作小说《相遇》的初衷在于为其在西藏游历的感受赋予一种形式，在西藏的两个月中，他走在英国远征军入侵西藏的道路上听到了很多当年的轶事。在西藏，朝廷对它的管辖名存实亡；天主教会自行解散；藏传佛教中最大的秘闻是耶稣不过是修成正果的佛陀。荣赫鹏上校率领的部队从一开始就有一种"永远无法占领拉萨"的焦虑。尽管最后他的部队偶然地攻占了拉萨，但是他觉得自己根深蒂固的观念甚至时间都发生了变化。历史并不是一个线性向前发展的状态，即使用最为先进的武器侵略了最为原始而简朴、自信而虔诚的生活方式，也未必能将它征服。一种文化的存在有其自足性和稳定性，它蕴含着一种巨大的能量，与外来的入侵保持着一种微妙的张力关系。在我看来，格非实际上是在利用一个虚构的故事讲出了对这段历史的思考。他所表达的观念抽象于西藏这块确定的土地和发生在西藏的这段具体的历史，而显然无法作为一种民族风俗小说或地方志加以理解。但是正是这些历史文本为海外了解中国打开了一个窗口，通过研究它们在叙事模式、叙事话语上的转变，可以清晰地看到中国当代以来的历史叙事发生了怎样的变化，而背后隐藏的一个深层动机便是以此了解中国发生了怎样的变化。程光炜教授在谈到中国当代文学海外传播中的几个问题时曾提到"异识文学作品在'海外传播'中的增量问题"。①他是指汉学家在遴选中国当代文学作品进行翻译与推介时，倾向于寻找那些异识作品，也即与主流观念存在差异的作品。因为他们想从中窥见到中国形象。"这些作品一旦被纳入这种意识形态系统，其文学价值便会大大增量。这种文学筛选程序所存在的问题，是随着文学评价标准的意识形态化，作品的艺术价值逊位于其社会价值，被它选择的作品可能往往都不是作家本人最优秀的作品。"②在此，我并不是说被海外汉学家青睐的这类格非的小说不够优秀，而是在我看来，海

---

① 程光炜：《当代文学海外传播的几个问题》，《文艺争鸣》2012年第8期。

② 程光炜：《当代文学海外传播的几个问题》，《文艺争鸣》2012年第8期。

外汉学家的这种倾向性一方面促进了格非某一类主题的小说的海外传播，但也使他们遮蔽掉了另外一些同样优秀的作品，因为他们的根本动机是从中国文学走向中国学。

第三，格非小说中的古典性因素既推动又阻碍了其作品的海外传播。格非从"江南三部曲"开始，向中国古典美学传统致敬，虽然在此之前的小说中也弥漫着传统因素，但是从《人面桃花》开始，其内在情调与气韵走向了全面向传统复归的道路。格非不仅仅重构了西方资源，也重构了中国古典资源。东方古典情调与气韵不仅在小说外在形式上得以彰显，更重要的是它成为小说的内在基本调性和观念，对长篇小说整体性的建构也围绕其展开。但是海外学者对格非小说中古典元素的挖掘还没有涉及《人面桃花》以后的小说，这也许和较为新近的"江南三部曲"还没有在西方世界完整翻译和广泛传播有关。同时，西方学者对其小说古典性的阐释仅限于从文本中的古典诗歌出发，而对于那种情调与气韵上的古典性接受起来是存在一定的困难的。在我看来，格非小说的东方古典情调与气韵是来自于中国人对时间的一种特殊感受和美学观念，用格非小说文本中经常出现的一个词语"麦秀黍离"来表达似乎显得更为恰当。另外，从小说的整体结构来看，"江南三部曲"复活了中国传统"循环论"的时间美学模式，无论是从历史命题还是从整体结构修辞上都散发出一种传统美学意义上的悲剧意蕴，它的整体逻辑是有如《红楼梦》一样的从盛到衰、从生到死的经验轨迹。而这种"麦秀黍离"之感与"循环论"的时间美学模式不仅为其小说的翻译造成了很大的困难，也为缺少东方文化背景的西方读者和研究者接受这些作品设立了难以逾越的障碍。就像张爱玲、沈从文这样的作家在海外的影响并不大一样，"因为这些东西是中国特有的，比如对时间的感悟，伤感与悲悯，人与人之间特别细微的情感，张爱玲特别喜欢描写这种东西，但是在西方充满戏剧性的文学传统里边，她找不到她的地位了。"[①]而此时，格非小说的语言也渐渐走向一种古典的诗意了。格非小说中的语言或采取一种陌生

---

① 邓如冰、格非：《对话格非：走向世界的当代汉语写作——关于"爱荷华国际写作计划"和当代汉语写作"国际化"》，《江汉大学学报》（人文科学版）2012年第6期。

化、抒情化的语言结构，或使用一些意象找到词语之间新的组合关系，或借助一些巧妙的设计创造一种诗化氛围，这种倾向在其晚近的小说中表现得更为明显。例如，他会将类似"杏子单衫，丽人脱袄；梨院多风，梧桐成阴"①这样几个排列典雅而简洁的四字句，镶嵌在几个抒情化的长句中，直指人心又不失诗歌的韵味。在笔法上，也可看到格非向中国古典文学取法的痕迹：《人面桃花》中张季元在日记中描写秀米"目如秋水，手如柔荑，楚楚可怜之态，雪净聪明之致，令人心醉神迷。"②这里作者模拟了《诗经》的笔法，将陆秀米的形貌刻画得极具古典之美。格非小说对中国传统美学与神韵的续接可以说是在一个极富"现代性"的文本中建立了一种和古典的呼应关系，使"现代性"与古典美学结合在一起，于传统中有创造，在现代性中借助古典的启示性力量，完成了既有现代感又有古典韵味的小说作品。而这样的作品该如何翻译到西方世界，对于缺乏中国古典文化背景的西方读者来讲能多大程度上领会其语言与意蕴之美都是在海外传播过程中遭遇的重要问题。这使我想起陈晓明教授在《渐行渐远的"汉语文学"》一文中提到的"其本土的、母语的文学性水准愈高（或愈成熟），它走向世界的难度就愈大"③的论述。的确，这种本土的、母语的文学性在中国当代文学向外走的道路上形成了反向的摩擦力，以一种隔阂的方式牵制着中国化与世界性之间的距离，但这也是中国文学保有其独特经验的重要前提。

第四，格非转型之后的新作品再一次带动了其小说的海外传播。二〇一一年，随着格非"江南三部曲"收山之作《春尽江南》的出版，国内文学界又掀起了一场格非研究的热潮。通过对此时海外格非小说作品接受状况的观察，不难发现在同一时期，海内外的接受与研究形成了一种共振关系，并且海内外开始将"江南三部曲"作为一个整体予以考察和研究。可以说从《欲望的旗帜》之后，格非的创作逐渐过渡转型，在先锋文学"胜利大逃亡"之后，格非在其晚近的几部创作中已经放弃了之前近于极端的形式实验和抽象化的寓言模式，

---

① 格非：《春尽江南》，第370页，上海，上海文艺出版社，2011。
② 格非：《人面桃花》，第89页，上海，上海文艺出版社，2012。
③ 陈晓明：《渐行渐远的"汉语文学"》，《文艺争鸣》2012年第8期。

呈现出了很多不同于先锋时期的新特点。而这些新的特征尚未被当下学术著作以及学术论文所充分阐述。借其新作品的完成之际,格非及其创作都再一次在海内外的视野中得到重新观照,加之研究热潮的推动,有力地促进了格非小说的海外传播。目前《人面桃花》已经被译成多国文字出版,海外对其的解读与研究也逐渐涌现出来。不仅是在东亚文化圈中的日本和韩国,二〇一四年Iovene出版的新书用了整整一个章节去讨论《春尽江南》并把它放在三部曲之中进行分析。这是西方世界对格非新作的最新研究成果,也为我们理解格非小说提供了更为新颖的视角。在我看来,这篇文章对《春尽江南》的解读是非常独到而精准的。它从一个人类学的视角入手,探索天气、环境与人类境遇之间的关系。生态因素一直贯穿于《春尽江南》的写作之中,但作者没有止于对这个文本做一种简单的生态批评,而是由此向人类世界的纵深处挖掘。这是颇富启示性但又为国内的批评界所忽视的观点,可见海内外格非研究的互动与共振对揭示格非小说的独特价值起到了促进作用。

四、不会迷失的舟:格非作品海外传播的前景

格非转型之后的小说创作为当下的文学昭示了一种吸收与传承了东西方传统的叙事方式,用徘徊于"智性"与"诗性"之间的美学风格指涉精神与文化意义上的当代,在全球性与民族性、世界性与本土性之间找到了一个恰当的平衡点,以一种最传统的方式完成了最现代的叙事。这既是一种重构,也是一种创设。虽然它会遭遇某种程度上的难以为继和重复,但格非这种富有创设性的写作无疑是一种有益的探索。

格非整合了东西方的文化谱系,创作了一个个中国故事,却最终使文本指向人类精神的更深层次。例如,他不断地在发问:人类的精神究竟在什么地方出现了问题呢? 在《敌人》中,悲剧性的事件所带给人们的精神创伤作为"历史无意识"长久并深刻地影响着人们;在《傻瓜的诗篇》中,杜预在童年的国家恐怖主义氛围下,一个不经意的举动使他无意间充当了"间接弑父"的

凶手，这一精神刺激连同精神病母亲的自杀在他的童年时期就留下了关键性的扭结；《春尽江南》更是在预示着一个"个人精神病"时代的到来，人人都灵魂出窍的时代里，那些自以为"正常"的人，不过是另一种形式的疯癫而已。这些不仅仅是中国独有的现象，而是属于全人类的精神现象学。他的历史叙事不设定真实的历史场景，而以寓言化的形式对历史构成一种隐喻。如果说海登·怀特以其《后现代历史叙事学》颠覆了我们长久以来的历史观念，格非则以一个先锋小说家的姿态在文学中践行了这一观点。在《迷舟》中，历史并没有按照本来的逻辑发展，而是一系列的偶然性因素改变着事件发展的走向。每一个个体就像一只迷舟，在命运浩瀚而诡谲的大海中，无法看到方向；在《边缘》中，杜鹃、花儿、小扣、蝴蝶、徐复观、仲月楼这些人物同"我"一样，也都无一例外地踩在命运的鼓点上，无处可逃。历史正是作为一种文学虚构而存在的，而这种虚构性恰恰正指向另外一种真实。再如，乌托邦的想象与建构一直贯穿于"江南三部曲"中，乌托邦想象是源于对当下生存状态的不满，无论是中国式的乌托邦——桃花源梦想，还是西方意义上的政治化的乌托邦都是知识分子面对眼前的种种不堪而产生的心理反应和自然选择。这些命题无疑都具有世界性，并不局限于东方或西方，而是关乎整个人类文化与精神深处的纽结。

　　这种特质使格非的小说是一种面向未来的小说，具有一定的超前性。"要对现实的未来给与预测和影响，而这个现实的未来是作者和读者的未来。小说的特点是永无止境地重新理解、重新评价，那种理解过去和维护过去的积极性，到这里便把重心转向了未来。"[1]面向未来的文学在当下的接受中或许会受到某种阻碍，但它所经历的一定是一个价值逐渐彰显的过程。格非在一次谈话中曾经说道："中国作家有两种选择：一种选择是忙着和西方接轨，忙着让他们承认；还有一种选择是自己先做一些更重要的准备，这种准备可能是你在世的时候，一两百年内得不到认可。在现在，你可能觉得心存不满，但是你选

---

　　① ［俄］巴赫金：《史诗与小说——长篇小说研究方法论》，选自《小说理论》，第534页，白春仁、晓河译，石家庄：河北教育出版社，1998。

择做更愿意、更值得做的事情。在你充分了解西方的情况下，你可以不一定按照他的逻辑来创作，你可以有更好的野心、更大的意图、更强的独立性，你越独立，他们越想主动了解你。我觉得中国文化正处在这样的交接点上，我非常希望中国出现这样一些作家，如果这样的话中国文学就真的能成熟了，就和世界的关系理顺了。"①显然，格非的选择是属于第二种的，他不愿一味地与西方接轨，不愿在创作之时就为自己的作品预设好潜在的海外读者群，也不会去迎合海外翻译家与批评家的品位。他的重构与创设是在深入了解东西方文化的基础上打通东西方文化的一种独异性的写作，有着更大的独立性。但是这种独立性或许在当下还没有为海外的读者所充分认知，且由于作品风格的原因使得翻译并不能很顺利地进行，以至于相比其他作家，格非小说的海外传播状况略显逊色。但是不可否认的是，海外对格非创作的重视程度是显现上升态势的，翻译与研究工作也在不断拓展。

除了作品本身的因由外，很多外因也在影响着中国当代文学走出去的步伐。在《人民日报·海外版》中格非本人曾谈道："国外也有好的出版社和好的翻译，但是自己的作品在版权输出过程中的谈判与合作，多数是不平等、不愉快的。"②他认为："文学版权输出应该走专业的路子。他希望有专门从事版权服务的公司，聘请一些真正懂行的版权经纪代理人进行中国作品版权代理。"③可见，代理机制与版权管理等方面的问题依然困扰着中国当代作家作品的输出，对这方面条件的完善才能保证更多中国当代的优秀作品进入世界视野。

胡河清认为，在中国传统文化中，神秘主义与理性主义这两种对世界图景的感知方式是以全息主义的形态呈现的。以此作为文化传统的后援，在此基础之上注入西方文化，二十一世纪的中国文学将开启一个崭新的美学建构。从某

---

① 邓如冰、格非：《对话格非：走向世界的当代汉语写作——关于"爱荷华国际写作计划"和当代汉语写作"国际化"》，《江汉大学学报》（人文科学版）2012年第6期。

② 舒晋瑜：《中国文学走出去，贡献什么样的作品》，人民日报海外版，2013年02月26日，第7版。

③ 舒晋瑜：《中国文学走出去，贡献什么样的作品》，人民日报海外版，2013年02月26日，第7版。

种意义上来看，格非的重构与创设，似乎将这种期待中的美学建构真正拉向了现实的创作中。同时，这种美学建构是以"中国故事"予以承载的，它构成了中国对世界独一无二的叙述。因此，格非的作品会越来越被世界接受和认可，它们就像一只只不会迷失的舟，在世界文化的洪流中划出一道道清晰的航线。

原载《当代作家评论》2015年第5期

走向悲悯：从"乌托邦"到"隐身衣"

——格非近十年（2004—2014）文学写作踪迹考察

王增宝

　　2014年，作家格非50岁。子曰：五十而知天命。根据朱熹的解释，"四十不惑"仅是"无所疑"，形迹略显拘谨。而"天命"则是"天道之流行而赋予万物者，乃事物所以当然之故也。知此则知极其精，而不惑又不足言矣。"①可见，"知天命"已是自在无障碍的境界，如风行空中，通达无壅。2014年8月，格非的学术著作《雪隐鹭鸶：〈金瓶梅〉的声色与虚无》出版，此书无论是对文学史、社会史、思想史的学理分析，还是对"世态人情"敏锐感悟，都可见出作者对于天道万物的体达。此书的写作源于一种重要的历史感觉——格非发现，《金瓶梅》所呈现的人情世态，与当今中国现实仍有惊人的内在关联。换句话说，16世纪以来的历史并未结束，我们仍是晚明人。过去的时间融化到今天的血液当中，成为我们生命的一部分。人情世态的炎凉可悲，如同坚硬的内核，穿透了轰轰烈烈的历史，在人心中延续。正在发生的一切居然似曾相识，时间的炼金术经常给格非带来极不真实的感觉，恍惚之间，不知今夕何夕。《雪隐鹭鸶》一书可以说是格非近十年文学生涯的自我总结。格非说，

---

　　① ［宋］朱熹撰《四书章句集注》，北京：中华书局，1983年10月，第54页。

《金瓶梅》是一部激愤之书，也是一部悲悯之书。实际上，"激愤"与"悲悯"，也可以用来描述格非本人近十年的创作踪迹。

在经历近十年的沉寂之后，格非于2004年发表了"乌托邦三部曲"的第一部《人面桃花》，重返文坛。接着，格非的写作进入了一个相对稳定的阶段，相继发表了《不过是垃圾》（2006）、《山河入梦》（2007）、《蒙娜丽莎的微笑》（2007）、《文学的邀约》（2010.4）、《春尽江南》（2011）、《隐身衣》（2012）、《雪隐鹭鸶：〈金瓶梅〉的声色与虚无》（2014.8）等一系列作品。本文主旨并非对格非近十年所有文字进行综述，而是重点探讨这一时期内格非的思想变迁内在理路及其文学表现。上述作品实际上内在关联，它们都是同一种精神内核的枝叶或表象。这个精神内核以问题的形式呈现：现代人如何寻找理想的栖居之地以安顿性命？

一、阴暗时代中的激愤与反抗

格非身兼作家与教授两种身份，与此相符，他这十年的写作也分为两类，一是小说创作，二是学术研究。但不同文体之间，相同文体内部的不同作品之间，并非彼此隔绝。格非近十年的写作展现了近代中国以来"乌托邦"理想的"内化"（而非消失）过程，以及在这一过程中中国人精神世界的复杂变化。综合考察近十年来格非对晚清以降中国社会与人情的书写，可以发现，他的思想及情感态度变化有一个大概的线索，即从"激愤"走向"悲悯"。

这种"激愤"是逐渐流露出来的。2004年出版的《人面桃花》，讲述晚清革命党人的大同世界梦想。从形式上看，似乎仍是之前《迷舟》《大年》之类小说的路数，实则不然。格非先锋时期的"新历史小说"，比较关注个人在历史中的情感与记忆，偏重于从个人及民间角度展开对宏大叙事的解构。《人面桃花》延续了格非对于历史的兴趣，但其重心却不再是对历史侧面的个人性书写，这一次，格非展开了对于历史的正面突进。其突破口正是历代文人念兹在兹的"乌托邦"问题。陶渊明笔下的那个与世隔绝、怡然自乐的地理空间，曾经给多少黑暗中的精神苦闷之人带来心灵的慰藉。虽然除了那个幸运的武陵捕鱼人外，再无人能进入桃花源，但是所谓理想，不正是给那些仰望之人提供虚幻之光的力量吗？无论在什么时代，人们都会有对于理想社会、理想人生的想象。但代际的遗忘令人吃惊，往往上一代人激烈辩论、反复商讨甚至为之付出生命代价的问题，却被下一代人轻描淡写地放过了。不同历史阶段、不同版本的乌托邦想象之间，具有什么内在联系？格非显然被这个问题吸引住了。

在近现代中国史上，曾经出现两种重要的乌托邦想象和实践，一是革命党人的大同世界，二是共产主义。^①它们都曾经深刻地介入中国历史的进程，并对现代中国人的心性及情感结构产生重要影响。作为"活的历史"，它们仍然对我们今天的生活和想象发挥着隐蔽的作用。那么，如何衡量现代中国人的理想生活想象与传统"乌托邦"想象的关联？如何克服代际的遗忘，并在过去和现在之间建立一种真正有机的历史性联系？格非就是在这种历史感觉的基础上，开始了"乌托邦"三部曲的写作。而90年代以来中国社会的市场化、商业化现实，则为他提供了一个历史比照的平台，一个现实批判的据点。对于"乌托邦"的热情，源于现实中理想维度的褪色甚至匮乏。近现代以来中国人的爱与梦，构成了格非近十年写作的关怀重点，他从对单维现实的"激愤"开始，经过对时代变迁中历史主体生存境遇的文学考察，最终走向对于人性、人情的大"悲悯"。这十年的写作，也呈现了"乌托邦"梦想枉入近现代中国之红尘，经历一番，劫终而"内化""回心"的过程。具体来说，首先"乌托邦"由"桃花源"式的理想进入现实；然后，由失败的历史实践返回个体的精神世界。

对于格非来说，"乌托邦"问题构成了其写作的形式方面，他以这种"有意味的形式"来承载对中国现实社会及人情的思考与感悟。历史不过是人的生存背景，时代情境就是作家观察人、分析人的文学实验室。一代人的情感、梦想与精神状态才是作家的最终落脚点。2011年8月，三部曲的最后一部《春尽

---

① 维新派的康有为虽然创作《大同书》，"然秘不示人，亦从不以此义教学者，谓今方'据乱'之世，只能言小康，不能言大同，言则陷天下于洪水猛兽。"因此，康有为的大同只停留于理想中而未实践（引文见梁启超《清代学术概论》，上海：上海古籍出版社，1998年1月，第82页）。

江南》出版。无论按出版时间，还是按作品所涉及的历史时间，《春尽江南》的距离都与当下最为接近。但是，在我看来，"乌托邦"三部曲的真正起点恰恰是最晚发表的《春尽江南》，而不是之前的《人面桃花》或《山河入梦》。原因如前所述，对于现实的"激愤"是促成格非关注"乌托邦"问题的重要动机。而《春尽江南》所描绘的，恰恰是一个阴暗的时代，一个肮脏、腐烂的当下中国。90年代以来，资本的飓风逐渐将春天的江南从这片土地上抹去，营造出死水微澜的浮靡之美。格非看到，虚张声势的繁华背后，是精神的颓败。人们往往被这披着"肮脏的亵衣"的时代刺痛，生性敏感的作家更是不堪忍受记忆的荒芜。因此，对理想社会、理想生活方式的想象，实际上是作家对于现代社会的自然反应。《礼记》记载，孔子因生也晚，未能赶上"大同"世界，喟然而叹。乌托邦主题联结古今，恰好为"文人"作家格非提供了一个现实与传统对话的空间。说到底，所谓制度设计，所谓乌托邦想象，不过是为人类提供生命的安顿而已。性灵伸展，灵魂适意，身心安顿，这是历代中国人的基本精神追求。

因此，当生命不得舒展，甚至面临异化之时，人们就有充足的理由反抗和追寻。《春尽江南》当中，我们亦能够听见隐含作者发出的喟然叹息。中篇小说《不过是垃圾》（2006），虽然在时间上晚于三部曲的第一部《人面桃花》（2004），但在思想逻辑上却构成了整个三部曲的前奏。如果说《春尽江南》（2011）是乌托邦三部曲真正思想起点，那么，《不过是垃圾》就可以说是《春尽江南》的预演，这两篇小说在主题上的接近，至少表明：格非对于现代中国社会"礼坏乐崩"的忧虑由来已久。

《不过是垃圾》，小说的名字本身，或许就可以透露出格非对于当下人情世态的基本判断。也不难想象，不久"春尽江南"之后，剩下的那些肮脏、令人作呕的是些什么东西。《不过是垃圾》的主人公苏眉是一个时代的象征，但那个时代已经永远结束了。结束的标志，就是苏眉由纯洁、神圣的"女神"堕落成"婊子"，他被李家杰这个金钱和欲望的化身给残忍地"做掉了"。美好的事物被人性中的黑暗面给糟蹋，在这种意义上，《不过是垃圾》与霍桑小说《年轻的古德曼·布朗》有异曲同工之妙。格非在《不过是垃圾》中反复提及这个"美国文学史上最令人悲伤的故事",而且以模仿其小说结尾的方式来向霍桑表达敬意①。之所以如此推崇,更重要的原因在于观念上的亲和。小伙子古德曼·布朗于黄昏时分,告别妻子费丝(两个名字的寓意一目了然,Goodman意为好人,Faith意为忠诚、信仰),去黑夜的旷野参加魔鬼聚会。这一外在行动实际上是人内心活动的隐喻,暗指人性当中的趋恶本能及向下堕落的强烈冲动。霍桑用这个精神寓言来表达人性与宗教的矛盾,即清教徒在面临欲望、邪恶时内心的恐惧与犹豫。魔鬼与罪人的聚会也是"偶像的黄昏",小伙子在这个邪恶的世界中,发现了日常生活中一切好人的真实面孔原来竟如此恐怖,那些所谓诚实的人、道德楷模甚至宗教圣徒都有着不光彩的内面。宗教的力量变得苍白,道德也变得虚伪。更为严重的是,留在家里的妻子费丝,本来是纯洁的天国的象征,是古德曼最终的精神支柱。但霍桑却不无残忍地让她也出现在魔鬼的信徒当中,不留一点希望与净土,让她与心碎的丈夫一起在愕然间面面相觑,战栗发抖。发现邪恶的小伙子,虽然没有成为不法之徒,却变成了一个严厉、忧伤、苦思冥想、疑神疑鬼的人。费丝与《不过是垃圾》中的苏眉一样,本来都是神圣的,不沾染任何俗世的灰尘,她们的纯洁维持着一个肮脏世界仅有的一丝信心。但最终,美好的事物都被毁灭了,凶手就是人心中那不可测的欲望。在霍桑那里,这欲望表现为人性中的隐秘罪恶,但至少还有宗教来节制,还披着道德的外衣;而格非所面对的,则是90年代以来一日千里的中国社会——欲望与经济勾肩搭背,相互刺激,深刻地改变或者说扭曲着当下中国人的灵魂。人事变化之大,当刮目相看,亦无从辨认。由"女神"变成"婊子"的苏眉,是一个极端然而并不少见的例子。和小伙子古德曼一样,格非也发现了人心邪恶、见证了人事巨变,其内心的忧伤、疑虑与激愤,可想而知。

---

① 霍桑小说的结尾是:"他们没有在他的墓碑上刻下充满希望的诗句,因为他是在忧郁愁闷之中死去的。"(陈冠商编选《霍桑短篇小说集》,山东人民出版社,1980年9月,第69页)。《不过是垃圾》的结尾"他不让家人在墓碑上刻下他的名字,因为他是在厌倦中死去的,不想在这个世界上留下任何痕迹"(格非:《不过是垃圾》,沈阳:春风文艺出版社,2007年10月,第246页)。

二、生命的安顿：从乌托邦到隐身衣

如果说，《不过是垃圾》的立意尚以激愤的控诉为主，那么一年后的中篇《蒙娜丽莎的微笑》（《收获》2007年第5期）则通过对一个人、一个时代的缅怀，来积极地寻找正面价值，以供人们敬仰并安顿被欲望折磨的心灵。《蒙娜丽莎的微笑》讲述了一个名叫胡惟丏的奇人的故事，他家学渊源显赫，天资禀赋超凡，却脱俗卓尔不群，与尘世生活格格不入。最终，他像个多余人一样，被历史的车轮甩了出去。小说基本上沿用了《不过是垃圾》的人物谱系，李家杰、老头子魏挺、邓海云、苏眉、王曼君诸人重新登场亮相。两篇小说所讲述的深层情节也很相似，简单说，都是人间的净土、世界的希望被无情摧毁的故事。在《蒙娜丽莎的微笑》中，格非亦提及资本对中国社会的大洗牌，并抒发两世为人的颓唐和伤感。不过，这一次格非并非消极地控诉与感伤。如何超越凡俗、如何安顿生命的问题已经正式提上日程。小说的结尾，"我"做了一个梦，梦到胡惟丏没有死，而是化身为热振寺的喇嘛"旺堆"。旺堆脸上暧昧而古怪的笑容让我记忆深刻："它是一种矜持的嘲讽，也含着温暖的鼓励，鼓励我们在这个他既渴望又不屑的尘世中得过且过，苟安偷生。"① 拉萨及拉萨的寺庙，作为圣洁清净的文化符号，似乎是理想的归宿。但这只能是胡惟丏这类天才般人物的选择，芸芸众生还要在这个令人失望的社会中苟且生活。众生的世俗生活如何实现超越，他们的生命如何安顿？这个复杂的问题经过《春尽江南》的酝酿，直到《隐身衣》才最终解决。

乌托邦三部曲的前两部《人面桃花》和《山河入梦》，分别以20世纪初的革命和五六十年代的社会主义实践为背景，探索中国人的情感、梦想和精神状态。《春尽江南》继续思考晚清以来中国社会内在精神的变化，但与前两部有明显不同。

首先，在《春尽江南》中，强烈的乌托邦冲动已经式微。谭端午是其家族传统精神的背叛者，在他身上，祖母陆秀米与父亲谭功达所代表的理想主

---

① 格非：《蒙娜丽莎的微笑》，《收获》2007年第5期。

义已经严重褪色。进入后革命时代的乌托邦，或者变成王元庆式的不合时宜者——精神病，或者沦为双胞胎兄弟故弄玄虚的"香格里拉"或"诗意栖居"的孤岛。小说的初始情境，就弥漫着一股浓烈的厌倦情绪。19岁的秀蓉躺在草席上，稚气、天真、羞怯，而性欲满足后的谭端午则抽着烟，满足、不屑和冷笑。由此处蔓延并波及全篇的厌倦情绪是根本的、形而上学性质的，90年代以来的中国现实不过使之更加强烈地显露罢了。在这种情绪面前，任何煞有介事、兴师动众的宏大理想都提不起精神来。

其次，由于上述原因，在阅读感受上，较之前两部小说中因乌托邦理想而产生的纯洁感、神圣感。《春尽江南》似乎是一部很不洁的小说，阅读过程中，恶心感不时涌来。似乎所有的人、事都穿着"肮脏的亵衣"，红男绿女，蝇营狗苟，为蜗角微名蝇头虚利有滋有味地争夺计较，直演出一部新的"二十年目睹之怪现状"。在作家眼中，当下中国的精神世界像是一簇色彩艳丽却生命力旺盛的毒蘑菇，更像是"一沟绝望的死水"。江南春已尽，所遗唯废墟：骗子，婚外情，脚丫子，弃婴，弃父母，伪装的乞丐，灭门惨案，高中生肢解班主任，房屋纠纷，法律程式，假洋鬼子，毒白菜，垃圾，污水，调情，癌症，化工厂，雾霾，强拆，静坐，集体上访，精神病，妓女，垃圾邮件……诸如此类龌龊、腌臜、令人作呕的意象纷至沓来，令人淹没其中，掩鼻不暇。这甚至让人产生这样一种错觉：小说的动机即在于罗列各种末世疯狂般的肮脏风景，而其人物的塑造、故事的铺排，仅仅是展示这一动机的道具而已。

从小说艺术和修辞学的角度来看，同类型意象的数量如此丰富，会不会使作品显得臃肿？难道作家为了达到揭发伏藏、显时弊恶的目的，而不惜患上自然主义的"细节肥大症"吗？从经验独特性的角度来看，上述意象中不乏人们熟悉的网络段子与社会新闻。这部作品会不会成为现代社会"经验同质化"的症状，而违背了作为其本意的对抗与疗救？根据整体效果和内在思想来判断，作家的脚步并没有因密集意象的拖拉而踉踉跄跄。这些"恶"的意象并非孤立地散落于文本之中，而是作为有机部分，由作品的整体效果统辖着，由另一种更高的"生气"灌注着。这种"生气"即作家强烈的现实意识和超越激情：在当今这样一个混乱暧昧、五光十色的社会，文学应该挺身而出，以其独特的方式超越庸常，安慰众生，进而参与和改变现实。

《人面桃花》三部曲通常被认为是格非创作"向外转"的尝试，即艺术倾向上现实主义对现代主义的超越过程。①从叙事手法、语言风格等形式角度来看，确实如此。但叙事手法、语言风格绝不仅仅是形式问题。在艺术倾向"向外转"的背后，不变的是作家对社会现实的关注。格非向来不同意把"先锋文学"仅仅理解为形式实验或语言游戏，而是极力强调其社会性与政治性，这种理解是与作家一贯的现实情怀分不开的。

在《山河入梦》（2007）与《春尽江南》（2011）之间，格非出版了一部学术理论著作：《文学的邀约》（2010）。这是一部从整体上对"现代性"（现代文学）进行反思、清理，进而寻找文学新生的著作。这本书是理解格非文学观的重要线索，同时，它对于理解《春尽江南》也具有重要意义。在格非看来，文学的意义不在于正确地、真实地记录现实，而是以隐喻的形式超越现实。中国文学传统的超越方式是"内在"的，即"此在"与"彼岸"两个世界不即不离，超世间而不离世间。这种生死交错、有无重合的世界，格非称之为"幽明"。由于不离日用常行，中国式的超越具有深厚的人间情怀。由于"幽明"，中国文化启发了一种"整体性的生命哲学"，进而孕育了一种整体性的叙事思维：文学并不否认社会性、现实性描述的意义，而是把它视为整体性生命关照的一个部分加以考虑。

"幽明"是理解《春尽江南》的重要线索。这部聚焦于当下中国精神现实的长篇，呈现了一个物欲横流、人心失守、过剩又贫瘠、最好又最坏、进步而反讽——总之是光怪陆离的"世间"。记忆中的美好江南已经失去，人们告别了《山河入梦》的革命理想，迫不及待地奔向"后革命"的时代，匆匆投入科学理性和市场经济的怀抱。他们的步伐如此之快，以至于遗落了生命灵魂、凉薄了人心风俗。面对"二十年目睹之怪现状"，作家没有无动于衷地停留于罗列丑恶，也没有加以简单地批判或直露地讽刺。对欲望"现世"的描绘，如同《金瓶梅》中的欲望描写一样，只是作家整体性生命关照的一个部分。在这个

---

① 刘月悦、陈晓明等：《向外转的文本与矛盾的时代书写》，《小说评论》2012年第1期。

过程中，格非不断地提示着人们"超越现世"的契机。

小说的女主人公庞家玉，与《不过是垃圾》中的苏眉、《年轻的古德曼·布朗》中的费丝，属于同一谱系人物，都是被无情地毁灭的美好事物。当初，秀蓉把名字变更为家玉，恰如其分地区分了两个时代。家玉摸到了时代的隐秘脉搏，她以律师的身份，及时准确地回应了理性经济时代对于历史主体的呼唤。庞家玉在QQ上重新启用了"秀蓉"这个本名，此举寓意深远。她的内心仍然保留了一块净土，但是，从前那个天真时代早已远去、湮灭了，人生剩下的时间慢慢失去价值，无可留恋。讽刺的是，家玉这一丝难得流露的真情，居然只能寄托于网络这个虚拟的空间。表面上，家玉披着一身铠甲，刀枪不入，在现代社会中如鱼得水。但实际上，她一直渴望着穿上一件"隐身衣"，回到原先那个隐身世界，生活在陌生人当中。癌症使她面临着人生最重要的超越性契机。"身后有余忘缩手，眼前无路想回头"，当她被宣布出局的时候，再想全身而退，已经来不及了。家玉内心一直都在渴望抵达西藏，但每一次都功败垂成。第四次，她死在了成都的普济医院。拉萨，那块神圣化的净土，是家玉永远无法抵达的乌托邦。或许真正能安顿家玉生命的，不是可望不可即的大同世界，也不是某一块具体的地理净土，而只能是一件将她从世界中析离出来的"隐身衣"。

这件隐身衣将以何种材料织就？

如果说，《不过是垃圾》是《春尽江南》的前奏，那么《隐身衣》（2012）则是《春尽江南》的余音。《隐身衣》直接面对庞家玉的梦想问题。家玉想从周围这个熟悉的世界中隐身而去，这只能是无奈的逃避。家玉没有也不可能找到这件隐身衣，因为除了记忆和虚幻的想象，她没有织就隐身衣的原料和工艺。《春尽江南》中多次写到的古典音乐，对于端午而言，这是最低限度也是最高境界的声色之娱，是难得的静谧享受。而家玉却一直对音乐没什么感觉，只有一次例外。一天晚上，家玉被鲍罗丁的《第二弦乐四重奏》深深地感动了。小提琴缠绵伤感的声音触动了她的记忆，她不知不觉中置身于那个迷人的花家舍小岛，想起多年以前她曾经在岛上徘徊的三个小时。这种突然被回忆击中而沦陷于时间中的精神状态，正是超世间而不离世间的"幽明"，这是小说中人物最重要的超越性契机。但这个精神乌托邦倏忽而逝，不久之后，当端午用新的信号线"天仙配"再次播放鲍罗丁时，家玉却故态复萌，完全没有了感觉，莫扎特的《竖琴协奏曲》也无法挽回她的心思。她又被欲望世界的巨大漩涡给吸回去了。在小说中，这样的契机不在少数，如家玉在与端午讨论"人的分类"问题时称自己为"行尸走肉"，如家玉一直渴望抵达的西藏，另如宋蕙莲对于命运的反思，端午的文学、音乐与《新五代史》，如此等等。但如同《红楼梦》中贾雨村、《金瓶梅》中西门庆等文学形象所显示的那样，"人物虽有超越或解脱的契机，但因受强大欲望的支配，依然故我，这正是'人情之常'。"①在《春尽江南》中，音乐的超越性力量还只是分散于作品的文字角落，不时启人深省而已，而中篇小说《隐身衣》则把这些力量综合起来，加以集中、提纯、升华，其结果就是："古典音乐乌托邦"。

《春尽江南》是对当下中国精神现实的深度剖析，涉及面广，人物关系复杂，呈现的是"众生相"。而《隐身衣》提供的是"个人"案例，讲述的是后乌托邦时代个体性命安顿的故事。乌托邦的实践冲动，化入太虚，只剩下一道声音，以古典音乐的形式安慰着人们。至此，格非的"乌托邦"叙事才真正地告一段落，乌托邦思想在中国近现代历史中经历一番后，幻化而去，终于完成其"内化"过程。

三、"幽明"与乌托邦的"内化"

中国历代的乌托邦想象，总是与现实世界保持着自然可亲的联系。乌托邦或如孔子所叹，在"大道之行也，天下为公"的三代；或如陶渊明所想象的，是隐藏在神秘山林中的乐园，"避秦时乱"这个仁慈的提示表明，桃花源并非遥不可及，而就在我们生活的现实世界当中。据康德哲学，时间和空间是人类一切（外部和内部）经验的必然条件②，因此，可以说三代是时间的乌托邦，

---

① 格非：《文学的邀约》，北京：清华大学出版社，2010年4月，第64页。

② ［德］康德：《纯粹理性批判》，邓晓芒译，杨祖陶校，北京：人民出版社，2004年2月，第37页。

是过去曾经有过的理想时光；而桃花源是空间的乌托邦，就在我们这个现实世界的某个地方。二者都是与我们的经验世界密切相关的地理时空，而不是如同天堂、彼岸、涅槃那样与尘世烟火断然两截的"超级时间"。格非深谙中国哲学的这种"幽明"与"内在超越"特色，这影响了他的写作。

乌托邦在三部曲中的"内化"，首先表现为从地理空间向精神空间的转变。《人面桃花》中革命党人倡导的大同世界之中有《十杀令》，条条针对现实顽疾；花家舍王观澄的风雨长廊，使得秀米父亲的疯狂设想在土匪窝里变成现实，这是确凿的地理空间。《山河入梦》中的男主公谭功达，作为一县之长，他对于梅城的一切想象、规划和建设，都失败了。但他的所有梦想都在一个叫作花家舍的地理空间内奇迹般地实现了。比较乌托邦三部曲的前两部，其不同之处在于：《人面桃花》中是一批革命党人的大同追求，《山河入梦》中则是全民总动员的社会主义实践。其相同之处有三：其一，两种乌托邦都属于地理空间；其二，两种乌托邦追求都是政治行动；其三，这两种政治行动最终都失败了。如前所述，到了《春尽江南》中，对于乌托邦的政治性冲动已经式微，只有一些超越或解脱的精神契机，还零散地分布在作品中。这些精神契机，只存在于个人的内心，而再也没有调动起群体激情的力量了。大规模群众运动的时代已经过去，现代社会的个体陷入了孤军奋战。

乌托邦"内化"的第二种表现，是从乌托邦到隐身衣。乌托邦是一种置身于团体中的冲动，是力图成为一个政治实体中公民的欲望。而隐身衣则是从公民向个人的还原，是卸掉一切政治意识形态的束缚，向抽象但更加自由的精神领域认同。《春尽江南》中家玉所渴望的"隐身衣"，实际上是从现实欲望中的逃避，是退缩，是试图断绝与社会的任何关系。而《隐身衣》的主人公"我"所期盼的，并非消失，而只是一个观察的角度，一个隐蔽的但仍然内嵌于这个世界的文化位置。隐身人没有抽身离去，他躲在隐蔽的角落里，在自得其乐中蔑视这个社会，或者说，在蔑视这个社会中自得其乐。对于当下中国社会，家玉的心已凉透；而"隐身人"即使偶尔怨天尤人，也只是"热中人作冰雪文"[①]而已，他对这个世界还有所留恋，其内心还有保存着热情的温度。

---

① 钱锺书：《谈艺录》，北京：生活·读书·新知三联书店，2007年2月，第426页。

四、"悲悯"与文学的力量

这一丝热情来自哪里？在一个欲望与资本互相调情、彼此刺激的社会中，是什么力量在支撑着人们的生存热情？《隐身衣》所描述的现代社会，同《春尽江南》一样糟糕透顶。知识分子批判的主题再次出现，海淀一带的教授们高谈阔论，危言耸听，无才补天。格非用音乐中的对位法则，将古典音乐的高雅与庸常的现实置于一处。当刘德华轻佻的声音，从珍贵的阿卡佩拉音箱中发出来时，"我"顿生硌碜之感，一身鸡皮疙瘩。很明显，这个时代的听力出了问题。更令人惊心的，是小说描写了人情全面衰败的薄凉现实。"我"结婚四年后就不得不离婚，妻子玉芬和单位新来的主任"好上了"。姐姐同根相煎甚急，不断逼"我"搬家，好把房子租出去。而朋友蒋颂平，在"我"走投无路前去相求的时候，却撕破面皮，恩断义绝，桥归桥，路归路。爱情、亲情、友情，诸种人伦关系无不败坏。在后乌托邦时代，人伦原本可成为日常生活中个体安顿生命的一处寄托，但这个最后的人情堡垒也被欲望和"算计"联合攻陷了。其结果，就是小说的主人公不得不为了寻找一块栖居地不停奔波。

无论从历史总体性而言，还是从个体的日常生活而言，当今社会全面地令人绝望。在此意义上，格非对于世态人情的体会与明末奇书《金瓶梅》一脉相通。这个判断的时间跨度似乎有点大，但这里谈到《金瓶梅》，完全符合格非写作的内在理路。其新作《雪隐鹭鸶：〈金瓶梅〉的声色与虚无》于2014年8月出版，及时地提示我们，《金瓶梅》与《红楼梦》一起，深刻地影响了格非的写作。仅就《隐身衣》而言，《金瓶梅》影响了格非对于人情世态的判断，而《红楼梦》则帮助格非克服了那可怕的虚无。格非不无伤感地发现《金瓶梅》所呈现的16世纪的历史一直延续至今，"世道人情，历四五百年而没有什么大的变化，甚至更加败坏"①，着实可伤可叹。历史与现实的相似给格非带来了极不真实的恍惚之感。实际上，格非的这种感觉也是有学理支撑的，比如布罗代尔的重要范畴"长时段"。布罗代尔认为，"传统历史学关心的是短时

---

① 格非：《雪隐鹭鸶：〈金瓶梅〉的声色与虚无》，南京：译林出版社，2014年8月，第188页。

392

段、个人和事件。长久以来，我们已经习惯了它的那种急匆匆的、戏剧性的、短促的叙述节奏。"而他更关注历史的潜流，"长时段"是一种新的历史叙述，它试图描述局势、周期、长期趋势、结构、地理因素或观念模式的持久性等等，"这意味着逐渐习惯一种比较缓慢的、有时近乎停顿的时间。"①从明末、清朝、民国直到今天，其间的一切历史人物、事件都可视为瞬间的表象，而从"长时段"视角则不难发现人情世态的持续性。

《金瓶梅》的社会批判是全方位的，且严厉峻激，不留任何余地。最终，真妄取代善恶，达于"无善无恶"，落入空寂与虚无。"《金瓶梅》中的佛道归宿，是世俗个体的唯一出路，而在《红楼梦》中则是象征性出路。在佛与道的俯瞰之下，在世俗世界的内部，曹雪芹笔下的人物虽不免悲观，但仍然知其不可而为之，对绝望本身发出挑战。"②阅毕《金瓶梅》，读者往往有万事皆空之感，生趣顿失。而《红楼梦》却仍保留着一个干净的世界，读者从黛玉身上仍能感到传统君子的品格和力量，它激励着人们去反抗绝望，去与污浊、功利和肮脏相抗衡。在《隐身衣》中，社会人情同样糟糕，但格非的批判有所保留。小说仍能让读者感觉到一丝美好，只要不怨天尤人，日子还不算坏，生活还有值得留恋之处，世界还有变好的希望。主人公崔子固然常有时过境迁、精华已尽的恐惧，时常感到好日子都已经被挥霍完毕的无聊，但他没有决绝到价值虚无的地步。他并没有走向佛道的空无（这并非由于没有这种历史背景），而仅仅想要一件隐身衣，作为超越性的出路。这件隐身衣由古典音乐织就，"古典音乐乌托邦"为"我"提供了一块纯净之地："在残酷的竞争把人弄得以邻为壑的年代，正是古典音乐这一特殊媒介，将那些志趣相投的人挑选出来，结成一个惺惺相惜、联系紧密的圈子，久而久之，自然形成了一个信誉良好的发烧友圈子。"③但小说中，白承恩律师斥此乌托邦论为"胡说八道"，

---

① ［法］费尔南·布罗代尔：《论历史》，刘北成，周立红译，北京：北京大学出版社，2008年10月，第29—36页。

② 格非：《雪隐鹭鸶：〈金瓶梅〉的声色与虚无》，南京：译林出版社，2014年8月，第176页。

③ 格非：《隐身衣》，北京：人民文学出版社，2012年，第117页。

并举反例，德国纳粹的刽子手中，许多人具有精深音乐修养。一正一反，格非的小说在立论上是敞开的，但这不会遮蔽隐含作者在价值判断上的坚持。

"我"把贝多芬的九个交响曲和六部晚期四重奏，从头到尾又听了一遍，最终承认自己的确不可救药。而白承恩这个名字，讽刺的寓意也很明显，与《金瓶梅》中之吴典恩（无点恩），或是一丘之貉。更重要的是其律师（和《春尽江南》中的家玉一样）的身份，律师本来是顺现代时势而生的得意主体，但"白承恩"这个名字却颇有点"中山狼"的意味。也就是说，格非实际上否定了律师的见识，而坚持这个"古典音乐乌托邦"。我们只要想一想《春尽江南》中，谭端午对于古典音乐的酷爱，就不难理解《隐身衣》的这种坚持了。

夜深人静的晚上，寂寂的客厅里，胆机的电子管发出幽幽的光晕，乐音在夜幕中被析离出来，如绸布般展开，似乎在指引着别样的时空。这是令小说主人公销魂蚀骨的奢靡享受时刻。乌托邦已经完全"内化"为古典乐的精神空间。但这种向内心的回撤，是像家玉的"隐身衣"一样的逃避吗？答案是否定的。表面上看，"古典音乐乌托邦"只是一小部分"选民"的宗教，不具备抵达大众精神生活的力度。隐身似乎只是做"自了汉"，并非普度众生的方式。问题在于，格非向来拒绝作大众的廉价代言人，他对底层文学的理论倡导亦颇有微词。他认为，无论是现代西方把文学作为宗教的替补，还是近现代中国把文学当成救亡图存、新民新国的利器，都过分强调了文学的社会功能。这两种做法与其说是对文学的重新发现，不如说是对文学的强行"征用"，甚至"滥用"。文学记录之后所留下的基本上一个原样的世界，文学所要求的"现实解决"从来没有、也不可能真正兑现。[①]与其用文学来遥远地关怀所谓底层，不如实实在在地去为农民的医疗、教育做一些实在的工作。文学的最终功能在于对现实的象征性升华与超越。因此，《隐身衣》中的"我"，虽然对"古典音乐乌托邦"的小圈子感到自豪与满足，但他的目光仍然充满希望地打量着外面的世界。格非克服了《金瓶梅》中的虚无，但保留了《金瓶梅》由"佛眼"视角所产生的宽宥和哀怜，对于被欲望折磨的众生，给予充分的理解和相当的悲悯。毕竟只有少数人能看破红尘，遁入

---

① 格非：《文学的邀约》，北京：清华大学出版社，2010年4月，第55、57页。

空门，大多数人还要面对世俗生活，难以遽然割断。对众生的悲悯，正是《隐身衣》没有向着佛道之空无绝尘而去的原因，而内在化、精神化的"古典音乐乌托邦"，就是一切超越契机的象征性表达。

《隐身衣》和乌托邦三部曲一样，都是描述近现代中国社会精神衍变的作品，而《文学的邀约》与《雪隐鹭鸶》这两部学术论著，为我们提供了接近格非文学思想的重要线索。在这十年的写作当中，乌托邦主题完成了从地理空间到精神空间、从宏大到细微、从政治到"去政治"、从群体追求到个人体验的"内化"过程。不离世间，"向内超越"，不仅是格非为世俗个体提供的一条出路，也是作为小说家的格非对其文学事业之合法性的有力论证。对欲望世俗的激愤，终化为对众生的悲悯。而这悲悯，也是一种强大的力量，是格非以文学介入现实的独特方式。

《春尽江南》的结尾，主人公端午终于读完了《新五代史》，这一行动寓意深远，也使得小说的结尾充满了可敬的力量感。五代乱世，礼坏乐崩，三纲五常废绝，先王之制度文章扫地。欧阳修撰《新五代史》，取《春秋》遗旨，微言大义，乱臣贼子惧。陈寅恪认为"欧阳修几乎是用一本书的力量，使时代的风尚重返淳正"[1]。格非对此或许有"夫子言之，于我心有戚戚焉"的感觉，并肯定深受激励。在妻子家玉的眼中，端午不过是个心甘情愿一天天烂掉的无用之人。但这个时代的多余人却有自己的坚持，他喜读诗书，爱好古典音乐，手中总是捧着一部《新五代史》。这个人物承载了格非对于后乌托邦时代中文学事业的坚定信念：以一己之力，移风俗，正人心。在沉默中孕育着新声，在无用中积攒着力量，这个"失败者"实际上野心勃勃。

原载《福建师范大学学报》2015年第6期

---

[1] 格非：《春尽江南》，上海：上海文艺出版社，2011年8月，第372页。

在变与不变之间

——对近年格非小说创作转型研究的商榷

冯万红

2015年8月，随着格非的《江南三部曲》入围茅盾文学奖，一时间，80年代登上当代文坛的格非成为再度备受关注的作家。由此，评论界除了对《江南三部曲》进行解读研究外，对于格非以往作品的研究，甚至是这些研究的再研究，都自然成为评论界和研究者再度关注的话题和内容。而笔者去翻阅90年代以来对格非小说的研究成果，发现无非大体上包含了以下几个方面：对格非单篇作品的解读；对格非小说文体的解析即叙事策略的分析；对格非小说受中外经典文学作品的影响研究；对格非小说创作转型的研究。笔者列举这些，无意于去复述和评价这几个方面各自相关代表性的文章或者著述。而只想就这些研究成果的最后一个方面，即对格非小说创作转型的研究，发表个人的一些看法，期待与各位就这一方面的研究共商榷。

有关对格非小说创作转型的研究，有全面梳理格非小说创作转型的；也有将其放在上世纪八十年代先锋小说家这一视域中，对其小说创作转型进行分析的；还有从格非小说中传统叙事元素的回归这一视角出发，分析格非小说中前后两个阶段在叙事策略上的变化，从而得出格非小说创作转型这一结论的。这些有关创作转型的研究也不失为对格非小说的一种研究方法。但笔者却认为对格非小说进行研究，如果用创作转型给以一个定论，是否会有将格非小说创作整个拦腰砍断而显得武断的嫌疑？在这种简单的前后两段对比中，会将一些原本多元甚至是原本蕴含丰富内容的研究变得简单化、固定化，甚至有可能遮蔽一些因为这样两分以后而无法看到的东西。而任何一个作家的创作，在每一个不同阶段，会在表面呈现出一定的变化，这是正常的，也是不应该否认的。但这种变化并不是就完全脱离了之前的所有一切，变成和之前完全不同的状态，往往这种变化的背后，我们会发现更多的是和之前的一些延续。所以，如果我们用转型这个词来定义格非的小说创作，甚至来做格非的小说转型研究，笔者认为并不完全精准。也正因为此，笔者认为，格非的小说创作与其说发生转型，不如说更多的是处在变与不变之间，即表面上有一些变化，但在背后不同阶段的创作却有一种更深的延续。对此，笔者将在下文中结合格非具体的小说文本详细阐述这种在表面变化背后内在延续性的具体表现，即印证这种不变，仔细剥离格非小说研究中相混淆的一些概念，以此又能说明这种变与不变的混杂状态，最后得出笔者认为对格非小说进行研究的更好的方法。

一、延续性的具体表现

1.主题上的延续

笔者认为，综观格非从1986年在《中国》第2期上发表自己的处女作《追忆乌攸先生》，到后来的《迷舟》《陷阱》《敌人》《褐色鸟群》等，到如今获得茅盾文学奖的《江南三部曲》，都将格非对一些问题的思索蕴含其中。而这些思索的背后，都表达了格非对时间、对记忆、对知识分子生存状态等一系列的思考，这些思考，其实都是有关人的存在，即对存在这一哲学命题的思索。同时，格非早年求学，工作等经历都带有极大的偶然性因素，并且颇具戏剧性，这也让格非对于时间、记忆、命运的偶然性和不确定性深信不疑，于是也在自己的作品中表达了这一看法。而这些看法和思索可以说其实是贯穿了格非整个创作的，是格非小说中主要想表达的含义，表明的对生活的一种看法，这也便是其小说的主题。尽管我们可以说格非在80年代的那些小说对存在这一命题的哲学思索意味更浓，甚至有些作品本身的表达内容就是这些哲学思索，并用不完整的、充满悬念、支离破碎的故事结构来推波助澜。但90年代以后至今，我们发现格非其实还是一个思索者，只不过这种思索变得更接"地气"，即开始将思索的对象放到现实生活中的知识分子身上，去思考知识分子在巨大的历史转折中的命运沉浮以及内在精神蜕变。比如他分别发表在《花城》1995年第1期上的《初恋》和《收获》1993年第4期上的《湮灭》，其中的男主人公的感情生活多变，充满了一系列不确定因素，显然是格非有关于对人的命运不可控的看法的形象化表达。而在《江南三部曲》还有之前一些写知识分子情感和命运的小说中，格非想要表达的是这些知识分子在面对社会风云变幻之际，其命运会如何变化，其人生会何去何从。而这一命题从本质上说，还是属于一种有关存在的哲学命题，只是思索的是知识分子的存在，不像80年代那样表现的都是关于存在本身的哲学命题。加之没有了80年代那种深奥的文本形式做外衣，会给人感觉貌似是在往传统靠近，但笔者想说，靠近不等于就完全转变，更何况其中的主题一直都一脉相承。

2.叙事策略上的延续

一些研究者认为格非的小说从80年代到90年代再到新世纪，直到这次获奖的《江南三部曲》，在形式上，比较明显的展现出来的是由过去的先锋慢慢回归传统。但笔者却认为，在这种表面形式明显的变化背后，如果稍加仔细分析，就会发现，80年代小说形式体现的叙事策略上的先锋：比如叙述上的迷离；没有常规意义上的结尾，充满悬念和不确定但却没有最后的谜底；同一文本里的人物之间相互背离，相互消解；有圆环形的组织结构，其实在格非90年代的小说中，依然存在。例如发表于1987年第6期《收获》上的《迷舟》中，一直跟在萧身边应该忠心的警卫员，但在结尾却表明是奉师长的秘密指令将去了榆关的萧处死。这种关系上的异于常态，将整个小说也带入一种前后背离的表象。而发表于1993年第4期的《收获》上的《湮灭》中，金子虽然嫁给了树生，却能来去自由，尽管她与树生结婚后留下遗书不知所终，但后来又再次回来，这中间去了哪里，以及和树生的关系也是异于常态而显得扑朔迷离，这些和《迷舟》在小说的叙事策略上其实是一样的。而在《湮灭》中，每一个小故事的标题都由一个小说中的人物的名字命名，并且紧紧围绕这个人物去叙述。这样每一个人物的叙述连接着下一个人物的叙述，形成一个封闭的圆环，构成整个大的故事。而这样的圆环结构在《江南三部曲》中也能依稀看到影子，虽然《人面桃花》《山河入梦》《春尽江南》写了一个家族的三代人，有时间和血缘上的延续性，如《人面桃花》里的陆秀米，《山河入梦》里的谭功达，《春尽江南》里的谭端午，生活在能接续的不同时代，都有自己在所处不同时代里的不同追求，但却都在花家舍追求一个精神上的栖息地。时间流逝，最后还是又回到花家舍，看似经历了一圈，一个圆，最后也在花家舍落幕。而没有常规意义上的结尾，充满悬念和不确定却没有最后的谜底，这样的叙事策略被称为空缺。即"指小说叙事文本中故事的发展常常是由人为原因造成的某个环节的缺失，从而使故事的完整统一性被阻隔，事实的确定性因而变得不可靠起来。"[1]这种空缺在格非的小说中其实是一直贯穿的，如在《迷舟》中，萧中途去了榆关，但对于萧去榆关到底是去看杏还是去传递情报，都并没有给予说明，而在发表于1988年第2期的《钟山》上的《褐色鸟群》中，主人公"我"对于时间不是很确定，所以导致"我"和几个女人之间认识与相处的细节和时间上很多是空缺的。而在其90年代的一些小说，比如发表于1995年第6期（上）《佛山文艺》上的《去罕达之路》中，"我"的妻子与在"我"婚礼上出现的那个男人到底是什么关系，最后"我"的妻子离开了"我"，去了罕达，但到底因为什么原因去了罕达却是不得知的，同样在发表于1996年第6期《作家》上的《谜语》中的速加，是"我"的朋友，但"我"去见他，他却始终没有出现，不知道去了哪里。这也让人想到《人面桃花》在一开头，陆秀米

---

① 李婷婷：探索与坚守——格非小说的创作特点研究，东北师范大学文艺美学硕士学位论文，2011。

的父亲离家出走，但去了哪里，去干什么同样不得而知。在《春尽江南》中，端午与秀容相遇，最后分开，但过了一年零六个月，端午装作不认识秀容。但过了一个月以后，两人却结婚了。那么在这分开的一年零六个月里，端午和秀容各自过着怎样的生活，都分别遇到了什么样的人，在小说中并没有去正面交代，这也同样是一种空缺。

二、转型研究中相混淆的概念

1.文学作品的内容与表达主题

我们都知道，作家写小说是一种文学创作，而文学创作是"指作家为现实生活所感动，根据对生活的审美体验，通过头脑的加工改造，以语言为材料创造出艺术形象，形成可供读者欣赏的文学作品这样一种特殊的复杂的精神生产活动。"①而这种文学创作最后形成的作品就是文学作品，而任何的文学作品都是有自己的内容和形式的，"文学作品的内容，指被作者写进作品中的经过改造艺术化了的生活，包括作者对那些生活的看法和爱憎感情。一般称作家所认识的生活（客观因素）为生活内容，称作家形象地反映现实生活时的感受、评价和判断（主观因素）为思想内容。人们习惯上把题材、主题、人物、环境、情节等看成是内容因素。"②由此我们可以看到，文学作品的内容包含得更广，而表达的主题只是文学作品内容中的一个方面。

那么在一些将格非不同阶段的小说创作铁定地归为转型的论文里，是从格非小说的内容去入手进行论证的，但是，这些内容不过只是不同小说里的人物、环境和情节的变化，但是题材和主题我们却发现并不是一直都在变化的，甚至有些呈现出了相对稳定的局面。所谓题材，是"有广狭二义。广义的题材指作品取材的生活范围，如工业题材、农业题材、军事题材、历史题材、现代

---

① 王嘉良、张继定：新编文史地辞典，杭州：浙江人民出版社，2001，第281页。

② 王嘉良、张继定：新编文史地辞典，杭州：浙江人民出版社，2001，第281页。

题材等。狭义的题材则是指某一作品所具体描绘的生活现象，即经过作者选择、提炼、加工，用以表现作品的思想和主题的一组完整的生活材料。"①由此可见，所谓题材总体来说，都是在小说中所展现的故事所涉及的生活范围和生活现象，那么我们在格非小说中看到很多写知识分子爱情生活的，而且都是情感生活有始无终，来表达人的命运与未来的不确定和无常。例如《谜语》中的速加由一个腼腆的语文教师成为一个企业老板，但职业的改变，并没有让他的命运能明确朝着一个更好的方向而去，他的感情同样扑朔迷离，最后连人都不知所终。而主题的延续性笔者已经在前面论述过，这里不再赘述。由此，我们可以看到，格非小说中的人物、环境、情节都是变化的，但是其题材和主题却有相对的稳定性，所以，笼统地说格非小说内容有变化，甚至以此来判定格非小说创作发生转型有失偏颇，这种表述不够精准。因为这其中有些有变化，有些却相对没有改变。因此，笔者认为不能就简单地只归为一个词："转型"。

2.文学作品的形式与叙事策略

在格非的小说中，我们有时候简单将其归为转型，是觉得格非的小说在外在形式上发生了改变，而所谓"文学作品的形式，指内容的外在表现，是作家反映现实生活、表达思想感情所采用的表现手段、手法和方式的总和。它的因素包括结构、语言、体裁等。"②格非80年代的小说相比于90年代，2000年以来的小说，在结构上由开始的迷宫、空缺、相互背离到最后确实开始借鉴中国传统小说的结构，即在小说中开始完整叙述故事，有始有终，这样的结构与80年代相比确实发生了一些变化。并且，在格非80年代以来至今的小说中，其语言确实也有一些变化，即80年代的更富有诗意和哲学意味，比如《追忆乌攸先生》中的"时间叫人忘记一切"③。更像一句哲学上的名言。而在发表于1988

---

① 胡敬署、陈有进、王富仁：文学百科大辞典，北京：华龄出版社，1991，第16页。

② 王嘉良、张继定：新编文史地辞典，杭州：浙江人民出版社，2001，第281页。

③ 格非：褐色鸟群，上海：上海文艺出版社，2014，第1页。

年第2期《关东文学》上的《没有人看见鸟生长》中这段文字：

"我还记得《圣经》里的一段话：爱情存在于哪里呢？它或许是一种疾病，我们看到的只是欲望。上帝的声音并不能使我得到平静，因为我感到妻子实际上已经构成了生命中的一个部分——她不仅存在于我们待过的每一个房间，而且填满我的记忆。我想我在中国这块自相矛盾的土地上生活了近三十年，对道德和灵魂安宁的渴望与日俱增，而来自于另一个世界的文明（我讨厌这个词）正在悄悄改造我。"[1]充满了思辨的哲学意味。之后的慢慢有些地方向平实直白转变，但却也并没有完全放弃之前那种充满诗意和哲学意味的语言，呈现两种不同风格语言混杂的局面，如发表于2007年第5期《收获》上的《蒙娜丽莎的微笑》中有这样一段话："从他们口中蹦出来的名词和术语，没有一个是我们能够明白的：什么普鲁塔克呀，什么澹台灭明呀，什么奥伏赫变呀，再有，就是什么'美是没有目的的，却是符合目的性的'等一类谁也听不懂的鬼话。"[2]相较于之前80年代小说的语言，这段文字的语言平实直白。而同在新世纪的2003年，发表于这一年第2期的《天涯》上的《戒指花》中，有这么一段文字："谁听见雨落下来，谁就回想起那个时候，幸福的命运向她呈现了一朵叫作玫瑰的花，和它那奇妙、鲜红的色彩"[3]。充满诗意。

同样有些小说的结构中还是会有之前结构的影子，这点在前文中已经论述，不再赘述。但由此我们说已经转型同样有失偏颇。更何况在对其进行分析的过程中，其实有些是关于格非小说的叙事策略，即为了表达主题，在小说中不同的叙事地方可能既会用到过去80年代在小说中用到的那些所谓先锋的结构，但同时也会用到传统小说中的故事结构，这就是一种叙事策略，而这种叙事策略本来就包含各种形式的交叉和综合运用。所以，这进一步说明我们在分析格非小说的过程中，将形式和叙事策略完全对等，甚至只去注意形式中那些绝对的变化，因此，也就得出了格非小说创作是"转型"了。如此看来，得出这个定论，也同样有失偏颇。

---

① 格非：褐色鸟群，上海：上海文艺出版社，2014，第100页。

② 格非：蒙娜丽莎的微笑，上海：上海文艺出版社，2014，第209页。

③ 格非：蒙娜丽莎的微笑，上海：上海文艺出版社，2014，第168页。

三、结论

通过以上结合格非不同阶段具体小说文本，我们看到，格非的小说创作不能只简单归结为转型。笔者在这里认为一定的变化是有的，但相对不变的也有，这些在前文已经论述了。所以只是简单地就认为格非的小说创作是一直变化的，甚至变得和80年代的创作没有任何关联，最后给个转型就简单概括，这是不准确的。而反过来，认为其小说创作在80年代至今是一成不变的，显然也同样是不准确的。

而这些变与不变，正如格非在他的小说集《雨季的感觉》的代序言中所说"变与不变，似乎是职业写作以来才会有的苦恼。"[①]即所谓的作家，在进行创作中，因为长期的职业写作，会让自己无论是在内容还是形式上，有迫切需要自己去创新，去超越自己的地方，同时，也因为自己不断面对生活中的不同事情与问题，在不同的人生阶段，对此有不同的看法而导致了变化。但同时，也有长期因为自己的性格、生活阅历、思考习惯的缘故而让自己可能会更偏好于某类问题、某类固定的题材，如此，又形成了相对的不变。甚至本身在一个作家这么多年的创作中，作家本身的变化也并不就是完全与过去不一样，也不会完全和过去一模一样，这样导致了投射作家主观思索的文学作品也具备了变与不变的两种特质。由此，对格非这么多年的小说创作，与其说是转型，笔者觉得还不如说是介于变与不变之间，尽管这种描述不是一个精准的词语，但用来形容格非这些年的小说创作，也算相对准确。

由此，笔者认为在对格非小说进行研究时，应该在细读文本的基础上，结合其中的主题、题材、结构，进行对比分析，并将其中涉及的相关概念辨析清楚，同时也能结合大的时代背景，作家自身创作观念的变化来理解，这样才能更全面地理解和更好地解读格非的小说。

原载《小说评论》2015年第6期

---

① 格非：雨季的感觉，上海：上海文艺出版社，2014，第2页。

格非小说论

梅 兰

格非30多年来的小说，在空间/时间、先锋/日常、理想/颓废、现代/传统、表现/抒情等方面，表现出一个当代作家对时代和个人关系的自觉反思。格非的小说给人们的启示不仅是其展示了一个当代作家的成熟过程，而且是作者如何游刃于先锋与传统、欲望与抒情、精神与日常之间，或者说一个当代中国作家如何利用传统资源阐释自己所在的时代，表达个体存在的丰富经验和问题。

目及所见，格非长篇小说有7部，中短篇小说合起来共44篇。以文本叙事形式的复杂程度为标准，可以把格非的小说以1997年作为界限进行划分，同时，这两个时期所关注的问题也有着明显的差异。前10年格非小说的现代派特点浓厚，表达对象偏重抽象的精神问题。20世纪90年代后期以来的格非小说看起来平易好读，回归日常生活的琐碎表象，对精神危机的思索也更贴合时代。格非的小说在长达30多年的发展中，也保留了一些不变因素，关注知识分子精神困境是其一，欲望是其二。格非小说里的精神困境书写，很大程度依赖于对欲望及其女性形象的描述和批判，它的严厉程度在中国当代小说里相当突出，确是格非小说研究中一个难以忽视的问题。

格非新世纪以来的文学创作构成了中国抒情传统与先锋派审美冒险的某种

合体，它是格非对晚清以来的知识生产和审美冒险的忏悔和反思，也是先锋作家吸收中国传统审美方式对包括审美主体与形式在内的审美经验的重构，而其问题则在于更深地暴露了中国文学晚清以来在现实功利性与审美自主性间的龃龉与冲突。

一 从精神困境到日常救赎

格非在长篇小说《边缘》《欲望的旗帜》以及"江南三部曲"里对百年来中国知识分子精神历程的描绘，与他的中短篇小说对知识分子精神危机的瞬间揭示，在根本兴趣上非常一致。所谓沉思型作者、郁郁寡欢的思想者、失败者的代言人等格非一再认可的作者形象，也说明了格非对内在精神生活的关注，以及他从历史角度理解、把握中国知识分子的精神状况的愿望。

格非1997年后的作品越来越带有一种反讽式的幽默，这首先是对当下社会的陌生感与思考。1997年的《沉默》是一个并不复杂的作品，写知识分子在20世纪80年代到90年代的精神嬗变；1990年之后的柴峻留给世界的最后一句话是"为理想而痛苦并不可怕，可怕的就是看着它终于成为笑谈"[1]。这句推心置腹的感慨不仅忽然拉近了格非和当代中国现实的距离，思考个体与社会的关系，而且让人意识到格非小说的隐含作者的男性身份，因为它通常是一位落魄/高贵的男主人公的精神独白。《让它去》《打秋千》《不过是垃圾》《蒙娜丽莎的微笑》《隐身衣》都证明，格非在把握上一个时代的男性知识分子的精神面貌方面，具有坚韧的耐力和准确度。

前10年的格非中短篇小说里可以轻易地辨认出人和欲望、命运、历史、自我之间的痛苦的阴差阳错，悔恨的主人公比比皆是，不断产生的死亡不过是这些悔恨的一个个注脚或者说解脱。个体与整个世界的关系非常紧张。1997年后的格非相当宽容，不确定性因素同样出现在1997年后的作品里，但这次不是对线性叙事的质疑和挑衅，而是带有黑色幽默的自我嘲讽。比如一个现代主义式

---

[1] 格非：《沉默》，《蒙娜丽莎的微笑》，第51页，上海文艺出版社2014年版。下同。

的寻找事件，结尾处的谜底竟然是招商引资的政府行为（《失踪》）。在格非后来的小说里，现实越来越成为对主人公的压倒性因素，它的威力最明显地体现在对主人公精神追求的蔑视和摧毁。相对于早期作品里郑重其事的欲望和死亡，格非近20年的中短篇小说越来越多地出现"厌倦""灵魂破产""悖谬"等话语："我们之间唯一的共同之处，也许就是对各自的专业感到了厌恶，而对对方的职业却充满了羡慕"①；亿万富翁李家杰"是在厌倦中死去的，不想在这个世界上留下任何痕迹"②；"也许，我们每个人在心底里都想过别人的日子，这就是这个世界的根本悖谬所在"③；"不论是人还是事情，最好的东西往往只有表面薄薄的一层，这是我们的安身立命之所"④。

轻松地揶揄和包容一切，同时也厌倦着一切的格非，还是严肃地在作一个时代的精神描摹，他专注知识分子的灵魂堕落，这几乎成为他的写作标识。格非异常关注知识分子的内在问题，勇于承认中国现代知识分子的失败命运；这与其说是他对20世纪中国知识分子的考察结果，还不如说是对当下中国知识分子边缘化状况的沉痛反思。20世纪90年代以来，中国知识分子在地位、价值等方面被社会搁置在一边，不仅无法继续充当全民思想领袖和预言家的角色，而且在商业社会和消费文化中急剧贬值，反思这种商业文化以及知识分子自身的知识/精神问题，成为中国知识分子的重要任务。

格非在长篇小说"江南三部曲"里将这一精神反思放置在中国晚清以来的激进主义思想及其掀起的社会运动中，赋予激进运动之后甘于边缘、厌倦一切的知识分子以深切的同情，揭示百年来中国命运与知识分子灵魂挣扎之间的密切关系和悖谬结果。敏感的读者将意识到，格非从早期对时间的剪贴拼凑式的迷宫写作，经由对中国历史典籍和传统文学的学习研究，学会了在历史进程中接受精神追求的含混歧义无疾而终，并最终认识到，一切精神生活的幻象将归于日常生活的安慰。后者终将收留前者。这是格非从传统文化的浸染中得到的

---

① 格非：《苏醒》，《蒙娜丽莎的微笑》，第142页。

② 格非：《不过是垃圾》，《蒙娜丽莎的微笑》，第207页。

③ 格非：《蒙娜丽莎的微笑》，《蒙娜丽莎的微笑》，第239页。

④ 格非：《隐身衣》，《蒙娜丽莎的微笑》，第278页。

向内超越的启示，也是格非与现实的一种妥协。同时，对理想和激进主义的反思也赋予"江南三部曲"一种对知识分子的知识生产和审美冒险的忏悔色彩，对于经历过20世纪80年代的知识分子来说，格非这一举动可以说饱含心酸失落。

"江南三部曲"讲述了三代人的审美理想如何直接作用于世界的改造，并一再错过、失败和疯狂的故事。"江南三部曲"类似个人的精神成长史，是个作减法的过程，写个人如何从名利、欲求、梦想等一一解脱剥离出来，剩下的是生命最朴素平淡的面貌和存在。精神的躁动、孤单落实为一啄一饮的日常琐屑，生命的成熟原来是以脱尽繁华错梦，甚至是以逼近死亡为前提的。端午在俗世中独守一份自然生命，不作恶，给遭遇到的生命以怜悯、关怀，是具有中国传统文化隐士品格的现代人。家玉名利欲望缠身，直到疾病唤醒自然生命的力量，才抛却一切反思人生，表现出人的尊严。三部曲都是人物最弱的处境偏偏是精神生活最平静自足，甚至幸福的所在。失去爱人亲人和革命理想的秀米，逃亡路上的佩佩，仕途无望的谭功达都是如此，获得生命的自足与精神的相知。困于欲望，痴于梦想，毁于命运，成于失败，江南三部曲把人生的故事说尽，刻画出中国人的向内超越之路，也是对知识生产/审美冒险之罪的一次用心忏悔。

格非的中篇小说《隐身衣》以教授们的高谈阔论开篇，却以一个做胆机的生意人针对教授的粗话结尾——"如果你不是特别爱吹毛求疵，凡事都要去刨根问底的话，如果你能学会睁一只眼闭一只眼，改掉怨天尤人的老毛病，你会突然发现，其实生活还是他妈的挺美好的。不是吗？"①对于知识分子来说，这当然是自我嘲讽和反思。格非新世纪创作中所显示的知识生产和日常生活之间的对峙，其实是中国当代文学的一个重要维度。

从新写实主义以来的中国当代文学，最大收获可以说是重新发现了日常生活的真实存在。新时期之前，不管是革命浪漫主义还是现实主义作品，日常生活都被不同程度概念化模式化，中国现代文学中的周作人、沈从文、废名、

---

① 格非：《隐身衣》，《蒙娜丽莎的微笑》，第336页。

张爱玲等偏重日常生活审美的文学家后继乏人。20世纪80年代的中国文学经历伤痕、反思、寻根、现代、先锋等流派，但却独缺日常生活写作。从日常生活的经验和体验角度，可以列出20世纪90年代以来的中国当代文学的经典作品如《马桥词典》《活着》《许三观卖血记》《尘埃落定》《平原》《一句顶一万句》《古炉》等；甚至可以这样判定，当代中国作家转向日常生活抒写的时刻也往往是他个人文学创作成熟的时期，比如韩少功、刘震云、余华、阿来、毕飞宇、贾平凹等。

20世纪90年代以来，中国当代小说里所展现的日常生活的审美与抒情，包括风俗、方言、人情、地域、传统、尊严等，代表着中国当代小说审美维度层面的拓展和对之前当代文学偏重理想与功利的反思。从《马桥词典》《活着》《许三观卖血记》《尘埃落定》《平原》《一句顶一万句》《古炉》等作品，我们看到的就是这样一种对日常生活有足够认同的审美抒情传奇，从世俗生活与普通人性的角度，来重述一段历史、几代人的人生经历。

"江南三部曲"对理想主义及其社会实践有明确的反思，比如小说里几代人对花家舍的乌托邦构思与实践，往往走向对个体的整体划一管束驯化。在《人面桃花》的结尾，格非更赋予了日常生活在历史进程中的救赎功能。比如《人面桃花》对秀米出狱后生活的描述，把日常生活本身细微动人的质感表现得淋漓尽致，是秀米出狱后对平凡生活之美的一次真正发现——街道、店铺、黑瓦、白云、卖水人、肥汉、孩子……"她还是第一次正视这个纷乱而甜蜜的人世，它杂乱无章而又各得其所，给她带来深稳的安宁"①。秀米出狱回家后专意照料花草，重栽荷花、养护凤仙花、寻访古梅，她学会了打理自己、种菜、筛米、打年糕、剪鞋样、纳鞋底、为母猪接生等，过上了一种自食其力的质朴生活。

小说毋宁说在讲述日常生活如何接纳下一个各方面都失败的人，而这个人枉费一生的追逐，在这种平凡到极点的日常生活面前，完全是多余的。秀米入狱后的禁语并不仅仅是一种自我惩罚，更是对一生践行的理想主义话语甚至语

---

① 格非：《人面桃花》，第252页，作家出版社2009年版。

言本身的反思和否定。格非的"江南三部曲"从日常生活立场出发的书写与救赎，形成与以往宏大历史叙事的立场相疏离的一种文学书写。

虽然有评论者认为格非对日常生活的抒写，构成了他向传统回归的重要侧面，但需要注意的是，格非对日常的接纳还是以现代性批判为基础的，传统的日常审美与抒情情怀给予了主人公不同于当下世俗的角度和尺度。格非小说的现实生活因此分裂为两个，一个是经过传统浸染过的理想现实，另一个是精神分裂的当下现实，或者说现实呈现出紧张的当下和永恒的过往两种力量。这就很难把格非和现代主义写作区别开，从这个意义上说，格非对现实的看法根本上还是带有浓厚的现代派烙印。

确切来讲，格非以日常伦理和世俗精神来接近当下的同时，也隔离开了当下的现实，成了现实生活的旁观者。这种旁观又回应着中国文学在日常生活中进行审美与抒情的传统。

二　抒情与审美经验重构

"江南三部曲"以来的格非小说展现了中国传统的审美抒情方式，其深层是对审美经验的重构，包括审美主体及形式等。在知识分子视点、理想与日常生活的对立、审美追求的纯粹性等方面，格非依然秉承现代主义的立场；而在日常抒情的审美主体以及审美方式方面，他又吸收了中国传统审美经验。从根本上来说这种重构意在试图解决先锋派的遗留问题，即现代审美主体的意义缺失和文化无根。

陈晓明在《无边的挑战》里曾单辟一章《过剩与缺乏：先锋小说的抒情风格》，讨论先锋派的抒情风格的美学特点，他赞扬先锋派的抒情风格是摆脱了历史负担和思想倾向的纯粹美学追求，具有叙事话语本体意义。这具体体现在先锋小说的"我"的视点、多元复合的语言情态、"像"的比喻结构等方面，总之抒情风格在先锋派这里主要是话语呈现出的美学特点，而不是依附在意识形态、时代情怀等上面的修辞手段语言风格①。现代主义原来有个主观性的标签，陈晓明把它改写为先锋派话语"因为对语言本体的崇拜表现出的虔敬或亵渎的诗意祈祷而情韵绵延"②。但是仅仅局限在话语层面的抒情性缺乏根基和说服力，这种抒情性如果等于语言本身，那么就可以指向任何文学作品甚至非文学作品，比如广告的话语模仿和滥情堆砌。陈作立足后现代的语言本体立场，斩断了先锋派的主体和话语之间的关联，作为一种纯粹的审美形式的话语层面的抒情于是变得极为可疑，只留下了能指层面的堆砌和空转。

事实上要区分两种抒情，或者说以感人为效果的传统抒情和本雅明所说的震惊体验，先锋派的文学实践体现的是作为现代性审美特点的后者。先锋派的小说也从来不曾以感人著称。相反，它们总是尽量剥离主人公的遭遇和感受之间的一致性，错位和反差越大越好，以悲为喜，以残酷暴力为家常，才是先锋派的看家本领，比如《现实一种》《一九八六年》。如果抒情并不仅仅是一种语言修辞方式，而是主体表达对世界的感受，那么先锋派是反抒情的抒情，是要撕破庸俗无聊的传统抒情模式的，因为那里面包含了太多谎言。

对先锋派抒情性的读解实际上体现出当代文学批评的一个前提，那就是审美形式与审美主体的隔离。艺术的现代性的前提似乎就是站在审美形式对抗传统价值观，一切具有价值的特点只能是形式特点，即使是像抒情性这种非常强调主体感受的概念，也可以完全移植为纯形式范畴，不惜完全取消抒情性的主体性。

先锋派在颠覆精神/日常、主体/客体、历史/个人、时间/空间、情感/欲望、内容/审美形式的等级制方面卓有成效。其形式和语言上的创新立足于现代主义的自主性，是对现实主义再现机制的叛逆。这种审美形式/内容的对立预设，因此被看作是先锋派的艺术现代性之处，甚至是新时期文学在艺术上的现代化补课。但其实先锋派的审美意识和政治理想曾经是合一的。Avant-garde（先锋）"的本义是军事上的，指一支大部队的先行部分，先行于大部队。后

---

① 参见陈晓明：《无边的挑战：中国先锋文学的后现代性》（修订版）第五章，第100—119页，中国人民大学出版社2015年版。下同。

② 陈晓明：《无边的挑战：中国先锋文学的后现代性》（修订版），第106页。

来该词变成了政治的，继而又变成了美学的术语"①。19世纪中期到后期，政治的和美学的先锋曾经"在1871年和巴黎公社之后，即从这一联盟的杰出体现者兰波开始，到象征主义和自然主义为止"②合二为一，之后才成为纯粹审美和艺术的先锋。"先锋艺术首先是服务于社会进步的艺术，后在美学意义上成为先于自身时间的艺术"③。其实西方20世纪上半叶的现代主义艺术从来也没有完全脱离这种意识形态上的先锋性，比如萨特和布莱希特的戏剧作品，而单单标识艺术先锋性的中国先锋派一直是跛足而行。对语言形式和价值判断的隔离正是先锋派内在的问题，它的语言和形式探索因为缺少了审美的思想内涵而难以产生更长远的影响。

先锋派所采用的各种形式技法，大多从西方现代派身上学来，比如视角的主观化、语言的陌生化、结构的空间化、情节的反线性、人物的欲望化、意义的解构性，等等。这些手法用在中短篇小说上相当出色，但在长篇小说上，它不仅缺失史实/虚构、教化/娱乐、雅/俗、真/情、诗/文、文/情等中国传统小说中的审美张力和经验，更缺乏一个足以支撑长篇的审美主体的丰富思想和复杂性，无法用现代派技巧直达中国现实与审美经验。先锋派在长篇小说上没有骄人的成绩。格非的前三部长篇小说《敌人》《边缘》《欲望的旗帜》，苏童的《菩萨蛮》《蛇为什么会飞》《河岸》《黄雀记》等，往往显示出作者梳理中国社会精神状况的愿望，小说审美主体的精神层面却仍显单薄稚嫩。

审美自主性/现实功利性的龃龉和冲突也是中国现代文学自晚清以来长期存在的一个问题。不是因审美经验而偏爱传统小说的繁杂人情书写，就是为了某种现实目的牺牲掉小说的审美形式，这在中国19世纪末20世纪初常常表现为新小说与旧小说之间的冲突。梁启超、康有为等倡导的小说界革命，以救国为目标，聚集于小说对社会的巨大影响，崇尚小说的政治化和工具性，认为传统

---

① 安托瓦纳·贡巴尼翁：《现代性的五个悖论》，许钧译，第38页，商务印书馆2013年版。

② 安托瓦纳·贡巴尼翁：《现代性的五个悖论》，许钧译，第41页，商务印书馆2013年版。

③ 安托瓦纳·贡巴尼翁：《现代性的五个悖论》，许钧译，第38页，商务印书馆2013年版。

小说不出海淫海盗两端，甚至认定旧小说导致了晚清中国政治的腐败。而吴趼人认为应回到旧小说自身语境来认识小说，黄人、王钟麒肯定传统小说的成就，夏曾佑从小说艺术出发批评新小说的缺陷，周树人钩沉旧小说，徐念慈、徐枕亚提出小说主情说①等，这些都显示出着力表现日常生活和世俗人情的中国古典小说的艺术价值和生命力。这种分裂从根本上决定了小说革命中的新小说无法真正从文学观念和形式上确立自己的价值：

> 近代的小说家们几乎无人像曹雪芹那样，自觉地以小说表观人生，将自己深度的人生体验与小说创作融为一体。
>
> ……
>
> 恰恰是急功近利的政治需要，将小说艺术压垮了。
>
> ……
>
> 它忽视了小说创作必须以人生体验为基础，忽视了艺术的独立价值，因而它无法产生成熟的小说杰作，无法奠定"近代小说"的新传统和战胜旧小说的旧传统。②（引号为本文作者所加）

现实功利性与审美自主性的对立冲突实际上是从西方小说大量传入中国才出现的一个命题，而且主要建立在西方小说与中国传统小说的对立前提上，这无疑是对中国传统小说的一种误读。虽然看起来这种对立正是中国传统文学里的载道和抒情的二元对立的再现，但实际上这是西方诗学观对中国传统文学观的影响和改变。朱自清通过考证认为，"诗言志"的志与诗同形同意，新文学运动之前，"言志"涵盖讽诵（载道）与抒情，之后却意义变窄③。不管是载道还是抒情，二者的共同尺度是日常生活中的实用理性。在实用理性的基础上，道与情是相通的，并不截然相反。正如杰姆逊指出的，中国文化里的政治

---

① 参见罗书华：《中国小说学主流》第五章，第280—381页，上海书店出版社2007年版。

② 袁进：《中国小说的近代变革》，第42页，广西师范大学出版社2009年版。

③ 参见朱自清：《诗言志说》，陈国球、王德威编：《抒情之现代性："抒情传统"论述与中国文学研究》，生活·读书·新知三联书店2014年版。

/个人是一体的，官/私之间并不存在政府/个人的西方式的冲突，包括中国在内的第三世界文学具有政治无意识特点，不能以西方小说的政治与审美的冲突来衡量和评价①。

格非在新世纪以来的文学成就在于，在中国传统文学基础上重构了文学的审美抒情主体和艺术形式，同时自觉批判了现代主义的艺术自主性问题。他似乎明了任何脱离传统文化语境的意义追寻和审美活动，都难以取得相应的成绩，语言以及个体本身的文化根基与审美传统，具有比人们想象的更强的生命力和创造性。"江南三部曲"和《隐身衣》的成功也在很大程度上肯定了作者的这一认识。

"江南三部曲"及《隐身衣》进入中国的文学传统，吸收了中国传统小说的一些艺术手法，建构起以情感为内核、以抒情为特点的审美主体，并借此逃离当下的社会现实。《人面桃花》《山河入梦》《春尽江南》的书信嵌入，俗文学的悬疑情节，起兴式的设谜解谜，小说叙事与诗歌戏文的互文手法，伏笔，循环的命运观，写景抒情等，处处带有中国传统小说的艺术痕迹。

格非的"江南三部曲"在体裁上插入了大量纸质或网络书信，男女主人公在无法谋面的情况下，或者以日记交流，或者以纸质、电子书信往来。这种相当传统的插入体裁当然无法加快小说的叙事节奏，只能让情节慢下来，但却强化了小说话语的倾诉性。三部长篇小说共同具有这种书信体插入体裁，更显出作者对抒情性的看重和强调。这无疑是对小说抒情传统的重新认识，甚至包含对西方小说的世俗抒情传统的重新认识，因为众所周知，现代西方小说在18世纪英国正是以书信体为开端的。

在先锋派作家中，格非尤其以设谜解谜闻名。格非前10年的小说里，故事的谜底往往是欲望的乱伦、私情、出轨，等等，而"江南三部曲"则或借鉴俗文学悬疑套路，或学习古典诗歌的兴的手法，设谜解谜有实有虚。《人面桃花》的第二章花家舍和其他章节最大的差异在于它的俗文学特点：秀米在成亲

---

① 参见詹明信：《处于跨国资本主义时代中的第三世界文学》，张旭东编：《晚期资本主义的文化逻辑：詹明信批评理论选》，陈清侨等译，生活·读书·新知三联书店1997年版。

路上被土匪劫持到花家舍，之后土匪头目总揽把王观澄、二爷、庆德、庆寿、庆生相继被杀，首领们之间越到后来越是人人自危互相残杀，而神秘的凶手到这一章结尾才浮出水面，竟是劫持时就看上秀米的马弁，他因为好色而和革命党人小驴子合作，陆续除掉所有头目。花家舍一章酷似格非第一部长篇小说《敌人》，两者的悬疑最后都落脚在个人内心的欲望，差异在于后者带有现代主义的抽象、空白和晦涩特点，而前者因为写实的人物、景物描绘和情节的诡异，更具有俗文学的惊悚效果。

《山河入梦》由始至终闪现着一个谜一般的意象，即苦楝树和紫云英的阴影，这个谜到结尾才借姚佩佩未写完的信挑明，它竟是姚佩佩偶然洞悉谭功达的内心情愫后，面对紫云英花地中的一棵大楝树的默默占卜，象征着这段感情的命运。《山河入梦》最重要的一个谜团因此竟然是一对男女的心事互证，小说几乎成了古典情诗。这种触物起情的设谜方式让人想起中国古典诗歌的兴的手法，可以说格非以兴的方式构思了整部小说的情感线索，在抒情性和意象设置上，与诗走得很近。《春尽江南》则完全以诗来结构小说的开头和结尾：小说的开头，诗人不辞而别留下了未写完的《祭台上的月亮》；小说结尾，诗人终于将这首诗写完，改名为《睡莲》。《人面桃花》里花家舍的土匪头目三爷庆福夜访湖心岛，酒席间命丫头唱曲助兴，其中戏文和人物心事及命运间的互文有着中国古典小说的印记。这种小说与诗、曲的互文性书写，使得小说具有浓厚的抒情意味。

格非明显借鉴了传统小说叙事的结构性因素，"江南三部曲"和《隐身衣》借意象、奇人、梦境及幻觉等营造强烈的命运感，比如以大量的意象如花家舍、金蝉、瓦釜、树影等影射主人公的命运，用道士、母亲的预言等情节，为转换情节埋下伏笔。格非笔下的道士、妇女等神秘人物颇有中国古典小说的高人身影——他们常常在世俗生活中点拨迷津，预言人物未来的命运和需提防的致命灾祸，比如《金瓶梅》里道士的算命、胡僧的叮嘱。

格非的小说常常模糊梦境与现实，以及小说与小说的界限，如《人面桃花》的王观澄托梦秀米，《隐身衣》里母亲托梦给"我"，《春尽江南》里走向死亡的庞家玉在梦中成了《人面桃花》开始时的秀米，而家玉所向往的隐身世界和隐身衣在《隐身衣》中似乎变成了神秘的丁采臣。不可否认，从小说的虚实、循环和多层故事结构上，格非小说继承了中国传统小说的虚无观。现实和梦境常常难以分清孰真孰假，这和生命的循环轮回一样，有另一种慰藉和神秘，甚至可以看作是对当代小说的一种复魅。

格非小说在日常的写景抒情方面，与中国古典文学息息相通。比如《山河入梦》描绘谭功达和小韶夏日深夜在芙蓉浦月下泛舟：

> 荷叶下面的水是青黑青黑的，散发着纯纯的香气。一进入这条水道，谭功达立刻就感觉到一阵沁人心脾的清凉，光线也随之变得幽暗。在黑暗中他们彼此看不见对方的脸。船通过时，不时有倒伏的荷叶刮过船帮。水流的声音晶莹剔透，他能够听见鱼儿在离船不远的水面聚成一堆，发出一片唧唧喳喳的声响。[1]
>
> 她的声音中有一多半是呼出来的气，反而增添了四周的幽静。他甚至能够听到荷叶在晚间生长的声音，其实，我什么话都不想说了，就想这样和你静静地坐一坐……[2]

格非通过人物的感觉将写景抒情糅合起来，叙述语言与人物语言边界模糊，小说以诗的语境，用兴的手法，写主体的触物起情，心念所动。这种点化在格非小说里非常迷人，成为情节之外的游离因素。格非的小说常常突出日常生活的审美与启示，成了一种自我对话的、非功利的情感交流的诗意写作。

格非在借鉴传统小说艺术、建构传统审美主体上成绩斐然，但是审美自主性与现实功利性之间的龃龉与冲突，在格非身上表现得也尤为突出。因为习惯从审美意识/现实功利、欲望/道德、个人/社会的冲突来审视中国20世纪的历史和人，格非"江南三部曲"的主人公都是根深蒂固的艺术家和彻底失败的"理念人"。它们都在述说作者那里的一个根本判断：虽然社会实践往往因审美冲

---

[1]　格非：《山河入梦》，第313页，上海文艺出版社2012年版。

[2]　格非：《山河入梦》，第314页，上海文艺出版社2012年版。

动而起，但审美意识和社会实践完全无法协调，它们对立矛盾，互相颠覆和毁灭对方；而欲望则是导致二者失败的根本原因。《人面桃花》里的革命党人张季元爱上秀米并从此怀疑了理想的意义，张季元的每一则日记都印证着个人欲望对理想的颠覆性，并且站在道德的对立面。《山河入梦》里谭功达的故事则可以概括成一个社会艺术家的失败一生。《春尽江南》的庞家玉已经从文艺青年蜕变为成功律师，还是被这个社会的冷酷残忍碾压消灭得干干净净。格非的小说在人的败亡道路上往往给予个体第二重打击，让她/他们在日常生活中同样损失惨重，他的主人公最终都被至亲熟人欺骗出卖伤害，实现了社会对个体的毁灭。《人面桃花》的秀米被家仆翠莲出卖，幼子惨死、自己锒铛入狱；《山河入梦》的姚佩佩被好友汤碧云出卖给金玉，导致姚佩佩遭强奸并最终因杀人而被枪决；《春尽江南》的庞家玉面临绝症却遭护士李春霞的毒舌伤害，家玉因此离家出走客死他乡。她/他们孤立无援，被伪人情社会以各种方式伤害和处死。在理想、审美冒险、欲望以及日常生活中，逐一受挫、失败的这些主人公，最终只能在书写的交流中得到一点真情慰藉，孤独终老、遗恨绵绵。格非的小说虽然确立了真情流露甘于边缘的向内超越的审美主体，但是她/他们在理想、审美、欲望以及社会中失败退却的姿态和结局，让小说对社会现实的参与、介入和反思有限。

20世纪80年代，先锋派的形式实验与审美主体对自由的追求是合二为一的，即同时作为追求审美主体和审美形式的自由的先锋。格非小说早期的形式实验的语境，是一个相对封闭的主流话语占主导地位的社会，先锋的意义既在形式方面，更在于审美追求本身。但是20世纪90年代以来经济转型和消费社会的出现，已完全抽离了先锋派当年的社会心理基础，不仅形式实验早已终结，而且社会主题也早已远离审美主体的理想与精神追求。现在的问题不再是审美主体的审美追求处处受到禁锢，而是商业社会和消费活动对文学的控制诱导利用，换句话说则是先锋的审美追求失去了社会语境，丧失了现实价值及意义。

虽说格非继承了中国文学抒情传统，嫁接式的重新改造、接续了传统，也难以回避无法提出当下现实语境的真问题的难堪处境。问题并不是格非笔下的日常生活和个人抒情，能否承担起对理想及道德坍塌的现实的反思或启示；而是相反，当下日常生活审美和抒情能够找到的，往往是大规模的资本运作和消费刺激，或者是对其教条化规训式的熟练操演，很难想象获得文学的自我安慰般的日常出路和实现生活本身的温馨救赎。

格非小说的审美主体是在舍弃意识形态内涵基础上建立起的现代审美主体。它的先天不足在于它完全把自己置于社会历史和现实的边缘乃至之外，以超脱的姿态勾勒出一个缺乏理想和实践能力的审美主体，更紧要的是，这个主体竟然完全是免疫于时代、社会问题的，他无时无刻保持的清醒和免疫，很多时候损害了小说审美主体的现实性和深刻性。

三　欲望的书写

20世纪90年代以来的社会经济转型促使格非在阅读传统历史典籍及文学的过程中，进入现实的另一个层面，那就是日常救赎与向内超越——当然，这种姿态看起来更像是无奈面对现实中的失败而甘于边缘与寂寞。这一时期的格非在审美冲动和现实反思之间出现裂痕。他在文学创作中越来越倚靠日常抒情达成审美追求的纯净无瑕，在文学批评里则流露出对现代主义的反思和对社会现实的关切，但现代主义思维方式仍深刻影响到格非对现实的思考角度与结论。

格非在批评中反思了20世纪80年代的文学观，放弃了文学的自主性这一现代性的立场，多次强调现代主义产生之初，已能娴熟利用商品促销方式收获巨大经济利益和名声，甚至承认现代意义上的文学的全盘终结是历史发展的必然。[①]格非谨慎地留出了一条通过返回传统、让文学重获生机的业余创作道路，这看起来是对传统的回归，实际上是对商品经济下文学艰难生存状况的预判。与文学观的转变相关，在《雪隐鹭鸶——〈金瓶梅〉的声色与虚无》里，格非意图通过深入了解一个文学文本的社会经济与思想背景，把握酷似当下现实的一个历史情境的深层脉动，以《金瓶梅》的欲望主体身上的一种全新价值观，来反思社会现实。这种方式再现了20世纪80年代中国先锋派的历史语境和

①　参见格非：《文学的邀约》导言，清华大学出版社2010年版。

现代主义的思考方式。需要注意的是《雪隐鹭鸶》对欲望及其主体的很大程度上的肯定，与格非在小说里的欲望书写形成了呼应乃至矛盾。

格非的前期小说偏重形式实验，其深层次对象是欲望本身，表现为欲望被不停挫败、处处留有空白和缺失的故事，后期则是被现实完全挫败的欲望主体的自我审视、嘲讽和批判。其精神困境因此毋宁说是欲望困境的故事。因其欲望主体的男性身份非常明显，这也带来了格非小说对作为欲望对象的女性的各种想象、恐惧、失望、贬低、侮辱乃至厌倦。总之，在小说文本中，格非的欲望书写表现为两性的对立和欲望的困境，直至对欲望的否定。

格非1986年至1996年的中短篇小说几乎分享着同样一个故事原型：孤独的男性诗人/军人/知识分子/和尚禅师，等等，早已窥破现世的废墟性质，但却一而再跌倒在女性肉体的诱惑/犯罪/洗礼/耻辱/幻灭上。死亡、北伐、编故事（写作）、回忆、革命、历史、抗日、亲情、精神病、隐居、应试、王国、修道、学术研究、婚姻友情，等等，都只是神秘而强大的女性肉体/欲望影响下带来的副产品。在《背景》《褐色鸟群》《蚌壳》《风琴》《大年》《锦瑟》《雨季的感觉》《湮灭》《时间的炼金术》等格非早期中短篇小说里，女人的性欲复杂地纠缠在出轨、外遇、阳痿、卖淫、性奴、嫖妓、早孕、乱伦、滥交等问题中。女人性欲潜在的危险性在《镶嵌》里变得杀气腾腾，在《湮灭》里则充满自由与死亡的神秘光芒。事实证明，再神奇的对象也经不起磨损，更何况女人的性在这30年经历了巨大的意义改变，社会语境的改变可以把一个幽默的比喻变得面目全非。比如格非的成名作《追忆乌攸先生》（1986）的第二句话"那个遥远的事情像姑娘的贞操被丢弃一样容易使人激动"[1]。可以想见，30年后的读者将直觉地把这句话理解为一个出色的反讽。

《褐色鸟群》最直白地表明，追寻一个漂亮女人的过程构成了写作（编故事）的唯一轨迹——作者可能早已失足于追寻的断桥上，叙述者可以随意转换，只有欲望/爱情定律是必须继续发展的：当小说里安排了一个女人出现在一个男人的视野，小说接下来的宿命就是完成这个欲望/爱情故事。一切都可

① 格非：《追忆乌攸先生》，《褐色鸟群》，第1页，上海文艺出版社2014年版。下同。

以是荒诞不经的，只是那个生命里突然出现又猝然消失的女人是有意义的，并且一定有下文——这无疑是一种想象。《褐色鸟群》的复杂叙事从这个角度看是对这一追逐过程的千方百计的阻扰：不可靠的叙述人，读者突然出面叙述故事，故事提供了一个结尾（女人失踪死亡），但读者不满意，叙事数次跳脱停顿，再次相遇时女人否认叙述人之前对她的所有叙述，女人眼中的叙述人早已不存在——"我"其实已坠桥溺亡。小说叙事的各个环节都在延宕最后的结局。当"我"和女人终于结婚，女人却在结婚当晚暴病而亡，故事也就"再也没有任何延伸的余地了"。[①]《褐色鸟群》更类似一个男人的白日梦，镶嵌在"我"对一个神秘难测的少女/读者"棋"讲述这个白日梦的白日梦里面。性幻想及对其的一再修改、延宕甚至否定，可以看作是这个故事里的心理原型。"褐色鸟群"则是时间本身，天天飞过，从不停留。《褐色鸟群》异常克制地讲述了一个破碎啰唆的性幻想，最后在两重故事层面上都否定了它的合理性。褐色鸟群和"我"是这个故事唯一不变的永恒，就像时间和作者一样，相伴守护。

难以计数的女性出轨充斥在格非的中短篇小说里，它们最大限度象征着主人公所经历的精神磨难、死亡威胁和所处的堕落时代，只不过格非前十年的小说侧重于抽象层面的精神危机，而90年代末以来的外遇更多切合时代的脉搏。《暗示》中沉溺于"国际化"的肉体放纵的妻子，在一个女孩挂满泪水的脸上，辨认出自己那个濒临死亡的灵魂。《不过是垃圾》则通过一个大学时代男生们的女神在20年后的无耻堕落，剥夺了他们最后一丝存在的意义。《春尽江南》里频繁出轨的家玉，显然是当下中国社会欲望泛滥道德堕落的一个典型。

　　拉罗什福科说过一句名言吧。他说，世界上可以找得到很多很多贞洁的女孩，但绝对找不到只偷过一次情的女孩[②]。

---

① 格非：《褐色鸟群》，《褐色鸟群》，第74页。

② 格非、梅兰：《写作实际上是一种自我说服——格非访谈》，华中科技大学中国当代写作研究中心编：《革命与游戏——2012秋讲·韩少功　格非卷》，第230页，长江文艺出版社2013年版。

"世上从来就没有什么贞节的女人。"仲月楼像是自我安慰般地说道，"她们好比埋藏在地下的财宝，有些人守住了贞操并不是她们愿意这么做，而是人们没有将她们开采出来。"①

　　这是格非对女性最简洁的介绍，即纯洁和堕落的界限实际上并不存在，女性从本质上来说是非道德的，而格非小说里的男性，往往成为女性及欲望的苦难承受者。格非的小说把女人动物化、男人植物化。《山河入梦》里谭功达的婚姻，实质上是拖油瓶的寡妇张金芳对单身汉谭县长的成功捕获。这个情节细节上的惊人力度，促使读者不得不将其看作是格非对欲望所作的一种沉痛的负面判断。从男性角度看，女性恰是欲望最合适的载体，格非小说里的欲望与女性因此在罪恶层面几乎是同义词。

　　格非小说里的女性等于缺陷、弱点、欺骗甚至恐怖。比如《蚌壳》（1989）里妻子放蛇咬死浴缸里的丈夫，比如《马玉兰的生日礼物》（1999）优雅地讲述了一个女人的心口不一是如何直接导致了她三个儿子前仆后继的死亡——所以，永远不要相信女人的恨，它们只是爱的一个口误。

　　相比较早期小说里的类罪犯身份，女性在格非后期小说里，承担着男主人公的灵魂拯救者的任务，但是这几乎从来伴随着非欲望和反欲望。比如江南三部曲里的张季元和陆秀米、谭功达和姚佩佩，他们之间完美爱情的前提是对欲望的隔绝。正如精神分析常发现的，最有价值的东西常常以不在场的形式出现。《人面桃花》《山河入梦》《春尽江南》都是将男女主人公的欲望悬置、空缺，无法实现的欲望因此才能成为真正的欲望。《紫竹院的约会》以"我"与残疾女人的婚礼结束，《隐身衣》的"我"同样迅速和脸上布满恐怖刀疤的女人结合，这似乎意味着"女性/欲望"在格非小说里以一种剥离的方式得到解决。同时，格非的小说也赋予了禁欲以抵抗意义：遭到严重损坏的欲望对象就像一个被弄坏的商品，接纳这样的对象意味着对商品经济和消费过程的蔑视和拒绝，其核心还是一个行进在精神求索之路上的男性形象。

---

　　① 格非：《边缘》，第123页，上海文艺出版社2013年版。

格非的小说从审美主体的角度解决了欲望与个体的紧张关系，将欲望的空缺看作是欲望真正的在场和实现，但在格非的小说评论《雪隐鹭鸶》中，欲望却体现为颠覆性的价值重估以及批判力量。格非在这部著作中借助文化研究的方法，将晚明社会伦理道德观的崩塌与资本主义经济萌芽联系起来，从资本主义经济和晚明心学的角度，在价值观上重新阐释了《金瓶梅》里的欲望主体，即求真（相）去伪（情）。换句话说在《雪隐鹭鸶》中，格非正面肯定了欲望主体的"诚"与"真"，从自然人性的角度确定了欲望的合理。

很大程度上，这部批评之作为格非30多年来对欲望的关注、书写和探究作了一个完美的总结：从个体审美角度来看，欲望是破坏性的，一旦把语境从个人审美调整到社会层面，欲望的革命性和颠覆性仍是让人期待的。这仍然是一个典型的20世纪80年代的问题和思考方式，其核心还是现代主义的个人与社会的关系问题。

格非在对《金瓶梅》的晚明资本主义经济蓬勃发展的背景解读中发现，西门庆代表了一种新型的经济人，小说通过对性欲、人物的反道德书写，其实提出了一种"真妄"的新价值观，这解释了西门庆潘金莲们在道德上无所忌惮的放荡不羁的价值和意义。这看起来是从晚明社会现实及思潮的变化中推导出人物的价值观变化，实际上是把西方反道德主义、虚无主义和反理性主义的自然人性观嫁接到《金瓶梅》虚空的价值观上，从现代主义的反道德和去人格化视角，阐释了晚明的世情小说《金瓶梅》的价值在于对社会虚伪人情的拆穿。

鲁迅于《中国小说史略》中评价《金瓶梅》的情色描写，"而在当时，实亦时尚"[1]，"风气既变，并及文林，故自方士进用以来，方药盛，妖心兴，而小说亦多神魔之谈，且每叙床笫之事也"[2]。即情色描写反映了上行下效的衰世社会风气。美国学者浦安迪则在《明代小说四大奇书》中从布局结构、人物形象到修辞手法等方面阐释了《金瓶梅》的反讽意味，包括其中放纵的欲望

---

① 鲁迅：《中国小说史略》，第128页，上海古籍出版社1998年版。

② 鲁迅：《中国小说史略》，第128页，上海古籍出版社1998年版。

对人物和儒家理想的毁灭①。二者从社会历史、主题和艺术手法、话语风格上都认为《金瓶梅》为衰世乱世之作，其情色叙事即是一种表征。格非一方面认为晚明社会混乱"最根本的原因在于，当时明代经济和工商业的发展，导致了商业及消费文化的泛滥"②，另一方面又从这种乱世之源即商品经济中发现了新人和新价值观，即真与诚，继而以晚明思想解放中的心学为基础，为《金瓶梅》中"率真"的欲望主体建立起其"激进"的对立面——道德和人情，以及斗争文案。与其说这是对16世纪的中国社会的观察和批判，还不如说这是格非对当下中国现实的猜想。众所周知，中国文化的根基是以人情为核心的伦常道德，整个社会的宗教信仰、伦理和政治高度一体，剥离开其他，构想某种经济因素主导下，以思想解放为动力，意在揭穿世俗人情的欲望放纵的价值和意义，实在勉为其难；还不如反过来把欲望放纵看作是晚明社会的思想解放失败的结果。如在李泽厚看来，晚明王阳明之心学追求超验性，倡导心性之学，最终走向自然人性论③，导致人欲横行，《金瓶梅》中的欲望主体实为超验追求失败所导致的人性失范、道德坍塌。

格非从晚明的经济及法律制度分析入手，又由阳明心学和西方19世纪反道德主义、反理性主义的自然观，落脚于《金瓶梅》所谓的价值重估，几乎是用最复杂的方式论证了一个可疑的结论，发掘和赞扬了传统小说里最为俗套的欲望主体身上的"真"与"诚"，却丝毫没有质疑与之相关的欲望的不平等结构和性别模式。这不能不说明，也许价值观的混乱和自我剖析才是中国当代作家最需要面对的写作对象。

坚持对所谓人情之伪的揭示，一方面说明格非对人情之真的坚持与执着，但这仍建立在对一个本源的人性或者说形而上在场的迷信和怀念上，相信一个能解释所有问题的终极真理，延续了现代主义的思考方式。另一方面，格非

---

① 参见浦安迪：《明代小说四大奇书》第二章，沈亨寿译，生活·读书·新知三联书店2015年版。

② 格非：《雪隐鹭鸶——〈金瓶梅〉的声色与虚无》，第75页，译林出版社2014年版。

③ 参见李泽厚：《论实用理性与乐感文化》下篇，《实用理性与乐感文化》，第54—113页，生活·读书·新知三联书店2008年版。

习惯从个体与社会、欲望与道德的对峙冲突方面思考问题，即使面对的是中国古典的世情小说。只有以现代主义的个体/世界、欲望/道德的二元对立来观察中国古典小说，才会猛然发现西门庆和潘金莲身上的去人格化、人性恶的美学意义及颠覆性价值。格非对《金瓶梅》的解读，几乎是一个审美判断的现实延伸。格非像他小说里的主人公一样，用审美判断替换了价值判断和真正的社会现实研究，这是否是文学批评版的向内超越的审美主体，与中国社会现实问题的又一次错过呢？

格非20世纪90时代中后期以来的小说，频频涉及的对80年代的知识分子与历史的血肉关联的慨叹，现在看来，或有些夸大其词自作多情，其所谓绝望和边缘化似乎也只是男性知识分子的高贵傲人身份的严重失落而已。格非的"江南三部曲"不乏沉痛的对理想和审美的忏悔，但是把人情险恶作为"江南三部曲"努力揭示的最终的人生与社会真相，这种社会现实考量虽让人伤感惆怅，却流露出中国传统审美主体的颓唐没落，或者说虚弱矫情。撕破人情社会的虚伪，无论在哪个层面都无法贴合和解释当下社会现实的矛盾与问题。中国社会伦理道德之崩坏的现状，也还并没有诞生出某个新价值观，却应促使人们反思之前理想的、审美的、形而上的向内超越的主体和思维方式。

不论是早期的审美形式冒险，还是当下对知识生产与精神追求的反思，终究都是格非对纯粹精神与艺术的追求之路。在这条道路上，世俗生活及传统抒情主体给予的启示远远不够，即使格非在"江南三部曲"里来为这种乌托邦化的世俗生活重新加冕。自觉为知识分子精神作代言的格非，终究只能从知识分子甚至传统文人的角度来观察中国社会，没有意识到在当下复杂的现实问题面前，"江南三部曲"像个古老的密码，虽然努力召唤现实，却缺乏激情、目标和途径。当然，以对知识分子理想及审美追求的反思作为对象，来面对和思考历史和社会现实，龃龉难以避免。但这龃龉，未尝不是学院派作家格非写作的价值所在。

原载《文学评论》2016年第4期

论格非向中国小说叙事传统的回归

谭杉杉

　　20世纪80年代，格非踏入文坛，其小说中的叙事策略历来是研究者关注的重点，时间的倒错、情节的错置、重复与空缺、语言的高度隐喻性，构成了格非早期小说的叙事特征，《褐色鸟群》《迷舟》《敌人》是这一类小说的典型代表。到了20世纪90年代，文学阅读和写作的关系发生了很大的变化，格非的小说创作也在这种变化中转向，他一直试图寻找一种新的叙事方式。长达十年的沉默之后，以《蒙娜丽莎的微笑》为先声。"江南三部曲"在叙事向传统小说回归，而今年刚刚出版的长篇小说《望春风》则是格非用文学实践对中国小说三种回归在格非小说中的具体呈现。

一、"春秋笔法"：隐与不隐

　　从先秦开始，史书在中国古代就有着最崇高的位置，在很长时间内，叙事技巧几乎成了史书的专利。因此，要探讨叙事传统，绕不开史书，绕不开"春秋笔法"。"春秋笔法"的内涵和外延非常丰富，其"法"包含了经法、史法和文法。经法旨在劝善惩恶，"微言大义"的"义"落足于此；史法强调著史的体例、方法和思想原则，求真；文法则重在讲究修辞手法，可以从

"字""事"两个层面考量，前者表现在叙事视角层面，后者表现在叙事结构层面。①三者之间没有绝对界限，互相融合。本文主要从文法之"法"出发，将"春秋笔法"视为中国古典小说叙事的基本范畴和基本特征，探讨格非小说对传统作者视角的回归。当然，我们也必须看到，正是通过"春秋笔法"之文法，经法、史法所蕴含的"义"与"真"在格非小说中得以实现。

西方小说直到19世纪末期，"作者退出"的理论才大致成型，至20世纪才在文学实践中得以熟练运用，而在中国的章回体小说中，由于史传文学的渊源，叙事中对作者的严格限制已经是文学实践的平常现象。不过两者对作者的限制还是存在差异的，西方文学中的"作者退出"理论主要重视作者的隐，新批评派宣称作品一旦完成作者就死了，对所写内容不做评判，更不预设立场。而"春秋笔法"在隐的同时又表现出不隐的意图，作者不愿把自己的观点隐蔽得让读者无从知晓，于是在遣词造句上颇费斟酌。"君子曰：'《春秋》之称，微而显，志而晦，婉而成章，尽而不污，惩恶而劝善。非圣人，谁能修之？'"②（870）因此"春秋笔法"对作者的限制不是说作者完全退出，而是限制作者的表达，要求作者以尽可能少的用词、隐讳的笔法寓褒贬。

格非从创作初期就擅用限制视角，无论是《迷舟》《褐色鸟群》等中短篇小说，还是《敌人》《边缘》等长篇小说都摆脱了全知视角，由于这时期他极为推崇西方小说，因此对限制视角的使用主要借鉴了西方文学中的"作者退出"理论，对作者和作品的密切关系表现出排斥态度。自上世纪90年代始，格非注意到中国小说的客观化，他发现《红楼梦》《水浒》《聊斋志异》都是客观化的，但这种客观化与西方不同，"（他们）不是说没有自己的见解、没自己的情感，而是他会非常委婉地用所谓的'春秋笔法'来表达他的意图，并不是强制性地要你接受他的观点，那么这样一些被认为西方叙事学里面非常高明的手法实际在中国早就存在了。"③自然而然地，从"江南三部曲"开始，格非学习"春秋笔法"，讲究寓意，多采用白描手法，擅用微言大义。

---

① 李洲良：《春秋笔法的内涵外延与本质特征》，载《文学评论》2006年第1期。
② 杨伯峻：《春秋左传注》（修订本），北京：中华书局。1990年版。
③ 格非：《小说是对遗忘的一种反抗》，载《新京报》2005年4月14日。

"江南三部曲"、《望春风》是虚构，是演事，与此同时格非也在追求述事，在虚构中显露为知识分子为消失的乡村写史、立传的创作意图。即便他自己说过写《人面桃花》的兴趣不是再现历史，而是保留记忆中的文化信息，但是从《人面桃花》到《春尽江南》，保留百年间的文化信息在客观上实则也是对历史某种形式的记载，最终"江南三部曲"表达的是历史、历史观和追求的虚幻。至于《望春风》，儒里赵村的源起、兴旺、衰败直至消失，本身就是历史"史传"传统使格非把小说引入了社会史，小说便自然而然地秉承了史传的笔法，因为历史画面的展现局限于作为串联线索的小人物视野内，也就自然地突破了全知视角，采用了限制叙事，对作者有严格限制。

　　然而，作者隐退的同时其主观倾向又曲折隐晦地被表现出来。《春尽江南》中格非借谭端午之手写了一首关于牺牲的诗，他认为牺牲是历史的一部分，今天的牺牲者注定湮没无闻。"没有纪念，没有追悼，没有缅怀，没有身份，没有目的和意义。"①(106)正因为牺牲没有价值，才成为真正意义上的牺牲者。借守仁之口谈论历史那一段，更值得回味：历史是重复的、循环的。小说中亦多次提及端午阅读《新五代史》，"这是一本衰世之书，义正而辞严。钱穆说它'论赞不苟作'。赵瓯北在〈廿二史札记〉中推许说：'欧公寓春秋书法于纪传之中，虽〈史记〉亦不及。'陈寅恪则甚至说，欧阳修几乎是用一本书的力量，使时代的风尚重返淳正。"②(372)小说中亦直言：资本家在读马克思，黑社会老大感慨中国没有法律，诗人恨不得天下美女尽归己有，声色犬马之徒却呼吁社会道德重建。凡此种种，格非之"春秋笔法"可见一斑，他没有刻意拎出一条主线，人为删减历史复杂性，简单陈述历史观，而是隐晦地暗示作者的立场和匡正时代风尚的态度。

　　《望春风》分为父亲、德正、余闻、春琴四章，在结构方式上明显地接受了纪传体的影响。以人物的名字作题目，故事亦围绕该人物的生平事迹展开，开篇即介绍主人公姓名、家世等，篇末则交代主人公的结局，有完整的故事情

---

①　格非：《春尽江南》，上海：上海文艺出版社2012年版。

②　格非：《春尽江南》，上海：上海文艺出版社2012年版。

节，有开端，有发展，有高潮，有结局，所有出场人物均有交代。除了父亲、德正、春琴这三个主要人物，余闻中还涉及了大量次要人物。格非对于所有出场人物当然有自己的态度和评价，但他并没有直接和盘托出，而是通过多次书写，使人物的不同侧面构成了张力。并非不评价，而是用这样的方式把评价的权利交予读者。例如梅芳，开篇"父亲"一章即写"我"对她的厌恶，厌恶缘何而生，因何而生，作者都没有明言，读者只能读到她对父亲的冷嘲热讽，她对权利的热衷，她对春琴的排斥。在一切似乎都证明了"我"对她的厌恶完全是合情合理之时，在"德正"一章中梅芳为德正通风报信，"余闻"中为龙英出头，"春琴"中劝说春琴和"我"结婚。终篇，梅芳此人究竟应该如何评价，作者没有直接揭示，各个人物品格的高下，作者未置一词，读者通过呈现在眼前的多个细节却不难得出结论。

此外，格非也尝试将"春秋笔法"与西方现代叙事资源相结合，在文本中直接宣告作者的进入。在《望春风》的最后一章，格非这样写道："各位尊敬的读者，亲爱的朋友们，随着新春的钟声在二〇〇七年除夕之夜敲响，我的故事也到了该结束的时候了。"①(381)接下来，本书的作者"我"和春琴开始讨论小说内容的繁简和情节的删增。初读，觉得还是元小说的叙事手法，无非是强调小说的虚构创作过程，使得这种对叙述的叙述成为小说整体的一部分。再读，发现这部分虽然是对叙述的叙述，但重点在于格非以这种方式完成了对前文人物纪传的补录，所有不便记入正文但有重要价值的情节、资料全部在这部分得到补充，例如"更生与唐文宽"、"高定国与春琴"、"同彬与奶奶的铜板较量"，读来令人恍然大悟，唏嘘不已。"我"既是事件的亲历者，又是叙事者，借助"不可靠的"叙述者运用的"春秋笔法"，小说呈现出曲而隐的特点。

"春秋笔法"与"作者退出"的差异在于，前者不会割裂作者与文本，这不符合中国"知人论世"的批评传统。王平从中国小说史的角度将中国古代小

---

① 格非：《望春风》，南京：译林出版社2016年版。

说叙述者划分为"史官式""传奇式""说话式"和"个性化"四类①（62-99），采用"春秋笔法"，其实就是对"史官式"叙事的回归，格非写作"江南三部曲"、《望春风》是要寓褒贬、别善恶的，当然不是简单的价值判断，而是将作者隐藏在作品中人物和故事的背后，将论断寓于客观叙述之中，在隐与不隐之间让读者自行体会。

二、预叙：确然与未然

预叙，顾名思义，指事先讲述或者提及以后事件的叙述活动。热奈特曾将预叙与追叙比较，认为预叙不利于小说的悬念设置，西方古典小说也少预叙。中国的传统小说恰恰与之相反，倪爱珍在《史传与中国文学叙事传统》一书中指出，中国预叙叙事的源头要追溯到先秦时期以《左传》为代表的史书中。春秋时期的预叙文化特别发达，而史书撰写的目的又是劝诫教化，这导致了其只记录应验的预卜，形成了"预言—行动—应验"的叙事模式，也因此而产生了预叙。中国古典小说中"预叙"的使用极为普遍，成功的预叙在一定程度上增强了悬念，形成了独特的审美张力，《金瓶梅》《红楼梦》都有这样的预叙。格非小说中预叙的形式是多种多样的，大致表现为以下几个方面。

利用算命、谶语等形式来表现预叙。《金瓶梅》第二十九回吴神仙为众人算命，格非在《雪隐鹭鸶》中赞同张竹坡的说法，认为二十九回"为后七十二回预设了人物命运的总纲目，后文不过是更为细致的展开与印证而已。因此，此回当为全书的一大机轴"②（223）《望春风》中第一章父亲赴死前与儿子有一番对话，格非将这部分命名为"预卜未来"。以此作为参照，《望春风》至"预卜未来"，儒里赵村的所有重要人物都已经一一登场亮相，"预卜未来"既是对前文的一个小结，同时也为后面的三章预设了人物命运的总纲目。"父亲"因其算命先生的职业身份，更因为他本身就是故事中的人物，具有了一种

428

① 王平：《中国古代小说叙事研究》，河北：河北人民出版社2001年版。

② 格非：《重返时间的河流》，"人文清华"演讲。

预叙的先天优势，顺理成章地有了其自杀前与儿子的一番对谈。父亲对儒里赵村的人物的性格、命运都有一番具有远见的点评，这是典型的"预叙"，在人物命运尚未充分展开之时，预先向读者暗示其最终结局，他对梅芳、同彬、礼平的判断在以后的日子里一一得到印证。此外，《金瓶梅》中，西门庆问吴神仙自己命中是否"有败"时，吴神仙用"年赶着月，月赶着日，实难矣！"作答。《望春风》中，唐文宽对知青小付说过类似的一番话，不过是用英语："这些日子就像一把把刀、一把把剑，又像漫天的霜、漫天的雪，年赶着月，月赶着日，每天都赶着你去死。"①（173）这既是对自己同性恋身份被揭破的惧怕，又何尝不是对儒里赵村最终败落的命运的预叙。

其次，利用梦境的形式来表现预叙。现实是梦的倒影，梦作为心理活动被移植到小说的预叙中。《人面桃花》中王观澄死后给陆秀米托梦道破花家舍毁掉的天机；《山河入梦》以梦入题，谭功达在临死前的梦中与姚佩佩重逢；《春尽江南》中唯有守仁与家玉在梦中见过下雪的情景，结果守仁被刺身亡，家玉在普济的医院自缢而亡；《望春风》中父亲离开后的半夜我做了一个梦，梦中看见父亲去找一个叫徐新民的人。这里，并没有因为预叙削弱悬念，相反更增强了悬念，这是因为格非在描写梦境的时候，不是直接地用明白如话的语言将梦境所暗含的未来事件点出，而是暗藏玄机，采用类似于猜谜的方式写梦境。作品中永远都有对未来事件的期待，种种细节又都在环环相扣地强化着这一期待，所以由于梦境的特别表述，反而增强了悬念。梦见"下雪"究竟意味着什么，并没有说破，接着守仁死了，死于谋杀，读者不由得忧虑家玉的命运，关心她以怎样的方式谢幕，如此恰恰引起了读者的追问，造成了悬念。"徐新民"是关系父亲生死的关键词，但这个人有什么关键处，作品不是一次性地解密，而是一点一点地描画他的面孔和他背后隐藏的故事。先是那个神秘妇女，然后是德正，最后是母亲的信，当"徐新民"的面目越来越清晰时，困扰"我"那么多年的迷雾散去，读者也在恍然大悟的同时为人物的命运叹息，小说的魅力由此产生。

---

① 格非：《望春风》，南京：译林出版社2016年版。

最后是用神秘意象来表现预叙。秀米在霜降的日子透过忘忧釜看到了儿子谭功达的未来；小东西收藏了母亲留下的金蝉，金蝉寄寓了对母亲的爱恋，也因这种执着的感情赋予持有者不祥的命运；姚佩佩坚信紫云英的阴影是笼罩她命运的阴影；而那只飞走的鹦鹉佐助不仅宣告了若若童年的结束，也预示了谭端午一家人安宁生活的结束。意象本身就是隐喻性的，当意象与人物的命运连结在一起时，很多无法明言或者言不尽意之处便获得了最适合的表达。借重意象的预叙功能，从陆秀米到谭功达、姚佩佩、王元庆、谭端午、庞家玉，从小东西到若若、绿珠，"江南三部曲"中三代人的命运在冥冥之中预演和重演，读者如果将三部小说一鼓作气读完，一定会发现这些意象预伏的蛛丝马迹，不由自主地产生惊心动魄之感。

算命、占卜、梦和意象，格非通过对预叙这一传统叙事技巧的借鉴，向人们预设并最终展示出所谓命运的强大和无法抵抗，唤起恐惧和怜悯的情绪，小说由此具有了富含悲剧精神的审美风格。但是与中国传统小说的预叙比较，格非小说中的预叙显现出一种确然之外新的未然，这体现在以下两方面。

第一，应验之后的更始。传统预叙的叙事模式为"预言—行动—应验"，通过预设、预示，预先为读者叙述一种已经确定的结局，随着情节的展开，故事由预至解，最终获得审美的快感。这一模式本身隐含了宿命论的色彩，在某种层面上强化了生命的虚无，消解了人的努力。而格非小说预叙的叙事模式为"预言—行动—应验—更始"，"更始"也就是在已知的基础上设置了新的未知，这样一来，打破了旧的叙事模式，肯定了人的反抗。虽然人亡、春尽，但读者总能感受到有新的生机以失败、死亡、消失为契机重新到来。这种"更始"是秀米在瓦釜中看见的未来，是谭端午笔下尚未展开的小说，也是"我"望见的来自东南西北的春风，我们总是相信那些逝去的、消散的美好一定会灵魂附体重新回来，这也使格非的小说具有了内在的关联性。

第二，劝诫之余的超越。成功的预叙多是隐喻性的，古典小说中的预叙与宗教（佛、道、儒）关怀是联系在一起的，表达了对宇宙、人生的哲理性思考，从预叙中我们总能感觉到作者的悲悯，小说具有身在局外的劝诫意味，试图给读者指出某种出路：接受或者隐遁。格非的预叙更多的是表现出感同身受的、身在局中的忧惧。因此他没有用预设指出某种出路，而是把世情同人的存在结合起来以求超越，这种结合杂糅了东西方哲学思想，既有西方俄狄浦斯、西西福斯式的个人反抗，投射出人的存在与虚无间的背反；又有东方式投身于人生而又对人生抱有漠然的达观。所以他也劝诫，但并不居高临下，字里行间隐没着立于生存之上而又憧憬死亡之境界的东方式的虚无主义。

预叙极富多义性，它似乎隐隐约约告诉了你什么，但又没有细致透彻的说明，留下无限的可能性和空白点。伊格尔顿指出文学作品是纯粹的意向性的、受外界支配的对象。也就是说既非作者决定的，亦非文本自足的，而是依赖于认识活动的，有待于读者完成。预叙正是有效地利用了这一点，作品显示出无数的未定点，终点虽已确定，路径却是未知的，更何况格非小说中的终点又是新的起点，预叙在确然之外增添了新的未然。

三、重返时间：遗忘与追忆

毫无疑问，文学的时间观对文学创作而言是一个核心的问题，在中国传统文学里，时间承载着文学的意义。具体到小说，因为写作传统的影响，为了求真，必须保持情节线索的完整性，需要把叙述范围内的全部故事时间交代清楚，即使没有事件发生，也要将时间概述出来，以保持叙事时间的连贯性。同时，又由于受说话艺术的影响，中国传统小说的时间以讲故事为中心，情节的展开依循故事进程，形成顺时针的线性的时间模式。因此，中国传统小说起、承、转、合的结构模式对应着故事的发展时刻，空间是漂浮于时间之河上的风景，从属于时间。反观当下，两者易位，原本从属于时间意义的空间意义占据我们生活的主要部分，每个人都被裹挟其中，难以逃脱。时间附着于空间碎片，时间也就被割裂得支离破碎，空间被放大的同时，时间却不知去向。格非曾说："如果你真的能把时间忘掉，固然挺好，问题就在于，我们忘记不掉。我们只不过假装忘记了时间，而时间一直在那儿，它从不停留。"①应该说，

---

① 格非：《雪隐鹭鸶：〈金瓶梅〉的声色与虚无》，南京：译林出版社2014年版。

格非一直以来都很注重时间观的表达，试图找寻时间与人的存在之间的关系，但其早年受博尔赫斯、卡夫卡等西方现代主义作家影响颇深，小说中的时间多呈现出空缺的、偶然的、交叉的、非线性的，最终是无限的特点，而其近年的小说一再强调"重返时间的怀抱"，这种重返包括了至少两个层面的含义：一是让空间重返时间的河流；二是让人们重返过去的时间。

格非试图在小说中让空间重返时间的河流，通过时间中的空间，串联起中国整个的文化史，唤醒遗失的文化记忆。这个空间性的东西在"江南三部曲"中是花家舍，也是普济、鹤浦、梅城，在《望春风》中是便通庵，也是儒里赵村。百年来花家舍未改基本构造，始终保持了湖面、山坡、长廊、东西分割的格局，空间是静止的，流逝的是时间，然则花家舍又始终在改变，几易其主，时间的流逝在花家舍的内部烙下了印记。自其不变而观之，这种不变寄寓了人物在时间长河里长久不衰的欲望，花家舍被建造—堕落—毁灭的轮回才变得有意义；自其变者而观之，从土匪窝到集中营再到销金窝，这个小小的空间再现了百年思想史，当谭端午在看花家舍的时候，实际上他的目光穿越了一百年，因为一百年前的焦先、王观澄以及我们的先民也是这样看花家舍的，这个时空是汇融的。便通庵是一个独立的空间，它是儒里赵村的边界，见证了儒里赵村的兴衰荣辱，它既是父亲的求死之地，又奇迹般地成为儿子的新生之所。或许恰如庵名所隐喻的那样，便通即死生，死生之间的微妙真是难以言表。"我"最后与春琴蛰居于便通庵，在喧嚣的城市文明之外，便通庵自成一方天地，在这个空间中包含了时间的流逝，沉积了巨大的历史内涵，反过来看，时间的绵延之中又蕴藏了丰富的空间细节。

至于重返过去的时间，是追忆过去，拒绝被限定、被计量的生活，在反抗遗忘、消失的同时凝望未来。当陆秀米回到故乡的旧居，她用光影来判断时间，阅读父亲关于时间的遗稿，"在他的遗稿中，对时间的细微感受占据了相当大的篇幅。在他看来，时序的交替，植物的荣萃、季节的转换，昼夜更迭所织成的时间之网，从表面上看是一成不变的，而实际上却依赖于每个人迥然不同的感觉。"①（286）春琴和"我"蛰居便通庵之后，没有水没有电，中断了与外界的一切联系，与陆秀米一样，他们开始用传统的观照自然的方式来判断时间，在中国传统的时令、季节的转换中体味、认知时间，而不是限定、规范时间。"我们通过光影的移动和物候的嬗递，来判断时序的变化。其实，在我和春琴的童年时代，我们过的就是这样的日子。我们的人生在绕了一个大弯之后，在快要走到尽头的时候，终于回到了最初的出发之地。或者说，纷乱的时间开始了不可思议的回拨，我得以重返时间黑暗的心脏。"②366面向将来、直线计量的时间意识被取代，按照太阳的运行、季节的循环来计量的自然循环的时间被重新确定。对过去的自然时序的回归，是基于某种留守和抵抗，这里抵抗的对象，是外来的他者，既包括了利己主义者，也包括了现代科技文明，还指向了由权力、资本、城镇化、拆迁等组成的现代性的专制主义。在强大的他者面前，重返过去的时间是逆流而上的努力，这样的努力和整个社会的发展趋势背道而驰，废墟上的希望太过渺茫，不过正如自然循环的时间一样，"我"终究望见了四面而来的春风，这里面有一种悲悯。

总而言之，"重返时间的怀抱"，给作家重新审视外部世界人物命运及事件、开掘它的内在意义提供了一种新的可能性。空间是时间化的，时间开始了不可思议的回拨，通过时间的变化，格非展现人物的命运，通过展现人物的命运来表达他的某种道德判断，以此劝告读者，提供意义。

"春秋笔法"明确了作家的叙事身份，预叙影响了作品的叙事结构，重返时间则重新确定了自然循环的叙事时间，如格非所言，形式从来就是内容的一部分，格非对中国古典小说叙事传统的回归并不仅仅是借用了叙事技巧的外壳，而且确实体现出其向内超越的价值取向。在"江南三部曲"中格非有意识地写世情、世事和人情，但这些内容依然在大历史的叙事框架之内展开，到了《望春风》，世情、世事和人情成为历史本身，这是格非对其认同的中国小说传统的再次确认："这些既是描述的对象，也是超越的对象。"③（129）这种回

---

① 格非：《人面桃花》，上海：上海文艺出版社2012年版。

② 格非：《望春风》，南京：译林出版社2016年版。

③ 格非：《中国小说的两个传统》，载《博尔赫斯的面孔》，南京：译林出版社2014年版。

归和确认使得格非的小说具有强大的中国传统文化和传统文学的诗性力量，这对于此前过于倚重西方现代主义、后现代主义的文学思潮，无疑是一种反拨，亦是对其自身的一种超越。

原载《华中科技大学学报》2017年第1期

附录：格非研究资料索引

1.解志熙《〈褐色鸟群〉的讯号——一部现代主义文本的解读》，《文学自由谈》1989年第3期。

2.钟本康《"格非迷宫"与形式追求——〈迷舟〉的文体批评》，《当代作家评论》1989年第6期。

3.张惠辛《难以挣脱的彷徨——格非近作印象》，《当代作家评论》1989年第6期。

4.吴梦洁《格非的美学》，《文学自由谈》1990年第2期。

5.张玞《故事的回忆——格非小说艺术谈》，《当代作家评论》1990年第4期。

6.朱希祥《顽童们抛水的圆圈涟——对马原、洪峰、格非三篇小说的演进特征批评》，《当代作家评论》1991年第1期。

7.小米《中国"后现代主义"小说的艺术标本——格非长篇小说〈敌人〉读解》，《浙江师大学报》1991年第4期。

8.王斌、赵小鸣《"敌人"：一个被消解的概念》，《当代作家评论》1991年第4期。

9.陈晓明《空缺与重复：格非的叙事策略》，《当代作家评论》1992年第5期。

10.胡河清《论格非、苏童、余华与术数文化》，《当代作家评论》1992年第5期。

11.舒文治《谈格非的〈唿哨〉——兼为先锋小说一辩》，《小说评论》1993年第5期。

12.邵建《请读者猜谜——读格非〈雨季的感觉〉》，《当代文坛》1994年第5期。

13.朱恩伶《格非——以〈敌人〉迈向创作高峰的新一代作家》，《中文自学指导》1995年第1期。

14.谢有顺《精神困境的寓言——格非〈傻瓜的诗篇〉的意蕴分析》，《小说评论》1995年第1期。

15.陈福民《智者的生存——格非印象小记》，《中文自学指导》1995年第1期。

16.智丽《格非印象》，《榆林高专学报》1995年第2期。

17.洪治纲《逼视与守望——从张炜、格非、余华的三部长篇近作看先锋小说的审美动向》，《当代作家评论》1996年第2期。

18.舒文治《在边缘活着——从〈活着〉〈边缘〉考察先锋小说对生存境态的演述》，《小说评论》1996年第2期。

19.阎奇男《〈迷舟〉的魅力与格非的未来》，《济南大学学报（综合版）》1996年第2期。

20.张柠《格非与当代长篇小说》，《当代作家评论》1996年第2期。

21.谢有顺《最后一个浪漫时代——我读〈欲望的旗帜〉》，《当代作家评论》1996年第2期。

22.吴义勤《超越与澄明——格非长篇小说〈边缘〉解读》，《小说评论》1996年第6期。

23.谭五昌《诗化生活与生活的诗化——评格非短篇小说〈紫竹院的约会〉》，《浙江学刊》1996第6期。

24.董学武《格非：心灵的守望者》，《江汉大学学报》1997年第4期。

25.张闳《时间炼金术——格非小说的几个主题》，《当代作家评论》1997年第5期。

26.毕新伟《生存者的"游戏"——格非小说〈敌人〉新解》，《河南师范大学学报（哲学社会科学版）》1998年第3期。

27.薄刚《我看格非的〈欲望的旗帜〉》，《北方论丛》1999年第1期。

28.武跃速《虚空的轮回——格非〈锦瑟〉结构浅析》，《晋东南师范专科学校学报》1999年第1期。

29.张新华《格非小说中的时间观》，《当代作家评论》1999年第1期。

30.易晖《世纪末的精神画像——论格非九十年代小说创作》，《小说评论》1999年第6期。

31.王元忠《试论格非小说叙事中的空缺策略》，《甘肃高师学报》2000年第1期。

32.武跃速《历史现实与叙述话语的错落——格非小说的一种倾向》，《晋东南师范专科学校学报》2000年第1期。

33.钱荷娣《开放的圆环：从〈蚌壳〉的叙事结构看格非小说对反映论的颠覆》，《宁波大学学报（人文科学版）》2000年第2期。

34.张霖《格非小说的意义和结构——兼及后新潮小说的评价问题》，《首都师范大学学报（社会科学版）》2000年第5期。

35.杜芸《〈迷舟〉："怎么写"的生动文本》，《贵州师范大学学报（社会科学版）》2001年第4期。

36.宋朝《时间和梦境里的人生——我看格非的〈锦瑟〉》，《毕节师范高等专科学校学报（综合版）》2003年第2期。

37.非云华《叙事的魅力——谈格非作品〈青黄〉的叙事艺术》，《昆明师范高等专科学校学报》2003年第3期。

38.邓全明、潘小竹《心有灵犀：从茅盾到格非们——兼谈历史小说》，《宜春学院学报》2003年第3期。

39.李枫《论格非小说的当代经验》，《宁波大学学报（人文科学版）》2004年第1期。

40.张清华《叙事·文本·记忆·历史——论格非小说中的历史哲学、历史诗学及其启示》，《山东师范大学学报（人文社会科学版）》2004年第2期。

41.王爱松《格非：存在的眺望与沉思》，《中国海洋大学学报（社会科学版）》2004年第3期。

42.王素霞《敞开的痴迷与纠缠——博尔赫斯小说结构在格非短篇创作中的延伸》，《深圳大学学报（人文社会科学版）》2004年第4期。

43.张路黎《向着隐秘罪感的探寻——格非〈褐色鸟群〉的一种解读》，《江汉大学学报（人文科学版）》2004年第6期。

44.郭剑敏《〈将军底头〉与〈迷舟〉的互文性研究——兼论新历史小说的本土艺术渊源》，《西南交通大学学报（社会科学版）》2005年第1期。

45.张学昕《格非〈人面桃花〉的诗学》，《当代作家评论》2005年第2期。

46.毛峰《迷惘的箴言，梦寐的诗篇——试论格非的长篇小说〈人面桃花〉》，《当代作家评论》2005年第2期。

47.李敏《重复与超越——关于〈人面桃花〉》，《当代作家评论》2005年第2期。

48.谢有顺《小说诞生于孤独的个人——序〈2004中国中篇小说年选〉》，《小说评论》2005年第2期。

49.董学武《欲望的幻象：格非小说中的乡村意象》，《浙江海洋学院学报（人文科学版）》2005年第2期。

50.岑长庆、徐肖楠《市场化年代的格非先锋历史小说》，《文山师范高等专科学校学报》2005年第2期。

51.毕光明《人面桃花》，《海南师范学院学报（社会科学版）》2005年第3期。

52.董霞永《物化现实中的深沉呼唤——读格非的〈戒指花〉》，《韶关学院学报（社会科学版）》2005年第4期。

53.傅梅《无可奈何的回归——评格非小说〈人面桃花〉》，《沧州师范专科学校学报》2005年第4期。

54.格非、任赟《格非传略》，《当代作家评论》2005年第4期。

55.王宏玮《缺失和断裂——格非小说叙事策略解读及神秘性探因》，

《江汉大学学报（人文科学版）》2005年第4期。

56.谢有顺《革命、乌托邦与个人生活史——格非〈人面桃花〉的一种读解方式》，《当代作家评论》2005年第4期。

57.朱美禄《以结构制造存在的幻象——对格非小说〈戒指花〉的一种阐释》，《当代文坛》2005年第5期。

58.甘浩《设谜·猜谜·艺术游戏——重读格非的长篇小说〈敌人〉》，《信阳师范学院学报（哲学社会科学版）》2005年第5期。

59.王敏《回到生活的常态——格非、马原对谈录》，《社会观察》2005年第8期。

60.郭洪雷《"向死而生"：诗或者堕落——对格非小说〈戒指花〉的一种解读》，《名作欣赏》2005年第9期。

61.吕东亮《几多心泪〈戒指花〉——简议格非的小说〈戒指花〉》，《名作欣赏》2005年第9期。

62.李学武《生命中不能承受之"空"——读格非短篇小说〈戒指花〉》，《名作欣赏》2005年第9期。

63.郑鹏《上帝的语法错误——读格非的〈褐色鸟群〉》，《理论与创作》2006年第1期。

64.宋来莹《人面不知何处去 桃花依旧笑春风——浅评格非的〈人面桃花〉》，《聊城大学学报（社会科学版）》2006年第1期。

65.陈文杰《此花开尽更无花——论格非〈人面桃花〉的文化深度》，《广东农工商职业技术学院学报》2006年第1期。

66.孙琳《励精图治 稳健发展——新年伊始专访格非视频》，《电视字幕（特技与动画）》2006年第2期。

67.魏灿芬《生活破碎处的双重哀歌——格非小说抒情性描写浅论》，《怀化学院学报（社会科学）》2006年第3期。

68.黄惟群《神神乎乎的悬念和突变——格非的〈人面桃花〉解读》，《小说评论》2006年第4期。

69.崔洁《浓郁的书卷气——谈格非小说的命名特色》，《时代文学（双月版）》2006年第4期。

70.魏家骏《我们应当怎样面对苦难与不幸——解读格非的〈戒指花〉》，《名作欣赏》2006年第5期。

71.李伟《人面不在 花开依旧——浅析格非长篇新作〈人面桃花〉》，《济宁师范专科学校学报》2006年第5期。

72.奚志英《呈现非英雄化的历史——格非小说〈人面桃花〉的另一种解读》，《盐城师范学院学报（人文社会科学版）》2006年第5期。

73.成然《〈人面桃花〉的叙事探索》，《六盘水师范高等专科学校学报》2006年第5期。

74.蔡志诚《性、梦幻与感觉的密码——〈褐色鸟群〉的"叙述迷宫"与都市想象》，《理论与创作》2006年第6期。

75.甘浩《诗意的解构——读格非的短篇小说〈戒指花〉》，《名作欣赏》2006年第8期。

76.张磊《浅谈格非长篇小说叙事策略的转变》，《当代经理人》2006年第9期。

77.杜俊超《柳暗花明——格非长篇小说的叙事转变》，《消费导刊》2006年第12期。

78.曹睍《探〈人面桃花〉中秀米的恋父情结》，《长春教育学院学报》2007年第1期。

79.蔡志诚《身体、历史与记忆的侦探——〈追忆乌攸先生〉的文本分析与文学史意义》，《西安电子科技大学学报（社会科学版）》2007年第1期。

80.丰晓流《超越"线性故事"的藩篱——析格非的〈背景〉》，《时代文学（双月版）》2007年第1期。

81.王勤、黄小娣《在"及物"与"不及物"的双重投影下——论〈欲望的旗帜〉的结构与思想特色》，《江西广播电视大学学报》2007年第1期。

82.聂笃友《人物之死——格非小说中的时间及其错误》，《湖南第一师范学报》2007年第1期。

83.蔡志诚《荒诞、反讽与存在的考证——格非的"智者叙述"及其知识分子书写》，《吉首大学学报（社会科学版）》2007年第2期。

84.蔡志诚《超现实与梦的玄学——格非小说〈锦瑟〉的诗词再叙事》，《重庆师范大学学报（哲学社会科学版）》2007年第2期。

85.刘婧《尝试经典——评格非新作〈人面桃花〉》，《时代文学（理论学术版）》2007年第2期。

86.侯斌英《时代的一曲挽歌——读格非的〈不过是垃圾〉》，《当代文坛》2007年第3期。

87.童芸《论格非〈人面桃花〉的禅宗意蕴》，《大庆师范学院学报》2007年第3期。

88.吴妍妍《格非的城市批判及其困境》，《当代文坛》2007年第4期。

89.王中忱、莫言、陈晓明《格非〈山河入梦〉研讨会》，《渤海大学学报（哲学社会科学版）》2007年第4期。

90.李洁《时空碎片中重构的个人体验——格非中、短篇小说叙事特点初探》，《梧州学院学报》2007年第5期。

91.卢凤荣《论格非小说的意象叙事》，《辽东学院学报（社会科学版）》2007年第5期。

92.崔洁《论格非小说的空缺艺术》，《山东商业职业技术学院学报》2007年第6期。

93.秦军荣《从精神分析学角度阐释格非的〈傻瓜的诗篇〉》，《名作欣赏》2007年第6期。

94.许瑶《论格非中篇小说对生命本质的思考和认识》，《信阳师范学院学报（哲学社会科学版）》2007年第6期。

95.封梨梨《"欲望之旗"在浮靡天空下的飘扬——解读格非小说〈欲望的旗帜〉》，《安徽文学（下半月）》2007年第8期。

96.郝宇凤《穿越记忆与存在的独行——论格非小说的时间与叙事》，《科教文汇（上旬刊）》2007年第10期。

97.王迅《论格非小说叙事中时间的塑形》，《文艺争鸣》2007年第10期。

98.郭大章《格非小说的主题探讨》,《安徽文学(下半月)》2007年第12期。

99.朱霞《空缺·隐喻·模式——浅谈格非近作〈人面桃花〉的叙事艺术》,《科技信息(学术研究)》2007年第22期。

100.许道军《但见泪痕湿,不知心恨谁——解读格非〈人面桃花〉、〈山河入梦〉的几个关键词》,《当代文坛》2008年第1期。

101.张立群《论格非小说的"神秘性倾向"》,《泰山学院学报》2008年第1期。

102.张立群《流动的欲望叙述——格非小说中的"水"意象》,《人文杂志》2008年第2期。

103.黄丽娟《浅析格非〈人面桃花〉的多重叙事视角》,《常州信息职业技术学院学报》2008年第2期。

104.牙运豪《女人的迷宫——格非新历史小说的一种解读》,《康定民族师范高等专科学校学报》2008年第2期。

105.杨石峰《格非小说〈欲望的旗帜〉人物心理人格探悉》,《湘潭师范学院学报(社会科学版)》2008年第2期。

106.陈斯拉《桃花源:抵达存在的路径——论格非小说的精神内核》,《文艺评论》2008年第2期。

107.余中华《重建与古典文学传统的关系——格非论》,《理论与创作》2008年第2期。

108.郭大章《格非小说中的故事处理方式——神秘主义》,《安徽文学(下半月)》2008年第2期。

109.郭大章《格非小说中的故事处理方式》,《陕西师范大学学报(哲学社会科学版)》2008年第S2期。

110.贾玮《"道德批评"无法触及的深刻——抗战爆发70周年邀陶东风教授重读格非之〈风琴〉》,《唐山学院学报》2008年第3期。

111.李敏《〈山河入梦〉与格非的创作转型》,《文艺争鸣》2008年第4期。

112.张清华《〈山河入梦〉与格非的近年创作》，《文艺争鸣》2008年第4期。

113.安静《山河入梦，爱也入梦》，《文艺争鸣》2008年第4期。

114.谢刚《〈山河入梦〉：乌托邦的辩证内蕴》，《文艺争鸣》2008年第4期。

115.薛冰华《论格非、须一瓜爱情小说的异同》，《湘南学院学报》2008年第4期。

116.边远、毛艳铭《性别书写与革命欲望——从〈人面桃花〉到〈山河入梦〉》，《理论观察》2008年第5期。

117.《格非主要作品目录》，《小说评论》2008年第6期。

118.刘雨《乌托邦叙事的意义——格非〈人面桃花〉阅读笔记》，《东北师大学报（哲学社会科学版）》2008年第6期。

119.格非《中国小说的两个传统——格非自述》，《小说评论》2008年第6期。

120.余中华、格非《我也是这样一个冥想者——格非访谈录》，《小说评论》2008年第6期。

121.余中华《雨季·梦境·女性——格非小说的三个关键词》，《小说评论》2008年第6期。

122.郭大章《格非小说的叙述策略》，《辽宁行政学院学报》2008年第6期。

123.方友根、王太贵《论格非小说的叙事艺术》，《铜陵学院学报》2008年第6期。

124.郭大章《格非小说的语言特色》，《辽宁行政学院学报》2008年第7期。

125.刘晓飞《大梦无边——从〈山河入梦〉看格非的现代国家构想》，《大众文艺（理论）》2008年第11期。

126.向仕艳《论格非90年代长篇小说的思想意蕴》，《安徽文学（下半月）》2008年第12期。

127.雷胜学《论格非小说中神秘氛围的文化来源》，《安徽文学（下半月）》2008年第12期。

128.刘伟《格非的神秘主义诗学》，《文艺评论》2009年第1期。

129.郭宝亮《论〈褐色鸟群〉——两种元叙事规则博弈中的历史真相》，《文艺争鸣》2009年第2期。

130.张立群《延伸：迷宫与时间中的叙述——博尔赫斯与格非小说的比较研究》，《石家庄学院学报》2009年第2期。

131.李微霞《格非〈迷舟〉叙事手法小析》，《淮北职业技术学院学报》2009年第2期。

132.成红舞《格非小说的时空叙事特色简论——以〈人面桃花〉和〈山河入梦〉两部为例》，《安徽文学（下半月）》2009年第3期。

133.祝亚峰《历史与伦理：格非小说的叙事向度》，《安徽理工大学学报（社会科学版）》2009年第3期。

134.河西《被遮蔽的痛苦——格非小说中的植物学叙事》，《上海文化》2009年第3期。

135.许娟《格非〈欲望的旗帜〉中欲望的解读》，《南昌教育学院学报》2009年第3期。

136.孙宝祥《带着先锋走进传统——〈人面桃花〉与中国传统叙事》，《南昌高专学报》2009年第4期。

137.杨兆清《格非视频：立足广电，面向新媒体》，《电视技术》2009年第4期。

138.张学昕、格非《文学叙事是对生命和存在的超越》，《当代作家评论》2009年第5期。

139.舒坦《格非认为"文学热"没必要再来》，《文学教育（上）》2009年第5期。

140.徐燕《梦境的模拟写作与心理镜像的折射——格非小说〈褐色鸟群〉再解读》，《平顶山学院学报》2009年第6期。

141.黄雪敏、马钰滢《格非小说天井意象探析》，《淮南师范学院学报》

2009年第6期。

142.罗小红《"无底之谜"的新历史主义观解读——简论格非的长篇小说〈敌人〉》，《怀化学院学报》2009年第6期。

143.李玲《论格非小说的语言艺术》，《文学教育（上）》2009年第7期。

144.张丽军、刘雨、国昊芳、佟小杰、张元珂、贺进、缪慧、王菲、孔铎、徐菲、孙琳《追寻人类精神天空的高度、困惑与局限——关于格非〈人面桃花〉的研讨》，《海南师范大学学报（社会科学版）》2010年第1期。

145.赵瑾《格非的转向和革新》，《湖州职业技术学院学报》2010年第1期。

146.宁敏、高淑霞、肖爱华《论小说〈傻瓜的诗篇〉的叙事策略》，《文学界（理论版）》2010年第1期。

147.赵树军《从余华、格非的创作看中国先锋小说的叙事革命》，《宁波广播电视大学学报》2010年第2期。

148.骆志方《从格非、余华的创作看先锋小说的蜕变与涅槃》，《南都学坛》2010年第2期。

149.赵树军《当代中国先锋小说的叙事革命——以余华、格非的创作为视角》，《重庆广播电视大学学报》2010年第2期。

150.尹晓丽《写作需要哪怕是有偏见的激情——格非访谈》，《渤海大学学报（哲学社会科学版）》2010年第5期。

151.王增宝《欲望与文明：乌托邦的命运——重读格非〈山河入梦〉》，《青年作家（中外文艺版）》2010年第5期。

152.骆志方《从〈戒指花〉看格非小说的先锋与持守》，《新闻爱好者》2010年第6期。

153.张莹莹《论格非小说〈迷舟〉的叙事特点——〈交叉小径的花园〉与〈迷舟〉叙事的对比探究》，《学理论》2010年第34期。

154.朱洁《告别先锋 回归传统——试析格非近年小说人物形象塑造对〈红楼梦〉的借鉴与继承》，《江西社会科学》2011年第1期。

155.陈娇华《游离于乌托邦实践与退避归隐之间——格非〈人面桃花〉中近代知识分子形象的精神心理探析》,《苏州科技学院学报(社会科学版)》2011年第1期。

156.李清云《迷雾中的恐惧——重读格非的〈敌人〉》,《陇东学院学报》2011年第1期。

157.雷胜学《乌托邦的修辞幻象——格非小说论》,《安庆师范学院学报(社会科学版)》2011年第1期。

158.张中驰、刘伟《梦的破灭与作为代价的孤独——浅析〈山河入梦〉的乌托邦理论》,《长春工程学院学报(社会科学版)》2011年第2期。

159.张海志《试析先锋小说阅读的主体性——以格非的小说为例》,《华中人文论丛》2011年第2期。

160.江泉《格非小说对现代人生存处境的勘探》,《安庆师范学院学报(社会科学版)》2011年第2期。

161.张宇宁《论格非小说〈青黄〉的反形而上学思想特征》,《学术交流》2011年第3期。

162.王博园、孙正艳《格非〈人面桃花〉的寓言化叙事》,《文学教育(下)》2011年第4期。

163.黄强《论格非的新历史小说〈敌人〉》,《时代文学(下半月)》2011年第6期。

164.张霞《迷失在时间中的"缺席者"——论格非小说的时间与人物设置》,《东岳论丛》2011年第6期。

165.李阳、王远舟《翩跹蝴蝶梦 浪漫桃花源——格非〈人面桃花〉的浪漫主义手法探析》,《鸡西大学学报》2011年第9期。

166.杨亮《不同代际间的共同书写——鲁迅〈狂人日记〉与格非〈人面桃花〉"互文性"初探》,《文艺评论》2011年第11期。

167.张晓峰《从〈人面桃花〉看向中国小说叙事传统回归的误区》,《中国现代文学研究丛刊》2011年第12期。

168.郭晨子《桃花灼灼——话剧〈人面桃花〉对小说的转换》,《上海戏剧》2011年第12期。

169.刘雨《被水围困中的"小岛"——格非〈春尽江南〉中人物的精神处境》，《文艺争鸣》2011年第11期。

170.熊延柳《从模糊到具象——论格非小说中女性形象的嬗变》，《名作欣赏》2011年第18期。

171.刘月悦、丛治辰、刘伟、马征、梁盼盼、陈新榜、范芊婀、龚自强、白惠元、易飞、陈晓明《向外转的文本与矛盾的时代书写——格非〈春尽江南〉讨论》，《小说评论》2012年第1期。

172.舒晋瑜《创作幸福之中的格非》，《文学自由谈》2012年第1期。

173.张定浩《谁的失败——格非〈春尽江南〉》，《上海文化》2012年第1期。

174.夏雪飞《在裂缝背后寻找意义——对格非〈山河入梦〉的一种解读》，《郑州师范教育》2012年第1期。

175.王海燕、邓安庆《格非〈春尽江南〉评介》，《文学教育（上）》2012年第1期。

176.张清华《春梦，革命，以及永恒的失败与虚无——从精神分析的方向论格非》，《当代作家评论》2012年第2期。

177.栾梅健《当浮云织出肮脏的褒衣——读〈春尽江南〉》，《当代作家评论》2012年第2期。

178.杨小滨、愚人《不确定的历史与记忆：论格非早期的中短篇小说》，《当代作家评论》2012年第2期。

179.宋唯唯《种桃道士归何处？前度刘郎今又来——读格非三部曲有感》，《当代作家评论》2012年第2期。

180.程德培《进步的世界是一个反讽的世界——读格非的长篇小说〈春尽江南〉及其他》，《当代作家评论》2012年第2期。

181.孟繁华、唐伟《面对百年中国的精神难题——评格非的长篇三部曲》，《南方文坛》2012年第2期。

182.洪治纲《乌托邦的凭吊——论格非的长篇小说〈春尽江南〉》，《南方文坛》2012年第2期。

183.格非、张清华《如何书写文化与精神意义上的当代——关于〈春尽江南〉的对话》，《南方文坛》2012年第2期。

184.明飞龙《直逼现实的时代叩问——评格非〈春尽江南〉》，《中国图书评论》2012年第2期。

185.孟繁华、刘虹利《这个时代的精神裂变——评格非的长篇小说〈春尽江南〉》，《小说评论》2012年第4期。

186.敬文东《格非小词典或桃源变形记——"江南三部曲"阅读札记》，《当代作家评论》2012年第5期。

187.朱冬菊、于新超《格非：求索"新的文学"》，《当代作家评论》2012年第5期。

188.王琼《〈人面桃花〉三部曲的精神内蕴》，《辽宁师范大学学报（社会科学版）》2012年第4期。

189.王侃《诗人小说家与中国文学的大传统——略论格非及其"江南三部曲"》，《东吴学术》2012年第5期。

190.南帆《历史的主角与局外人——阅读格非长篇小说三部曲〈人面桃花〉、〈山河入梦〉、〈春尽江南〉》，《东吴学术》2012年第5期。

191.陈众议《评〈人面桃花〉或格非的矛盾叙事》，《东吴学术》2012年第5期。

192.张昭兵《论格非小说〈隐身衣〉的隐身实验》，《小说评论》2012年第6期。

193.孙萍萍《桃源梦尽——读格非的"江南三部曲"》，《当代文坛》2012年第6期。

194.邓如冰、格非《对话格非：走向世界的当代汉语写作——关于"爱荷华国际写作计划"和当代汉语写作"国际化"》，《江汉大学学报（人文科学版）》2012年第6期。

195.常健男《论格非小说中的孤寂生存意识》，《沈阳大学学报（社会科学版）》2012年第6期。

196.梁仪《乌托邦、非理性、历史与个人——格非小说"人面桃花三部曲"主题分析》,《成都大学学报(社会科学版)》2012年第6期。

197.葛琪琪《倒错的片段拼接——浅析格非小说〈初恋〉的叙事时间》,《安徽文学(下半月)》2012年第7期。

198.胡伟《失败的人,人生的失败——读格非〈春尽江南〉》,《社会科学论坛》2012年第8期。

199.许丹成《〈春尽江南〉的"空白"与"张力"》,《创作与评论》2012年第9期。

200.李遇春《乌托邦叙事中的背反与轮回——评格非的〈人面桃花〉〈山河入梦〉〈春尽江南〉》,《中国现代文学研究丛刊》2012年第10期。

201.童玉、杜吉刚《试析〈迷舟〉的历史人生观》,《楚雄师范学院学报》2012年第11期。

202.秦香丽《小说如何站在当下思考过去:格非〈春尽江南〉的意义与局限》,《名作欣赏》2012年第23期。

203.季晔倩《失败者的坚持——从〈欲望的旗帜〉到〈春尽江南〉》,《名作欣赏》2012年第27期。

204.苗变丽《历史与未来:革命乌托邦之谜——从〈人面桃花〉到〈山河入梦〉》,《河南师范大学学报(哲学社会科学版)》2013年第1期。

205.张英杰、李张建《迷乱、颠倒的秩序与乌托邦的终结——浅谈格非的长篇小说〈春尽江南〉》,《辽宁师专学报(社会科学版)》2013年第1期。

206.胡前《浅谈格非〈山河入梦〉中"乌托邦"社会构想》,《邯郸职业技术学院学报》2013年第2期。

207.姚利芬《〈春尽江南〉的"荒原意识"》,《南京广播电视大学学报》2013年第3期。

208.董外平《〈隐身衣〉和先锋作家的隐身哲学》,《南方文坛》2013年第3期。

209.马琼《论格非先锋小说的叙事结构》,《保山学院学报》2013年第3期。

210.李丹《一人亦可成邦国——析格非"乌托邦三部曲"》,《海南师范大学学报（社会科学版）》2013年第4期。

211.王多《管窥格非〈傻瓜的诗篇〉的疯癫美学》,《文学教育（上）》2013年第4期。

212.翟业军《家园消失在家园的消失中——论格非"江南三部曲"》,《当代文坛》2013年第4期。

213.王清辉《超越故事与发明传统——格非〈江南三部曲〉解读》,《中国现代文学研究丛刊》2013年第5期。

214.赵振杰《拒绝规训的"白日梦"写作——格非小说纵论》,《牡丹江大学学报》2013年第5期。

215.褚云侠《丰富与丰富的痛苦——谈格非的小说〈春尽江南〉》,《名作欣赏》2013年第6期。

216.张明《边缘人的桃源梦——读格非的〈山河入梦〉》,《重庆三峡学院学报》2013年第6期。

217.王德威《乌托邦里的荒原——格非〈春尽江南〉》,《读书》2013年第7期。

218.张丽《无处可隐的裸奔时代——评格非〈隐身衣〉》,《赤峰学院学报（汉文哲学社会科学版）》2013年第8期。

219.赵振杰、贺姗姗《乌托邦寓言中的知识分子精神史书写与现代性勘探——论格非"乌托邦三部曲"》,《海南师范大学学报（社会科学版）》2013年第11期。

220.彭婷婷《狂想的坠落与真实的飞升——试论"江南三部曲"中个体的现实超越》,《安徽文学（下半月）》2013年第11期。

221.苟瀚心《春华枯尽，衰世之叹——论〈春尽江南〉的悲剧内蕴》,《大众文艺》2013年第14期。

222.许丹成《言约义丰　蕴藉高蹈——〈春尽江南〉语言隐喻性探幽》,《名作欣赏》2013年第15期。

223.乐建文《哭泣的桃花——浅析〈人面桃花〉主人公秀米的人物形

象》，《大众文艺》2013年第15期。

224.袁陶陶《梦与格非的江南"三部曲"》，《名作欣赏》2013年第15期。

225.张军府《在返回传统途中——读格非的〈人面桃花〉》，《名作欣赏》2013年第17期。

226.慕宜君《论格非"江南三部曲"人物内心的乌托邦世界及其他》，《大众文艺》2013年第17期。

227.张艳梅《格非：从先锋到现实》，《名作欣赏》2013年第25期。

228.华敏《被忽视的民间生存和童心世界——格非〈戒指花〉细读有感》，《名作欣赏》2013年第29期。

229.贺仲明《论当前文学人物形象的弱化与变异趋向——以格非〈江南三部曲〉为中心》，《南方文坛》2014年第1期。

230.杨庆祥《无法命名的"个人"——由〈隐身衣〉兼及"小资产阶级"问题》，《文学评论》2014年第2期。

231.孙谦《出走·异化·疏离——论格非"江南三部曲"中的知识分子形象》，《文艺争鸣》2014年第2期。

232.叶立文《批评如何"小说"——以格非《塞壬的歌声》为例》，《天津社会科学》2014年第2期。

233.熊修雨《理想主义与人性建构——论"江南三部曲"中格非对乌托邦问题的思考》，《北京师范大学学报（社会科学版）》2014年第3期。

234.万宁娜《无法摆脱的命运圈——读格非的"江南三部曲"》，《牡丹江大学学报》2014年第3期。

235.杜慧心《论"江南三部曲"中的传统叙事结构》，《当代作家评论》2014年第4期。

236.褚云侠《"古老的敌意"——谈〈春尽江南〉的知识分子叙事》，《当代作家评论》2014年第4期。

237.张晓琴《隐者之像与时代之音——关于格非的〈隐身衣〉》，《当代作家评论》2014年第4期。

238.李敏《论格非小说的创伤主题》,《当代作家评论》2014年第4期。

239.王均江、张雯《论格非的〈江南三部曲〉》,《小说评论》2014年第4期。

240.练暑生《后革命的剩余:独自莫凭栏——从〈春尽江南〉回看〈江南三部曲〉》,《学术评论》2014年第4期。

241.姚晓雷《误历史乎?误文学乎?——格非〈人面桃花〉等三部曲中乌托邦之殇》,《文艺研究》2014年第4期。

242.郭洪雷、江舟《古典音乐发烧友的"乌托邦"——格非小说〈隐身衣〉解读》,《延安大学学报(社会科学版)》2014年第4期。

243.孙谦《偶遇·蜕变·爱情——解读格非"江南三部曲"中的女性生命话语》,《海南师范大学学报(社会科学版)》2014年第5期。

244.陈芝国《在非诗的时代重新做一个小说家——论格非的〈江南三部曲〉》,《江苏师范大学学报(哲学社会科学版)》2014年第5期。

245.李莹《先锋的"落地":从〈隐身衣〉看新世纪格非的创作转型》,《名作欣赏》2014年第5期。

246.王帅乃《论格非先锋小说中的"颓废"美学》,《郑州师范教育》2014年第5期。

247.刘瑜、朱伟华《格非〈褐色鸟群〉中的神秘元素》,《安顺学院学报》2014年第6期。

248.赵田《"一花一世界"——格非〈春尽江南〉中"睡莲"等意象分析》,《名作欣赏》2014年第9期。

249.武晨雨《格非"江南三部曲"的伦理观照》,《时代文学(上半月)》2014年第9期。

250.周驰觐《无法告别的诗人乌托邦——格非"江南三部曲"一解》,《美与时代(下)》2014年第9期。

251.王兴文《微观历史视域中的桃源梦想——以格非的"江南三部曲"为中心》,《海南师范大学学报(社会科学版)》2014年第10期。

252.柳琴《关于〈褐色鸟群〉的解读和探讨》,《艺术科技》2014年第10

期。

253.王春林《时代现实的别一种直击与洞穿——论格非长篇小说〈春尽江南〉》,《文艺评论》2014年第11期。

254.关伟南《世纪末的精神困境——谈〈春尽江南〉的主题意识》,《名作欣赏》2014年第20期。

255.雷晓斌《梦、宿命与人性的觉醒——论格非"江南三部曲"中人物的精神追求》,《福建教育学院学报》2015年第1期。

256.吴红涛《日常生活与隐身哲学——〈隐身衣〉与格非小说的另类面向》,《石河子大学学报(哲学社会科学版)》2015年第1期。

257.顾江冰《论格非〈江南三部曲〉中的女主角形象》,《现代语文(学术综合版)》2015年第1期。

258.程光炜《论格非的文学世界——以长篇小说〈春尽江南〉为切口》,《文学评论》2015年第2期。

259.陈欣然《现实与超越——〈人面桃花〉写作特色初探》,《名作欣赏》2015年第2期。

260.张丹《在先锋与现实之间游走——评格非小说〈隐身衣〉》,《理论界》2015年第2期。

261.龚自强《面向"现在"的末世景观——格非〈欲望的旗帜〉如何强攻现实?》,《汉语言文学研究》2015年第3期。

262.宋宁《音乐背后的精神症候——格非〈隐身衣〉再思考》,《顺德职业技术学院学报》2015年第3期。

263.褚云侠《在"重构"与"创设"中走向世界——格非小说的海外传播与接受》,《当代作家评论》2015年第5期。

264.刘小波《文学与音乐的联姻——格非小说的音乐式分析及音乐主题探究》,《当代文坛》2015年第5期。

265.冯万红《在变与不变之间——对近年格非小说创作转型研究的商榷》,《小说评论》2015年第6期。

266.黄德海《一次隐秘的成长——评格非的〈隐身衣〉》,《扬子江评论》2015年第6期。

267.王增宝《走向悲悯：从"乌托邦"到"隐身衣"——格非近十年（2004—2014）文学写作踪迹考察》，《福建师范大学学报（哲学社会科学版）》2015年第6期。

268.刘彩霞《〈春尽江南〉中谭端午的四重叙述及其隐喻意涵》，《濮阳职业技术学院学报》2015年第6期。

269.罗莉、宋剑华《精英神话的艺术解构——重读格非的〈欲望的旗帜〉》，《福建论坛（人文社会科学版）》2015年第10期。

270.丁锋《虚幻的真实——以〈敌人〉为例探讨格非小说中的家族叙事》，《开封教育学院学报》2015年第10期。

271.窦金龙《诗人之死，或不死——论格非〈春尽江南〉》，《中国现代文学研究丛刊》2015年第12期。

272.付丹《〈隐身衣〉的视差世界》，《名作欣赏》2015年第12期。

273.罗立学《对个体精神存在的叩问——浅论格非的"江南三部曲"》，《名作欣赏》2015年第23期。

274.王新宇《声有哀乐　世事无解——从〈隐身衣〉看格非写作转型》，《名作欣赏》2015年第33期。

275.刘煜《传统叙事的承续与对接——浅谈格非"江南三部曲"对中国传统叙事的回归》，《安阳师范学院学报》2016年第1期。

276.武傲、汤奇云《格非早期小说中的意识环状体及其本质——以〈褐色鸟群〉为例》，《嘉应学院学报》2016年第1期。

277.冯慧萌《试论格非的〈废名的意义〉》，《文学教育（上）》2016年第1期。

278.安忆萱《〈人面桃花〉叙事空白研究》，《河南广播电视大学学报》2016年第1期。

279.褚连波《对"伪梦想家园"的解构与反思——读格非的〈江南三部曲〉》，《出版广角》2016年第1期。

280.孙湘婷《一个乌托邦幻想之梦——论格非的长篇小说〈人面桃

花〉》，《广西职业技术学院学报》2016年第1期。

281.刘涛《先锋文学的意义与限度——格非论》，《文艺争鸣》2016年第2期。

282.张立群《"深刻的重复"——析〈锦瑟〉兼及格非90年代小说的叙事策略》，《文艺争鸣》2016年第2期。

283.沈建阳《格非创作简谱》，《文艺争鸣》2016年第2期。

284.郭冰茹《回归古典与先锋派的转向——论格非回归古典的理论建构与文本实践》，《文艺争鸣》2016年第2期。

285.夏烈《格非"江南三部曲"的历史意识与精神延异》，《中国现代文学研究丛刊》2016年第2期。

286.景俊美《"江南三部曲"：生命与生存的百年镜像》，《中国现代文学研究丛刊》2016年第2期。

287.任旭岚《双重否定的独特先锋姿态——从〈褐色鸟群〉读格非的记忆书写》，《宜宾学院学报》2016年第2期。

288.张雪飞《从"江南三部曲"看乌托邦实践的个体困境》，《聊城大学学报（社会科学版）》2016年第2期。

289.熊修雨《女性、历史与乌托邦——论格非"江南三部曲"中的女性书写》，《中国文学研究》2016年第2期。

290.陆楠楠《论格非"江南三部曲"的"现实"》，《解放军艺术学院学报》2016年第2期。

291.史记《幻灭中的涅槃——从格非〈人面桃花〉解析乌托邦理想的构建》，《名作欣赏》2016年第2期。

292.刘通《基于社会与精神视角分析〈春尽江南〉中的爱情悲剧的合理性》，《佳木斯职业学院学报》2016年第3期。

293.曹琳《"革命+恋爱"题材的现代诠释——以格非的〈人面桃花〉为例》，《广州广播电视大学学报》2016年第3期。

294.王子铭《梦中追梦：解读格非的〈人面桃花〉》，《安顺学院学报》2016年第3期。

295.虞婧《桃源梦断何处觅——〈人面桃花〉中的原型分析》，《河北科技师范学院学报（社会科学版）》2016年第4期。

296.李萃茂、曾熙《诗意的坚守与自由的追求——格非〈春尽江南〉的知识分子形象及其意义》，《学术界》2016年第5期。

297.唐伟《时代与个人的双重奏：耻辱的见证与救赎——评格非的"江南三部曲"》，《中国文学研究》2016年第3期。

298.梅兰《格非小说论》，《文学评论》2016年第4期。

299.刘小波《反讽时代的降临与精英主义的溃败——格非小说论》，《当代文坛》2016年第4期。

300.周静《论〈人面桃花〉的神秘叙事》，《黄冈师范学院学报》2016年第4期。

301.储阿敏《论〈江南三部曲〉的叙事变化》，《安庆师范学院学报（社会科学版）》2016年第4期。

302.宗仁发《谈"江南三部曲"》，《东吴学术》2016年第5期。

303.徐勇、伍倩《先锋尽处是温柔——论格非的〈望春风〉及其文学转型》，《南方文坛》2016年第5期。

304.晏杰雄、杨玉双《在归乡之途解命运之谜——评格非长篇小说〈望春风〉》，《小说评论》2016年第6期。

305.格非、林培源《"文学没有固定反对的对象"——格非长篇小说〈望春风〉访谈》，《当代作家评论》2016年第6期。

306.项静《时间索引与折返之光——格非〈望春风〉》，《上海文化》2016年第11期。

307.周景雷《我们应该在什么层面重塑故乡——〈望春风〉阅读札记》，《当代作家评论》2016年第6期。

308.林培源《重塑"讲故事"的传统——论格非长篇小说〈望春风〉的叙事》，《当代作家评论》2016年第6期。

309.董瑾《诗人、革命及其他——读格非的小说〈春尽江南〉》，《现代语文（学术综合版）》2016年第6期。

310.谢园园《论格非及其"江南三部曲"的美学转向》,《小说评论》2016年第6期。

311.李昱颖、张学军《格非小说与古典文本的互文性》,《海南师范大学学报(社会科学版)》2016年第7期。

312.王增宝《格非小说转型与中国叙事传统——以〈隐身衣〉为例》,《文艺评论》2016年第8期。

313.韩雪梅《格非小说的"学者气蕴"》,《文化学刊》2016年第8期。

314.陈培浩《小说如何"重返时间的河流"——心灵史和小说史视野下的〈望春风〉》《当代作家评论》2016年第6期。

315.关峰《论〈极花〉与〈望春风〉的日常生活诗学》,《小说评论》2016年第6期。

316.王鹏程《论"江南三部曲"中的"常"与"变"——从〈春尽江南〉谈起》,《小说评论》2016年第6期。

317.彭园园《历史背景下的个人书写——论"江南三部曲"的经典性》,《哈尔滨学院学报》2016年第8期。

318.华珉朗《论格非〈江南〉三部曲的传奇性》,《海南师范大学学报(社会科学版)》2016年第11期。

319.孙国亮、杨青泉《格非"江南三部曲"中花的修辞性隐喻与叙述策略》,《文艺争鸣》2016年第11期。

320.胡晓丹、王青《从〈江南三部曲〉看格非小说回归古典的文本实践》,《文艺评论》2016年第12期。

321.华珉朗《欲望、病态、疯癫:知识分子的生存图景——论格非小说〈欲望的旗帜〉》,《名作欣赏》2016年第18期。

322.冯芽《从"李秀蓉"到"庞家玉"的身份变迁看女性生存现实——论格非的长篇小说〈春尽江南〉》,《名作欣赏》2016年第20期。

323.秦娅娅《格非〈人面桃花〉中的"意象乌托邦"》,《名作欣赏》2016年第23期。

324.韩松刚《桃花依旧笑春风——从〈望春风〉等看格非长篇小说创作的

局限》，《名作欣赏》2016年第34期。

325.谭杉杉《论格非向中国小说叙事传统的回归》，《华中科技大学学报（社会科学版）》2017年第1期。

326.宋尚诗《阅读格非的几个有趣互文处》，《文学自由谈》2016年第6期。

327.贾娜《论〈隐身衣〉中"隐身"背后的原因》，《文化学刊》2017年第1期。